ENTREMUROS

Creemos que a veces se necesita de un poco
de magia para sobrevivir a la realidad.

Somos fans del género y nos encanta sumar fieles a la causa.

Creemos que la clave para un buen libro está
en su capacidad de hacernos perder la noción
del tiempo y transportarnos a otros mundos.

Las historias que nos gustan son las que permanecen
con nosotros mucho tiempo después de haberlas leído.

Nos gustan las novelas de muchas páginas,
que cuesten llevar en la mochila o en el bolso.

Sabemos que las sagas deben publicarse hasta
el final, y eso haremos. Conocemos la angustia
de los finales abiertos, y el horror cuando descubrimos
que no hay fecha para el siguiente libro.

Tenemos a los autores que no deberían faltar en tu biblioteca:
los que no se publican desde hace mucho tiempo en español
y las nuevas voces, que pronto se convertirán en referentes.

¡Te damos la bienvenida!

Únete a la banda escaneando el código QR:

Jackson Bennett, Robert
Entremuros: Foundryside / Robert Jackson Bennett. - 1a ed - Ciudad Autónoma de Buenos Aires : Trini Vergara Ediciones, 2022.
576 p. ; 23 x 15 cm.

Traducción de: David Tejera.
ISBN 978-987-8474-45-8

1. Literatura Fantástica. 2. Novelas Fantásticas. 3. Literatura Épica. I. Tejera, David, trad. II. Título.
CDD A860

Título original: *Foundryside*
Edición original: Crown Publishing Group
Derechos de traducción gestionados con Donald Maass Literary Agency e International Editors' Co.

Diseño de cubierta: Pol S. Roca
Diseño interior: Flor Couto
Corrección de estilo: Sergio Campos
Revisión de traducción: Sigrid Herzog

www.trinivergaraediciones.com

www.gamonfantasy.com

España · México · Argentina

ISBN: 978-987-8474-45-8
Hecho el depósito que prevé la ley 11.723

Primera edición en México: octubre 2022
Impreso en Litográfica Ingramex S.A. de C.V.
Printed in Mexico · Impreso en México.

ROBERT JACKSON BENNETT

ENTREMUROS

FOUNDRYSIDE

Traducción: David Tejera Expósito

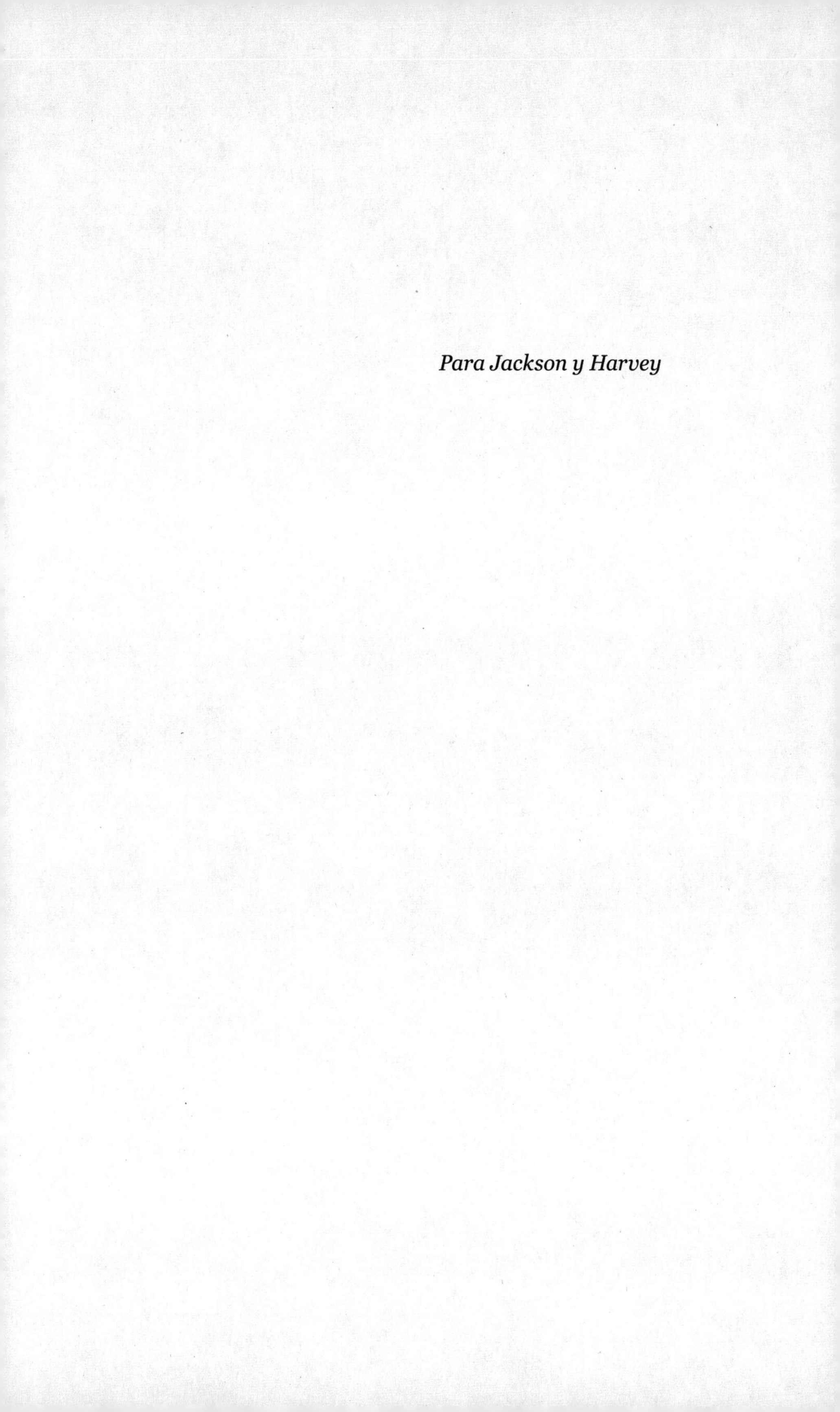

Para Jackson y Harvey

PARTE I

EL EJIDO

Todo tiene un valor. A veces, dicho valor se paga con dinero. Otras, se paga con tiempo y esfuerzo. Y, por último, a veces también se paga con sangre.
La humanidad parece desesperada por emplear esta última moneda de cambio. Y nunca llegamos a saber cuánto de ella usamos a no ser que sea la nuestra la que derramamos.

—Reflexiones del rey Ermiedes
Eupator sobre la conquista.

Capítulo Uno

Sancia Grado se encontraba tumbada en el barro, metida debajo de la plataforma de madera junto al muro de piedra antigua, y llegó a la conclusión de que la tarde no iba tal y como le hubiese gustado.

No había empezado nada mal. Usó las identificaciones falsificadas para llegar hasta la propiedad de los Michiel y la cosa había ido como la seda. Los guardias de las primeras puertas casi ni habían reparado en ella.

Después se había acercado al túnel de drenaje, y eso había ido... como una seda un poco más áspera. Daba por hecho que había funcionado: el túnel de drenaje le había permitido escabullirse por debajo de las puertas y muros interiores y acercarse a la fundición Michiel, pero sus informantes se habían olvidado de mencionarle que dicho túnel estaba lleno de ciempiés, víboras del barro y heces, tanto humanas como equinas.

A Sancia no le gustó nada, pero era capaz de soportarlo. No era la primera vez que se arrastraba por excrementos humanos.

El problema de arrastrarse por un río de aguas fecales era que, obviamente, una tendía a adquirir un olor muy intenso. Sancia había intentado avanzar en la dirección del viento a través de los puestos de seguridad mientras atravesaba el patio de la fundición. Pero, justo cuando llegó a la puerta septentrional, uno de los guardias más alejados gritó un “Dios mío, ¿qué es ese olor?” y, para desgracia de Sancia, se puso a buscar el origen de la peste con diligencia.

Ella había conseguido evitar que la viese, pero también se vio obligada a internarse en un pasadizo sin salida de la fundición y a esconderse debajo de esa plataforma de madera desvencijada que daba la impresión de haber sido un puesto de guardia en el pasado. Pero no tardó en darse cuenta de que el problema del escondite era que no tenía manera de escapar. Lo único que había en aquel pasadizo amurallado de la fundición era esa plataforma, Sancia y el guardia.

Sancia contempló las botas llenas de barro del tipo mientras caminaba por la madera y se dedicaba a olisquear el ambiente. Esperó a que pasase junto a ella y, luego, sacó la cabeza.

Era un hombre corpulento, que llevaba un casco de metal reluciente y una armadura de cuero con el logotipo de la Corporación Michiel, la llama de vela enmarcada en una ventana, así como unas hombreras y unos brazales también de cuero. Por si fuese poco, también tenía un estoque envainado que le colgaba de un costado.

Sancia entrecerró los ojos al ver el arma blanca. Le dio la impresión de oír un susurro en su mente mientras él se alejaba, un cántico distante. Había dado por hecho que la hoja estaba inscrita, pero ese susurro tenue lo confirmaba. Sabía que una hoja inscrita sería capaz de cortarla por la mitad sin esfuerzo alguno.

“Ha sido una maniobra muy estúpida quedarme arrinconada —pensó mientras se alejaba—. Y casi ni he empezado la misión”.

Tenía que llegar a los caminos para carruajes, que era probable que se encontrasen a unos sesenta metros de distancia, detrás del muro más alejado. Y tenía que llegar cuanto antes.

Consideró sus opciones. Supuso que una de ellas era lanzar un dardo al guardia, ya que Sancia tenía una pequeña cerbatana de bambú y varios dardos caros y pequeños embadurnados con veneno de pez tormentoespina, una plaga letal que habitaba en las partes más profundas del océano. Si el veneno se diluía lo suficiente, podía usarse para hacer que la víctima se sumiese en un sueño muy profundo que dejaba una resaca terrible unas horas después.

Pero el guardia llevaba una armadura de lo más decente. Sancia tendría que hacer un tiro perfecto; quizá apuntar a la axila. Fallar era demasiado arriesgado.

También cabía la posibilidad de intentar matarlo. Tenía un estilete, se le daba muy bien escabullirse y, aunque era pequeña, era fuerte para su tamaño.

Pero Sancia era mucho mejor ladrona que asesina, y se enfrentaba a un guardia entrenado de la casa de los mercaderes. No las tenía todas consigo. Además, no había entrado en la fundición de los Michiel para rebanar cuellos, romper narices o fracturar cráneos. Estaba allí para cumplir con su misión.

Una voz resonó por el pasadizo:

—¡Hola, Nicolo! ¿Qué haces fuera de tu puesto?

—Creo que algo se ha vuelto a morir en las cañerías. ¡Aquí abajo huele a muerto!

—Aah, espera —dijo la voz.

Se oyó el sonido de unos pasos.

“Maldición —pensó Sancia—. Ahora son dos”.

Necesitaba encontrar la manera de escapar, y rápido.

Volvió a mirar la piedra del muro que tenía detrás, sin dejar de pensar. Después suspiró, se arrastró hacia ella y titubeó.

No quería gastar sus energías tan pronto, pero no le quedaba elección.

Se quitó el guante izquierdo, apoyó la palma de la mano contra las piedras oscuras, cerró los ojos y usó su talento.

El muro le habló.

El muro le contó cosas sobre el humo de la fundición, sobre la lluvia caliente, sobre el moho que no dejaba de trepar, sobre el repiqueteo de los miles de patas de las hormigas que habían atravesado su superficie manchada a lo largo de las décadas. La superficie del muro brotó en su mente, y Sancia sintió todas las grietas y hendiduras, todos los pedazos de argamasa y todas y cada una de las piedras sucias.

La información se entremezcló con los pensamientos de Sancia el mismo segundo en el que tocó el muro. Y encontró lo que esperaba entre esa repentina andanada de conocimientos.

Piedras sueltas. Cuatro, grandes, a unos pocos metros de donde se encontraba. Y, al otro lado, una especie de lugar oscuro y cerrado de casi un metro y medio de alto y de ancho. Supo dónde se encontraba de inmediato, como si ella hubiese construido el muro.

"Hay un edificio al otro lado —pensó—. Uno antiguo. Bien".

Sancia apartó la mano y comprobó, consternada, que había empezado a dolerle la enorme cicatriz que tenía en la parte derecha del cuero cabelludo.

Era una mala señal. Esa noche tendría que usar su talento muchas veces más.

Volvió a colocarse el guante y se arrastró en dirección a las piedras sueltas. Le dio la impresión de que en el pasado había una trampilla que luego había sido tapiada. Hizo una pausa para escuchar. Los dos guardias parecían haberse puesto a olisquear la brisa con intensidad.

—Te lo juro por Dios, Pietro —dijo uno—. ¡Era una mierda digna del demonio!

Empezaron a recorrer el pasadizo juntos.

Sancia agarró la piedra suelta que estaba más arriba y tiró de ella con cuidado, con mucho cuidado.

Cedió y empezó a deslizarse muy despacio. Echó la vista atrás en dirección a los guardias, que no habían dejado de discutir.

Sacó las piedras pesadas y las dejó sobre el barro, rápido, en silencio y una detrás de otra. Después echo un vistazo por el agujero mohoso.

Estaba oscuro en el interior, pero ahora entraba un poco de luz y fue capaz de ver muchos ojos pequeños que la miraban desde las sombras, y también pequeños zurullos sobre el suelo de piedra.

"Ratas —pensó—. Muchas ratas".

No obstante, no le quedaba alternativa. No se lo pensó más y se arrastró a ese lugar pequeño y oscuro.

Las ratas se asustaron y empezaron a escalar por las paredes, en dirección a las grietas que había entre las piedras. Varias de ellas corretearon sobre Sancia, y unas pocas intentaron morderla, pero ella llevaba lo que le gustaba llamar "equipo de ladrona". Era un atuendo sencillo, improvisado y con capucha hecho de una lana gruesa y gris y cuero viejo y negro que le cubría la mayor parte de la piel y era muy difícil de atravesar.

Cuando consiguió meter los hombros en el agujero, se quitó de encima las ratas o las apartó con la mano, pero una bien grande que daba la impresión de pesar un kilo se alzó sobre las patas traseras y chilló, amenazante.

Sancia le dio un golpe brutal con el puño a la rata gigantesca y le aplastó el cráneo contra el suelo de piedra. Después hizo una pausa para comprobar si los guardias la habían oído. Al asegurarse de que ese no era el caso, volvió a darle un golpe a la rata por si acaso. Después terminó de arrastrarse al interior y empezó a volver a cerrar el hueco con los ladrillos cuidadosamente.

"Listo —pensó al tiempo que se sacudía otra rata de encima y apartaba los zurullos de su alrededor—. No ha estado nada mal".

Echo un vistazo alrededor. Estaba muy oscuro, pero sus ojos empezaban a acostumbrarse. Le daba la impresión de que el lugar había sido un fogón donde los trabajadores de la fundición cocinaban la comida, hace mucho tiempo. Lo habían tapiado, pero la chimenea estaba abierta encima de ella. Eso sí, parecía que alguien también había intentado tapar el hueco con unos tablones por el extremo superior.

Echó un buen vistazo. El interior de la chimenea era bastante estrecho, pero tampoco es que Sancia fuese muy ancha. Y se le daba muy bien colarse en lugares angostos.

Saltó con un gruñido y se calzó en el hueco para, luego, empezar a escalar por la chimenea, centímetro a centímetro. Oyó un repiqueteo debajo de ella cuando estaba a mitad de camino.

Se quedó de piedra y bajó la vista. Se oyó un ruido sordo y luego un chasquido, y la luz inundó el fogón que se encontraba debajo.

El casco de metal del guardia asomó por el hueco. El tipo examinó el nido de ratas abandonado y gritó.

—¡Qué asco! Parece que las ratas se han montado una casita. Seguro que el olor salía de aquí.

Sancia miraba desde arriba al guardia, y sabía que la vería al instante si le daba por alzar la vista. El tipo vio la rata enorme que ella había matado, y Sancia intentó no ponerse a sudar, para que no cayese gota alguna sobre el yelmo metálico.

—Criaturas asquerosas —murmuró el guardia. Después la cabeza desapareció.

Sancia esperó, sin moverse. Los oyó hablando bajo ella, y después las voces se alejaron poco a poco.

Soltó un suspiro.

"Y tanto riesgo solo por subirme en un maldito carruaje".

Terminó de escalar y llegó a la parte alta de la chimenea. Los tablones cedieron con facilidad cuando los empujó. Después salió al tejado del edificio, se tumbó y echó un vistazo a su alrededor.

Se sorprendió al descubrir que había tenido razón sobre el camino para carruajes: estaba justo donde tenía que estar. Vio como uno avanzaba por el barro en dirección a un muelle de carga, un borrón de luz brillante y concurrido que destacaba en el patio oscuro de la fundición, cuyo edificio se alzaba por encima de dicho muelle de carga: una estructura de ladrillo enorme y sin ventanas con seis chimeneas anchas de las que brotaba una humareda que se perdía en el cielo nocturno.

Se arrastró hacia el borde del tejado, se quitó el guante y tocó el saliente de la pared de debajo con la mano desnuda. La pared brotó en su mente, todas las piedras retorcidas y el moho... y también todos los asideros que la ayudarían a bajar por ella.

Se descolgó del tejado y empezó a descender. Notaba latidos en la cabeza, le dolían las manos y estaba cubierta de todo tipo de cosas asquerosas.

"Todavía no he terminado la primera parte del plan y ya han estado a punto de matarme".

—Veinte mil —susurró para sí mientras bajaba—. Veinte mil duvots.

Un rescate digno de un rey. Sancia estaba dispuesta a comer mucha mierda y derramar una cantidad considerable de sangre por veinte mil duvots. Más mierda de la que ya había comido y más sangre de la que ya había derramado, al menos.

Tocó tierra con los talones de las botas y empezó a correr.

El camino de los carruajes no estaba bien iluminado, pero el muelle de carga de la fundición estaba cerca, y allí relucían braseros y faroles inscritos. El lugar parecía estar muy ajetreado a pesar de la hora, y los trabajadores iban de un lado a otro descargando los carruajes aparcados por el lugar. Un puñado de guardias los vigilaba, aburridos.

Sancia se pegó a la pared y se acercó poco a poco. Después se oyó un estruendo, se quedó inmóvil y giró la cabeza mientras apretaba aún más el cuerpo contra la pared.

Otro de esos carruajes enormes llegó armando un escándalo por el camino, y salpicó de ese barro gris a Sancia al pasar junto a ella. Se limpió el barro de los ojos y lo vio alejarse. El carruaje parecía avanzar por sí solo: no iba tirado por caballos ni burros ni animal de ningún tipo.

Sancia volvió a mirar en dirección al camino, impávida.

"Sería una pena que me atropellase un carruaje inscrito como a un perro callejero, sobre todo después de haberme arrastrado por un río de aguas fecales con un puñado de ratas".

Continuó avanzando y vio los carruajes más de cerca a medida que se acercaba. Algunos de ellos iban tirados por caballos, pero ese no era el caso de la mayoría. Venían de todos los rincones de la ciudad de Tevanne: de los canales, de otras fundiciones o de la costa. Y esa última era la ubicación que más le interesaba a Sancia.

Se arrastró por debajo del borde del muelle de carga y avanzó en dirección a los carruajes. Mientras se acercaba, los oyó susurrar en su mente.

Murmullos. Verborrea. Voces susurrantes. No venían de los tirados por caballos, que estaban en silencio, sino de los inscritos.

Después miró las ruedas del que se encontraba más cerca de ella y lo vio.

El interior de las enormes ruedas de madera estaba cubierto de inscripciones, una caligrafía lánguida y demasiado estrecha que daba la impresión de ser de un metal argénteo y reluciente. Era lo que la élite de Tevanne llamaba 'sigilum' o 'sigilo'. Pero el pueblo en general lo denominaba inscripciones.

Sancia no había estudiado inscripción, pero todos los habitantes de Tevanne sabían cómo funcionaban los carruajes inscritos: los comandos escritos en las ruedas los convencían de que estaban en una pendiente, por lo que las ruedas, que se lo creían sin pestañear, se sentían obligadas a rodar cuesta abajo, aunque no estuviesen en una cuesta y el carruaje rodase por un camino llano (aunque perfectamente embarrado). El conductor se sentaba en el compartimento del carruaje y se dedicaba a ajustar los controles, con los que era capaz de indicarle a las ruedas cosas como: "una colina más inclinada aún, tenéis que acelerar" o "un momento, la colina empieza a allanarse, por lo que será mejor parar". Y las ruedas, del todo embaucadas por las inscripciones, obedecían sin problema. Era una manera de obviar la necesidad de caballos, mulas, cabras o cualquier otra de esas criaturas anodinas a las que había que persuadir para transportar a la gente de un lado a otro.

Así es como funcionaban las inscripciones: eran instrucciones escritas en objetos inanimados que los convencían para que desobedeciesen la realidad a voluntad. Eso sí, había que pensarlas con detenimiento y trabajarlas con mucho cuidado. Sancia había oído historias que decían que los primeros carruajes inscritos no tenían las ruedas bien calibradas y, en una ocasión, las delanteras pensaron que iban colina abajo y las traseras que iban colina arriba, por lo que partieron el carruaje por la mitad y salieron despedidas por las calles de Tevanne a velocidades sobrenaturales, lo que provocó caos, destrucción y muertes.

En definitiva, que, a pesar de estar muy avanzadas, darse un paseo en un carruaje de ruedas inscritas no era precisamente la mejor manera de pasar la tarde.

Sancia se arrastró en dirección a una de las ruedas y sintió un escalofrío cuando las inscripciones le susurraron al oído, más alto ahora que estaba más cerca. Aquella era quizá una de las facetas más extrañas de su talento. Nunca había conocido a nadie que fuese capaz de oír las inscripciones, pero era una molestia soportable. Ignoró el ruido y sacó los dedos índice y corazón del guante para, luego, agitar las puntas en el aire húmedo. Después tocó la rueda del carruaje y le preguntó todo lo que sabía.

Y, al igual que la pared del pasadizo, la rueda respondió.

Le contó cosas sobre ceniza, sobre piedra, sobre llamas candentes, chispas y acero.

"Ni de broma", pensó Sancia. Lo más seguro era que el carruaje hubiese salido de una fundición, y esa noche no estaba nada interesada en las fundiciones.

Rodeó el vehículo hasta la parte trasera y confirmó que los guardias no la habían visto. Después cruzó hasta el siguiente de la fila.

Tocó la rueda del otro con la punta de los dedos y le preguntó lo que sabía.

La rueda le contó cosas sobre un suelo blando y margoso, sobre el olor ácido de los excrementos, sobre el aroma del césped aplastado y de la vegetación.

Puede que una granja.

"No. Este tampoco".

Se acercó al siguiente vehículo, que era uno de los normales tirados por caballos. Tocó una rueda y le preguntó lo que sabía.

La rueda le contó cosas sobre ceniza, fuego y calor, sobre chispas sibilantes y metal fundido.

"Seguro que este también ha salido de una fundición —pensó—. Como el primero. Espero que el informante de Sark estuviese en lo cierto. Si todos los carruajes han salido de granjas o fundiciones, el plan se irá al traste antes de empezar".

Se deslizó hasta el siguiente, mientras el caballo le bufaba con desaprobación al pasar junto a él. Era el penúltimo carro de la fila, por lo que empezaba a quedarse sin opciones.

Extendió la mano, tocó una rueda y le preguntó lo que sabía.

Esa le contó cosas sobre gravilla, sal y algas, sobre el olor del rocío del mar, sobre travesaños de madera empapados a causa de las olas...

Sancia asintió, aliviada.

"Es este".

Metió la mano en una de las bolsas de su atuendo y sacó un objeto de apariencia extraña: una pequeña placa de bronce inscrita con muchos sigilos. Sacó un frasco de brea, embadurnó con ella la parte trasera de la placa y, luego, extendió la mano en dirección al carruaje y pegó la pequeña placa de bronce por debajo.

Hizo una pausa para recordar lo que le habían contado al respecto sus contactos en el mercado negro.

"Pega la placa guía en aquello que quieras seguir y asegúrate de que está bien pegada para que no se caiga".

"¿Y qué ocurriría si se cae en la calle o algo así?", había preguntado Sancia.

"Bueno, que morirías. De una manera muy desagradable, espero".

Sancia apretó con más fuerza la placa.

“Ni se te ocurra hacer que me maten, bequera —había dicho mientras la fulminaba con la mirada—. La misión ya tiene oportunidades suficientes de hacerlo de por sí”.

Después salió de debajo, se deslizó entre el resto de carruajes y volvió al camino y al patio de la fundición.

En esta ocasión tuvo más cuidado y se aseguró de estar bien lejos de los guardias. Llegó hasta el túnel de drenaje muy rápido y después tuvo que volver a caminar por esas aguas fétidas y dirigirse a la costa.

Lugar que, obviamente, también era al que se dirigía el carruaje que había manipulado, ya que sus ruedas le habían hablado sobre el rocío del mar, sobre gravilla y sobre brisa salada, cosas que un carruaje solo sería capaz de encontrar en la costa. Tenía la esperanza de que el vehículo la ayudase a colarse en ese lugar tan vigilado.

Porque en algún lugar de la zona había una caja fuerte. Y alguien con una riqueza incomprensible había contratado a Sancia para robar un objeto específico que había dentro a cambio de una cantidad inconcebible de dinero.

A Sancia le gustaba robar. Se le daba bien. Pero, si las cosas salían a pedir de boca esa noche, es probable que no le hiciese falta hacerlo nunca más.

—Veinte mil —canturreó en voz baja—. Veinte mil. Veinte mil duvots maravillosos y estupendos...

Después se dejó caer hacia las alcantarillas.

Capítulo Dos

Sancia no llegaba a entender del todo sus talentos. No sabía muy bien cómo funcionaban, cuáles eran los límites y ni siquiera si eran fiables. Lo único que sabía era para qué le servían y cómo podían ayudarla.

Llegaba a comprender de verdad cualquier objeto cuando lo tocaba con la piel desnuda. Comprendía su naturaleza, su composición, su forma. También sabía si había estado en alguna parte o tocado algo hacía poco tiempo; recordaba la sensación como si la hubiese experimentado ella. Y, cuando se acercaba a alguno inscrito o lo tocaba, oía cómo le murmuraba sus comandos mentalmente.

Eso no quería decir que llegase a comprender lo que decían las inscripciones, solo que sabía que estaban ahí.

Los talentos de Sancia podían usarse de muchas formas diferentes. Un roce breve con cualquier objeto le permitía conocer las sensaciones más directas. Un contacto prolongado le proporcionaba una sensación física completa de lo que quiera que tocase: dónde estaban los asideros, dónde tenía un punto débil, si estaba hueco o qué había en el interior. Y si mantenía las manos sobre algo el tiempo suficiente, un procedimiento muy doloroso para ella, conseguía un entendimiento espacial completo de dicho objeto. Por ejemplo, si mantenía la mano sobre un ladrillo del suelo de una estancia, llegaba a sentir el suelo, las paredes, el techo y cualquier cosa que los tocase. Eso si no empezaba a vomitar o se desmayaba a causa del dolor, claro.

Porque dichas capacidades tenían sus desventajas, como era de esperar. Sancia tenía que mantener cubierta gran parte de su piel, ya que resultaba complicado comer mientras el tenedor empezaba a contarte cosas.

Pero también había ventajas. Tener una conexión así con los objetos era toda una bendición si tu intención era robarlos. Y eso significaba que Sancia tenía un talento excepcional para escalar muros, recorrer pasadizos oscuros o abrir cerraduras, ya que abrir cerraduras es muy sencillo cuando la propia cerradura te cuenta cómo hacerlo.

Otra de las cosas en las que intentaba no pensar demasiado era en cómo había adquirido dichos talentos, ya que había sido en el mismo lugar donde se había hecho la cicatriz blanca y espeluznante que le recorría la parte derecha del cráneo, la que le ardía horrores cada vez que se extralimitaba con ellos.

No se podía decir que a Sancia le gustase tenerlos: eran poderosos a la par que restrictivos e implacables, pero la ayudaban a permanecer con vida. Y, si tenía suerte, esa noche iban a hacerla rica.

El siguiente paso del plan era el complejo Fernezzi, un edificio de nueve plantas que se encontraba frente a la costa de Tevanni. Era una estructura antigua, construida para que los funcionarios de aduanas y los intermediarios llevasen a cabo sus informes, en una época en la que las casas de los mercaderes no controlaban casi todo el comercio de Tevanne. Pero su estructura ornamentada y agrietada servía para que Sancia tuviese gran cantidad de asideros robustos donde escoger.

"Que escalar este edificio gigantesco sea una de las partes más sencillas del plan no es buena señal", pensó mientras gruñía al ascender.

Terminó por alcanzar la parte superior, donde se aferró a la cornisa de granito para llegar al tejado, y luego echó un vistazo y empezó a correr hacia la parte occidental sin dejar de jadear.

Debajo de ella había una ensenada muy amplia y un puente que la cruzaba y, al otro lado, la zona costera de Tevanne. Unos carruajes enormes cruzaban el puente; la parte superior de estos vehículos se agitaba a causa de los adoquines mojados. Casi todos pertenecían a las casas de los mercaderes y transportaban bienes de un lado a otro desde las fundiciones.

Uno de esos carruajes tenía que ser aquel en el que había colocado la placa guía.

"Eso espero, por todos los beques —pensó—. De lo contrario, habré movido el puto culo a través de un río de mierda y hasta lo alto de este edificio para nada".

La costa había sido un lugar lleno de corruptelas y peligros durante años, como el resto de zonas de Tevanne que estaban bajo el control directo de las casas de los mercaderes. Y eso significaba que era un lugar increíble, flagrante e inconcebiblemente corrupto. Pero, hacía unos meses, habían contratado a un héroe de las Guerras Iluminadas que había dado buena cuenta de todos los delincuentes. Después habían apostado guardias de seguridad a lo largo de toda la costa, así como paredes defensivas inscritas como las que había en las casas de los mercaderes, de esas que no te dejaban entrar a menos que tuvieses la identificación requerida.

Y hacer cosas ilegales en la zona costera se había convertido en algo casi imposible de la noche a la mañana, lo que era todo un inconveniente para Sancia y la había obligado a encontrar una alternativa para entrar en el lugar y cumplir con su misión.

Se arrodilló, desabrochó el cierre de una bolsa que llevaba al pecho y sacó lo que seguro era una de las herramientas más importantes de la noche. Parecía un rollo de tela, pero cuando lo desenrolló adquirió una forma como de taza grande.

Al terminar, Sancia contempló el pequeño paracaídas negro que acababa de desplegar en el tejado.

—Me voy a matar, ¿verdad? —dijo.

Sacó la pieza final del artilugio: una vara de acero desplegable. En los extremos de la vara había dos placas pequeñas e inscritas, que oía canturrear y susurrar en su cabeza. No tenía ni idea de qué era lo que estaban diciendo, al igual que le ocurría con el resto de dispositivos inscritos, pero sus contactos del mercado negro le habían dado instrucciones muy claras de cómo usarlos.

“Es un sistema en dos partes —le había comentado Claudia—. Colocas la placa guía en aquello que quieras rastrear. Entonces, la placa guía dice a las que hay en la vara: ‘Mirad, sé que creéis que sois independientes, pero en realidad formáis parte de esta cosa donde me han colocado... así que tenéis que venir aquí para uniros a ella. Y rápido’. Y la vara dice: ‘¿En serio? Demonios, pero ¿entonces qué hago tan lejos? ¡Tengo que ir a unirme a ella lo antes posible!’. Y cuando pulsas el interruptor, se ponen manos a la obra. Rápido. Muy rápido”.

Sancia no estaba muy familiarizada con esa técnica de inscripción. Era una adaptación del método que usaban las casas de los mercaderes para unir ladrillos y otros materiales de construcción: hacerlos creer que todos formaban parte del mismo objeto. Pero no era un método que se usase con cosas tan separadas, ya que se consideraba que algo así era tan inestable que no merecía la pena y había disponibles métodos mucho más seguros de locomoción.

Pero esos métodos eran caros. Demasiado caros para Sancia.

“Y el paracaídas evitará que caiga al vacío”, había dicho Sancia cuando Claudia terminó de explicárselo.

“Pues no —fue la respuesta de ella—. El paracaídas hará que caigas más despacio. Como te he dicho, esta cosa va a ir rapidísimo, por lo que más vale que estés a buena altura cuando la actives. Asegúrate de que la placa guía está donde tiene que estar y que no hay nada bloqueando el camino. Usa antes la de prueba y, si todo está como tiene que estar, enciende la vara y adelante”.

Sancia metió la mano en otro bolsillo y sacó un pequeño tarro de cristal. En el tarro había una moneda de bronce, inscrita con sigilos parecidos a los que había en la vara del paracaídas.

Entrecerró los ojos para mirar la moneda. Estaba muy pegada a la parte del tarro que daba hacia la costa. Le dio la vuelta al recipiente y la moneda se desprendió para, luego, quedarse pegada al otro lado con un tenue ¡clinc!, como si estuviese imantada. Se quedó apuntando otra vez hacia la parte que daba al mar.

“Si la placa guía atrae esta cosa —pensó—, y la placa guía está en el carruaje, eso significa que el carruaje está en la costa. Así que todo bien”.

Hizo una pausa.
“O eso creo. Espero que sí”.
Titubeó durante un rato.
—Carajo —murmuró.
Sancia odiaba estas cosas. De lo simple que era, la lógica de la inscripción parecía estúpida, tanto que lo de ‘lógica’ quizá le quedaba hasta un poco grande. Pero había que tener en cuenta que la inscripción retorcía la realidad, o la confundía al menos.
Guardó el tarro y enganchó la vara en el extremo reforzado del paracaídas.
“No te olvides de lo que te comentó Sark —pensó—. No te olvides del número: veinte mil duvots”.
Dinero suficiente para solucionar su problema. Para convertirse en una persona normal.
Sancia pulsó un interruptor que había en uno de los extremos de la vara y saltó del tejado.

Poco después planeaba por los cielos a través de la bahía a una velocidad que jamás habría creído posible, acarreada por la vara de acero que, según le habían dicho, intentaba a toda costa unirse al carruaje que había en la zona costera. Oyó el paracaídas aletear detrás de ella hasta que al fin se hinchó de aire y redujo un poco la velocidad. No mucho al principio, pero cada vez frenaba un poco más.
Los ojos se le llenaron de lágrimas y apretó los dientes. El paisaje nocturno de Tevanne se extendía a su alrededor. Veía el agua brillar en la bahía de debajo, el bosque cambiante conformado por los mástiles de los barcos del puerto, los techos bamboleantes de los carruajes a medida que se acercaban a la zona costera, el humo que se disipaba al salir de las fundiciones dispuestas a lo largo del canal.
“Concéntrate —pensó—. Concéntrate, imbécil”.
Después la cosa empezó a ir... cuesta abajo.
El estómago le dio un vuelco. Algo iba mal.
Echó la vista atrás y vio que había un desgarrón en el paracaídas.
“Mierda”.
Contempló, horrorizada, cómo empezaba a ensancharse.
“¡Mierda! ¡Mierda seca!”.

Volvió a notar que caía en picado, con tanta brusquedad que casi ni se dio cuenta de que había pasado por encima de las murallas de la zona costera. Empezó a acelerar, cada vez más.

"Tengo que saltar de esta cosa. Ya. ¡Ya!".

Vio que empezaba a pasar por encima de las mercancías, unas enormes torres de cajas o contenedores, y vaya si algunas eran altas. Lo bastante altas como para que pudiese dejarse caer y agarrarse. A lo mejor.

Parpadeó para quitarse las lágrimas de los ojos, se centró en una de las torres de contenedores más altas, viró el paracaídas y luego pulsó el interruptor que había a un lado de la vara.

Comenzó a perder impulso al momento. Había dejado de volar y empezado a planear en dirección a las cajas, que se encontraban a unos seis metros por debajo. El paracaídas, que estaba cada vez más roto, reducía un poco la velocidad, pero no lo suficiente como para tranquilizarla.

Vio como esos enormes contenedores se precipitaban hacia ella.

"No, carajo".

Se golpeó con tanta fuerza contra la esquina de uno de ellos que estuvo a punto de desmayarse, pero consiguió mantener la consciencia suficiente como para extender la mano y agarrar la esquina de madera, aferrarse a ella y quedar colgando. Una corriente de aire tiró del paracaídas, que se rasgó aún más, se le escapó de las manos y salió despedido por los aires.

Se agarró rápido con la otra mano a la caja y empezó a jadear. Había entrenado para caer bien, para aferrarse a casi cualquier superficie o para deslizarse por ellas hasta llegar al suelo, pero eran cosas que no estaba acostumbrada a poner en práctica.

Oyó un ruido metálico que venía de algún lugar cercano a su derecha y vio que había sido el paracaídas al caer al suelo. Se quedó paralizada y colgando de la caja durante unos instantes, mientras esperaba por si sonaba alguna alarma.

Nada. Silencio.

La zona costera era un lugar muy grande. Era fácil pasar por alto un ruido.

O eso esperaba.

Sancia apartó la mano izquierda del contenedor y se quedó colgando de la otra. Luego se quitó el guante con los dientes, apoyó la palma en la superficie y escuchó.

La caja le contó cosas sobre agua, lluvia, aceite y paja, y también sobre la pequeña mordedura de muchos clavos...

Y sobre cómo descender por ella.

El segundo paso del plan, entrar en la zona costera, no había ido según lo planeado.

"A ver el tercer paso —pensó, agotada mientras descendía—. Veamos si consigo no cagarla".

Cuando llegó al suelo, lo primero que hizo Sancia fue recuperar el aliento mientras se frotaba el costado con el que había chocado contra el contenedor.

"Lo he conseguido. Estoy dentro. He llegado".

Echó un vistazo entre las torres de mercancías para mirar el edificio que había en el otro extremo del lugar: las oficinas de la Guardia Portuaria, las fuerzas policiales de la zona costera.

"Bueno. Casi".

Se quitó el otro guante y guardó ambos en el bolsillo. Luego colocó las manos sobre la superficie de piedra que tenía a los pies, cerró los ojos y escuchó.

Aquello iba a ser más difícil para Sancia. El suelo que la rodeaba pertenecía a una zona muy amplia, por lo que era demasiado para ella escucharlo todo al mismo tiempo. Pero lo hizo, dejó que las piedras brotaran en su mente y sintió las vibraciones y los temblores de las personas que la rodeaban...

Algunos caminaban. Otros estaban quietos. Un repiqueteo de pies. Sancia lo sintió todo, igual que una sentiría unos dedos al bajarle rozando por la espalda desnuda.

"Hay nueve guardias cerca —pensó—. Pesados. Hombres corpulentos. Dos están quietos y siete patrullando".

Tenía claro que había muchos más por la zona costera, pero sus capacidades solo le permitían ver a través de las piedras.

Percibió el lugar donde se encontraban y también hacia dónde se dirigían y su velocidad. De los que estaban cerca, notaba incluso los talones al golpear la piedra, por lo que sabía el lugar hacia el que estaban mirando.

La cicatriz que tenía en la cabeza se calentó tanto que empezó a resultarle doloroso. Hizo un mohín de dolor y apartó las manos, pero recordaba dónde se encontraban los guardias, lo que significaba que lo que estaba a punto de hacer era como recorrer a oscuras una habitación familiar.

Sancia respiró hondo, salió de las sombras y se puso en marcha. Se deslizó entre contenedores, por debajo de carros, y se detuvo en el momento justo mientras los guardias patrullaban a su alrededor. Intentó no mirar los contenedores mientras avanzaba. La mayoría tenían carteles de plantaciones lejanas del mar Durazzo, y Sancia conocía muy bien esos lugares. Sabía que eran materias primas como cáñamo, azúcar, brea y café, y también que no se habían recolectado ni producido con el menor atisbo de mano de obra autorizada.

"Cabrones —pensó Sancia mientras caminaba entre los contenedores—. Hatajo de cabrones podridos y bequeros...".

Hizo una pausa en uno de los contenedores. No era capaz de leer el cartel en la oscuridad, pero apoyó un dedo contra uno de los tablones de madera, escuchó con atención y descubrió que había papel.

Mucho papel. Sin usar. Seguro que le servía.

"Ha llegado la hora de planear la forma de escapar de aquí", pensó.

Sancia se puso los guantes, se abrió un bolsillo en el muslo y sacó la última herramienta inscrita de la noche: una pequeña caja de madera. Era el objeto más caro que había comprado para cumplir una misión, pero sabía que sin él no iba a tener posibilidades de sobrevivir.

La colocó sobre la superficie del contenedor.

"Esto será suficiente".

O eso esperaba. Salir de la zona costera iba a ser mucho más complicado si no.

Volvió a meter la mano en el bolsillo y sacó lo que parecía un nudo de cordel unido a una pesada bola de plomo. En el centro de la bola había unos sigilos pequeños y perfectos. La alzó y empezó a oír un ligero susurro.

Miró la bola de plomo y, luego, la caja que había sobre el contenedor.

"Esta caja bequera —pensó al tiempo que volvía a guardarse la bola de plomo en el bolsillo—. Más le vale funcionar o me quedaré atrapada aquí como un pez en una pecera".

Sancia saltó la valla baja que rodeaba las oficinas de la Guardia Portuaria y corrió hasta el muro. Se deslizó hasta la esquina del edificio, se agachó y asomó la cabeza. Nadie. Pero sí que vio el marco de una puerta, grande y ancho. Sobresalía unos diez o doce centímetros de la pared, algo que a Sancia le venía que ni pintado.

Saltó y se agarró a la parte superior del marco. Después se colocó bien, hizo una pausa para recuperar el equilibrio y puso el pie derecho en la parte alta del marco. Se impulsó hasta ponerse de pie encima.

Tenía dos ventanas del primer piso a derecha e izquierda, viejas y cubiertas con un cristal sucio y amarillento. Sancia sacó el estilete, lo metió en la grieta que había en una ventana y consiguió abrir el pestillo. Después abrió la ventana, envainó el estilete y se asomó para echar un vistazo en el interior.

Vio hileras e hileras de estanterías llenas de lo que parecían cajas de pergaminos. Registros de algún tipo, lo más seguro. El lugar estaba vacío, como tenía que estar a esas horas de la noche. Ya era casi la una de la mañana. Sí que vio una luz en el piso inferior. Puede que fuese la llama de una vela.

"El piso de abajo es donde están las cajas fuertes, ¿no? —pensó Sancia—. Y seguro que están vigiladas, sea la hora que sea...".

Se arrastró al interior y cerró la ventana al entrar. Después se agachó y se dispuso a escuchar.

Una tos y un sorber de mocos. Avanzó por las estanterías hasta que llegó a la barandilla que había al borde del primer piso. Estiró la cabeza y echó un vistazo a la planta baja.

Vio un agente de la Guardia Portuaria sentado en un escritorio cerca de la puerta principal. Se dedicaba a rellenar unos documentos a la luz de una vela.

También había otro hombre, rollizo y de aspecto tímido, con un bigote algo retorcido y ataviado con un uniforme azul y arrugado.

Pero lo que más le interesaba a Sancia era lo que estaba detrás de él, ya que había una hilera de enormes cajas fuertes de metal. Casi una docena. Y sabía que una de ellas era su objetivo.

"Bien. ¿Y ahora qué voy a hacer con esos tipos de ahí abajo?", pensó.

Suspiró al darse cuenta de cuál era su única opción. Sacó la cerbatana de bambú y la cargó con un dardo de tormentoespina.

"Otros noventa duvots que me gasto en esta misión".

Después calculó la distancia a la que se encontraba el guardia, que no dejaba de chasquear la lengua y escribir algo en la página que tenía delante. Se llevó la cerbatana a los labios, apuntó con cuidado, respiró hondo por la nariz y...

Antes de que disparase, se abrió de repente la puerta principal de las oficinas de la Guardia Portuaria. Un agente enorme y lleno de cicatrices atravesó el umbral con algo húmedo que no dejaba de gotear en una de las manos. Sancia bajó la cerbatana.

"Mierda".

El agente era alto, corpulento y musculoso, y su piel, ojos y barba negros indicaban que era un auténtico tevanní. Tenía el pelo rapado y una apariencia que a Sancia la recordaba de inmediato a la de los soldados: tenía el aspecto de un hombre acostumbrado a que lo escuchasen y le hiciesen caso de inmediato.

El recién llegado se giró hacia el agente que estaba sentado, quien parecía tan sorprendido de verlo como Sancia.

—¡Capitán Dandolo! —dijo el agente del escritorio—. Pensaba que esta noche estaba destinado a los embarcaderos.

El nombre le resultaba familiar a Sancia. Dandolo era una de las cuatro casas de los mercaderes principales, y había oído que el nuevo capitán de la zona costera tenía contactos muy buenos...

"Así que este es el agente que se ha propuesto reformar la zona costera", pensó. Se retiró hacia las estanterías, pero solo un poco, para seguir viendo lo que ocurría en la planta baja.

—¿Ocurre algo, señor? —preguntó el agente del escritorio.

—Uno de los chicos oyó un ruido entre la mercancía y encontró esto.

Hablaba demasiado alto, como si pretendiese abarcar toda la estancia con lo que tenía que decir. Después levantó algo desgarrado y húmedo, y Sancia reconoció de inmediato los restos del equipo de vuelo que había usado para llegar.

"Carajo".

—Eso es... ¿una cometa? —dijo el agente que estaba en el escritorio.

—No —respondió Dandolo—. Es un equipo de planeo, algo que las casas de los mercaderes usan para llevar a cabo espionaje mercantil. Se trata de una versión un tanto pobre, pero tiene toda la pinta de que es algo así.

—¿No nos habrían informado de los muros si los hubiese cruzado alguien sin autorización?

—No si se cruzan a mucha altura.

—Ah —dijo el sargento—. Y cree...

Miró por encima del hombro, a la hilera de cajas fuertes.

—He puesto a los chicos a revisar las torres de contenedores —dijo Dandolo—. Pero si quienquiera que haya cruzado está tan loco como para entrar en la zona costera con esto, es posible que también lo esté para ir a por las cajas fuertes. —Se lamió los dientes—. Tenemos que estar alerta, sargento. Pero usted quédese aquí. Yo echaré un vistazo. Por si acaso.

—Muy bien, señor.

Sancia vio, cada vez más asustada, cómo Dandolo se dirigía hacia las escaleras y la madera rechinaba bajo su peso considerable.

"¡Mierda! ¡Mierda!".

Repasó las opciones que tenía. Podía volver a la ventana, abrirla, salir al exterior y quedarse en el marco de la puerta de debajo a la espera de que Dandolo se marchase. Pero eso tenía muchos riesgos, ya que el tipo podía llegar a verla o a oírla.

También podía dispararle a Dandolo uno de los dardos de tormentoespina. De hacerlo, es posible que cayese por las escaleras y alertase al sargento de la planta baja, que daría la alarma. Intentó calcular si le daría tiempo a recargar la cerbatana para dispararle también a él, pero no lo veía factible.

En ese momento tuvo otra idea. Metió la mano en el bolsillo y sacó el nudo de cordel con la bola de plomo inscrita.

Intentaba guardar aquel truco como distracción final mientras escapaba de allí, pero lo cierto era que necesitaba escapar de la situación en la que se encontraba en aquel momento.

Guardó la cerbatana, agarró ambos extremos del cordel y alzó la vista en dirección al capitán, que se acercaba a ella y aún subía por las escaleras.

"Hay que ver lo que me obligas a hacer, cabrón bequero", pensó.

Tiró de ambos extremos del cordel hasta desanudarlo con un movimiento rápido.

Sancia no tenía muy claro cómo funcionaba aquel mecanismo inscrito: el interior de la bola de plomo estaba pautado con papel de lija y el cordel tratado con potasa inflamable, por lo que prendió fuego al rozar con el papel. Una llama pequeña pero suficiente.

La bola inscrita que tenía en las manos estaba enlazada a otra bola de plomo que se encontraba muy lejos, sobre aquellos contenedores de papel dispuestos en torres. Ambas bolas se habían alterado para convencerlas de que eran la misma, por lo que cualquier cosa que le ocurriese a una también le ocurría a la otra. Si metías una en agua fría, la otra se enfriaba muy rápido. Si rompías una, la otra también acababa destrozada.

Eso significaba que, cuando tiró del cordel y prendió fuego a la bola, la que estaba encima de los contenedores también lo hizo.

Pero esa tenía más potasa inflamable y la caja sobre la que descansaba estaba hasta arriba de pólvora.

Justo cuando Sancia pasó el cordel por la bola de plomo, oyó una explosión ahogada que venía de las torres de contenedores.

El capitán se quedó quieto en las escaleras, sorprendido.

—¿Qué ha sido eso? —preguntó.

—¿Capitán? —llamó el sargento desde el piso interior—. ¡Capitán!

El capitán se dio la vuelta y gritó al piso inferior:

—Sargento, ¿qué ha sido eso?

—No lo sé, capitán, pero, pero... veo humo.

Sancia se giró hacia la ventana y vio que el dispositivo inscrito había funcionado muy bien. Ahora había una columna de humo denso y blanco que salía de los contenedores, así como una llama color cereza.

—¡Fuego! —gritó el capitán—. ¡Mierda! ¡Vamos, Prizzo!

Sancia contempló, satisfecha, cómo los dos agentes salían por la puerta. Después bajó a toda prisa hasta las cajas fuertes del piso inferior.

"Esperemos que siga ardiendo —pensó mientras corría—. De lo contrario, aunque la abra y consiga el botín, no tendré manera de salir de la zona costera".

Sancia miró la hilera de cajas fuertes y recordó las instrucciones de Sark:

"Es la número 23D. Una pequeña caja de madera. Las combinaciones cambian todos los días. Dandolo es un cabrón muy listo, pero seguro que no es problema para ti, chica. ¿Verdad?"

No tenía por qué serlo, pero también era cierto que tenía mucho menos tiempo del que creía que tendría.

Sancia se acercó a la 23D y se quitó los guantes. Las cajas era el lugar donde los pasajeros civiles guardaban objetos de valor para dejarlos a cargo de la Guardia Portuaria. Pasajeros que no estaban afiliados con las casas de los mercaderes. Si estabas afiliado a una de ellas, se daba por hecho que almacenabas tus objetos de valor directamente con ellas, porque, al ser productores y fabricantes de todo el equipamiento inscrito, sin dudas tenía mejor seguridad y protección que un hatajo de cajas fuertes con cerraduras de combinación.

Sancia apoyó una mano sobre la 23D. Después apoyó también la frente mientras con la otra mano tomaba la rueda de combinación y cerraba los ojos.

La caja fuerte brotó en su mente. Le contó cosas sobre acero y oscuridad y aceite, sobre el rechinar de dientes de los engranajes, sobre el tintineo y el crujido de esos mecanismos complicados y estupendos.

Empezó a girar la rueda poco a poco y sintió de inmediato hacia dónde tenía que hacerlo. La movió muy despacio y...

Clic. Uno de los seguros se colocó donde tenía que estar.

Sancia respiró hondo y empezó a girar la rueda en dirección contraria mientras sentía el rechinar y el crujido de los mecanismos dentro de la puerta.

Se oyó otra explosión en el patio de mercancías.

Sancia abrió los ojos.

"Estoy muy segura de que esa no ha sido cosa mía".

Echó la vista atrás para mirar por la ventana de la pared occidental de las oficinas y vio una luz inquieta que se reflejaba en los cristales sucios. Algo tenía que haberse prendido fuego ahí fuera, algo mucho más inflamable que la caja de papel que formaba parte de su plan.

Oyó gritos, aullidos y chillidos en el patio.

"Maldición —pensó—. Tengo que darme prisa, ¡antes de que arda todo!".

Volvió a cerrar los ojos y siguió girando la rueda. Sintió cómo tintineaba y se acercaba cada vez más al próximo de los seguros... y la cicatriz de la cabeza empezó a arderle, como si le hubiesen clavado una aguja en el cerebro.

"Me estoy extralimitando. Esto es demasiado para mí".

Clic.

Se pasó la lengua por los dientes.

"Y van dos".

Más gritos en el exterior. Otra explosión atenuada.

Se concentró. Se limitó a escuchar la caja fuerte y dejó que brotase en su mente, sintió la expectación del mecanismo que había en el interior, la notó con el alma en vilo a la espera de que girase la rueda por última vez...

Clic.

Abrió los ojos y giró el picaporte de la caja. Se oyó un ruido sordo y tiró de la puerta para abrirla.

Estaba llena de todo tipo de objetos: cartas, pergaminos, sobres y esas cosas. Pero en el fondo se encontraba el botín: una caja de madera de unos veinte centímetros de largo y diez de ancho. Era una caja simple y anodina, normal y corriente en todos los sentidos. Y, aun así, valía más que todos los objetos valiosos que Sancia había llegado a robar en su vida. Juntos.

Extendió la mano y tomó la caja con los dedos al descubierto. Después hizo una pausa.

Había usado tanto sus capacidades a lo largo de la noche que, aunque sabía que la caja tenía algo raro, era incapaz de saber qué era. Una imagen borrosa de paredes y paredes de madera de pino brotó en su mente, pero poco más. Era como intentar ver un cuadro a oscuras en mitad de la noche mientras fuera había una tormenta eléctrica.

Pero también sabía que eso daba igual. Lo único que tenía que hacer era tomarla sin hacer preguntas sobre lo que contenía.

La guardó en una de las bolsas que llevaba en el pecho. Después cerró la puerta de la caja fuerte, la volvió a sellar, se dio la vuelta y corrió en dirección a la puerta.

Cuando salía de las oficinas de la Guardia Portuaria, vio que el pequeño fuego se había convertido en un incendio a gran escala. Era como si le hubiese prendido fuego al patio de mercancías al completo. Los agentes corrían por ese infierno intentando extinguir las llamas, lo que significaba que Sancia podía usar cualquier salida para escapar.

Se giró y empezó a correr.

“Si me encuentran, no saldré viva de esta”.

Llegó hasta la salida oriental de la zona costera. Se detuvo y se escondió detrás de una torre de contenedores, desde donde confirmó que tenía razón: todos los agentes estaban ocupados con el fuego, por lo que la puerta no estaba vigilada. La atravesó a la carrera, con dolor de cabeza, el corazón desbocado y la cicatriz ardiéndole de dolor.

Echó la vista atrás justo al cruzar al exterior, para mirar el fuego. Una quinta parte de la zona occidental del litoral estaba en llamas, y una columna increíblemente densa de humo negro se alzaba y se dispersaba en volutas alrededor de la luna en los cielos.

Sancia se giró y siguió corriendo.

Capítulo Tres

Cuando se había alejado una manzana de la zona costera, Sancia se metió en una callejuela, donde se cambió de ropa, se limpió el barro de la cara, empacó el sucio equipo de ladrona y se puso un jubón con capucha, guantes y calcetines.

Sintió escalofríos al hacerlo, ya que odiaba cambiarse de ropa. Se quedó de pie en mitad de la callejuela y cerró los ojos, con un gesto de repulsión en el rostro a medida que las sensaciones de barro, humo, tierra y lana negra salían de su mente para ser reemplazadas por las del cáñamo crepitante, chirriante y reluciente. Era como salir de un baño caliente y agradable para saltar en un lago helado, y su mente tardaba un tiempo en recalibrarse.

Al terminar, continuó avanzando por la calle y se detuvo en dos ocasiones para confirmar que nadie la seguía. Dobló una esquina y, luego, otra. Los enormes muros de las casas de los mercaderes no tardaron en alzarse a su alrededor, blancos, imponentes e impasibles. Michiel a la izquierda y Dandolo a la derecha. Detrás de esos muros se encontraban los enclaves de las casas, que se llamaban comúnmente 'campos' y eran los lugares en los que cada una albergaba sus barrios, como si fuesen sus pequeños reinos independientes.

Unidos a las bases de cada uno de los muros se encontraba una extensión inconexa de edificios destartalados de madera, barriadas y chimeneas retorcidas, un desorden improvisado y humeante de madrigueras húmedas hacinadas entre las dos paredes del campo, como una balsa atrapada entre dos barcos que no dejan de acercarse.

Era Entremuros, lo más parecido a un hogar que jamás tendría Sancia.

Atravesó una callejuela y vio una escena que le resultaba familiar. Unos braseros chisporroteaban y siseaban en las esquinas que se abrían frente a ella. A su izquierda había una taberna abarrotada a pesar de la hora, con ventanas antiguas y amarillas que relucían a la luz de las velas y risas e insultos que escapaban por las cortinas que cubrían la entrada. Plantas, enredaderas y árboles se alzaban por los callejones como si se preparasen para una emboscada. Había tres ancianas en un balcón sobre ella que no dejaban de mirarla, todas comiendo de un plato de madera en el que quedaban los restos de una lubina rayada, un bicho de agua feo y enorme que adquiría un patrón a rayas bonito y violáceo cuando se hervía.

Era una escena que le resultaba familiar, pero que no la relajaba. El Ejido de Tevanne era el hogar de Sancia, pero sus vecinos eran tan despiadados y peligrosos como cualquier guardia de las casas de los mercaderes.

Recorrió varios pasadizos en dirección al edificio de la barriada en la que vivía y se deslizó por una puerta lateral. Recorrió el pasillo en dirección a sus aposentos y tocó la puerta con un dedo sin guante. Después hizo lo propio con la tarima. No le contaron nada fuera de lo habitual, por lo que llegó a la conclusión de que todo seguía igual.

Abrió los seis cerrojos de la puerta, entró y volvió a cerrarlos. Después se agachó y escuchó, con el dedo índice apoyado en los tablones del suelo.

Esperó diez minutos. Volvió a notar ese latido en la cabeza poco a poco, pero tenía que asegurarse.

Al ver que no pasaba nada, encendió una vela, ya que estaba cansada de tener que usar sus talentos para ver, atravesó la estancia y abrió las contraventanas, solo una rendija. Después se quedó allí mirando las calles.

Sancia miró las calles a través de la pequeña rendija durante dos horas. Sabía que tenía una buena razón para ponerse paranoica: no solo acababa de dar un golpe valorado en veinte mil duvots, sino que también acababa de prender fuego a la zona costera tevanní. No estaba segura de qué era peor.

Si a alguien le daba por alzar la vista hacia la ventana de Sancia y conseguía verla, lo más seguro es que se hubiesen quedado sorprendidos. Era una joven de poco más de veinte años, pero ya había experimentado muchas más cosas que la gente corriente, algo que se reflejaba en sus facciones. Tenía la piel oscura, firme y erosionada por el clima. Era el rostro de alguien para el que la inanición era algo habitual. Era baja y musculosa, de hombros y muslos anchos, con manos llenas de callos y duras como el metal, características que había adquirido gracias a su profesión. Tenía un corte de pelo asimétrico hecho por ella misma y una cicatriz llamativa y aserrada le recorría la sien derecha hasta casi llegarle al ojo derecho, cuyo blanco era un poco más turbio que el del izquierdo.

A la gente no le gustaba que Sancia la mirase con fijeza. Hacía que los demás se pusiesen nerviosos.

Se sintió satisfecha después de pasar dos horas mirando. Cerró la contraventana, pasó el pestillo, se dirigió al armario y levantó el suelo falso. Siempre se sentía inquieta cuando lo hacía: en el Ejido no había banco ni tesorería, por lo que tenía que almacenar todos los ahorros de su vida en ese hueco lleno de humedad.

Sacó la caja de pino de su equipo de ladrona, la sostuvo con las manos desnudas y la miró.

Ahora que había tenido algo de tiempo para recuperarse y que el dolor lacerante de su cráneo había dado paso a uno más apagado, consiguió averiguar qué era lo que la caja tenía de extraño y esta brotó en su mente, su forma y su espacio se solidificaron en sus pensamientos como las celdas de cera de una colmena.

La caja tenía un fondo falso, un compartimento secreto. Y, gracias a sus talentos, Sancia sabía que dentro de él había algo pequeño y envuelto en lino.

Hizo una pausa y reflexionó al respecto.

“¿Veinte mil duvots? ¿Por esto?”

Pero tampoco hacía falta darle más vueltas. Su objetivo solo era conseguir la caja. Sark se lo había dejado muy claro, y Sancia estaba muy bien vista entre los clientes porque siempre cumplía con lo que le pedían, ni más ni menos. Dentro de tres días le daría la caja a Sark y luego nunca volvería a saber nada de ella.

La dejó dentro del suelo falso, cerró la trampilla y luego el armario.

Después confirmó que las contraventanas y la puerta estaban bien cerradas y se dirigió a la cama, donde se sentó para, luego, dejar el estilete en el suelo junto a ella y respirar hondo.

"Mi casa —pensó—. Qué seguridad".

Pero la habitación tenía poco de hogar. Si alguien hubiese echado un vistazo en el interior, habría comprobado que Sancia vivía como la más asceta de las monjas: solo tenía una silla anodina, un cubo, una mesa sin adornos y una cama vacía, ni sábanas ni almohada.

Sí, se obligaba a vivir así. Prefería dormir con la ropa puesta que sobre unas sábanas. Le costaba mucho acostumbrarse a echarse sobre más tela, pero es que encima las sábanas eran un hervidero de piojos, pulgas y otros bichos, y sentir tantas patitas recorriéndole la piel la volvía loca. Y, cuando le ardía mucho la cicatriz, no podía permitirse verse abrumada por el resto de sentidos. Un exceso de luz o de colores era como si le clavasen unas uñas en el cráneo.

La comida era aún peor. Comer carne estaba del todo descartado: la sangre y la grasa no solo no le sabían bien, sino que le hacían sentir una sensación sobrecogedora de descomposición, podredumbre y putrefacción. Todas las fibras musculares y tendones recordaban ser parte de una criatura viva o estar conectadas y formar parte de un todo. Para ella, saborear la carne era como saber de inmediato y con mucha intensidad que lo que masticaba era un pedazo de cadáver.

Sintió náuseas. Sancia vivía a base de arroz con judías en su mayor parte, y también de vino de caña suave. No probaba las bebidas alcohólicas fuertes, ya que necesitaba tener el control absoluto de sus sentidos para sobrevivir. También había que tener en cuenta que el agua del Ejido no era muy fiable.

Sancia se encontraba sentada en la cama, inclinada hacia delante y balanceándose de un lado a otro a causa de la ansiedad. Se sentía pequeña y sola, como solía ocurrirle después de terminar un encargo, y echaba de menos una de las únicas necesidades de la especie humana que ansiaba: la compañía.

Era la única persona que había estado jamás en esa habitación, o en su cama, ya que tocar a otras era impensable para ella: no oía sus pensamientos, porque los pensamientos de las personas no eran una narración lineal y regular, en contra de la creencia popular. Lo que sentía era como una nube caliente y gigantesca de impulsos y neurosis aullantes y, cuando tocaba la piel de otra persona, notaba esa nube dentro de su cabeza.

La presión de otra carne o el roce de otra piel cálida eran quizá las sensaciones más intolerables para ella.

Pero quizá fuese mejor estar sola. Había menos riesgos.

Respiró hondo durante un momento e intentó calmarse.

"Estás a salvo —se dijo—. Y sola. Y eres libre. Otro día más".

Después se puso la capucha, se la ciñó a la cabeza, se tumbó y cerró los ojos.

Pero no consiguió dormir.

Después de pasar una hora tumbada en la cama, se incorporó, se quitó la capucha, encendió una vela, miró la puerta del armario cerrado y pensó:

"Esto... me perturba. Mucho".

Llegó a la conclusión de que el problema era el riesgo.

Sancia vivía con mucho cuidado, o al menos todo el cuidado que una podía cuando se ganaba la vida escalando torres y allanando lugares llenos de hombres armados y peligrosos. Siempre intentaba minimizar cualquier posible peligro.

Y, cuanto más pensaba en ello, el hecho de tener ahí junto a ella un objeto que valía la cantidad casi inconcebible de veinte mil duvots sin tener claro qué era en realidad...

Bueno. La ponía muy nerviosa. Sobre todo, teniendo en cuenta que iba a tener que quedársela tres bequeros días.

La importunaba porque sabía que las cosas más valiosas que había en la ciudad de Tevanne siempre eran los diseños de las inscripciones: las líneas que conformaban los sigilos que servían para inscribir los objetos. La creación de dichos diseños requería mucho esfuerzo y talento, y era la propiedad más protegida de cualquier casa de los mercaderes. Si conseguías el diseño de inscripción adecuado podías empezar a fabricar todo tipo de dispositivos mejores en una fundición, dispositivos que podían llegar a valer una fortuna. A Sancia le habían ofrecido muchas veces encargos para robar los diseños de las casas de los mercaderes, pero Sark y ella siempre los rechazaban, ya que los destruyecasas que los aceptaban no tardaban en aparecer pálidos y fríos flotando en un canal.

Y, aunque Sark le había asegurado que aquel encargo no tenía nada que ver con diseños de inscripciones, veinte mil duvots era una cantidad capaz de convertir a cualquiera en un imbécil.

Suspiró e intentó ignorar el pavor que empezaba a apoderarse de sus entrañas. Se acercó al armario, lo abrió, levantó el suelo falso y sacó la caja.

La miró durante un buen rato. Era de pino, sin adornar, y tenía un cierre de bronce. Se quitó los guantes y la tocó con las manos desnudas.

La forma y el diseño de la caja volvieron a brotar en su mente: una cavidad grande, llena de documentos. Volvió a sentir el fondo falso del interior, con ese objeto envuelto en lino ahí debajo. No había nada más. Y tampoco había forma de que nadie supiera que la había abierto en caso de hacerlo.

Sancia respiró hondo y lo hizo.

Estaba segura de que los documentos iban a estar cubiertos de hileras de sigilos, lo que habría sido una pena de muerte para ella, pero no fue el caso. Eran bocetos elaborados de lo que parecían piedras grabadas y antiguas con letras talladas.

Alguien había escrito unas notas en la parte inferior de uno de los bocetos. Sancia no era la persona más ilustrada del mundo, pero hizo lo que pudo para leerlas:

ARTEFACTOS DEL IMPERIO OCCIDENTAL

Es bien sabido que los hierofantes del imperio antiguo usaban una cantidad sorprendente de herramientas para trabajar, pero sus métodos nos son desconocidos. La inscripción moderna convence a los objetos de que su realidad es diferente a lo que es en realidad, pero los hierofantes del Imperio Occidental al parecer eran capaces de usar la inscripción para alterar directamente la realidad, de dar órdenes al mundo que los rodeaba y llevar a cabo cambios instantáneos y permanentes. Muchos han teorizado sobre cómo podría llegar a ser posible algo así, pero nadie ha conseguido repuestas concluyentes.

Cuando se estudian las historias de Crasedes el Grande, el primero de los hierofantes de Occidente, surgen más preguntas. En muchos de esos relatos y leyendas, Crasedes usa una especie de ayudante invisible para asistirlo con sus quehaceres. A veces se lo representa como un duendecillo, un espíritu o una especie de entidad.

¿Era esa entidad otra alteración de la realidad propia de los hierofantes? ¿Existía acaso? No lo sabemos, pero parece que las historias más impresionantes y misteriosas de Crasedes el Grande tienen algo en común: que construyó su propio dios artificial y consiguió dominar todo el mundo.

Si Crasedes estaba en posesión de una especie de entidad invisible, quizá no fuese más que un prototipo de esta iteración increíble y definitiva.

Sancia bajó el papel. No entendía absolutamente nada de lo que acababa de leer. Solo había oído hablar de los occidentales en una ocasión durante todo el tiempo que llevaba en Tevanne. Era una especie de cuento de hadas sobre unos gigantes antiguos o puede que ángeles, pero nadie aseguraba que los hierofantes fuesen reales. No obstante, quienquiera que hubiese escrito esas notas, que quizá era el propietario de la caja, sí que parecía tenerlo claro.

Sancia metió la mano en la caja, tocó el fondo con dos dedos y desencajó el fondo falso. Debajo de él se encontraba ese objeto pequeño envuelto en lino, que era casi tan largo como su mano.

Sancia hizo un amago de tomarlo, pero se detuvo.

No podía permitirse perder el dinero. Necesitaba conseguirlo para pagarle a un galeno capaz de curarle la cicatriz que tenía en la cabeza, capaz de solucionar su problema y convertirla en una persona... normal. O lo más parecido a una.

Se frotó la cicatriz que tenía en un lado del cráneo y luego miró dentro de la caja. Sabía que en algún lugar debajo de su cuero cabelludo, atornillada a su calavera, había una placa de metal bastante grande con unos sigilos enrevesados. Desconocía qué comandos había en ellos, pero sí estaba casi segura de que aquel era el origen de sus talentos.

También sabía que el hecho de que le hubiesen implantado la placa a la fuerza no importaría ni lo más mínimo a las casas de los mercaderes: un humano inscrito era algo a caballo entre una abominación y un espécimen escaso e inestimable, por lo que la tratarían como tal.

Esa era la razón por la que su operación iba a costarle tan cara. Sancia tendría que pagar a un galeno del mercado negro más de lo que las casas de los mercaderes podrían pagarle a él por entregarla, y sabía que las casas de los mercaderes estaban dispuestas a pagar mucho dinero.

Miró el fardo de lino que tenía en la mano. No sabía qué era, pero, a pesar de las advertencias de Sark, el riego de no saberlo era demasiado alto.

Soltó la caja, sacó el objeto y empezó a desenvolverlo. Vio un atisbo de oro mientras lo hacía.

"¿Algo de oro? ¿Una joya, en serio?"

Pero luego terminó de quitar la tela y vio que no se trataba de una joya.

Contempló el objeto que descansaba sobre el lino, en la palma de su mano.

Era una llave. Una grande y alargada hecha de oro con unos dientes intrincados y de una extrañeza sorprendente, así como una cabeza redondeada que hacía gala de un agujero tallado muy peculiar. A Sancia el agujero se le parecía al contorno de una mariposa.

—Pero, ¿qué? —dijo en voz alta.

La miró de cerca. Se trataba de un objeto muy curioso, pero era incapaz de ver por qué valía tanto dinero.

Después lo vio. A lo largo del extremo de la llave e intercalados entre los dientes: grabados. La llave estaba inscrita, pero los comandos eran tan finos, estrechos y complejos que... No se parecían a nada que hubiese visto antes.

Pero lo más extraño era que, aunque la llave estuviese inscrita, Sancia no la oía. ¿Por qué no le murmuraba en los pensamientos como hacían el resto de dispositivos inscritos con los que se había topado?

"No tiene sentido", pensó.

Tocó la llave dorada con un dedo sin guante.

Y, justo cuando lo hizo, oyó una voz en su mente. No era la típica avalancha de sensaciones, sino una voz real, tan nítida que sonaba como si hubiese alguien a su lado, hablándole rápido y con tono monótono.

<Genial. ¡Primero la caja y ahora esto! Ay, mírala... me apuesto lo que sea a que no sabe lo que es el jabón...>

Sancia soltó un grito ahogado y soltó la llave, que cayó al suelo. Después dio un salto para alejarse de ella, como si lo que tenía a sus pies fuese una rata rabiosa.

La llave estaba quieta, como lo estaría cualquier llave.

Echó un vistazo a su alrededor. Tenía muy claro que estaba sola en la estancia.

Se agachó y miró la llave. Después extendió la mano y la tocó con cuidado...

La voz volvió a sonar de repente en sus oídos.

<...es imposible que me haya oído. ¡Imposible! Pero lo cierto es que... me mira como si me hubiese oído y... ahora me ha vuelto a tocar. Sí. Sí. Algo me dice que esto no va bien.>

Sancia apartó el dedo como si la llave la hubiese quemado. Volvió a echar un vistazo a su alrededor y se preguntó si se estaría volviendo loca.

—Esto es imposible —murmuró.

Después ignoró toda precaución y tomó la llave del suelo.

Nada. Silencio. Puede que se lo acabara de imaginar.

Después la voz dijo:

<Me lo estoy imaginando, ¿verdad? No puedes oírme... ¿no?>

Parpadeó, sin saber muy bien qué hacer. Después dijo en voz alta:

—Pues... sí.

<Mierda. ¡Mierda! ¿Cómo es posible? ¿Cómo es que me oyes? No he conocido a nadie capaz de hacerlo en... es que ni lo sé. No recuerdo cuándo fue la última vez. Aunque la verdad es que no recuerdo gran cosa, ya que estamos...>

—Esto es imposible —dijo Sancia, por segunda vez.

<¿El qué?>, preguntó la voz.

—Eres una... una...

<¿Una qué?>

—Una... —Tragó saliva— una llave.

<Soy una llave, sí. Creía que no había dudas al respecto.>

—Bien, pero eres... una llave que habla.

<Cierto. Y tú eres una niña mugrienta que puede oírme —dijo la voz en su oído—. Llevo hablando desde mucho antes de que nacieras, niña, por lo que yo creo que aquí el normal soy yo.>

Sancia rio, desquiciada.

—Esto es una locura. Es una locura. Tiene que serlo. Me he vuelto loca.

<Es posible. Es posible. La verdad es que no sé cuál es tu situación, pero eso no tiene nada que ver conmigo —carraspeó—. Bueno. ¿Dónde estoy? Y, ah, sí. Cierto. Me llamo Clef, ya que estamos. Ahora dime, ¿tú quién eres?>

Capítulo Cuatro

Sancia dejó la llave en el suelo falso del armario, lo tapó con fuerza y cerró al armario de un portazo.

Se quedó mirándolo unos instantes, mientras jadeaba. Después se acercó a la puerta de su apartamento, abrió los seis cerrojos y echó un vistazo por el pasillo.

Vacío. Tenía sentido, ya que eran más o menos las tres de la mañana.

Cerró la puerta, volvió a pasar los cerrojos y se dirigió a las contraventanas. Las abrió y echó un vistazo al exterior mientras el pánico le revoloteaba en la caja torácica como una polilla atrapada. Tampoco vio movimiento en las calles.

No sabía por qué lo hacía. Quizá solo era por puro arrebato, porque algo tan indómito, demencial e increíble tenía por fuerza que hacer que el peligro la rondase.

Aun así, no vio nada. Por ahora, al menos.

Cerró las contraventanas y pasó el cerrojo. Después se sentó en la cama, con el estilete en la mano. No estaba segura de qué iba a hacer con él. ¿Apuñalar la llave? Pero se sentía mejor mientras lo sostenía.

Se puso en pie, volvió a acercarse al armario y dijo:

—Voy... Voy a abrir la puerta y a sacarte de ahí ahora mismo. ¿De acuerdo?

Silencio.

Soltó un resoplido tembloroso.

"¿En qué me he metido?"

Estaba acostumbrada a que los dispositivos inscritos le murmurasen cosas, pero que uno hablase con ella directamente como si fuese un vendedor callejero con sobredosis de cafeína...

Abrió la puerta del armario, levantó el suelo falso y miró la llave. Después apretó los dientes, con el estilete aún en la mano izquierda, y la tomó con la derecha.

Silencio. Puede que lo acabase de soñar o se lo hubiese imaginado. Después oyó la voz en su mente:

<Eso ha sido una reacción exagerada, ¿no crees?>

Sancia se estremeció.

—Pues no, no lo creo —respondió—. Si la silla empezase a hablarme, me tiraría por la puta ventana. ¿Qué mierda eres?

<Ya te he dicho quién soy. Me llamo Clef. Tú eres la que no me ha dicho su nombre.>

—¡No tengo porque decirle mi nombre a un maldito objeto! —dijo Sancia, enfadada—. ¡Tampoco tenía pensado presentarme al pomo de la puerta!

<Tienes que calmarte, chiquilla. Como sigas así te va a dar un ataque. Y no me gustaría quedarme encerrado en el apartamento más cutre del mundo con el cadáver en descomposición de una niña mugrienta.>

—¿Qué casa de los mercaderes te fabricó? —exigió saber Sancia.

<¿Eh? ¿Casa? ¿Mercaderes? ¿Qué?>

—¿Qué casa de los mercaderes te fabricó? ¿Dandolo? ¿Candiano? ¿Morsini, Michiel? ¿Cuál de ellas ha creado esto... esto que eres, seas lo que seas?

<No sé de qué hablas. ¿Qué crees que soy?>

—¡Un dispositivo inscrito! —respondió, desesperada—. Alterado, aumentado, exaltado. ¡No sé cuál será el término exacto que usan en los campos! Eres un artilugio, ¿no?

Clef se quedó en silencio durante un rato. Después dijo:

<Jum. Bien. Intento encontrar la manera de responder a eso, pero... una pregunta rápida. ¿A qué te refieres con 'inscrito'?>

—¿No sabes lo que son las inscripciones? Son los... símbolos que tienes dibujados, esas cosas que te convierten en lo que eres... ¡seas lo que seas! —Miró de cerca los dientes de la llave. No sabía demasiado de inscripciones, ya que tenía entendido que hacían falta miles de certificaciones y cursos para aprender, pero sí que tenía claro que nunca había visto sigilos como esos—. ¿De dónde has salido?

<¡Vaya, una pregunta que sí puedo responder!>, dijo Clef.

—Pues responde.

<No hasta que me digas tu nombre, al menos. Me has comparado con el pomo de una puerta y con una silla, y también has dicho que era un... 'artilugio' —Pronunció la palabra con un menosprecio manifiesto—. Creo que merezco que se me trate mejor, la verdad.>

Sancia titubeó. No tenía muy claro por qué era tan reacia a decirle su nombre a Clef. Quizá fuese una de esas ideas que había sacado de los cuentos infantiles: la niña imbécil que le decía su nombre a un demonio malvado. Pero terminó por ceder y dijo:

—Sancia.

<¿San-ci-a?>

Lo dijo como si fuese el nombre de un plato grotesco.

—Sí. Me llamo Sancia.

<Sancia, bien —dijo Clef—. Un nombre terrible. Bueno, ya sabes que yo me llamo Clef, así que...>

—Así que ¿de dónde has salido, Clef? —repitió, frustrada.

<Esa es fácil —dijo Clef—. De la oscuridad.

—¿Cómo...? ¿Qué? ¿La oscuridad? ¿Eres de la oscuridad?

<Sí. De un lugar oscuro. Muy oscuro.>

—¿Y dónde está ese lugar oscuro?

<¿Cómo voy a saberlo? No es que tenga un marco de referencia, chiquilla. Lo único que sé es que entre el lugar del que vengo y este hay mucha agua.>

—Entonces llegaste desde el otro lado del océano. Lo suponía. ¿Quién te envió a este lugar?

<Unos tipos. Sucios. Apestosos. Y no dejaban de hablar. Creo que te llevarías muy bien con ellos.>

—¿Dónde estabas antes de estar en la oscuridad?

<No hay nada antes de la oscuridad. Solo oscuridad. Siempre estuve en la oscuridad..., que yo recuerde.>

Dejó entrever cierto atisbo de ansiedad en la voz al responder.
—¿Y qué hacías en la oscuridad? —preguntó Sancia.
<Nada. Solo estaba yo, la oscuridad y nada más. Durante...>
Hizo una pausa.
—¿Durante cuánto tiempo?
Clef rio con tristeza.
<Imagina una gran cantidad de tiempo. Después multiplícala por diez. Luego multiplica el resultado por cien. Y luego por mil. Pues ni se acercaría al tiempo que pasé allí. En la oscuridad. Solo.>
Sancia se quedó en silencio. Lo que acababa de describir Clef era algo que a ella se le asemejaba a un infierno, y parecía que él no lo pasaba nada bien al hablar del tema.
<Aunque no sé si este lugar es mejor, la verdad —dijo Clef—. ¿Qué es? ¿Una prisión? ¿A quién mataste? Seguro que era alguien muy importante para que te encerrasen aquí.>
—Es mi apartamento.
<¿Vives aquí por voluntad propia? Pero... ¿no tienes para comprarte ni un cuadrito o algo?>
Sancia decidió cambiar de tema.
—Clef... sabes que te he robado, ¿verdad?
<Ah, pues... no. ¿Me... robaste? ¿Quién me tenía?>
—No lo sé. Estabas en una caja fuerte.
<Vaya, ¿quién es ahora el que está dando unas respuestas de mierda y nada satisfactorias? ¿Cómo te sientes? Supongo que esa es la razón por la que pareces estar tan asustada.>
—Estoy asustada —dijo Sancia—. Para llegar hasta a ti tuve que hacer mil cosas por las que podrían haberme estrincado en un abrir y cerrar de ojos.
<¿Estrincado? ¿Eso qué es?>
Sancia suspiró e intentó explicarle rápido a Clef que 'estrincar' era un método de tortura y ejecución públicas en Tevanne: se colocaba al condenado en un palenque, y el estrinque, que era un cable estrecho y muy resistente unido a un dispositivo pequeño e inscrito, se le ataba alrededor del cuello, las manos, los pies o las partes pudendas. Luego y para desgracia del condenado, el dispositivo empezaba a tirar del cable con fuerza y a ceñir el lazo centímetro a centímetro,

hasta que se le clavaba en la carne y amputaba por completo la extremidad seleccionada.

Era un espectáculo muy popular en Tevanne, pero Sancia nunca había presenciado un estrincamiento. En parte porque, si tenía en cuenta a lo que se dedicaba, era muy posible que ella acabase dentro del lazo del cable.

<Ah. Vaya. Entiendo que tengas tanta prisa, entonces.>

—Así es. Dime. No sabes a quién pertenecías, ¿verdad?

<Qué va.>

—Ni quién te creó.

<Acabas de dar por hecho que me crearon, algo de lo que yo no estoy tan seguro, por el momento.>

—Eso es una locura. ¡Alguien tiene que haberte creado!

<¿Por qué?>

No se le ocurrió una buena respuesta a esa pregunta. Más bien intentaba valorar si estaba en peligro o no. Clef era, sin duda y obviamente, el dispositivo inscrito más avanzado con el que se había topado jamás, y estaba muy segura de que era un dispositivo inscrito. Pero de lo que no estaba tan segura era de que alguien estuviese dispuesto a pagar una fortuna así por él. Una llave que solo servía para insultarte en tu mente no le parecía un objeto muy valioso para las casas de los mercaderes.

—Clef —llamó—, como eres una llave... ¿sabes qué es lo que abres?

<Sabes que no tienes por qué hablar en voz alta, ¿verdad? Oigo tus pensamientos.>

Sancia soltó la llave y se apartó hasta un rincón de la habitación.

Miró a Clef y reflexionó. No le gustaba la idea de que un objeto inscrito fuese capaz de leerle la mente. Ni un pelo. Intentó recordar todas las cosas en las que había pensado desde que empezara a hablar con el objeto. ¿Le habría revelado algún secreto? ¿Podría Clef oír incluso los pensamientos de los que ella no era consciente?

“Si exponerte a él era peligroso, es un peligro que ya no puedes evitar”, pensó.

Se acercó sin dejar de fulminar la llave con la mirada, le tocó uno de los dientes y dijo:

—¿A qué narices te refieres con lo de que oyes mis pensamientos?

<Espera. Perdón. Me he expresado mal. Oigo algunos de tus pensamientos. ¡Solo lo hago si los piensas con la intensidad suficiente!>

Recogió la llave del suelo.

—¿Cómo que 'con la intensidad suficiente'?

<¿Por qué no intentas pensar en algo con intensidad y yo te digo si lo he oído o no?>

Sancia pensó algo sobre Clef con mucha intensidad.

<Muy divertido —dijo Clef—. Obviamente, no puedo hacer lo que sugieres. No tengo los orificios necesarios.>

<Un momento —pensó Sancia, tratando de hacerlo con intensidad—. ¿De verdad puedes oírme?>

<Sí.>

<¿Oyes lo que estoy pensando ahora mismo?

<Sí.>

<¿Cada palabra?>

<No, lo de 'sí' lo he dicho porque me apetecía. Sí. ¡Claro que te oigo!>

No estaba segura de cómo sentirse al respecto. Era como si Clef hubiese subido a una habitación del piso de arriba de su mente y le susurrase a través de un agujero en el techo. Se afanó por recordar de qué estaba hablando con él.

<¿Qué abres, Clef?>, le preguntó.

<¿A qué te refieres?>

<Eres una llave, ¿no? Las llaves abren cosas. Aunque a lo mejor tampoco lo recuerdas.>

<Ah. No, no. Eso sí que lo recuerdo.>

<Pues, ¿qué abres?>

<Cualquier cosa.>

Se hizo el silencio.

<¿Eh?>, dijo Sancia.

<¿Cómo que 'eh'?>, preguntó Clef.

<¿A qué te refieres con 'cualquier cosa'?>

<A eso mismo. Cualquier cosa. Abro todo lo que tenga una cerradura. Y hasta algunas cosas que no la tienen.>

<¿Qué? Te estás burlando.>

<Es cierto.>

<¿Cómo va a ser cierto?>

<¿No me crees? ¿Por qué no lo pruebas?>

Sancia reflexionó al respecto y tuvo una idea. Se acercó al armario abierto. En uno de los rincones se encontraba su colección de cerraduras para practicar, que había sacado de algunas puertas o robado en tiendas de mecanicistas, y con las que trabajaba de vez en cuando para perfeccionar sus habilidades.

<Te aseguro que has elegido a la peor persona a la que mentirle sobre este tema, así que espero que digas la verdad>, comentó.

<Mira y aprende>, dijo Clef.

Eligió una de las cerraduras, una Miranda Brass, que se consideraba una de las cerraduras sin inscribir más formidables de todo Tevanne. A pesar de lo habilidosa que era, Sancia tardaba entre tres y cinco minutos en abrirla.

<¿Y ahora qué hago? —preguntó—. ¿Te meto en la cerradura y ya?>

<¿Qué otra cosa ibas a hacer con una llave?>

Sancia levantó a Clef, le dedicó una mirada cargada de desconfianza y, luego, deslizó la llave dorada dentro de la cerradura.

Al momento se oyó un fuerte clic y la Miranda Brass se abrió.

Sancia se quedó mirando.

—Mierda—susurró.

<¿Ahora me crees?>, preguntó Clef.

Sancia soltó la Miranda Brass y tomó otra. Era una Genzetti, que no era tan resistente como las Miranda, pero sí más complicada. Metió a Clef en ella.

Clic.

—Dios mío —dijo Sancia—. Que me estrinquen... ¿cómo lo haces?

<Ah. Pues es fácil. Todas las cosas cerradas quieren abrirse. Están hechas para abrirse, pero también para ser muy reacias a ello. Solo hay que pedirlo de manera adecuada, desde dentro de ellas.>

<Entonces... ¿no eres más que una ganzúa muy educada?>

<Es una forma muy simplista de definirlo, pero sí, lo que tú digas.>

Hicieron lo mismo con el resto de cerraduras, una a una. Y cada vez que Clef entraba en una, se abría al instante.

<No... no me lo creo>, dijo Sancia.

<Es lo que soy, chiquilla. Es mi trabajo>, dijo Clef.

Sancia se quedó con la mirada perdida y pensando. Una idea inevitable se apoderó de ella.

Si se quedaba con Clef, sería capaz de robar en el Ejido sin despeinarse y ahorrar el dinero suficiente para pagar a los galenos del mercado negro, volver a ser normal y marcharse de la ciudad. Puede que ni siquiera necesitase los veinte mil que el cliente le había ofrecido.

Pero Sancia estaba segura de que dicho cliente era de una de las cuatro casas de los mercaderes, ya que eran los que comerciaban con objetos inscritos. Y, por desgracia, no podía usar una ganzúa para defenderse de la docena de cazarrecompensas contratados por las casas que empezarían a buscarla para hacerla pedazos. A Sancia se le daba bien huir, y con Clef seguro que llegaba muy lejos, pero era muy complicado escapar de un enemigo así.

<Eso ha sido muy aburrido. ¿Esas son las mejores cerraduras que tienes?>, preguntó Clef.

Sancia salió de su ensoñación.

<¿Eh? Pues sí.>

<¿En serio? ¿No tienes alguna mejor?>

<No hay mecanicista que haya soñado siquiera con algo mejor que una Miranda Brass. No es necesario. No mientras los objetos inscritos sigan estando en manos de los ricos de verdad, únicamente.>

<¿Eh? ¿Cerraduras inscritas? ¿A qué te refieres?>

Sancia hizo un mohín y se preguntó cómo iba a explicarle lo que era la inscripción.

<Veamos. Hay unas cosas llamadas 'sigilos', que son como una especie de alfabeto angelical descubierto por los escribas o algo así. Sea como fuere, cuando escribes los sigilos adecuados en las cosas, haces que sean... diferentes. Imagina que escribes el sigilo que significa 'piedra' en algo de madera, pues se volvería un poco más parecida a la piedra: más resistente y más impermeable. Es como si... no sé, como si ese sigilo convenciese a la madera para ser algo que no es.>

<Suena aburrido. ¿Eso qué tiene que ver con las cerraduras?>

<Maldición... no sé cómo explicarlo. Los escribas encontraron la manera de combinar sigilos para crear nuevos idiomas. Idiomas más específicos, más poderosos, capaces de convencer a los objetos

para ser muy diferentes. Más todavía. Con ellos son capaces de hacer que las cerraduras solo se abran con una llave específica en todo el mundo y que esa sea la única manera. El hecho de abrirla o no deja de tener que ver con mover las palancas de una manera u otra. La cerradura sabe que solo puede abrirse cuando se le mete una llave concreta.>

<Ah, interesante. ¿Tienes algunas de esas por aquí?>, preguntó Clef.

<¿Qué? Mierda, no. ¡No tengo cerraduras inscritas! ¡Si fuese lo bastante rica para permitirme una, no viviría en una barriada en la que el baño no es más que una habitación con un cubo y una ventana!>

<Aj. ¡Mira, eso era algo que no quería saber!>, dijo Clef, asqueado.

<Abrir las cerraduras inscritas es imposible. Todo el mundo lo sabe.>

<Pues no. Como te he dicho, todo lo que está cerrado ansía abrirse.>

Sancia nunca había oído nada de objetos capaces de abrir cerraduras inscritas, pero lo cierto es que tampoco había oído nada de objetos inscritos con los que pudieses hablar.

<¿De verdad crees que podrías abrir cerraduras inscritas?>

<Claro que sí. ¿Quieres que te lo demuestre? —preguntó, petulante—. Tú tráeme la cerradura inscrita más grande e infame que seas capaz y la abriré como si fuese de paja.>

Sancia miró por la ventana. Ya casi había amanecido, y el sol asomaba por las paredes distantes de un campo para proyectarse por las azoteas inclinadas del Ejido.

<Lo tendré en cuenta>, dijo.

Después guardó a Clef en el suelo falso, cerró la puerta del armario y se tumbó en la cama.

Sancia estaba sola en la habitación y empezó a recordar la última reunión que había tenido con Sark, en la lonja abandonada que había en el canal Anafesto.

Recordó evitar los cables trampa y los cepos que Sark había colocado para ella. Sark decía que eran un 'seguro', porque sabía que Sancia, gracias a sus talentos, era la única capaz de evitarlos sin problema. Cuando evitó el último cable trampa con cautela y subió las escaleras, vio un rostro arrugado y lleno de cicatrices que salía de entre las sombras de aquel edificio apestoso, uno que, para su sorpresa, le sonreía.

"Tengo un chollo para ti, San —había comentado con voz grave—. He pescado uno gordo, sin lugar a dudas".

Marino Sarccolini era su perista, su agente y lo más parecido que había tenido jamás a un amigo. Aunque eran pocos los que alguna vez habían pensado en hacerse amigos de Sark, ya que era una de las personas más desfiguradas que Sancia había visto.

Sark tenía un pie, no tenía orejas, tampoco nariz y le faltaban varios dedos en las manos. A veces le daba la impresión de que la mitad de su cuerpo estaba cubierto por tejido cicatrizado. Tardaba horas en recorrer la ciudad, sobre todo si había escaleras de por medio, pero era astuto e ingenioso. Había sido "trabajador de los canales" para la compañía Candiano, un agente que organizaba robos, espionajes y sabotajes contra las otras tres casas de los mercaderes. El puesto se llamaba así porque era un trabajo sucio, tan sucio como lo estaban los canales de Tevanne. Pero el fundador de la compañía Candiano se había vuelto loco por razones desconocidas, la compañía había estado a punto de desaparecer y habían despedido a casi todo el mundo a excepción de los escribas más valiosos. Toda esa gente, acostumbrada a vivir en el campo de la compañía, se había visto obligada a mudarse al Ejido.

Y ese era el lugar en el que Sark había seguido haciendo lo que siempre había hecho: sabotajes, robar y espiar a las cuatro principales casas de los mercaderes.

Pero en el Ejido no contaba con la protección de antes, por lo que unos trabajadores de la casa Morsini lo habían descubierto después de una incursión demasiado arriesgada. Lo secuestraron y lo dejaron para el arrastre.

Era lo que tenía vivir en el Ejido.

Cuando lo vio aquel día en la lonja, Sancia se había sorprendido por la expresión de su rostro. Nunca lo había visto... disfrutando. Una persona como Sark tenía pocas cosas de las que disfrutar. Le había resultado incómodo.

El tipo había empezado a hablar y a comentar por encima el trabajo. Ella lo había escuchado hasta que le había dicho la recompensa, momento en el que Sancia resopló y le dijo que tenía que ser una estafa, que nadie iba a pagarles una cantidad así.

En ese momento, Sark le había dado el sobre de cuerda. Ella lo miró y soltó un grito ahogado.

En el interior había casi tres mil en duvots de papel moneda. Algo muy extraño en el Ejido.

—Un anticipo —dijo Sark.

—¡¿Qué!? Nunca nos pagan anticipos.

—Lo sé.

—¡Y menos en papel moneda...!

—Lo sé.

Sancia lo había mirado con cautela.

—¿Es para robar un diseño, Sark? Ya sabes que no robo diseños de inscripción. Podríamos acabar estrincados.

—No sé si me creerás, pero no tiene nada que ver con diseños. Solo tienes que robar una caja. Una caja pequeña. Los diseños de inscripciones tienen docenas o, incluso, cientos de páginas, por lo que creo que podemos descartar que se trate de un diseño.

—¿Y qué hay dentro de la caja, entonces?

—No lo sabemos.

—¿Y de quién es la caja?

—Tampoco lo sabemos.

—¿Y quién quiere la caja?

—Alguien dispuesto a pagar veinte mil duvots.

Sancia se lo pensó. Era algo habitual en su oficio. Era mejor que las partes implicadas supiesen lo menos posible la una de la otra.

—Bueno. ¿Y cómo se supone que vamos a hacernos con la caja? —preguntó.

Él ensanchó la sonrisa, que dejó entrever unos dientes torcidos.

—Me alegra que me lo preguntes...

Y, luego, se sentaron y lo planearon todo hasta el último detalle.

Pero después de la emoción de prepararlo todo, de discutirlo en la oscuridad de la lonja, un extraño pánico había empezado a extenderse por las entrañas de Sancia.

—¿Tendría que preocuparme por algo, Sark?

—Que yo sepa, no.

—¿Y algo que sospeches?

—Tengo la sospecha de que está relacionado con las casas. Son los únicos capaces de regalar tres mil en papel moneda. Ya hemos trabajado antes para ellas cuando necesitan pasar desapercibidas, y se podría decir que es el típico trabajo de haz lo que te pidan, te pagarán bien y conseguirás que tus tripas se queden donde tienen que estar.

—¿Y qué tiene de diferente, entonces?

Se lo pensó durante un rato y respondió:

—Esta recompensa... tiene que ser de un pez gordo, ¿sabes? Un fundador o un familiar. De gente que vive detrás de muros y muros y más muros. Y cuanto más alto subes en los escalafones de las casas, más ricos, locos y estúpidos se vuelven. Podríamos estar robando el juguete de un príncipe. O la varita de Crasedes el Grande.

—Qué tranquilizador.

—Sí. Por eso tenemos que hacerlo bien, Sancia.

—Yo siempre lo hago bien.

—Lo sé. Eres una profesional, pero si es cosa de los peces gordos, tenemos que ser más cuidadosos aún. —Extendió los brazos—. Mírame. Tienes ante ti una muestra de lo que ocurre cuando te topas con ellos. Y tú...

Sancia lo fulminó con la mirada.

—¿Y yo qué?

—Bueno. Antes les pertenecías, así que sabrás bien cómo pueden llegar a ser.

Sancia se incorporó despacio en la cama. Estaba muy cansada y le dolía todo, pero no era capaz de dormir.

Ese comentario... 'les pertenecías' la había molestado en aquel momento. Y la seguía molestando.

La cicatriz que tenía en un lado de la cabeza empezó a arderle, así como las que tenía en la espalda, que eran muchas más.

"Ya no les pertenezco —pensó, para convencerse a sí misma—. Ahora soy libre".

Pero sabía que eso no era del todo cierto.

Abrió el armario, levantó el suelo falso y tomó a Clef.

—Vamos —dijo.

<¡Al fin!>, exclamó Clef, emocionado.

Capítulo Cinco

Sancia pasó un cordel por la cabeza de Clef y se lo colgó alrededor del cuello, oculto debajo de su jubón. Después bajó por las escaleras del edificio y salió por una puerta lateral. Examinó la calle embarrada por si la vigilaban y continuó su camino.

Las calles de Entremuros estaban a rebosar de gente, que se tambaleba o merodeaba por las aceras de madera. La mayoría eran trabajadores que se bamboleaban de camino al trabajo, con resaca a causa del exceso de vino de caña de la noche anterior. El ambiente estaba brumoso y húmedo, y las montañas se alzaban en la distancia, oscuras y humeantes. Sancia nunca había ido más allá de Tevanne, como la mayoría de los tevanníes. Puede que vivir en la ciudad fuese complicado, pero las selvas montañosas eran mucho peores.

Sancia dobló una esquina y vio un cuerpo tumbado frente a ella en la calle, con la ropa oscurecida a causa de la sangre. Cruzó la calle para evitarlo.

<Diablos>, dijo Clef.

<¿Qué?>

<¿Ese tipo estaba muerto?>

<¿Cómo ves, Clef? No tienes ojos.>

<¿Sabes cómo funcionan tus ojos?>

<Ahí me has sorprendido, supongo.>

<Bien, tú lo viste, ¿verdad? ¿Estaba muerto ese tipo?>

Sancia echó la vista atrás y observó el pedazo de garganta que le faltaba al cadáver.

<Más le vale que sí.>

<Vaya. Y... ¿nadie va a hacer nada al respecto?>

<¿Como qué?>

<Como... no sé. ¿Encargarse del cuerpo?>

<Puede. He oído que hay mercado de huesos humanos en el Ejido, al norte de aquí. Aunque nunca he sabido para qué querría alguien huesos humanos.>

<No, no me refería a eso. ¿Nadie va a intentar descubrir quién lo ha matado? ¿No tenéis autoridades que intenten asegurarse de que no ocurran este tipo de cosas?>

<Ah. Pues no>, respondió Sancia.

Y luego lo explicó.

Las casas de los comerciantes eran las que habían hecho crecer a Tevanne, por lo que era inevitable que la mayoría de las propiedades de la ciudad acabasen en sus manos. Pero las casas también eran competidores que protegían con recelo los diseños de inscripciones, ya que, como todo el mundo sabía, las propiedades intelectuales eran las más fáciles de robar.

Eso significaba que todos los territorios en manos de las casas estaban muy bien protegidos, detrás de muros y puertas y puntos de control, inaccesibles para todo el mundo, a excepción de aquellos que tenían los permisos adecuados. Dichos territorios estaban tan restringidos y controlados que se podían llegar a considerar países diferentes, que la ciudad de Tevanne reconocía más o menos.

Cuatro pequeñas ciudades-estado amuralladas dentro de Tevanne, regiones del todo diferentes, con sus escuelas, sus zonas residenciales, sus mercados y sus culturas. Los enclaves de las casas de los mercaderes, los campos, ocupaban casi un ochenta por ciento de la ciudad.

Pero si no trabajabas para una casa o no estabas afiliado a ellas, que era lo mismo que decir que eras pobre, lisiado, analfabeto o el tipo de persona equivocada, entonces te veías obligado a vivir en el veinte por ciento restante de la ciudad: un revoltijo tortuoso y disperso de calles, plazas y lugares intermedios. El Ejido.

Había muchas diferencias entre el Ejido y los campos. Por ejemplo, los campos tenían sistema de alcantarillado, agua potable, carreteras bien cuidadas y sus edificios no se derrumbaban, algo que no siempre era así en el Ejido. Los campos también tenían toda una plétora de dispositivos inscritos que hacían que la vida de sus habitantes fuese más sencilla, algo que tampoco era siempre así en el Ejido. Entrar en el Ejido con una baratija inscrita y sofisticada era como una invitación a que te degollasen y te robasen al momento.

Esto ocurría porque las leyes eran otra de esas cosas que había en los campos y de las que carecía el Ejido.

Cada campo tenía sus propias normas y cuerpos de seguridad, todo dentro de sus inconexas y tortuosas fronteras. La individualidad de cada uno de los campos se consideraba sagrada, por lo que no había leyes que se aplicaran en toda la ciudad ni tampoco un cuerpo de seguridad general ni un sistema judicial para todo Tevanne. Ni siquiera prisiones. Para conseguirlo, la élite tevanní había decidido que el gobierno de la ciudad estuviese supeditado al gobierno de los campos.

Por lo que, si formabas parte de una casa de los comerciantes y vivías en un campo, sí que disponías de ese tipo de cosas.

Si no era el caso y vivías en el Ejido, entonces te limitabas a... estar ahí. Y, teniendo en cuenta las enfermedades, la hambruna, la violencia y a saber qué más, lo más probable es que no estuvieses ahí durante mucho tiempo.

<Por todos los infiernos. ¿Cómo puedes vivir así?>, preguntó Clef.

<Pues igual que todo el mundo, supongo —dijo Sancia al tiempo que giraba a la izquierda—. Día a día.>

Terminaron por llegar a su destino. Frente a ella, la barriada húmeda y destartalada de Entremuros se detenía de improviso junto a una pared alta, lisa y blanca de unos veinte metros de alto. Limpia, perfecta e inmaculada.

<Vamos a acercarnos a algo enorme e inscrito, ¿verdad?>, preguntó Clef.

<¿Cómo lo sabes?>

<Lo sé y punto.>

Eso la inquietaba. Ella era capaz de saber si algo estaba inscrito cuando se acercaba a unos metros y empezaba a oír los murmullos en su mente, pero Clef parecía ser capaz de hacerlo a decenas de metros de distancia.

Caminó por la pared hasta que lo encontró. Había una puerta de bronce enorme y con grabados, intrincada y ornamentada, con el logotipo de una casa en medio: el martillo y el cincel.

<Qué puerta más grande, ¿no? ¿Qué es este lugar?>, preguntó Clef.

<Es el muro del campo Candiano. Eso que hay en la puerta es el logotipo de la casa.>

<¿Quiénes son?>

<Una casa de los mercaderes. Antes era la mayor, pero su fundador se volvió loco y he oído que lo encerraron en una torre en alguna parte.>

<No creo que eso sea muy bueno para los negocios.>

<No —. Sancia se acercó a la puerta y oyó ese rumor distante en su cabeza—. Nadie sabe para qué usan esta puerta. Algunos dicen que es para negocios secretos, cuando los Candiano quieren colar a alguien desde el Ejido. Otros comentan que es para que entren y salgan las prostitutas. Nunca la he visto abierta. No está protegida porque creen que nadie puede abrirla. Porque está inscrita, claro. —Se colocó frente a la puerta. Era alta, de tres metros más o menos—. ¿Crees que tú podrías, Clef?>

<Ah. Pues me encantaría intentarlo>, dijo él con inesperado placer.

<¿Cómo piensas conseguirlo?>

<Todavía no lo sé. Ya veré. ¡Vamos! Aunque no lo consiga, ¿qué es lo peor que podría pasar?>

Sancia sabía que la repuesta a esa pregunta era "muchas cosas". Toquetear algo relacionado con las casas de los mercaderes era la mejor manera de perder una mano o la cabeza. Sabía que aquello no era propio de ella, pasear por el Ejido con bienes robados a plena luz del día, sobre todo teniendo en cuenta que ese bien robado en particular era el artilugio inscrito más avanzado que había visto jamás.

Era poco profesional. Arriesgado. Estúpido.

Pero aquel comentario despreocupado de Sark: "Antes les pertenecías, así que sabrás bien cómo pueden llegar a ser" no dejaba de resonar en su cabeza. Se sorprendió al darse cuenta de lo mucho que la había afectado, aunque no estuviese segura de la razón. Siempre había sabido cuando hacía un trabajo para las casas de los mercaderes y nunca se había planteado siquiera hacerlo mal.

Pero que Sark le hubiese dicho eso la llenaba de rencor.

<¿A qué esperas?>, comentó Clef.

Sancia se acercó a la puerta y contempló las inscripciones que recorrían el marco. Oyó el murmullo tenue en su mente, como le ocurría cada vez que se encontraba cerca de un objeto alterado...

Después se arrodilló y metió a Clef en la cerradura. Y los murmullos se convirtieron en gritos.

Gritos con preguntas que brotaron en su mente, todas dirigidas a Clef, haciéndole decenas o centenares de ellas, intentando descubrir qué era. Muchas iban demasiado rápido como para que Sancia las comprendiera, pero consiguió encontrarles sentido a algunas:

<¿ERES LA ESPUELA ENJOYADA QUE FORJARON PARA LA DAMA EL QUINTO DÍA?>, aulló la puerta a Clef.

<No, pero...>

<¿ERES LA HERRAMIENTA DEL MAESTRO, LA VARITA DE HIERRO CON LOS GRABADOS INVERTIDOS QUE SOLO PUEDE ENTRAR UNA VEZ CADA QUINCE DÍAS?>

<Bueno, mira, es que...>

<¿ERES LA LUZ TITILANTE, CREADA PARA ENCONTRAR LAS IMPERFECCIONES DEL OTTONE?

<Un momento. ¿Qué...?>

Y siguieron sin parar. Iban demasiado rápido como para que Sancia entendiese algo, y ya de por sí le resultaba increíble oírlo siquiera, pero era capaz de interpretar retazos de la conversación. Sonaban como preguntas de seguridad, como si la puerta inscrita esperase una llave específica y descubriese poco a poco que Clef no era dicha llave.

<¿ERES ARMAMENTO FÉRRICO, FORJADO PARA ROMPER LOS JURAMENTOS QUE HAN RECAÍDO EN MÍ?

<Algo así>, dijo Clef.

Una pausa.

<¿ALGO ASÍ?>

<Ajá.>

<¿EN QUÉ SENTIDO ERES ARMAMENTO FÉRRICO, FORJADO PARA ROMPER LOS JURAMENTOS QUE HAN RECAÍDO EN MÍ?>

<Bueno, es complicado. Deja que te lo explique.>

La información empezó a fluir entre Clef y la puerta. Sancia aún intentaba acostumbrarse, pero era como intentar tragarse un océano de una vez. Sospechaba que mientras tocase a Clef sería capaz de oír todo lo que él oía.

Pero lo único que le pasaba por la cabeza era: "¿Eso es lo que son los dispositivos inscritos? ¿En serio? Son como... ¿mentes? ¿Piensan?".

Era algo que no esperaba. Estaba acostumbrada a oír un tenue murmullo cuando se encontraba cerca de dichos dispositivos, pero siempre había dado por hecho que eran cosas, objetos y nada más.

<Explícamelo otra vez>, pidió Clef.

<CUANDO SE ENVÍA LA SEÑAL ADECUADA, LOS PESTILLOS SE RETROTRAEN Y SE LLEVA A CABO LA APERTURA HACIA EL EXTERIOR.>

<Bien, sí, pero ¿a qué velocidad se lleva a cabo la apertura hacia el exterior?>, preguntó Clef.

<¿A...? ¿A QUÉ VELOCIDAD?>

<Sí, ¿con cuánta fuerza se abre?>

<BUENO...>

La puerta y Clef se enviaron más y más mensajes. Sancia empezó a entenderlo: cuando se insertaba la llave inscrita adecuada en la puerta, esta enviaba una señal que indicaba a la puerta que retrotrajese los pestillos y se abriese hacia fuera. Pero Clef la estaba confundiendo de alguna manera, se había puesto a hacerle demasiadas preguntas sobre la dirección en la que se suponía que tenía que abrirse, cómo de rápido y con cuánta fuerza.

<Bueno, está claro que ya he pasado el segundo resorte>, dijo Clef a la puerta.

<ESO ES CIERTO.>

<Y que los percutores del marco siguen donde tienen que estar.>

<UN SEGUNDO... VERIFICADO.>

<Pues lo que digo es que...>

La información continuó fluyendo a toda velocidad entre las dos entidades. Sancia no entendía nada.

<DE ACUERDO. CREO QUE LO ENTIENDO. BIEN. ¿ESTÁS SEGURO DE QUE ESTO NO CUENTA COMO ABRIRSE?>

<Afirmativo.>

<¿Y ESTÁS SEGURO DE QUE NO INFRINJO NINGUNA DIRECTIVA DE SEGURIDAD?>

<No veo que hayas infringido ninguna. ¿No crees?>

<PUES... SUPONGO.>

<Mira, no hay ninguna norma que lo impida, ¿no es así?>

<PUES SUPONGO QUE NO.>

<Vamos a probar, entonces. ¿Te parece?>

<SÍ... DE ACUERDO.>

Silencio.

La puerta empezó a temblar y luego...

Se oyó un chasquido estruendoso y se abrió. Pero hacia dentro y con una fuerza sorprendente, tanta que, como Sancia aún sostenía a Clef y la llave seguía dentro de la cerradura, estuvo a punto de levantar los pies del suelo.

Clef salió del agujero cuando la puerta se impulsó hacia detrás y el bronce de la parte frontal se alejó. En ese momento, Sancia vio las calles del campo de los Candiano al otro lado.

Se quedó contemplando una calle vacía, sorprendida, aterrorizada y desconcertada. Era un mundo del todo diferente al que había en la parte del muro en la que se encontraba: con adoquines de piedra limpios, edificios altos con fachadas esculpidas de arcilla blanca, estandartes coloridos, banderas que colgaban de cuerdas que cruzaban sobre las calles y... agua.

Fuentes con solo agua en el interior. Agua de verdad, limpia y fluyendo. Vio tres desde el lugar en el que se encontraba.

Estaba estupefacta y horrorizada, pero no pudo evitar pensar:

"¿Usan agua... agua limpia... como decoración?"

El agua limpia era algo casi imposible de conseguir en el Ejido, y la mayoría de las personas bebían vino de caña de poca graduación en su lugar. Verla en las calles le resultaba incomprensible.

Recuperó la compostura. Miró la puerta y vio un agujero aserrado en la pared junto a ella. Se dio cuenta de que los pestillos no se habían retrotraído, y que la puerta se había abierto con tanta fuerza hacia atrás que las barras habían atravesado la pared.

—Mierda... puta mierda —susurró Sancia.

Se dio la vuelta y corrió. Rápido.

<¡Ta-chán! —dijo Clef en su mente—. ¡Ves! ¡Te dije que podía!

<¡Pero qué mierda! —pensó mientras corría—. ¡Has roto la puerta! ¡Has roto la maldita puerta del puto muro de un campo!>

<Bueno, se podría decir que sí. Te dije que iba a entrar.>

<Pero ¿qué narices acabas de hacer, Clef? ¡Qué narices acabas de hacer!>

<Pues lo he convencido de que abrirse hacia dentro no contaba como abrirse, más o menos —respondió Clef—. De esa manera, no se pondría a hacerme esa retahíla de preguntas que tenía que hacer para protegerse y evitar que la abriese. No se puede decir que se haya abierto si la puerta no piensa que se ha abierto, ¿no? Y luego solo tuve que convencerlo de abrirse hacia adentro con la fuerza suficiente como para que no tuviésemos problemas con ninguno de los pestillos, que eran la parte más protegida.>

Sonaba tranquilo, ebrio incluso. Sancia llegó a pensar que embaucar así a un dispositivo inscrito provocaba en Clef algo muy parecido a un intenso alivio sexual.

Sancia dobló una esquina a toda prisa y se apoyó en la pared entre jadeos.

<Pero... pero... ¡no creía que fueses a romper esa puerta, por todos los beques!>

<¿Beque? ¿Cómo? ¿Eso qué es?>

Sancia intentó explicarle rápidamente lo que era el beque de un barco, las letrinas que luego se limpiaban gracias al batir de las olas. Pero había veces en las que las heces se acumulaban sin remedio en el beque, por lo que los tripulantes tenían que meter palos en el agujero para desatrancarlos, una actividad que a las personas de mente sucia recordaba a cierta práctica sexual y razón por la que 'bequero' y 'beque' se habían convertido en sinónimo de...

<Ahhh, de mierda. ¡Lo entiendo!>, dijo Clef.

<Entonces... ¿puedes hacerle eso a los dispositivos inscritos?>, preguntó Sancia.

<Claro. Los objetos inscritos, como los llamas tú, están llenos de comandos, y los comandos convencen a los objetos para hacerles creer que son algo que no son. Es como un debate. El debate tiene que ser claro y tener sentido para hacerte cambiar de idea. Pues aquí puedes debatir con esos comandos. Confundirlos. Embaucarlos. ¡Es fácil!>

<Pero... ¿cómo has aprendido a hacerlo? ¿Cómo es que sabes de este tema? Anoche fue la primera vez que oíste hablar de los dispositivos inscritos.>

<Ah, sí. Es verdad. —Se hizo una pausa larga—. Yo... no lo sé>, respondió, con un tono que sonó algo inquieto.

<No lo sabes.>

<N-no.>

<¿Recuerdas algo más, Clef? ¿O sigues viendo esa oscuridad?>

Otro largo silencio.

<¿Podemos cambiar de tema, por favor?>, preguntó Clef en voz baja.

Sancia se lo tomó cono un no.

<¿Puedes hacerle eso a todos los dispositivos inscritos?>

<Bien. Mi especialidad son las cosas que quieren permanecer cerradas. Las aberturas. Las puertas. Las barreras. Los puntos de conexión. No puedo hacer nada con la placa que tienes en la cabeza, por ejemplo>, respondió.

Sancia se quedó de piedra.

<¿Qué?>

<Ups, ¿he dicho algo malo?>, preguntó Clef.

<¿Cómo...? ¿Cómo sabías que tengo una placa en la cabeza?>, exigió saber Sancia.

<Porque está inscrita. Y habla. Intenta convencerse a sí misma de que ser algo que no es. La siento, igual que tú oyes otros dispositivos inscritos.>

<¿Cómo es que la sientes?>

<Pues... la siento y ya. Es a lo que me dedico.>

<¿Me estás diciendo que te dedicas a sentir y a engañar a objetos

inscritos? ¿Aunque hace cinco minutos no supieses lo que acababas de hacer?>

<Pues... ¿supongo que sí? —dijo Clef, que ahora volvía a sonar confuso—. No... no lo recuerdo bien...>

Sancia se apoyó despacio contra la pared. Le dio la impresión de que el mundo era poco más que un borrón mientras intentaba procesar toda esa información.

Para empezar, ahora tenía muy claro que Clef había perdido la memoria o algo parecido. Le resultaba extraño ser capaz de diagnosticar a una llave con un problema mental así, dado que Sancia aún no comprendía cómo era posible o si en realidad el objeto tenía algo que pudiese llegar a considerarse una mente. Y, si era el caso, era posible que el tiempo que había pasado en esa oscuridad, décadas o incluso siglos, se la hubiese trastocado.

Quizá Clef estaba mal. Sea como fuere, daba la impresión de que desconocía su potencial, y eso era un problema porque Clef parecía increíblemente poderoso.

Eran pocos los que sabían cómo funcionaba la inscripción, pero todo el mundo tenía claro que era algo poderoso y fiable al mismo tiempo. Los barcos de las casas de los mercaderes contaban con inscripciones capaces de hacerles surcar las aguas y con velas alteradas que siempre se hinchaban como si les diese el viento perfecto en el ángulo perfecto, y cuando llegaban a tu ciudad y te apuntaban con ese armamento inscrito gigantesco, llegabas a la conclusión de que todas esas armas funcionarían a la perfección y que ibas a tener que rendirte.

La alternativa, pensar en que los barcos iban a romperse o a funcionar mal, era inconcebible.

Pero eso se había acabado ahora que Sancia sostenía a Clef entre sus manos.

La inscripción formaba parte de los cimientos del imperio de Tevanne. Gracias a ella habían invadido una cantidad innumerable de ciudades y reunido un ejército de esclavos, para luego enviarlos a trabajar a las islas de las plantaciones. Pero, ahora, Sancia sabía que esos cimientos empezaban a agitarse y a resquebrajarse...

Después se quedó de piedra al pensar:

“Si yo fuese una casa de los mercaderes, haría cualquier cosa para destruir a Clef y asegurarme de que nadie conoce su existencia”.

<Bueno —dijo Clef, animado—. ¿Ahora qué?>

Era la misma pregunta que se hacía ella.

<Tengo que asegurarme de que esto significa lo que creo que significa.>

<Y... ¿qué crees que significa?>

<Pues que creo que tú, yo y puede que Sark estamos en grave peligro, Clef.>

<Ahh. Ah, y... ¿cómo crees que podemos confirmarlo?>

Sancia se frotó la boca. Después se puso en pie, se colgó a Clef alrededor del cuello y empezó a caminar.

<Voy a llevarte con unos amigos míos. Unos que saben muchísimo más que yo sobre inscripción.>

Capítulo Seis

Sancia atravesó callejuelas y pasadizos, y luego cruzó los caminos para carruajes de Entremuros hasta llegar al siguiente barrio del Ejido: Vieja Zanja. Puede que Entremuros fuese un lugar poco agradable en el que vivir a causa de sus habitantes, ya que era un barrio muy famoso por su alta concentración de criminales, pero Vieja Zanja lo era por lo desagradable que resultaba su entorno. Al encontrarse junto a las curtiembres de Tevanne, todo el lugar olía a muerte y podredumbre.

A Sancia no le molestaban los olores, por lo que avanzó por una callejuela serpenteante sin dejar de mirar por las barriadas tambaleantes y las casuchas de madera. La callejuela terminaba en una puerta pequeña e insulsa sobre la que colgaban cuatro faroles de colores iluminados: tres rojos y uno azul.

"No es aquí", pensó.

Volvió a la calle principal y luego dio la vuelta a la manzana hasta llegar a la puerta de un sótano. También había cuatro faroles colgados en el exterior: tres rojos y uno azul.

"Tampoco es aquí".

Regresó a la avenida principal.

<¿Te has perdido?>, preguntó Clef.

<No —dijo ella—. La gente con la que quiero hablar... digamos que no deja de moverse.>

<¿Cómo? ¿Son nómadas o algo así?>

<Algo así. Se mueven mucho para evitar las incursiones.>

<¿Incursiones? ¿De quién?>

<De los campos. De las casas de los mercaderes.>

Echó un vistazo por una valla de metal inclinada que había en un patio de piedra resquebrajada. Al fondo había una escalera larga que descendía y, colgando sobre ella, cuatro faroles. En esta ocasión, había tres azules y uno rojo.

<Ahí está.>

Sancia saltó la valla y cruzó el patio. Descendió por la escalera oscura hasta llegar a una puerta gruesa de madera y tocó tres veces.

Se abrió una ranura en la madera. Aparecieron un par de ojos, que se entrecerraron con sospecha. Después vieron a Sancia y se arrugaron en una sonrisa.

—¿Has vuelto tan pronto? —preguntó la voz de una mujer.

—No porque haya querido —respondió Sancia.

La puerta se abrió, y Sancia pasó al interior. Los murmullos de cientos de objetos inscritos le abordaron la mente al instante.

<Entiendo. A las casas de los mercaderes no les gusta que tus amigos tengan tantos juguetitos>, dijo Clef.

<Exactamente.>

El sótano que había al otro lado de la puerta era alargado, de techo bajo y contaba con una iluminación extraña. La mayoría de la luz venía de unas lámparas de cristal inscritas que habían sido colocadas con mucho cuidado en el suelo de piedra. Los rincones estaban llenos de libros y pilas de documentos, todos repletos de instrucciones y diagramas. Entre las luces había carritos con ruedas que a alguien ajeno podían llegar a darle la impresión de estar llenos de desperdicios: lingotes de metal, cinchas de cuero, varas de madera y más cosas.

En la estancia también hacía mucho calor, debido a unos cuencos grandes e inscritos que se encontraban al fondo y que servían para calentar cobre, bronce y otros metales hasta convertirlos en un líquido hirviente, aunque habían colocado unos ventiladores para expulsar el aire caliente. Sancia vio que alguien muy listo había dispuesto unas ruedas de carro robadas que giraban sin moverse y servían para hacer funcionar los ventiladores. Había una media docena de personas sentadas alrededor de esos cuencos de metales fundidos, y se dedicaban a meter en ellos unas varas alargadas con las que luego dibujaban símbolos en... bueno. En todo tipo de cosas. En pequeñas pelotas de bronce. En tablones de madera. En zapatos. En cuellos de camisas. En ruedas de carruajes. En martillos. En cuchillos. En todo.

La puerta se cerró detrás de Sancia, que vio a una mujer alta, esbelta y de piel negra con un par de lentes de aumento en la parte alta de la cabeza.

—Si vienes a por un trabajo a tu medida, vas a tener que esperar, San —dijo—. Tenemos un pedido urgente.

—¿Qué ha pasado? —preguntó Sancia.

—Los Candiano se han confundido con los procedimientos de los sachés —explicó la mujer—, por lo que han tenido que rehacerlos todos. Tenemos muchos clientes desesperados.

—¿Cuándo no han estado desesperados vuestros clientes? —preguntó Sancia.

La mujer sonrió, pero Claudia siempre sonreía un poco. Era algo que desconcertaba a Sancia, ya que creía que Claudia no tenía muchas razones por las que sonreír: inscribir en las circunstancias en las que se encontraba, con calor, a oscuras y hacinados, no solo era incómodo, sino que también era increíblemente peligroso. Los dedos y los antebrazos de Claudia, por ejemplo, estaban llenos de cicatrices brillantes de salpicaduras ardientes.

Pero a eso era a lo que se dedicaban los Compiladores. Hacerlo al aire libre sería como una invitación a la violencia, o a la muerte en el peor de los casos.

La inscripción era una práctica complicada. Pintar decenas o cientos de sigilos en objetos para crear con mucho cuidado comandos e instrucciones lógicas que cambiasen la realidad de dichos objetos requería años de estudio y también una mente calculadora y creativa al mismo tiempo. Eran muchos los escribas que no conseguían trabajo en los campos de las casas de los mercaderes, y también echaban a otros muchos. Además, últimamente habían tenido lugar ciertos cambios en la cultura de los escribas que complicaban mucho que una mujer encontrase trabajo en los campos. La mayoría de los candidatos que no lo conseguían tenían que viajar a otras zonas fieles al imperio para llevar a cabo un trabajo indigno y anodino en las regiones rurales.

Pero no todos. Algunos se mudaban al Ejido de Tevanne y se hacían autónomos para dedicarse a forjar, ajustar y robar los diseños de las cuatro casas de los mercaderes principales.

No era algo fácil, pero todo el mundo tenía sus contactos. Algunos eran funcionarios corruptos de los campos, capaces de negociar con los buenos diseños. Otros eran ladrones como Sancia, que robaban instrucciones de las casas de los mercaderes que servían para crear diseños igual de buenos. La gente había empezado a compartir ese conocimiento poco a poco, hasta que un grupo pequeño y turbio de diletantes, exempleados de los campos y escribas frustrados, había creado una biblioteca de información en el Ejido, gracias a la cual había empezado a prosperar el comercio.

Aquel había sido el principio de los Compiladores.

Si necesitabas que te arreglasen una cerradura o que te reforzasen una puerta, o te alterasen un arma blanca, o simplemente querías luz o agua limpia, los Compiladores te vendían objetos que servían para eso. Por un precio, claro. Uno que casi siempre era muy alto. Pero era la única manera de que un habitante del Ejido consiguiese las herramientas y las comodidades reservadas a los campos. Aunque tenían una calidad que no era del todo fiable.

No se trataba de algo ilegal, ya que no había leyes en el Ejido, pero tampoco era ilegal que las casas de los mercaderes organizasen incursiones para tirarte abajo la puerta, destruir todo lo que habías fabricado y puede que también romperte los dedos o la cara en el proceso.

Por esa razón tenías que mantener silencio y pasar desapercibido. Y no dejar de moverte.

<No está nada mal —dijo Clef a Sancia mientras avanzaban por el taller desordenado—. Algunos son basura, pero también los hay muy ingeniosos. Como esas ruedas de carro. Han conseguido usarlas para muchas cosas.>

<Lo hicieron primero las fundiciones —explicó Sancia—. Al parecer, ese fue el lugar donde se experimentó primero con la gravedad

para que fuesen capaces de mover por ahí todas sus máquinas y trabajar mejor.>

<Muy astuto.>

<Más o menos. He oído que al principio no fue tan bien y unos pocos escribas quintuplicaron su gravedad de manera accidental, o algo así.>

<¿Y qué les pasó?>

<Pues que quedaron aplastados y convertidos en una papilla de carne del grosor de una sartén.>

<Quizá no sea tan astuto.>

Claudia llevó a Sancia al fondo de la estancia, donde Giovanni, un compilador veterano se encontraba sentado frente a un pequeño escritorio y pintaba con minuciosidad unos sigilos en un botón de madera. Alzó la vista, un gesto breve.

—Buenas noches, San. —le sonrió y se le agitó la barba canosa. Era un escriba venerado antes de que lo echasen de la casa Morsini, y el resto de Compiladores solía considerarlo una autoridad—. ¿Cómo te ha ido con el equipo? Te veo de una pieza.

—Más o menos.

—¿Más o menos?

Sancia se acercó y apartó el escritorio en el que el hombre estaba trabajando con una cortesía un tanto pintoresca. Después se sentó frente a él y le sonrió frente a frente, mientras el ojo que tenía menos blanco se le entrecerraba un poco, incómodo.

—Pues ha funcionado más o menos. Justo hasta que ese planeador tuyo estuvo a punto de hacerse pedazos y de tirarme desde lo alto del muro de la zona costera.

—¿Qué estuvo a punto de qué?

—Sí. Si no fueses tú, te destriparía de arriba abajo por lo que ha pasado, Gio.

Giovanni parpadeó y, luego, sonrió.

—Puedo hacerte un descuento la próxima vez. ¿Un veinte por ciento?

—Cincuenta.

—Veinticinco.

—Cincuenta.

—¿Treinta?

—Cincuenta.

—¡Bien! Pues cincuenta...

—Bien —dijo Sancia—. Ponle una tela más resistente al paracaídas. Y te has pasado con la caja explosiva.

Giovanni arqueó las cejas.

—Ah. ¡Vaya! ¿Eso fue lo que causó el incendio?

—La caja tenía demasiado magnesio —comentó Claudia. Después chasqueó la lengua—. Te lo dije, Gio.

—Lo tendré en cuenta —dijo él—. Y... perdóname, Sancia. Corregiré las fórmulas a partir de ahora.

Volvió a acercar el escritorio y siguió trabajando con el botón de madera.

Sancia lo miró.

—¿Entonces qué ha ocurrido? ¿Tus clientes necesitan sachés nuevos tan pronto?

—Sí —dijo Claudia—. Al parecer, el campo de los Candiano es... un lugar muy promiscuo.

—Promiscuo.

—Sí. Cómo decirlo... tienen un gran apetito por asuntos secretos.

—Aaah —dijo Sancia, que ahora lo entendía—. Trabajadoras de la noche, ya.

—Y trabajadores —añadió Giovanni.

—Sí —confirmó Claudia—. También trabajadores.

Aquel era un tema muy trillado para Sancia. Los muros de las casas de los mercaderes estaban inscritos para que las entradas solo permitiesen pasar a ciertas personas con marcadores de identidad específicos llamados sachés: botones de madera con permisos inscritos. Si atravesabas la puerta equivocada con el saché que no correspondía o sin saché alguno, los guardias te capturaban o, incluso, podían llegar a matarte. También había rumores de que en los muros interiores de los campos, donde vivían las personas más ricas y protegidas, podías llegar a explotar de manera espontánea al cruzar esos umbrales.

Sancia era una persona que siempre necesitaba acceso ilegítimo a los campos, por lo que visitaba a menudo a los Compiladores para pedirles sachés falsos. Pero sus mejores clientes sin duda eran las prostitutas, que iban a las zonas más ricas. No obstante, los Compiladores solo podían ayudarte a cruzar el primer o el segundo muro. Las credenciales para llegar hasta donde vivía la élite eran mucho más difíciles de robar o de falsificar.

—¿Por qué han cambiado los sachés los Candiano? —preguntó—. ¿Se han asustado por algo?

—No tengo ni idea —respondió Claudia—. Los rumores dicen que el viejo loco Tribuno Candiano ha estirado la pata y empezado su sueño eterno.

Giovanni chasqueó la lengua.

—El mismísimo Conquistador conquistado por la edad. Qué trágico.

—Puede que sea eso —dijo Claudia—. Las muertes de la élite siempre cambian las cosas en los campos. De ser así, las cosas estarán patas arriba y habrá objetivos muy fáciles en el campo de los Candiano. Si quieres otro trabajito, podríamos pagarte.

—No podemos ofrecerte la tarifa del mercado —apuntilló Giovanni—, pero te pagaremos.

—Esta vez no —dijo Sancia—. Tengo asuntos más urgentes que atender. Necesito que le echéis un vistazo a algo.

—Como he dicho, estamos algo ocupados.

—No necesito que copiéis las inscripciones —dijo Sancia—. Y tampoco creo que podáis hacerlo. Solo pido... consejo.

Claudia y Giovanni intercambiaron miradas.

—¿A qué te refieres? ¿Cómo que no podemos copiar las inscripciones? —preguntó Claudia.

—¿Y desde cuándo le pides consejo a alguien? —preguntó Giovanni.

<Vaya —dijo Clef—. ¿Ahora es cuando hago mi entrada triunfal?>

—Maravilloso —dijo Claudia. Miró a Clef a la luz inscrita y con esos ojos grandes y claros ampliados a causa de las lentes—. Pero también... muy raro.

Giovanni miraba por encima del hombro.

—Nunca había visto algo así. Nunca. En toda mi vida.

Claudia giró la cabeza para mirar a Sancia.

—Y has dicho que... ¿habla contigo?

—Sí —aseguró Sancia.

—Y que no es tú...

Se tocó un lateral de la cabeza.

—Creo que esa es la razón por la que lo oigo. Cuando lo toco —respondió Sancia.

Además de Sark, Claudia y Giovanni eran los únicos que sabían que Sancia era una humana con inscripciones. Tenían que saberlo, ya que eran quienes la habían puesto en contacto con los galenos del mercado negro. Pero confiaba en ellos. En parte porque los Compiladores eran tan odiados y estaban tan perseguidos por las casas de los mercaderes como lo estaría ella en caso de que descubriesen su naturaleza. Si los Compiladores la entregaban, ella podía llegar a entregarlos a ellos.

—¿Qué dice? —preguntó Giovanni.

—Por ahora poco más que preguntar qué significan todas nuestras palabras malsonantes. ¿Habías oído hablar alguna vez de algo parecido?

—He visto llaves inscritas —dijo Claudia—. Y también he trabajado con algunas. Pero estas marcas, estos sigilos... no me suenan de nada. —Alzó la vista a Giovanni—. ¿Tamiz?

Giovanni asintió.

—Tamiz.

—¿Eh? —preguntó Sancia.

Vio cómo Giovanni desenrollaba lo que parecía ser una lámina de cuero alargada. Vio que tenía botones cosidos en las esquinas, de latón y con unos sigilos intrincados. Tomó a Clef como si la llave fuese un pajarillo pequeño y moribundo, y lo colocó en el centro.

—No sé qué es eso, pero no le hará daño, ¿verdad? —preguntó Sancia.

Giovanni parpadeó a través de las gafas.

—¿Lo acabas de tratar como a una persona? Te veo muy unida a este objeto, San.

—Ese objeto vale una cantidad de dinero por la que podrían estrincar a cualquiera —dijo, poniéndose de repente muy a la defensiva por Clef.

—¿Es uno de los encargos de Sark? —preguntó Giovanni.

Sancia no dijo nada.

—Estoica y pequeña, San —dijo. Después empezó a doblar el cuero muy despacio alrededor de Clef—. Nuestra ceñuda y diminuta espectro de la noche. Algún día conseguiré hacerte sonreír.

—¿Qué es esa cosa? —preguntó Sancia.

—Un tamiz de inscripción —respondió Claudia—. Colocas el objeto sobre él e identifica algunos, aunque no todos, de los sigilos más importantes que se han usado para crear la naturaleza de dicho objeto.

—¿Por qué no todos? —dijo Sancia.

Giovanni rio mientras colocaba una placa gruesa de acero sobre el fardo de cuero.

—San, un día de estos te enseñaré las categorías de inscripción. No es un idioma, por lo que no puede traducirse cada sigilo de forma individual. Cada uno de ellos es un comando independiente que convoca a toda una serie de sigilos diferentes de entre los que se encuentran más cerca en el glosa...

—Sí, sí, tampoco te he pedido una clase sobre el tema —interrumpió Sancia.

Giovanni hizo una pausa, enfadado.

—Estaría bien que mostrases más interés por los idiomas que hacen funcionar todo lo que te...

—También estaría bien que te dieses un poco de prisa, que tengo cosas que hacer.

Giovanni gruñó, tomó un puñado de virutas de acero de una pequeña taza y las derramó sobre la superficie de la placa.

—Ahora, veamos qué tenemos aquí...

Se sentaron y esperaron.

Y esperaron. No parecía estar ocurriendo nada.

—¿Lo has hecho bien? —preguntó Sancia.

—¡Claro que lo he hecho bien, carajo! —gritó Giovanni.

—Entonces... ¿qué se supone que deberíamos ver? —insistió Sancia.

—Las virutas deberían reorganizarse para formar los comandos principales que usa el objeto —dijo Claudia—. Pero, aunque parezca increíble, parece que no tiene ninguno.

—Algo que, a menos que me equivoque, es imposible... —dijo Giovanni.

Giovanni y Claudia se quedaron mirando la placa de acero un buen rato antes de mirarse entre ellos, estupefactos.

—Bueno... —dijo Claudia. Carraspeó y se arrodilló para limpiar las virutas de la placa—. Pues... parece que, de alguna manera, Clef no tiene sigilos ni comandos que podamos identificar con nuestros métodos. Ni uno solo.

—¿Y eso qué significa? —preguntó Sancia.

—Significa que no tenemos ni idea de qué es esta cosa, o persona, o lo que lo consideres —dijo Giovanni—. En otras palabras, los sigilos que usa están en un idioma que desconocemos.

—¿Creéis que las casas de los mercaderes podrían estar interesadas en él? —preguntó Sancia.

—Claro que sí, por lo más sagrado —respondió Claudia—. Si es cierto que hay un idioma de inscripción del todo nuevo y se hiciesen con él... serían capaces de...

Se quedó en silencio y miró a Giovanni, atribulada.

—¿De qué? —insistió Sancia.

—Yo estaba pensando lo mismo —dijo Giovanni a Claudia al momento.

—¿En qué? —preguntó Sancia—. ¿En qué estabas pensando?

Los dos se quedaron sentados en silencio, mirándose y dedicando alguna mirada furtiva a Sancia.

—¡En qué estabas pensando! —exigió saber Sancia.

Claudia echó una mirada nerviosa por el taller.

—Vamos... a un lugar más privado.

Sancia siguió a Claudia y a Giovanni al despacho del fondo, no sin antes guardarse a Clef en el jubón. El despacho estaba a rebosar de tomos y libros con sigilos y comandos de inscripción, pilas y pilas y más pilas de documentos llenos de símbolos que no tenían sentido para Sancia.

Los miró mientras Claudia cerraba la puerta detrás de ellos y pasaba la llave.

<Esto... no pinta bien>, dijo Clef.

<No, la verdad es que no.>

Giovanni sacó una botella de vino de caña fuerte y nocivo, sirvió tres copas y tomó dos.

—¿Una copa? —preguntó al tiempo que extendía una en dirección a Sancia.

—No.

—¿Segura?

—Sí —respondió ella, irritada.

—Tienes que divertirte más, San. Mereces algo de diversión. Sobre todo ahora.

—La diversión es un lujo. Lo que merezco es saber cómo de grande es la montaña de mierda que me acaba de caer encima.

—¿Cuánto tiempo llevas viviendo en Tevanne? —preguntó Giovanni.

—Algo más de tres años, ¿por qué?

—Mm... bien. —Giovanni soltó una de las copas y luego la otra—. Entonces la explicación va a ser un poco larga.

Claudia tomó asiento detrás de una pila de volúmenes.

—¿Has oído hablar alguna vez de los Occidentales, Sancia? —preguntó con tranquilidad.

—Claro —dijo ella—. Los gigantes de las leyendas. Construyeron las ruinas que hay por el Durazzo, en los países de los daulos. Acueductos y esas cosas, ¿no?

—Mm. Algo así —respondió Giovanni—. Para resumir, se podría decir que fueron quienes inventaron la inscripción. Hace muchísimo tiempo. Pero nadie está seguro de que fuesen 'personas', en realidad. Algunos dicen que eran ángeles o algo muy parecido a los ángeles. También se los llamaba hierofantes y, en la mayoría de las historias de antaño, se los consideraba sacerdotes o monjes o profetas. El primero y más notable de ellos fue Crasedes el Grande. Y no eran gigantes. Pero sí que usaban la inscripción para hacer cosas grandiosas.

—¿Cómo qué? —preguntó Sancia.

—Como mover montañas —respondió Claudia—. Abrir océanos. O aniquilar ciudades y formar un imperio enorme. Gigantesco.

—¿En serio? —dijo Sancia.

—Sí —respondió Giovanni—. Uno que haría que el de las casas

de los mercaderes que tenemos hoy en día pareciesen un tremendo montón de mierda apestosa.

—Pero eso fue hace mucho tiempo —apuntilló Claudia—. Hace unos mil años.

—¿Y qué le ocurrió a ese imperio? —preguntó.

—Que se vino abajo —continuó Claudia—. Nadie sabe la razón, pero lo hizo y no dejó ni rastro. Desapareció casi todo. Nadie conoce el verdadero nombre de dicho imperio siquiera. Lo llamamos Imperio Occidental porque estaba hacia el oeste, como todo lo que está hacia el oeste. Los hierofantes eran los dueños de todo.

—En teoría, Tevanne no era más que un puerto aislado rodeado por una jungla que pertenecía a ese imperio, hace mucho mucho tiempo —dijo Giovanni mientras se servía otra copa.

Claudia frunció el ceño.

—Tienes que seguir trabajando esta noche, Gio.

El olisqueó la bebida.

—Me ayuda a que me tiemblen menos las manos.

—Eso no fue lo que dijeron los Morsini cuando te dieron la patada en el culo para echarte.

—No llegaron a comprender la naturaleza de mi genialidad —dijo con tono alegre. Después le dio un sorbo al vino. Claudia puso los ojos en blanco—. Sea como fuere, al parecer Tevanne estaba tan lejos que no se vio afectada cuando cayó ese Imperio Occidental y murieron todos los hierofantes.

—Y ahí siguió —continuó Claudia—. Hasta hace unos ochenta años, cuando un tevanní encontró un alijo oculto de registros Occidentales en los acantilados que hay al este, donde se describía con poco detalle el arte de la inscripción.

—¡Y así fue como nació la Tevanne de hoy en día! —dijo Giovanni con una floritura dramática.

Se hizo un momento de silencio después de esas últimas palabras.

—Un momento... ¿qué? —preguntó Sancia—. ¿En serio? ¿Me estáis diciendo que lo que hacen hoy en día las casas de los mercaderes se basa en un puñado de notas de una civilización antigua y desparecida?

—Y las notas ni siquiera eran buenas —dijo Giovanni—. Da que pensar, ¿verdad?

—Ya te digo si da que pensar —continuó Claudia—. Porque las casas de los mercaderes de hoy en día hacen muchas cosas con las inscripciones, pero te aseguro que no llega a las suelas de los zapatos de lo que eran capaces de hacer los hierofantes, por todos los beques. Ellos podían volar y hacer que las cosas flotasen.

—O caminar sobre el agua —apuntilló Giovanni.

—También crear una puerta en los cielos —continuó Claudia.

—Crasedes el Grande solo tenía que señalar con su varita mágica... —Giovanni imitó el gesto— y... ¡puf! Los mares se abrían de par en par.

—Dicen que Crasedes también tenía un genio en una cesta que llevaba a la cintura —dijo Claudia—. Cuando la abría y lo dejaba suelto, la criatura era capaz de crear un castillo, derrumbar muros o... bueno, te habrás hecho una idea.

Sancia recordó de repente un pasaje de la nota que había encontrado en la caja donde estaba Clef: "Si Crasedes estaba en posesión de una especie de entidad invisible, quizá no fuese más que un prototipo de esta iteración increíble y definitiva...".

—Nadie sabe cómo los hierofantes eran capaces de hacer todo lo que hacían —dijo Claudia—, pero las casas de los mercaderes están desesperadas por descubrirlo. Desesperadas de verdad.

—Quieren pasar de fabricar baños inscritos a conseguir hacer herramientas y dispositivos capaces de derrumbar montañas y drenar los mares —aseguró Giovanni.

—Pero nadie lo ha conseguido. Hasta que ocurrió eso hace poco.

—¿El qué? —preguntó Sancia.

—Hace más o menos un año, una banda de piratas se topó con una isla pequeña en la parte occidental del Durazzo —respondió Giovanni—. Y estaba llena de ruinas del Imperio Occidental.

—La ciudad cercana de Vialto se llenó de cazatesoros al instante —continuó Claudia.

—También de agentes de las casas de los mercaderes —apuntilló Giovanni—. Y de cualquiera con intención de convertirse en la próxima casa de los mercaderes.

—Porque si eres capaz de encontrar más de esos registros... más notas —dijo Claudia.

—O mejor aún, una herramienta completa y funcional del Imperio Occidental... —dijo Giovanni.

—En ese caso —continuó Claudia, ahora en voz baja—, cambiarías el futuro de la inscripción para siempre. Harías que el resto de las casas de los mercaderes se volviesen del todo obsoletas.

—Volverías obsoleta toda nuestra maldita civilización —aclaró Giovanni.

Sancia empezó a sentir náuseas. Recordó de repente algo que había dicho Clef: "No hay nada antes de la oscuridad. Solo oscuridad. Siempre estuve en la oscuridad... que yo recuerde".

Y seguro que estaba muy oscuro en esas ruinas antiguas.

—Y... —dijo Sancia, despacio—. Clef...

—Yo... lo que creo es que Clef usa un idioma desconocido para las casas —dijo Claudia—. Y, que si lo que dices es cierto, es capaz de hacer cosas muy impresionantes. Y también creo que si lo birlaste de la zona costera..., que es el lugar al que llegan las mercancías desde Vialto...

Se quedó en silencio.

—Es posible que hayas ido por ahí con una llave valorada en un millón de duvots colgando del cuello —dijo Giovanni—. ¿No te pesaba?

Sancia se quedó inmóvil, de piedra.

<Clef —llamó—. ¿Esto...? ¿Esto que han dicho es cierto?>

Pero Clef se quedó en silencio.

No dijeron nada durante un rato. Alguien tocó en la puerta, otro compilador que necesitaba la ayuda de Giovanni, quien se excusó, se marchó y dejó a Sancia y a Claudia solas en el despacho.

—Parece... parece que lo llevas bastante bien —dijo Claudia.

Sancia no dijo nada. Casi ni se había movido.

—La mayoría de la gente tendría un ataque de nervios si descubriese que...

—No tengo tiempo para ataques de nervios —dijo Sancia, con voz tranquila y distante. Apartó la mirada y se frotó el lateral de la cabeza—. Mierda. Iba a cobrar el encargo y luego...

—¿Arreglarte eso de la cabeza?

—Sí. Pero ahora no creo que lo haga.

Claudia se tocó con gesto distraído una cicatriz que tenía en el antebrazo.

—No creo que haga falta que te diga que no deberías haber aceptado el encargo, ¿verdad?

Sancia la fulminó con la mirada.

—Ahora no, Claudia.

—Te advertí de los trabajos relacionados con las casas de los mercaderes. Te dije que acabarías con los huesos en el beque.

—Basta.

—Pero tú sigues aceptando.

Sancia se quedó en silencio.

—¿Por qué no los odias? —preguntó Claudia, frustrada—. ¿Por qué no los desprecias por lo que te hicieron?

Una rabia histérica se apoderó de su mirada. Claudia era una escriba muy talentosa, pero su futuro había desaparecido de un plumazo cuando las academias de las casas dejaron de dar trabajo a mujeres. Se vio obligada a unirse a los Compiladores y pasar el día trabajando en sótanos llenos de humedad y buhardillas abandonadas. A pesar de su buen humor, nunca había sido capaz de perdonar a las casas de los mercaderes.

—El rencor es un privilegio que no me puedo permitir.

Claudia se hundió en el asiento y resopló con sorna.

—A veces admiro lo práctica que puedes llegar a ser, Sancia —dijo—. Pero entonces recuerdo lo desagradable que eres.

Sancia no dijo nada.

—¿Sark sabe algo? —preguntó Claudia.

Ella negó con la cabeza.

—No lo creo.

—¿Y ahora qué vas a hacer?

—Contárselo dentro de dos días, cuando vaya a comentarle cómo ha ido todo. Después me marcharé de la ciudad. Zarparé en el primer barco que salga y me iré lejos. Muy lejos.

—¿En serio?

Sancia asintió.

—No veo otra solución, al menos si Clef es lo que decís que es.

—¿Y piensas llevártelo?

—No lo voy a dejar. No pienso ser la imbécil que permitió que las casas de los mercaderes se hiciesen con un poder casi divino por pura y bequera irresponsabilidad.

—¿No puedes hablar antes con Sark?

—Sé dónde está uno de sus apartamentos, pero Sark es incluso más paranoico que yo. Supongo que el hecho de que te torturen te cambia un poco en ese sentido. Desaparece después de cada encargo que termino para él. No tengo ni idea de adónde va.

—Mira, no quiero complicarte aún más las cosas, pero que sepas que es posible que marcharte de Tevanne no sea tan sencillo como crees.

Sancia arqueó una ceja.

—Tienes que tener en cuenta lo de Clef, sí, pero... —empezó a decir Claudia—. También que quemaste la zona costera, Sancia. Al menos una gran parte de ella. No me cabe la menor duda de que los poderosos han empezado a buscarte. Y si descubren que has sido tú..., no hay capitán de barco alguno que vaya a sacarte de Tevanne. Ni por todo el vino de caña y las rosas la región.

Capítulo Siete

El capitán Gregor Dandolo de la Guardia Portuaria tevanní mantenía la cabeza bien alta mientras caminaba a través de la muchedumbre de Entremuros. Lo cierto es que no conocía otra manera de caminar. Siempre adquiría una postura prístina, con la espalda erguida y los hombros bien cuadrados. Eso, su gran tamaño y el fajín de la Guardia Portuaria hacían que todos los habitantes del Ejido tendiesen a apartarse de su camino. No sabían por qué estaba ahí, pero tampoco querían tener nada que ver con él.

Gregor sabía que no estaba bien sentirse bien. Era un hombre desgraciado que permitió que se incendiase la mitad de la zona costera mientras estaba al mando, y ahora estaba a punto de enfrentarse a una suspensión o a la expulsión total del cuerpo.

Pero en ese momento se encontraba en una situación que le resultaba muy cómoda: alguien había hecho algo malo y él tenía que solucionarlo, con la mayor presteza y eficiencia posibles.

La puerta mohosa de una vinoteca se abrió a la derecha frente a él, y una mujer borracha con el rostro embadurnado de maquillaje se tambaleó por la pasarela chirriante de madera que Gregor tenía delante.

Se detuvo, hizo una reverencia y extendió la mano.

—Las damas primero.

La borracha lo miró como si estuviese loco.

—¿Qué damas?

—Ah, me refería a usted, señora. Después de usted.

—Ah, ya.

La mujer parpadeó, ebria, pero no se movió.

Gregor se dio cuenta de que ella no tenía ni idea de a qué se refería, por lo que suspiró.

—Puede pasar usted primero —dijo, con amabilidad.

—Ah. ¡Ah! Bien. Gracias.

—No hay de qué, señora.

Hizo otra reverencia.

Ella se adelantó, y Gregor empezó a caminar detrás mientras la pasarela de madera se torcía bajo su peso, lo que hizo que la mujer se tambalease un poco.

—Perdone —dijo—, pero tengo una pregunta.

Ella lo miró por encima del hombro.

—No estoy trabajando —dijo ella—. Al menos hasta que encuentre un lugar tranquilo en el que vomitar y empolvarme la nariz.

—Ya veo, pero no era eso. ¿Sabe si está por aquí la taberna La Perca y la Alondra?

La mujer soltó un grito ahogado.

—¿La Perca y la Alondra?

—Así es, señora.

—¿Quiere ir a ese lugar?

—Claro, señora.

—Bueno. Está por ahí.

Señaló un callejón mugriento.

Él hizo una reverencia más.

—Excelente, muchas gracias. Buenas noches.

—Un momento —dijo ella—. ¡Un buen hombre como usted jamás iría a un lugar como ese! ¡Es un cuchitril! ¡Los chicos de Antonin se lo comerán y escupirán sus huesos nada más verlo!

—¡Gracias! —dijo Gregor antes de perderse en la neblina nocturna.

Habían pasado tres días desde el problema en la zona costera. Tres días desde que su intención de convertirse en una fuerza policial respetuosa con las leyes, funcional y decente, la primera de todo Tevanne, había acabado saltando por los aires, literalmente.

Eran muchos los dedos que señalaban y las acusaciones que se vertían desde aquel día, pero solo a él se le había ocurrido la idea de investigar.

Lo primero que había descubierto era que su instinto había tenido razón la noche del incidente: había un intruso en las instalaciones y su objetivo eran las cajas fuertes de la Guardia Portuaria. Y había conseguido robar algo. Para ser más exactos, había robado una caja pequeña y anodina de la caja fuerte 23D. Gregor no tenía ni idea de cómo había sido capaz de conseguirlo, ya que cada una de las cajas contaba con una cerradura de tambor Miranda Brass, y él mismo se encargaba de cambiar las combinaciones con regularidad. Seguro que había sido obra de un ladrón de cajas fuertes profesional.

Pero, ¿un robo y un incendio la misma noche? No era una coincidencia. Seguro que el responsable del robo también lo era del incendio.

Gregor había revisado los registros de la caja fuerte de la Guardia Portuaria, con la esperanza de que el propietario diese alguna pista sobre la identidad del ladrón. Pero aquello había resultado ser un callejón sin salida. El nombre del propietario en los documentos era "Berenice" y nada más, sin información de contacto. Tampoco encontró más información sobre alguien con ese nombre.

Pero conocía muy bien los bajos fondos de Tevanne. Si no era capaz de encontrar información sobre el propietario de la caja, el siguiente paso era buscar a los posibles ladrones. Y esa noche, en la parte meridional de Entremuros, era el momento ideal para empezar.

Se detuvo en una avenida y entrecerró los ojos para ver a través de la niebla, que adquiría diferentes tonalidades a causa de los faroles que flotaban sobre la calle. Después vio su destino.

El cartel que colgaba en la puerta de la taberna rezaba "La Perca y la Alondra". Pero no le hacía falta verlo. La caterva de hombres grandes, llenos de cicatrices y de aspecto amenazador que había en el exterior era más que suficiente para indicarle que se encontraba en el lugar adecuado.

La Perca y la Alondra era la base de operaciones de uno de los barones del crimen de Entremuros, o incluso de todo el Ejido, Antonin di

Nove. Gregor lo sabía porque sus reformas en la zona costera habían afectado de manera directa a los negocios de Antonin, algo que lo había disgustado tanto que había terminado por contratar asesinos para eliminar a Gregor. Pero Gregor se los había devuelto sin demora, con muchos dedos rotos y una mandíbula partida en mil pedazos.

No tenía duda de que Antonin aún sentía rencor por lo ocurrido, razón por la que Gregor había traído quinientos duvots de su dinero y a Látigo, su porra inscrita. Con suerte, los duvots serían suficientes para conseguir que Antonin le diese algo de información sobre el ladrón que había entrado en la zona costera. Y, también con suerte, Látigo serviría para mantener con vida a Gregor el tiempo suficiente como para preguntarle.

Se acercó a las cuatro moles que lo fulminaban con la mirada desde la entrada de la taberna.

—Buenas noches, caballeros —dijo—. He venido a ver al señor Di Nove, por favor.

Los grandullones se miraron entre ellos, perplejos en cierta manera por la amabilidad de Gregor. Uno de ellos, al que le faltaban muchos dientes, dijo:

—No vas a entrar con eso.

Cabeceó en dirección a Látigo, que colgaba de un costado de Gregor.

—Claro.

Desabrochó a Látigo y la alzó. Uno de ellos la tomó y la metió en una caja, donde había una cantidad asombrosa de dagas, estoques, espadas y otras armas espeluznantes.

—¿Puedo entrar ahora, por favor? —preguntó Gregor.

—Cincuenta duvots —dijo el grandullón desdentado.

—¿Perdona? ¿Cincuenta? —preguntó Gregor.

—Son cincuenta si no hemos visto tu cara antes. Y no hemos visto nunca tu cara, señor.

—Ajá. Bien.

Gregor miró las armas que llevaban encima. Lanzas, dagas y uno de ellos tenía incluso una espingarda, una especie de ballesta pesada mecanizada que tenías que preparar con una manivela, y esa ya estaba preparada.

Lo tuvo en cuenta. Gregor siempre tenía en cuenta ese tipo de cosas.

Metió la mano en la bolsa, sacó un puñado de duvots y se los dio.

—¿Puedo entrar ahora?

Los matones intercambiaron otra mirada.

—¿De qué quieres hablar con Antonin? —preguntó el que no tenía dientes.

—Son asuntos privados y urgentes —dijo Gregor.

El guardia sin dientes le sonrió.

—Ah, muy profesional. No vemos a personas muy profesionales por aquí a menudo, ¿verdad, chicos? No a menos que vengan a meterla en el beque de las señoritas.

Los otros rieron.

Gregor esperó tranquilo, sin quitarle los ojos de encima.

—Bien —dijo el sin dientes. Abrió la puerta—. La mesa del fondo, pero acércate despacio.

Gregor le dedicó una sonrisa brusca y dijo:

—Gracias.

Después entró.

Justo al entrar había un tramo de escaleras. Las subió y, mientras lo hacía, percibió que el aire empezaba a llenarse de humo y oyó un estruendo. Era un ambiente muy recargado. En lo alto de las escaleras había una cortina azul, que corrió a un lado antes de entrar.

Gregor echó un vistazo alrededor.

—Hum —masculló.

Había sido soldado, por lo que estaba acostumbrado a las tabernas, incluso a los cuchitriles como aquel. Unas velas apestosas ardían en todas las mesas. El suelo era poco más que unos tablones de madera sueltos, por lo que si alguien derramaba algo, fuese vino de caña, alcohol de grano o fluidos corporales, todo quedaba absorbido por el barro de debajo. Alguien tocaba unas flautas al fondo, pero sonaba fatal y tan alto que conseguía ahogar la mayoría de conversaciones.

Pero la gente no iba a tabernas como aquella por la conversación. Iban a llenarse de todo el vino de caña posible, para olvidarse por unos instantes de que vivían en zanjas lodosas y salpicadas de heces adheridas a las paredes blancas y prístinas de los campos, de que compartían habitaciones con animales, de que se despertaban todas las mañanas con mordeduras de insectos o monos que no dejaban de aullar o con el aroma putrefacto de los restos de lubinas en las callejuelas. Si es que llegaban a despertarse.

Gregor ni parpadeó ante lo que veían sus ojos. Había visto cosas terribles durante la guerra, y las gentes pobres no eran nada en comparación. Él mismo había estado mucho más desesperado que cualquiera de esas personas.

Echó un vistazo a su alrededor en busca de los hombres de Antonin. Contó cuatro, apostados en los rincones del lugar. Todos tenían estoques, menos el que estaba más lejos, uno enorme y musculado apoyado en la pared con un hacha negra y amenazadora atada a la espalda.

Gregor vio que se trataba de un hacha daulo. Había visto muchas en las Guerras Iluminadas.

Cruzó la taberna, examinó una de las mesas que había al fondo y se acercó. Despacio.

Supo al momento cuál de ellos era Antonin, porque tenía la ropa limpia, la piel inmaculada, el pelo ralo peinado hacia atrás a la perfección y era inmensamente gordo, algo muy poco habitual en el Ejido. También leía un libro, algo que Gregor nunca había visto hacer en aquel lugar. Antonin tenía otro guardia apostado junto a él, este con dos estiletes enfundados en el cinturón. El guardia se puso tenso al ver que Gregor se acercaba.

Antonin frunció un poco el ceño y alzó la vista del libro. Examinó la cara de Gregor, después el cinturón, en el que no tenía arma alguna, y el fajín.

—La Guardia Portuaria —dijo en voz alta—. ¿Qué hace la Guardia Portuaria en un lugar donde las únicas aguas son el vino y los orines? —Después examinó mejor el rostro de Gregor—. Ahh... te conozco. Dandolo, ¿verdad?

—Es usted un hombre ilustrado, señor —dijo Gregor. Hizo una ligera reverencia—. Sí, soy el capitán Gregor Dandolo de la Guardia Portuaria, señor Antonin.

—Señor Antonin... —repitió. Rio y dejó entrever unos dientes negros—. ¡Qué bien que haya venido a vernos un caballero con tan buenos modales! Me habría limpiado un poco mejor esta mañana de haber sabido que ibas a regalarnos tu presencia. Si no recuerdo mal, intenté matarte en una ocasión... ¿no es así?

—Eso es.

—Ah, ¿has venido para devolverme el favor?

El guardia musculoso con el hacha avanzó para colocarse detrás de Gregor.

—No, señor —respondió él—. He venido para hacerle una pregunta.

—Ah. —Se quedó mirando el fajín de la Guardia Portuaria que llevaba Gregor—. Doy por hecho que la pregunta tiene algo que ver con el desastre ocurrido en la zona costera.

Gregor sonrió, sin atisbo alguno de alegría en el gesto.

—Así es.

Antonin señaló con su dedo rechoncho el asiento que tenía frente a él.

—Por favor. Hazme el honor de sentarte.

Gregor se inclinó un poco y lo hizo.

—Bien. ¿Por qué has venido a preguntarme algo así precisamente a mí? —preguntó Antonin—. Dejé las operaciones en la zona costera hace mucho. Gracias a ti, como bien sabrás.

Le brillaron los ojos.

—Porque es obra de un autónomo —dijo Gregor—. Y usted conoce a varios autónomos.

—¿Cómo estás tan seguro?

—Usaron un planeador improvisado. Colocaron una herramienta de construcción inscrita en uno de los carruajes, algo que se usa para la argamasa, lo que sirvió para activar el equipamiento. Era muy chapucero y no funcionó demasiado bien.

—Entonces se trata de algo que jamás usaría un trabajador de los canales.

—Correcto. Uno de verdad usaría el equipo oficial. Por eso tiene que tratarse de un autónomo, y los autónomos viven en un lugar: Entremuros. O cerca. Lugar que pertenece a sus dominios, a menos que me equivoque.

—Tiene sentido. Muy listo. Pero la pregunta que me surge ahora es... ¿por qué iba yo a ayudarte? —Sonrió—. El experimento de tu Guardia Portuaria parece haber fracasado. ¿No me convendría asegurarme de que siguiese así para recuperar la zona costera?

—No fracasó —dijo Gregor—. Eso aún está por ver.

—No necesito verlo —dijo Antonin con una carcajada—. Mientras las casas de los mercaderes gobiernen en sus campos como reyes, Tevanne no tendrá nada parecido a una fuerza policial, sin importar lo bien que lo hagas con la Guardia Portuaria. Eso también fracasará, dentro de un tiempo. Esa es la razón por la que lo único que tengo que hacer es esperar, mi noble capitán. Y luego conseguiré recuperar el lugar, ¿no crees?

Gregor parpadeó despacio, pero no reaccionó a pesar de que Antonin había empezado a meterle el dedo en la llaga. Se había esforzado mucho para mejorar la Guardia Portuaria, y no le gustaba nada oír amenazas a la institución.

—Puedo pagarle —dijo.

Antonin sonrió.

—¿Cuánto?

—Cuatrocientos cincuenta duvots.

Le miró la bolsa.

—Que supongo que tendrás encima, porque no creería que me fueses a pagar si no los hubieses traído.

—Así es.

—¿Y no sería mejor apuñalarte y quitártelo? —preguntó Antonin.

—Recuerde mi apellido —dijo Gregor.

Antonin suspiró.

—Cierto. De acabar con la vida del único descendiente de Ofelia Dandolo, sin duda la casa vendría a por nosotros.

—Sí. —Gregor intentó tragarse el autorrechazo. Su madre era la descendiente directa del fundador de Dandolo, lo que lo convertía en lo más parecido a la realeza que podía haber en Tevanne, pero él odiaba usar la reputación de su familia en su beneficio—. Y tampoco voy a dejar que me quite el dinero. Tendría que matarme, señor Antonin.

—Sí, sí, eres un buen soldado —dijo Antonin—, pero no se puede decir que seas un buen estratega. —Le dedicó una sonrisa traviesa—. Estuviste en el asedio de Dantua, ¿no es así, capitán?

Gregor se quedó en silencio.

—Sé que sí —dijo Antonin—. Te llamaban el renacido de Dantua. ¿Lo sabías?

Siguió sin decir nada.

—Y me han dicho que adquiriste el nombre porque moriste en aquel lugar —continuó Antonin—. O estuviste a punto de hacerlo. Hasta te hicieron un funeral en la ciudad. Pensaron que estarías pudriéndote en una fosa común en alguna parte del norte.

—Eso he oído —dijo Gregor—. Se equivocaban.

—Ya veo. Muchos veteranos trabajan para mí, como bien sabrás. Y me han contado muchas historias. —Se inclinó hacia él—. Me han dicho que cuando estabais escondidos en Dantua, con todo ese armamento inscrito estropeado, tuvisteis que comer ratas y basura. Y cosas peores. —Le dedicó una amplia sonrisa—. Dime, capitán Dandolo, ¿a qué sabe el cerdo tevanní?

Se hizo un largo silencio.

—No lo sé —respondió Gregor, con calma—. ¿Qué tiene eso que ver con mi propuesta?

—Supongo que me gustan los cotilleos —dijo Antonin—. O puede que me guste hacerte ver que no eres tan digno como reflejas en sus actos. Acabaste con mis beneficios en la zona costera, valiente capitán Dandolo. Pero no temas, amigo mío, ya lo he compensado. Es lo que tiene que hacer un emprendedor como yo. ¿Quieres saber cómo?

—¿Esto tiene que ver con el ladrón autónomo que le comentaba?

Antonin lo ignoró, se puso en pie e hizo un gesto a unos desvencijados puestos de madera que había al fondo, con cortinas que cubrían las entradas.

—Ven conmigo. Sí, sí, vamos.

Gregor accedió y lo acompañó de mala gana.

—Las finanzas están muy complicadas hoy en día —dijo Antonin—. El mercado en general. No deja de hablarse del tema en los campos, de las condiciones del mercado. Todos jugamos al mismo juego. Cuando se acaba un negocio, hay que ponerse a buscar el siguiente.

Se acercó a uno de los puestos, agarró la cortina y tiró de ella para abrirla.

Gregor miró en el interior. Estaba oscuro, pero vio una tarima en el suelo, acompañada de una sola vela. En el fondo había un chico que llevaba una túnica corta, descalzo y con las piernas al descubierto. El chico se puso en pie cuando se abrió la cortina. Tendría quizás unos trece años. Quizás.

Gregor volvió a mirar la tarima lisa del suelo y luego al chico. Fue entonces cuando lo comprendió.

—Acabaste con mis negocios en la zona costera —explicó Antonin con voz animada—, por lo que tuve que reinventarme y dedicarme a otra cosa. Pero este nuevo mercado aporta muchos más beneficios que la zona costera. No hace falta casi nada de inversión y todo son beneficios. Solo me hacía falta un pequeño empujoncito para probarlo. —Se acercó a Gregor. El hedor de sus dientes podridos era insoportable—. Capitán Dandolo..., como verás, no necesito ni un solo duvot de tu maldito dinero.

Gregor se giró para mirar a Antonin, mientras le temblaban los puños.

—Bienvenido a Tevanne —dijo Antonin—. La única ley del Ejido es el poder y el éxito. Los que vencen son los que hacen las normas. Puede que un niño de las altas esferas como tú se haya olvidado. —Sonrió, y se vio un resplandor en sus dientes grasientos—. Ahora, más te vale salir de inmediato de mi taberna.

Gregor Dandolo salió de La Perca y la Alondra conmocionado. Recuperó a Látigo de la caja que tenía el matón sin dientes junto a la puerta e ignoró a los otros guardias mientras se reían de él.

—¿Una reunión fructífera? —preguntó el grandullón desdentado—. ¿Has pasado unos minutitos en los puestos? ¿Aún seguía estando bien estrechito?

Gregor se marchó sin decir palabra. Volvió a colgarse Látigo del cinturón y se alejó por la callejuela. Después se detuvo.

Se lo pensó unos instantes.

Respiró hondo y se lo volvió a pensar.

Gregor Dandolo hacía todo lo que estaba en su mano para respetar las leyes, tanto las de la ciudad como sus leyes morales. Pero hoy en día cada vez había más conflictos entre ambas.

Se quitó el fajín de la Guardia Portuaria, lo dobló y lo dejó con mucho cuidado en el alfeizar de una ventana cercana. Después tomó a Látigo del cinturón y empezó a abrochar todas las hebillas que tenía el arma en su antebrazo. Después giró y volvió a dirigirse a la taberna.

El grandullón desdentado lo vio venir y se preparó. Después soltó una risotada y gritó:

—¡Mirad, chicos! Por aquí viene uno que se cree que...

Pero nunca terminó la frase, porque Gregor usó a Látigo.

Al encargar la fabricación de Látigo, Gregor se había asegurado de que todos los sigilos estuviesen cuidadosamente ocultos para que, todo aquel que lo mirase, no supiese que se trataba de un arma modificada. Parecía una porra cualquiera, a excepción de las hebillas que servían para engancharla a la muñeca. Tenía un metro de largo, coronada con un tramo de acero rugoso de casi dos kilos en uno de los extremos. Pero lo cierto es que era mucho más que eso.

Ya que cuando Gregor pulsaba un botón y asestaba un golpe con Látigo, el extremo de dos kilos se separaba del resto y salía despedido hacia delante, unido a la porra por un cable de metal estrecho pero muy resistente. El extremo de la porra estaba inscrito para hacerle creer que, cuando se separaba del mango, en realidad caía directo hacia el suelo y tenía que limitarse a respetar la gravedad, ajeno a que en realidad volaba en la dirección hacia la que lo hubiese lanzado Gregor. Después chocaba contra lo que lo hubiese lanzado y, al pulsar un interruptor que tenía en el mango, el extremo recordaba cómo funcionaba de verdad la gravedad y el cable empezaba a recogerse a toda prisa, lo que hacía que el extremo volviese a unirse con el resto.

Eso fue lo que hizo Gregor mientras se acercaba a la taberna. Estaba tan acostumbrado a usar a Látigo que casi ni tenía que pensar mientras lo hacía. Se limitó a hacerlo y, momentos después, el grandullón desdentado acabó tirado en el suelo, gritando a través de una boca destrozada y embadurnada en sangre.

Pulsó el interruptor y sintió la presión de las cinchas de cuero en el antebrazo mientras el extremo de Látigo se recogía con un zumbido suave y repentino. Se le estremeció el brazo cuando volvieron a unirse ambas partes, pero él estaba concentrado en el matón que se encontraba a su derecha, un tipo bajito con el rostro marcado y un machete de hoja negra que no dejaba de mirar a su compañero caído. Después alzó la vista para mirar a Gregor, gritó y se abalanzó hacia él.

Gregor, que aún avanzaba por la callejuela, volvió a lanzar a Látigo hacia delante, en dirección a las piernas del tipo. El extremo de la porra chocó con estruendo contra una de sus rótulas, y el matón cayó al suelo aullando de dolor. Gregor volvió a unir ambas partes del arma y, al pasar junto a él, le dio un fuerte golpe con la porra en el antebrazo, tanto que le rompió o le astilló el radio o el cúbito, a juzgar por los gritos más exagerados que empezó a soltar.

Quedaban dos, uno a cada lado de la puerta de la taberna. Uno de ellos estaba armado con la espingarda, y se quedó de piedra al apretar el gatillo y ver que no ocurría nada, ajeno a que la había preparado mal, claro. Antes de que pudiese hacer algo, Gregor lanzó a Látigo hacia delante y el extremo pesado y compacto del arma chocó contra la mano derecha del guardia y le aplastó los dedos. Soltó la ballesta, maldijo y gritó.

Solo quedaba el cuarto y último de los guardias, que se había hecho con un escudo maltrecho y una lanza pequeña. El guardia avanzó agachado hacia Gregor, ocultando la mayor parte de su cuerpo detrás del escudo.

"Ha estado en la guerra", pensó Gregor. Tenía entrenamiento militar, pero no sería suficiente.

Gregor volvió a lanzar a Látigo, y el extremo de la porra pasó sobre la cabeza del guardia y lo golpeó en la espalda. El cable pasó por encima del escudo, lo que hizo que el tipo se quedase quieto hasta que Gregor volvió a pulsar el interruptor.

El extremo de la porra salió despedido hacia detrás con el zumbido entusiasta habitual y golpeó el hombro del guardia, lo que lo hizo tambalearse hacia delante hasta acabar en el suelo boca abajo. Gruñó mientras alzaba la vista para mirar a Gregor, que pasó junto a él y le dio un puntapié en la cara.

Gregor Dandolo tomó el escudo. El guardia con la espingarda soltó el arma y desenvainó un estilete con la mano buena. Se puso en posición de combate, bien agachado. Después pareció pensarlo mejor, se dio la vuelta y empezó a correr.

Gregor lo vio marchar. Luego subió por las escaleras de la taberna como si tuviese mucha prisa. Levantó el escudo para apartar la cortina y se enfrentó a La Perca y la Alondra.

Por suerte solo había cinco guardias. También fue mucha suerte que no se hubiesen movido desde antes, por lo que sabía el lugar exacto en el que se encontraban. Que estuviese oscuro, fuese un lugar ruidoso y Látigo no hiciese casi ruido lo ayudó aún más. Gregor acabó con dos oponentes antes siquiera de que nadie en la estancia comprendiese lo que acababa de ocurrir.

Toda la taberna quedó sumida en el caos cuando el segundo de los guardias cayó al suelo con sangre en la nariz y en la boca. Gregor bajó el escudo, lo que lo dejaba al descubierto, y se abrió paso a través de la multitud ebria y vociferante hasta colocarse junto a un guardia armado con una lanza. El guardia lo vio en el último momento y abrió los ojos de par en par. Asestó una estocada con la lanza, pero Gregor ya había levantado el escudo para desviar el golpe. Después lanzó la punta de Látigo, que golpeó la mandíbula del guardia. El tipo se derrumbó al suelo.

Quedaban dos. El guardia con el hacha daulo y uno con otra espingarda. Y estaba seguro de que este último sí que había entrenado con el arma. Lo que no era nada halagüeño.

Gregor levantó el escudo y se cubrió detrás de una mesa, justo cuando un virote golpeó contra el metal del escudo. La punta del proyectil atravesó esa maldita cosa y sobresalió por detrás un buen pedazo. Un poco más y seguro habría atravesado el cuello de Gregor. Él murmuró descontento, se deslizó hacia la derecha y lanzó a Látigo hacia delante. Falló el golpe, pero el extremo de la porra golpeó la pared justo encima del hombro del guardia, lo que hizo que se ocultase detrás de la barra.

Los dos permanecieron agachados, a la espera de que la multitud vociferante abandonase el lugar. Gregor alzó la vista y vio una repisa de botellas sobre la barra y, encima, el titilar de un farol de aceite. Calculó la distancia y lanzó a Látigo dos veces: una para romper las botellas de alcohol y otra para hacer lo propio con el farol.

Cayó un aceite ardiendo que no tardó en prender fuego a los charcos de aceite. Se oyó un grito, y el guardia de la espingarda salió a toda prisa de su escondrijo mientras se daba golpes en las prendas humeantes. No llegó a ver cómo Látigo salía despedido hacia su cara.

Después de dejarlo inconsciente, Gregor se agachó y echó un vistazo alrededor. Antonin seguía allí, escondido al fondo, pero no veía por ninguna parte al guardia con el hacha daulo...

Notó unos pasos en la tarima, a su derecha. Se giró y levantó el escudo sin pensar.

Se oyó un grito agudo y notó un dolor muy intenso en el brazo del escudo. Llevaba mucho tiempo sin recibir el impacto de un hacha daulo, y llegó a la conclusión de que le gustaba tan poco como cuando lo había experimentado en las guerras.

Gregor rodó lejos de la barra y volvió a alzar el escudo, justo a tiempo para detener otro golpe del guardia. Se le entumeció el brazo a causa del golpe y oyó un chasquido, que resultó ser de uno de los tablones que tenía debajo, roto al ser incapaz de soportar la presión.

Eso le dio una idea.

Mantuvo el escudo en alto y se alejó. El guardia del hacha cargó hacia él, pero antes de que golpease con el arma, Gregor lanzó a Látigo hacia los tablones que tenía debajo.

El extremo de la porra atravesó la madera como si fuesen juncos. Antes de que el guardia se diese cuenta de lo que había ocurrido, metió el pie en el agujero que acababa de abrir Látigo. Se tropezó, cayó al suelo y, mientras lo hacía, la tarima entera quedó destrozada bajo su peso.

Gregor se apartó mientras se rompían los tablones. Cuando paró el chirrido, hizo volver a Látigo y miró por el agujero mientras arrugaba la nariz. No vio al guardia en la lodosa oscuridad de debajo, pero sabía que las letrinas de la taberna se vaciaban en el espacio mugriento que había debajo del edificio.

Gregor analizó la situación. La taberna había quedado casi vacía a excepción de los guardias gimoteantes, y del hombre grande y rollizo que intentaba ocultarse detrás de una silla.

Gregor sonrió, se enderezó y se acercó.

—¡Antonin di Nove! —gritó.

Antonin aulló de pavor mientras Gregor se acercaba.

—¿Qué te parece mi experimento? —preguntó—. Dijiste que el poder era la única ley del Ejido. —Apartó la silla de un tirón, y Antonin se acurrucó en un rincón—. Pero el poder es algo tan efímero... ¿no crees?

—¡Te contaré lo que quieras! —gritó Antonin—. ¡Lo que sea!

—Quiero saber quién es el ladrón —dijo Gregor.

—Pregúntale... ¡pregúntale a Sark! —respondió.

—¿A quién?

—¡Un autónomo! ¡Antes era un trabajador de los canales! Es traficante y se dedica a preparar robos. ¡Estoy casi seguro de que lo de la zona costera es cosa suya!

—¿Y por qué iba a serlo? —preguntó Gregor.

—¡Porque solo un maldito trabajador de los canales pensaría en usar una vela para planear!

Gregor asintió.

—Ya veo. Bien. Ese Sark... ¿dónde vive?

—¡En los Glaucos! ¡El edificio Selvo! ¡Tercer piso!

—Los Glaucos —repitió Gregor, con parsimonia—. Selvo. Tercer piso. Sark.

—¡E-eso es! —dijo Antonin. No dejaba de temblar y alzó la vista hacia Gregor mientras le daban escalofríos—. Entonces... ¿me...? ¿Me dejarás marchar?

—Iba a dejarte marchar de igual manera, Antonin —respondió Gregor, que guardó a Látigo—. Estamos en Tevanne. Aquí no hay prisiones ni juzgados. Y no voy a matarte. Pero intenta no volver a hacer algo así.

Antonin suspiró aliviado.

—Eso sí —dijo Gregor, que cerró el puño y se estalló los nudillos—. No me gustas. No me gusta lo que haces aquí, Antonin. Y pienso demostrarte lo poco que me gusta usando el único idioma que parecen comprender los hombres como tú.

Abrió los ojos de par en par.

—¡N-no!

Gregor levantó el puño.

—Sí.

Gregor se dio la vuelta mientras agitaba la mano y se dirigió hacia los puestos desvencijados con las cortinas. Las abrió, una a una.

Cuatro chicas. Dos chicos. Ninguno mayor de diecisiete.

—Venga, salid —dijo Gregor con amabilidad—. Vamos.

Guio a los jóvenes por la taberna destrozada y en ruinas, y luego bajó por las escaleras que daban a la callejuela, donde los tres guardias no habían dejado de gimotear. Los jóvenes vieron a Gregor rebuscar en el cuerpo de un guardia desdentado e inconsciente y tomar sus cincuenta duvots.

—¿Y ahora qué? —preguntó uno de los chicos.

—Supongo que no tenéis ningún lugar al que ir, ¿verdad? —preguntó Gregor.

La fila de niños lo miró. Estaba claro que se trataba de una pregunta retórica.

Se preguntó qué podía hacer. Deseó que hubiese alguna organización benéfica o lugar en el que dejarlos, pero esa clase de lugares no existían en el Ejido.

Asintió y sacó su monedero.

—Tomad. Aquí tenéis quinientos duvots. Seguro que los gastareis mejor de lo que lo habría hecho Antonin. Si lo dividimos a partes iguales, saldríais a...

Pero nunca terminó la frase, porque una de las más jóvenes le quitó la bolsa de la mano y salió corriendo.

El resto de niños empezó a perseguirla en un abrir y cerrar de ojos, mientras no dejaba de gritar amenazas:

—¡Pietra! ¡Como intentes quedarte todo el dinero, te rajaremos la puta garganta!

—¡Intentad agarrarme si podéis, lubinas de poca monta! —gritó la niña en respuesta.

Gregor contempló aturdido cómo los niños se marchaban a la carrera. Hizo un amago de seguirlos y estuvo a punto de gritar para que se detuvieran, pero luego recordó que tenía otras cosas que hacer esa noche.

Suspiró con fuerza mientras oía los sonidos cada vez más

lejanos de la disputa de los niños, esos de los que habían abusado de forma tan terrible. Creía que estaba acostumbrado a ese tipo de atrocidades, pero a veces la futilidad de todo lo que hacía llegaba a abrumarlo.

"Da igual lo que haga. Tevanne siempre será Tevanne".

Después avanzó por la callejuela hasta el lugar donde había dejado el fajín de la Guardia Portuaria. Lo desdobló y volvió a colocárselo. Mientras se lo ajustaba, vio que tenía una mancha de sangre en el hombro. Frunció el ceño, se lamió un dedo e intentó limpiarla.

Le habían herido en el brazo del escudo. Y tenía muy claro que aquella noche se había granjeado un buen número de enemigos, así que lo mejor era marcharse del lugar antes de que corriese la voz.

"A ver qué se cuenta Sark", pensó Gregor.

Capítulo Ocho

Sancia estaba sentada en el tejado de su edificio y contemplaba las sinuosas calles de Entremuros que se abrían bajo ella. Subía al lugar de vez en cuando, normalmente para asegurarse de que nadie la vigilaba. Y esa noche tenía que estar bien segura, porque era la noche en la que se iba a reunir con Sark en la lonja para decirle que tenía que escapar de Tevanne a toda costa.

Se preguntó cómo iba a explicarle el tema de Clef. A pesar de todo lo que le habían dicho los Compiladores, aún no sabía mucho sobre él, sobre lo que era en realidad, ni sobre lo que podía hacer ni por qué. Y Clef no hablaba con ella desde esa noche. Se llegó a preguntar si no se habría imaginado todas sus conversaciones.

Examinó la ciudad. Tevanne al completo estaba cubierta por vapor y un humo iluminados por las estrellas, un paisaje fantasmagórico que se hundía bajo la niebla. Los muros blancos y enormes del campo sobresalían entre las estructuras ruinosas del Ejido, como los huesos de una ballena varada. Detrás de ellos se alzaban las torres de los campos, que relucían con una luminiscencia tenue y colorida. Entre ellas se encontraba la torre del reloj Michiel, cuya fachada era de un rosado reluciente y de tonalidad cereza, y detrás de todo se erigía la Montaña de los Candiano, la mayor estructura de toda Tevanne, una cúpula enorme que a Sancia le recordaba a una pulga hinchada y rechoncha apostada en mitad del campo de los Candiano.

Se sentía sola e insignificante. Sancia siempre había estado sola, pero sentirse sola era diferente a estarlo.

<¿Niña?>

Sancia se incorporó.

<¿Clef? ¿Vuelves a hablar?>

<Sí. Obviamente.>

Sonaba taciturno.

<¿Qué te ocurrió? ¿Dónde estabas?>

<Siempre he estado aquí. Solo estaba... pensando.>

<Pensando.>

<Sí. Sobre lo que dijo esa gente. Sobre que soy un...>

<Una herramienta de los hierofantes.>

<Sí, eso —Se hizo una pausa—. ¿Puedo preguntarte algo, niña?>

<Sí.>

<El vino sabe... dulce, ¿verdad?>

<¿Eh?>

<El vino. Sabe intenso, pero te deja un regusto dulce en la boca, ¿no es así?>

<Supongo. La verdad es que no bebo.>

<Sabe así. Estoy seguro. Yo... recuerdo esa sensación, la del vino frío en un día caliente.>

<¿En serio? ¿Cómo?>

<No lo sé. ¿Cómo iba a saberlo? ¿Cómo voy a recordar algo así si no soy más que una llave? Peor aún, una llave hecha para abrir cosas por la fuerza, para desentrañar inscripciones y abrir puertas y cerraduras. Lo peor... lo peor no es el hecho de ser una herramienta, sino serlo sin saberlo. Tener cosas dentro de ti puestas ahí por un desconocido, cosas que tienes que obedecer o hacer aunque no quieras. Como cuando me metiste en esa cerradura... tuve que hacerlo. Al momento. Y me sentí bien. Tan bien, niña...>

<Entiendo lo que dices. ¿Recuerdas algo más? ¿Algo sobre ser... no sé, un artefacto?>

<No. Nada. Solo la oscuridad y nada más. Pero me perturba.>

Se quedaron en silencio.

<Soy peligroso para ti, ¿verdad?>, preguntó, calmado.

<Bueno, mi cliente quiere destruirte o desmontarte y usar lo que

descubra para acabar con todos los demás. Y apuesto lo que sea a que también quiere matar a todo el que sepa algo sobre ti. Lo que me incluye a mí. Así que... podría decirse que sí, que lo eres.>

<Carajo. Pero esta es la noche en la que escapas, ¿no?>

<Sí. Tengo una reunión con Sark dentro de dos horas. Intentaré convencerlo de que suba a un barco conmigo o le daré una paliza para arrastrarlo hasta los embarcaderos. Sark tiene toda clase de documentos falsificados que podrían sacarnos sin problema de Tevanne. No sé cómo lo haremos, pero tú y yo vamos a desaparecer. Aún no sé adónde iremos, pero lejos de aquí.>

<Bien —suspiró Clef—. Siempre he querido viajar por el océano.>

Fue desde Entremuros a la Vieja Zanja y luego a los Glaucos, que se había granjeado el nombre debido al color de un hongo que crecía sin remedio en toda la madera del barrio, lo que hacía que todo el lugar adquiriese un tono lima apagado. Los Glaucos se encontraban junto al Anafesto, uno de los canales principales de la ciudad, y la zona había sido el corazón de la boyante industria pesquera de Tevanne en el pasado. Pero luego las casas de los mercaderes habían construido un excedente de barcos inscritos para las guerras y se habían visto obligados a usarlos para pescar, lo que hizo que el resto de pescadores se quedase sin trabajo porque dichos navíos eran mucho más eficientes. Los Glaucos se parecía mucho a Entremuros, tenía muchas barriadas, chabolas y tiendas desvencijadas, pero en lugar de estar limitado por los muros de los campos las viviendas terminaban de improviso cerca del decadente polígono industrial que se extendía junto al canal.

Sancia caminó junto al Anafesto mientras miraba las lonjas oscuras y decrépitas que tenía delante. No dejaba de mirar a la izquierda, hacia las calles de los Glaucos. La zona en la que se encontraba ahora era mucho más tranquila que Entremuros, pero no quería sorpresas. Cada vez que veía a alguien se detenía para examinar sus movimientos, pendiente de cualquier cosa que sugiriese que la estaban buscando. No avanzaba hasta que estaba segura de que no era así.

Estaba intranquila porque tenía encima a Clef, claro, y sabía todas las amenazas que ello implicaba. Pero también porque tenía los ahorros de toda su vida en la mochila que llevaba a la espalda: tres mil duvots, y casi todo en monedas. Iba a necesitar hasta la última de ellas para escapar de Tevanne, si es que lo conseguía. Y, aunque también llevaba su equipo de latrocinio habitual, lo único de él que podía usar para defenderse era el estilete. Sería muy irónico si, después de todo lo que había pasado, la atracase en los Glaucos el ladronzuelo con más suerte de todos los tiempos.

Cuando estuvo lo bastante cerca, se desvió en dirección a la lonja, a través de cimientos de piedra en ruinas y cañerías oxidadas. Llegó al lugar a través de un pasaje estrecho y sombrío. Era probable que nadie esperase que llegase por allí, ni siquiera Sark. La lonja era una estructura de piedra mohosa de dos pisos, un lugar tan podrido y decadente que costaba adivinar cuál había sido su propósito original. Sabía que Sark la esperaba en el segundo piso, y también que el primero iba a estar lleno de trampas, un 'seguro' habitual para él.

Miró las ventanas a oscuras y pensó:

"¿Cómo demonios voy a convencer a Sark de que escape?".

<Este lugar es un cuchitril>, dijo Clef.

<Sí, pero es nuestro cuchitril. Sark y yo hemos cerrado muchos negocios aquí. Es el lugar más seguro que vamos a encontrar.>

Empezó a dirigirse hacia allí y se sintió algo incómoda por primera vez esa noche.

Dobló la esquina con cuidado, atravesó unas enormes puertas de metal, que sabía que no tendría que haber usado porque seguro que Sark había puesto alguna trampa, y se coló a través de una ventana rota. Cayó con suavidad, se quitó los guantes y tocó el suelo de piedra y la pared que tenía al lado con las manos desnudas.

Huesos, sangre y vísceras brotaron en su mente. La lonja había sido un lugar donde se habían destripado muchos peces, y era una sensación que siempre la abrumaba, tanta violencia acumulada. Había pilas de raspas de pescados por aquí y por allá a lo largo de todo el primer piso, montañas de frágiles esqueletos, pequeños y translúcidos. Y el hedor no había abandonado el lugar.

Sancia se concentró y las trampas se iluminaron en su mente como si fuesen fuegos artificiales: tres cables trampa a lo largo de la estancia conectados con tres espingardas ocultas que sin dudas estaban cargadas con flechetas, envoltorios de papel llenos de cuchillas que se convertían en una nube mortal cuando se disparaban.

Suspiró aliviada.

<Bien.>

<¿Todas estas trampas te hacen sentir aliviada?>, preguntó Clef.

<Sí, porque quiere decir que Sark está aquí. Así que está vivo y a salvo.>

Avanzó con mucho cuidado por encima del primero de los cables trampa...

Después se detuvo.

Lo pensó durante unos instantes y luego echó un vistazo por la oscuridad que la rodeaba. Le dio la impresión de ver los cables en la luz tenue, unos filamentos pequeños y oscuros que se perdían entre las sombras.

"Uno —contó para sí—. Dos. Tres".

Frunció el ceño. Después se arrodilló para tocar otra vez el suelo y la pared.

<¿Algo va mal?>, preguntó Clef.

<Sí —respondió ella. Esperó a que sus talentos lo volviesen a confirmar—. Hay tres cables trampa.>

<¿Y?>

<Sark siempre usa cuatro. No tres.>

<Ah. ¿Puede que... se haya olvidado de uno?>

Sancia no respondió. Volvió a echar un vistazo por el primer piso. Estaba oscuro, pero no veía nada fuera de lo normal.

Después miró por la ventana, a las fachadas de los edificios que se apreciaban por ella. No se movía nada. No había nada raro.

Ladeó la cabeza y escuchó. Oyó el romper de las olas, el susurro del viento, el chirrido y el rechinar del edificio agitándose en la brisa. Pero nada más.

"Puede que sí se haya olvidado —pensó—. Puede que sea un despiste de una vez".

Pero Sark no era así. Después de haber sido torturado a manos de los Morsini, se había vuelto muy paranoico y cauteloso. Era imposible que se olvidase de una medida de seguridad.

Sancia volvió a echar un vistazo a su alrededor para asegurarse... Después vio algo.

¿Era el centelleo del metal en la viga de madera que había al otro lado de la estancia? Entrecerró los ojos y dio por hecho que sí.

"¿Una flecheta? ¿Enterrada en la madera?".

Siguió mirando y notó cómo el corazón le latía cada vez más rápido.

Se volvió a arrodillar y tocó el suelo una tercera vez.

La piedra le contó cosas sobre huesos y sangre y vísceras, como hacía siempre. Pero ahora se centró en descubrir...

¿Parte de esa sangre sería reciente?

Y descubrió que sí. Había un gran charco de sangre reciente a escasos centímetros de ella. Era casi imposible distinguirlo a simple vista, ya que la mancha se mezclaba con la mayor y antigua de pez. Y sus talentos tampoco se habían percatado de ello en un primer momento, como si aquel hecho hubiese quedado perdido entre los recuerdos de toda la violencia que lo rodeaba.

Apartó las manos cuando empezó a notar un latido en la cicatriz. Sintió un sudor frío que le goteaba por la espalda y el vientre. Se volvió a girar hacia las ventanas y contempló las calles. Nada.

<Esto... ¿niña? —llamó Clef—. ¿Recuerdas que me di cuenta de que tenías una placa inscrita en la cabeza, que fui capaz de sentirla?>

<¿Por qué lo dices?>

<Bueno... pues porque acabo de sentir que hay tres objetos inscritos en el piso de arriba.>

A Sancia le dio un vahído.

<¿Qué?>

<Sí. Justo encima de nosotros. Y se mueven como si alguien los llevase encima y deambulara por ahí. Se limita a caminar.>

Sancia alzó la vista despacio para mirar hacia el techo. Respiró hondo y se paró a pensar.

Era obvio qué era lo que estaba pasando. La pregunta era qué podía hacer a continuación.

"¿Qué recursos tengo? ¿Cuáles son mis herramientas disponibles?".

Sabía que no tenía muchas opciones. Solo contaba con un estilete. Pero echó un vistazo alrededor y pensó.

Siguió con mucho cuidado uno de los cables trampa y encontró la espingarda que estaba oculta en el rincón, aunque descargada. Normalmente habría tenido un paquete de flechetas listo para ser disparado, pero ahí no había nada. Solo una espingarda preparada que no iba a disparar nada.

Hizo un mohín.

"Supongo que no debería sorprenderme".

Desmanteló la trampa en silencio y se colgó la espingarda a la espalda.

<¿Qué haces?>, preguntó Clef.

<Sark está muerto.>

Pasó por encima de otro cable trampa y empezó a desmontar la trampa, pero no llegó a hacerlo del todo.

<¿Qué?>, preguntó Clef, sorprendido.

<Sark está muerto. Y esto es una trampa.>

Hizo lo mismo con el tercero de los cables trampa. Después los colocó en la base de las escaleras y posicionó las espingardas para que apuntasen directas hacia allí.

<¿Cómo lo sabes?>

<Porque alguien ha desactivado un cable trampa hace muy poco —dijo—. Hay una flecheta clavada en la viga de allí y una gran cantidad de sangre fresca en el suelo. Esa es la razón por la que quedan tres cables trampa en lugar de cuatro. Mi teoría es que siguieron a Sark hasta aquí, esperaron demasiado para entrar y cayeron en la trampa. Pero estoy segura de que terminaron por darle caza.>

<¿Por qué estás tan segura?>

<Porque Sark no va por ahí con armas inscritas, así que el que está ahí arriba no es él. Han intentado dejarlo todo tal y como lo haría él para que yo no me diese cuenta y escapase, pero fueron lo bastante estúpidos como para dejar las armas descargadas aquí abajo. Están ahí arriba. Esperándome.>

<¿En serio?>

<Sí.>

<¿Y por qué no se han limitado a dispararte cuando te acercaste?>

<Pues porque siempre cabe la posibilidad de que no te lleve encima, lo que los dejaría con un cadáver incapaz de responder a sus

preguntas. Quieren que suba y caiga en la trampa. Después me torturarán y me matarán. Todo para encontrarte a ti.>

<¡Oh, Dios! ¿Y ahora qué vamos a hacer?>

<Vamos a salir de esta. Sea como sea.>

Sancia echó un vistazo a su alrededor.

"Necesito un arma —pensó—. O una distracción. Cualquier cosa".

Pero el estilete y tres espingardas sin munición no le iban a servir de mucho.

Después tuvo una idea. Hizo un mohín, ya que no sabía cuántas veces más podría usar sus talentos esa noche, y tocó la viga de madera que tenía encima con las manos desnudas.

Agua de mar, podredumbre, termitas y polvo... pero lo encontró. Las vigas antiguas y chirriantes como huesos estaban atravesadas por púas de acero en algunas partes... y varias de ellas estaban bastante sueltas.

Se acercó a uno de los clavos sueltos, sacó el estilete y esperó a que soplase la brisa. El chirrido y los chasquidos del viejo edificio se incrementaron con el viento, momento que Sancia aprovechó para sacar el clavo de la madera blanda.

Lo sostuvo en las manos y lo dejó brotar en sus pensamientos, acero, óxido y lenta descomposición. Era grande, de unos diez o doce centímetros, y casi medio kilo de peso.

"No es nada aerodinámica, pero no tiene por qué serlo a poca distancia", pensó.

Se lo guardó en el bolsillo y después sacó dos clavos más con cuidado y los colocó con cautela en el cargador de las dos espingardas que apuntaban a la puerta de la escalera.

"Puede que los mate, los deje incapacitados o lo que sea. Solo necesito hacerles perder un poco de tiempo".

Volvió a mirar la calle del exterior. No vio movimiento alguno, pero eso tampoco es que significase nada. Esos tipos estaban preparados.

<¿Clef?>, llamó.

<¿Sí?>

<¿Podrías decirme dónde están?>

<Puedo decirte dónde están los objetos, y si los llevan encima pues estarán en el mismo lugar. ¿Qué vas a hacer?>

<Intentar sobrevivir. ¿Qué son los objetos? —preguntó Sancia—. ¿Qué hacen?>

<Pues... Sirven para convencer a algo de que está cayendo. Es lo que hacen cuando se activan.>

<¿Eh?>

<A ver. No veo el dispositivo —explicó Clef—. Solo puedo decirte lo que hacen las inscripciones. Y para que funcionen alguien tiene que hacer algo para activarlas. Pulsar un interruptor o algo así. Después dichas inscripciones convencen a... otra cosa, de que cae por los aires a cientos y cientos de metros, aunque no se mueva en realidad. En otras palabras, hacen que vaya rapidísimo y de repente, en perfecta línea recta.>

Sancia lo escuchó con atención.

<Mierda.>

<¿Qué?>

<Suena como si llevasen espingardas inscritas —comentó Sancia—. Disparan virotes que llegan muy lejos y van muy rápido. Algunas de las más avanzadas pueden llegar a atravesar las paredes de piedra.>

<Guau. No... no creo que estas hagan eso.>

<¿No lo crees? Voy a necesitar que seas un poco más preciso.>

<Pues estoy seguro en un ochenta por cierto de que no hacen eso.>

Sancia tomó la espingarda y se acurrucó junto a la ventana que había al fondo, pero no salió.

<¿Qué hacen ahí arriba?>

<Creo que patrullan —dijo Clef—. Caminan en círculos de ventana en ventana.>

Sancia pensó rápido. Sabía que había una ventana justo encima de la que tenía al lado.

<¿Hay uno justo encima de mí?>

<No. Pero llegará dentro de poco.>

<Avísame cuando esté cerca.>

<Bien.>

Revisó el arma. La espingarda era un arma potente y aparatosa, un modelo viejo cuya manivela había que girar cuatro o cinco veces.

Y un clavo grande y oxidado no era la munición más adecuada. Tenía que tener al objetivo muy cerca.

<Ya viene —advirtió Clef—. Está a unos tres metros a tu izquierda, en el piso de arriba.>

Sancia cargó el clavo en el arma.

<Ahora está justo encima de ti —dijo Clef—. Se asoma por la ventana...>

Hizo todo lo que pudo para convencerse de que aquello era justo lo que tenía que hacer.

Le parecía una locura. Ella no era un soldado y no lo tenía claro. Pero también sabía que no le quedaba otra opción.

“No falles”, pensó.

Después se asomó, alzó la espingarda a la ventana que tenía encima y disparó.

El retroceso del arma fue más potente de lo que esperaba, y también disparó mucho más rápido. Sancia creía que habría algo de retraso entre el momento en el que apretaba la palanca que tenía debajo y se activaban los engranajes, pero las cuerdas chasquearon con la más mínima presión y se dispararon hacia delante como un cocodrilo que intentase atrapar un pez.

Vio un borrón oscuro cuando el clavo salió despedido hacia la ventana, y luego oyó un ruido sordo y húmedo, momento en el que unos gritos agónicos empezaron a surgir de la oscuridad de la ventana.

<¡Creo que le has dado!>, dijo Clef, emocionado.

Sancia volvió a apoyarse contra la pared.

<¡Calla, Clef!>

Alguien gritó en el piso de arriba.

—¡Está aquí! ¡Abajo!

Después oyó el ruido precipitado de unos pasos.

Sancia se acurrucó aún más contra la pared, mientras el corazón le latía desbocado. Los gritos del piso de arriba no habían cesado. Era un sonido terrible e hizo todo lo que pudo para ignorarlo.

<¿Dónde están ahora?>, preguntó.

<Una de las inscripciones está en el suelo. Supongo que la habrá

soltado el tipo al que disparaste. Hay un segundo objeto en la ventana de la esquina, encarando el canal. Y el tercero... creo que ha empezado a bajar.>

<¿Se mueven rápido?>

<Sí.>

<Bien.>

Esperó, sin respirar siquiera. El que estaba encima no había dejado de gritar y aullar de dolor.

Después se oyó un fuerte chasquido en el piso en el que se encontraba ella, y brotaron otros gritos diferentes; gritos que, en esta ocasión, cesaron de repente. Lo más probable era que las trampas hubiesen conseguido un impacto más directo y, a todas luces, letal.

Quedaba uno, pero estaba oscuro. Tendría que arriesgarse.

Soltó la espingarda y corrió a toda prisa por los pasajes que volvían al canal, mientras evitaba edificios en ruinas y madera podrida, con la bolsa de duvots rebotándole en la espalda. Pisó finalmente al barro blando de la orilla, donde aceleró el paso en paralelo el canal.

Una voz resonó detrás de ella:

—¡No está! ¡Ha escapado! ¡Ha escapado!

Sancia miró a la derecha, hacia la calle, y vio una docena de hombres que salían de dos edificios y se dirigían a toda prisa hacia el canal. Le dio la impresión de que se dispersaban un poco, por lo que era posible que no supiesen con exactitud dónde se encontraba. Puede.

"Me estaban esperando —pensó sin dejar de correr—. Un puto ejército. Han traído a un puto ejército para captu...".

En ese momento, el virote le dio en mitad de la espalda y cayó hacia delante.

Lo primero que notó fue el sabor a sangre y tierra en la boca. El resto estaba a oscuras y borroso, ruidos, gritos y luces distantes.

Oyó la voz de Clef entre la confusión.

<¡Niña! ¡Niña! ¿Estás bien? ¿Estás... muerta?>

Sancia gruñó. Le dolía la espalda, como si un caballo le hubiese dado una coz. Tenía la boca llena de sangre. Seguro que se había mordido el labio al caer. Se agitó, levantó la cabeza del barro y se incorporó mientras oía de fondo un tintineo.

Miró hacia atrás y vio que la bolsa de duvots ahora era poco más que unos jirones de tela. El barro a su alrededor estaba cubierto de monedas brillantes. Lo miró todo e intentó comprender qué era lo que había pasado.

<¡Te dispararon un virote inscrito en la espalda! —explicó Clef—. ¡Impactó contra esa enorme bolsa de monedas! ¡Es un puñetero milagro!>

Pero a Sancia no le parecía un milagro. El metal resplandeciente del barro del canal eran los ahorros de toda su vida.

<¿Esto era lo que querías que ocurriese, niña?>, preguntó Clef.

<No —dijo ella, con tono apesadumbrado—. No, Clef. No quería que ocurriera esto.>

Echó la vista atrás y vio una silueta oscura que corría por el canal hacia ella. Probablemente se trataba del tercer hombre del edificio de la lonja. Seguro que el del disparo había sido él. Gritó:

—¡Está aquí! ¡Aquí!

—Mierda —dijo Sancia.

Se puso en pie entre tambaleos y subía a la carrera por la colina en dirección a los Glaucos.

Sancia avanzaba a ciegas, sin pensar y aturdida, precipitándose por las calles llenas de barro y la cabeza aún embotada a causa del impacto del virote inscrito. Clef no dejaba de hablar sin parar en su oído mientras corría, dándole indicaciones:

<¡Están en la calle que tienes delante, a dos callejuelas! ¡Hay tres más detrás de ti!>

Serpenteó y dio vueltas para evitarlos, adentrándose más y más en los Glaucos, con el pecho y las piernas doloridos a causa del esfuerzo. Sabía que no iba a poder correr mucho más lejos. Terminaría por tambalearse o caer rendida o capturada.

"¿Dónde puedo ir? —pensó—. ¿Qué puedo hacer?".

Estaba cerca de Entremuros, pero eso no le servía de mucho. Los habitantes del lugar podían llegar a traicionarla en un abrir y cerrar de ojos.

<¡Úsame! ¡Úsame! —gritó Clef—. ¡Donde sea! ¡Donde sea!>

Se dio cuenta de a qué se refería. Echó un vistazo frente a ella, eligió un edificio que parecía seguro y comercial, por lo que era probable que estuviese vacío durante la noche, se acercó a una puerta lateral e introdujo a Clef en la cerradura.

Se oyó un chasquido. Después Sancia empujó la puerta, entró a toda prisa y la cerró al pasar.

Examinó lo que la rodeaba. El lugar estaba oscuro, pero le dio la impresión de que se trataba del almacén de un sastre, lleno de rollos de tela mohosos y polillas que aleteaban de un lado a otro. También le dio la impresión de que no había nadie, por suerte.

<¿Están fuera?>, preguntó Sancia.

<Hay dos... se mueven despacio. No creo que sepan dónde te has escondido. No parecen seguros. ¿Ahora adónde vamos?>

<Arriba>, dijo ella.

Se arrodilló, puso una mano en el suelo y cerró los ojos para permitir que el edificio le contase cómo era el plano del interior. Empezaba a excederse y sintió que tenía la cabeza llena de acero fundido, pero no le quedaba alternativa.

Encontró las escaleras y empezó a subir hasta que llegó a la ventana del piso de arriba. La abrió, tocó la pared exterior y dejó que brotase en sus pensamientos. Después salió por la ventana y escaló hasta que consiguió llegar al tejado. Estaba desvencijado, viejo y mal construido, pero era el lugar más seguro en el que podía estar. Una especie de paraíso.

Se tumbó boca abajo, entre jadeos, y volvió a ponerse los guantes. Le dolía todo el cuerpo. Puede que el virote inscrito no le hubiese perforado la espalda, pero el golpe había sido tan fuerte que sintió músculos doloridos que ni sabía que tenía hasta ese momento. Aun así, tenía claro que no podía relajarse.

Se arrastró hasta el borde y echó un vistazo. Estaba a unos tres pisos de altura, y las calles se encontraban abarrotadas de hombres armados, que agitaban las manos y se hacían señales mientras rastreaban los alrededores. Era algo propio de los soldados profesionales, algo que no la tranquilizaba para nada.

Intentó contar cuántos eran. ¿Doce? ¿Veinte? Muchos más de tres. Y le había costado mucho escapar de tres.

Algunos de los tipos tenían detrás unos objetos flotantes que los seguían. Sancia había oído hablar de ellos, pero nunca los había visto. Era unos faroles de papel flotantes que se habían inscrito para que levitasen a unos tres metros del suelo y emitiesen una luz tenue. La inscripción también les indicaba que siguiesen un marcador específico, como un saché. Te metías uno en el bolsillo y el farol te seguía a todas partes como un perrito. Había oído que los usaban como farolas en los enclaves interiores de los campos.

Sancia vio los faroles agitarse por los aires como medusas en las profundidades del mar, siguiendo a esos tipos y emitiendo una luz sonrosada por los rincones oscuros. Supuso que los habían traído por si ella terminaba ocultándose en la penumbra. Le quedó claro que estaban preparados para capturarla.

—Mierda —susurró.

<Entonces... estamos a salvo, ¿verdad? —dijo Clef—. ¿Nos quedamos aquí hasta que se marchen?>

<¿Por qué iban a marcharse? ¿Quién va a hacer que se marchen?>

Sancia miró lo que le quedaba en la mochila. No solo había perdido las monedas, sino también el equipo de latrocinio. Seguro que se le había caído en la carrera.

<¡Estamos atrapados en un tejado bequero, sin dinero y sin armas!>

<Bueno... ¿y no podemos marcharnos a hurtadillas?>

<Marcharse a hurtadillas no es tan fácil como crees.>

Levantó la cabeza y echó un vistazo alrededor. El tejado estaba rodeado por tres edificios, uno a cada lado y uno detrás. Los de los lados eran demasiado altos y estaban muy lejos, pero el de detrás era factible, ya que era más o menos de la misma altura que el almacén y tenía un tejado de tejas de piedra.

<Es un salto de unos seis metros.>

<¿Puedes conseguirlo?>

<Es posible. Lo intentaría si fuese mi única posibilidad.>

Miró hacia la lejanía y vio los muros blancos del campo y las chimeneas de otro campo que se encontraba a unas cuantas manzanas.

<El campo de los Michiel solo está a unas pocas manzanas. Aún tengo uno de los sachés del muro exterior que usé para robarte, Clef. Puede que funcione. Es muy probable.>

<¿Estaríamos a salvo allí?>

Era una buena pregunta.

<La verdad es que no tengo ni idea...>

Sancia sabía que todo aquello era obra de una de las casas de los mercaderes. Eran los únicos capaces de desplegar un pequeño ejército como ese en el Ejido solo para encontrarla. Pero, ¿qué casa? Ninguno de los asesinos que había visto llevaba el logotipo de casa alguna, ya que habría sido muy estúpido.

Tenía la posibilidad de colarse en el campo de los Michiel, pero puede que los hombres que la seguían fuesen guardias de la casa o alguien a sueldo contratado por ella. No podía estar segura de verdad en ninguna parte.

Sancia cerró los ojos y apoyó la frente en el tejado.

"Maldito Sark... ¿en qué me has metido?".

Sabía que ella era tan culpable como él. Había aceptado sin pensarlo, y lo volvería a hacer. Era demasiado dinero y sería una imbécil de no haberlo aceptado por ser demasiado cautelosa.

Eso sí, era muy probable que no hubiese llegado tan lejos sin Clef. Sabía que, de no haber abierto la caja, estaría ensartada como un cerdo a punto de ser sacrificado.

<¿Te he dado las gracias?>, preguntó a Clef.

<Pues la verdad es que no lo sé —respondió él—. Todo esto me ha sobrepasado un poco.>

Después Sancia oyó un traqueteo en la calle de debajo y asomó la cabeza por el borde del tejado.

Un carruaje inscrito negro y sin distintivo alguno avanzaba despacio por el pequeño sendero de barro de los Glaucos. Un vehículo así en aquel lugar era tan frecuente como una lubina amarilla, lo que hizo que se pusiese muy incómoda.

"¿Ahora qué?".

Empezó a sentirse abrumada por el miedo a medida que el carruaje se aproximaba. Se quitó un guante con los dientes, desesperada, y tocó el tejado con la palma de la mano. Le contó sobre lluvia, moho y montañas y montañas de excrementos de aves, pero nada más. Estaba sola ahí arriba.

El carruaje terminó por detenerse a unos edificios de distancia.

Se abrió la puerta y un hombre salió del interior. Era alto y esbelto, y no tenía ropas ostentosas. Iba encorvado, lo que indicaba que probablemente fuese alguien acostumbrado a estar sentado, a trabajar en sitios cerrados. Le costó verle la cara porque los faroles no dejaban de moverse, pero consiguió distinguir que tenía bucles rizados de una tonalidad rojiza.

Y que estaba limpio. Tenía el pelo limpio y la piel limpia. Eso se lo dejó claro.

“Es de los campos —pensó—. Tiene que serlo”.

Uno de los soldados se acercó a la carrera al tipo y empezó a hablar. El de los campos escuchaba y asentía.

“Y también es el que está detrás de todo esto”.

Lo que significa que era muy posible que fuese el responsable de la trampa que había estado a punto de matarla.

Sancia entrecerró los ojos sin dejar de mirarlo.

“¿Quién eres, hijo de puta? ¿Para qué casa trabajas?”.

Pero fue incapaz de averiguarlo.

El hombre del campo señaló uno de los edificios que había a la izquierda del almacén del sastre, algo que no gustó nada a Sancia. Y después hizo algo extraño: echó un vistazo al resto de edificios que lo rodeaban, se metió la mano en el bolsillo y sacó algo... dorado.

Sancia se inclinó un poco hacia delante para intentar verlo mejor. Parecía un dispositivo redondo y dorado, una especie de reloj de bolsillo grande y complicado. Puede que fuese algo más grande que su mano.

“Una herramienta hecha de oro —pensó—. ¿Como... Clef?”.

El tipo examinó el reloj dorado y frunció el ceño. Siguió mirando la herramienta, luego alzó la vista y miró a su alrededor. Después volvió a fijar la vista en el reloj.

<Clef, ¿ves lo que tiene en las manos?>, preguntó Sancia.

<Está demasiado lejos —respondió Clef—. Pero parece...>

Sancia oyó un grito, cerca, en el edificio que tenía a la izquierda. Eran unos llantos:

—¡Parad, parad, no podéis entrar aquí!

Alzó la vista cuando se abrieron de repente las contraventanas de una habitación que se encontraba unos tres pisos por encima de ella. Después vio cómo un tipo con el ceño fruncido con un casco de metal asomaba la cabeza.

Vio a Sancia al momento, la señaló y gritó:

—¡Allí! ¡Está en ese tejado, señor!

Sancia volvió a mirar al hombre del campo que estaba en la calle debajo de ella, quien miró al soldado del edificio, y luego la vio.

Después levantó el reloj de oro y pulsó un botón que había a un lado. Y todo cambió.

Lo primero de lo que se dio cuenta Sancia fue que los faroles flotantes de las calles que tenía debajo se apagaron de repente y cayeron al suelo.

Después, de que su mente se quedó... en silencio de repente. Una quietud que no había oído en muchísimo tiempo, como cuando vives en la ciudad durante años y luego pasas una noche en el campo y no se oye nada de nada.

<Uaaaaaaa —dijo Clef—. Ugh. No... No me siento... uuuugh... no me siento bien...>

<¿Clef? Clef, nos han visto, tenemos que...>

Él siguió hablando.

<Siento como si... como si me estuviese dando un ataque o algo así...>

Sancia notó que sus habilidades habían cambiado a pesar de la agitación.

Aún tenía la mano apoyada en el tejado, pero ahora no le contaba nada. Solo había silencio.

Después oyó el grito.

Gregor Dandolo atravesó la callejuela de los Glaucos mientras murmuraba:

—Edificio Selvo, edificio Selvo...

Era más difícil de encontrar de lo que creía, ya que no había nada organizado y con nombre en el Ejido. Las calles no tenían nombre ni señal de ningún tipo. Tenía que darse prisa. Tenía que encontrar a ese Sark antes de que él supiese que lo buscaba.

Se detuvo de repente cuando oyó un golpe seco junto a él. Bajó la vista y vio que el extremo de metal de Látigo había caído al suelo y colgaba del cable lánguido.

—¿Qué? —dijo, confuso.

Pulsó la palanca de la porra para recoger el cable.

No ocurrió nada.

—Pero ¿qué diablos? —dijo.

En un *loft* abandonado de Vieja Zanja, los Compiladores estaban probando un nuevo dispositivo inscrito con mucho cuidado, uno que Giovanni esperaba que fuese su obra maestra: cuando se unía a un carruaje inscrito, otorgaba a su portador el control remoto de las ruedas. Esa era la teoría, pero nunca había conseguido que funcionase bien.

—Los comandos vuelven a estar mal —dijo Claudia, que suspiró.

—¿Hay algo que no estemos expresando correctamente? —preguntó Giovanni—. ¿Dónde nos hemos equivoca...?

En ese momento, todas las luces inscritas del *loft* se apagaron de repente.

Se hizo un silencio sepulcral. Hasta dejaron de oírse los zumbidos de los ventiladores.

—Vaya —dijo Giovanni—. ¿Hemos sido nosotros?

La gente no tenía muchos dispositivos inscritos en Entremuros y en los Glaucos, y los que los tenían los mantenían ocultos. Pero algunos de los residentes revisaron esos tesoros escondidos y vieron algo... extraño.

Se apagaron las luces. Las máquinas que antes habían funcionado se desconectaron sin explicación alguna. Las baratijas musicales se quedaron en silencio. Y las inscripciones más grandes fallaron, lo que provocó algunas consecuencias desastrosas.

Como lo que ocurrió en el edificio Zoagli de Entremuros. Los residentes no lo sabían, pero los cimientos del lugar estaban en pie gracias a unos comandos de inscripción que convencían a la madera de que en realidad era piedra negra, inmune a los efectos de la humedad y la basura.

Pero cuando las inscripciones dejaron de funcionar, las vigas recordaron lo que eran en realidad...

La madera chirrió. Gruñó. Gimió.

Y luego se rompió.

El edificio Zoagli al completo se derrumbó en un instante, e hizo que todos los tejados y los suelos se derrumbasen sobre sus residentes antes de que ellos supiesen siquiera qué era lo que había ocurrido.

Sancia alzó la vista cuando oyó el tremendo chasquido que venía de Entremuros y vio cómo el edificio se derrumbaba. Era cómo ver caer una pila gigantesca de libros para, luego, hacerse añicos. Sabía que había decenas y decenas de personas en el interior de esa estructura.

—Puta mierda—susurró.

<Urrhggg —dijo Clef, aturdido—. Algo... algo no va bien, Sanchezia...>

Volvió a mirar al hombre del campo. Parecía sorprendido por el estruendo del edificio al derrumbarse, nervioso incluso, y guardó el reloj de bolsillo dorado en el traje, un gesto de extraña culpabilidad.

Sancia miró los faroles apagados que había tirados por la calle.

<No puedo... pensar —murmuró Clef—. No puedo... hacer nada...>

Ella tenía la mano apoyada contra el tejado, pero el tejado seguía en silencio.

Una idea imprudente empezó a abrirse paso en sus pensamientos.

"No —dijo Sancia para sí, horrorizada—. No puede ser..."

Después oyó una voz a su izquierda.

—¡Cabroncilla bequera!

Alzó la vista y vio que el de la ventana del edificio empezaba a levantar una espingarda.

—¡Mierda! —gritó.

Se puso en pie de un salto y empezó a correr hacia el edificio que había detrás del almacén.

<Pensaba que... ugh, que no estabas segura de que ibas a llegar al otro lado de un salto>, dijo Clef.

<¡Calla, Clef!>

Un virote chocó contra el tejado justo frente a ella. Gritó y se cubrió la cabeza mientras corría. No es que así fuese a detener el siguiente disparo, pero en un rincón apacible y distante de su mente sabía que no le habían disparado un virote inscrito. Uno así habría atravesado sin problema el tejado desvencijado del edificio.

Sancia corrió más y más rápido. Vio las tejas de piedra del tejado al otro lado y se imaginó caer sobre ellas, cómo sus pies se aferrarían al suelo.

"Espero haber estado en lo cierto cuando dije que había seis metros", pensó mientras se impulsaba hacia delante con los brazos.

Llegó hasta la esquina y saltó.

El callejón se abrió bajo ella, oscuro y profundo, lento como una nube que cruza por delante del sol. Se había impulsado con la pierna izquierda y extendido la derecha, para luego apuntar con la punta del pie hacia el borde del tejado distante, con todos los tendones de la pierna y de la cadera preparados para el impacto al caer en ese punto. Era como una planta que se extendiese hacia un rayo de sol.

Levantó los brazos al saltar y los bajó en ese mismo momento para maximizar la propulsión. Después levantó el pie izquierdo para dejarlo a la altura del derecho. Alzó las rodillas. El borde del tejado se acercaba cada vez más.

El del edificio gritó:

—¡Ni lo pienses, bequera!

Y luego...

Sancia encogió las piernas para amortiguar el impacto al caer. Lo había conseguido, casi. Durante unos instantes creyó que conseguiría mantener el equilibrio, al borde del tejado y con el trasero colgando sobre el callejón que tenía debajo.

Después llegó el impulso, ese amigo tan voluble, que la empujó hacia delante un poco y...

Sancia consiguió mantener el equilibrio y se enderezó.

Estaba quieta y de pie. Lo había conseguido.

Oyó un grito en el callejón de debajo.

—¡Disparadle! ¡Allí, disparadle!

Empezó a correr mientras los virotes rebotaban en la pared que se encontraba debajo de ella. Seguro que habían rodeado el almacén del sastre. Saltó hacia delante y avanzó por el tejado de piedra lleno de moho hasta que llegó a una trampilla abierta y pequeña que daba al interior.

Estaba cerrada. Rebuscó en la ropa para volver a sacar a Clef, pero gritó cuando un virote chocó en las tejas demasiado cerca.

—¡Está allí! —gritó el hombre del edificio. Sancia miró por encima de la trampilla y lo vio haciendo señales a alguien de debajo mientras recargaba y giraba la manivela de la espingarda. Una vez. Dos veces—. ¡En el tejado! ¡En el otro tejado!

Consiguió sacar a Clef al fin y lo metió en la cerradura de la trampilla.

<Bueno, veamos qué tenemos por aquí...>, dijo Clef.

Otro virote cayó junto a ella, a escasos centímetros.

<¡Estaría bien que te dieses prisa, Clef!>, dijo ella.

<¿Eh? Ah, sí... ¡listo!>

Un chasquido agudo. Sancia abrió la trampilla y saltó a las escaleras oscuras de debajo y empezó a descender a toda velocidad.

Pero no estaba sola. Oyó pasos debajo de ella.

Llegó al segundo piso y vio que alguien subía por las escaleras justo debajo de ella, un rostro de mujer con una daga en la mano que gritó:

—¡Detente! ¡Quieta!

—Ni aunque me estrinquen —susurró Sancia.

Atravesó la puerta del segundo piso y la cerró de un portazo.

<¡Deja que la cierre!>, dijo Clef, aún aturdido.

Sancia apoyó el hombro contra ella mientras se sacaba a Clef del cordel del que colgaba en su cuello. Intentó meterlo en la cerradura, pero en ese momento alguien golpeó la puerta con fuerza al otro lado y estuvo a punto de hacer caer al suelo a Sancia. Ella apretó los dientes, volvió a apoyarse contra la pared y deslizó a Clef en la cerradura.

Clic.

Alguien volvió a golpear la puerta con fuerza. Pero en esta ocasión estaba cerrada y no se movió. Una voz al otro lado gruñó a causa de la sorpresa y del dolor.

Sancia corrió por el pasillo mientras la gente asomaba la cabeza por las puertas de sus viviendas. Giró a la izquierda, le dio una patada a una puerta y entró en la estancia.

El apartamento era pequeño y mugriento. Había una pareja joven tumbada en un palé, bastante desnudos, y Sancia no vio demasiado del rostro del tipo, ya que estaba oculto debajo de los muslos de la mujer. Ambos gritaron de pavor cuando ella entró a toda prisa.

—Perdón —dijo.

Corrió por el lugar, les dio una patada a las contraventanas de madera, salió al exterior y saltó al edificio contiguo por encima del callejón.

Era una estructura antigua, sus favoritas, ya que tenían buenos asideros y huecos en los que meter los pies. Bajó por la pared despacio y con torpeza, ya que había perdido la capacidad de sentirlas con el roce de su piel, luego saltó a la calle llena de barro de abajo y empezó a correr en dirección al norte, lejos del canal Anafesto, de los Glaucos, del Ejido, de las lonjas, del olor a podredumbre y del zumbido de los virotes...

Unos gritos resonaron en la distancia. Puede que se hubiese derrumbado otro edificio.

Volvió a pensar en los faroles apagados. Clef no dejaba de decir palabras ininteligibles y ella sentía el mundo inerte al tocarlo, por lo que volvió a darle vueltas a esa idea imprudente.

Pero era imposible. Imposible.

Nadie tenía la capacidad de 'apagar' las inscripciones. Nadie podía pulsar un botón o mover un interruptor y hacer que todos los objetos inscritos del lugar dejasen de funcionar.

"Pero también es imposible que una llave pueda abrir cualquier cosa...", pensó.

Recordó el relucir del oro mientras aquel hombre tocaba el artilugio...

"¿Y si tiene algo parecido a Clef, algo capaz de hacer... otra cosa igual de sorprendente?".

Las chimeneas se alzaban hacia los cielos frente a ellas como un bosque de cenizas, las fundiciones del campo de los Michiel. Tenía un saché, pero la mayoría de las entradas estarían cerradas a estas alturas, ya que era bien pasada la medianoche.

Después recordó que tenía una solución muy sencilla para ese problema.

<Espero que estés preparado, Clef.>

<¿Cómodishe?>, dijo Clef.

Sancia corrió junto a la pared blanca y lisa del campo hasta que llegó a una puerta de acero enorme, alta, gruesa y decorada con ornamentos entre los que se encontraba el logotipo de los Michiel. Sacó a Clef y estuvo a punto de meterlo en la cerradura, pero, en ese momento, las cosas... cambiaron de repente.

Había un farol inscrito justo al otro lado del muro. Sancia no lo había visto antes porque estaba apagado, pero se encendió titilando justo en ese momento.

<Ugh —dijo Clef, que de repente consiguió articular palabra—. Me sentía como si tuviese fiebre, o algo así. ¿Qué ha sido eso?>

Un susurró se apoderó de la mente de Sancia. Miró la puerta de metal. Extendió la mano sin guante y la tocó. La puerta brotó en su mente, así como cientos de cosas sobre esa misma puerta.

—Las inscripciones vuelven a funcionar —dijo en voz alta—. Han vuelto.

Al parecer, los efectos de lo que quiera que hubiese hecho aquel hombre de los campos empezaban a disiparse. Era bueno y malo a la vez. Bueno porque tanto Clef como ella habían recuperado sus capacidades, pero también malo porque eso significaba que la cerradura inscrita de la puerta también acababa de empezar a funcionar a la perfección y no sabía cuánto tardaría Clef en abrirla. Y los gritos y aullidos que oía detrás de ella le indicaban que no tenía mucho tiempo antes de que sus perseguidores la encontraran.

<No queda elección —dijo—. ¿Estás listo, Clef?>

<¿Eh? ¡Espera! ¿No irás a...?>

No le dejó terminar la pregunta. Lo metió en la cerradura.

Mil preguntas y pensamientos brotaron en su mente, todos ellos dirigidos a Clef, al igual que había ocurrido con la puerta de los Candiano.

<DISCUSIONES FRONTERIZAS... LOS COMANDOS RESPONDEN LENTO —gritó la puerta—. PERO SE MANTIENEN LOS REQUERIMIENTOS DEL DECIMOSÉPTIMO DIENTE.>

<Ah. ¿Decimoséptimo?>, preguntó Clef.

<DESPUÉS DE LA VIGÉSIMO PRIMERA HORA DEL DÍA,

TODO EL EQUIPAMIENTO DE APERTURA DEBE TENER EL DECIMOSÉPTIMO DIENTE PARA INDICAR SU IMPORTANCIA —dijo la puerta—. LA APERTURA SOLO SE ASEGURARÁ A LOS QUE, DESPUÉS DE LA VIGÉSIMA PRIMERA HORA, PORTEN EL DECIMOSÉPTIMO DIENTE.>

Sancia miró por el callejón mientras escuchaba. Había entendido algo así: al parecer, después de medianoche, solo alguien con una llave inscrita específica, que tenía un decimoséptimo diente muy especial, tenía permisos para abrir la puerta y cruzar al otro lado.

<¿Cómo sabes que ahora estamos después de la vigésima primera hora?>, preguntó Clef.

<GRACIAS A UNA INSCRIPCIÓN DE PRORRATEO TEMPORAL QUE CONTABILIZA EL NÚMERO DE HORAS TRANSCURRIDAS.>

<¿Y cuánto tiempo es una hora?>

<SON SESENTA MINUTOS, SEGÚN LO ESTIPULADO.>

<Ah, pues está mal. Lo han cambiado. Mira...>

Tuvo lugar un gran intercambio de información entre Clef y la puerta. Los gritos distantes empezaban a sonar cada vez más cerca.

—Venga —susurró Sacia—. Date prisa...

<UN MOMENTO —dijo la puerta—. ¿DE VERDAD HAN CAMBIADO Y AHORA LAS HORAS TIENEN UNO COMA TREINTA Y SIETE SEGUNDOS?>

<¡Claro!>, aseguró Clef.

<VAYA. ENTONCES AHORA SON LAS DIEZ DE LA MAÑANA, ¿NO? BUENO. AHORA LAS ONCE. Y AHORA YA ES MEDIODÍA...>

<Sí. Eso es. Date prisa y abre. ¿Sí?>

<CLARO. SIN PROBLEMA.>

Silencio. Y, luego, se oyó un chasquido y se abrió la puerta. Sancia se deslizó por ella y la cerró despacio al entrar. Se acurrucó contra la pared y escuchó. Le dolían los tobillos, los pies, las manos y la espalda, pero al menos no le dolía mucho la cabeza, para variar.

<Gracias, Clef>, dijo.

<No hay de qué. Esperemos que haya funcionado.>

Oyó pasos al otro lado, alguien caminando, despacio... y que intentaba abrir la puerta.

Sancia se quedó mirando el picaporte, rezando para que no

siguiese moviéndose. Y no lo hizo. Se movió solo un poco y luego se detuvo.

La persona que había al otro lado soltó un gruñido y se alejó.

Sancia esperó un rato. Después soltó el aire despacio y giró para encarar los chapiteles y las cúpulas y las chimeneas grises del campo de los Michiel.

<¡Lo conseguimos! —dijo Clef—. ¡Hemos escapado!>

<Sí, pero ahora estamos desarmados y en territorio hostil>, aclaró Sancia.

<Sí, bien. Es verdad. ¿Qué hacemos?>

Sancia se frotó los ojos. Tenía que salir de la ciudad, pero se enfrentaba al problema de siempre.

Le hacía falta dinero. Siempre le hacía falta dinero. Dinero para sobornar a alguien, para comprar herramientas con las que conseguir más dinero o para encontrar un lugar seguro en el que almacenar su maldito dinero. La vida era barata, pero conseguir dinero siempre resultaba abrumadoramente caro.

Sark era su fuente de ingresos principal, pero ya no era una opción.

Después tuvo una idea y ladeó la cabeza despacio.

"Su casa... puede que allí encuentre algo".

<Sark siempre guardaba un equipo de pánico —dijo a Clef—. Una bolsa de emergencia para ayudarlo a escapar, en caso de que alguien muy importante volviese a tenerlo en el punto de mira. Allí guardaba dinero y documentos falsificados de las casas de los mercaderes que podrían colarnos en cualquier barco.>

<¿Y bien?>

<Pues que si la conseguimos, ¡podremos marcharnos! ¡Es muy posible que Sark estuviese más preparado de la cuenta para una eventualidad así!>

<¿Preparado para algo así, en serio?>

<Bueno, quizá no para algo así exactamente, pero nos vendrá muy bien. Estaremos mejor que ahora, que no tenemos nada.>

<¿Cómo vamos a llegar hasta allí? Estás en las últimas, niña. Y ya no tienes herramientas. Además, si esos tipos siguieron a Sark hasta vuestro punto de encuentro, ¿no crees que sabrían dónde vive?>

<Sí...>

<Pues vas a necesitar algo más que una sonrisa encantadora y a mí para llegar hasta allí.>

Sancia suspiró y se frotó los ojos.

<Bueno. Supongo que podría hablar con los Compiladores. Hay un atajo por las fundiciones de los Michiel, después hay que atravesar Entremuros en dirección a Vieja Zanja. Seguro que tienen algo con lo que ayudarme...>

<¿Gratis?>

<No. Pero a lo mejor tú puedes ayudarme a conseguir algo de dinero rápido. Conozco objetivos fáciles. No para conseguir dinero suficiente como para escapar de la ciudad, pero quizá sí bastante para pagar algunas de las herramientas de los Compiladores.>

<¿Un mal plan es mejor que no tener plan alguno? No lo tengo muy claro...>

<A veces sirves de mucha ayuda, pero otras no sirves para nada.>

Sancia giró a la izquierda y empezó a atravesar las fundiciones.

<Oye, Clef.>

<¿Sí?>

Intentó pensar en cómo decir las palabras, palabras que serían del todo incomprensibles para cualquier tevanní.

<¿Has...? ¿Has oído hablar de algo capaz de apagar todas las inscripciones?>

<¿Qué? ¿Por qué? ¿Me estás diciendo... que eso es lo que crees que ocurrió hace un rato?>

<Estoy muy segura.>

<Oh, no. Bueno. No puede ser.>

Sancia hizo un mohín.

<Sí.>

<Es... muy preocupante.>

<Sí.>

Miró en dirección al este, donde una gigantesca nube de polvo flotaba en dirección a la luna.

<Eso también lo es>, dijo Clef.

<Ya te digo.>

Sancia siguió avanzando por los tejados mientras atravesaba el camino entre Entremuros y Vieja Zanja. Le dolían mucho las manos y no tenía la cabeza mucho mejor, pero no le quedaba elección. De vez en cuando bajaba la vista al laberinto que tenía debajo y veía a alguien grande, bien alimentado, bien armado y de aspecto malvado, lo que le confirmaba que aún no se había librado del peligro.

Se detuvo en Vieja Zanja para pasar por uno de sus lugares favoritos: la vinoteca de Bibbona. Todo el mundo decía que el vino de caña del lugar era atroz, pero no les iba nada mal y era un buen lugar al que ir a robar. O lo había sido para Sancia en otra época. Pero, luego, un cabrón muy listo había instalado una puerta de seguridad equipada con un equipo con temporizador: tres cerraduras Miranda Brass que había que abrir con una diferencia de veinte segundos entre ellas o, si no, se volvían a cerrar. A pesar de los talentos de Sancia, era un engorro que no merecía la pena.

Pero con Clef había sido fácil y consiguió doscientos duvots en un abrir y cerrar de ojos.

<Supongo que esta es la vida que llevaríamos si no te estuviese siguiendo todo un ejército para hacerte trizas, ¿no?>, preguntó Clef mientras se marchaban.

Escaló a toda prisa por la fachada de un edificio hasta llegar al tejado.

<Algo así.>

Por suerte, los Compiladores se encontraban en la primera puerta en la que miró. Un ático abandonado en Vieja Zanja. Se sorprendió al descubrir que no estaban en el taller, sino en el balcón, contemplando el caos distante que se había formado en Entremuros. Sancia los vio desde el tejado y empezó a descender con cuidado.

Giovanni gritó sorprendido y cayó contra el resto de Compiladores cuando Sancia se dejó caer al balcón.

—¡Por el amor de Dios! —dijo al tiempo que se ponía en pie—. Podríais pasar un poco más desapercibidos.

—¿San? —llamó Claudia—. ¿Qué demonios haces aquí? —Alzó la vista por la pared—. ¿Por qué estabas en el tejado?

—He venido a comprar —respondió Sancia—. Y rápido. Tengo que marcharme. —Miró la calle que tenían debajo—. ¿Podríamos entrar?

—No —dijo Claudia—. Nos hemos quedado sin luces. No hay nada que funcione, por eso estamos aquí fuera.

—¿Habéis vuelto a probar? —preguntó Sancia.

—¿Por qué? —dijo Giovanni con recelo.

—No lo hemos hecho —dijo Claudia—. ¡La segunda vez que salimos vimos cómo se derrumbaban unos edificios, por todos los beques! ¡El barrio se ha vuelto loco!

—Ah —dijo Sancia. Tosió—. Ya. Es muy raro, sí. Pero... ¿podríamos encender una vela y pasar dentro?

Giovanni la miró con los ojos entrecerrados.

—Sancia... algo me dice que tu llegada y todos esos desastres están estrechamente relacionados.

Sancia vio a un tipo con casco de metal caminando por la callejuela de debajo.

—¿Podríamos entrar? —suplicó.

Claudia y Giovanni intercambiaron una mirada. Después Claudia dijo al resto de Compiladores:

—Quedaos aquí fuera. Decidme si veis que algo... no sé, si veis que explota o algo así.

Entraron y Sancia les contó qué había ocurrido o lo intentó al menos. Cuanto más hablaba, más inverosímil le parecía todo. Se lavó las manos a la luz de las velas mientras lo hacía, y luego se cubrió las palmas y las muñecas con tela de pizarra. No le gustaba mucho, no le gustaba la tela en general, pero sabía que dentro de poco tendría que volver a escalar.

Claudia la miró, incrédula.

—¿Te busca el puñetero ejército de un campo al completo?

—Podría decirse que sí —respondió Sancia.

—Y... ¿Sark está muerto? —preguntó Giovanni.

—Sí —dijo ella, en voz baja—. De eso estoy casi segura.

—Y... —Claudia la miró con gesto asustado—. ¿También te seguía una especie de señor de los campos... con un objeto capaz de apagar las inscripciones?

—Ocurrió muy rápido —dijo Sancia—. No lo tengo demasiado claro. Pero... diría que eso es lo que vi. Pulsó un botón y todo dejó de funcionar. Doy por hecho que los edificios cayeron porque se sostenían gracias a las inscripciones, de una forma y otra. Y sus soldados lo sabían, por eso usaban espingardas normales en lugar de inscritas.

—Mierda —dijo Claudia en voz baja.

—¿De verdad crees que todo está relacionado con tu llave? —preguntó Giovanni.

—De eso sí que estoy segura.

—¿Dónde la has escondido? —preguntó—. ¿La enterraste, la guardaste en un lugar seguro o te deshiciste de ella?

Sancia pensó en la respuesta.

—Pues...

Giovanni se quedó pálido.

—No la llevas encima, ¿verdad? ¿No la habrás traído aquí?

Sancia se llevó una mano al pecho con gesto de culpabilidad, al cordel del que colgaba Clef.

—Llegados a este punto, que Clef esté aquí es igual de peligroso que lo esté yo.

—Dios mío —susurró Giovanni.

—¡Maldita sea, Sancia! —gritó Claudia, furiosa—. Te... ¡te dije que dejaras de aceptar trabajos relacionados con las casas! ¡Vas a acabar matándonos a todos por el simple hecho de conocerte!

—Pues sacadme de aquí, rápido —dijo ella—. Tengo que hacerme con el equipo de emergencia de Sark, así podré escapar de Tevanne y nunca más volveréis a saber de mí. —Sacó lo que había robado en la vinoteca y lo dejó sobre la mesa—. Aquí hay doscientos. Me dijisteis que la próxima vez tendría un descuento de un cincuenta por ciento. Pues voy a usarlo. Ahora.

Claudia y Giovanni se miraron. Después, Claudia respiró hondo, acercó la vela a un armario y empezó a sacar cosas de una caja.

—Querrás más dardos tormentoespina, ¿verdad?

—Sí. Son soldados entrenados. Me vendrá bien tumbarlos de un solo disparo. Pero, ¿no tienes algo más? Necesito lo más sucio que tengáis.

—Hay... algo nuevo que acabo de terminar —dijo Giovanni—. Pero aún no está del todo listo.

Abrió un cajón y sacó algo parecido a una pequeña pelota negra de madera.

—<¡Genial! — dijo Clef en su mente —. Es... pues no sé lo que es, pero parece una especie de farol aplastado que explota y...>

Sancia intentó ignorarlo.

—¿Qué es?

—Lo preparé para usar varias inscripciones de relámpago de las cuatro casas —explicó—. En otras palabras, pulsas el botón, la lanzas y emite una cantidad impensable de luz. Lo suficiente para cegar a alguien. Luego...

—¿Luego qué? —preguntó Sancia.

—Buena, esa es la parte de la que no estoy tan seguro —dijo Giovanni—. Hay una carga en el interior, de la potencia de un petardo, pero he hecho que la recámara sea sensible a las vibraciones, lo que hace que crea que tiene lugar en su interior una combustión mucho mayor. En otras palabras, amplifica el ruido de la explosión...

—Digamos que arma un estruendo de los buenos —apuntilló Claudia.

—Eso mismo. O puede que explote, en realidad. Es difícil probar cosas de este tipo, por lo que aún no estoy seguro.

<Yo sí —dijo Clef—. Y no explota.>

—Me llevaré tantas de esas como me permita el dinero —dijo Sancia.

Giovanni sacó tres pelotas negras más y las metió en un saco.

—Sancia... tienes que saber que la casa de Sark tampoco será segura.

—Lo sé —dijo ella—. ¡Por eso estoy aquí!

—No, mira —continuó Claudia—. Un matón enorme entró en La Perca y la Alondra hace unas pocas horas y les dio una tunda a todos los hombres de Antonin di Nove. Los dejó medio muertos. Y también a Antonin. Preguntaba por información sobre lo ocurrido en la zona costera.

Sancia se le quedó mirando.

—¿Un solo tipo? ¿Uno solo se enfrentó a todos los de Antonin y salió ileso?

—Sí —aseguró Claudia—. No me cabe duda de que Antonin le habrá contado todo lo que sabía sobre Sark, que sin duda sería mucho. Parece que tus excentricidades han llamado la atención de la peor calaña.

—Y ahora eres tú, Sancia Grado, con ese cuerpecito tuyo retaco y sin grasa alguna, la que va a enfrentarse a todos ellos —dijo Giovanni mientras levantaba el saco y lo extendía hacia ella con una sonrisa—. Buena suerte.

Capítulo Nueve

Gregor Dandolo se encontraba debajo del edificio Selvo y miraba hacia arriba. Era grande, oscuro y estaba en ruinas. En otras palabras, parecía la clase de sitio donde podía vivir sin problema uno de esos traficantes de los ladrones. Cada habitación tenía un pequeño balcón, aunque eran pocos los que parecían ser robustos.

Volvió a mirar en dirección a la nube de polvo que se había levantado en Entremuros. Había ocurrido algo terrible en aquel lugar. Puede que uno o varios edificios se hubiesen derrumbado. El instinto le dictaba que fuese a ayudar, pero llegó a la conclusión de que no era lo más adecuado, teniendo en cuenta el resto de cosas que había hecho esa noche. Ahora, toda una organización criminal quería verlo muerto, y ese tal Sark no tardaría en enterarse de que Gregor lo estaba buscando y pasaría a recluirse.

"La noche en la que tengo cosas que hacer en el Ejido es la noche en la que el lugar acaba patas arriba. Cómo no", pensó.

Se aseguró de que Látigo funcionaba. El arma parecía estar perfecta. No tenía ni idea de qué era lo que había ocurrido antes. Hizo un mohín, entró en el Selvo y se topó con algunos residentes que caminaban nerviosos por los pasillos mientras se preguntaban qué había sido ese estruendo.

No le costó encontrar la puerta de Sark; era la única con ocho cerraduras. Se quedó un rato escuchando, pero no oyó nada en el interior. Paseó por el pasillo donde se encontraba la de Sark y probó a abrir el resto de puertas, con tranquilidad. Una de las que se encontraban al final estaba abierta. La habitación del interior estaba vacía, a la venta o abandonada, supuso.

Gregor entró en la estancia oscura. Se afanó con la puerta que había en la pared de enfrente y salió al balcón que colgaba en la pared del edificio. Después le echó un vistazo el resto de balcones, todos alineados y muy cerca los unos de los otros.

Se le ocurrió algo.

"Tengo que intentar no mirar abajo, por lo que más quiera", pensó mientras levantaba el pie por encima de la barandilla.

Gregor Dandolo pasó de balcón en balcón con movimientos lentos y cautelosos, en dirección al apartamento de Sark. No había mucho espacio entre balcones, solo más o menos un metro, por lo que su preocupación principal era que las estructuras soportasen su peso. Y aguantaron, a pesar de algún que otro crujido.

Terminó por llegar al apartamento de Sark. La puerta del balcón estaba cerrada, pero tenía una cerradura mucho más endeble que las que había en la puerta principal. Metió el extremo inferior del mango de Látigo en el hueco y tiró. Se abrió sin problema.

Estaba a punto de entrar, pero hizo una pausa... le dio la impresión por unos instantes, una milésima de segundo, de haber visto a alguien en el tejado del edificio contiguo. Pero miró y no lo volvió a ver. Gruñó y entró.

La vista tardó un poco en acostumbrársele. Gregor sacó una cerilla, la encendió y la usó para hacer lo propio con una vela.

"Veamos qué encuentro por aquí".

Lo que encontró hizo que el estómago le diese un vuelco: el tal Sark tenía al menos diez cajas fuertes alineadas por las paredes, todas cerradas e impenetrables para Gregor.

Suspiró.

"Las pruebas que hubiese en este lugar no están a mi alcance. Tengo que encontrar alguna fuera de esas cajas fuertes", pensó.

Buscó por las habitaciones. El lugar parecía haber sido adaptado para un discapacitado: tenía muchos bastones, asideros y asientos bajos. También descubrió que Sark no tenía mucha vajilla ni cubertería ni sartenes. Al parecer no se preparaba comida a menudo, algo que era más habitual de lo que podría parecer. Eran pocos los habitantes del Ejido que podían permitirse preparar comida.

Gregor estaba a punto de pasar junto al fogón para dirigirse al salón, pero hizo una pausa.

—Si no tiene platos ni cucharas —dijo en voz alta, mientras bajaba la vista—, y tampoco come en casa... ¿cómo es que tiene fogón?

Estaba claro que no lo usaba para calentar el ambiente. En Tevanne no era necesario. La ciudad tenía dos estados: calor y humedad, y mucho calor y mucha humedad.

Gregor se acuclilló frente al fogón. No había ceniza de madera en el interior... lo que le resultó extraño.

Gruñó y extendió la mano para tantear detrás de la estructura hasta encontrar un pequeño interruptor.

Lo pulsó, y se abrió la parte de atrás.

—Ajá —dijo Gregor.

En el interior había cuatro estanterías pequeñas llenas de objetos muy valiosos.

Miró las cajas fuertes que lo rodeaban.

"No son más que una distracción, ¿verdad? Con ello consigue que los intrusos se centren en ellas, pero la caja fuerte de verdad está oculta frente a tus narices...".

Le dio por pensar de repente que aquel Sark era un tipo muy listo.

En la estantería superior había una bolsa pequeña. La abrió con cautela y miró en el interior.

—Dios mío —murmuró.

Dentro había cuatro mil duvots, en billetes, nada menos, y varios documentos que sin duda eran falsificados y que permitían al portador comprar pasaje en cualquier navío. Uno de ellos concedía la autoridad de un embajador menor de Firma Dandolo, y Gregor fue incapaz de no sentirse insultado aunque no tuviese mucha relación con la casa de su familia.

Miró el resto de la bolsa y encontró una daga, ganzúas y otras herramientas indecorosas.

"Está claro que es el traficante —pensó—. Y está listo para escapar en cualquier momento".

Rebuscó en aquel rincón oculto y encontró pequeños sacos llenos de gemas, joyería y ese tipo de cosas. En la estantería inferior había un libro muy pequeño. Gregor lo tomó, pasó las páginas y descubrió que estaban llenas de fechas, planos y tácticas para los golpes que encargaba.

Al principio, las notas eran extremadamente detalladas: métodos para allanar y para escapar, herramientas necesarias para abrir una cerradura o una caja fuerte determinada... pero llegado a un punto, hacía dos años, los encargos se habían vuelto mucho menos frecuentes y las pagas mucho mayores. Las notas también se volvieron más dispersas. A Gregor le dio la impresión de que Sark se había asociado con alguien tan bueno que no necesitaba mucho su ayuda.

Llegó a la última entrada y encontró las notas de Sark para el asalto a la zona costera. Se sintió satisfecho al comprobar que sus defensas habían frustrado muchos de los planes, e incluso había un renglón que rezaba: "¡¡¡Ese maldito Dandolo va a conseguir que S trabaje el doble!!!".

Gregor se quedó con esa S mayúscula. Dudaba que fuese de "Sark". "Tenía que ser la inicial del ladrón, fuera quien fuese".

Pero había otra nota al final, una que le resultó muy curiosa. Estaba escrita en los márgenes del documento y eran dos palabras: "¿¿¿Hyp de Dandolo???".

Gregor se quedó mirándolas.

Sabía que no se referían a él. Tenía que ser un diminutivo de "Hypatus de Dandolo". Algo que sabía que le iba a dar muchos problemas.

Un hypatus era un directivo de una de las casas de los mercaderes que hacía las veces de jefe de investigación, experimentaba con los sigilos para inventar nuevos procedimientos, técnicas y herramientas. La mayor parte de los hypati estaban más locos que una lubina atravesada por una lanza, en gran medida porque no solían sobrevivir durante mucho tiempo; las inscripciones experimentales tenían la tendencia de provocar muertes espantosas a todos los que lidiasen con ellas. Y también había que tener en cuenta que era un puesto muy codiciado, ya que todos los escribas de los campos querían ser hypatus, y las traiciones e, incluso, asesinatos estaban a la orden del día para conseguirlo.

Pero el hypatus de Firma Dandolo era Orso Ignacio, y Orso Ignacio era infame, o legendario incluso, por ser un agente de los campos amoral, arrogante, hipócrita y endiabladamente astuto. Había durado casi una década entera en el puesto, lo que era todo un récord en Tevanne. Y no había ascendido en las filas de Firma Dandolo, sino que era un antiguo empleado de Compañía Candiano, aunque Gregor había oído rumores de que se marchó de la casa en circunstancias sospechosas. Era un hecho contrastado que la casa estuvo a punto de desaparecer unas pocas semanas después de su marcha.

Incluso teniendo en cuenta su reputación, ¿contrataría Orso Ignacio un ladrón independiente para robar en la zona costera de Gregor? Gregor era hijo de Ofelia Dandolo, la líder de la casa de los mercaderes Firma Dandolo, pero aun así le parecía una locura. No obstante, los hypati solían estar locos o muy cerca de estarlo.

Gregor sopesó la información. Lo único que le habían robado esa noche era una caja, una que habían metido en las cajas fuertes a nombre de "Berenice", un nombre que sin duda era falso, que él supiese.

"¿Entonces el comprador había sido Orso Ignacio? ¿O fue a él a quien robaron? ¿O quizá esa nota de ahí no es más que una tontería, una coincidencia?".

No estaba seguro, pero estaba dispuesto a descubrirlo.

Gregor oyó algo y se incorporó. Pasos en el pasillo, de botas pesadas. Y sonaba como si hubiese muchas.

No esperó siquiera a comprobar si se dirigían hacia la puerta de Sark. Sacó a Látigo y entró con tranquilidad en el dormitorio, donde se escondió detrás de la puerta abierta y miró hacia el salón por el hueco entre los goznes.

"¿Será Sark? ¿Habrá regresado?".

Se oyó un chasquido estruendoso cuando alguien tiró la puerta de una patada.

"Pues no. No parece que sea Sark", pensó.

Gregor vio a dos hombres de atuendo marrón oscuro y máscaras de tela negra entrar en el apartamento de Sark. Pero lo que más le llamó la atención fueron sus armas.

Uno llevaba un estilete y el otro un estoque, ambos inscritos. Vio los sigilos a lo largo de las hojas, incluso desde el lugar en el que se encontraba.

Suspiró para sí.

"Bueno, esto va a ser un problema".

Gregor estaba acostumbrado a las armas inscritas. Eran prohibitivamente caras, y también la razón por la que a la ciudad de Tevanne le había ido tan bien en la guerra. Pero era imposible saber qué hacían las armas inscritas nada más verlas. Podía ser cualquier cosa.

Por ejemplo, las hojas normales que se habían usado en las Guerras Iluminadas estaban inscritas para apuntar directamente a la zona más débil del objetivo y, luego, a la zona más débil de esa zona débil, y, posteriormente, a la zona más débil de la zona más débil de la zona débil para, finalmente, asestar ahí el golpe. Gracias a esos comandos, eran armas capaces de cortar una viga de roble con muy poca fuerza.

Pero eso era solo una posibilidad. Otras inscripciones convencían a las hojas que estaban volando por los aires con gravedad amplificada, que era la inscripción que tenía Látigo, por ejemplo. Otras tenían inscripciones para resquebrajar y romper otros metales, como armaduras y armas. Y otras alcanzaban temperaturas muy elevadas cuando se agitaban por los aires, lo que posibilitaba prender fuego a los oponentes.

Gregor pensó en todo ello mientras los dos matones examinaban las habitaciones de Sark.

"Lo que tengo que hacer es asegurarme de que no les dé tiempo a usarlas", pensó.

Miró cómo echaban un vistazo en la parte trasera abierta del fogón. Se agacharon, miraron dentro e intercambiaron un gesto, de preocupación, quizá.

Después se dieron la vuelta y se dirigieron hacia la puerta del balcón. Uno señaló la cerradura para indicarle al otro que la habían roto. Empezaron a ir hacia el dormitorio. El del estoque iba delante.

Gregor seguía escondido detrás de la puerta y esperó hasta que el primero de sus oponentes hubiera entrado en la habitación, con el segundo pisándole los talones, momento en el que le dio una patada a la puerta con todas sus fuerzas.

La puerta se movió de repente y se cerró en las narices del segundo. Gregor sintió las vibraciones del golpe en la madera y se sintió satisfecho por el daño que le habría hecho. El matón con el estoque se dio la vuelta y levantó el arma, pero Gregor lanzó a Látigo y le dio en toda la cara.

El tipo no se desplomó entre gemidos como esperaba Gregor, sino que se tambaleó hacia detrás, se sacudió y cargó hacia él.

"La máscara —pensó Gregor—. Seguro que está inscrita para desviar golpes. ¡Puede que la ropa de todos estos tipos esté inscrita, por todos los beques!".

Gregor se agachó a un lado para evitar el tajo que le acababa de asestar, y el estoque atravesó la pared como si estuviese hecha de queso fundido. Estaba oscuro en el apartamento, pero dio por hecho que, al igual que Látigo, el estoque estaba inscrito para amplificar la gravedad, lo que hacía que cada uno de los tajos pareciese haber sido asestado por un hombre diez veces más fuerte. Y Gregor sabía por experiencia que era muy peligroso enfrentarse a un arma así, y también empuñarla.

Gregor se puso en pie y lanzó a Látigo. El extremo de la porra voló hacia delante y golpeó al tipo en la rodilla, con la fuerza suficiente como para tumbarlo, pero resistió el impacto y se quedó de pie.

"Esto no va bien. Esa ropa tiene que costar una fortuna", pensó.

No tuvo tiempo para darle vueltas al precio del equipo de sus adversarios, ya que el segundo de los matones entró de improviso y estuvo a punto de sacar la puerta de los goznes. En ese momento, el del estoque giró con la espada en la mano e intentó ensartar a Gregor contra el rincón de la estancia.

Él agarró el colchón de la cama de Sark y lo lanzó hacia sus dos atacantes, lo que hizo que las plumas empezaran a revolotear por todas partes. Gregor usó esa distracción para lanzarles más muebles: una silla y un escritorio, pero no tenía intención de hacerles daño, sino de llenar el suelo de obstáculos.

El del estoque se abrió paso a tajos entre insultos, pero ahora casi no había espacio para luchar y solo podían atacarlo de uno en uno.

Gregor retrocedió poco a poco hasta la ventana del dormitorio y se colocó en posición. Su atacante soltó un grito brusco y lanzó una estocada hacia delante, en dirección al corazón de Gregor.

Pero él se echó a un lado y lanzó a Látigo contra los pies del matón.

El atacante se tropezó. Era algo que normalmente no tendría por qué cambiar las tornas, pero acababa de impulsarse hacia delante con la esperanza de atravesar el pecho de Gregor, y el arma aceleraba más por estar inscrita y no había chocado contra nada que la detuviese. Por ello siguió hacia delante y tiró del tipo, que se convirtió en alguien que intentaba controlar a un perro enorme que acabase de ver a una rata y corrido detrás de ella.

La espada atravesó la ventana que había detrás de Gregor y se llevó con ella a su propietario. Gregor se puso en pie y vio con lúgubre placer cómo el matón caía tres pisos y chocaba contra la acera de madera.

"Por mucha ropa inscrita que tenga, apuesto lo que sea a que los sesos se le han quedado como una sopa", pensó.

—Hijo de puta —gritó el segundo atacante—. Eres... ¡eres un hijo de puta!

Hizo algo con el estilete, pulsó un interruptor o un botón, y la hoja empezó a vibrar muy rápido y con brusquedad. Era una mejora desconocida para Gregor, algo que no le gustaba nada. Un arma así no solo le serviría para abrirle un nuevo agujero, sino que lo destrozaría por dentro.

El atacante se dirigió hacia él, y Gregor lanzó a Látigo, pero el tipo se agachó para esquivarlo. Por suerte, Gregor no lo había lanzado hacia él, sino a la puerta del dormitorio, que se había quedado colgando del marco después de los golpes. La cabeza de la porra atravesó la puerta e incluso parte del muro, y al fin la separó del marco.

El matón echó la vista atrás, se levantó, gruñó y empezó a acercarse a Gregor.

Pero, en ese momento, Gregor pulsó el interruptor que había a un lado de Látigo, lo que hizo que el cable del arma empezase a recogerse.

Tal y como había esperado, la puerta de la habitación se quedó clavada en la punta y se dirigió hacia él junto con el extremo del arma. La puerta golpeó al atacante en la espalda, y Gregor saltó a un lado justo a tiempo para evitarlo antes de que chocase contra la pared.

Gregor se puso en pie, sacó a Látigo de los restos resquebrajados de la puerta y empezó a golpear con el arma la nuca del tipo. No era de esa clase de personas que golpeaba a los indefensos hasta matarlos, pero tenía que asegurarse de que se quedara inconsciente, ya que contaba con unas defensas capaces de soportar el impacto de cualquier cosa con la que se le golpease.

Gregor hizo una pausa después de unos siete golpes, jadeó y le dio una patada para darle la vuelta. Le dio la impresión de que era posible que hubiese sobreestimado el atuendo inscrito que llevaba puesto el matón. Un charco de sangre se extendía despacio alrededor de su cabeza y empezaba a formar una aureola repugnante.

Gregor suspiró. No le gustaba matar.

Miró por la ventana. El del estoque seguía tumbado en la acera de madera rota. No se había movido.

"No quería que la noche acabase así", pensó.

Ni siquiera sabía qué hacían ahí. ¿Eran hombres de Sark que habían ido por el allanamiento? ¿O iban a por Sark? ¿O era quizá por otra razón que no se imaginaba siquiera?

—Veamos quiénes sois, al menos —dijo.

Se arrodilló y empezó a quitarle la máscara. Pero antes de que terminase de hacerlo, la pared que tenía detrás explotó.

Gregor pensó en dos cosas justo cuando la pared explotó.

La primera era que había sido muy estúpido: oyó los pasos por fuera del apartamento de Sark y sabía que eran más de dos hombres los que se dirigían a la habitación. Pero se había olvidado a causa de la refriega. Había sido un estúpido.

La segunda fue: "No puedo estar oyendo algo así en estos momentos. Es imposible".

Porque la pared explotó, y las astillas de madera y esquirlas de piedra salieron despedidas por todo el lugar, pero también oyó algo a pesar del tumulto: un aullido agudo y ensordecedor. Un sonido que no había oído desde las Guerras Iluminadas.

Se tiró al suelo mientras el polvo y los escombros le caían encima. Alzó la vista justo a tiempo para verlo: una flecha de metal, larga y gruesa que habían disparado desde el otro extremo de la habitación, que le pasó por encima y atravesó la pared que tenía detrás como si estuviese hecha de papel. La flecha estaba muy caliente, roja y brillante, y dejó tras de sí un rastro de fuego. Gregor sabía que no tardaría en estallar en un reguero de metal caliente y llameante.

Se incorporó, se sacudió el polvo y contempló horrorizado cómo el misil al rojo silbaba por encima de los Glaucos antes de explotar. Unas chispas relucientes y metralla ardiente cayeron balanceándose hacia los edificios de debajo.

"¡No! —pensó—. ¡No! ¡No! Ahí hay civiles. ¡Hay civiles!".

Antes de que le diese tiempo a pensar más, la pared volvió a estallar en un lugar diferente, y otro de esos proyectiles aulladores cruzó el dormitorio de Sark y llenó a Gregor de piedras y astillas humeantes mientras pasaba sobre él.

Gregor se tumbó en el suelo, aturdido.

"¿Cómo puede estar pasando algo así? ¿Cómo es que tienen aulladores?".

El ejército tevanní siempre había usado armamento alterado con resultados sorprendentes. Tenían espadas, como era de esperar, pero sus virotes y flechas también estaban inscritos, como Látigo, para hacerlos creer que no volaban en horizontal, sino que caían y se veían afectados por la gravedad. Por ello se desplazaban en perfecta línea recta, alcanzaban más velocidad y llegaban a mucha más distancia que las armas a distancia convencionales.

Pero eso tenía sus inconvenientes. Los militares tenían que cargar con glosarios en miniatura creados específicamente para proveer de energía dichas inscripciones, y cuando los proyectiles salían del alcance de dichos glosarios, fallaban y empezaban a descender como lo haría cualquier otro.

Después, los escribas de Tevanne empezaron a experimentar. La inspiración les llegó gracias a las inscripciones de lanzamiento que había en los proyectiles, ya que los proyectiles de Tevanne no solo estaban inscritos para hacerlos creer que caían, porque que uno recorriese, digamos que quince metros a una aceleración constante de caída, tampoco es que fuese a hacer mucho daño.

Por eso, las inscripciones de lanzamiento les hacían creer a los proyectiles que, una vez los disparaban, llevaban cayendo unos dos kilómetros, más o menos. Eso creaba una velocidad de disparo de casi doscientos metros por segundo que cualquiera encontraba satisfactoriamente letal.

Cuando los presionaron para crear armamento que tuviese más alcance, los escribas solo tuvieron que ampliar esa distancia. Mucho. Desarrollaron un proyectil que, al ser disparado, no creía que llevase cayendo miles de metros, sino decenas y decenas de kilómetros. Cuando lo disparabas, salía zumbando de repente a una velocidad extraordinaria, como un rayo negro. Dichos proyectiles solían calentarse tanto a causa de la fricción que explotaban en mitad del aire. Y, aunque no lo hiciesen, el daño que provocaban ya era catastrófico de por sí.

Había sido fácil ponerles nombre, ya que al calentarse y hacer hervir el aire a su alrededor, solían emitir un sonido agudo y aterrador.

Gregor empezó a arrastrarse en dirección al salón mientras recuperaba el aliento. Parpadeó para quitarse la sangre de los ojos. Una piedra o un pedazo de madera le había abierto una herida en la cabeza, y la estancia estaba tan llena de humo que le costaba respirar.

Intentó no pensar en Dantua, ni en el humo ni en esas paredes resquebrajadas, ni en los gemidos que se oían por las calles ni en el estruendo que hacía el ejército al destrozar el lugar...

"Céntrate —suplicó mentalmente—. Estás aquí".

Otro aullador atravesó la pared del salón mientras Gregor se arrastraba. Una ceniza caliente y escombros humeantes volvieron a caer sobre él. Ahora sabía que había un tercer hombre en el pasillo, armado con un aullador, y que había decidido usarlo cuando oyó el estruendo del combate y comprobó que sus dos compañeros no regresaban.

Pero era imposible. Para que funcionase un aullador había que tener cerca un glosario que lo permitiese. Y eso estaba estrictamente prohibido en Tevanne. Un aullador en Tevanne no era más que otro pedazo más de metal inerte.

“¿Qué ocurre? ¿Cómo es que están pasando tantas cosas al mismo tiempo?”.

Gregor consiguió llegar al salón al fin, agotado y magullado, arrastrándose con Látigo en una mano. Llegó al centro de la estancia y miró hacia la puerta principal.

Sabía lo que tenía que hacer para escapar, pero justo en ese momento apareció un tipo en el umbral, vestido de negro. Llevaba en un brazo un dispositivo enorme hecho de madera y metal, una especie de balista monstruosa y portátil. Cargada en ella había una flecha metálica larga y estrecha que parecía agitarse un poco, como si fuese un animal atado con una correa.

El de negro apuntó a Gregor con el aullador. Gregor tosió, desorientado, y se lo quedó mirando.

Después él matón preguntó, con voz grave y rasposa:

—¿El ladrón está aquí?

Gregor lo miró sin saber muy bien qué responder.

Pero luego algo atravesó el balcón abierto del apartamento. Era pequeño y redondo, y pasó junto a la cabeza de Gregor para aterrizar delante del hombre del aullador.

Después el mundo se iluminó.

Era como si alguien hubiese encendido miles de luces al mismo tiempo, una especie de brillo que Gregor no creía posible siquiera, y luego un tremendo y estruendoso estallido que hizo temblar la tierra.

Estuvo a punto de perder la consciencia debido a lo exagerado de las sensaciones, o quizá se debía al golpe en la cabeza.

La luz y el sonido se atenuaron. Aún le pitaban los oídos, pero recuperó la vista. Vio que el hombre del aullador estaba quieto en el pasillo, pero había tirado al arma al suelo y se frotaba los ojos, tan cegado como lo había estado Gregor.

Rodó para mirar hacia el balcón, justo a tiempo para ver a una joven bajita vestida de negro que caía en él desde alguna parte. Se enderezó en el balcón, se llevó un tubo a los labios y sopló.

Un dardo salió despedido del tubo, zumbó por la estancia e impactó en el cuello del de la puerta, que abrió los ojos de par en par. Se llevó la mano a la garganta e intentó sacarse el dardo, pero de inmediato se puso de un verde apagado y cayó al suelo.

La salvadora de Gregor guardó el tubo y corrió hacia él. Miró el fajín de la Guardia Portuaria que llevaba puesto, suspiró, lo tomó por el brazo y lo levantó. Aún tenía los oídos afectados por el estruendo, pero fue capaz de oír lo que decía:

—¡Venga, cabrón! ¡Corre! ¡Rápido!

Gregor se tambaleó por las calles de los Glaucos, con un brazo apoyado en el hombro de su rescatadora, que era pequeña pero sorprendentemente fuerte. De haberlos visto alguien, seguro que hubiese dado por hecho que se trataba de algún amigo ayudando a un borracho a llegar a casa.

Cuando creyeron estar seguros, la joven se detuvo y lo empujó al suelo. Gregor se tambaleó hasta caer al barro.

—¡Has tenido la suerte más bequera del mundo de que estuviese vigilando! —dijo la joven—. ¿A ti qué narices te pasa? ¡Esos papanatas y tú casi tiráis el edificio abajo!

Gregor parpadeó y se frotó un lado de la cabeza.

—¿Qué...? ¿Qué está pasando? ¿Qué has tirado ahí?

—Era una bomba aturdidora —dijo ella—. Y era muy valiosa. Además, la acababa de comprar hacía menos de una hora. ¡Y ahora he perdido una pasta gansa por tu culpa! —Empezó a recorrer el callejón de un lado a otro—. ¿Dónde voy a conseguir el dinero ahora? ¿Cómo voy a escapar de la ciudad? ¡Qué voy a hacer!

—¿Quién...? ¿Quién eres? —preguntó Gregor—. ¿Por qué me has salvado?

—Ni siquiera sabía lo que iba a hacer —continuó ella—. Esos tres cabrones estaban vigilando el apartamento y tomé la decisión de esperar. Luego te vi entrar y saltar de balcón en balcón como un puto imbécil antes de allanarlo. ¡Después te vieron e intentaron hacerte papilla! ¡Creo que solo decidí salvarte para que ese loco dejase de disparar en dirección a los Glaucos!

Gregor frunció el ceño.

—Un momento. ¿Qué acabas de decir? ¿De dónde vas a sacar el dinero? ¿Fuiste...? ¿Fuiste a casa de Sark para...?

Se quedó mirando a la joven de negro y, poco a poco, se dio cuenta de que era probablemente una de las ladronas de Sark.

Y, al ser de Sark, lo más seguro es que esa joven fuese la persona que había robado en las oficinas de la Guardia Portuaria y quemado la zona costera.

Gregor no dijo nada más. Se levantó e intentó abalanzarse hacia ella, pero entre la bomba aturdidora y el daño que le había hecho el aullador, casi no era capaz de andar en línea recta.

La joven se apartó a un lado con gracilidad y le hizo la zancadilla. Gregor se tambaleó y cayó al barro. Intentó ponerse en pie otra vez, pero ella le puso la bota en la espalda y lo pisó con fuerza. Volvió a sorprenderse de lo fuerte que parecía la chica. O quizá fuese que él estaba débil.

—¡Quemaste la zona costera! —dijo.

—Eso fue un accidente —aseguró ella.

—¡Robaste mis malditas cajas fuertes!

—Bien, eso no fue un accidente. ¿Qué encontraste en la de Sark?

Gregor no dijo nada.

—Te vi leyendo. Sé que encontraste algo. ¿Qué?

Pensó en qué decir, pero un momento después se dio cuenta de la actitud de la joven, de cómo había actuado y de lo que había hecho, de por qué estaba ahí. Después empezó a imaginarse en qué circunstancias se encontraba ella.

—Lo que encontré es que las personas más poderosas e implacables de Tevanne te han hecho robar algo o les has robado algo. Pero creo que eso ya lo sabías. Y también creo que el golpe ha ido bastante mal y que ahora estás desesperada por escapar. Pero no lo harás. Te encontrarán y te matarán.

Presionó con más fuerza en la espalda. No le veía la cara, pero sí que la olía.

Y era raro, porque el olor le resultaba... familiar.

"Conozco ese olor. Qué raro...", pensó.

Sintió algo afilado que le recorría el cuello. Ella se lo enseñó, otro dardo.

—¿Sabes lo que es? —preguntó.

Él lo examinó y, después, la miró a los ojos.

—No tengo miedo a morir —dijo—. Te sugiero que te des prisa, si es lo que pretendes.

Ella hizo una pausa al oírlo, sorprendida sin duda. Intentó recuperar la compostura.

—Maldición. Venga, dime lo que...

—No eres una asesina —dijo Gregor—. Tampoco una soldado. Eso lo tengo claro. Lo mejor para ti sería rendirte y acompañarme.

—¿Para qué? ¿Para que me estrinquen? —preguntó la joven—. Lo de negociar no se te da muy bien.

—Si te rindes —continuó Gregor—, pediré personalmente que se te trate con misericordia. Haré todo lo que esté en mi mano para evitar tu muerte.

—Mientes.

Gregor miró por encima del hombro, hacia ella.

—No miento —dijo con parsimonia.

La joven entrecerró los ojos, sorprendida por su tono de voz.

—Y tampoco mato, a menos que tenga que hacerlo —continuó Gregor—. He visto muerte más que suficiente. Ríndete. Ahora. Te protegeré. Y se hará justicia sin que te maten. Pero si no te rindes, no pienso dejar de ir detrás de ti. En ese caso hay dos opciones: o te capturo o te matan ellos.

La chica dio la impresión de estárselo pensando.

—Te creo —dijo. Se inclinó hacia él—. Pero prefiero arriesgarme, capitán.

Gregor sintió un dolor agudo en el cuello y luego todo quedó a oscuras.

Cuando despertó. Gregor Dandolo ya no estaba tan convencido de que la conciencia fuese la mejor opción en su caso. Se sentía como si un trabajador de una fundición lo hubiese capturado para abrirle la cabeza y llenarla después de metales fundidos. Gruñó, rodó sobre sí mismo y se dio cuenta de que al parecer llevaba horas tumbado bocabajo en el barro, ya que había salido el sol. Era un milagro que alguien no lo hubiese degollado para robarle.

Pero también se dio cuenta de que la joven lo había cubierto de basura y deshechos para que nadie lo viese, lo que supuso que tendría que considerar un gesto de generosidad, aunque ahora oliese a canal.

Se incorporó entre gemidos y sin dejar de frotarse la cabeza. Después, empezó a pensar en esa joven y recordó su olor.

Era un aroma característico, ya que olía como si hubiese estado en una fundición de Tevanne o cerca de las chimeneas de una.

Y Gregor era hijo de Ofelia Dandolo, por lo que sabía mucho sobre fundiciones.

Rio para sí, incrédulo, se puso en pie y empezó a caminar entre tambaleos.

Capítulo Diez

A la mañana siguiente Gregor mantuvo la cabeza alta mientras cruzaba las puertas meridionales del muro exterior de Firma Dandolo. El cambio fue repentino y extremo al pasar del Ejido al campo: de senderos cubiertos de barro a adoquines limpios, del hedor del humo y la basura y la podredumbre al tenue aroma de carne especiada en un asador cercano. Y también se notaba en la gente de las calles, claro, cuya ropa pasó a una limpia y colorida que cubría piel también limpia y sin mácula, que caminaban sin dolencias ni deformidades ni ebriedad ni agotamiento.

Nunca dejaba de sorprenderlo: había unos doce pasos de diferencia entre una civilización y otra. Y eso que era el campo exterior y ni siquiera se trataba de una de las partes más ricas del lugar.

"Detrás de cada puerta aguarda otro mundo. Y otro. Y otro. Y otro...", pensó.

Contó los pasos mientras caminaba en dirección a la entrada.

—Uno, dos... tres y cuatro...

Se abrió la puerta de la caseta de la guardia y un vigilante de los Dandolo con armadura inscrita completa se le acercó a la carrera.

—¡Buenos días, señor! —gritó el guardia.

—Buenos días —dijo Gregor.

"Cuatro pasos. Cada vez más lentos", pensó Gregor.

—¿Va lejos, fundador? —preguntó el guardia—. ¿Pido un carruaje?

—Mi título oficial es capitán, no fundador, teniente —dijo, después de mirar el yelmo del guardia para comprobar su rango.

—Tiene razón, funda... señor. —Tosió con nerviosismo—. Pero el saché que lleva encima nos ha notificado que...

—Sí —dijo Gregor—. Sé la información que comunica mi saché. Sea como fuere, no me hace falta un carruaje, teniente. Me apetece caminar. —Le hizo una reverencia y se tocó la frente con dos dedos—. ¡Buenos días!

Gregor Dandolo fue del muro exterior del campo a las puertas del segundo muro. Y, otra vez, tuvo que rechazar el carruaje que le ofrecieron, tal y como le ocurrió cuando llegó al tercer muro y al cuarto, a medida que penetraba más y más en el campo de Firma Dandolo. Los guardias le ofrecían carruajes con nervioso entusiasmo, porque el saché de Gregor indicaba que pertenecía al linaje de los fundadores, y la idea de que un fundador caminase por su propio pie era impensable en Tevanne.

Lo cierto es que a él le hubiese encantado ir en carruaje, ya que aún le dolía la cabeza a causa del veneno que le había inyectado la joven y se había pasado la noche anterior recorriendo a pie Tevanne en busca de Sark. Pero Gregor ignoró todas las ofertas. Las ignoró igual que ignoraba las bandadas de faroles flotantes que serpenteaban por encima de las calles del campo de los Dandolo y las fuentes burbujeantes y las torres de piedra altas y blancas y las mujeres bonitas que se abrían paso a través de los parques, ataviadas con túnicas de seda y rostros pintados con patrones intrincados y ensortijados.

Todo aquello podría haberle pertenecido, como hijo de Ofelia Dandolo que era, podría haber vivido en esas calles relucientes como el príncipe más consentido del mundo. Y, quizá, hubiese sido así en otras circunstancias.

Pero había ocurrido lo de Dantua, y Gregor, e incluso el mundo, había cambiado.

Y, por la manera en la que todos actuaban en el campo de los Dandolo, le daba la impresión de que el mundo había vuelto a cambiar la noche anterior. La gente tenía gesto serio, solemne y atribulado, y hablaban en voz baja, entre susurros y nerviosos.

Gregor comprendía muy bien cómo se sentían. Las inscripciones eran la base misma de toda la sociedad, y después del apagón de la noche anterior les preocupaba que su forma de vida se viniese abajo y les cayese encima, igual que el edificio Zoagli.

Llegó por fin al illustris del campo, las instalaciones administrativas donde la élite se encargaba de las tareas de la casa de los mercaderes. Era una estructura grande y blanca con un enorme techo abovedado que se sostenía gracias a unos contrafuertes curvos que parecían costillas. Una cantidad ingente de funcionarios subían y bajaban por las escaleras blancas que había en la parte delantera, algunos apiñados en grupo para hablar de negocios en voz baja. Miraron a Gregor al pasar, alto, no demasiado limpio y con su armadura de cuero y el fajín de la Guardia Portuaria. Él no les prestó atención, subió las escaleras y se internó en el edificio.

Mientras recorría el illustris, Gregor razonó que el lugar parecía más un templo que un edificio administrativo: tenía demasiadas columnas, demasiadas vidrieras, demasiados faroles flotantes que volaban bajo los techos abovedados con un tono de luz casi divino que proyectaba desde las alturas. Pero quizá fuese un efecto buscado, quizá fuese para que los que trabajaban allí creyesen que cumplían la voluntad de Dios en lugar de la de la madre de Gregor.

"Podría ser peor —pensó—. Podría ser como la Montaña de los Candiano, que es prácticamente una ciudad en sí misma. O un país".

Subió por una escalera de caracol que había al fondo y llegó al cuarto piso, donde se internó en un pasillo serpenteante que llegaba a una puerta de madera imponente y gigantesca. Gregor la empujó para abrirla y entró.

La estancia del otro lado era alargada, ornamentada y terminaba en un escritorio grande y lujoso que se encontraba delante de una puerta ordinaria. Había un hombre sentado detrás del escritorio, pequeño, rechoncho y calvo, que alzó la vista cuando oyó entrar a Gregor. Estaba muy lejos, pero aun así oyó el suspiro deprimente que soltó al verlo.

—El que faltaba...

Gregor recorrió el lugar en dirección a la mesa, sin dejar de mirar de un lado a otro mientras lo hacía. Las paredes estaban cubiertas de cuadros que conocía de memoria, sobre todo los más recientes.

Los miró mientras avanzaba. Estaba tan distraído con el caso que se había olvidado de preparase para aquel momento.

El cuadro que más temía se encontraba al fondo, detrás del escritorio. En él aparecía un hombre de complexión, porte y postura nobles, en pie detrás de una silla con la barbilla hacia delante y sacando pecho. En la silla había una mujer guapa, alta y de piel oscura con cabellos negros y rizados. Junto a ella se encontraba un niño de unos cinco años vestido con terciopelo negro, y en el regazo de la mujer se sentaba un bebé rechoncho envuelto en telas doradas.

Gregor miró el cuadro, sobre todo a la mujer en la silla y al bebé rechoncho. Se quedó mirando al niño.

"Seguro que me sigue viendo así —pensó—. A pesar de todas mis hazañas, cicatrices y logros. No soy más que un bebé gordo y balbuceante sentado en su regazo".

Después miró al niño ataviado con terciopelo negro, su hermano Domenico. Miró el rostro en el cuadro, serio y optimista, y sintió una punzada de tristeza en algún lugar de su interior. El niño que había posado para el cuadro no sabía que iba a morir en menos de diez años junto a su padre en un accidente de carruaje.

El calvo del escritorio carraspeó y dijo:

—Doy... por hecho... que... —Las palabras parecían rezumar de sus labios a regañadientes, como veneno de una herida—. Que quiere... verla.

Gregor se giró hacia él.

—Si es posible, señor —dijo él, animado.

—Ahora. ¿Quiere verla... ahora? ¿No tenía otro momento?

—Si es posible —repitió Gregor—. Señor.

El calvo lo sopesó.

—Es consciente de que anoche tuvimos un incidente grave relacionado con las inscripciones. Uno del que aún nos estamos recuperando.

—He oído rumores al respecto, señor.

Gregor le sonrió. Mantuvo la sonrisa y le enseñó los dientes enormes y blancos mientras el calvo se la devolvía.

—Bien —dijo, exasperado—. Bien. Bien...

Se inclinó hacia delante e hizo sonar una campanilla. Se abrió la puerta que tenía detrás y apareció por ella un joven de unos doce años ataviado con los colores de la casa Dandolo.

El calvo abrió la boca, pero no supo muy bien qué decir. Hizo un gesto en dirección a Gregor y luego hacia la puerta. Después puso un gesto que podría interpretarse como de derrota y dijo, con pesadumbre:

—Pregunta.

El chico asintió y volvió a entrar. Esperaron.

El calvó fulminó a Gregor con la mirada. Gregor le dedicó otra sonrisa. Al cabo, después de lo que le parecieron horas, el chico volvió a salir.

—Ella lo recibirá, Fundador —dijo, en voz baja y apacible, el tono de alguien acostumbrado a que lo interrumpiesen.

—Gracias —dijo Gregor. Se inclinó ante el calvo y siguió al chico al santuario del otro lado de la puerta.

Ser el descendiente del fundador de una casa de los mercaderes era sinónimo de tener un grado de riqueza, poder y recursos en Tevanne que se antojaba casi inexplicable. Uno de los hijos de los Morsini solo acudía a reuniones que tuviesen lugar en sus jardines privados, subido a lomos de una jirafa adornada con una silla de montar y unas bridas enjoyadas. Se decía que la hermana de Tribuno Candiano tenía un traje de seda diseñado para cada día del año, y que cada uno de esos atuendos era obra de una docena de costureras. Los llevaba una vez y luego se deshacía de ellos.

Por ello, era casi inevitable que Ofelia Dandolo fuese una persona sumamente imponente. Pero lo que más imponente le resultaba a Gregor de su madre era que trabajaba de verdad.

No era como Torino Morsini, el líder de la casa Morsini, que estaba gordísimo, se emborrachaba y pasaba los días intentando mojar su churro decrépito en todas las jóvenes casaderas de su campo. Tampoco era como Eferizo Michiel, que se había jubilado de una vida de responsabilidades para pasar los días pintando retratos, paisajes y desnudos. Muchos desnudos y sobre todo de jovencitos, o eso había oído Gregor.

No, Ofelia Dandolo pasaba los días y la mayoría de las noches detrás de su escritorio: leía y escribía cartas, participaba en reuniones detrás de su escritorio y escuchaba el incesante parloteo de sus consejeros detrás de su escritorio. Y después de lo ocurrido la noche anterior en Entremuros y los Glaucos, Gregor no se sorprendió al verla sentada detrás del escritorio de su despacho personal revisando informes.

No alzó la vista cuando él entró en la estancia. Gregor se quedó junto a ella, con las manos a la espalda y a la espera de que terminase. La miró mientras leía un informe: llevaba su atuendo nocturno y el rostro maquillado en un patrón ornamentado, con una franja roja sobre los ojos y bucles azules que partían desde sus labios azules. También se había recogido el cabello en un moño muy elaborado. Gregor sospechaba que había recibido noticias del apagón de Entremuros mientras se encontraba en una fiesta de alguna clase, y que no había dejado de trabajar desde ese momento.

Era grandiosa, guapa y fuerte, pero también se le notaba la edad. Puede que fuese por tanto trabajo. Había tomado las riendas de la casa después de la muerte del padre de Gregor en ese accidente con el carruaje, que había tenido lugar hacía... ¿veintitrés años? ¿Veinticuatro? Él daba por hecho que su madre empezaría a delegar tareas poco a poco, pero no lo había hecho. En lugar de eso, había empezado a asumir más y más responsabilidades hasta convertirse prácticamente en la personificación de la Firma Dandolo, y ahora todas las políticas y las decisiones partían de la misma persona.

Diez años así habrían sido suficientes como para acabar con cualquiera, pero Ofelia Dandolo llevaba dos décadas, aunque no estaba segura de ser capaz de cumplir la tercera.

—Tienes la frente húmeda —dijo, con parsimonia y sin alzar la vista.

—¿Cómo? —preguntó él, sorprendido.

—Que tienes la frente húmeda, querido. —Garabateó una respuesta al informe y lo apartó a un lado—. De sudor, supongo. Has caminado un buen trecho. Doy por hecho que rechazaste los carruajes que te ofrecieron todos los guardias de la casa, ¿no es así? ¿Otra vez?

—Así es.

La mujer lo miró, un gesto que cualquiera menos acostumbrado no habría sido capaz de soportar. Los ojos ambarinos de Ofelia

Dandolo relucían en su piel oscura y tenían el extraño poder de conseguir que su voluntad fuera casi palpable. Una de sus miradas podía llegar a tener el mismo efecto que un tortazo.

—Y también doy por hecho que te deleitaste con petulancia al confundirlos y decepcionarlos, ¿no es así?

Gregor abrió la boca sin tener muy claro qué decir.

—Da igual —continuó ella, que apartó aún más el informe. Lo miró de arriba abajo.

—Gregor, espero que hayas venido para prestar tu ayuda al campo. Espero que te hayas enterado de los desastres que ocurrieron en Entremuros, del apagón de inscripciones que tuvo lugar y que parece que tuvo un alcance de casi un kilómetro a la redonda en el Ejido, y hayas venido a preguntarme de qué manera puedes colaborar con la casa. Tengo esperanza, pero no son cosas que espere, porque dudo que ni siquiera un desastre así sea capaz de hacerte volver a la casa.

—¿Firma Dandolo se vio afectada por el apagón?

La mujer rio en voz baja.

—¿Verse afectada? El glosario de una fundición dejó de funcionar en Spinola, justo al lado de los Glaucos. Tuvimos suerte de que hubiese otros dos en la zona para que todo siguiese funcionando a la perfección. De lo contrario, el problema habría pasado de desastre a catástrofe.

Era inquietante. Los glosarios de las fundiciones eran dispositivos intrincados, desconcertantemente complicados e increíblemente caros cuyo cometido era hacer que funcionasen todos los dispositivos inscritos que había en el campo.

—¿Crees que lo han saboteado?

—Es posible —dijo ella, que no parecía segura del todo—. No sabemos qué ocurrió, pero sí que también afectó al campo Michiel que linda con Entremuros, por lo que se podría decir que no iba dirigido solo a nosotros. Ahora, sé que no has venido aquí a hablar de ese tema, ¿verdad, Gregor?

—No, madre —dijo él—. Me temo que no.

—Entonces... ¿cuál es el motivo de esta interrupción en el peor momento posible?

—El incendio.

Al principio parecía sorprendida, pero luego se enfadó.

—¿En serio?

—En serio —aseguró él.

—¿Nuestra civilización acaba de verse amenazada de gravedad, y tú quieres hablar de ese proyectito tuyo? ¿De resucitar a tu... 'milicia municipal'?

—Un departamento de policía para la ciudad —dijo Gregor al momento.

Ella suspiró.

—Ay, Gregor... sé que te preocupa que el incendio haya arruinado tu proyecto, pero créeme cuando te digo que ahora ese es el menor de nuestros problemas. ¡Lo más seguro es que todo el mundo se haya olvidado! Yo ya ni me acordaba.

—Solo quería decir que estoy a punto de atrapar al saboteador que provocó el incendio —comentó Gregor, incisivo—. Estuve en el Ejido anoche.

La mujer abrió la boca, sorprendida.

—¿Estuviste en el Ejido? ¿Anoche? ¿Cuando...?

—Sí. Cuando tuvo lugar ese desastre. Estaba investigando por la zona, y se podría decir que me fue bien. He localizado al ladrón y es casi seguro que lo capture esta noche. Cuando lo haga, me gustaría llevarlo ante el concejo tevanní.

—Aaah —dijo ella—. Quieres un juicio público, grande y bien llamativo para limpiar tu honor.

—Para dejar claro que el proyecto de la Guardia Portuaria es sostenible —apuntilló Gregor—. Sí. Me gustaría que me facilitases hacerlo...

Ella sonrió con suficiencia.

—Creí que no te gustaba usar tus contactos familiares, querido.

Era cierto. Su madre era una de las figuras más importantes del concejo de Tevanne, que estaba formado por la élite de las casas de los mercaderes y se aseguraba de que estas no se saboteaban ni se plagiaban en exceso. Aunque la definición de 'en exceso' fuese cada vez más vaga. Era lo más parecido a un gobierno que había en la ciudad de Tevanne, aunque Gregor no creía que se pareciese en nada.

Hasta el momento, él siempre había evitado usar la importancia de su madre para obtener ventajas, pero eso se había acabado.

—Usaré lo que haga falta para conseguir el bien mayor para Tevanne —aseguró Gregor.

—Sí, sí, Gregor Dandolo, amigo de los ciudadanos de a pie. —La mujer suspiró—. Resulta curioso que tu solución sea empezar a meter en la cárcel a tantos hombres de a pie.

La respuesta natural de Gregor habría sido:

"Los hombres de a pie no son los únicos que merecen estar en la cárcel", pero no era tan estúpido como para decirlo.

La anciana lo sopesó. Un puñado de polillas descendió del techo y empezó a girar sin ton ni son alrededor de su cabeza. Agitó una mano para espantarlas.

—Fuera. Malditos bichos... no podemos mantener limpias ni las oficinas siquiera. —Fulminó con la mirada a Gregor—. Bien. Me pondré manos a la obra, pero el apagón tiene prioridad. Cuando se haya resuelto, me pondré con lo de tu Guardia Portuaria, tus ladrones y tus canallas. ¿Te parece?

—Y... ¿cuánto tiempo crees que tardarás?

—¿Cómo narices voy a saberlo, Gregor? —dijo ella con rabia—. ¡Todavía no sabemos ni qué fue lo que ocurrió ni qué vamos a hacer ahora!

—Ya veo —dijo él.

—¿Estás satisfecho? —preguntó su madre al tiempo que volvía a tomar la pluma.

—Casi —respondió Gregor—. Tengo una última petición...

Ella suspiró y volvió a soltar la pluma.

—¿Sería posible reunirme con el hypatus de los Dandolo? —preguntó—. Tengo algunas preguntas que me gustaría hacerle.

La anciana se le quedó mirando.

—¿Con...? ¿Con Orso? —preguntó, incrédula—. ¿Por qué querrías hacer algo así?

—Tengo algunas preguntas sobre inscripción relacionadas con el robo.

—Pero... ¡eso es algo que podrías preguntarle a cualquier escriba!

—Podría acudir a diez escribas diferentes y salir con diez

respuestas diferentes —aseguró Gregor—. O podría preguntar al escriba más inteligente de Tevanne y salir con la respuesta adecuada.

—Dudo que sea capaz de dártela en estos momentos —dijo Ofelia—. No solo está ocupado con el apagón, sino que de un tiempo a esta parte me he estado preguntando si no estará más loco de lo que yo creía, en realidad.

Eso llamó la atención de Gregor.

—¿Eh? ¿Por qué iba a estarlo, madre?

Le dio la impresión de que su madre se pensaba si responder o no. Después la anciana suspiró.

—Porque ha metido la pata. Hasta el fondo. Cuando encontraron las ruinas en Vialto, Orso me presionó mucho para intentar recuperar algunos de los objetos antes de que los consiguiese la competencia. Yo acepté, a regañadientes, y Orso hizo todo lo que estaba en su mano para conseguir una de esas reliquias extrañas. Era una caja de piedra antigua y resquebrajada, pero se parecía en cierta manera a un glosario. Orso gastó una fortuna para conseguirla, pero mientras estaba de camino para regresar desde Vialto... la caja desapareció.

—¿La perdió en el mar? —preguntó Gregor—. ¿O se la robaron?

—Nadie lo sabe —respondió Ofelia—. Pero fue una gran pérdida. He visto los libros de contabilidad. Hay muchos gastos y pocos beneficios. Le he prohibido gastar más y se lo ha tomado mal.

"Entonces... Es posible que hayan robado a Orso Ignacio", pensó Gregor. Tomó nota mental.

—Si de verdad quieres hablar con Orso Ignacio, tendrás que ir a la fundición de Spinola, la que se encuentra contigua a los Glaucos —le explicó su madre—. Es el lugar donde dejó de funcionar el glosario y donde seguro que Orso intenta averiguar qué fue lo que ocurrió. —Le dedicó una mirada intensa. Gregor reprimió un mohín al verla—. Sé que no puedo darte órdenes, Gregor. Siempre me lo has dejado claro. Pero te recomiendo que te guardes las preguntas para ti. Orso no es alguien a quien tratar a la ligera y, después de los apagones, no me cabe duda de que estará de muy mal humor.

Él le dedicó una sonrisa educada.

—He tratado con gente de peor calaña —aseguró—. Creo que me las apañaré, madre.

Ella sonrió.

—Sí, estoy segura de que eso es lo que tú te crees.

—¡Hijo de puta bequero! —atronó una voz en el otro extremo de las escaleras—. ¡Maldito hijo de una furcia desdentada e inútil de mierda!

Gregor hizo una pausa al principio de las escaleras de la fundición de Spinola y miró al guardia, que le dedicó un encogimiento de hombros nervioso. La voz siguió gritando.

—¿A qué te refieres con que crees que los registros son precisos? ¿Cómo carajo te atreves a decir que crees que lo son? La precisión es binaria, por todos los beques. O son precisos... ¡O NO LO SON! —Gritó las últimas palabras con tanta intensidad que le hicieron daño en los oídos a Gregor, a pesar de la distancia—. ¿Estás casado? ¿Tienes hijos? De ser así, me sorprende, me desconcierta, ¡porque me resultas tan imbécil que dudo que sepas cómo mojar el churro en tu mujer! ¡Deberías echar un ojo por ahí a ver si ves a otros idiotas de pocas luces parecidos a tu miserable descendencia! ¡Te juro por Dios que, si no vuelves dentro de una hora con la certeza genuina, intachable e innegable de que los registros son precisos, te untaré personalmente las pelotas con mermelada de higo y te tiraré desnudo a una porqueriza! ¡Ahora sal de mi vista, carajo!

Se oyó el ruido de unos pasos apresurados. Luego, silencio.

—Lleva así toda la mañana —dijo el guardia de la fundición con parsimonia—. No creía que la voz le fuese a durar tanto.

—Ya veo —dijo Gregor—. Gracias.

Empezó a bajar por las escaleras a la cámara del glosario que se encontraba debajo.

Las escaleras descendían, descendían y descendían hacia la oscuridad.

Mientras bajaba, Gregor empezó a sentir que el ambiente... cambiaba.

Lo sintió más cargado. Más denso. Espeso. No como si caminase a través de aire húmedo y mohoso, sino como si se encontrase en el fondo del mar, con kilómetros y kilómetros de agua encima.

"Odio acercarme a los glosarios", pensó Gregor.

Al igual que la mayoría de la gente, Gregor no comprendía las mecánicas de la inscripción. No sabía distinguir los sigilos. De hecho, no era capaz ni de diferenciar el lenguaje inscrito de una casa de los del resto, algo que era mucho más fundamental. Pero sí que sabía cómo funcionaba la inscripción en términos generales.

Los sigilos básicos eran símbolos que habían aparecido en el mundo de manera natural. Nadie sabía a ciencia cierta cómo. Algunos aseguraban que los habían inventado los Occidentales. Otros decían que los símbolos habían sido inscritos en el mundo por el Hacedor, por el mismísimo Dios, y que había sido Él quien había definido la realidad codificándola con ellos, forjando el mundo igual que las fundiciones forjaban objetos inscritos. Nadie estaba seguro de cuál era la verdad.

Los sigilos básicos estaban relacionados con cosas específicas: había símbolos para la piedra, el viento, el aire, el fuego, el crecimiento, las hojas y hasta algunos para fenómenos más abstractos como 'cambio', 'parar', 'empezar' o 'afilado'. Había millones o miles de millones de ellos. Si conocías esos símbolos, algo que podían afirmar muy pocos, no había nada que te impidiese usarlos. Aunque te encontrases en un asentamiento remoto en medio de la nada intentando tallar madera para darle una forma intrincada, podías inscribirla con el sigilo base de 'arcilla' o 'barro', y esa ligera alteración haría que se convirtiesen en un material un tanto más maleable.

Pero, a pesar de las leyendas que se contaban sobre sus orígenes, la inscripción básica estaba muy limitada. Para empezar, sus efectos eran menores, una ligera ayuda. Además, si uno quería indicarle a un hacha: "Eres muy resistente, muy afilada, muy ligera y cortas la madera de cedro como si fuese agua", algo mucho más complicado que comandos básicos como 'afilado' o 'resistente', había que usar unos cincuenta o sesenta sigilos. Podías llegar a quedarte sin espacio en la hoja del hacha, y también tenías que conseguir que la lógica de los sigilos fuese perfecta para que el hacha comprendiese bien lo que querías de ella. Había que ser específico y preciso, algo complicado de por sí.

Pero luego la ciudad de Tevanne había descubierto un alijo antiguo de registros occidentales en un derrumbamiento cerca de la costa. Y había algo crucial en dichos documentos.

El sigilo para 'significado'. Y, luego, unos tevanníes muy avispados tuvieron una idea brillante.

Dieron por hecho que podían usar una placa de acero vacía, escribir allí ese comando largo y complicado para colocar, después, el de 'significado' y escribir un sigilo completamente nuevo, uno inventado. Y, así, aquel nuevo sigilo significaría "eres muy resistente, muy afilada, muy ligera y cortas la madera de cedro como si fuese agua", y solo tendrías que inscribir la hoja del hacha con él.

O una docena de hachas. O miles. Daba igual. Todas ellas harían lo mismo.

Después de ese descubrimiento se empezaron a usar de repente comandos de inscripción más complicados, aunque aquello siguió siendo demasiado limitado.

Uno de los problemas era que había que estar cerca de esa placa de acero en la que se habían escrito los comandos. Si te alejabas demasiado, el hacha se olvidaba del significado de ese nuevo sigilo y dejaba de funcionar. Le faltaba esa referencia, en cierto sentido.

El otro de los problemas era que si se inscribían muchas definiciones demasiado complicadas en una única placa de metal esta solía prenderse fuego. Era como si un objeto tan común como el acero no pudiese albergar tanto significado.

Por lo que la ciudad de Tevanne y muchas de sus casas emergentes tuvieron que ponerse a resolver dicho problema: cómo albergar todas las definiciones y los significados de esas inscripciones complicadas sin que estallase en llamas y se fundiese.

Y esa fue la razón por la que inventaron los glosarios.

Los glosarios eran máquinas enormes, complicadas y duraderas fabricadas para almacenar y para mantener miles y miles de definiciones de inscripciones increíblemente complejas y soportar la carga de todo ese significado concentrado. Con un glosario, uno no tenía que preocuparse de alejarse unos metros y que todos sus dispositivos inscritos dejasen de funcionar, ya que los glosarios amplificaban y proyectaban el significado de esas definiciones a grandes distancias en todas direcciones, lo bastante como para cubrir casi la totalidad de un campo. O más. Cuando más cerca estuvieses de un glosario, mejor funcionaban dichas inscripciones, razón por la que los glosarios siempre se consideraban el corazón de toda fundición. Uno siempre quería que todos sus objetos inscritos más grandes y complicados funcionasen a la perfección.

Y como los glosarios eran el corazón de las fundiciones, también eran el corazón de todo Tevanne, como era de esperar.

Pero eran complicados. De una complejidad increíble. Asombrosa. Todo el mundo coincidía en que solo los genios y los locos eran capaces de entender bien un glosario, y la diferencia entre ambos tipos de personas era casi nula.

Esa era la razón por la que Orso Ignacio era quien mejor comprendía los glosarios de entre todos los hypati de la historia de Tevanne. Al fin y al cabo, Orso había sido el inventor del glosario de combate, una versión más pequeña que podía llevarse en barcos o vehículos tirados por reses. Aun así, era un dispositivo bastante grande, complicado y absurdamente caro que solo servía para activar el armamento de una comitiva, pero sin esa contribución era posible que Tevanne nunca hubiese conquistado el mar Durazzo y todas las ciudades que lo rodeaban.

Gregor sabía bastante sobre glosarios de combate. Había usado uno en el asedio de Dantua, hasta que lo perdió, por lo que conocía muy bien la sensación de perder un glosario. Y también creía que sería capaz de comprender cómo se sentía Orso Ignacio en aquel momento. Quizá así fuese capaz de calmarlo.

Dejó de pensar así cuando entró en la sala del glosario y oyó una voz que dijo, en ese mismo instante:

—¿Quién mierda eres tú?

Gregor parpadeó a la luz tenue mientras se le acostumbraba la vista. La sala del glosario era amplia, oscura y estaba vacía en su mayor parte. Había una pared de cristal grueso al fondo, con una puerta abierta en el centro, donde un hombre alto y delgado se encontraba de pie bajo el umbral y miraba a Gregor. Llevaba un delantal grueso, así como unos guantes y unas gafas de protección a juego. En las manos sostenía una herramienta de aspecto amenazante, una especie de varita de metal flexible y doblada con muchos dientes afilados.

—¿C-como dices? —preguntó Gregor.

El tipo tiró a un lado la varita y se levantó las gafas, lo que dejó al descubierto un par de ojos claros, hundidos e imperturbables que lo miraron con fijeza.

—He dicho que quién mierda eres. —preguntó Orso Ignacio, en voz mucho más alta en esta ocasión.

Orso parecía un artista o un escultor que acabase de salir de su estudio, con una camisa beis manchada, un pantalón de un blanco desgastado detrás del delantal y esos zapatos de punto, típicos de la élite, raídos y agujereados. Tenía el pelo blanco alborotado y despeinado, y el rostro, atractivo en otros tiempos, ahora lucía sombrío, arrugado y de una delgadez esquelética, como si hubiese pasado demasiado tiempo salando pescado.

Gregor carraspeó.

—Lo siento. Buenos días, hypatus. Siento mucho interrumpirte en estos momentos tan...

Orso puso los ojos en blanco y echó un vistazo por la estancia.

—¿Quién es este?

Gregor miró hacia las sombras y vio que había otra persona en el fondo de la habitación, alguien que no había visto antes. Era una joven alta y bastante atractiva de rostro inexpresivo e impertérrito. Estaba sentada en el suelo frente a una bandeja de instrumentos de inscripción: un dispositivo parecido a un ábaco que los escribas usaban para comprobar las inscripciones, y movía las cuentas de un lado a otro a una velocidad endiablada, como una jugadora profesional de scivoli que moviese sus piezas por el tablero mientras resonaba un clac, clac, clac.

La joven hizo una pausa y miró a Gregor, con ese rostro del todo inexpresivo.

—Creo que es el capitán Gregor Dandolo —respondió, con voz tranquila y atonal.

Gregor la miró con el ceño fruncido. No le sonaba de nada. Ella continuó moviendo las cuentas de un lado a otro.

—Ah, ¿el hijo de Ofelia? —preguntó Orso. Miró a Gregor—. Dios, sí que has subido de peso.

La joven, que Gregor sospechaba que era una especie de ayudante de Orso, se encogió al oírlo.

Pero Gregor no se sintió insultado. La última vez que Orso lo había visto era cuando acababa de volver de las guerras.

—Sí —aseguró Gregor—. Es lo que pasa cuando llegas de un lugar donde no hay comida a otro en el que sí la hay.

—Fascinante —dijo Orso—. Bueno. ¿Y para qué mierda has bajado aquí, capitán?

—Eso. He venido para...

—Aún sigues intentando sobrevivir en la zona costera, ¿no es así?

—Sí, y de hecho...

—Pues como bien te habrás dado cuenta, capitán... —Alzó las manos e hizo un gesto con el que abarcó la estancia vacía, grande y oscura—. Esto de costa tiene bien poco, así que lo cierto es que no sé qué es lo que haces aquí. Puertas para salir sí que hay muchas. Muchísimas. —Orso se dio la vuelta para mirar algo detrás de él—. Te sugiero que las uses. La que quieras, lo cierto es que me importa bien poco.

Gregor penetró aún más en la estancia y dijo, en voz algo más alta:

—Estoy aquí para hacerte una pregunta, hypatus...

Después se detuvo e hizo un gesto de dolor cuando sintió una punzada en la cabeza. Se frotó la frente.

Orso lo miró.

—¿Qué pregunta?

Gregor respiró hondo.

—Lo siento.

—Tómate tu tiempo.

Tragó saliva e intentó mantener la compostura, pero no se le fue el dolor de cabeza.

—¿S-se va en algún momento?

—No. —Orso le dedicó una sonrisa desagradable—. ¿Nunca has estado cerca de un glosario?

—Sí, pero este parece muy...

—¿Grande?

—Sí. Grande. La máquina está desconectada, ¿no? ¿Es ese el problema o me equivoco?

Orso soltó un bufido de burla y se giró para mirar el dispositivo que tenía detrás.

—Ahora mismo no está `desconectada', como has dicho. El término adecuado sería 'reducida'. Es muy complicado apagar un glosario sin más, no es un puto juguete, sino una serie de afirmaciones sobre la física y la realidad. Apagarlo sería lo mismo que convertir una lubina en todo el carbono, el calcio, el nitrógeno y todo lo demás que la compone. ¿Es factible a nivel teórico? Claro, por qué no. ¿Es posible a nivel práctico? Ni de broma, por todos los beques.

—Ya... veo —dijo Gregor, aunque lo cierto es que no había entendido nada.

La ayudante de Orso exhaló con suavidad, como si estuviese a punto de decir:

"Ya empieza otra vez".

Orso miró a Gregor por encima del hombro y sonrió.

—¿Quieres acercarte y echar un vistazo?

Gregor sabía que Orso lo estaba provocando, ya que cuanto más te acercases a un glosario más incómodo te ibas a sentir. Pero Gregor quería sorprender desprevenido a Orso, y permitir que jugase con él era una manera tan buena como cualquier otra.

Entrecerró los ojos a causa del dolor y se acercó a la pared de cristal para mirar el glosario. Tenía el aspecto de un bote de metal enorme tirado de lado, pero conformado por unas pequeñas rodajas o discos, miles o puede que incluso millones de ellos. Sabía que cada uno de esos discos estaba lleno de definiciones, en términos generales, definiciones y afirmaciones que servían para convencer a los dispositivos inscritos de que funcionasen como tenían que hacerlo. Eso sí, Gregor era consciente de que entendía aquello igual que entendía la manera en la que su cerebro daba forma a sus pensamientos.

—Nunca he visto uno a esta distancia —dijo Gregor.

—Muy pocos lo han hecho —aseguró Orso—. La tensión de todo ese significado, que obliga a la realidad a obedecer con tantas afirmaciones, hace que esté a mucha temperatura y también que sea muy difícil estar cerca. No obstante, anoche todas las afirmaciones sobre la realidad que había en este dispositivo hicieron puf y se apagaron, como una vela de un soplido. Es algo que me he esforzado por dejarte claro que debería ser imposible.

—¿Cómo es que ocurrió algo así? —preguntó Gregor.

—¡Es que no tengo ni repajolera idea! —gritó Orso con rabia.

Se acercó a la joven de las cuentas de inscripción y vio cómo estiraba las cadenas una a una para luego mover esos cubitos de metal de un lado a otro mientras sus dedos se movían a toda velocidad sobre el aparato. Cada vez que lo hacía, se iluminaba con luz tenue un pequeño cristal que tenía encima.

—¡Ahora funcionan todas las puñeteras cadenas! —dijo él—. ¡Funcionan a la perfección, sin tacha y de manera indiscutible! Qué bien. Es como si no hubiese ocurrido nada.

—Ya veo —dijo Gregor—. Una pregunta. ¿Me podría decir quién es ella?

—¿Ella? —Orso parecía sorprendido por la pregunta—. Es mi fab.

Gregor no tenía muy claro lo que era un 'fab', y ella no parecía muy interesada en explicarlo, ya que los ignoró y siguió probando cadena tras cadena de sigilos. Decidió obviar el tema.

—¿Sabes si se trató de un sabotaje? —preguntó—. ¿Otra casa de los mercaderes?

—Como ya he dicho, es que no tengo ni repajolera idea —repitió Orso—. He revisado todas las inscripciones estructurales que aseguran la estabilidad y esas cadenas ahora funcionan a la perfección, como si nada. El glosario no está dañado y no parece que nadie lo haya reducido, de manera adecuada o inadecuada. Si el imbécil que está a cargo del mantenimiento fuese capaz de confirmar que se han llevado a cabo las comprobaciones necesarias, podría descartarlo de una vez. Y las piezas están dispuestas en configuraciones anodinas y convencionales. ¿No es así?

Su ayudante asintió.

—Así es, señor —respondió al tiempo que cabeceaba en dirección a la enorme pared con miles de piezas que tenía detrás—. Producción, seguridad, iluminación y transporte. Es lo que indica esta pared.

Gregor miró las paredes y se dio cuenta poco a poco de a qué se refería.

'Pared' era el término industrial que se utilizaba para referirse a ese enorme muro de miles de piezas blancas cubiertas de sigilos, que se deslizaban arriba y abajo en un riel corto. Cada una de esas piezas representaba una definición: si la pieza se encontraba en la parte alta, es que estaba inactiva y no funcionaba, pero si estaba en la de abajo, era que sí.

Parecía simple, pero solo un escriba con décadas de entrenamiento avanzado era capaz de mirar una de esas paredes y saber a ciencia cierta en qué situación se encontraba. La pared de un glosario se vigilaba y se mantenía a conciencia, como era de esperar. Si alguien deslizaba hacia arriba la pieza equivocada y desactivaba una definición importante, cabía la posibilidad de que todos los carruajes del campo de los Dandolo no pudiesen detenerse, por ejemplo. Algo terrible.

O si alguien bajaba varias piezas de las más importantes y activaba unas definiciones muy complicadas, podía llegar a sobrecargar el glosario y...

Bueno. Eso sería muchísimo peor.

Porque un glosario era, en esencia, una transgresión enorme de la realidad, razón por la que resultaba tan incómodo estar cerca de uno. Las consecuencias de que se descontrolase uno eran terribles. Y esa era la razón principal por la que no había tanta agitación en la ciudad de Tevanne a pesar del poder, la corrupción y las díscolas casas de los mercaderes: porque toda la ciudad se mantenía a flote gracias a un sistema que dependía de unas bombas enormes que hacían que los ciudadanos actuasen con cautela.

—Qué problemático —dijo Gregor.

—Sí, ¿verdad? —Orso lo miró con gesto suspicaz—. ¿Tu madre no sabe estas cosas? Creía que habías sido un buen chico y se lo habrías contado todo.

—La verdad es que no sé qué es lo que sabe mi madre sobre lo ocurrido por aquí, hypatus —dijo Gregor—. No he venido para hablar del apagón. Pero sí que tengo una pregunta sobre la zona costera.

—¿La zona costera? —preguntó Orso, irritado—. ¿Por qué ibas a importunarme con eso?

—Quería preguntarte sobre el robo que tuvo lugar allí.

—¡Qué pérdida de tiempo! Esperabas que... —Hizo una pausa—. Un momento. ¿Robo? Creí que te referías al incendio.

—No, no —dijo Gregor con amabilidad—. Me refería al robo. Nuestras investigaciones indican que el incendio fue una distracción para acercarse a nuestras cajas fuertes y llevar a cabo el robo.

—¿Cómo lo sabes? —exigió saber.

—Porque hemos revisado las cajas fuertes —respondió Gregor—. Y falta algo.

Orso parpadeó, muy despacio.

—Ah —dijo. Se quedó un momento en silencio—. Yo... creía que las cajas fuertes habían ardido junto a la sede de la Guardia Portuaria. Creí que habían quedado destruidas.

—Casi —dijo Gregor—. Pero cuando vimos que el incendio empezaba a extenderse, las metimos en unos carruajes y las pusimos a buen recaudo.

Orso parpadeó. Otra vez.

—¿En serio?

—Sí —aseguró Gregor—. Y, más tarde, descubrimos que habían robado algo. Una simple cajita de madera de la caja 23D.

Orso y su ayudante se quedaron muy quietos. Gregor fue incapaz de no sentirse satisfecho.

"A veces está genial esto de tener razón".

—Qué raro —dijo Orso, con mucha cautela—. Pero dijiste que querías hacerme una pregunta y aún no me la has hecho, capitán.

—Bueno, anoche llevé a cabo unas investigaciones en el Ejido para intentar dar con el ladrón. Localicé a su perista, la persona que vende las cosas que roba un ladrón, y encontré una nota en sus pertenencias en la que se hablaba del hypatus de Dandolo, en relación con el robo y el incendio. Mi pregunta, hypatus, sería: ¿por qué crees que alguien escribiría algo así?

—No tengo ni idea. —El rostro de Orso, que antes reflejaba desprecio, impaciencia y sospecha, ahora había quedado despojado de toda emoción—. ¿Crees que fui yo quien encargó el robo, capitán?

—Por el momento no creo nada, porque aún tengo pocos datos. También podrías ser la persona a la que robaron.

Orso sonrió.

—¿Crees que alguien me robó algunas definiciones?

Era una distracción, pero Gregor quería que lo distrajesen un poco.

—Bueno... es lo más valioso que tenemos en Tevanne. Y pueden ser bastante pequeñas.

—Sí que pueden serlo. Es cierto. —Orso se puso en pie y se dirigió a una estantería, de la que tomó tres volúmenes enormes de casi veinte centímetros de ancho. Después volvió a colocarse junto a Gregor—. ¿Ves esto, capitán?

—Lo veo.

Orso tiró uno al suelo, lo que provocó un ruido sordo.

—Este es el principio de la definición que sirve para reducir un glosario. —Después tiró el segundo, que también dio un golpetazo al caer—. Este es la continuación de esa definición. —Hizo lo propio con el tercero—. Y ese es el final de la definición que sirve para reducir un glosario. ¿Sabes por qué lo sé?

—Yo...

—Porque los escribí yo, capitán. Escribí todos y cada uno de los sigilos y todas las cadenas que hay en esos puñeteros libros. —Dio un paso más en dirección a Gregor—. Es posible que una definición quepa en una cajita. Pero no una de las mías.

Había sido un buen espectáculo que casi dejó impresionado a Gregor.

—Ya veo. ¿Y no te han robado nada?

—No que yo sepa.

—Muy bien. Supongo que el hecho de que el perista lo nombrase en la nota no fue más que un error.

—O la leíste mal —dijo Orso.

Gregor asintió.

—Sí, también puede ser. Lo descubriremos pronto. Creo.

—¿Pronto? ¿Por qué?

—Bueno... es posible que esté a punto de capturar al ladrón. Y, a menos que mi intuición se equivoque, creo que la venta de lo que se robó no fue como se esperaba. Lo que significa que es posible que aún tenga dicho objeto y nos hagamos con él pronto, lo que servirá para conocer todos los detalles. —Le dedicó una amplia sonrisa a Orso—. Algo que estoy seguro que nos hará estar más tranquilos.

Orso se había quedado de piedra. Casi no respiraba. Después dijo:

—Sí, claro que sí. Estoy seguro.

—Sí —repitió Gregor mientras miraba la máquina grandiosa que se encontraba detrás de él—. ¿Es cierto lo que dicen sobre los glosarios y los hierofantes?

—¿Qué? —preguntó Orso, sorprendido.

—Sobre los hierofantes. He oído historias antiguas que aseguraban que cuando alguien se encontraba cerca de un hierofante, pongamos de ejemplo al mismísimo Crasedes el Grande, sufría fuertes migrañas. Como las que puede uno sentir hoy en día cuando se encuentra cerca de un glosario. ¿Es cierto?

—¿Cómo iba yo a saberlo?

—Doy por hecho que estás interesado en los Occidentales, ¿no es así? —preguntó Gregor—. O lo estuviste en algún momento.

Orso lo fulminó con la mirada, y la crudeza de sus ojos claros y penetrantes rivalizó con la de Ofelia Dandolo.

—Lo estuve, sí. Pero ya no.

Los dos se quedaron mirando durante un rato. Gregor con una sonrisa apacible y Orso con ese atisbo de furia en la mirada.

—Bueno. Si me perdonas, capitán...

—Claro. Te dejaré con lo tuyo —dijo Gregor—. Siento las molestias. —Empezó a dirigirse hacia la escalera, pero hizo una pausa—. Ah, perdón. ¿Jovencita?

La chica alzó la vista.

—Mis disculpas por haber sido tan maleducado. Creo que no nos han presentado.

—Ah. Me llamo Grimaldi.

—Gracias. ¿Y de nombre?

La joven miró a Orso, pero él aún le daba la espalda.

—Berenice —respondió.

Gregor sonrió.

—Gracias. Encantado de verlos a ambos.

Luego, se dio la vuelta y subió por las escaleras.

Orso Ignacio oyó cómo los pasos del capitán se perdían en la distancia. Después, Berenice y él se giraron para mirarse.

—Señor... —dijo ella.

Orso negó con la cabeza y se llevó un dedo a los labios. Señaló los pasillos y las puertas y, después, se señaló una oreja.

“Podría haber alguien escuchando”.

—Taller —dijo.

Abandonó la sala del glosario, llamó a un carruaje y regresó al Departamento del Hypatus en el enclave interior de los Dandolo, una estructura amplia e inconexa que tenía cierto parecido con una universidad. Orso y Berenice entraron y subieron por las escaleras en silencio hasta el taller de Orso. La puerta pesada y gruesa de madera sintió que se acercaba y empezó a abrirse. La había inscrito para que detectase su sangre, un truco tortuosamente difícil, pero estaba impaciente y terminó por empujarla él mismo.

Esperó a que la puerta se cerrase al entrar. Después explotó.

—Mierda. ¡Mierda! ¡MIERDA! —gritó.

—Ah —dijo Berenice—. Sí. Eso mismo, señor.

—Pensaba... ¡pensaba que esa maldita cosa había quedado destruida! —gritó Orso—. ¡Junto con el resto de esa puñetera zona costera! Pero... ¿lo han robado? ¿Otra vez? ¿Me han robado otra vez?

—Eso parece, señor —afirmó Berenice.

—¿Cómo? ¡No lo sabía nadie, Berenice! ¡Solo hemos hablado del tema en esta habitación! ¿Cómo es que han vuelto a descubrirlo?

—Es preocupante, señor —dijo Berenice.

—¿Preocupante? ¡Es muchísimo más que preocu...!

—Cierto, señor. Pero la pregunta más importante es... —Lo miró, nerviosa—. ¿Qué ocurriría si el capitán Dandolo hace lo que acaba de decir y atrapa al ladrón esta noche, cuando todavía tiene el objeto?

Orso se quedó pálido.

—Que cuando entregue al ladrón... Ofelia se enterará de todo.

—Sí, señor.

—¡Y descubrirá que pagué por esa cosa! ¡Y cuánto! —Orso se llevó las manos a la cabeza—. ¡Dios! ¡Descubrirá los miles de duvots, todo el dinero que le he robado y los gastos que he ocultado en los libros de cuentas!

La joven asintió.

—Eso es lo que me preocupa, señor.

—Mierda —repitió Orso, sin dejar de ir de un lado a otro—. ¡Mierda! ¡MIERDA! Tenemos que... Tenemos que... —La miró—. Tienes que seguirlo.

—¿Cómo dice, señor?

—¡Síguelo! —repitió Orso—. ¡Tienes que seguirlo, Berenice!

—¿Yo?

—¡Sí! —Se acercó a un armario y sacó una cajita—. No puede estar muy lejos. Gregor Dandolo va caminando a todas partes en el campo. ¡Como un imbécil! ¡Ofelia siempre se queja de él por eso! ¡Pide un carruaje, ve a las puertas meridionales, espéralo y síguelo! —Se afanó con la cajita, desesperado, y sacó algo del interior—. Y luego toma esto.

Le dio lo que parecía una pequeña tira de estaño inscrita con unas anillas pequeñas en la parte superior y la inferior.

—¿Una placa hermanada, señor? —preguntó.

—¡Sí! —respondió él—. Me quedaré con la otra. Ah, veamos. Tira de la anilla superior si Gregor captura al ladrón. Y de la inferior si no lo hace. ¡Y de ambas si lo captura y encima tiene el artefacto! Si el ladrón escapa, síguelo si puedes y descubre adónde va. Hagas lo que hagas, mi placa se verá afectada de la misma manera, por lo que sabré exactamente qué ha ocurrido.

—¿Y usted se quedará aquí para hacer... qué, señor?

—Puedo pedir algunos favores —respondió Orso—. ¡Deudas que cobrar para así cubrir las mías y que la maldita empresa no se entere! ¡Si Gregor Dandolo regresa con esa llave, tiene que dar la impresión de que cometí un pequeño error, no de que estaba metido hasta el fondo y he robado treinta mil duvots del dinero de Firma Dandolo, por todos los beques!

—¿Y espera conseguirlo en...? —Miró por la ventana del taller hacia la torre del reloj de los Michiel—. ¿En ocho horas?

—¡Sí! —aseguró él—. ¡Pero lo ideal sería que Gregor Dandolo no regresase con el ladrón para no tener que hacer nada de eso!

—No sé si decírselo, señor, pero me sorprende que no me pida que eche por tierra los planes del capitán y deje escapar al ladrón. De esa manera, Ofelia no se enteraría de nada.

Él hizo una pausa.

—¿Escapar? ¿Escapar? Berenice, esa llave podría cambiarlo todo, absolutamente todo lo que sabemos sobre la inscripción. Haría cualquier cosa por hacerme con ella. ¡Si tengo que sufrir la ira de Ofelia

Dandolo, que así sea! ¡Lo que no quiero es que me encierre en la prisión del campo y se la quede ella! Además... —Torció el gesto poco a poco hasta que pasó a ser uno de pura rabia asesina—. Además, también me gustaría atrapar a ese maldito ladrón que me ha humillado no una, sino dos veces, y desmembrarlo con mis propias manos.

Capítulo Once

<¿Y ahora qué?>, preguntó Clef.

Sancia se encontraba sentada en un tejado de los Michiel, junto a las fundiciones y de cara al viento. Intentó encogerse de hombros, pero no encontró las ganas.

<Pues no lo sé. Sobrevivir, supongo. Puede que robar algo de comida de la basura de un campo para cenar.>

<¿Comes basura?>

<Sí. Ya lo he hecho antes. Y es probable que tenga que volver a hacerlo.>

<Las selvas que hay al oeste parecen muy tropicales. ¿No sería ideal esconderte allí un tiempo?>

<Hay cerdos salvajes tan altos como una persona. Al parecer, matan gente para divertirse. No creo que una llave mágica me sirviese de mucho en ese lugar.>

<Bien, pero... esta ciudad es enorme, ¿no? ¿No podrías encontrar un lugar en el que esconderte? ¿Uno cualquiera?>

<Entremuros y los Glaucos no son seguros. Podría ir al Ejido septentrional, lejos del canal, pero el Ejido solo ocupa una décima parte del territorio de Tevanne. El resto de la ciudad pertenece a los campos, y allí es muy difícil esconderse.>

<Aquí no estamos mejor>, dijo Clef.

<Es temporal. No vamos a quedarnos en este lugar.>

<Bien… ¿entonces qué hacemos? ¿Cuál es el plan?>

Sancia lo pensó.

<Claudia y Giovanni mencionaron que los Candiano habían cambiado los sachés…>

<¿Quién?>

<Los Candiano. Una de las cuatro casas de los mercaderes. —Señaló hacia el norte—. ¿Ves esa cúpula enorme que hay por allí?>

<¿La grande y enormísima?>

<Sí. Esa es la Montaña de los Candiano. Antes era la casa más poderosa del mundo, pero Tribuno Candiano se volvió loco.>

<Ah, sí. Lo habías mencionado. Lo encerraron en una torre, ¿no?>

<Eso se dice. Sea como fuere, Claudia dijo que cambiaron todos los sachés de un día para otro, y nadie hace eso a menos que haya pasado algo grave. Seguro que ha creado caos y confusión en todo el campo, y es más fácil robar cosas cuando hay caos y confusión. —Sancia suspiró—. Pero tendríamos que robar algo muy importante para conseguir el dinero que necesitamos.>

<¿Y por qué no robamos la Montaña esa? Tiene pinta de estar llena de cosas valiosas.>

Sancia rio en voz baja.

<Ya. Imposible. Nadie, y cuando digo que nadie es que nadie, ha conseguido jamás allanar la Montaña. Uno no podría entrar en ese lugar ni aunque tuviese la varita del mismísimo Crasedes. He oído rumores sobre que está embrujada o… algo peor.>

<¿Y qué vas a hacer?>

<Entrar. Sea como sea. —Bostezó, se estiró y se tumbó en el tejado de piedra—. Quedan unas pocas horas antes de que amanezca. Voy a descansar.>

<¿Qué? ¿Vas a dormir en este tejado de piedra?>

<Claro. ¿Qué tiene de malo?>

Clef hizo una pausa.

<Sí que has vivido en sitios escabrosos, niña.>

Sancia se tumbó en el tejado y alzó la vista al cielo. Pensó en Sark, en su apartamento, que a pesar de lo vacío que estaba ahora se le antojaba un paraíso.

<Di algo, Clef>

<¿Eh? ¿Algo sobre qué?>

<Sobre cualquier cosa. Algo que no esté relacionado con lo que está pasando.>

<Ya veo. —Clef se lo pensó unos instantes—. Mmm. Bien. Hay unas treinta y siete inscripciones activas en estos momentos en un radio de trescientos metros a nuestro alrededor. Catorce de ellas están relacionadas entre sí y conectadas, intercambiando información, calor o energía de un lugar a otro. —Bajó la voz, que adquirió poco a poco una cadencia cantarina—. Ojalá pudieses verlas como yo las veo. Las que están debajo de nosotros no dejan de bailotear, en cierta manera, se balancean de un lado a otro con mucha suavidad mientras una calienta un bloque gigantesco de piedra densa y almacena ese calor en su interior, otra de esas inscripciones lo levanta y derrama el calor por una placa con cuentas de cristal para alisarlas, derretirlas hasta que forman una placa del vidrio más transparente. Hay una luz inscrita en un dormitorio al otro lado de la calle. Es suave y sonrosada. Las inscripciones tenían almacenada una antigua luz de vela que han empezado a proyectar muy poco a poco... la luz se agita suavemente, como si algo la moviese. Creo que hay una pareja que hace el amor en una cama cercana, podría ser... imagina a esas personas compartiendo su amor a una luz que podría tener días, semanas o incluso años de antigüedad... es como hacerlo bajo las estrellas, ¿verdad?>

Sancia escuchó la voz y sintió que empezaban a pesarle los párpados.

Se alegraba de tenerlo cerca. Era un amigo, y ella no tenía amigos.

<Ojalá pudieses verlas como yo, Sancia —susurró—. Son como estrellas en mi mente...>

Y Sancia se durmió.

Sancia no volvió a soñar después de la operación, aunque a veces revivía sus recuerdos cuando dormía, como huesos que empezasen a flotar en la superficie de una cuba de brea.

Sancia durmió y recordó en ese tejado.

Recordó el sol abrasador de las plantaciones, los cortes y los pinchazos con las hojas de caña de azúcar. Recordó el sabor del pan rancio, los enjambres de moscas que no dejaban de picarle y los catres pequeños e incómodos de las chozas destartaladas.

Recordó el olor de los excrementos y del orín que manaba de un pozo abierto que se encontraba a pocos metros de donde dormían. Los llantos y los sollozos por la noche. Los gritos de pánico que venían de los bosques cuando los guardias capturaban a una mujer, o a un hombre a veces, y hacían lo que querían con ellos.

Y luego recordó la casa en la colina, detrás de la de la plantación, donde trabajaban los hombres adinerados de Tevanne.

Recordó el carro que se alejaba de la casa de la colina al anochecer todos los días. Y también recordó cómo las moscas seguían el vehículo muy de cerca, y la mercancía que llevaba bien oculta debajo de una lona gruesa.

No había tardado mucho en darse cuenta de lo que ocurría. Un esclavo desaparecía por las buenas una noche y, al día siguiente, el carro se alejaba de la casa de la colina despidiendo un hedor terrible.

Algunos decían entre susurros que los esclavos desaparecidos habían escapado, pero todos sabían que era mentira. Todos sabían lo que estaba pasando. Todos oían los gritos que venían de la casa de la colina, siempre a medianoche. Siempre, siempre y siempre a medianoche. Todas las noches.

Pero estaban indefensos y no podían decir nada. Había ocho de ellos por cada tevanní en la isla, pero los de la ciudad tenían armas de un poder incalculable. Habían visto lo que les ocurría a los esclavos cuando levantaban la mano contra sus amos, y no querían que les pasase a ellos.

Sancia había intentado escapar una noche. La habían capturado con facilidad. Quizá fuese porque habían intentado marcharse, pero ella fue la siguiente.

Sancia recordaba el olor en la casa. Alcohol, conservantes y putrefacción.

Recordaba la mesa de mármol blanco en mitad del sótano, los grilletes en sus muñecas y tobillos. Las placas de metal fino que había en las paredes y que estaban cubiertas de símbolos extraños, y también los tornillos relucientes y afilados que hacían juego con ellas.

Y recordaba al hombre del sótano, bajito, delgado y con uno de los ojos que era poco más que una cuenca blanca, y recordaba cómo no dejaba de enjugarse la frente para limpiarse el sudor.

También recordaba la manera en la que la había mirado y sonreído y dicho con voz exhausta:

—Bien. Pues veamos si funciona con esta.

Aquel era el primer escriba que Sancia veía en su vida.

Solía recordar esas cosas cuando dormía. Y, cada vez que lo hacía, ocurrían dos cosas.

La primera era que la cicatriz que tenía en la cabeza le empezaba a doler, pero no como si fuese una cicatriz, sino como si la hubiesen marcado con un hierro al rojo.

Y la segunda era que se obligaba a sí misma a recordar lo único que la hacía sentir segura.

Sancia recordó cómo todo había ardido.

Estaba oscuro cuando despertó. Lo primero que hizo fue quitarse el guante y tocar el tejado de la fundición.

El tejado brotó en su mente. Sintió volutas de humo a su alrededor, la lluvia empozándose en la base, sintió su cuerpo pequeño e insignificante apoyado contra la enorme piel de piedra de la estructura. Y lo más importante: sintió que estaba sola. Ahí arriba solo estaban Clef y ella.

Empezó a moverse. Se puso en pie, bostezó y se frotó los ojos.

<Buenos días —dijo Clef—. O debería decir buenas no...>

Se oyó un chasquido agudo en la distancia. Después algo le golpeó en las rodillas, con fuerza.

Sancia se tropezó y gritó a causa de la sorpresa. Mientras lo hacía, bajó la vista y vio una cuerda extraña y plateada que le rodeaba las canillas, una trampa. Se dio cuenta a pesar del embotamiento que alguien que se encontraba en los tejados de enfrente le acababa de lanzar o de disparar esa cuerda, fuera lo que fuese.

Cayó al tejado de piedra.

<¡Mierda! —dijo Clef—. ¡Nos han visto!>

<¡No jodas! —dijo Sancia, que intentó arrastrarse, pero se dio cuenta de que era incapaz. La cuerda se había vuelto

imposiblemente pesada de repente, como si no estuviese hecha de fibras, sino de plomo, y por mucho que tirase solo se movía unos pocos centímetros.

<Está inscrita para que crea que es más densa de lo que es en realidad —dijo Clef—. ¡Cuanto más intentes moverla, más densa se vuelve!>

<Entonces podríamos intentar...>

Pero no llegó a terminar la frase, porque se oyó un segundo chasquido. Alzó la vista justo a tiempo para ver una cuerda plateada que volaba hacia ella desde un tejado cercano, a una manzana de distancia. Se extendió como si alguien abriese los brazos y, después, chocó contra su pecho y volvió a tirarla al suelo.

Sancia empezó a tirar de ella, pero se detuvo.

<Un momento. Clef, ¿podría volverse tan densa como para aplastarme el pecho?>

<Es un lazo, así que distribuirá la fuerza con la que te aprisiona de alguna manera. Pero sí que podrías volverla tan densa como para que rompa el techo y hacerte caer.>

<¡Mierda! —dijo ella. Miró las cuerdas y vio que tenían un mecanismo parecido a una cerradura a un lado, como si necesitasen una llave inscrita para abrirse.— ¡Haz algo! ¡Ábrelas!>

<¡No puedo! ¡Tendría que estar en contacto con ellas!>

Sancia intentó sacarse a Clef de la camisa, pero la segunda cuerda le ciñó aún más los brazos contra el cuerpo.

<¡No llego hasta ti!>

<¿Qué hacemos? ¿Qué hacemos?>

Sancia alzó la vista hacia el cielo nocturno.

<Yo... no lo sé... no lo sé...>

Esperaron así, con la cabeza alta mientras el zumbido de las cuerdas inscritas resonaba en los oídos de Sancia. Oyó pasos que se acercaban un rato después. Pesados.

El rostro magullado y arañado del capitán Gregor Dandolo apareció sobre ella, con una espingarda enorme a la espalda. Sonrió con educación.

—Buenas noches. Nos volvemos a encontrar.

Al parecer, era el capitán Dandolo quien controlaba las cuerdas. Después de ajustar algo en la espingarda, consiguió reducir lo suficiente la densidad como para darle la vuelta a Sancia. La mantuvo atada, como era de esperar.

—Es algo que usábamos en las guerras cuando capturábamos intrusos —dijo con tono alegre. Tomó las cuerdas, una con cada mano, y la levantó como quien levanta un cerdo—. Conozco el olor de la fundición de los Michiel tan bien como el del jazmín. Siempre pasaba por aquí para encargar armamento. Las llamas y calor son muy útiles en la guerra, como cabría esperar.

—¡Suéltame, maldito imbécil! —dijo Sancia—. ¡Suéltame!

—No.

De alguna manera, consiguió embutir una enorme cantidad de alegría irritante en aquella única palabra.

—¡Me meterás en la cárcel y me matarán!

—¿Quién? ¿Tu cliente? —dijo al tiempo que bajaba por las escaleras—. No darán contigo. Te llevaremos a la cárcel de los Dandolo, un lugar muy seguro. Yo debería ser tu única preocupación, jovencita.

Sancia se agitó, pataleó y gruñó, pero Dandolo era muy fuerte y no parecía afectado por la ristra de insultos que le dedicó Sancia. Canturreaba alegre mientras bajaba por las escaleras.

Salió al exterior y la llevó por la calle hasta un carruaje inscrito con el logotipo de los Dandolo, la pluma y el engranaje.

—¡El carruaje espera! —dijo. Después abrió la parte trasera, la dejó en el suelo del carro y volvió a activar las inscripciones de la cuerda, con una especie de dial que había en un lateral de la espingarda, hasta que Sancia quedó bien clavada contra el suelo—. Espero que estés cómoda. El viaje no es muy largo. —Después miró por encima de ella, respiró hondo y dijo—: Pero antes tengo que preguntarte algo... ¿dónde lo tienes?

—¿Dónde tengo el qué?

—El objeto que robaste —dijo—. La caja.

<Oh, mierda —dijo Clef—. Este tipo no es tan estúpido como parece.>

—¡No la tengo! —dijo Sancia, que se inventó algo lo más rápido que pudo—. ¡Se la di a mi cliente!

—Claro... —dijo él, con tono neutro.

<Algo me dice que no te cree>, dijo Clef.

<¡Lo sé! ¡Cierra la boca, Clef!>

—¡En serio! —aseguró Sancia.

—¿Entonces por qué tu cliente intentaba matarte? ¿No cumpliste la misión? Por eso intentabas escapar de la ciudad, ¿no?

—Así es —respondió Sancia, con sinceridad—. No sé por qué me persiguen ni por qué mataron a Sark.

Eso lo dejó en silencio.

—¿Sark ha muerto?

—Sí.

—¿Lo mató tu cliente?

—Sí. ¡Sí!

Se rascó la barba del mentón.

—Y doy por hecho que no sabes quién es tu cliente.

—No. Nunca nos dicen nombres y nunca miramos dentro de la caja.

—¿Y entonces qué hiciste con ella?

Sancia decidió contarle una historia muy parecida a la verdad.

—Sark y yo llevamos la caja a un lugar que nos habían indicado, una lonja abandonada en los Glaucos. Había cuatro tipos. Bien alimentados, del campo sin duda. Uno se llevó la caja y dijo que necesitaba confirmar que era la de verdad. Nos dejó con los otros tres. Después oímos una especie de señal y apuñalaron a Sark. Estuvieron a punto de matarme.

—Y... ¿conseguiste escapar?

Ella lo miró con ojos entrecerrados.

—Sí —dijo a la defensiva.

Sus ojos grandes y negros parpadearon sin dejar de mirar su cuerpo enjuto.

—¿Sola?

—Se me da bien luchar.

—¿En qué lonja fue?

—La que hay junto al canal Anafesto.

Él asintió mientras pensaba.

—Anafesto, ¿eh? Bien —dijo—. ¡Pues vayamos a echar un vistazo!

Cerró la puerta y subió al asiento del conductor.

—¿Un vistazo adónde? —preguntó Sancia, sorprendida.

—A los Glaucos —dijo el capitán—. A esa lonja que acabas de nombrar. Supongo que habrá muertos en el interior, ¿no? Cuerpos que puede que sean una pista que le lleve hasta el que te pagó para robar en la zona costera.

—¡Espera! ¡No...! ¡No puedes llevarme allí! —gritó—. ¡Solo han pasado unas horas y había docenas de esos cabrones por el lugar! ¡Querían degollarme!

—Entonces será mejor que te quedes calladita, ¿no crees?

Sancia se tumbó muy quieta mientras el carruaje traqueteaba sobre las calles llenas de barro que llevaban hasta los Glaucos. Aquello era lo peor que podría haberle pasado: no tenía intención de regresar nunca a ese sitio, y mucho menos atada y dentro del carruaje del capitán Gregor Dandolo.

<Avisa desde que notes que algo grande viene hacia mí. ¿Bien?>, dijo Sancia.

<¿Para qué? ¿Para que puedas sentarte y contemplar tu muerte?>, preguntó Clef.

<Tú hazlo.>

El carruaje se detuvo al fin. Había oscuridad por fuera de las ventanas, pero el olor indicaba a Sancia que estaban en las lonjas. El pavor le constriñó las entrañas cuando recordó lo que le había pasado allí aquella noche. Había sido aquella noche, aunque le pareciese que había pasado mucho tiempo.

Dandolo no dijo nada durante un rato. Se lo imaginó sentado y encorvado en la cabina, mirando las calles y las lonjas. Después oyó su voz, susurrante pero confiada.

—Tardaré un rato.

El carruaje se agitó ligeramente cuando se bajó y cerró de un portazo.

Sancia se quedó allí y esperó. Y esperó.

<¿Cómo vamos a salir de esta?>, preguntó Clef.

<Aún no tengo ni idea.>

<Si te cachea... ¡es que me tienes en un cordel alrededor del cuello!>

<Gregor Dandolo es un caballero de un campo —dijo Sancia—. Puede que también sea veterano de guerra, pero en el fondo los caballeros de los campos hacen todo lo posible por no tocar a alguien del Ejido. No creo que se atreva a cachear el pecho de una chica como yo.>

<Creo que has juzgado mal su... un momento.>

<¿Qué?>

<Hay... Hay algo inscrito cerca.>

<Dios...>

<No, no. Es pequeño. Muy pequeño. Diminuto y fácil de pasar por alto. Es... es como un punto pegado a la parte exterior del carruaje. Detrás.>

<¿Y qué hace?>

<Intenta... ¿intenta unirse a otra cosa? Es parecido a esas herramientas de construcción inscritas que tenías, supongo. Es como un imán, que se ve atraído con fuerza hacia algo que... que tiene que estar bastante cerca...>

Sancia se puso tensa. Se dio cuenta de lo que estaba pasando.

<¡Carajo! ¡Lo han seguido!>

<¿A qué te refie...>

Se abrió la puerta del carruaje y alguien subió al interior. Lo normal es que fuese Gregor Dandolo, pero no lo veía. Después oyó su voz susurrante.

—No hay cuerpos. Ninguno.

Sancia parpadeó, sorprendida.

—Pero... es imposible.

—¿Lo es?

—Sí. ¡Sí!

—¿Dónde se supone que estaban esos cuerpos, señorita?

—En el piso de arriba. ¡Y en las escaleras!

Él suspiró.

—Ya veo. Bueno. Encontré un poco de sangre en esos lugares, por lo que debo admitir a regañadientes que una parte de tu historia tiene que ser cierta de alguna manera.

Sancia miró el techo, enfadada.

—¡Me estabas poniendo a prueba!

Él asintió.

—Te estaba poniendo a prueba.

—Tú... tú...

—¿Sabes lo que había en la caja? —preguntó, sin venir a cuento.

Sancia intentó recuperar la compostura.

—Ya te lo he dicho. No.

Él se quedó pensando, con la mirada perdida.

—Y... supongo que no sabrás nada sobre los hierofantes, ¿no? —dijo en voz más baja.

Ella sintió un escalofrío, pero no dijo nada.

—¿Sabes algo? —insistió Gregor.

—Sé que eran unos gigantes mágicos y ya —dijo Sancia—. No sé nada más.

—Creo que mientes. Creo que mientes y sabes más, que sabes lo que había en la caja y por qué se te chafó el negocio, y también sabes por qué ahí solo había sangre.

<Dios mío —comentó Clef—. Este tío es aterrador.>

<¿Estás seguro de eso que hay en la parte de atrás del carruaje?>

<Sí. Abajo a la derecha, cuando miras de frente.>

—Y también creo que estoy a punto de salvarte la vida —dijo Sancia—. Otra vez.

—¿Cómo dices?

—Colócate en la parte trasera del carruaje y mira bien. Tiene que haber algo pegado en la parte inferior derecha. Algo parecido a un botón que no debería estar ahí.

Gregor la miró con ojos entrecerrados.

—¿Qué trampa es esta?

—No es una trampa —dijo—. Aquí te espero.

La miró unos instantes. Después extendió la mano y tiró de las cuerdas de Sancia para confirmar que seguían bien ceñidas. Satisfecho, volvió a abrir la puerta y salió al exterior.

Ella oyó los chasquidos de los pasos en el exterior. Se detuvo detrás del carruaje.

<Lo tiene —dijo Clef—. Lo ha despegado.>

Gregor volvió a rodear el vehículo y la miró por la ventana del asiento trasero.

—¿Esto qué es? —preguntó, un tanto indignado. Lo levantó, y Sancia vio que parecía una gran tachuela de bronce—. Está inscrito. Por detrás. ¿Qué es?

—Es una de esas inscripciones para la construcción —dijo Sancia—. Intenta unirse con otra cosa, como si estuviese imantado.

—¿Y para qué iba alguien a dejar un objeto con una inscripción de construcción en mi carruaje? —preguntó Gregor.

—Piénsalo —dijo Sancia—. Ponen una mitad en tu carruaje, atan la otra con una cuerda, y esa cuerda actuará como la aguja de una brújula, indicando siempre hacia ti como si fueses el norte.

Gregor se la quedó mirando. Después echó un vistazo a su alrededor, hacia las calles que tenía detrás.

—Ya lo has entendido —dijo Sancia—. ¿Ves a alguien?

Se quedó en silencio. Después metió la cabeza por la ventana.

—¿Cómo sabías que estaba ahí? —exigió saber—. ¿Cómo sabías lo que era?

—Intuición —respondió ella.

—Tonterías —dijo él—. ¿Lo pusiste tú?

—¿Cuándo podría haberlo puesto? ¿Cuándo estaba durmiendo en el tejado o cuando me ataste con las cuerdas? Tienes que soltarme, capitán. No lo han puesto ahí para seguirte a ti, lo han puesto para encontrarme. Vienen a por mí. Descubrieron que sabías dónde estaba, por lo que se han limitado a seguirte. Y ahora estás aquí conmigo. Suéltame y quizá consigas sobrevivir.

Se quedó un rato en silencio. Era una sensación que le resultaba agradable. El capitán siempre le había dado la impresión de no tener sangre en las venas, por lo que le agradaba verlo sudar.

—Mmm. No —dijo al fin.

—¿Qué? —comentó ella, sorprendida—. ¿No?

Él tiró el botón al suelo y lo pisó.

—No.

Después volvió a subir a la parte delantera del carruaje.

—No... ¿y ya está?

—No y ya está.

El carruaje empezó moverse otra vez.

—Pero... ¡eres un imbécil! —gritó Sancia—. ¡Nos matarán!

—Has destruido vidas y carreras laborales con tus acciones —dijo el capitán—. No solo la mía, sino también las de mis oficiales. Has hecho daño a los que te rodean sin pensarlo siquiera y sin reparo alguno. Me siento obligado a enmendarlo. Y no permitiré que ninguna amenaza, mentira o ataque me disuada de lo que tengo que hacer.

Sancia miró hacia el techo, estupefacta.

—Pero... ¡eres un idiota engreído! —dijo—. ¿Qué te da derecho a hablar con tanta pomposidad cuando formas parte de la familia Dandolo?

—¿Eso qué tiene que ver?

—¡Hacer daño a las personas, usar a la gente y estropear vidas es lo que siempre han hecho todas las casas de los mercaderes! —aseguró Sancia—. ¡Tenéis las manos tan manchadas de sangre como las mías!

—Podría ser —dijo Dandolo, con una serenidad que solo hacía enfurecer a Sancia—. Este lugar está podrido y he visto de cerca esa podredumbre. Pero también he visto cosas horrorosas en el mundo exterior, señorita. He conseguido domesticar algunas de esas cosas y he regresado a casa para darle a la ciudad lo mismo que te estoy dando a ti.

—¿El qué?

—Justicia —se limitó a decir.

Sancia se quedó con la boca abierta.

—¿Lo dices en serio?

—Muy en serio —dijo mientras giraba el carruaje.

Sancia rio, incrédula.

—¿Y ya está? Lo dices como si fuese tan fácil como entregar un paquete. "Eh, chicos, ¡os traigo algo de justicia!". ¡Es lo más estúpido que he oído jamás!

—Todas las grandes gestas tienen un principio —dijo—. Esta empezó con la zona costera, esa que tú quemaste hasta los cimientos. Capturarte me permitirá continuar.

Ella no había dejado de reír.

—Casi consigues que me crea tu cháchara sobre esa cruzada que insinúas estar librando. Pero no vivirás mucho si eres tan noble y honesto como dices, capitán Dandolo. La honestidad es algo que Tevanne no soporta.

—Que lo intenten —dijo—. Muchos lo han intentado ya. Estuve a punto de morir en una ocasión. Puedo permitirme volver a estar...

Nunca terminó la frase, ya que el carruaje empezó a escorar descontrolado.

Gregor Dandolo había conducido carruajes inscritos en muchas ocasiones, por lo que estaba acostumbrado a maniobrar con esa clase de vehículos, pero nunca había pilotado uno que, de repente, se había quedado con tan solo una rueda delantera.

Y eso era lo que había ocurrido, al parecer. En un abrir y cerrar de ojos. Estaban rodando y, de repente, la rueda de la parte del conductor había explotado sin más.

Bajó la palanca de deceleración mientras giraba el volante en dirección contraria a la de la rueda destrozada, pero resultó ser una maniobra imprudente, porque el carruaje se golpeó contra una pasarela de madera que resquebrajó la otra rueda delantera. Eso lo llevó a perder el control direccional del vehículo mientras avanzaba por las calles angostas y embarradas.

El mundo traqueteaba y se agitaba a su alrededor, pero Gregor aún tenía la entereza para saber en qué dirección avanzaba el carruaje. Y vio que ese lugar estaba ocupado por un edificio de piedra alto. Uno que parecía muy bien construido.

—Oh, no —dijo.

Saltó a la parte trasera, donde se encontraba la joven clavada en el suelo.

—¿Qué has hecho pedazo de imbécil? —gritó ella.

Gregor tomó la espingarda y bajó la densidad de las cuerdas, de lo contrario iban a salir volando y ambos podían llegar a quedar aplastados.

—Aguanta, por favor —le dijo—. Estamos a punto de...

Y, de pronto, el mundo dio un vuelco, y Gregor Dandolo recordó.

Recordó un accidente de carruaje de hace mucho tiempo. La manera en la que el vehículo se había volcado, la manera en la que el mundo giró sobre sí mismo, la lluvia de cristales y el crujir de la madera.

También recordó el gimoteo en la oscuridad y el resplandor de una antorcha en el exterior. La manera en la que la luz recortaba la silueta destrozada de su padre, desplomada en el asiento, y el rostro del joven que había junto a él en el carruaje hecho pedazos, llorando mientras se desangraba.

Domenico. Había muerto aterrorizado y sollozando en la oscuridad mientras llamaba a su madre. Igual que morían muchos jóvenes del mundo, como bien descubriría Gregor más adelante.

Gregor volvió a oír esos sollozos y tuvo que decirse:

"No. No. Eso forma parte del pasado. Ocurrió hace mucho tiempo".

Luego oyó la voz de su madre al oído.

"Despierta, cariño mío".

Aquel mundo embarrado se solidificó a su alrededor, y regresó a la realidad.

Gregor gruñó y alzó la vista. Al parecer, el carruaje había volcado, por lo que una de las ventanas de la parte de atrás apuntaba directa hacia el cielo mientras la otra estaba enterrada en el barro. La joven se encontraba tumbada de cualquier manera junto a él.

—¿Estás viva? —preguntó.

Ella tosió.

—¿Qué más te da?

—No es mi intención matar prisioneros, ni siquiera por accidente.

—¿Tan seguro estás de que fue un accidente? —preguntó ella, con voz rasposa—. Te lo dije. Te han seguido. Vienen a por mí.

Gregor la fulminó con la mirada. Después sacó a Látigo y escaló por el interior de la cabina. Se arrastró para salir por la ventana del asiento de pasajeros, que ahora daba al cielo nocturno. Luego se sentó en el borde del carruaje volcado y miró el eje frontal. Vio un virote alargado y metálico de espingarda clavado en él, justo en el lugar donde antes se encontraba la rueda.

"Tiene que haber pasado a través de los radios de la rueda, que quedó destrozada al girar a su alrededor. La destrozó".

Había sido un disparo impresionante. Echó un vistazo alrededor, pero no vio atacante alguno. Se encontraban en una de las avenidas más amplias de Entremuros, pero la calle estaba vacía. Después del derrumbamiento del edificio y de los aulladores de la noche anterior, era muy probable que los residentes no tuviesen muchas ganas de asomar las cabezas, por si las perdían.

La joven gritó.

—Oh, mierda. ¡Mierda! ¡Capitán!

—¿Qué pasa ahora? —suspiró Gregor.

—Voy a decir otra de esas cosas que seguro no te crees, pero tengo que decirlo.

—Claro, eres libre de decir lo que quieras, señorita.

Ella titubeó.

—Yo... soy capaz de oír las inscripciones.

—¿Cómo? ¿Que tú qué?

—Que soy capaz de oír las inscripciones —repitió—. Por eso sabía lo que te habían puesto en el carruaje.

Gregor intentó comprender lo que acababa de oír.

—¡Es imposible! —dijo—. ¡Nadie puede...!

—Sí, sí, sí —dijo la joven—. Pero, mira, quería decírtelo justo en este momento, porque hay un grupo de objetos inscritos muy estruendosos que empiezan a reunirse a nuestro alrededor. Lo sé porque los oigo, y si son muy estruendosos es porque son muy poderosos también.

Gregor soltó un bufido de burla.

—¡Sé que crees que soy imbécil, ya que es algo que has dicho en voz alta repetidas veces, pero es biológicamente imposible que alguien sea tan estúpido como para creerse algo así! —Echó un vistazo alrededor—. No veo a nadie caminando en nuestra dirección con un aullador, por ejemplo.

—No los oigo en las calles, la verdad. Alza la vista. Están encima.

Gregor puso los ojos en blanco y alzó la vista. Y se quedó de piedra.

Había una persona enmascarada y vestida de negro, a cuatro pisos de altura y en la fachada lateral del edificio que tenía delante. Estaba en la fachada lateral, pero no aferrado como si estuviese en vertical, sino como si la fachada fuese el suelo, desafiando todas las leyes de la física conocidas, y lo apuntaba con una espingarda.

Gregor volvió a ocultarse dentro del carruaje volcado. Justo en ese momento oyó una serie de golpes secos atronadores. Negó con la cabeza y miró hacia arriba.

Vio que había cinco virotes de espingarda que atravesaban el costado del vehículo. Habían estado a punto de atravesarlo. Era un vehículo blindado, lo que indicaba que los atacantes habían usado armas inscritas.

"Hay más de uno. Cinco al menos" pensó.

—Es imposible —aseguró Gregor—. No puede ser.

—¿El qué? —dijo la joven—. ¿Qué has visto ahí fuera?

—Había... ¡había alguien de pie en la pared del edificio! —gritó Gregor—. ¡Ahí quieto como si la gravedad hubiese dejado de afectarle!

Miró hacia la ventana abierta que tenía encima, y se sorprendió al comprobar que una figura ataviada de negro flotaba con gracilidad sobre el carruaje, como si fuese una nube muy extraña. Luego apuntó hacia abajo con la espingarda y disparó.

Gregor se abalanzó hacia la pared del vehículo para evitar el proyectil. La joven gritó cuando se clavó en el barro que tenían debajo.

Gregor y la joven miraron el virote y, después, se miraron el uno al otro.

—Cómo odio tener razón, por todos los beques —dijo ella.

Capítulo Doce

La teoría de las inscripciones al completo se basaba en la idea de que uno podía llegar a convencer a un objeto para que se comportase como algo que no era. Pero los primeros escribas tevanníes no tardaron en descubrir que era mucho más fácil convencer a un objeto de que era algo parecido a eso, en lugar de algo a lo que no se parecía en nada.

En otras palabras, un escriba no tenía que esforzarse mucho para inscribir un lingote de cobre y hacerlo creer que era un lingote de acero. No obstante, costaba mucho esfuerzo convencer al lingote de cobre de que era, por ejemplo, un bloque de hielo, un pudín o un pez. Cuanto más costaba convencer a un objeto, más complicadas eran las definiciones y más espacio ocupaban en el glosario, hasta que terminabas por usar un glosario completo o incluso varios para conseguir que funcionase una inscripción.

Los primeros escribas se toparon con ese problema muy pronto, ya que una de las primeras cosas que intentaron fue alterar la gravedad de un objeto, y la gravedad resultó ser una cabezota a la que no se la podía convencer de cosas que no creyese adecuadas.

Las primeras veces que se intentó que algunos objetos obviasen ligeramente las leyes de la gravedad terminaron en desastre: explosiones, mutilaciones y las desfiguraciones estaban a la orden del día. Había resultado ser toda una sorpresa para los escribas, ya que sabían gracias a las historias antiguas que los hierofantes habían sido capaces de conseguir que los objetos flotasen, y algunos de ellos hasta se pasaban casi todo el tiempo volando. Se decía incluso que el hierofante Pharnakes había acabado con todo un ejército lanzando rocas desde la cima de una montaña.

Los escribas de Tevanne consiguieron una solución aceptable después de una cantidad incalculable de muertes.

Las leyes de la gravedad no podían cancelarse porque sí, pero era posible respetarlas de manera poco habitual. Era el caso de los virotes inscritos, que estaban convencidos de respetar dicha gravedad, solo que tenían una percepción muy particular del lugar en el que se encontraba el suelo y cuánto tiempo llevaban cayendo hacia él. O los faroles flotantes, que creían tener en su interior un saco lleno de gas más ligero que el aire, aunque no fuese el caso. Esos diseños respetaban las leyes de la gravedad a pies juntillas, tanto que quizá podía decirse que hacían una interpretación demasiado literal.

Por ejemplo, algunos escribas ajustaron por error su gravedad para que dos partes diferentes de sí mismos cayesen hacia dos direcciones diferentes, lo que hizo que sus extremidades se estirasen o quedasen arrancadas de sus cuerpos. Otros quedaron aplastados por accidente y convertidos en un disco plano y sanguinolento, o en un cubo, según la metodología que hubiesen usado. Otros subestimaron de forma trágica la cantidad de gravedad necesaria que debían tener, por lo que acabaron flotando en el éter hasta que alcanzaron los límites de su glosario, momento en el que cayeron de forma decepcionante para quedar aplastados contra la superficie de la tierra.

Se consideraba una manera agradable de morir. Al menos había restos que enterrar.

Muchos de esos intentos coincidieron con intentos cada vez más considerables por inscribir el cuerpo humano, experimentos que habían sido mucho más terribles que los que consistían en trastear con la gravedad.

Inimaginablemente peores. Atrozmente peores.

Es por ello que, después de limpiar los restos de sangre del enésimo fracaso, las casas de los mercaderes llegaron a un acuerdo poco común y diplomático: tomaron la decisión de prohibir los intentos de inscribir los cuerpos o alterar su gravedad. Manipular objetos alterados ya era lo bastante peligroso como para encima preocuparse por si sus extremidades o sus torsos quedaban separados del resto de sus cuerpos.

Y esa era la razón por la que Gregor Dandolo era incapaz de creer lo que veía cuando sacó la cabeza por la ventana del carruaje: nueve hombres, vestidos de negro, que corrían por las paredes del edificio con una gracilidad exquisita a la vez que imposible. Algunos incluso corrían bocabajo por los aleros del tejado.

Algo así no solo era ilegal en Tevanne, sino también imposible a nivel tecnológico, que él supiese.

Tres de los hombres se detuvieron y lo apuntaron con las espingardas. Gregor volvió a meterse por la ventana mientras los virotes impactaban contra el carruaje justo en el lugar donde él se encontraba hacía unos momentos.

—También son buenos tiradores —murmuró—. Encima.

Consideró sus opciones, pero lo cierto era que no tenía muchas. Estaba atrapado en una caja en mitad de la carretera.

—¿Quieres vivir? —preguntó la joven.

—¿Qué? —dijo él, irritado.

—Que si quieres vivir —repitió—. Porque, si quieres, deberías soltarme.

—¿Y por qué iba a hacer algo así?

—Porque puedo ayudarte a salir de esta.

—Si te suelto, ¡te marcharás corriendo no bien tengas la oportunidad! O me apuñalarás por la espalda y me dejarás aquí para que me disparen esos virotes.

—Puede —dijo ella—. Pero han venido a por mí, no a por ti. Tampoco me quejaría mucho si les das una buena tunda a esos cabrones, capitán. De hecho, me gustaría ayudarte.

—¿Y qué puedes hacer para ayudarme?

—Algo. Que ya es mejor que nada. Además, me debes una. Te salvé la vida, ¿recuerdas?

Gregor frunció el ceño y se frotó la boca. Lo odiaba. Había trabajado sin cesar para conseguirlo, para capturar a esa chica que había sido la fuente de sus problemas, y ahora tenía que elegir entre capturarla y morir o soltarla.

Pero, en ese momento, las prioridades de Gregor empezaron a cambiar poco a poco.

Los hombres que volaban a su alrededor casi seguro trabajaban para una de las casas de los mercaderes, ya que solo una casa podría haberles proporcionado unos atuendos así.

"Una de las casas de los mercaderes intenta matarme para hacerse con la chica —pensó—. Seguro que fueron los mismos que encargaron el robo".

Una cosa era atrapar a una ladrona mugrienta y acusarla de ser la causa de todos los males de Tevanne, y otra muy diferente era acusar a una casa de los mercaderes de mala conducta, conspiraciones y asesinatos en la ciudad. Las casas de los mercaderes se espiaban y saboteaban entre ellas, algo que sabía todo el mundo, pero había una línea tácita y bien marcada que no se podía cruzar.

No se atacaban las unas a las otras. Una guerra en Tevanne sería desastrosa y todo el mundo lo sabía.

"Pero un grupo de asesinos voladores parece algo sacado de una guerra, a decir verdad", pensó Gregor.

Extendió la mano hacia el asiento delantero, rebuscó un poco y sacó una cuerda gruesa de metal. La ató con presteza al pie izquierdo de la joven y la cerró con una llave pequeña e inscrita que tenía un dial en la cabeza.

—¡He dicho que me sueltes! —dijo—. ¡No que me ates más!

—Esto que te acabo de poner funciona de la misma manera que las cuerdas. —Tomó la llave y apuntó con ella a la cuerda—. Si giro el dial, la cuerda se volverá cada vez más pesada. Si intentas correr o matarme, haré que no puedas moverte y te quedes a la vista de todo el mundo. O puede que la cuerda te aplaste el pie. Así que te recomiendo que te comportes.

La palabrería no pareció intimidarla mucho, para frustración de Gregor.

—Sí, sí. Ahora quítame todo lo demás, ¿sí?

Gregor la fulminó con la mirada y después tiró de la palanca que había en la culata de la espingarda para liberarla.

—Supongo que no habrás tenido que enfrentarte a atacantes como estos anteriormente —dijo mientras ella se quitaba las cuerdas.

—No. La verdad es que nunca he tenido que vérmelas con fastidiosos voladores. ¿Cuántos hay?

—He contado nueve.

Ella asomó la cabeza mientras otro asesino bailoteaba en las alturas sobre al carruaje. Se oyó otro ruido sordo cuando el virote chocó contra la puerta que tenían encima. Gregor se fijó en que la joven no se había estremecido siquiera.

—Quieren que salgamos para tenernos a tiro.

—¿Y cómo vamos a llegar a un lugar cerrado donde sus armas no les den tanta ventaja?

La chica ladeó la cabeza, pensó un segundo y se arrastró hacia la ventana superior agarrándose a los bordes del asiento. Se preparó para luego saltar con una gracilidad presta y comedida, atravesar la ventana y caer de nuevo en el barro dentro del vehículo. Un coro de golpes secos resonó a través del carruaje mientras aterrizaba.

—Mierda—dijo—. Son rápidos. Pero al menos ahora sé dónde estamos. Has chocado contra el edificio Zorzi. Hemos tenido suerte.

—Yo no he chocado contra nada —dijo él, indignado—. Fue un accidente.

—Lo que sea. Solía ser una fábrica de papel o algo así. Ocupa la manzana entera. Ahora está ocupado por un grupo de vagabundos, pero el piso superior es amplio y abierto, con muchas ventanas. Y la calle que hay detrás es bastante estrecha.

—¿Y en qué nos ayuda eso?

—No nos ayuda, en plural —dijo Sancia—. Me ayuda, en singular.

Él frunció el ceño.

—¿Cuál es tu plan, exactamente?

Ella se lo explicó. Y Gregor la escuchó.

Cuando terminó, Sancia sopesó qué era lo que esperaba de él. No era un mal plan. Los había oído peores.

—¿Crees que puedes hacerlo? —preguntó a Gregor.

—Sé que puedo —dijo él—. ¿Tú crees que podrás entrar en el edificio?

—Eso no será un problema —dijo ella—. Tú dame esa ballesta gigante. —Él se la pasó, y ella se la colgó a la espalda—. Solo tengo que apuntar y disparar como si fuese una espingarda normal, ¿verdad?

—Así es. Las cuerdas se enrollarán en el objetivo y luego deberían empezar a amplificar su densidad, cuanto más se mueva dicho objetivo, claro.

—Fantástico. —Sacó dos bolas pequeñas y negras de un bolsillo que tenía en un costado—. ¿Estás listo?

Gregor escaló hasta la ventana abierta, bajó la vista para mirarla y asintió.

—Allá vamos.

Levantó una de las bolas que tenía en la mano y pulsó una placa pequeña que tenía en un lado. Después lanzó una por la ventana, esperó un instante y lanzó la otra. Las calles se iluminaron con esa luz cegadora y reluciente, momento en el que Gregor saltó fuera del carruaje y empezó a correr.

El fogonazo y el estruendo de las bombas aturdidoras fueron igual de apabullantes, a pesar de haber experimentado aquel fenómeno con anterioridad. Solo le dio tiempo a ver un atisbo de las calles de Entremuros y luego todo quedó bañado en un brillo cegador más radiante que un relámpago, seguido de un estruendo capaz de hacer repiquetear los dientes. Se tambaleó a ciegas por la callejuela que tenía delante, con las manos extendidas. Se tropezó en un porche, cayó contra unas escaleras de madera y se arrastró hasta que palpó una esquina de madera.

Dobló la esquina a rastras, se puso en pie a duras penas y apoyó la espalda en la pared.

"Ya está. He llegado".

Se enderezó y empezó a avanzar entre bamboleos, con una mano en la pared y la otra extendida frente a él mientras el ruido de las bombas aturdidoras aún le pitaba en los oídos.

El mundo empezó a adquirir forma a su alrededor poco a poco. Renqueaba por una callejuela oscura y decrépita llena de residuos y harapos. Miró por encima del hombro y vio que el resplandor de las bombas empezaba a disiparse, y seis siluetas aparecieron en las fachadas de los edificios de la callejuela para, luego, empezar a saltar de una a otra por los escaparates de las tiendas como si fuesen hojas agitadas por el viento.

Gregor se ocultó en las sombras de un portal.

“Sí que es raro ver algo así”, pensó mientras los veía volar por los aires con gracilidad como acróbatas sobre una cuerda. Una séptima persona se unió a ellos un momento después.

“Bien. Faltarían dos —pensó Gregor. Después sacó a Látigo—. Pero pongamos a prueba los límites de la gravedad”.

Vio cómo se movían y calculó los arcos que trazaban por los aires, para luego lanzar a Látigo hacia ellos.

Impactó. El extremo de la porra le dio a uno de ellos en el pecho y, como el tipo había reajustado la realidad para tener el peso de una pluma, salió despedido hacia los cielos como si lo hubiesen disparado en un cañón.

Sus compañeros se detuvieron en el tejado de una tienda de telas para verlo alejarse en dirección al cielo nocturno. Después alzaron las espingardas y dispararon.

Gregor volvió a meterse en el umbral de la puerta mientras los virotes resonaban a su alrededor. La punta de Látigo regresó para reunirse con el mango. Gregor esperó un instante, salió al exterior y empezó a correr otra vez.

“Uno menos —pensó—. Quedan ocho”.

Sancia esperaba pacientemente debajo del carruaje, con esa espingarda enorme a la espalda. Intentó ignorar los latidos desbocados de su corazón y el temblor de las manos. Después de que explotasen las bombas aturdidoras, había saltado fuera del vehículo y escondido en el hueco que quedaba entre él y la base del edificio. Oyó cómo uno de los asesinos se subía al carruaje y miraba hacia el interior vacío. Después comprobó aliviada cómo el atacante se unía a sus compañeros para perseguir a Gregor por la callejuela.

<¿Crees que lo conseguirá?>, preguntó Clef.

Se oyó un golpe seco, un grito de dolor, y de inmediato uno de los tipos salió volando por la callejuela por los aires y bocabajo.

<Yo diría que sí —respondió Sancia—. ¿Hay alguno cerca?>

<Ahora mismo no. Diría que tienes el camino despejado.>

Avanzó agazapada por debajo del carruaje, se quitó a Clef del cuello y lo metió en la cerradura de la puerta lateral del edificio Zorzi. Se oyó el chasquido de rigor y Sancia pasó al interior.

El lugar olía a azufre y al resto de productos químicos que se usaban para fabricar papel en el pasado, así como a una variedad de olores más propios de los humanos, porque, al parecer, los vagabundos se habían apoderado de la totalidad de la planta baja. Había pilas de harapos, paja y residuos por todas partes. Algunos de los ocupantes gritaron al verla con una espingarda enorme a la espalda.

Sancia se arrodilló, tocó el suelo con un dedo sin guante y dejó que el plano del edificio brotase en su mente. Una vez hubo sentido la ubicación de las escaleras, se puso en pie, saltó por encima de uno de los vagabundos, que no habían dejado de gritar, y salió disparada por el pasillo que llevaba hasta las escaleras.

"Espero llegar a tiempo", pensó.

Gregor dobló la esquina de la avenida, dobló otra y enfiló por la parte trasera del edificio Zorzi, con la esperanza de que sus atacantes no lo hubiesen visto. Alzó la vista y vio docenas de prendas de ropa colgada que le daban la bienvenida de lado a lado de la estrecha calle de la fábrica de papel. Había ropa colgada incluso a cuatro pisos de altura, vestidos viejos y ropa interior gris y sábanas que se agitaban en la brisa nocturna.

"Bien. Esto me servirá", pensó Gregor.

Corrió a la izquierda, se ocultó debajo de unas sábanas blancas y gruesas, y alzó la vista. Tenía más ropa encima, por lo que estaba mucho menos expuesto.

"Y, con suerte, la chica estará en posición dentro de poco", pensó al tiempo que volvía a mirar hacia arriba.

Vio una balaustrada de acero en un balcón que había al otro lado de la calle y tuvo una idea. Sacó a Látigo, apuntó con cuidado y lo lanzó hacia la balaustrada...

Se oyó un ruido metálico, y el extremo del arma quedó enganchado en el balcón. Gregor tiró para dejar el cable tenso, se escondió en un portal y esperó.

La ropa que tenía encima no le permitió verlos. Solo fue capaz de oír el suave rasguñar de las botas en la fachada del edificio, que resonaba a su alrededor. Se los imaginó danzando de tejado en tejado, serpenteando entre la ropa tendida, flotando como motas de polvo en una brisa suave. Pero luego sintió un tirón muy fuerte en la cuerda, como si fuese una caña de pescar y acabasen de picar.

Se oyó una arcada y después una tos. Gregor asomó la cabeza y vio que uno de los atacantes giraba descontrolado por los aires después de haberse tropezado con el cable de Látigo. El tipo atravesó la ropa de un lado a otro mientras tosía y se enrollaba entre cuerdas y prendas. Terminó por caer en la calle arrastrando consigo marañas de ropa como si fuese una cometa extraña. Y se quedó inmóvil.

Gregor asintió, satisfecho.

“Ha ido bien”.

Pulsó el interruptor para recoger el cable de Látigo y soltar el extremo de la balaustrada. Tuvo que pegar uno o dos tirones, pero no tardó en regresar, trayendo consigo y por accidente una cuerda de tender. Lo que le hizo darse cuenta de que acababa de indicarle a sus atacantes el lugar donde se encontraba.

Alzó la vista justo para ver cómo un tipo ataviado de negro daba volteretas entre las cuerdas como un acróbata. Después ajustó algo que tenía en el torso y empezó a caer a toda velocidad hacia la fachada del edificio que Gregor tenía delante. Cuando apoyó bien los pies, alzó la vista y levantó la espingarda para apuntarle.

Gregor empezó a levantar a Látigo para lanzarlo, pero sabía que era demasiado tarde. Lo vio, vio el virote disparado hacia él, la punta negra reluciendo a la luz de la luna. Intentó cubrirse tras el umbral, pero justo en ese momento notó un dolor muy intenso en el brazo.

Gritó y se miró el brazo izquierdo. Vio de inmediato que había tenido suerte: el virote se le había clavado en la cara interna del antebrazo y le había abierto una herida. La velocidad sobrenatural del proyectil había hecho que le desgarrase la carne y luego atravesarla. Por suerte no le había dejado con el brazo clavado a la pared ni le había tocado el hueso. Los virotes inscritos hacían muchísimo daño.

Gregor soltó un taco y alzó la vista, justo a tiempo para ver cómo un segundo asesino se unía al que acababa de disparar. Sospechaba que ese no iba a fallar el tiro.

Gregor tomó a Látigo a toda prisa.

El atacante alzó la espingarda...

Pero una cuerda extraña y plateada apareció desde las alturas y se enrolló alrededor de las piernas de ese segundo atacante.

El tipo se tambaleó al recibir el impacto de las cuerdas, al menos todo lo que uno puede tambalearse cuando se encuentra de pie en una pared desafiando la gravedad.

"Gracias a Dios que la chica lo ha conseguido", pensó Gregor. Miró hacia arriba, pero las ventanas se perdían detrás de esa caótica tormenta de ropa tendida. Supuso que había disparado desde allí arriba.

El atado intentó bajarse de la fachada, pero no tardó en comprobar que había sido mala idea: las cuerdas de densidad que tenía alrededor de las piernas tenían la orden de aumentar su densidad cada vez que el objetivo que ataban se movía.

Y el equipo de gravedad del atacante, fuera lo que fuese, le permitía obviar la gravedad, que era la fuerza que permitía a los objetos estar posados en algo. Quietos.

Por lo que, debido a su equipo, era como si nunca estuviese quieto. Y como nunca estaba quieto, las cuerdas aumentaron sin parar su densidad. Cada vez más...

El atacante empezó a gritar de sorpresa y de dolor, y le dio una palmada a algo que tenía en el pecho, que lo más probable es que fuese una especie de mecanismo de control para su equipo de gravedad. Eso hizo que se quedase flotando en mitad del aire sobre la calle, pero al parecer eso no hizo que mejorase su situación.

Los gritos se volvieron más agudos. Y más intensos...

Se oyó un sonido parecido al de una raíz de un árbol partiéndose a la mitad, o de tela al rasgarse. Y luego brotó un horrible chorro de sangre cuando las piernas se le separaron del resto del cuerpo a la altura de las rodillas.

Sancia miró por encima de la mirilla de la espingarda mientras el atacante gritaba de dolor, flotando sobre la calle y derramando un reguero de sangre por las rodillas. Se encontraba agachada sobre los restos de una pasarela de madera que recorría el perímetro de los pisos superiores del edificio Zorzi y miraba a través de unas ventanas viejas. Había dado por hecho que al disparar a esos hombres voladores con la espingarda conseguiría hacerlos bajar a tierra y evitar que siguiesen volando. No se le había pasado por la cabeza que podía ocurrir algo así.

<Dios —dijo Clef, asqueado—. ¿Era eso lo que querías hacerle, niña?>

Sancia reprimió las náuseas.

<Siempre me preguntas lo mismo, Clef —respondió. Empezó a recargar—. No. No quería que ocurriese nada de esto.>

Gregor vio, con embotada sorpresa, cómo los pies y las canillas del atacante caían al suelo con la cuerda de densidad. El hombre se quedó flotando en el aire, entre gritos, mientras la sangre brotaba de su cuerpo y caía al suelo como si fuese una fuente espeluznante del barrio...

“Y por eso los escribas no suelen trastear con la gravedad”, pensó Gregor.

Era comprensible que un fenómeno así llamase la atención. Estaba claro que el tipo que había herido a Gregor se había quedado distraído. Aún se encontraba de pie en la fachada del edificio al otro lado de la avenida, contemplando lo ocurrido, y al parecer se había olvidado de él.

Gregor entrecerró los ojos, apuntó con Látigo y le lanzó el extremo de la porra. Se oyó un ploc amortiguado cuando el arma impactó contra la sien izquierda del atacante.

El cuerpo se le quedó inerte y soltó la espingarda. Después, las piernas empezaron a separársele poco a poco de la fachada mientras el cuerpo inconsciente empezaba a flotar despacio sobre la calle. Era como si tuviese el equipo configurado para mantenerlo a una altura específica que no le permitía caer ni tampoco ascender. Gregor vio cómo se deslizaba muy despacio, como si estuviese sobre una superficie helada e invisible.

Después miró la espingarda que estaba sobre el barro y tuvo una idea. Era una de sus tácticas favoritas: cuando alguien te superaba en número y tenía ventaja sobre ti, lo ideal era llenar lo máximo posible de trastos el campo de batalla.

“En este caso, el campo de batalla son las alturas”, pensó Gregor.

Apuntó al hombre inconsciente que flotaba por los aires y lanzó a Látigo hacia él. El extremo de la porra impactó en el pecho, tal y como Gregor pretendía, y lanzó el cuerpo hacia la fachada del edificio, donde empezó a rebotar contra la pared, la ropa tendida, su compañero muerto y desató el caos en las alturas.

Gregor contempló con satisfacción lo que acababa de conseguir. Uno de los atacantes intentó apartarse y cruzar al otro lado de la calle, pero la maraña cada vez mayor de cuerdas lo atrapó como un pez que cayese en una red.

Gregor se abalanzó hacia delante, tomó la espingarda, la levantó y disparó al que había quedado atrapado entre las cuerdas, todo con un movimiento bien calculado. El hombre gritó y se quedó inmóvil.

"Cinco menos —pensó Gregor—. Quedan cuatro".

Miró hacia arriba, recargó el arma y vio a dos atacantes cruzando de lado a lado por las alturas mientras giraban en el aire. Gregor intentó apuntar a uno de ellos, pero ambos atravesaron con gracilidad las ventanas del piso superior del edificio Zorzi.

Bajó el arma.

—Oh, no —suspiró.

Sancia los vio venir. Apuntó con esa espingarda enorme a uno de ellos justo cuando atravesaban las ventanas y disparó. Pero falló el tiro y las cuerdas se enrollaron alrededor de una viga, que estaba inerte, obviamente, por lo que no tuvo efecto alguno.

—¡Mierda! —gritó.

Se dejó caer a un lado para evitar un virote inscrito que se dirigía hacia ella, mientras metía la mano en el bolsillo, tomaba una bomba aturdidora, presionaba la placa y la lanzaba hacia las vigas.

Sabía que iba a cegarla a ella debido a lo oscura que estaba la estancia, así como también a los vagabundos que aún quedasen en el edificio. Pero Sancia estaba muy segura de que iba a poder arreglárselas bien.

El resplandor de la bomba fue impresionante, así como el estruendo de la explosión. Se quedó en el suelo de la pasarela unos instantes, con un pitido en los oídos y los ojos doloridos. La voz de Clef resonó en su mente a pesar de la sobrecarga sensorial.

<Hay dos en esta estancia —dijo—. Sobre las vigas, escondidos. Ahora no te ven, pero supongo que tú a ellos tampoco.>

Sancia era muy consciente de que aquello no duraría para siempre, aunque puede que los efectos durasen algo más debido a lo oscuro que estaba el lugar. Sí que se percató de que oía a los atacantes, o al menos los objetos inscritos que llevaban: un ruido tenue que emitían sus equipos de gravedad en esa oscuridad despiadada y reluciente.

"Supongo que los objetos no los oigo con los oídos", pensó.

Una revelación la mar de interesante. También se dio cuenta de que los objetos tenían que ser muy poderosos para ser capaz de oírlos a tanta distancia.

Eso le dio una idea. Sacó la cerbatana de bambú, que tenía cargada con solo un dardo de tormentoespina.

<Clef. ¿Puedes ver qué hay ahí dentro?>

<Claro. ¿Por qué no iba a poder?>

Clef no parecía entender lo inquietante que resultaba la conversación, ya que implicaba que no usaba los ojos como los humanos para percibir la realidad. Sancia se llevó la cerbatana a la boca.

<Dime si estoy apuntando con esta cosa a uno de sus objetos inscritos.>

<¿Qué?> ¿Lo dices en serio? Esa es la peor forma de...>

<Hazlo, carajo. ¡Antes de que recuperen la visión!>

<Bien... camina un metro y medio por la pasarela... espera, no. Un poco más de un metro. Para. ¡Para! Ahora los tienes a la derecha. No. Dios. ¡A tu otra derecha! Bien, ahora sigue girando. Eso es. Quieta. Bien. Ahora llévate la cerbatana a la boca. Apunta hacia arriba... más arriba... demasiado. Baja un poco. Baja más. ¡Ahí! Un poco a la derecha... ya. Ahora. Sopla fuerte.>

Sancia tomó aire a través de la nariz y sopló lo más fuerte que pudo.

No tenía ni idea de lo que pasó a continuación, ya que aún no oía ni veía mucho. Fue como si disparase un dardo en la más oscura de las noches. Pero luego Clef dijo:

<Se... ¡se ha movido! Solo un poco... Y ahora... ahora parece que se ha puesto a flotar. ¡Creo que le has dado, niña! ¡No me lo creo!>

Empezó a ver unos borrones en la oscuridad ahora que recuperaba un poco la vista.

<Vamos a dar por hecho que le he dado —dijo Sancia—. ¿Dónde está el otro?>

<En la pared del otro extremo, a tu derecha. Pero no tienes más para disparar.>

<No lo necesito.>

Tocó la pared que tenía al lado con la mano desnuda y luego la viga que tenía encima. Las escuchó a ambas. Dejó que todas las vigas, los soportes y los travesaños brotasen en su interior.

Era demasiado. Demasiado. Sentía como si le fuese a explotar la cabeza.

"Seguro que luego me arrepiento", pensó. Pero siguió hasta que recibió información de hasta el último centímetro del techo, hasta que todas las vigas y todos los ladrillos habían dejado su impronta en su mente.

Después, medio ciega y medio sorda, dio un salto, se agarró a un travesaño, se impulsó y empezó a arrastrarse por las vigas del edificio Zorzi con los ojos cerrados.

No veía los peligros que había debajo de ella, pero Clef sí.

<Dios mío —dijo—. Ohhhh, Dios mío...>

<¿Sabes lo que ayudaría mucho? —dijo Sancia mientras saltaba a ciegas de una viga a otra—. Que cerrases el pico, Clef.>

Continuó su camino, saltando de viga en viga, de travesaño en travesaño, hasta que sintió que estaba cerca.

<¿Queda mucho?>, preguntó a Clef.

<Creí que querías que cerrase el pico.>

<Clef.>

<Ya casi hemos llegado. Extiende el brazo izquierdo hacia abajo después del próximo salto... deberías tocar la pared.>

Lo hizo, y Clef tenía razón. Tocó la pared y lo sintió.

Una maraña caliente y concisa que era una persona, embutida en el hueco entre la pared y el techo, como un murciélago en su nido. Seguro que a la espera de recuperar la vista. Pero justo cuando Sancia lo sintió...

Se movió. Rápido. Bajó a toda prisa.

“¡Seguro que me ha sentido llegar! —pensó ella—. ¡Golpeé la viga con demasiada fuerza!”

Pero la pared aún brotaba en la mente de Sancia, y la pared lo había sentido impulsarse, así como la fuerza con la que lo había hecho y en qué dirección.

Sancia calculó el lugar donde creía que se encontraba y saltó a ciegas hacia él.

Se sintió caer durante unos instantes y empezó a pensar que había fallado, que la había cagado, que iba a caer tres pisos hasta la guarida de los vagabundos, donde se rompería una pierna, o la cabeza, y moriría sin más.

Pero luego cayó contra él. Con fuerza.

Sancia lo rodeó con los brazos instintivamente y se aferró a él con fuerza. Empezaba a recuperar la audición, y lo oyó gritar, sorprendido y rabioso. No habían dejado de caer, pero Sancia estaba acostumbrada a las caídas y sabía que aquella era muy extraña. Frenaron de repente hasta mantener una velocidad constante, como si estuviesen atrapados en una burbuja flotante que se agitase por los aires.

Hasta que chocaron contra el suelo. Después el tipo se impulsó con vehemencia y empezaron a revolotear por toda la fábrica de papel.

Empujó a Sancia contra paredes, vigas y, en una ocasión, incluso contra lo que Sancia creyó que había sido su compañero flotante e inconsciente. Voló de un lado a otro por el interior del edificio intentando quitársela de encima y luchando por zafarse.

Pero Sancia era fuerte y se agarraba bien. El mundo giraba y se retorcía a su alrededor, mientras los vagabundos gritaban y aullaban. Poco a poco empezaba a recuperar la vista... vio las ventanas del cuarto piso volando hacia ellos y se dio cuenta de lo que estaba a punto de pasar.

—¡Mierda! —gritó.

Chocaron con las contraventanas al salir y, un instante después, se encontraban en el exterior, volando en la amplitud de la noche y girando sin parar. Ahora el atacante solo tenía que ascender un buen trecho y dejarla caer. O hacer que uno de sus compañeros la agarrase y luego le cortase el cuello, o...

<¡El control del objeto inscrito está en el estómago!>, gritó Clef.

Sancia se aferró a él con más fuerza aún, apretó los dientes y empezó a tantear el vientre del tipo con la mano, agarrando y tirando de todo lo que encontraba.

Después notó una ruedecilla. Y consiguió girarla.

Se quedaron parados. Inertes en medio del aire.

—¡No! —gritó él.

Y luego fue como si explotase.

Era como si alguien hubiese llenado un odre de cuero gigante con sangre caliente y saltado encima. El chorro de entrañas fue terriblemente desmedido y dejó estupefacta a Sancia.

Pero lo más preocupante era que el tipo sobre el que había saltado ya... ya no estaba allí. Era como si hubiese desaparecido sin más y solo hubiese dejado tras de sí el dispositivo de gravedad inscrito.

Y eso significaba que Sancia había empezado a caer.

Intentó agarrarse a algo, a cualquier cosa. Lo único que tenía a mano era el objeto que había dejado el muerto, que había quedado cubierto de sangre. Lo agarró por instinto, pero no sirvió para nada. Sintió que el tiempo corría en cámara lenta mientras se precipitaba hacia la avenida que tenía debajo.

<¡Terrible! —gritó Clef—. ¡Esto es terrible!>

Sancia fue incapaz de responder. El mundo se deslizaba a toda velocidad junto a ella, mientras caía entre sábanas y ropa interior...

Y luego vio allí a Gregor Dandolo, debajo de ella.

Gritó de dolor cuando Sancia aterrizó en sus brazos. Y ella se quedó perpleja, aturdida mientras intentaba comprender qué era lo que acababa de pasar. Después Gregor la dejó en el barro mientras soltaba tacos y se frotaba las lumbares.

—¿Me...? ¿Me has tomado en el aire? —preguntó en voz alta, aturdida aún.

Él gruñó y cayó de rodillas.

—Mi espalda, por todos los beques. Te la debía. Estamos en paz —gruñó.

Sancia se miró. Estaba temblando, cubierta de sangre y aún aferraba el dispositivo de gravedad en las manos. Parecían dos placas unidas con cintas de tela, una para el vientre y otra para la espalda, y una de las placas tenía varios diales.

—Yo... yo... —tartamudeó Sancia.

—Debes de haber saboteado el dispositivo que usaba para flotar —dijo Gregor. Alzó la vista hacia las sábanas que tenían encima, todas manchadas de sangre—. Lo que hizo que su gravedad se intensificase y terminara por aplastarlo. Es posible que su cuerpo haya caído en algún lugar de la calle, convertido en una canica de carne. —Echó un vistazo alrededor—. Ayúdame a levantar.

—¿Por qué tanta prisa? Ya están todos, ¿no?

—No. ¡Ese era el séptimo! Había nueve en to...

Gregor no tuvo la oportunidad de terminar la frase, porque los dos atacantes que quedaban se asomaron por los tejados de uno de los lados de la calle y dispararon.

La adrenalina no había dejado de fluir por las entrañas de Sancia, por lo que aún le daba la impresión de que el mundo brillaba e iba terriblemente lento, que cada segundo duraba lo que le parecían horas. Vio cómo los dos atacantes tomaban posiciones en el tejado y distinguió cada uno de sus gestos y movimientos. Sabía que no podrían escapar de ellos, que no tenían ningún lugar donde esconderse ni tampoco ases bajo la manga. Gregor y ella estaban expuestos en la callejuela, desarmados y sin ningún lugar al que escapar.

Oyó el estruendo de la voz de Clef en el oído:

<¡PONME EN CONTACTO CON EL EQUIPO DE GRAVEDAD! ¡VAMOS!>

Sancia no se paró a pensar. Arrancó a Clef del cordel que le rodeaba el cuello y lo pegó a esas placas sangrientas que tenía sobre el regazo.

Los atacantes dispararon, y contempló indefensa cómo los virotes salían despedidos de la espingarda como peces que saltasen del agua para cazar una mosca incauta.

Notó el tacto del metal contra el metal cuando Clef tocó la placa de gravedad. Y luego sintió una extraña presión en el cuerpo y cómo el estómago le daba un vuelco nada agradable, como si estuviese cayendo otra vez. Pero estaba quieta y en pie, ¿no?

De pronto le dio la impresión de que todo se detenía. Los virotes dejaron de avanzar y se quedaron flotando en el aire. Los atacantes eran como estatuas pegadas a las paredes. La ropa tendida casi había dejado de agitarse. Vio una sábana que colgaba sobre la callejuela y que no se movía ni un centímetro. La prueba irrefutable.

Sancia echó un vistazo a ese mundo a la deriva que la rodeaba, estupefacta.

—Pero ¿qué...?

No había dejado de tocar a Clef, y él estaba pegado a la placa de gravedad. Oyó la voz de la llave susurrando, charlando y canturreando. Era incapaz de entender lo que decía, pero sabía lo que estaba haciendo... intentando trastear con el dispositivo.

Poco después, Gregor y ella empezaron a elevarse del suelo flotando, alzándose como si no pesasen nada.

Lo oyó gritar:

—¿Qué está pasando?

El canturreo de Clef se volvió más estruendoso. Sancia se dio cuenta a duras penas de que le estaba dando órdenes al objeto, que lo obligaba a hacer algo para lo que no lo habían creado, algo que debería haber sido imposible.

Porque lo que había visto esa noche le había confirmado que los dispositivos de gravedad solo afectaban a la gravedad de la persona que los llevaba encima. Y ahora, de alguna manera, Clef había conseguido usarlo para controlar la gravedad de todo lo que los rodeaba.

Otros objetos empezaron a flotar por los aires, barriles y bolsas, faroles y el cuerpo de uno de los atacantes, engalanado con la ropa limpia de las cuerdas. Los dos atacantes de las paredes empezaron a gritar aterrorizados mientras flotaban indefensos lejos de la fachada del edificio y empezaban a girar sobre sí mismos.

Oyó la voz de Clef por encima de la de sus pensamientos, como si abarcase toda su mente. El extraño canturreo se volvió más intenso.

"¿Cómo lo hace? —pensó Sancia—. ¿Cómo es posible que haga algo así?"

Después sintió cómo se le calentaba la cicatriz y oyó algo, olió algo, percibió algo...

Una visión.

Una llanura enorme y cubierta de arena. Dos estrellitas que titilaban en el cielo. Anochecía, y el horizonte estaba oscuro y púrpura.

Había un hombre en dicha llanura, ataviado con una túnica. Y, en su mano, un centelleo dorado.

Levantó el objeto dorado y luego...

Las estrellas empezaron a apagarse, una a una. La luz se extinguió como si fuese la llama de una vela.

Se hizo la oscuridad.

Sancia se oyó gritar de terror. La visión desapareció de su mente y volvió a la realidad, con Gregor y objetos aleatorios flotando en la avenida cubierta de barro, con esos barriles, faroles y virotes a su alrededor.

Vio los proyectiles girando sobre sí mismos, muy despacio en medio del aire, y dar la vuelta para dejar de apuntar en dirección a Sancia y a Gregor y enfilar a los dos atacantes que los acababan de disparar.

Temblaban a causa de la energía que habían acumulado. Los tipos se dieron cuenta de lo que estaba a punto de ocurrir y gritaron de auténtico pavor.

Clef pronunció una palabra, y los proyectiles volvieron a salir disparados. Avanzaron tan rápido que estuvieron a punto de fundirse. Cuando alcanzaron su objetivo, atravesaron los cuerpos de los atacantes como si sus entrañas y sus costillas estuviesen hechas de gelatina, sin problema alguno, como guadañas que segasen hierba blanda y lozana.

Clef dejó de canturrear. Gregor, Sancia, los cadáveres flotantes y el resto de cosas que levitaban sobre la avenida cayeron al suelo de repente.

Se quedaron allí quietos un instante. Y luego Gregor se incorporó y miró los cuerpos que había entre el barro.

—Están... están muertos. —Miró a Sancia—. ¿Cómo...? ¿Cómo lo has hecho?

Sancia aún estaba confusa, pero tuvo la frialdad suficiente como para meterse a Clef debajo de la manga antes de que Gregor lo viese.

<¿Qué...? ¿Has sido tú, Clef?>, le preguntó.

Clef se quedó en silencio.

<¿Clef? ¿Estás ahí?>

Nada. Miró las placas de gravedad y vio que el dispositivo estaba fundido y lleno de manchas, como si la manipulación de Clef lo hubiese quemado.

—¿Cómo lo has hecho? —exigió saber Gregor. Era la primera vez que Sancia lo veía inquieto de verdad.

—No lo sé —respondió ella.

—¿No lo sabes?

—¡No! —gritó—. ¡No, no! ¡Ni siquiera sé si he sido yo la que lo ha hecho!

Se quedó sentada en la avenida, agotada y desconcertada. Gregor la miró con cautela.

—Tenemos que salir de aquí —dijo Sancia con voz cansada—. Podría haber más. ¡La última vez vino todo un ejército! Podría...

Se quedó en silencio cuando vio que un carruaje negro y anodino traqueteaba por la avenida.

—Mierda —dijo en un suspiro.

Gregor se afanó por levantarse del barro, tomó la espingarda y apuntó al carruaje, pero luego bajó el arma, sorprendido.

El vehículo se detuvo frente a ellos. Una joven bastante guapa que llevaba una túnica amarilla y dorada se asomó por la ventana.

—Sube, capitán —dijo—. Ya. —Después miró a Sancia—. Tú también.

—¿Señorita Berenice? —preguntó el capitán, estupefacto.

—No pienso repetirlo —dijo.

El capitán se acercó cojeando y empezó a subir al carruaje por la otra puerta.

—No me vas a hacer obligarte a subir, ¿verdad? —preguntó a Sancia.

Sancia sopesó los riesgos durante unos momentos. No tenía ni idea de quién era la joven, pero el capitán le había atado la cuerda al tobillo, Clef se había quedado inerte y en silencio y el Ejido le pareció de repente un lugar nada seguro, por lo que tampoco es que tuviese muchas opciones.

Subió en la parte trasera, y el vehículo empezó a avanzar hacia el campo de Firma Dandolo.

Capítulo Trece

Sancia se encontraba acurrucada en el asiento de pasajeros y se agarraba la muñeca donde ocultaba a Clef. Se quedó en silencio. Notaba unos latidos horribles en la cabeza y no tenía ni idea de qué era lo que estaba pasando. Aquella joven bien podía ser la reina de Tevanne y ordenar que la decapitasen sin problema alguno.

Tiró de la cuerda que tenía en el tobillo. La tenía bien ceñida, claro. Había pensado usar a Clef para soltarse durante la pelea, pero eso podría haberle indicado al capitán que tenía algo con lo que abrir cerraduras inscritas, por lo que prefirió no hacerlo. Ahora se arrepentía mucho.

Gregor estaba sentado en la parte delantera y se dedicaba a vendarse el brazo herido. Alzó la vista hacia los tejados del exterior.

—¿Los has visto? —preguntó—. ¿A esos hombres voladores?

—Los he visto —dijo la joven. La tranquilidad de su voz resultaba inquietante.

—Tienen espías por todas partes —dijo él—. Ojos por todas partes. —Después se enderezó en el asiento—. ¿Has...? ¿Has revisado el carruaje? ¡Pusieron algo en el mío, una especie de botón inscrito para seguirme! Deberías parar para que podamos...

—No será necesario, capitán —dijo.

—¡Lo digo muy en serio, señorita Berenice! —dijo Gregor—. ¡Deberíamos parar y revisar el carruaje de arriba abajo!

—No será necesario, capitán —repitió—. Cálmate.

Gregor se giró despacio para mirarla.

—¿Por qué?

Ella no respondió.

—¿Cómo...? ¿Cómo nos has encontrado? —preguntó con sospecha.

Silencio.

—No fueron ellos los que pusieron ese botón en mi carruaje, ¿verdad? —preguntó—. Fuiste tú. Es cosa tuya.

Ella lo miró mientras el carruaje atravesaba las puertas meridionales del campo Dandolo.

—Sí —respondió a regañadientes.

—Orso te ha encargado seguirme —dijo él—. Porque iba a por el ladrón.

La chica respiró hondo y suspiró.

—Ha sido una noche muy ajetreada —dijo, un tanto fatigada.

Sancia escuchó con atención. No entendía de qué hablaban, pero le dio la impresión de que ella estaba implicada. Y eso no le gustaba nada.

Sopesó las opciones que tenía.

<Mierda, Clef. ¡Despierta!>, dijo.

Pero Clef seguía en silencio. En caso de que se despertase, podría usarlo para liberarse el tobillo y saltar del carruaje a la primera oportunidad que tuviese. También pensó en atacar a Dandolo, o a ambos, y robar la llave de la cuerda, pero llevaba toda la noche metida en carruajes descontrolados y no le apetecía nada repetir la experiencia. Sea como fuere, ambas opciones la dejaban indefensa dentro del campo Dandolo y, sin Clef, su vida no valía ni un mísero duvot de cobre.

Por esa razón no hizo nada y se limitó a esperar. Ya tendría alguna oportunidad de hacer algo. Si es que sobrevivían.

—Entonces es que la caja era de Orso —dijo Dandolo con voz triunfal—. ¿Verdad? ¡Tenía razón! Te hizo que la enviases a mi zona costera, a tu nombre, ¿no es así? Y luego... —Se quedó en silencio—. Un momento. Si tú fuiste la que puso ese botón inscrito en mi carruaje en lugar de los atacantes... ¿cómo es que nos encontraron?

—Esa es fácil —dijo la joven—. Te encontraron porque me estaban siguiendo a mí.

Dandolo la miró.

—¿A ti? ¿Por qué lo dices?

Señaló hacia arriba. Gregor y Sancia alzaron la vista al techo.

—Ah —dijo Gregor en voz baja.

El techo del carruaje tenía tres agujeros grandes y aserrados, y también un virote que se había quedado clavado.

—Estoy segura de que os habíais preguntado por qué dos de ellos se separaron del resto —dijo Berenice—. La respuesta es que me siguieron a mí durante una manzana o dos, pero, luego, me dejaron en paz cuando empezaron a oír los gritos. —Echó la vista atrás para mirar a Sancia—. Al parecer gritaron mucho.

—¿Por qué estás tan segura de que te siguieron? —dijo Gregor.

—Porque sabían a qué carruaje disparar —respondió Berenice.

—Ya veo. Pero, ¿cómo sabían que te seguían a ti? No creo que hayan podido seguirte desde que saliste de las instalaciones de los enclaves interiores de los Dandolo.

—No estoy segura —dijo Berenice—. Pero sé que estaba planeado. Sospecho que han intentado matarnos a todos a la vez. A todos los implicados...

Se quedó en silencio.

—Implicados conmigo —dijo Sancia en voz baja—. Con la caja.

—Sí.

—Todos los implicados... —dijo Gregor—. ¿Orso ha vuelto al campo?

—Sí —respondió la joven—. Estará a salvo.

Gregor miró por la ventana.

—Pero si uno asciende lo suficiente como para cruzar por encima el muro de un campo, no activa ninguna de las inscripciones de protección, ¿no es así? —preguntó Gregor. Miró a Sancia—. Así es como entraste en la zona costera, ¿verdad?

Ella se encogió de hombros.

—Básicamente, sí.

Gregor miró a Berenice.

—Por lo que, si tienes un objeto que te permite volar, puedes cruzar los muros del campo por encima y es posible que nadie llegue a enterarse.

—Maldición —dijo Berenice en voz baja. Tiró aún más de la palanca de aceleración, y el carruaje aumentó la velocidad. Después carraspeó—. Tú, la de ahí detrás.

—¿Yo? —preguntó Sancia.

—Tienes una bolsa a tus pies. Dentro hay una tira de metal con dos anillas en los extremos. Avísame cuando la encuentres.

Sancia rebuscó en la bolsa que había en el suelo de los asientos para pasajeros. Encontró la tira de metal al momento y reconoció algunos de los sigilos que tenía grabados en la parte de atrás.

—La tengo —dijo Sancia—. Hay otra igual, ¿verdad?

—Así es —dijo Berenice.

—¿Cómo lo has sabido? —preguntó Gregor.

—Pues... es que usé algo parecido para hacer saltar por los aires tu zona costera —respondió Sancia.

Gregor frunció el ceño y negó con la cabeza.

—Quiero que tires de ambas anillas —dijo la joven—. Y luego necesito que arañes una palabra en la parte trasera. La de las inscripciones no, que las estropearía.

Sancia tiró de las anillas.

—¿Arañar una palabra? ¿Con un cuchillo?

—Sí —dijo Berenice.

Gregor le pasó el estilete a Sancia.

—¿Qué palabra? —preguntó él.

—"Huye".

Orso Ignacio estaba solo en el taller y revisaba las páginas de un libro de contabilidad que había escondido entre una infinidad de herramientas de inscripción.

Lo había escondido muy bien en su opinión. Al igual que la puerta, había inscrito el libro para que fuese capaz de identificar su sangre, para que solo él (o alguien que le hubiese robado mucha sangre) pudiese leerlo. Cuando tocaba la cubierta con la mano, se abría una ranura en el lomo desde donde podía sacar la página que se ocultaba en su interior.

Era una página que estaba llena de números. Números muy malos, pensó ahora que los revisaba. Eran cifras que había robado a uno u otro departamento, trabajos y tareas por las que había pagado, pero que no habían tenido lugar en realidad. Que se descubriese cualquiera de esas cantidades le habría supuesto un problema muy gordo. Pero descubrirlas todas...

“He sido un imbécil —pensó mientras suspiraba—. La idea de esa llave era demasiado buena. Y ahora...”.

Después se oyó un ¡ping! agudo en el escritorio.

Rebuscó entre los documentos y encontró la tira de metal.

Han tirado de una de las anillas. La miró.

“Eso significa que Dandolo ha encontrado al ladrón”.

Miró la tira fijamente. Después, se oyó otro ¡ping! para su consternación. Habían tirado de otra de las anillas.

—Carajo —gimió—. Dios.

Eso significaba que Dandolo había encontrado al ladrón, y que el ladrón tenía la llave.

Lo que requería que empezase a pedir favores. Favores que no le apetecía nada tener que pedir.

Pero antes de que tuviese tiempo de moverse, ocurrió algo más extraño.

La tira se estremeció. Le dio la vuelta y vio que había algo más en la parte trasera.

Alguien estaba escribiendo, arañando letras en el metal. Y no era la caligrafía cuidada y perfecta de Berenice. Era descuidada y aserrada. Y solo escribió una palabra:

HUYE.

—¿Huir? —dijo Orso, perplejo. Se rascó la cabeza. ¿Por qué iba Berenice a decirle que huyese?

Echó un vistazo a su alrededor por el taller, pero no vio nada de lo que escapar. Vio sus volúmenes con las definiciones, los bloques de inscripciones, el glosario de prueba y la ventana abierta en la pared del fondo...

Se quedó inmóvil.

No recordaba haber abierto la ventana.

Se oyó un chirrido en alguna parte del taller. Era parecido al de un tablón de madera cuando lo pisaba, pero no venía del suelo, sino del techo.

Orso alzó la vista despacio.

Había un hombre agazapado en el techo, desafiando la gravedad, ataviado de negro y con una máscara de tela también negra.

Orso abrió la boca.

—Pero, ¿qué...?

El tipo cayó sobre él y lo tiró al suelo.

Orso intentó ponerse en pie mientras no dejaba de soltar tacos. Y, mientras lo hacía, el atacante subió con calma a la mesa de Orso, tomó la página llena de transacciones secretas, volvió a pasar junto a él y le dio una patada en el vientre. Con fuerza.

Orso volvió a caer y empezó a toser. Después, el de negro le pasó un lazo por encima de la cabeza y se lo ciñó bien al cuello. Empezó a atragantarse y los ojos se le llenaron de lágrimas. El tipo lo puso en pie, mientras la cuerda se le clavaba en la tráquea, y luego le susurró al oído:

—Tranquilo, anciano. No intentes zafarte. —Tiró de la cuerda y Orso estuvo a punto de desmayarse—. Déjate llevar, ¿sí? Solo déjate llevar.

El atacante le indicó que se acercase a la ventana y tiró de la cuerda con fuerza, como si fuese un perro con una correa. Orso se llevó las manos al cuello sin dejar de toser, pero estaba muy ceñida y era demasiado resistente. El tipo miró por la ventana.

—No se puede decir que haya mucha altura, ¿verdad? —murmuró en voz alta—. Y queremos asegurarnos. ¡Venga, anciano!

En ese momento y para su sorpresa, el atacante salió por la ventana y se mantuvo en pie en la fachada, como si estuviese en el suelo. Ajustó algo en su vientre, asintió y tiró de Orso para que saliese con él.

Sancia contempló cómo el carruaje cruzaba las puertas, una detrás de otra. Se asustó al comprobar que iban de camino a los enclaves interiores del campo de los Dandolo, donde habitaban los más ricos y los más poderosos. Nunca había soñado siquiera con entrar en un sitio así, y menos en las circunstancias en las que se encontraba ahora.

—Allí —dijo Berenice—. El edificio Hypatus está justo delante.

Miraron por la ventana delantera del carruaje y vieron una estructura alargada y compleja de tres pisos que se alzaba entre el brillo rosado de las calles. Parecía estar a oscuras pero tranquilo, como estaría la mayoría de edificios en mitad de la noche.

—Pues... parece que todo va bien —dijo Gregor, despacio.

Después algo se movió en la ventana del tercer piso, y vieron, horrorizados, cómo un hombre vestido de negro salía por ella, se quedaba de pie en la fachada y arrastraba tras de sí una silueta humana a regañadientes que llevaba una especie de cuerda atada al cuello.

—No puede ser —dijo Gregor.

Berenice tiró aún más de la palanca de aceleración, pero era demasiado tarde. El hombre de negro tiró de la cuerda y arrastró al indefenso hacia el tejado.

—No —dijo Berenice—. ¡No!

—¿Qué podemos hacer? —preguntó Gregor.

—¡La torre sur es la única forma de subir al tejado! ¡Tardaríamos demasiado en llegar!

Sancia miró la fachada del edificio y pensó. Es posible que aquella fuese la oportunidad que había estado esperando. Era muy consciente de que la gente con la que se había topado era muy poderosa y estaba a su merced.

No le gustaba nada, pero seguro que en el futuro podía aprovecharse de que le debiesen una.

—Es ese, ¿verdad? —preguntó—. Orso, o como se llame.

—¡Sí! —gritó Berenice.

—¿Es el tipo al que le robé la caja?

—¡Sí! —gritó Gregor.

—Y... ¿queréis que sobreviva?

—¡Sí! —dijeron Gregor y Berenice al unísono.

Sancia se guardó el estilete de Gregor en el cinturón y se quitó los dos guantes.

—Acercadme a la esquina del edificio —dijo.

—¿Qué vas a hacer? —preguntó Gregor.

Sancia se frotó las sienes con dos dedos mientras sonreía. No las tenía todas consigo.

—Algo muy estúpido. —Suspiró—. Espero que ese imbécil sea rico.

—Vamos, arriba. Venga, vamos —dijo el tipo mientras tiraba de Orso para subirlo al tejado y, al mismo tiempo, ajustaba el dispositivo que llevaba en el vientre. Después arrastró a Orso por el tejado de la parte oriental del edificio, que daba a la plaza.

Lo soltó y se dio la vuelta.

—Bueno, ahora no te pongas cabezota, anciano —dijo. Le volvió a dar una patada en el estómago. Orso se hizo un ovillo entre sollozos y casi no se dio cuenta de que el tipo acababa de quitarle la soga del cuello—. No puedo dejar pruebas, hombre. Tienes que estar impoluto. Deslumbrante.

Dio una vuelta a su alrededor y le volvió a dar una patada, en esta ocasión para empujarlo en dirección al borde del tejado.

"No —pensó Orso—. ¡No!".

Intentó plantar cara, agarrarse al tejado, enfrentarse a su atacante, pero no dejaba de recibir golpes: en el hombro, en los dedos, en el vientre. Orso vio con ojos anegados en lágrimas cómo el borde del tejado se acercaba cada vez más.

—Un viejo farsante y amargado —dijo el atacante con un regocijo salvaje—. Con muchas deudas. —Otra patada—. Hasta el cuello de deudas. —Otra—. Un cabrón imbécil que no ha dejado de cagar en el mismo sitio en el que come. —Hizo una pausa para preparar el golpe definitivo—. ¿Quién se va a sorprender porque haya decidido poner fin a su...?

En ese momento, algo pequeño y vestido de negro se acercó a la carrera por el borde del tejado, le dio una patada al tipo y lo tiró al suelo.

Orso soltó un grito ahogado, alzó la vista y vio a dos personas que iban de negro y no dejaban de forcejear. No tenía ni idea de quién podía ser el recién llegado, aunque le dio la impresión de que se trataba de una mujer pequeña, sucia y cubierta de sangre. Atacaba al otro con una rabia salvaje y no dejaba de asestarle tajos con un estilete.

Pero el atacante parecía mucho más versado en combate. No dejaba de moverse con presteza y evitaba los ataques, y terminó por propinarle un golpe fuerte en el mentón con el que la tiró a un lado. La joven tosió y gritó.

—¡Dandolo! ¿Vas a venir o qué? Por todos los beques.

El atacante de Orso se lanzó hacia ella con tanta fuerza que ambos terminaron rodando por el tejado, directos hacia...

Orso vio cómo se acercaban a él cada vez más.

—Oh, no —susurró.

Los dos combatientes lo empujaron por el borde. Se sintió inútil, lento e imbécil mientras su cuerpo caía hacia el vacío. Extendió una mano, desesperado, para agarrarse a algo, y sus dedos terminaron por encontrar el borde.

Soltó un aullido nada digno al quedarse colgado del tejado. El hombre y la joven se encontraban justo encima de él, y faltaba poco para que le pisasen la mano. Forcejeaban y se lanzaban estocadas. El atacante de Orso terminó por vencer a la joven y se colocó a horcajadas sobre ella y la agarró por el cuello, con intención manifiesta de estrangularla hasta la muerte o de lanzarla por el tejado, o ambas.

—Zorra estúpida —susurró. Se inclinó sobre ella sin soltarle el cuello—. Solo un poco más. Un poco más...

La joven empezó a atragantarse, agarró el dispositivo que el tipo tenía en el vientre, lo giró y lo retorció.

Después se oyó un chasquido que venía del aparato.

El tipo se quedó de piedra, la soltó y bajó la vista.

Y luego... explotó sin más.

Orso estuvo a punto de soltarse del tejado, sorprendido por la lluvia de sangre caliente que le cayó encima. Se le metió en los ojos y se le derramó por la boca, un sabor salino y metálico. Tenía claro que le hubiese resultado muy asqueroso de no haber estado aterrorizado.

—Mierda —dijo la joven, mientras tosía y escupía. Tiró a un lado algo que llevaba encima el muerto y que se parecía a dos placas unidas por una tela—. ¡Otra vez no!

—¿A-ayuda? —tartamudeó Orso—. Ayuda. ¡Ayuda!

—¡Aguanta, aguanta! —dijo ella. La joven rodó a un lado, se limpió las manos en el tejado, ya que su ropa no era una opción porque estaba igual de llena de sangre, y lo tomó por las muñecas. Tiró de él con una fuerza sorprendente y lo dejó sobre el tejado.

Orso se quedó allí tumbado, resoplando de dolor, terror y confusión mientras contemplaba el cielo nocturno.

—¿Qué...? Pero ¿qué...? ¿Qué ha sido...?

La joven se quedó sentada junto a él mientras jadeaba a causa del agotamiento. No parecía encontrarse nada bien.

—El capitán Dandolo viene de camino. Es muy probable que el idiota aún esté buscando las escaleras. Eres Orso, ¿verdad?

Él la miró, conmocionado aún.

—¿Qué...? ¿Quién...?

Sancia asintió entre jadeos.

—Me llamo Sancia. —El rostro de Sancia perdió de repente toda expresión y empezó a vomitar a un lado en el tejado. Tosió y luego se enjugó la boca—. Soy la que te robó tus cosas.

Sancia giró la cabeza y volvió a vomitar. Sentía como si le ardiese el cerebro. Se había extralimitado demasiado y su cuerpo empezaba a sufrir las consecuencias.

Ayudó a Orso a ponerse en pie y se arrastró junto a él por el tejado. El tipo no dejaba de temblar, manchado de sangre, entre toses y arcadas provocadas por la cuerda que le habían ceñido al cuello. Y aun así daba la impresión de estar mejor que como se sentía ella. Sancia tenía la cabeza muy dolorida y notaba como si sus huesos estuviesen hechos de plomo. Tendría suerte si conseguía mantenerse consciente.

Notó cómo se debilitaba cada vez más a medida que recorría el lugar. En ese momento, se abrió la puerta que daba a la torre meridional y la luz se proyectó sobre el techo de tejas rojas. El haz de luz era dorado, una mancha mantecosa en la oscuridad, y Sancia fue incapaz de adaptarse por mucho que parpadease.

Se dio cuenta de que tenía la vista borrosa, como un borracho. Le dio la impresión de que el tipo, Orso, le decía algo, pero no fue capaz de comprenderlo.

Eso la asustó. Sabía que estaba mal, pero no tanto.

—Lo siento —murmuró—. Mi cabeza... me... me duele mu...

Sintió que caía a un lado y sabía que tenía que intentar no llevarse con ella a Orso, porque estaba a punto de desmayarse.

Lo dejó en una parte bastante plana, lo soltó y se arrodilló en el suelo. Sabía que no le quedaba mucho tiempo.

Rebuscó en busca de Clef, lo sacó de la manga y se lo metió en el fondo de la bota.

Puede que no mirasen ahí. Puede.

Después se dejó caer hacia delante hasta que tocó las tejas con la frente. Todo se oscureció a su alrededor.

Capítulo Catorce

—... dice que la saquemos de aquí y la tiremos en cualquier lado. A lo mejor nos ha hecho un favor a todos y está muerta.

—No está muerta. Te salvó la vida.

—¡Y qué! ¡También me robó y quemó tu maldita zona costera! Dios, nunca me había imaginado que el legendario único superviviente de Dantua fuese tan blando.

—Es la única persona que puede que sepa quién está detrás de todo esto. Dudo que tú sepas algo, Orso. Lo único que has hecho desde que llegaste es desesperarte.

—Estoy harto. ¡Hay una joven mugrienta y llena de sangre en mi oficina! ¡Podría llamar a los guardias de la casa y hacer que la arrestasen!

—De hacerlo, los guardias me harían preguntas. Y estaría obligado a responderlas, hypatus.

—Maldito hijo de...

Sancia sintió que la conciencia brotaba en algún lugar de las profundidades de su mente. Se encontraba tumbada en algo blando con una almohada debajo de la cabeza. Unas personas hablaban a su alrededor, pero ella era incapaz de encontrar sentido a las palabras. Recordaba el enfrentamiento en el tejado como un puñado de momentos inconexos. Los repasó uno a uno para intentar unirlos.

“Había un hombre en el tejado del edificio del campo —pensó—. Y estaban a punto de matarlo”.

Después las oyó: miles y miles y miles de voces susurrantes que no dejaban de hablar.

“Inscripciones. Más inscripciones de las que he oído nunca. ¿Dónde narices estoy?”.

Abrió un ojo y vio el techo que tenía encima. Le resultaba extraño, pero se trataba del techo más ornamentado que había visto en toda su vida, formado por pequeños azulejos verdes y yeso pintado de dorado.

Percibió un movimiento cercano y volvió a cerrar el ojo del todo. Después sintió cómo le colocaban un trapo frío en la cabeza. Lo sintió brotar en su mente, el frío murmullo del agua, el retorcer de todas sus fibras. Le dolía mucho sentirlo porque estaba muy débil, pero consiguió no estremecerse.

—Tiene cicatrices —dijo una voz cercana—. ¿Se las hizo Berenice? Son muchas.

—Es una ladrona —dijo otra voz masculina, esta más ronca. Recordó que la había oído en el tejado. Tenía que ser la de Orso—. Seguro que es un trabajo muy peligroso.

—No, qué va. Esto tiene pinta de cirugía. En su cráneo.

Se hizo el silencio.

—Escaló por la fachada del edificio como un mono por los árboles —dijo Gregor con voz tranquila—. Nunca he visto nada parecido. Y dijo que era capaz de oír las inscripciones.

—¿Que dijo qué? —preguntó Orso—. ¿Cómo va a ser eso? ¡Eso es como decir que eres capaz de saborear una maldita sonata! Seguro que es una pirada delirante.

—Puede. Pero también sabía dónde estaban esos tipos con el equipo de gravedad. E hizo algo, con uno de esos objetos... dudo que ni siquiera tú hayas visto un equipo así jamás. Pues ella hizo que...

Sancia se dio cuenta de que tenía que interrumpir la conversación. Gregor estaba a punto de describir el truco de Clef con las placas de gravedad, y al parecer Orso era el dueño o alguien que intentaba hacerse con Clef. De oírlo, es posible que fuese capaz de identificar sus habilidades, lo que significaba que, al oír la historia de Gregor, se daría cuenta de que Sancia aún lo llevaba encima.

Respiró hondo, tosió y empezó a incorporarse.

—Se ha despertado —dijo Orso con desagrado—. Qué bien.

Sancia echó un vistazo a su alrededor. Se encontraba tumbada en el sofá de una oficina grande y asombrosamente lujosa: luces rosadas inscritas que titilaban por las paredes, un escritorio de madera enorme que ocupaba la mitad de la estancia y cada centímetro de las paredes cubierto de estanterías con libros.

Detrás del escritorio se encontraba el tipo al que había salvado: Orso, lleno de sangre aún, aunque ahora con la garganta negra y azul debajo de sangre seca. La fulminaba con la mirada por encima de un vaso de ron burbuja, un licor ofensivamente caro que Sancia había robado y vendido pero nunca probado. Las placas de gravedad del tipo que había explotado en el tejado se encontraban frente a él en el escritorio, cubiertas de costras de sangre. Gregor Dandolo estaba de pie junto a él, con los brazos cruzados y un antebrazo vendado. Y al lado de ella, en el sofá, estaba sentada la joven, Berenice, que contemplaba todo con un gesto apacible propio de la indiferencia y de la confusión, como si aquello no fuese más que el espectáculo de una fiesta de cumpleaños que había salido fatal.

—¿Dónde estoy? —preguntó Sancia.

—Estás en el enclave interior del campo de los Dandolo —respondió Gregor—. En el edificio Hypatus. Una especie de edificio de inves...

—Sé a qué se dedica un maldito hypatus —interrumpió Sancia—. No soy imbécil.

—Mmm. No sé qué decirte —dijo Orso—. Para robar mi caja hay que ser muy imbécil. Fuiste tú, ¿verdad? ¿Podrías confirmarlo?

—Robé una caja —dijo Sancia—. Que estaba en una caja fuerte. Pero no sé muy bien quién eres tú.

Orso se rio.

—O eres una ignorante o una mentirosa. Bueno. Te llamas Sancia, ¿no es así?

—Sí.

—Nunca he oído hablar de ti. ¿Eres trabajadora de los canales? —preguntó Orso—. ¿Para qué casa trabajas?

—Para ninguna.

—Autónoma, claro. —Se sirvió otra copa de ron burbuja y se la bebió en ese mismo momento—. Nunca trabajé demasiado en los canales para otras casas, pero sé que los autónomos no duran mucho y son tan reutilizables como un cuchillo de madera. Eso quiere decir que se te tiene que dar muy bien si aún respiras. ¿Quién? ¿Quién te contrató para robarme?

—Me dijo que no lo sabía —indicó Gregor.

—¿Acaso ella no sabe hablar? —dijo Orso.

Gregor miró a Orso y luego a Sancia.

—Descubrámoslo. Sancia, ¿sabes qué había en la caja?

Orso se quedó de piedra. Miró a Berenice y después se quedó mirando el suelo con determinación.

—Responde —dijo Gregor.

—Ya os lo he dicho —dijo Sancia—. Mi cliente me dijo que no la abriese.

—Eso no es una respuesta —dijo Gregor.

—Es lo que me dicen siempre.

—No lo dudo. —Se giró hacia Orso—. Supongo que no lo encontrarás extraño, hypatus. Los criminales tenían claro que en el interior había un objeto de los Occidentales, ¿no es así?

Sancia distinguió que Orso se quedaba pálido, a pesar de estar cubierto de sangre.

—¿Cómo...? ¿A qué te refieres, capitán? —preguntó.

—No finjas más —dijo Gregor, con un suspiro—. No tengo ni tiempo ni ganas. —Se sentó en una silla frente a Orso—. Rompiste la prohibición de mi madre de comprar objetos de los Occidentales. Intentaste comprar algo valioso. El objeto estaba a buen recaudo en la zona costera porque no podías almacenarlo en el campo de los Dandolo. Mientras estaba allí, contrataron a la joven Sancia para robarlo. Sark, su socio, se lo entregó a su cliente, y más tarde lo mataron para evitar problemas. Y, desde ese momento, dicho cliente ha intentado matar a todo aquel que haya tenido la más remota interacción con ese objeto: a Sancia, a ti, a Berenice y a mí. Y sospecho que esos intentos no terminarán esta noche, porque el objeto será increíblemente importante. Es lo que suele pasar con las herramientas de los Occidentales. Al fin y al cabo, se dice que Crasedes construyó un mismísimo dios con metales y piedras, y una herramienta capaz de conseguir algo así tendría un valor incalculable, ¿no es cierto?

Orso empezó a balancearse hacia delante y atrás.

—¿Qué había en la caja, Orso? —preguntó Gregor—. Tienes que decírmelo. Al parecer, nuestras vidas dependen de ello.

Orso se frotó la boca, se giró de repente hacia Sancia y escupió.

—¿Dónde está? ¿Qué has hecho con ella, carajo?

—No —interrumpió Gregor—. Primero dime qué puede ser tan valioso como para hacer que alguien intente matarnos durante toda la noche.

Orso gruñó unos instantes. Luego dijo.

—Era... era una llave.

Sancia hizo todo lo posible para reprimir cualquier gesto, pero el corazón empezó a latirle desbocado. O puede que lo mejor fuese que gesticulase, que intentase parecer confundida.

Gregor arqueó una ceja.

—¿Una llave?

—Sí. Una llave. Solo una llave. Una llave dorada.

—¿Y esa llave servía para algo? —preguntó Gregor.

—Nadie lo sabe a ciencia cierta. Los ladrones de tumbas no tienen mucha experiencia al respecto. Descubrieron una fortaleza gigantesca, mohosa y derruida en Vialto. Esa llave fue una de las muchas herramientas que los piratas, ellos y el resto encontraron allí.

—Ya habías intentado comprar herramientas de ese tipo, ¿verdad? —preguntó Gregor.

—Sí —respondió Orso con los dientes apretados—. Doy por hecho que tu madre te lo contó. Era algo parecido a un glosario. Una caja grande y antigua. Pagamos mucho por ella, pero desapareció en el viaje desde Vialto hasta aquí.

—¿Cuánto es 'mucho'? —preguntó Gregor.

—Mucho.

Gregor puso los ojos en blanco y miró a Berenice.

—Sesenta mil duvots —dijo ella, con voz tranquila.

Sancia tosió.

—Puta madre.

—Sí —dijo Orso—. De ahí la frustración de Ofelia Dandolo. Pero la llave... merecía la pena volverlo a intentar. Existen muchas historias que dicen que los hierofantes usaban herramientas inscritas para navegar entre las barreras de la realidad... ¡barreras que nosotros no llegamos siquiera a comprender!

—Entonces solo la querías para crear herramientas más poderosas —dijo Gregor.

—No —aseguró Orso—. No solo para eso. Mira, cuando inscribimos un objeto con sigilos, alteramos su realidad, como todo el mundo sabe. Pero si borras esos sigilos o te alejas del glosario, las alteraciones desaparecen. Los Occidentales no solo desarrollaron herramientas que no necesitaban glosarios, sino que cuando ellos alteraban la realidad... lo hacían de manera permanente.

—¿Permanente? —dijo Sancia.

—Sí. Imagina que tienes una herramienta inscrita de los hierofantes que es capaz de hacer que un arroyo borbotee hasta levantarse del suelo. Es obvio que necesitarás sigilos para crear dicho objeto, pero cuando lo uses con el suelo, el agua se quedará así para siempre. Alterará la realidad de manera directa, instantánea y perpetua. En teoría, la varita de Crasedes era capaz de deshilvanar la realidad para luego volver a unirla. Al menos eso es lo que dicen las historias.

—Vaya —dijo Sancia, sorprendida.

—Sí que es sorprendente —aseguró Orso.

—¿Cómo es posible? —preguntó Gregor.

—¡Ese es uno de los grandes misterios que intentaba resolver! —dijo Orso—. Hay algunas teorías. Algunos textos de los hierofantes aseguran que los sigilos básicos que usamos se llaman 'lingai terrora', el idioma de la tierra de la creación. Pero los sigilos Occidentales eran los llamados 'lingai divina', el idioma de Dios.

—¿Y eso qué quiere decir? —preguntó Sancia.

—Quiero decir que nuestros sigilos son el idioma de la realidad, de los árboles y, yo que sé, de los peces. Pero los sigilos de los Occidentales son el idioma usado por Dios para crear dicha realidad. Por lo que, usando los comandos de código de Dios, uno sería capaz de alterar la realidad. No es más que una teoría, pero estoy seguro de que esa llave me habría ayudado a descubrir si era cierta o no.

<Clef>, —llamó Sancia—. ¿Estás oyendo esto?>

Pero Clef seguía en silencio, dentro de su bota. Sancia se preguntó si lo habría terminado por romper, igual que ella había estado a punto de romperse a sí misma esa noche.

—Pero también robaron la llave... —dijo Gregor.

—Bueno, al principio creí que había ardido hasta quedar destruida durante el incendio de la zona costera. —Miró a Sancia con el ceño fruncido—. El incendio fue cosa tuya, ¿verdad?

Sancia se encogió de hombros.

—Se me fue de las manos.

—Claro —dijo Orso—. Pero, ¿qué ocurrió después? ¿Qué hiciste con ella?

Sancia repitió la historia que le había contado a Gregor, que la había llevado a la lonja, que habían matado a Sark, el enfrentamiento y su escapada.

—La entregaste —dijo Orso.

—Eso es —dijo ella.

—Y ese Sark sospechaba que el trabajo se lo había encargado alguien con linaje de los fundadores.

—Eso dijo.

Orso miró a Gregor.

—Yo tengo linaje de los fundadores, pero supongo que no cuento en este caso, ¿no? —dijo Gregor.

—¡No te miraba por eso, imbécil! —espetó Orso—. ¿Le crees o no?

Gregor se lo pensó.

—No —dijo—. No le creo. No del todo. Creo que oculta algo.

"Mierda", pensó Sancia.

—¿La has cacheado? —preguntó Orso.

A Sancia le dio un vuelco el estómago.

"¡Mierda!".

—No he tenido tiempo —dijo Gregor—. Y tampoco es que me agrade tocar a una mujer sin su con...

Orso puso los ojos en blanco.

—Por el amor de Dios... ¡Berenice! ¿Te importaría cachear a la señorita Sancia?

Berenice titubeó.

—Pues... ¿en serio, señor?

—Ya te han disparado —respondió él—, por lo que no creo que esto sea lo peor que te ha ocurrido esta noche. Lávate las manos después y listo. —Cabeceó en dirección a Sancia—. Venga. Ponte en pie.

Sancia suspiró, se puso en pie y levantó los brazos por encima de la cabeza. Berenice empezó a cachearla con prisa. La joven le sacaba una cabeza de altura, por lo que tuvo que inclinarse un poco para hacerlo. Se detuvo en las caderas de Sancia y sacó la última de las granadas aturdidoras, un puñado de ganzúas viejas y nada más.

Sancia intentó evitar que se le notase el gesto de alivio.

"Gracias a Dios que no me ha hecho quitarme las botas, por todos los beques".

—Ya está —dijo Berenice mientras se enderezaba. La joven se apartó rápido, un tanto ruborizada para sorpresa de Sancia.

Gregor fulminó a Sancia con la mirada.

—¿Ya?

—Ya —respondió Sancia, con el tono más desafiante que fue capaz.

—Fantástico —dijo Orso—. Tenemos una ladrona con una historia anodina que no lleva el tesoro encima. ¿Hay algo más que quieras contarnos? Es el momento.

Sancia intentó pensar rápido. Habían pasado muchas cosas más, pero el problema era diferenciar entre lo que podía contarles y lo que no.

El problema en el que se encontraba en aquel momento era que, a pesar de haberle salvado la vida a Orso, la suya no valía nada para esos tipos. Uno era representante de las autoridades y el otro podía usar los privilegios de las casas de los mercaderes, mientras que ella no era más que una ladrona del Ejido, quien, que ellos supiesen, ya no tenía el tesoro que todo el mundo buscaba. Cualquiera de los dos podría haberla matado sin problema.

Pero Sancia sabía cosas que ellos desconocían, y eso ya valía algo de por sí.

—Hay más —dijo al fin.

—¿Lo hay? —preguntó Gregor—. ¿Omitiste información cuando me contaste lo ocurrido?

—Sí —confesó—. No te conté lo de que mi cliente es el que desconectó todas las inscripciones en el Ejido.

La estancia se quedó en silencio. Todos miraron a Sancia.

—¿Qué? —balbuceó Orso—. ¿Cómo has dicho?

—¿Tu cliente? —preguntó Gregor.

—Sí —dijo Sancia.

—¿Lo hizo una sola persona? —dijo Gregor.

—Sí —repitió Sancia.

—¿Sí? —dijo Orso, desesperado—. ¡No puedes decir algo así y, luego, limitarte a repetir 'sí'!

—Eso. Explícate, por favor —comentó Gregor.

Sancia les contó cómo había escapado, cómo se había alejado de la lonja para ocultarse en los Glaucos, y omitió que Clef la había ayudado, claro. Después les contó que había visto a aquel hombre de los campos que tenía el extraño reloj de bolsillo.

Orso alzó las manos y negó con la cabeza.

—Para. ¡Para! Eso es una locura. ¿Me estás diciendo que tu cliente usó un dispositivo, solo uno, con el que de alguna manera consiguió atenuar o desconectar todas las inscripciones de los Glaucos y de Entremuros, así como las de media docena de lugares más?

—Básicamente —dijo Sancia.

—¿Pulsó un botón y todos los comandos y las ataduras y los grabados dejaron de funcionar?

—Básicamente.

Orso rio.

—Es una locura. ¡Es una estupidez! Es...

—Es lo mismo que ocurrió en la Batalla de Armiedes —dijo Berenice de repente.

—¿Cómo? —preguntó Orso—. ¿Qué? ¿Qué has dicho?

La joven carraspeó.

—La Batalla de Armiedes, del imperio Occidental. Hace muchísimo tiempo. Una flota multitudinaria de navíos inscritos que amenazaba con derrocar el imperio. Los hierofantes se enfrentaron a ella con un único barco, pero en ese barco había un arma y, cuando la usaron, el resto de navíos...

—Se hundieron en las aguas —dijo Orso, despacio—. Tienes razón. Lo recuerdo. ¿Cuándo aprendiste la historia, Berenice?

—Cuando me hiciste leer esos dieciocho tomos de historia hierofántica mientras negociábamos con los de Vialto.

—La verdad es que, visto así, me resulta un poco cruel haberte obligado a hacerlo.

—Porque lo fue, señor. —Se dio la vuelta, miró la estantería llena de libros que tenía detrás y encontró un volumen enorme. Lo sacó de allí, lo abrió y le echó un vistazo al interior—. Este es el pasaje: "...concentrando las influencias del imperiat, los hierofantes fueron capaces de controlar todos los sigilos de sus enemigos y separar el grano de la paja. Y así fue cómo el rey de Cambysius y sus hombres se hundieron en el fondo de la bahía, se ahogaron y nunca más se supo de ellos". —Echó un vistazo alrededor—. Es una descripción que siempre me ha desconcertado... pero puede que tenga sentido si lo que describe es un objeto.

Orso ladeó la cabeza y entrecerró los ojos.

—"Concentrando las influencias del imperiat...". Mmm.

—¿No dice si parecía un reloj de bolsillo grande y raro? —preguntó Sancia—. Porque eso es lo que vi: un reloj de bolsillo grande y raro.

—No lo dice —respondió Berenice—. Pero si la llave ha sobrevivido, no es de extrañar que también lo hayan hecho más de esos objetos.

—¿De qué va a servirnos saber algo así? —preguntó Gregor.

—De nada —dijo Sancia—. Pero yo lo vi. Le vi la cara. Y estoy segura de que era el líder, el que controlaba a los hombres que me emboscaron en la lonja y a los que intentaron matarme esta noche. Si ese reloj de oro, el imperiat como dice ahí, se parece en algo a la llave, es probable que ese tipo se haya gastado toda una fortuna para conseguirlo. Un objeto así no es algo que le dejas a un subordinado, sino algo que siempre llevas encima. Tiene que haber sido él.

—¿Qué aspecto tenía, Sancia? —preguntó Gregor.

—Parecía salido de un campo —respondió ella—. Pulcro. De piel limpia. Ropa limpia. Bien vestido. Supongo que como tú —dijo mientras señalaba a Berenice—. Como tú no —dijo después a Orso.

—Oye —dijo él, ofendido.

—¿Qué más? —preguntó Gregor.

—Era alto —continuó Sancia—. De pelo rizado. Encorvado. Alguien que no suele salir mucho, que trabaja en interiores. Tenía una barba rala y no le vi ningún logotipo ni emblema ni nada tan simple.

—Es una descripción muy vaga —comentó Gregor—. Sospecho que ahora dirás que si lo tuvieses delante lo reconocerías. Algo que te vendrá bien, porque significaría que te necesitamos para encontrarlo.

—Si supiese algo más lo diría —aseguró Sancia.

—¡Pero podría ser cualquiera! —dijo Orso—. ¡Podría ser de cualquier casa! Morsini, Michiel, Candiano... ¡supongo que hasta de la nuestra! ¡Y no tenemos manera de concretar la búsqueda!

—¿Ese equipo de gravedad no te dice nada, Orso? —preguntó Gregor.

—No —respondió Orso—. ¡No me dice nada porque es algo revolucionario y sin precedentes! Es un invento fantástico y nunca he visto nada igual. Quien lo haya creado ha conseguido ocultar muy bien su talento a ojos de los demás.

Berenice carraspeó al oírlo.

—Hay otro asunto para el que tampoco tenemos respuesta, señor. Sea quien sea ese tipo... ¿cómo supo de la existencia de un glosario Occidental? ¿De la llave? ¿De que el capitán Dandolo iba a capturar a Sancia y que yo iba a seguirlo? ¿Cómo sabía todas esas cosas?

—¡Eso son seis asuntos sin respuesta! —dijo Orso—. ¡Y tienen una muy simple! ¡Tenemos un topo o se ha filtrado información o hay un espía en alguna parte del campo!

Berenice negó con la cabeza.

—Solo hemos hablado de la llave entre nosotros, señor. Y no había nadie cuando me dijiste que siguiese al capitán Dandolo hoy mismo. Pero sí que hay un elemento en común.

—¿Lo hay? —preguntó Gregor.

—Lo hay. Todo tuvo lugar en el mismo sitio, en el taller.

—¿Y? —preguntó Orso.

Berenice suspiró. Después extendió la mano hacia un escritorio, tomó un gran fardo de papeles, sumergió una pluma en tinta y dibujó unos veinte símbolos llamativos, elaborados y complicados, a una velocidad asombrosa. Muy asombrosa. Era como si hiciese uno de esos trucos de entretenimiento para las fiestas; dibujó esos diseños maravillosos sin esfuerzo alguno y en un abrir y cerrar de ojos.

Berenice le enseñó el papel a Orso. Sancia no sabía qué era, pero él soltó un grito ahogado al verlo.

—¡No! —dijo.

—Creo que sí, señor.

Orso se giró para mirar hacia la puerta del taller, con la boca abierta.

—No puede ser...

—¿Qué pasa? —preguntó Gregor—. ¿Qué has dibujado ahí, Berenice?

—Un antiguo problema de las inscripciones —dijo Berenice—. Un diseño incompleto creado para que los estudiantes se pregunten cómo crear un dispositivo capaz de capturar los sonidos que circulan por el aire.

—Alguien ha conseguido resolverlo —dijo Orso, en voz baja—. Es un dispositivo. ¡Un dispositivo! No es más que eso, ¿verdad?

—Eso creo, señor —dijo Berenice—. Un dispositivo secreto que alguien ha colocado en el taller y con el que oye nuestras conversaciones.

Gregor y Sancia tuvieron la impresión de estar en el mismo bando por primera vez. Se miraron, estupefactos.

—¿Crees que te espían a través de un dispositivo? —preguntó Sancia.

—¿Eso no es imposible? —preguntó Gregor—. Creía que la inscripción servía en su mayor parte para mover cosas o hacerlas más ligeras o más pesadas.

—Es cierto —dijo Berenice—. La inscripción es muy útil para llevar a cabo tareas simples y voluminosas, intercambios a gran escala. Sirve para que las cosas vayan rápido, se calienten o se enfríen. Pero las cosas pequeñas, delicadas y complicadas... son más problemáticas.

—Problemáticas —repitió Orso—. Pero no imposibles. Un dispositivo de sonido, uno que sirve para capturar el ruido, es un problema teórico muy conocido entre los escribas y lo usan para teorizar. Pero nadie ha conseguido crear uno.

—Pero si esos tipos han conseguido inscribir la gravedad, a saber, qué otras barreras habrán sido capaces de superar —apostilló Berenice.

—Si es cierto que han conseguido crear un dispositivo así, ¿cómo es que han podido meterlo en esta estancia? —preguntó Gregor.

—Porque pueden volar, tonto —dijo Sancia—. Y este lugar tiene ventanas.

—Ah —dijo Gregor—. Cierto.

—De todas maneras, solo es una teoría que tengo —dijo Berenice—. Podría estar equivocada.

—Pero si mi cliente puso algo así aquí, ¿no podríamos buscarlo? —preguntó Sancia—. Encontrarlo y luego... pues no sé, romperlo o algo así, ¿no?

—¿No crees que si el dispositivo se viese con tanta facilidad ya lo habríamos descubierto o qué? —dijo Orso.

—No tenemos ni idea de qué aspecto podría tener algo así —dijo Berenice—. Podría ser cualquier cosa. Una placa. Un lápiz. Una moneda. O podría estar oculto en las paredes, el suelo o el techo.

—Y si empezamos a rebuscar para encontrarlo, nos oirán —dijo Orso—. Les daríamos esa ventaja.

Gregor miró a Sancia.

—Pero Sancia es capaz de oír las inscripciones, ¿no es así?

La estancia se quedó en silencio.

—Esto... —dijo Sancia—. S-sí.

Clef era quien había oído los dispositivos de gravedad acercándose a ellos. Sancia les había contado una verdad a medias. Cada vez le costaba más ocultar sus mentiras.

—Entonces podrías entrar en el taller y escucharlo, ¿no? —preguntó Gregor.

—Eso. ¿Podrías? —dijo Orso, que se inclinó hacia delante. Le dedicaba una mirada demasiado intensa.

—Puedo intentarlo —dijo Sancia—. Pero por aquí hay mucho ruido...

Era cierto. El campo estaba a rebosar de comandos susurrados, secuencias ahogadas y cánticos en voz baja. Cada cierto tiempo aumentaban de intensidad y se volvían más estruendosos, como si una infraestructura enorme e invisible llevase a cabo una tarea. Su cerebro casi no era capaz de soportarlo.

—¿Lo hay? —dijo Orso—. ¿Y cómo oyes el ruido? ¿Me podrías describir el proceso?

—Lo oigo y ya está. ¿Quieres que os ayude o no?

—Pues depende de si puedes hacerlo en realidad o no.

Sancia no se movió.

—¿Qué problema hay? —preguntó Orso—. Ve a echar un vistazo, lo encuentras y ya está, ¿no?

Sancia echó un vistazo a su alrededor.

—Si lo hago..., no será gratis.

—Ah, bien —dijo Orso, con desdén—. ¿Quieres dinero? Estoy seguro de que podríamos llegar a un acuerdo. Y más teniendo en cuenta que tengo muy claro que no lo vas a conseguir.

—No —dijo Gregor—. Orso puede prometerte dinero si quiere, pero no es con él con quien tienes que negociar. Negociarás conmigo.

Levantó la llave de la cuerda que ataba a Sancia.

—Hijo de puta —dijo ella—. ¡No soy tu prisionera! ¡No estoy haciendo todo esto gratis!

—No. Lo haces porque me lo debes y por el bien de la ciudad.

—¡No es mi maldita ciudad! ¡Es tuya! Yo solo vivo aquí. ¡O lo intento! ¡Pero los tuyos siempre lo complican todo, mierda!

Gregor pareció sorprendido por la rabia de Sancia. La sopesó.

—Encuentra el dispositivo si eres capaz —dijo—. Después hablaremos. No me considero una persona poco razonable para estas cosas.

—Claro. Por todos los beques que ya me había dado cuenta —dijo Sancia.

Se puso en pie, abrió la puerta del taller y entró.

—Oye —dijo Orso detrás de ella—. Oye. No toques nada de nada, ¿eh?

Entrar en el taller de Orso Ignacio hubiese desconcertado a cualquiera. La cantidad de objetos, la auténtica e infame avalancha de cosas era sobrecogedora.

El taller consistía en una estancia alargada y enorme en la que había seis mesas largas llenas de cuencos de metales enfriados, así como estiletes, botones de madera y decenas y decenas de máquinas, dispositivos y artilugios, o partes de ellos. Algunos de esos objetos se movían: giraban muy despacio o hacían ruidos arrítmicos. Las paredes que no estaban cubiertas con estanterías de libros lo estaban con documentos, dibujos, grabados, cadenas de sigilos y mapas. El dispositivo más extraño se encontraba al fondo, y era una especie de lata gigante de metal llena de discos cubiertos de inscripciones. Tenía unos raíles por los que se podía deslizar hasta llegar a una especie de horno que había en la pared, parecido a esos en los que hacían pasteles en los Glaucos. Supuso que era un glosario de prueba, una versión más pequeña de uno de verdad. Los conocía porque se los había oído nombrar a los Compiladores, pero nunca había visto uno.

Había muchas cosas en aquel lugar, pero para Sancia era ensordecedor.

La estancia resonaba, y zumbaba en ella el cántico silencioso de todos los dispositivos, que murmuraban como una bandada de cuervos inquietos. La mente de Sancia seguía débil después de haber salvado a Orso, por lo que para ella era lo mismo que si le estuviesen frotando arena contra una quemadura.

"Una cosa está clara —pensó—: esta gente hace mucho más de lo que son capaces los Compiladores".

Empezó a echar un vistazo por el lugar y a escuchar minuciosamente. Pasó junto a las tripas de algún componente que había diseccionado y colocado sobre un pedazo de lino, junto a varias herramientas de inscripción muy extrañas que parecían vibrar un poco, junto a hileras e hileras de cajas negras y lisas que estaban rodeadas de oscuridad, para su sorpresa, como si absorbiesen la luz.

"No sé cómo voy a identificar si alguno de estos objetos no pertenece a este lugar, la verdad", pensó.

Deseó que Clef estuviese despierto. Seguro que lo descubriría al momento.

Después vio algo en la pared y se detuvo.

Había un esbozo enorme y al carboncillo de Clef colgado entre dos estanterías. No era perfecto: los dientes no eran iguales, pero la cabeza y el agujero extraño con forma de mariposa sí.

Sancia se acercó y vio que había algo escrito a mano debajo del boceto:

> ¿Qué abrirá?
> ¿¿Para qué grandiosa cerradura se diseñaría algo así??

“Este tipo lleva pensando en Clef mucho tiempo más que yo —pensó Sancia—. Puede que sepa más de lo que dice. Igual que yo”.

Después vio que había una mancha en la parte inferior del dibujo, abajo del todo, donde el papel estaba más arrugado. Alguien lo había pellizcado una y otra vez.

Extendió la mano, tomó el papel, lo levantó y vio que había algo detrás del boceto de Clef.

Era un grabado muy grande. La imagen la dejó muy inquieta.

En él se apreciaba un grupo de personas de pie en un pasillo. Parecían monjes, con túnicas lisas, aunque cada una de ellas llevaba una insignia extraña, parecida al contorno de una mariposa. No estaba muy segura. Se dio cuenta de que no le gustaba nada el aspecto del pasillo: era una estancia de piedra enorme y ornamentada, con esquinas en lugares inapropiados. Le dio la impresión de que la luz se proyectaba de manera extraña en el lugar.

Al final del pasillo había una caja que tenía el aspecto de un ataúd gigante o de un cofre del tesoro. El grupo miraba hacia alguien que se encontraba delante de esa caja, con las manos levantadas, como si la hubiese abierto con la mente. Y de la caja abierta salía... algo.

Una persona, quizá. Puede que una mujer o una estatua, aunque tenía algo confuso, como si el artista no estuviese seguro de qué era lo que tenía que dibujar.

Sancia miró el texto que había debajo del grabado. Rezaba:

> CRASEDES EL GRANDE EN LA SALA DEL CENTRO DEL MUNDO: Los hierofantes creen que el mundo es una máquina forjada por Dios, y que en algún lugar de su centro hay una estancia donde Él solía sentarse. Al encontrar el asiento de Dios vacío, Crasedes intentó instalar en el lugar un dios creado por él para que supervisase el mundo. Este grabado, al igual que otros

muchos, sugiere que lo consiguió. Pero, si ese es el caso, no se explica por qué su grandioso imperio acabó convertido en ruinas y cenizas.

Sancia se estremeció mientras lo miraba. Recordó lo que habían dicho Claudia y Giovanni sobre lo que eran capaces de hacer los hierofantes. Después recordó lo que había hecho Clef al dispositivo de gravedad, la visión del hombre en el desierto apagando las estrellas.

Se imaginó lo que un hombre como Orso Ignacio sería capaz de hacer con Clef y volvió a estremecerse.

Después lo oyó, un parloteo, un murmullo. Pero este sonaba mucho más alto que los demás.

"Eso no es normal...".

Cerró los ojos, los escuchó y se dirigió al fondo de la estancia. El sonido se oía mucho más alto.

"Suena igual que las placas de gravedad —pensó—. Eso significa que... O es poderoso de verdad o lo ha hecho la misma persona".

Se percató de que el ruido venía del escritorio que había al fondo, una especie de mesa de dibujo donde Orso grababa cadenas de sigilos. Sancia ladeó la cabeza para escuchar los pinceles, los tinteros, los bloques de piedra y luego...

En la esquina del escritorio se alzaba la estatua pequeña y dorada de un pájaro. Sancia la tomó y se la llevó a la oreja. Había empezado a sudar. El ruido era ensordecedor.

"Si hay algo raro en esta habitación, tiene que ser esto", pensó. Soltó la figura, satisfecha. Nunca había usado sus talentos de esa manera. Mientras regresaba al despacho se preguntó durante unos instantes qué más sería capaz de hacer.

Diez minutos después, todos se encontraban alrededor de la mesa del taller de Orso y contemplaban como él se dedicaba a darle vueltas a la estatua. En la parte inferior había una pequeña placa de cobre con un gran tornillo en el centro. Orso los miró y se llevó un dedo a los labios, después tomó un destornillador y empezó a sacarlo. Lo hizo con muchísimo cuidado, y luego tiró de la placa con una herramienta plana y muy pequeña.

Se quedó con la boca abierta en un grito ahogado. Dentro de la estatua había un dispositivo, pero uno tan pequeño y tan frágil que parecía estar hecho de telarañas y huesos de ratón.

Tomó una linterna y una lupa y lo miró con mucho cuidado. Abrió los ojos de par en par e hizo un gesto a Berenice, quien también le echó un vistazo. Ella parpadeó, desconcertada, y miró a Orso, que asintió con gesto serio.

Terminaron de inspeccionarlo al fin. Orso colocó con cuidado el dispositivo en la mesa y todos se dirigieron al despacho.

Orso cerró la puerta del taller y luego estalló a voz en grito:

—¡He sido un maldito imbécil! —dijo—. ¡Un imbécil de tomo y lomo de los que se pasa el día rascándose el ombligo!

—Entonces... ¿tus sospechas eran acertadas? —preguntó Gregor.

—¡Claro que sí! —gritó Orso—. Dios. ¡A saber qué habrán oído! A saber qué he dicho delante de ese pajarito de mierda. ¡Y sin tener ni la más remota idea!

—De nada —dijo Sancia.

—La figura es una copia exacta de una que estaba sobre mi escritorio —dijo, ignorando a Sancia—. Supongo que deben haberla reemplazado hace mucho con una versión alterada.

—Y entraron volando con esos dispositivos —dijo Gregor.

—Sí —convino Berenice, perturbada—. Quien lo ha hecho es muy... bueno.

—Bueno de verdad —dijo Orso—. Increíblemente bueno. Es un trabajo de categoría. Estoy seguro de que todos sabríamos si hubiese alguien tan bueno en esta ciudad. ¡Tengo muy claro que todos estaríamos besándole los piessi ese fuese el caso!

Gregor hizo un mohín.

—Gracias por ser tan descriptivo.

—¿Has visto algo parecido alguna vez, capitán? —preguntó Orso—. Eres un hombre de mundo, más que yo, y las casas usaron muchos objetos experimentales durante las guerras. ¿Has visto alguna facción militar que usase dispositivos de ese tipo?

El negó con la cabeza.

—No. Y lo único parecido que he visto jamás a esos dispositivos de gravedad es una lorica, pero una lorica está muy por debajo.

—¿Qué es una lorica? —preguntó Sancia.

—Es una armadura inscrita —respondió Gregor—. Pero, a diferencia de la armadura que tenemos en Tevanne, que está inscrita para ser extraordinariamente ligera y resistente, una lorica también mejora los movimientos de la persona que la lleva puesta. Amplifica su gravedad. En otras palabras, los vuelve más rápidos y más fuertes que una persona normal.

—Creía que las inscripciones gravitatorias estaban prohibidas —dijo Sancia.

—Y lo están —explicó Gregor—. Esa es la razón por la que las loricas solo se usan en las guerras y hay muy pocas. —Se frotó la cara—. Bueno. ¿Nos centramos en nuestros próximos pasos, por favor?

—Sí —dijo Sancia—. ¿Qué vamos a hacer ahora? ¿No puedes examinar esa cosa y... no sé, sacar alguna conclusión?

Berenice respiró hondo.

—Bueno. Yo creo que lo he hemos encontrado aquí es una versión avanzada de dos objetos hermanados.

—¿Qué? ¿Como el explosivo que usé en la zona costera? ¿Y esa tira de metal tuya?

—Eso es. Pero en esta ocasión, el objeto hermanado era una aguja muy pequeña que había en el centro del dispositivo. Una delicada y muy sensible al ruido.

—¿Cómo va a ser sensible al ruido una aguja? —preguntó Gregor.

—Porque el sonido se propaga por el aire —dijo Berenice—. En ondas.

Sancia y Gregor se le quedaron mirando.

—¿Ah, sí? —dijo Sancia.

—¿Ondas? ¿Cómo las olas en el océano o algo así? —preguntó Gregor.

—¡No tenemos tiempo para enmendar vuestra paupérrima educación! —dijo Orso—. Dad por hecho que sí, que se propaga en ondas. El sonido golpea contra la aguja y la agita. La aguja vibra y, al estar hermanada, hay otra aguja que vibra al mismo tiempo... en otro lugar.

—Esa es la parte complicada —dijo Berenice—. ¿Y luego qué? La segunda aguja vibra y luego...

—Vamos Berenice —dijo Orso—. ¡Es obvio! La segunda aguja registra sus vibraciones sobre una superficie blanda, que puede ser brea, caucho o cualquier tipo de cera. Después la superficie se endurece...

Abrió los ojos de par en par.

—Y al pasar otra aguja por los mismos surcos de la superficie... ¡se duplica el sonido!

—Así es. No es el mejor ejemplo, pero sirve para entenderlo.

—Un momento —dijo Gregor, que levantó una mano—. ¿Me estás diciendo que alguien ha inventado la manera de capturar los sonidos que circulan por el aire?

—Es una locura —dijo Sancia—. ¿Entonces se podría reproducir el mismo sonido o conversación una y otra vez?

—¡Acabas de usar un oído mágico o vete a saber qué para encontrarlo! —dijo Orso, enfadado mientras señalaba hacia la puerta—. ¡Y un hombre volador acaba de tirarme por el tejado! Está claro que tienes que actualizar tu definición de 'locura'.

—Pero este hermanamiento es muy particular —continuó Berenice.

—¿A qué te refieres? —preguntó Gregor.

—El hermanamiento siempre depende de la proximidad —explicó ella—. Normalmente, no es necesario que los dos objetos estén cerca porque el efecto que quieres reproducir no suele ser muy complicado. Como un detonador, con el que se busca reproducir el movimiento, la fricción y el calor. Esos efectos pueden hermanarse a kilómetros de distancia. Pero esto... esto es mucho más complicado.

Orso dejó de caminar de un lado a otro.

—¡Entonces la segunda aguja tiene que estar muy cerca! —dijo—. ¡Tienes razón, Berenice! ¡El artilugio que escribe el sonido, que graba las vibraciones en surcos de cera, tiene que estar cerca para capturar todos los sonidos a la perfección!

—¡Tú! —Orso señaló a Sancia—. ¡Haz lo de antes y encuéntralo!

Sancia se quedó de piedra. Tenía muy claro que eso era demasiado para ella. Oír un dispositivo muy potente en una habitación era una cosa, pero buscar en un edificio entero para encontrar un objeto específico era algo muy diferente. Para eso iba a necesitar a Clef, y no sabía si la llave volvería a hablar.

Gregor carraspeó, por suerte.

—Eso tendrá que esperar —dijo.

—¡Qué! —gritó Orso—. ¡Por qué!

Gregor cabeceó en dirección a la ventana.

—Porque empieza a amanecer. La gente no tardará en llegar y, cuando lo hagan, será mejor que no encuentren a una joven embadurnada en sangre deambulando por los pasillos con un hypatus también embadurnado en sangre.

Orso suspiró.

—Carajo. Nos quedamos sin tiempo.

—¿A qué te refieres? —preguntó Gregor.

—Mañana tengo una reunión del concejo tevanní para tratar el tema del apagón en el Ejido. Habrá muchos funcionarios de las cuatro casas de los mercaderes, así como Ofelia y yo. Me verá muchísima gente.

—Entonces se correrá la voz de que no has muerto —dijo Sancia—. Lo que pondrá sobre aviso a quienquiera que haya contratado a esos asesinos.

—Y vendrá a buscar esos sonidos capturados para revisar qué es lo que ha ocurrido —dijo Berenice.

—Muy bien —dijo Orso—. Tenemos que encontrarlo antes que ellos.

—Volveremos tan pronto como podamos —dijo Gregor—, pero por ahora tenemos que encontrar un sitio donde podamos estar.

Orso pensó al respecto. Después se giró hacia Berenice y dijo:

—Vuelve a revisar el carruaje y llévalos a mi casa. Que se bañen y se acicalen. Pasarán el día allí. Pero no será algo permanente. No estaremos a salvo ni en los enclaves interiores.

Capítulo Quince

Berenice revisó el pequeño carruaje de pasajeros y los llevó hacia el norte mientras gruñía algo de que "no era una maldita sirvienta". Sancia miraba por las ventanas mientras avanzaban. No había prestado atención antes, pero ahora era incapaz de no contemplar los enclaves interiores de los Dandolo.

Lo más raro era que casi todos brillaban. Los enclaves al completo brillaban de un color suave, cálido y rosado que parecía emanar de las esquinas de esas torres enormes, o puede que de las bases, era difícil distinguirlo. Sancia sospechaba que eran luces inscritas que se habían integrado en las fachadas, iluminación diseñada para proyectar una luminiscencia indirecta para que ninguno de los haces de luz se proyectase en dirección a las ventanas por la noche.

También había otras maravillas, claro. Había faroles flotantes, como los que su cliente había usado para buscarla: flotaban en bandadas por las avenidas principales, como bancos de medusas. También había muchos canales estrechos llenos de botes con forma de aguja y asientos reclinables. Se imaginó a los residentes subiendo en uno de ellos y zarpando por las aguas hacia su destino.

Le resultó irreal imaginarse que había personas viviendo en callejuelas llenas de barro a unos pocos kilómetros de allí, que ella misma había vivido en una barriada miserable que compartía las mismas nubes de tormenta que aquel lugar. Echó un vistazo a Berenice y a Gregor. Berenice se mostraba indiferente a sus alrededores. Gregor, en cambio, tenía el ceño un tanto fruncido.

Llegaron al fin a una mansión alta con puertas exteriores, un hogar digno para un funcionario del campo. No podía imaginarse a Orso Ignacio viviendo en un lugar así, pero las puertas de cobre se abrieron en silencio cuando se colocaron frente a ellas.

—El hypatus hizo que reaccionasen a mi sangre —dijo Berenice. No parecía gustarle mucho la idea—. Y también a la suya, claro. Es uno de sus trucos favoritos. No suele pasar por aquí.

—¿Por qué no iba a pasar por una puta mansión de su propiedad? —preguntó Sancia.

—La casa se la dieron por el puesto que ocupa. No la compró él. No creo que le importe lo más mínimo.

Las palabras adquirieron más relevancia una vez dentro: las moquetas, las mesas y los faroles tenían una ligera capa de polvo.

—¿Dónde duerme? —preguntó Sancia.

—En su despacho —dijo Berenice—. Creo. En realidad, nunca lo he visto dormir. —Señaló las escaleras—. Los dormitorios están en el cuarto piso, así como los baños. Sugiero que los uséis si vas a estar por el campo, por si alguien os ve. Sería ideal que tuvieseis un aspecto decente. —Los miró y arrugó la nariz—. Y ahora mismo no lo tenéis.

Gregor le dio las gracias, y Berenice se marchó. Sancia subió al tercer piso, donde encontró unos ventanales enormes que se abrían al balcón. Los abrió, salió y echó un vistazo.

Los enclaves interiores de los Dandolo se extendieron frente a ella, luminosos y densos y rosados como una rosa. Había un parque al otro lado de la avenida adoquinada, con un laberinto de setos y flores que empezaban a brotar. La gente caminaba por el lugar. A Sancia le resultaba desconcertante, ya que, en el Ejido, caminar por la noche en el exterior podía llegar a significar tu muerte.

—Se han pasado un poco, ¿no crees? —dijo Gregor detrás de ella.

—¿Eh? —preguntó Sancia.

Se colocó a su lado.

—Con las luces. Los daulos nos llaman el pueblo reluciente en su idioma, porque solemos ponerle luces a todo.

—¿De ahí lo de Guerras Iluminadas?

—Sí, claro. —Se giró hacia ella y se apoyó en el balcón—. Hablemos de nuestro trato.

—Quieres a mi cliente —dijo Sancia.

—Quiero a tu cliente —dijo él—. Mucho. Entrégamelo.

—¿En qué condiciones? ¿Quieres su nombre, su cabeza o qué?

—No, no —dijo Gregor—. Nada de cabezas. Esto es lo que haremos: me ayudarás a encontrarlo, pero también conseguirás las pruebas que necesito para delatarlo. No quiero su nombre ni su dinero ni su compañía ni su sangre. Quiero repercusiones. Consecuencias.

—Quieres justicia —dijo ella, con un suspiro.

—Quiero justicia. Sí.

—¿Y por qué crees que yo puedo ayudarte a conseguirla?

—Porque has evitado todos los intentos de matarte o atraparte. Y también me robaste. No lo tomes como un cumplido, pero eres una ladrona muy buena. Y creo que necesitaremos a alguien con tu talento si queremos tener éxito con nuestros planes.

—¡Pero es demasiado! —dijo Sancia—. Sark me dijo que creía que el cliente tenía linaje de los fundadores, como tú, o que era alguien con una relación muy estrecha con ellos. Eso significa que tendré que trabajar en lugares como este. —Cabeceó hacia la calle que se abría bajo ellos—. En los enclaves. Lugares que están diseñados para asegurarse de que la gente como yo muera nada más poner un pie en ellos.

—Te ayudaré. Y Orso también.

—¿Por qué iba a ayudarme Orso?

—Para recuperar su llave —explicó Gregor—. Así como cualquier otro tesoro de los Occidentales que tenga encima el responsable de esto. Nuestro oponente ha robado dos objetos a Orso, y parece que tiene un tercero, ese imperiat. Sin duda habrá más.

—Sin duda. —Sancia intentó reprimir la ansiedad que empezaba a acumulársele en el pecho. No estaba segura de qué le parecía más complicado: entregar a un fundador a Gregor o devolver un tesoro que supuestamente no tenía que tener—. Entonces... ¿si te ayudo con esa justicia tuya me dejarás marchar?

—Básicamente.

Ella negó con la cabeza.

—Justicia... Dios. ¿Por qué haces todo esto? ¿Por qué arriesgas tu vida?

—¿Tan raro resulta anhelar la justicia?

—La justicia es un lujo.

—No —dijo Gregor—. No lo es. Es un derecho. Un derecho que se nos ha negado desde hace demasiado tiempo. —Contempló la ciudad—. La oportunidad de reformar... de reformar de verdad esta ciudad. Derramaría hasta la última gota de sangre de mi cuerpo por algo así. Y también hay que tener en cuenta que, si fracasamos, una persona despiadada tendrá en su poder herramientas de una potencia casi divina. Algo que, en mi opinión, es muy problemático. —Sacó la llave de la cuerda de Sancia y la sostuvo frente a ella—. Haz los honores tú misma.

—Creí que Orso estaba loco —dijo ella al tiempo que la abría—. Pero tú estás más loco aún.

—Sabía que pensarías algo así de nosotros —dijo, con tono jovial.

—¿Por qué lo dices?

—Por la misma razón por la que sé que te irritaba llevar esa cuerda atada, Sancia —respondió él—. Y por la misma razón por la que ocultas las cicatrices que tienes en la espalda.

Ella se quedó de piedra y se giró despacio para mirarlo.

—¿Qué? —dijo en voz baja.

—Soy un hombre de mundo, Sancia —continuó Gregor—. Reconozco a los que son como tú. He visto a muchos. Aunque espero no volver a ver...

Sancia dio un paso al frente y le clavó un dedo en la cara.

—No —dijo con rabia—. No.

Él se apartó, sorprendido.

—No pienso tener esta conversación contigo —dijo—. Ahora no. Y mejor si nunca la tenemos.

Gregor parpadeó.

—Muy bien.

Sancia bajó el dedo, despacio.

—No sabes nada sobre mí —dijo ella. Después volvió a entrar en la mansión.

Subió por las escaleras, encontró un dormitorio y cerró la puerta al entrar. Se quedó en la habitación a oscuras, jadeando.

Después oyó una voz en su mente:

<Eso ha sido exagerar un poco, ¿no crees, niña?>

<¡Clef! —dijo—. ¡Hijo de puta! ¡Estás vivo!>

<Todo lo vivo que puede estar una llave, sí.>

<¿Cuánto llevas...? No sé... ahí.>

<Unos instantes. Es la primera vez que veo que el capitán se asusta por alguien. ¿Qué te parece si me sacas de tu maldita bota?>

Se sentó en medio del suelo, se quitó la bota y lo tocó con las manos desnudas. Después lo fusiló a preguntas.

<¿Dónde estabas, Clef? ¿Cómo hiciste aquello con el equipo gravitatorio? ¿Estás herido? ¿Estás bien?>

Se quedó un buen rato en silencio.

<No —dijo con voz tranquila—. No estoy bien, pero... ya hablaremos de eso. Ahora dime. ¿Dónde estamos? ¿Estamos dentro de un edificio? ¿Una mansión o algo así?>

Sancia intentó ponerlo al día lo más rápido que fue capaz.

<Bien —dijo él—. ¿Ahora... trabajas para el capitán?>

<Algo así. Me gusta pensar que es una relación entre iguales, la verdad.>

<Pero podría matarte cuando quisiese, ¿no?>

<Pues... supongo que sí.>

<Entonces no es una relación entre iguales. ¿También trabajas para el Orso ese? ¿El tipo que intentó comprarme? ¿Y vas a robarme para luego entregarme a él?>

<Sí, creo que quedé en eso con él. Más o menos.>

<¿Y qué piensas hacer?>

<No sé si te habrás dado cuenta, pero estoy improvisando, Clef. No tengo respuesta a esa pregunta.>

Clef se quedó un rato sin decir nada. Una bandada de faroles flotantes pasó por la calle de debajo y proyectó una luz rosada y titilante en el techo.

<¿Cómo hiciste aquello con el equipo gravitatorio, Clef? —preguntó Sancia—. ¿Cómo conseguiste controlar la gravedad de... todo? ¿Y qué te ocurrió a ti?>

<Es... difícil de explicar —dijo con un suspiro—. Todo es cuestión de límites. No puedo hacer que un objeto inscrito haga algo que vaya más allá de sus límites. No puedo hacer que un objeto que sirve para calentar el acero convierta ese acero en nieve o arcilla o lo que sea.>

<¿Y?>

<Y los límites de ese equipo gravitatorio eran muy muy vagos. Me dieron mucha libertad. Pero está claro que el dispositivo fue incapaz de soportarlo, ya que cuanto más llevas al límite a un objeto más se estropea. Y cuando lo obligué a hacer lo que hizo... recordé algo. Y, después, me quedé dormido. Y soñé.>

<¿Te quedaste... dormido? ¿Qué recuerdas?>

<Recuerdo... a otra persona que había sido capaz de manipular la gravedad. Alguien de hace mucho tiempo... La sombra de una persona. —Su voz adquirió una cadencia onírica—. Era capaz de hacer que flotase cualquier cosa y, cuando lo deseaba, también podía volar por los aires como un gorrión en la noche...>

A Sancia se le puso la piel de gallina.

<Pero... Clef, los hierofantes son los únicos capaces de volar.>

<Sí. Lo sé. Creo que... Creo que estaba recordando a la persona que me creó, Sancia.>

No supo qué decir al respecto.

<Los hierofantes están todos muertos, ¿verdad?>, preguntó él.

<Sí.>

<Eso me hace sentir... solo —dijo en voz baja—. Y asustado.>

<¿Asustado por qué?>

<Porque, en ese sueño..., recordé cómo me habían creado. Puedo mostrártelo si quieres.>

<¿A qué te refieres? ¿Mostrarme el qué?>

<Mira. Voy a soltar algo en tu mente. Algo pequeño. Imagina que estás en el agua, nadando, y que voy a lanzarte una cuerda. Céntrate y agárrate a ella.>

<Bi... bien.>

Se hizo una pausa. Y luego... Sancia lo sintió.

O lo oyó, mejor dicho. Eran unos golpes rítmicos y apagados, una serie de impactos y latidos que resonaban por su mente. Los oyó, se acercó a ellos, los agarró y... los golpes se desdoblaron, se expandieron y la envolvieron para abarcar sus pensamientos.

Y el recuerdo se apoderó de ella.

Arena. Oscuridad. Murmullos ansiosos y tranquilos que venían de cerca. Se encontraba tumbada en una superficie de piedra y miraba hacia la oscuridad.

"Medianoche —pensó—. Cuando el mundo chirría hasta detenerse y luego se reinicia".

Sancia lo sabía, pero no tenía ni idea de cómo esa información había llegado a su cabeza.

Después vio una llama, caliente y brillante, metal fundido y reluciendo que iluminaba las sombras. Sintió un dolor atroz y terrible, uno que la atravesaba, que la recorría, y se oyó gritar. Pero no era ella, era otra persona, lo sabía. Y, después, de repente, notó que abarcaba esa forma, esa función, ese diseño.

Sintió su mente fluir por la pluma, por el cifrado, por los dientes y por la punta. Se convirtió en la llave, en esa cosa, en ese objeto. Pero, al mismo tiempo, sabía que era mucho más que una llave.

Era un compendio, una compilación. Un dispositivo lleno con tantísimos conocimientos sobre las inscripciones, los sigilos, el idioma y la composición del mundo. Una herramienta, fantástica y terrible. Igual que una hoja está hecha para cortar madera y carne, ella estaba hecha para cortar...

Sancia soltó un grito ahogado, y el recuerdo desapareció de su mente. Era demasiado. Demasiado. Volvía a estar en el dormitorio, pero estaba tan confusa que estuvo a punto de desmayarse.

<¿Has visto?>, preguntó Clef.

Ella intentó recuperar el aliento.

<¿Eras tú? ¿Eso...? ¿Eso fue lo que te ocurrió a ti?>

<Es un recuerdo que tengo. No estoy seguro de si es mío o de otra persona..., porque no estoy del todo seguro de que me ocurriese a mí. Es todo lo que sé.>

<Pero... Clef, si así fue como te crearon... eso quiere decir que no siempre has sido una llave. El tiempo que estuve allí me dio la impresión de que eras una persona.>

Más silencio. Luego dijo:

<Sí. Qué raro, ¿verdad? No sé muy bien cómo tomármelo. Puede que esa sea la razón por la que recuerdo el sabor del vino y lo que se siente al dormir, y también el olor del desierto por la noche... —Rio con tristeza—. Creo que no debería acordarme.>

<¿Acordarte de qué?>

<De mí. Soy un dispositivo, Sancia. Me capturaron y me metieron dentro de esta cosa. Se supone que los objetos no tienen que tener conciencia. Es lo mismo que dijiste la primera vez que nos vimos. Me quedé en la oscuridad mucho tiempo. Y se suponía que no tenía que sentir que esperaba tanto. —Una pausa—. Sabes qué significa eso, ¿verdad? Que soy una máquina defectuosa. Y que dejaré de funcionar. Creo... creo que me estoy muriendo, ¿sabes?>

Sancia se quedó allí sentada sin decir nada unos instantes, desconcertada.

<¿Qué? Clef... ¿estás...? ¿Estás seguro?>

<Lo sé. Esto de tener conciencia... soy como un tumor dentro de la llave. Crezco y crezco, pero esto no es lo que se esperaba de mí. Soy un error, y eso me está rompiendo por dentro. Y aquellos que podrían arreglarme... están todos muertos. Murieron hace cientos o miles de años.>

Sancia tragó saliva. Se había imaginado muchas cosas horribles relacionadas con Clef, casi todas relacionadas con que caía en malas manos o con que ella lo perdía, pero la idea de que muriese nunca se le había pasado por la cabeza.

<¿Cuánto tiempo te queda?>

<No estoy seguro. Es un... proceso. Cuantas más cosas hago, más me rompo. Podrían ser meses. O podrían ser semanas.>

<Entonces no puedo... No puedo usar...>

<No —dijo él con firmeza—. Quiero que me uses, Sancia. Quiero... quiero hacer cosas contigo. Vivir contigo. Ayudarte. Eres la única persona que recuerdo haber conocido. Ni siquiera estoy seguro de querer que me arreglen, para serte sincero. No sé si quiero encontrar a alguien capaz de hacerlo, porque eso significaría volver a mi estado original. Un dispositivo sin conciencia.>

Sancia seguía sentada, intentando procesar tanta información.

<No sé qué decir.>

<Pues no digas nada. Creo que necesitas descansar. Y también que te vendría bien un baño.>

<No eres el primero que me lo dice.>

<Por algo será.>

<No puedo bañarme. No puedo tocar el agua. Es demasiado contacto. Me mataría.>

<Bueno. Puedo inténtalo al menos. Seguro que te sientes mejor.>

Sancia titubeó y luego se dirigió al baño. Era de mármol y metal con una enorme bañera de porcelana. También tenía espejos, algo que había visto muy pocas veces en su vida. Echó un vistazo alrededor para ocultar a Clef, por si entraba alguien. Lo dejó dentro de un mueble.

<No odies al capitán Dandolo —dijo Clef antes de que lo soltase—. Creo que ha sufrido mucho, como tú y como yo. Intenta arreglar el mundo porque es la única forma que tiene de arreglarse a sí mismo.>

Sancia cerró el mueble.

Se desnudó, sola en el baño. Después se miró en el espejo.

Tenía los brazos, los muslos y los hombros fibrosos y llenos de protuberancias. El vientre y los pechos estaban cubiertos de sarpullidos, arañazos y mugre.

Se dio le vuelta para mirarse la espalda. Respiró hondo con brusquedad.

Pensaba que ya no las tendría, o que al menos habrían encogido, pero estaban igual de grandes que siempre. Unas cicatrices brillantes y relucientes que le bajaban desde los hombros a los glúteos. Las miró, embelesada. No las veía desde hacía mucho tiempo, ya que los espejos no eran muy habituales en el Ejido.

Conocía historias de esclavos que habían soportado una infinidad de latigazos, con estoicismo, golpe tras golpe. Pero Sancia descubrió que eran mentira la primera vez que le dieron uno. El segundo impacto le había destrozado el orgullo, la rabia y la esperanza. Le resultaba sorprendente lo frágil que se volvía tu concepto de ti mismo en una situación así.

Sancia se colocó frente a la bañera, humedeció un pedazo de tela en agua caliente y se frotó para limpiarse. Mientras lo hacía, se intentó convencer de que ya no era una esclava. Se dijo que era libre y fuerte, que llevaba sola desde hacía años, que volvería a estarlo y que, como siempre, iba a sobrevivir. Porque lo que mejor se le daba a Sancia era sobrevivir. Y mientras se limpiaba la mugre de la piel llena de cicatrices, intentó convencerse de que la humedad que cubría sus mejillas no era más que agua del grifo. Solo agua del grifo.

PARTE II

EL CAMPO

Y fue así como el gran Crasedes llegó a la ciudad de Apamea, en el extremo del mar de Ephios, y aunque no se han encontrado registros escritos de lo que les dijo a los reyes de la ciudad, otras fuentes dejan claro que les comunicó el mensaje habitual: les ofreció cooptación, integrarse en su imperio después de apremiarlos para que se rindiesen. En aquel momento ya se rumoreaba que los hierofantes se habían extendido por la región y eran muchos los que les tenían miedo, pero los reyes y terratenientes más poderosos de Apamea rechazaron la oferta y repudiaron con desaire al gran Crasedes.

Crasedes no respondió con rabia, como algunos temían que ocurriera. En lugar de ello, se limitó a dirigirse a la plaza de la ciudad, donde se sentó en el suelo de tierra y empezó a levantar un túmulo con piedras grises.

La leyenda dice que Crasedes levantó el túmulo desde mediodía hasta el anochecer, y que dicha estructura alcanzó una altura extraordinaria. Las fuentes no se ponen de acuerdo en referencia a la altura: algunas dicen que medía treinta metros de alto y otras que llegaba a la centena. No obstante, todas las versiones omiten dos puntos clave de la historia: si el túmulo de piedra tenía una altura extraordinaria, ¿cómo es que Crasedes, un hombre de altura media, consiguió seguir apilándolas hasta la parte superior? Se dice que Crasedes podía hacer que las cosas flotasen, y que él mismo era capaz de volar, pero no se habla al respecto en esta historia. ¿Cómo lo hizo entonces?

La otra omisión está relacionada con las piedras. ¿De dónde sacó tantas?

Algunas fuentes sugieren que Crasedes tuvo ayuda para construir el túmulo. Dichas interpretaciones afirman que, antes de empezar, sacó una pequeña caja de metal y la abrió, aunque los mirones aseguraron que parecía estar vacía. No obstante, la historia dice que los habitantes de Apamea vieron huellas formándose en la tierra alrededor del túmulo, huellas mucho más grandes que las de una persona. Esas versiones de la historia indicarían que Crasedes recibió la ayuda de una criatura mágica invisible o una entidad que se encontraba dentro de la caja y que liberó para que lo ayudase. Tales historias se encuentran a la par de otras más fantásticas sobre los hierofantes, que afirman que Crasedes consiguió hacer bailar a las estrellas con su varita mágica, por ejemplo, por lo que deben ser tratadas con escepticismo.

Independientemente de cómo lo consiguiese, empezó a levantar el túmulo y no se detuvo. A medida que caía la noche y con un panorama así en la ciudad, los habitantes de Apamea empezaron a tener mucho miedo y se marcharon.

Por la mañana, cuando regresaron a la plaza de la ciudad, Crasedes se encontraba sentado en la tierra, esperando pacientemente. El túmulo había desaparecido y, como descubrirían más tarde los habitantes, tampoco había ni rastro de los reyes, los terratenientes más poderosos, ni sus familiares jóvenes o ancianos, ni su ganado, ni los edificios en los que vivían y trabajaban. Todo había desaparecido de la noche a la mañana sin hacer ruido alguno, transportados quizá al mismo lugar donde ahora yacía el túmulo.

El propósito de dicha construcción aún es desconocido, así como el destino que acaeció a los que se opusieron a Crasedes en Apamea, de quienes no hay registros históricos. Apamea, como era de esperar, dejó de resistirse y se rindió al control de los hierofantes. A pesar de ello, quedó destruida por completo, como el resto de territorios del Imperio Occidental. Se desconoce si dicha destrucción se debió a una guerra civil o si, quizá, los hierofantes lucharon contra una facción más poderosa.

Es una idea que me perturba, pero también una que hay que tener en cuenta.

—Relatos de Giancamo Adorni, hypatus sustituto de la casa Guarco, recogidos del imperio Occidental.

Capítulo Dieciséis

Orso apretó los dientes, se masajeó la frente y suspiró.

—Juro que como vuelva a oír otra puñetera palabra insustancial...

—Silencio —susurró Ofelia Dandolo.

Orso apoyó la cabeza en la mesa que tenía delante. Se le daba bien relacionar ideas abstractas. De hecho, era en lo que se basaba su profesión: escribía ensayos e hipótesis que convencían a la realidad para que hiciese cosas nuevas e interesantes.

Era por ello que una de las cosas que más detestaba, que más le hacía perder la cabeza, era cuando alguien no iba al grano, por todos los beques. Aguantar a alguien que no dejaba de titubear con palabras e ideas, como un colegial que intentase con torpeza meter las manos por debajo de la túnica de una mujer, para él era lo mismo que tragarse cientos de esquirlas de cristal.

—Una cosa a tener en cuenta —dijo el hablante, que era un hypatus sustituto de la casa de los Morsini, un cabrón demasiado bien vestido cuyo nombre Orso era incapaz de recordar—. ¿Sería posible desarrollar un criterio con el que podamos medir, analizar y establecer la posibilidad de que los apagones del Ejido fuesen un incidente natural, fruto de una tormenta o de fluctuaciones meteorológicas en la atmósfera, en lugar de ser un hecho antropológico y, por ende, causado por los seres humanos?

—Seguro que ese mierdecilla acaba de aprender a decir 'antropológico' —gruñó Orso. Ofelia Dandolo lo fulminó con la mirada. Orso carraspeó como si el comentario no hubiese sido más que tos.

Llevaban cuatro horas en la reunión del concejo tevanní sobre los apagones. Se sorprendió al comprobar que era un tema que había conseguido que Eferizo Michiel y Torino Morsini saliesen de sus refugios en sus respectivos campos. Los líderes de las casas casi nunca se dejaban ver, y mucho menos en el mismo lugar. Eferizo intentaba mantenerse erguido y con gesto de noble preocupación, mientras que de Torino emanaba un aburrimiento manifiesto. Ofelia sabía comportarse, como siempre y en opinión de Orso, pero el agotamiento empezaba a apoderarse también de ella.

Orso estaba alerta a pesar de todo. No dejaba de mirarlos a las caras, pensativo. En aquella estancia estaban reunidas algunas de las personas más importantes de la ciudad, y muchas de ellas tenían linaje de los fundadores. Si alguien parecía sorprendido de verlo con vida, sería una prueba más que suficiente.

Ofelia carraspeó.

—No hay registro alguno de que hayan ocurrido apagones naturales de las inscripciones —dijo—. No es un tifón ni nada parecido. No hay registros ni en nuestra historia ni en la de los Occidentales. ¿Por qué no vamos al grano y nos preguntamos si fue provocado por algo que hicimos en Tevanne?

Los murmullos se apoderaron del silencio posterior.

—¿Estás acusando a otra casa de los mercaderes, fundadora? —exigió saber uno de los representantes de los Morsini.

—No acuso a nadie —dijo Ofelia—. No sé qué puede haberlo provocado. ¿No podría haber sido el resultado accidental de una investigación?

El murmullo se incrementó.

—Eso es ridículo —dijo alguien.

—Ilógico.

—Indignante.

—Si Firma Dandolo asegura tal cosa —dijo uno de los Michiel—, quizá el hypatus de la casa pueda ilustrarnos con datos que respalden tal afirmación.

Todos se giraron hacia Orso.

"Genial", pensó.

Carraspeó y se puso en pie.

—Me gustaría corregir ligeramente el testimonio de mi fundadora —dijo—. Sí que hay registros hierofánticos al respecto, una leyenda incierta en la que es posible que aparezca un fenómeno similar al que hemos sufrido. La batalla de Armiedes. —Echó un vistazo con frialdad a la multitud reunida. "Vamos, cabrón. Demuestra lo que sabes. Sorpréndelos", pensó—. No obstante, es algo que no podemos llevar a cabo en Tevanne, claro —continuó—. Pero, si nos fiamos de las historias, sí que sería posible.

Uno de los Morsini suspiró, desesperado.

—¡Más hierofantes! ¡Más magos! ¿Qué íbamos a esperar de un discípulo de Tribuno Candiano!

La estancia se quedó en silencio. Todos se quedaron mirando al representante de los Morsini, que fue consciente poco a poco de que se había pasado de la raya.

—Yo... Lo siento —dijo. Se giró hacia la parte de la estancia que se había quedado en silencio hasta el momento—. Me he dejado llevar, señores.

Todos se giraron poco a poco para dirigir la mirada hacia la parte de la estancia dominada por los representantes de la Compañía Candiano. Había menos de ellos que de las otras casas. En el asiento del fundador se encontraba un joven de unos treinta años, pálido y bien afeitado, que iba ataviado con una túnica verde fuerte y una boina ornamentada en la que destacaba una esmeralda. Era una rareza por muchos motivos. Primero porque tenía un tercio de la edad de los otros tres fundadores. Y, como todo el mundo sabía, no era un fundador de verdad ni tenía consanguineidad con la familia Candiano.

Orso entrecerró los ojos y miró al joven. Odiaba a muchas personas de la ciudad, pero le tenía una aversión particular a Tomas Ziani, el primer oficial de la Compañía Candiano.

Tomas Ziani carraspeó y se puso en pie.

—No te has dejado llevar —dijo—. Mi predecesor, Tribuno Candiano, arruinó nuestra noble casa con esas baratijas occidentales.

"¿Nuestra noble casa? —pensó Orso—. ¡Pero si formas parte de ella por tu matrimonio, mierdecilla!".

Tomas cabeceó en dirección a Orso.

—Algo que conoce bien el hypatus de los Dandolo aquí presente.

Orso le dedicó la más forzada de las sonrisas, hizo una reverencia y se sentó.

—Resultaría absurdo pensar que cualquier casa de los mercaderes de Tevanne es capaz de reproducir los efectos de los hierofantes —dijo Tomas Ziani—. Y mucho menos haber llevado a cabo los apagones, si se tienen en cuenta las consecuencias morales que implican. Pero me apena decir que la fundadora de los Dandolo no ha llegado hasta el fondo del asunto con la pregunta. Creo que lo que todos queremos saber, si es que de verdad pretendemos descubrir si alguna casa ha sido responsable de los apagones, es ¿quién se va a encargar de ellos? ¿Qué organismo llevará a cabo dicha supervisión? ¿Y quién formará parte de dicho organismo?

La habitación estalló con murmullos de descontento.

"Y así fue cómo el joven Tomas le dio el golpe de gracia a esta absurda reunión", pensó Orso.

Pensar algo así era una herejía en Tevanne. ¿Una autoridad municipal o gubernamental que se encargase de supervisar los negocios de las casas de los mercaderes? Preferirían fracasar y desaparecer antes que rendirse a algo así.

Ofelia suspiró. Un puñado de polillas blancas y pequeñas revolotearon alrededor de su cabeza.

—Qué pérdida de tiempo —dijo en voz baja mientras les indicaba que se marchasen.

Orso miró a Tomas y descubrió, para su sorpresa, que el joven lo miraba. De hecho, miraba la bufanda de Orso, para ser más exactos. No le quitaba ojo de encima.

—Puede que no del todo —dijo.

Después de que terminase la reunión, Orso y Ofelia tuvieron una breve charla en el claustro.

—Para confirmar. ¿No crees que se puede tratar de un sabotaje? —preguntó ella.

—No, fundadora.

—¿Por qué estás tan seguro?

“Porque he capturado a una ladrona mugrienta que dice que vio cómo ocurrió”, pensó. Pero luego dijo:

—De haber sido un sabotaje, podrían haberlo aprovechado más. ¿Por qué centrarse en el Ejido? ¿Por qué no hacerlo en los campos?

Ofelia Dandolo asintió.

—¿Hay... alguna razón para sospechar de que se trate de un sabotaje, fundadora? —preguntó Orso.

La mujer lo fulminó con la mirada.

—Digamos que tus trabajos más recientes con las luces pueden... haber llamado la atención.

Aquello le resultó muy curioso. Orso había estado investigando con luces inscritas desde hacía décadas, pero gracias a la ingeniería avanzada de glosarios con la que contaba Firma Dandolo había sido capaz de empezar a investigar lo contrario: unas inscripciones que absorbiesen la luz en lugar de emitirla, que proyectasen un halo de sombra perpetua incluso de día.

Que a Ofelia Dandolo le preocupase que otras casas hubiesen empezado a temer esa tecnología resultaba... curioso cuando menos.

“¿Qué es lo que planea ocultar entre las sombras, exactamente?”, se preguntó.

—Espero que no digas nada al respecto, como siempre. Este es un tema más delicado aún.

—Por supuesto, fundadora.

—Ahora, si me perdonas, tengo una reunión dentro de poco.

—Yo también —dijo él—. Buenos días, fundadora.

La vio marchar para, luego, darse la vuelta y empezar a recorrer los pasillos del edificio del concejo, donde legiones de asistentes, administradores y sirvientes se afanaban por ayudar a los grupos de nobles que había en el interior. Berenice se encontraba entre ellos, bostezando y frotándose los ojos hinchados.

—¿Solo cuatro horas? —dijo—. Ha sido rápido, señor.

—Sí que lo ha sido —dijo Orso, que pasó a toda velocidad junto a ella. Atravesó un grupo de gente vestida de blanco y amarillo, los colores de Firma Dandolo, luego otro que iba de rojo y azul, los de la casa Morsini, y después otro dorado y púrpura, los de la Corporación Michiel.

—Oye —dijo Berenice—. ¿Dónde vas, señor?

—Tú a dormir —dijo él—. Te necesitaré esta noche.

—¿Y cuándo dormirás tú?

—¿Duermo alguna vez, Berenice?

—Ah. Entiendo, señor.

Orso se detuvo frente a un grupo de personas vestidas de verde oscuro y negro, los colores de la Compañía Candiano. Era un grupo mucho más pequeño y mucho menos refinado. La bancarrota que había sufrido la casa los había dejado tocados, al parecer.

—Esto... ¿qué tienes pensado hacer aquí, señor? —preguntó Berenice, con voz un tanto ansiosa.

—Hacer preguntas —respondió él.

Echó un vistazo entre la multitud. Al principio no estaba seguro de que fuese a estar, e incluso se sintió como un imbécil por llegar a pensarlo. Pero luego la vio: una mujer apartada del grupo, alta y de pose regia.

Orso la miró y se arrepintió al momento. La mujer llevaba un vestido desconcertantemente complicado de mangas abombadas y el pelo recogido en un broche intrincado que estaba cubierto de perlas y cintas. Tenía el rostro pintado de blanco, con esa franja azul sobre los ojos que estaba tan de moda hoy en día.

—Dios —dijo Orso en voz baja—. Vaya si se ha dejado llevar por las banalidades aristocráticas. No lo puedo creer.

Berenice miró a la mujer. Abrió los ojos de par en par y giró la cabeza hacia Orso con pavor manifiesto.

—No, señor.

El agitó la mano en gesto desdeñoso.

—Ve a casa, Berenice.

—No... No vayas a hablar con ella. Eso sería muy insensato.

Entendía el miedo de Berenice a la perfección: la idea de acercarse a la hija de un fundador de una de las casas de la competencia era una locura. Y más si también se trataba de la esposa del primer oficial de esa misma casa. Pero Orso se había labrado toda una reputación gracias a sus locuras.

—Basta —zanjó.

—Sería una insensatez supina que hablases con ella —dijo Berenice—. Sea lo que sea lo que hayas...

Orso la miró.

—¿Lo que haya qué?

Berenice lo fulminó con la mirada.

—Lo que hayas tenido con ella en el pasado, señor.

—Mis asuntos son mis asuntos —dijo Orso—. Y a menos que quieras inmiscuirte en ellos, te sugiero que te vayas a casa, Berenice.

Berenice lo miró un rato más. Luego suspiró y se marchó.

Orso la vio alejarse. Tragó saliva e intentó recuperar la compostura. "Lo hago por una buena razón —pensó—. ¿O solo porque quiero hablar con ella?".

Decidió no darle más vueltas. Giró sobre los talones y se dirigió hacia la mujer.

—Ese vestido te queda terrible —le dijo.

La mujer lo miró de arriba abajo, con la boca abierta a causa de la rabia. Después se percató de quién era y la sorpresa desapareció de su rostro.

—Ah. Claro. Buenas tardes, Orso. —Echó un vistazo a su alrededor, nerviosa. Muchos de los sirvientes de la Compañía Candiano los estaban mirando o intentaban apartar la mirada de ellos—. Esto es... muy inapropiado, como bien sabrás.

—Supongo que me he olvidado del significado que tiene hoy en día la palabra 'apropiado', Estelle.

—En mi opinión, nunca has sabido lo que significa, Orso.

Él sonrió.

—¿Ah, sí? Me alegro de verte, Estelle. Aunque sea en los pasillos como una mera sirvienta.

Ella le devolvió la sonrisa, o al menos lo intentó. No era la sonrisa a la que él estaba acostumbrado. Cuando la había conocido hacía unos años, Estelle Candiano tenía unos ojos vivaces y relucientes, y su mirada era más afilada que un estilete. Ahora había en ellos algo... apagado.

Parecía cansada. Era doce años más joven que él, pero Estelle parecía mayor.

Ella le indicó que avanzase, y se apartaron lo suficiente como para que el resto del grupo no oyese lo que decían.

—¿Fuiste tú quien acabó con la reunión? —preguntó—. Cuatro horas me parece poco, ¿no?

—No fui yo. Creo que ese honor le corresponde a tu marido.

—Ah. ¿Qué dijo Tomas?

—Vilipendios. No dejó a tu padre en buen lugar.

—Ya veo. —Una pausa incómoda—. Pero ¿eran verdades?

—Bueno, sí. Pero no me sentaron muy bien.

—¿Por qué? Pensé que odiabas a mi padre. Sé que cuando abandonaste la Compañía Candiano las cosas entre él y tú no acabaron de la mejor manera posible.

—Cierto. Pero una cosa no quita la otra. ¿Qué tal le va a Tribuno?

—Sigue muriéndose —dijo Estelle, con brusquedad—. Y loco. Así que supongo que no podría estar peor.

—Ya veo... —dijo él en voz baja.

Estelle lo miró de cerca.

—Dios —dijo—. ¡Dios! ¿Eso que he visto cruzar por el rostro antaño atractivo del infame Orso Ignacio ha sido un atisbo de compasión? ¿Arrepentimiento, quizá? ¿Tristeza? ¡Quién lo iba a decir!

—Basta.

—Nunca demostraste esa ternura cuando estabas en nuestra casa, Orso.

—No es cierto —dijo Orso, al instante.

—Perdón. Me refería a ternura hacia él, no que tú fueses tierno.

—Eso tampoco es cierto. —Orso pensó con cautela qué decir—. Tu padre era, y seguro que sigue siendo, uno de los escribas más brillantes de toda la historia de Tevanne. Se podría decir que esta maldita ciudad es obra suya. Muchos de sus diseños son los que la mantienen en pie. Es algo que tener en cuenta, aunque él haya cambiado mucho.

—Cambiado... —dijo Estelle—. ¿Crees que es la palabra más adecuada? Verlo deteriorarse... Verlo pudrirse y corromperse por estar obsesionado con esas bagatelas occidentales, gastar cientos de miles de duvots en una fantasía decadente... No estoy segura de que 'cambiar' sea la palabra más adecuada. Aún no nos hemos recuperado, ¿sabes? —Miró la multitud que tenía detrás—. Míranos. Solo tenemos a un puñado de sirvientes vestidos de empleados. Antes dominábamos el concejo. Recorríamos estos pasillos como dioses y ángeles. Qué bajo hemos caído.

—Lo sé. Y ya no hacéis inscripciones. ¿No es así?

Estelle se desanimó de repente.

—N-no... ¿cómo lo has sabido?

—Porque eras una escriba muy lista cuando te conocí.

Intercambiaron una mirada de esas que decían muchas cosas con un solo gesto: "Aunque tu padre nunca lo reconociera". Tribuno Candiano había sido un hombre muy brillante, pero también uno que había ignorado por completo a su hija. Era bien sabido que él hubiese preferido un hijo.

Y quizá esa era la razón por la que la había tratado así a ella. Cuando su obsesión con los Occidentales casi lo había dejado en la bancarrota, había entregado la mano de su hija al mejor postor para así pagar sus deudas. Y el joven Tomas Ziani, vástago de la ofensivamente rica familia Ziani, había sido ese mejor postor.

—¿A qué te refieres? —preguntó ella.

—Apuesto lo que sea a que, si Tomas te hubiese dejado tomar el liderazgo, habrías conseguido devolver su gloria a la Compañía Candiano. Eras buena. Muy buena.

—Eso no sería propio de la esposa de un primer oficial.

—No. Al parecer, lo propio para la esposa de un primer oficial es estar aquí, esperando en los pasillos y que la vean haciéndolo, dócil y obediente.

Ella lo fulminó con la mirada.

—¿Por qué has venido a hablar conmigo, Orso? ¿Para meter el dedo en la llaga?

—No.

—¿Entonces?

Respiró hondo.

—Mira, Estelle... ha ocurrido algo muy grave.

—¿Estás seguro de que puedes hablar sobre el tema? ¿Seguro que Ofelia Dandolo no te arrancará los cojones por hacerlo?

—Es posible que sí lo haga —respondió él—, pero te lo voy a decir igualmente. Los objetos de tu padre... esa colección de dispositivos

Occidentales que compró. ¿Sabes si siguen siendo propiedad de la Compañía Candiano? ¿Crees que podría haberlos subastado?

—¿Por qué lo dices? —exigió saber ella.

Orso recordó en ese momento cómo lo había mirado Tomas Ziani, esa sonrisilla de suficiencia.

—Curiosidad.

—Pues no lo sé —respondió Estelle—. Ahora todo está bajo el control de Tomas. Yo no tengo ninguna responsabilidad, Orso.

Él pensó al respecto. Tomas Ziani era rico hasta decir basta y tenía fama de ser un mercader muy inteligente, pero no era escriba. Los sigilos escapaban por completo a su comprensión. Era imposible que fuese él quien había creado algo tan poderoso como el dispositivo de escucha o los gravitatorios.

Pero Tomas tenía contactos y ambición. No podía hacerlo todo, pero sin duda sí que podía pagar por ello.

"Y puede que aún estuviese en contacto con el escriba más inteligente de todo Tevanne".

—¿Tomas ve a Tribuno de forma habitual? —preguntó.

—A veces —dijo Estelle, que había empezado a sospechar.

—¿Habla con él? ¿De qué hablan?

—Esto está muy fuera de lugar, Orso —dijo ella—. ¿Qué está pasando?

—Ya te lo he dicho. Ha ocurrido algo muy grave en esta ciudad, Estelle. Si Tomas fuese a por mí, si intentase atacarme... me lo dirías, ¿verdad?

—¿A qué te refieres? ¿Cómo que atacarte?

Orso se bajó con un dedo la bufanda y le mostró un poco del cuello amoratado.

Ella abrió los ojos de par en par.

—Dios, Orso... ¿quién...? ¿Quién te ha hecho eso?

—Eso es lo que intento averiguar. Como te decía, si Tomas intentase hacerme algo así, ¿me advertirías?

Ella se le quedó mirando, con una mezcla de expresiones que se fueron alternando: sorpresa, rabia, resentimiento, tristeza.

—¿Crees que te lo debo?

—Creo que sí —dijo Orso—. Nunca te he pedido gran cosa.

Ella se quedó en silencio durante un buen rato.

—Eso no es cierto —dijo al fin—. Tú... me pediste que me casara contigo. Y después de eso... después sí que no me pediste nada más.

Se quedaron quietos en el pasillo, rodeados por los sirvientes y sin saber muy bien qué decir.

Estelle parpadeó varias veces.

—Si supiese que Tomas es una amenaza para ti, te lo diría, Orso.

—Aunque hacerlo supusiese traicionar los intereses de los Candiano.

—Eso es.

—Gracias. —Le hizo una gran reverencia—. Yo... te agradezco que me hayas dejado hablar contigo, dama Ziani.

Se dio la vuelta y se marchó.

Mantuvo la cabeza alta y los brazos rígidos mientras se marchaba. Cuando había avanzado una decena de metros por el pasillo, se agachó junto a una columna y miró en dirección al grupo de la Compañía Candiano.

Vio el momento justo en el que llegaban Tomas Ziani y los demás, ya que los sirvientes se enderezaron en los asientos, conscientes de que sus amos ahora estaban presentes. Pero Estelle no reaccionó. Se quedó paralizada mirando hacia la nada. Y cuando su marido se acercó y la tomó de la mano para marcharse juntos, tampoco dio muestra alguna de haberse dado cuenta.

Capítulo Diecisiete

Sancia seguía dormida cuando se oyeron golpes en la puerta.

—Ha empezado a anochecer —dijo Gregor—. Pronto llegará el carruaje.

Sancia gruñó, se levantó de la cama sin sábanas y se tambaleó escaleras abajo. Las heridas y los rasguños de los últimos dos días parecían haberse fusionado hasta hacer que su cuerpo fuese un moretón de tamaño humano. Al verlo, se dio cuenta de que seguro que Gregor se sentía igual: estaba algo encorvado, para no apoyar mucho peso en la espalda, y tenía el brazo vendado y sujeto a la altura del pecho.

Un rato después, se abrió la puerta principal y entró Berenice. Los miró a ambos.

—Por Dios —dijo—. He visto rostros más alegres en un mausoleo. Vamos. El carruaje está listo. Pero os advierto que está de mal humor.

—No parece ser el tipo de persona que sepa lo que es estar de buen humor —dijo Sancia, que empezó a seguirla.

—Pues está de un humor malo incluso para él —apostilló Berenice.

Los llevó otra vez a las estancias del hypatus mientras el sol se ocultaba entre las nubes.

<¿Estás listo, Clef?>, preguntó Sancia.

<Claro>, dijo él.

Volvía a sonar animado y alegre.

<Y... ¿te sientes bien?>

<Me siento genial. Maravillosamente. Se podría decir que ese es el problema, niña.>

Ella intentó que la preocupación no se le reflejase en las facciones.

<Anímate —dijo Clef—. Te sacaré de este lío. Te lo prometo.>

Las oficinas del hypatus seguían vacías y envueltas en la oscuridad. Usaron una entrada trasera que daba a una escalera pequeña y olvidada, y subieron por ella hasta que encontraron a Orso, que lo esperaba en el rellano de la parte alta, justo al lado de su taller.

<¿Ese es el tipo que me compró, entonces?>, preguntó Clef.

<Sí.>

<¿Qué tal es?>

—¡Mira que habéis tardado! —dijo Orso—. Dios, ya pensaba que me iba a morir de viejo esperando, por todos los beques.

<Da igual. Me hago una idea.>

—Buenas noches, Orso —dijo Gregor—. ¿Qué tal ha ido la reunión del concejo?

—Aburrida y corta —respondió—. Pero... se podría decir que ha sido útil. Me dio algunas ideas y, si podemos encontrar ese maldito objeto, podré confirmar si dichas ideas están en lo cierto. —Se puso en pie y señaló a Sancia—. Tú. ¿Estás lista para repetirlo?

—Claro —dijo ella.

—Pues adelante —dijo Orso—. Sorpréndenos.

—Muy bien. Dame un segundo. —Sancia miró por el hueco de las escaleras. Solo sintió un batiburrillo de ruidos, susurros y cánticos.

<¿Clef?>

<¿Sí?>

<Pues... ¿oyes algo?>

<Ah, sí. Muchas cosas. Pero espera. Deja que me concentre.>

Se hizo el silencio. Sancia dio por hecho que Clef se había puesto a buscar y que le respondería cuando hubiese encontrado algo.

Pero luego... todo cambió.

Los murmullos y los cánticos se intensificaron, y le dio la impresión de que los sonidos se estiraban... burbujeaban... se emborronaban...

Después brotaron palabras entre ellos, palabras que Sancia era capaz de oír.

<...más calor, muchas más, que burbujee. Y luego hay que almacenarlo, así es. Mantén ahí el calor. Vaya, hay que ver cómo me encanta calentar el tanque...>

<...NO dejaré entrar a nadie, absolutamente NADIE. NO entrarán a menos que tengan la LLAVE. La llave es MUY IMPORTANTE y...>

<...rígido, rígido, rígido, presión en las esquinas. Soy como la piedra de las profundidades de la tierra...>

Sancia se dio cuenta de que lo que oía eran las inscripciones, que las comprendía... sin tocarlas. Estuvo a punto de caer al suelo por la conmoción. Estaba muy segura de que acababa de oír un tanque de agua, una cerradura y una estructura de soporte, todos inscritos, todos en alguna parte del edificio.

<Mierda... Puta mierda>, dijo.

Las voces volvieron a convertirse en cánticos murmurados.

<¿Qué? —preguntó Clef—. ¿Qué pasa?>

<Los... ¡los he oído! ¡He oído lo que decían, Clef! ¡Todos los dispositivos! ¡Todos!>

<Ah —dijo Clef. Hizo una pausa—. Sííííí... me temía que podía llegar a ocurrir algo así.>

<¿Qué podía llegar a ocurrir el qué?>

<A medida que me hago más poderoso, más de mis pensamientos se trasvasan a ti. A tu cerebro, a tu mente. Creo que te estoy sobrecargando un poco.>

<¿Te refieres a que lo que acabo de oír es lo que oyes tú?>

<Y también sientes lo que yo siento, sí. —Clef tosió—. Así que supongo que las cosas podrían ponerse un tanto raras.>

Sancia se dio cuenta de que Orso la miraba con impaciencia.

<¿Es peligroso?>

<No lo creo...>

<Pues ignorémoslo por el momento. Encuentra el dispositivo de grabación antes de que estos cabrones empiecen a preocuparse. ¡Ya resolveremos esto en otro momento!>

<Muy bien. De acuerdo... es un objeto que sirve para capturar el sonido, ¿verdad?>

<¡Supongo que sí! ¡No entiendo un carajo!>

<Mm. Bien.>

Otra pausa... y luego las voces volvieron a inundar la mente de Sancia, una avalancha de palabras, anhelos y miedos producto de la ansiedad.

Las voces se intensificaban o se oían más bajas por oleadas, una detrás de otra. Era como si Clef hubiese empezado a ordenarlas en una pila de documentos, inspeccionando cada una antes de pasar a la siguiente. La diferencia era que estaba ocurriendo dentro del cerebro de Sancia. Era una sensación muy desorientadora.

Después, una voz se alzó entre todo ese caos.

<...soy un junco agitado por la brisa, que baila con mi compañero, mi pareja, mi amor... bailo mientras ellos bailan, me muevo mientras ellos se mueven. Registro nuestro baile en la arcilla...>

<Es ese —dijo Clef—. Ese mismo. ¿Lo oyes?>

<¿Bailar? ¿Arcilla? ¿Amor? ¿Qué narices?>

<Así es como piensan. Así es como funciona todo esto —dijo Clef—. Esos dispositivos están creados por personas, y las personas hacen que las cosas funcionen como si fuesen personas. Si quieres que un dispositivo haga algo concreto, haces que lo anhele. Creo que está en el sótano. Vamos.>

—Creo que lo he encontrado —dijo Sancia.

—Pues guíanos —comentó Gregor.

Sancia siguió los susurros del objeto por los talleres llenos de dispositivos a medio fabricar, hileras de hornos apagados y pared tras pared llenas de estanterías. Clef la guio escaleras abajo, a un entresuelo, y luego a una habitación contigua que daba a otra escalera. Bajaron tramo tras tramo hasta el sótano, que parecía hacer las veces de biblioteca. Orso, Berenice y Gregor la siguieron, iluminando con pequeñas luces inscritas y sin decir nada, pero la cabeza de Sancia ya estaba llena de palabras.

Empezaba a acostumbrarse. Durante mucho tiempo, había dado por hecho que las inscripciones no eran más que murmullos en el fondo de su mente. Ahora que Clef los había aclarado, era como si alguien hubiese eliminado una capa de arena para revelar palabras escritas en el sendero que se abría frente a ella.

“Pero las oigo a través de él —pensó Sancia—. ¿Qué más podría oír? ¿Y qué oye él en mi mente?”.

Se preguntó si empezaría a pensar como Clef, a actuar como él sin darse cuenta.

Entraron en el sótano. Y luego, de repente, el camino terminó frente a una pared vacía.

<¿Y ahora qué?>, preguntó Sancia.

<Pues... está ahí detrás.>

<¿Cómo que está ahí detrás? ¿Detrás de la pared?>

<Eso parece. Puedo mostrarte dónde está, pero no cómo llegar hasta él. Mira...>

Otra pausa. Y luego lo oyó. Murmullos detrás de las paredes:

<...no hay baile aún... no hay sonidos. Silencio. Nada con lo que bailar. Ni pasos ni giros que marcar en la arcilla...>

<Sí. —dijo Sancia. Se echó hacia atrás y miró la pared—. Está ahí detrás. Mierda.>

Suspiró y dijo:

—¿Alguien sabe qué hay detrás de esta pared?

—Más pared, supongo —dijo Orso.

—Pues no. Está ahí detrás.

—¿Has encontrado el dispositivo? —preguntó Gregor—. ¿Estás segura?

—Sí. Ahora solo tenemos que encontrar la manera de llegar hasta él. —Hizo un mohín y se quitó los guantes—. Un momento.

Respiró hondo, se concentró, cerró los ojos y apoyó las palmas en la pared.

La pared brotó en su mente al instante, piedras antiguas y pálidas, capas de yeso que se abalanzaban hacia sus pensamientos. La pared le contó su edad y la presión, las décadas que había pasado soportando el peso del edificio que tenía encima y transfiriéndolo a los cimientos de debajo. Pero...

Había un punto en el que no había cimiento alguno.

“Un pasadizo”, pensó.

Mantuvo los ojos cerrados y recorrió la pared con la palma apoyada en la superficie. El hueco entre los cimientos estaba justo debajo de ella. Se arrodillo y apoyó las palmas en el suelo.

Los tablones crujieron en su mente, chirriaron y gruñeron, le contaron sobre el eco de miles de pisadas, suelas de cuero, suelas de madera y, a veces, pies descalzos. Sintió un cosquilleo en el cráneo, como si tuviese termitas, hormigas y más insectos pequeños que le recorriesen los huesos astillados.

Pero una parte del suelo era diferente. Independiente. Y tenía algo atornillado.

"Bisagras —pensó Sancia—. Una puerta".

Siguió esa sensación en su mente hasta que llegó a la esquina más lejana de una alfombra azul y polvorienta. La apartó a un lado. Debajo de ella había una trampilla vieja y llena de marcas.

—¿Un sótano? —dijo Gregor.

—¿Desde cuándo tenemos un sótano? —preguntó Orso.

—La biblioteca de inscripciones se renovó hace unos años —explicó Berenice—. Muchas de las antiguas paredes se tiraron abajo para luego volver a construirlas. Aún hay artefactos por aquí, puertas que van a ninguna parte y ese tipo de cosas.

—Bueno, está claro que esto va a alguna parte —dijo Sancia. Calzó los dedos en el suelo y levantó la trampilla.

Debajo había un pequeño tramo de escaleras mohosas que terminaban en un túnel pequeño que cruzaba la pared de lado a lado. Estaba del todo oscuro en el fondo.

—Toma —dijo Berenice, que le tendió la luz a Sancia.

Sancia se puso el guante, consciente de repente de la mirada atenta de Orso, y la tomó.

—Gracias —dijo, antes de dejarse caer con la luz inscrita.

Apoyó la mano sin guante en la pared. El túnel brotó en su mente y le contó sobre polvo, frío, oscuridad y humedad estancada. Siguió el camino hasta una escalerilla desvencijada que llevaba hasta un sótano de poca altura, un segmento intercalado de un suelo antiguo, cubierto por paredes y olvidado. Y en el fondo vio...

<...a la espera de abrirme paso en ese charco de arcilla y cera... ¿cuándo empezará a bailar otra vez mi compañero? ¿Cuándo nos moveremos, cuándo nos balancearemos?>

<Ahí está —dijo Sancia—. Al fin. Me arrastraré para tomarlo.>

Sancia empezó a arrastrarse.

<Espera —dijo Clef—. Para.>

Se detuvo.

<¿Qué pasa?>

<Avanza..., pero solo un poco. Unos centímetros nada más.>

Lo hizo.

<Mierda —dijo Clef—. Hay algo más. Algo que queda oculto debido al otro objeto. ¿No lo oyes?>

Sancia volvió a oír otra voz entre los murmullos, pero en esta ocasión no pertenecía al dispositivo de grabación.

<...espero. Espero la señal, la prueba, el indicio —dijo ese nuevo objeto—. ¿Cuánto queda para la señal? ¿Cuánto más tendré que sentir esta presión sobre mí? Pero si mi territorio es allanado por aquellos que no portan la señal, oh, oh, haré brotar la chispa, reluciente y cegadora, ardiente y siseante, una estrella maravillosa y breve que...>

<¿Qué es eso?>, preguntó Sancia.

<No lo sé —dijo Clef—. Está junto al dispositivo de grabación. Justo al lado. No puedo mostrarte qué es, solo lo que dicen las inscripciones.>

Sancia alzó la luz inscrita, pero fue incapaz de ver el fondo del pasadizo en el que se encontraba. Lo pensó, y luego apoyó la mano sin guante en la madera.

Sintió madera y clavos y polvo y termitas... y también ese objeto ahí al fondo, o lo que ella pensaba que era el objeto. Era una especie de plataforma de acero, muy pesada. Supuso que el pedazo de cera o arcilla o donde fuese que escribía era grande.

Pero junto a eso había otra cosa muy pesada. Sancia creyó que se trataba de un barril... de madera, redondo y lleno de algo...

Olió el ambiente y le dio la impresión de notar algo parecido al azufre.

Se quedó paralizada.

<Clef... esta... esta cosa... si alguien se acerca sin la señal adecuada, o lo que sea...>

<Salta una chispa>, dijo Clef.

Se hizo el silencio.

<Un momento>, dijo Clef.

<Sí>, dijo Sancia.

<Es una bomba, ¿verdad?>

<Eso mismo. Una puta bomba. Una bomba enorme.>

Otra pausa.

<Vaya. Voy a alejarme despacio —dijo Sancia—. Muy despacio.>

<Buena idea —dijo Clef—. Una idea genial. Me gusta esa idea.>

Se alejó despacio por el pasadizo.

<Supongo que no hay manera de romper las inscripciones>, dijo ella.

<No sin tocarlas —explicó Clef—. Puedo ver lo que es y saber un poco qué es lo que hace. Y luego mostrártelo a ti. Pero no puedo alterarla sin contacto.>

<Vaya. Estamos jodidos.>

<Pues sí. A menos que quieras acabar hecha papilla.>

Sancia suspiró.

<Bueno. Vamos a contárselo a los demás.>

—Bien. Entonces no podemos acercarnos —dijo Gregor—. Hemos llegado a un callejón sin salida.

—Eso es —dijo Sancia. Estaba sentada en el suelo, en la oscuridad, y se sacudía el polvo de los brazos y de las rodillas.

Orso estaba en silencio y miraba hacia el pasadizo oscuro. No había dicho una palabra desde el regreso de Sancia.

—Tiene que haber una manera de engañar al dispositivo —dijo Berenice.

Gregor negó con la cabeza.

—He tenido que lidiar con minas inscritas en las guerras. A menos que tuvieses el dispositivo señalizador adecuado, acababas hecho papilla.

—Entonces no podremos llegar hasta donde se encuentra el objeto de escucha —dijo Berenice—. Pero tampoco pasa nada, ¿verdad? Sabemos todas las cosas que hemos dicho en el despacho y que habrán oído los otros, ¿no, señor?

Orso no respondió. Se quedó mirando hacia el pasadizo.

<Esto no me gusta>, dijo Clef.

<A mí tampoco.>

—Vaya —dijo Berenice, desconcertada—. Bueno. Supongo que podríamos intentar echar un vistazo al objeto para así averiguar quién fue el que lo creó. Pero llevo trabajando con los gravitatorios toda la tarde y aún no he sacado nada en claro.

—Pues centrémonos en lo que sabemos —dijo Sancia—. Sabemos que el objeto está aquí. Sabemos que funciona. Sabemos que todo el mundo ha visto a Orso en esa maldita reunión y que ahora saben que está vivo, por lo que algo vendrá a por él. Pronto.

—Y, cuando venga, lo capturaremos o lo seguiremos —dijo Gregor—. Yo preferiría seguirlo, ya que nos permitirá descubrir muchas más cosas... —Suspiró—. Pero sé que capturarlo e interrogarlo es nuestra única opción. ¡No tengo ni idea de a qué campo volverá esa persona ni a qué enclave de dicho campo! Vamos a necesitar sachés, llaves y todo tipo de credenciales...

<Eso suena divertido>, dijo Clef.

<¿Seguro que quieres hacerlo, Clef? No sabemos con qué obstáculos vamos a toparnos.>

<Ya te lo he dicho. No quiero quedarme quieto en tu bolsillo como un inútil todo el día, niña.>

—Yo... Yo podría hablar con mis contactos del mercado negro —dijo Sancia—. Podría conseguir sachés para entrar en los campos.

—¿Puedes conseguir tantos sachés? —preguntó Gregor, sorprendido.

La idea era ridícula. Pero quizá ellos no lo supiesen.

—Claro.

—¿Y las credenciales? —preguntó Berenice.

—Si me pagáis bien —respondió Sancia—. Podría ayudaros a entrar en los campos.

Clef rio.

<Eso sí que es dinero fácil.>

—Pues está decidido —comentó Gregor—. Consigue esos sachés y nosotros nos encargaremos de tender la trampa para luego aguardar el momento adecuado. ¿Sí?

—Bien —dijo Berenice.

—Bien —dijo Sancia.

Todos se quedaron esperando y se giraron hacia Orso.

—¿Señor? —preguntó Berenice.

Orso se movió al fin. Se giró para mirar a Sancia.

—Eso ha sido... toda una interpretación —dijo, en voz baja.

—¿Gracias? —dijo ella.

La miró de arriba abajo.

—Hay una manera muy fácil de ser hypatus y permanecer vivo. No incluir nunca una inscripción que no llegas a comprender del todo en tus diseños. Y... la verdad es que tengo que admitir que no te entiendo, niña.

—No tienes por qué hacerlo —aseguró Sancia—. Solo tienes que entender que consigo los resultados que me pides.

—No —dijo Orso—. Yo necesito mucho más que eso. Por ejemplo, ¿cómo sé que estás diciendo la verdad ahora mismo?

—¿Eh? —preguntó ella.

—Te has metido ahí en la oscuridad y has dicho que encontraste el dispositivo, pero no podemos acercarnos, porque si bajamos ahí y echamos un vistazo, moriremos. No hay manera de comprobarlo. Qué casualidad, ¿no?

—Ya te he ayudado antes —dijo ella—. ¡Encontré el otro en la estatua!

—Pero ¿cómo lo hiciste? Nunca llegaste a decírnoslo. ¡No nos has contado nada!

—Orso —llamó Gregor—. Creo que podemos confiar en ella.

—¿Cómo vamos a confiar en ella si no sabemos qué es lo que está haciendo? Encontrar un objeto es una cosa, pero ¿ver a través de las paredes y encontrar la trampilla...?

<Oh, oh>, dijo Clef.

Orso se giró hacia Sancia.

—¿Lo descubriste todo con el oído?

—¿Sí?

—¿Y tocando las paredes?

—Sí. ¿Qué pasa?

La miró durante un buen rato.

—¿De dónde eres, Sancia? —exigió saber.

—De Entremuros —dijo ella, desafiante.

—Pero ¿dónde naciste?

—En el este.
—¿En qué parte del este?
—Pues vas hacia el este y... allí está.
—¡Por qué siempre evitas responder!
—¡Porque no es de tu incumbencia!
—Sí que eres de mi incumbencia. Empezaste a ser de mi incumbencia cuando me robaste la llave. —Dio un paso para acercarse a ella, con ojos entrecerrados y mirando la cicatriz que tenía en la cabeza—. No necesito que me lo digas —continuó en voz baja—. No necesito que me digas nada. Ya lo sé.
Sancia se puso tensa. El corazón le latía tan rápido que parecía que alguien le murmuraba en el pecho.
—Silicio —dijo Orso—. La plantación de Silicio. Eres de allí, ¿verdad?
Lo siguiente que recuerda es que fue incapaz de evitar echarle las manos al cuello a Orso.

No había querido hacerlo. Casi ni entendía lo que había ocurrido. Estaba sentada en el suelo y, cuando Orso pronunció ese nombre, olió el hedor del alcohol, oyó el zumbido de las moscas y el lateral de su cabeza se le iluminó a causa del dolor. Después empezó a gritar y a estrangular a un Orso Ignacio aterrorizado, intentó aplastarle la tráquea malherida con las manos desnudas.
Gritaba algo, una y otra vez. Tardó un momento en darse cuenta de lo que decía.
—¿Fuiste tú? ¿Fuiste tú? ¿Eh? ¿Eh?
Berenice se colocó junto a ella de repente e intentó separarla de Orso, pero no lo consiguió. Después vio a Gregor y, como era el triple de grande que Sancia, le fue mucho mejor.
Gregor Dandolo abrazó a Sancia y se la pegó al cuerpo con fuerza, sujetándola con esos brazos enormes.
—¡Suéltame! —gritó—. ¡Suéltame, suéltame, suéltame!
—Sancia —dijo Gregor, con una calma sorprendente—. Quieta. Tranquila.
Orso había empezado a toser y a atragantarse mientras intentaba incorporarse.
—Pero ¿a qué ha...?

—¡Voy a matarlo! —gritó Sancia—. ¡Por todos los beques! ¡Voy a matarte, cabrón!

—Sancia —dijo Gregor—. No estás donde crees que estás.

—¿Qué le ha pasado? —preguntó Berenice, aterrorizada.

—Ha tenido una reacción —dijo Gregor—. He visto cómo les ocurre a muchos veteranos. Y también me ha pasado a mí.

—¡Fue él! —aulló Sancia. Pataleó inútilmente las piernas de Gregor—. ¡Fue él, fue él, fue él!

—Ha empezado a revivir un recuerdo —dijo, con un ligero gruñido—. Uno malo.

—¡Fue él! —gritó de nuevo. Sintió cómo se le hinchaban los vasos sanguíneos en la frente, el aire caliente y húmedo al rozarle la piel; oyó las canciones de los campos, los sollozos en la oscuridad—. ¡Fue él! ¡Fue él!

Orso tosió, se agitó y gritó.

—¡No fui yo!

Sancia se afanó para zafarse del agarre de Gregor. Le dolían mucho la espalda y el cuello a causa de la fatiga, pero no paró.

<Niña —dijo Clef en su oído—. ¡Niña! ¿Me oyes? Ha dicho que no fue él. ¡Vuelve! ¡Vuelve de dondequiera que estés, por favor!>

Sancia empezó a parar a medida que oía las palabras de Clef. Todos esos recuerdos de la plantación desaparecieron de su mente. Después se quedó inmóvil, exhausta.

Orso se quedó sentado en el suelo, entre jadeos, y luego dijo:

—No fui yo, Sancia. Yo no tengo nada que ver con Silicio. ¡Nada! ¡Lo juro!

Sancia no dijo nada. Tenía la respiración entrecortada y estaba agotada.

Gregor la bajó poco a poco para dejarla en el suelo. Después carraspeó, como si acabasen de tener una discusión muy fuerte durante el desayuno.

—Tengo que preguntarlo. ¿Qué es Silicio?

Orso miró a Sancia. Ella lo fulminó con la mirada, pero no dijo nada.

—Para mí no era más que un rumor —dijo Orso—. Un rumor de

una plantación de esclavos en la que... en la que los escribas practicaban un arte que está estrictamente prohibido.

Berenice se giró para mirarlo, horrorizada. Gregor dijo:

—Te refieres a...

—Sí —dijo Orso, con un suspiro—. Inscribir a seres humanos. Y, ahora que hemos visto a Sancia, podemos asegurar que funcionó... al menos con ella.

—Casi nadie recuerda los primeros días, cuando se intentaba inscribir a los humanos —dijo Orso, con tono funesto, sentado en el extremo de una de las enormes mesas de madera de la biblioteca de inscripciones—. Y tampoco es algo agradable de recordar. Yo acababa de salir de la academia cuando lo prohibieron, pero vi algunos casos. Sabía lo que había ocurrido. Sabía la razón por la que se abandonó ese campo de estudio.

Sancia estaba sentada en silencio en el otro extremo de la mesa, balanceándose adelante y atrás con suavidad. Gregor y Berenice la miraban a ella y a Orso, a la espera de oír más.

—Sabemos cómo cambiar la realidad de un objeto —dijo Orso, con cautela—. Hablamos el idioma de los objetos. Intentamos usar el mismo idioma con los humanos para dar órdenes a nuestros cuerpos con los sigilos, pero... no funcionó.

—¿Por qué? —preguntó Gregor.

—Por una parte, se debe a que no somos tan buenos como creemos —explicó Orso—. Es mucho más complicado que crear una inscripción de gravedad segura. Costaría mucho. Tres, cuatro o incluso cinco glosarios, solo para alterar a una persona.

—¿Y por otra parte?

—Por otra parte, no funciona porque los objetos no tienen conciencia —respondió Orso—. La inscripción requiere una definición precisa y cautelosa, y con los objetos es fácil. El acero es acero. La piedra es piedra. La madera es madera. Los objetos tienen una visión de sí mismos bastante simple, por así decirlo. La gente y los seres vivos, en cambio, tienen una visión de sí mismos... más complicada. Mutable. Cambia. La gente no se considera un saco de carne, sangre y huesos, aunque sean eso en realidad. Se consideran soldados y reyes, esposas y maridos e hijos... pueden convencerse de ser cualquier cosa y, por ello, las inscripciones que se usan con ellos no pueden ser estáticas. Intentar inscribir a una persona es como intentar escribir en el océano.

—¿Entonces qué es lo que pasó cuando los escribas intentaron inscribir a la gente? —preguntó Gregor.

Orso se quedó un buen rato en silencio.

—No pienso hablar de eso. No por el momento. No si puedo evitarlo.

—¿Entonces a qué ha venido eso de Silicio, señor? —preguntó Berenice.

—La práctica es ilegal en Tevanne —respondió Orso—, pero las leyes de Tevanne, como bien sabemos, son débiles y limitadas. Adrede. Ninguna de ellas tiene que cumplirse en las plantaciones. La política de Tevanne siempre ha sido esa, mientras nosotros consigamos azúcar, café y lo que quiera que puedan darnos. Del resto, no nos importa demasiado lo que ocurra ahí fuera. Incluso se llegó a pedir a una plantación que si podían dar cobijo a unos pocos escribas de Tevanne y proporcionarles... especímenes con los que experimentar...

—Y se les prometieron bonificaciones, un contrato beneficioso o una recompensa lucrativa —dijo Gregor, con tono funesto—. Y lo hizo una de las casas de los mercaderes.

—Todo parecía legítimo si no se tenía en cuenta a esos escribas que iban de visita —aseguró Orso.

—Pero ¿por qué? —preguntó Berenice—. ¿Por qué experimentar con humanos, señor? Ya nos va bien con los objetos. ¿Por qué no centrarnos en ellos?

—Piensa un poco, Berenice —respondió Orso—. Imagina que has perdido un brazo o una pierna, o que te estás muriendo por culpa de alguna enfermedad. Imagina si alguien pudiese desarrollar una cadena de sigilos capaz de curarte, de hacer que te vuelva a crecer una extremidad o de...

—O de mantenerte con vida muchísimo más tiempo —dijo Berenice en voz baja—. Podrían crear una inscripción para burlar a la mismísima muerte.

—Podrían incluso inscribir la mente de un soldado —dijo Gregor—. Conseguir que no tuviesen miedo, que no valorasen su vida. Obligarlos a hacer cosas terribles y hacer que olviden lo que han hecho. O hacerlos más grandes, más fuertes y más rápidos que los soldados enemigos...

—O inscribir a esclavos para que obedezcan sin pensar las órdenes de sus amos —dijo Berenice, que miró a Sancia.

—Las posibilidades son infinitas —dijo Orso.

—¿Y eso era lo que ocurría en Silicio? —preguntó Gregor—. ¿Era un experimento en manos de una casa de los mercaderes?

—Solo he oído rumores al respecto. De plantaciones en el Durazzo donde la gente seguía practicando ese arte prohibido. Oí que se iban trasladando de isla en isla para que fuese más difícil de rastrear. Pero hace unos pocos años llegaron noticias de un desastre que ocurrió en la isla de Silicio. Toda una plantación ardió hasta los cimientos. Todos los esclavos escaparon. Y, entre los que murieron en el incendio, había muchos escribas de Tevanne, aunque nadie fue capaz de explicar qué era lo que hacían allí.

Todos miraron a Sancia, que estaba sentada y del todo quieta, sin expresión alguna en el rostro.

—¿Qué casa fue la que llevó a cabo ese experimento? —preguntó Gregor.

—Ah. Es probable que no fuese cosa solo de una —dijo Orso—. Si había una intentando inscribir a los humanos, estoy seguro de que todas lo han intentado. De hecho, puede que aún sigan intentándolo. O puede que lo ocurrido en Silicio los haya asustado.

—¿También Firma Dandolo? —preguntó Gregor con el ceño fruncido.

—Pero, capitán... ¿cuántas casas de los mercaderes han quedado condenadas por no haber sido capaces de sacar al mercado a tiempo un nuevo diseño? ¿Cuántas carreras han terminado con brusquedad porque un competidor encontró la manera de crear objetos mejores?

—Pero hacerle esos a las personas... —dijo Berenice.

Sancia rio de repente.

—Dios. ¡Dios! ¡Como si eso fuese peor! ¡Como si eso fuese peor que muchas de las cosas que pasaban allí!

Todos la miraron, incómodos.

—¿A qué te refieres? —preguntó Berenice.

—Es que... ¿es que no entendéis lo que son las plantaciones? —preguntó Sancia—. Pensadlo. Pensad en controlar una isla en la que hay ocho esclavos por cada uno de vosotros. ¿Cómo los mantendríais a raya? ¿Qué haríais para que no diesen problemas? ¿Qué tipo de torturas llevaríais a cabo a los que se pasasen de la raya? Si... si pudieseis comprender todas las cosas que he visto...

—¿Hacen esas cosas de verdad? —preguntó Berenice—. Entonces... ¿entonces cómo es que las plantaciones están permitidas?

Orso se encogió de hombros.

—Porque somos imbéciles y vagos. Después de la primera fase de las Guerras Iluminadas, que tuvo lugar hace... ¿veinte o treinta años?, Tevanne se había expandido y estaba en las últimas. Necesitaba cereales baratos, recursos baratos, y lo que más tenía a mano eran prisioneros. En principio, era una solución a corto plazo, pero dependíamos demasiado de ella. Y ahora cada vez se vuelve peor.

Sancia negó con la cabeza.

—Lo de inscribir un cuerpo humano no es nada... no es nada en comparación con otros horrores que llevan a cabo en las islas. Y, si tuviese la oportunidad, lo volvería a hacer otra vez.

Gregor la miró.

—Sancia, ¿por qué ardió Silicio?

Ella se quedó en silencio un rato.

—Ardió... ardió porque yo le prendí fuego —dijo.

Empezó a contar la historia.

La llevaron a una casa grande que había en la parte trasera de la plantación, después al sótano, donde se encontraba... ese lugar. Ni siquiera sabía cómo llamarlo. ¿Morgue? ¿Laboratorio? ¿Algo intermedio? Sancia no lo había entendido bien. Solo había olido el alcohol, visto los dibujos y los bocetos en las paredes, y todas esas placas con símbolos extraños escritos en ellas. Y luego recordó el carruaje que salía de la casa todas las mañanas, maloliente y seguido por una nube de moscas. Fue entonces cuando supo que no saldría viva de allí.

La obligaron a beber un sedante, una especie de brandy muy fuerte, de sabor horrible y repugnante. La bebida hizo que se le abotargara la mente, pero no aplacó el dolor que llegaría después. Para nada.

Le cortaron el pelo y le afeitaron la coronilla. Recuerda que la sangre empezó a caerle por los ojos. Después la tiraron sobre una mesa, la ataron y el escriba tuerto le limpió el cráneo con alcohol. Aún recordaba la quemazón. Y luego...

—Las situaciones desesperadas —dijo el tuerto entre suspiros mientras tomaba un cuchillo— requieren medidas desesperadas. Pero no tenemos por qué ser poco ortodoxos, ¿verdad, querida? —Le sonrió. Una expresión bobalicona—. ¿Verdad?

Y le abrió la cabeza.

Sancia no tuvo palabras para describir la sensación. Tampoco para lo que había sentido cuando le rajaron el cuero cabelludo y le levantaron la piel como si fuese una naranja. No tuvo palabras para lo que notó mientras aquel tipo le medía la curvatura del cráneo ni para cuando le colocó la placa. Tampoco para cuando sintió los tornillos, esos horribles tornillos, clavándosele en el hueso, esa desagradable sensación grumosa y chirriante al enterrarse en tu cuerpo y luego... luego...

Todo se había quedado en negro.

Había muerto. Estaba segura cuando le ocurrió. No sentía absolutamente nada, pero después notó la presencia de alguien...

Alguien que se le había subido encima. Varios cuerpos de los que sintió el calor. De los que sintió su sangre.

Tardó un buen rato en darse cuenta de que a quien sentía era a ella misma.

Había estado sintiendo su cuerpo tumbado en un suelo de piedra oscura. Pero lo había sentido desde el punto de vista del suelo. Se había convertido en el suelo solo por tocarlo.

Sola en la oscuridad, la joven Sancia se había despertado y hecho todo lo que había podido para recuperar la cordura. El cráneo le había gritado y aullado de dolor. Tenía todo un lado de la cabeza hinchado, pegajoso y erizado a causa de los puntos, pero fue en ese momento, sola y ciega, cuando se dio cuenta de que quizá se estuviese transformando en algo diferente, en una polilla que se afanaba por romper la crisálida.

Tenía cadenas alrededor de las muñecas. Una cerradura. Y, gracias a esa transformación, sintió que era las mismísimas cadenas, que era la cerradura. Sabía cómo abrirla, claro, usando un trozo de madera que consiguió arrancar de la pared.

Estaba claro que sus captores no esperaban que ocurriese algo así. No habían planeado que Sancia acabase convertida en eso. De haberlo hecho, la habrían atado mucho mejor. Y tampoco habrían enviado al escriba tuerto solo a ver cómo estaba durante la noche.

El chirrido de la puerta, el haz de luz que apuñaló la oscuridad.

—¿Estás despierta, muñequita? —llamó con ternura—. Lo dudo...

Lo más seguro es que pensase que Sancia estaba muerta. Sin duda no esperaba que estuviese escondida en el rincón, con la cerradura y la cadena en la mano.

Esperó hasta que el hombre pasó al interior. Después se abalanzó.

Oh... oír el sonido de esa cerradura gruesa y pesada al chocar contra su cráneo. Oírlo derrumbarse en el suelo, atragantado y estupefacto. Después se había colocado sobre él, con la cadena alrededor de su cuello, para luego tirar y tensarla, más y más y más.

Había salido de allí y vagado por la casa a oscuras, desolada, angustiada y cubierta de sangre, sintiendo los tablones bajo sus pies, las paredes a ambos lados, sintiendo demasiadas cosas, todo lo que había en la casa al mismo tiempo...

La casa se convirtió en su arma. Y la usó contra ellos.

Cerró las puertas de los dormitorios donde se encontraban, una a una. Lo cerró todo mientras dormían, excepto una salida. Y luego bajó las escaleras al lugar donde guardaban el alcohol y el queroseno y todos esos fluidos apestosos. Y encontró una cerilla...

A veces, el chasquido de una cerilla al encenderla en la oscuridad suena como un beso. Recordó pensarlo cuando vio brotar la llama, y al tirarla a los charcos de alcohol que había dejado por el suelo.

Nadie consiguió salir. Y, mientras estaba sentada para disfrutar del espectáculo, se dio cuenta de que tanto los gritos de los amos como de los esclavos sonaban igual.

El silencio se apoderó de la biblioteca. Nadie se movió.

—¿Cómo llegaste a Tevanne? —preguntó Gregor.

—De polizón en un barco —dijo Sancia en voz baja—. Es fácil cuando puedes hacer que las paredes y la cubierta te cuenten la posición exacta de los demás. Cuando me bajé, me apropié del apellido Grado que vi en una bodega, ya que la gente siempre daba por hecho que tenía apellido. Lo más difícil fue descubrir qué era lo que podía hacer y lo que no. Tocarlo todo, ser todo... era algo que terminaría por acabar conmigo.

—¿Cuál es la naturaleza de esos talentos tuyos? —preguntó Orso.

Sancia intentó describirlos: era capaz de saber lo que estaban sintiendo los objetos, lo que habían sentido, era una avalancha de sensaciones en bruto que tenía que mantener siempre a raya.

—Intento... intento tocar las cosas lo menos posible —dijo—. No puedo tocar a las personas. Es demasiado. Y, cuando las inscripciones de mi cráneo se sobrecargan, queman, como si tuviese plomo caliente en los huesos. La primera vez que llegué a Tevanne, tuve que cubrirme con harapos, como una leprosa. No tardé mucho en darme cuenta de que lo que me habían hecho era algo parecido a una inscripción, por lo que intenté solucionarlo. Intenté encontrar la manera de volver a ser humana. Pero en Tevanne no hay nada barato.

—¿Por eso robaste la llave? —preguntó Berenice—. ¿Para pagarte un galeno?

—Un galeno que no se chivara para venderme a una casa de los mercaderes, sí —respondió Sancia.

—¿Qué? —preguntó Orso—. ¿Un qué?

—Un... galeno —dijo—. Alguien que pueda arreglar mi problema.

—Un galeno... ¿que pueda arreglar tu problema? —dijo él en voz baja—. Sancia... Dios. ¿Eres consciente de que es probable que seas la única persona de todo el mundo con ese problema? ¡Yo nunca había visto un ser humano inscrito en toda mi bequera vida! ¡Y mira que he visto muchas cosas extrañas! La idea de que un galeno sea capaz de arreglarte es... es... ¡es absurda!

Sancia se le quedó mirando.

—Pero... Me habían dicho que... me habían dicho que encontrarían a un galeno que supiese qué hacer conmigo.

—Pues una de dos: o te mintieron a ti o mintieron a quien te lo dijo —aseguró Orso—. ¡Nadie sabe lo que te han hecho y mucho menos la manera de solucionarlo! ¡Lo más probable es que fuesen a quedarse con tu dinero y a degollarte, o quitarte tu dinero y venderte a una de las casas!

<Mierda>, dijo Clef, consternado.

Sancia se había puesto a temblar.

—Entonces... ¿qué me estás diciendo? ¿Quieres decir que voy a quedarme así...? ¿Para siempre?

—¿Cómo voy a saberlo? —preguntó Orso—. Lo único que he dicho es que yo nunca he visto algo así.

—Señor —dijo Berenice—. ¿Podrías tener algo de... tacto, por favor?

Orso la miró y giró la cabeza hacia Sancia, que se había quedado blanca y no dejaba de temblar.

—Vaya... Mira. Cuando pase todo esto, podrás quedarte aquí con Berenice y conmigo. Y es posible que pueda descubrir qué te hicieron y cómo solucionarlo.

—¿En serio? —preguntó Gregor—. Qué caritativo te veo, Orso.

—¡No es por eso! —dijo él—. Esta chica es un prodigio. ¿Quién sabe qué tipo de secretos tendrá en esa cabeza suya?

Gregor puso los ojos en blanco.

—Cómo no.

—¿Crees de verdad que podrías solucionarlo? —preguntó Sancia.

—Creo que tengo más posibilidades que cualquier otro imbécil de esta ciudad —dijo Orso.

Sancia lo sopesó.

<¿Qué opinas, Clef?>

<Creo que a este colgado no le importa el dinero. Y alguien a quien no le importa el dinero tiene menos posibilidades de venderte al mejor postor.>

—Me lo pensaré —dijo Sancia.

—Fantástico. Pero no nos emocionemos demasiado con la idea aún. Ahí fuera hay un cabrón muy ingenioso que quiere vernos muertos. Asegurémonos nuestra supervivencia antes de planear nada.

—Cierto —dijo Sancia—. ¿Crees que podrías preparar otro dispositivo de seguimiento como el que usaste con Gregor? —preguntó a Berenice.

—Claro —respondió ella—. No son difíciles de hacer.

—Bien. —Sancia miró a Gregor—. Y tú... ¿estás dispuesto a venir conmigo para seguir a ese cabrón?

Gregor parecía inseguro, para su sorpresa.

—Pues... bueno... lo cierto es que eso es poco probable.

—¿Por qué?

—Seguro que por la misma razón por la que Orso tampoco podrá ayudar. —Gregor carraspeó—. Porque soy alguien reconocible.

—Quiere decir que es famoso —dijo Orso—. Es el hijo de Ofelia Dandolo, por todos los beques.

—Sí. Y si me ven deambulando por otros campos... algo así solo serviría para llamar la atención del resto de casas.

—Pero voy a necesitar que alguien me acompañe —dijo Sancia—. Esos cabrones me han disparado demasiadas veces. No estaría de más tener a alguien que les devuelva los disparos.

Gregor y Orso se miraron, y luego giraron la cabeza hacia Berenice. Ella soltó un suspiro.

—Ug, bien. ¡Bien! No sé por qué siempre tengo que ser yo la que sigue a los demás por toda la ciudad, pero sí. Supongo que puedo ayudar.

—Un momento... —dijo Sancia—. Estoy segura de que Berenice es una persona muy organizada y que será de ayuda, pero esperaba que viniese alguien más... ¿robusto?

—No me cabe duda de que el capitán Dandolo es un tipo fuerte —dijo Orso—, pero lo bueno de las inscripciones es que hacen que esto —Se tocó la cabeza— sea un arma mucho más peligrosa. Y a Berenice se le dan muy bien. He visto lo que es capaz de hacer. Vamos. Manos a la obra.

Capítulo Dieciocho

Sancia se encontraba sola en el armario de la limpieza de la biblioteca, adormilada.

No dormía, ya que dormirse mientras esperaba al espía hubiese sido desastroso. En lugar de ello, estaba sumida en una especie de meditación que había aprendido a hacer hacía mucho tiempo, soñolienta pero alerta y consciente. No descansaba tanto como si hubiese dormido, pero no la dejaba tan vulnerable.

Oyó el ruido de unos pasos en el piso de arriba.

<No es el espía>, dijo Clef.

Sancia respiró hondo y siguió descansando.

Pasaron los minutos en la oscuridad. Después oyó el ruido de una puerta al cerrarse en alguna parte.

<Tampoco es>, dijo Clef.

<Bien. Gracias.>

Intentó volver a dormitar. Aquel rato sola en el armario tenía un valor incalculable para ella, que necesitaba desesperadamente descansar y también algo de tiempo sin ningún tipo de estímulo. Estar tan rodeada de inscripciones le resultaba agotador.

Clef le estaba haciendo un favor, o intentándolo al menos. El espía tenía que llevar encima una señal inscrita para acceder, por lo que a Clef seguro que le resultaba muy fácil identificarlo. Pero tampoco ayudaba demasiado que avisase cada vez que se acercaba alguien.

El sonido de otros pasos resonó sobre ella.

<Ahora tampoco>, dijo Clef.

<Maldita sea, Clef. ¡No hace falta que me avises todas las veces! ¡Avisa solo cuando lo sea!>

< Bien... estoy bastante seguro de que será el próximo.>

<¿Eh?>

Se abrió una puerta en alguna parte del sótano.

<Sí. Ahí está —dijo Clef—. Tiene la señal. Escucha...>

Solo había silencio, pero luego oyó susurros y un cántico cada vez más altos. Y una voz entre el estruendo.

<...me han dado el derecho. La paciencia. Porque soy el elegido. Tengo acceso, porque se me espera. Porque me aguardan. Porque se me NECESITA...>

<Dios —dijo Sancia—. ¿Todas las inscripciones son tan obsesivas?>

<Se las obliga a actuar de una manera determinada —dijo Clef—. Lo que viene a ser la definición de obsesión.>

Sancia extendió la mano y tocó el suelo con una mano desnuda. Los tablones de madera brotaron en su mente, uno a uno, y terminó por sentir que alguien avanzaba despacio por ellos.

Sancia sabía que se trataba de una mujer por el tamaño de los pies, la forma del zapato y la manera de andar. Lo hacía con mucha... cautela.

<Está asustada>, dijo Clef.

<Es una emergencia. Yo también lo estaría.>

La mujer se acercó al armario e intentó girar el pomo para abrirlo, pero estaba cerrado.

"Seguramente quiera comprobarlo todo", pensó Sancia. Después se acercó a la trampilla que daba al lugar donde estaba el objeto inscrito.

Sancia esperó y esperó y esperó, con un dedo apoyado en el suelo. Sintió la reverberación de la madera al cerrarse la trampilla, luego pasos cuando la mujer volvía, pasos que notaba ligeramente más pesados.

<Lo ha tomado>, dijo Sancia.

Esperó hasta que la mujer pasó junto al armario, dobló la esquina y empezó a subir por las escaleras. Después abrió en silencio la puerta del armario y fue detrás de ella.

La alcanzó en la planta principal del edificio Hypatus, saliendo por la puerta del recibidor. Era bien entrada la tarde y había mucho ajetreo en el lugar, pero Sancia llevaba el uniforme de Firma Dandolo y no llamaba la atención. Examinó de inmediato a la mujer: era joven. De hecho, no era mucho mayor que Sancia, flaca, de piel oscura y ataviada con la túnica formal de color blanco y amarillo. También llevaba una bolsa grande de cuero.

Daba la impresión de que era secretaria o ayudante, por lo que nadie le prestaba atención.

<Es esa, ¿verdad?>, dijo Sancia.

<Es esa. Pero si se aleja más de cincuenta metros no podré seguirla. Quédate cerca de ella o ponle como sea el artilugio de Berenice.>

<Sí, sí.>

Sancia salió del edificio tras la mujer y se mantuvo lo bastante cerca como para no perderla de vista mientras bajaba por los escalones del edificio Hypatus en dirección a las calles. Hacía un calor horrible, llovía y había niebla. No eran las mejores condiciones meteorológicas para seguir a nadie. La mayoría de las calles estaban demasiado vacías como para que Sancia se sintiese cómoda intentándolo, pero vio una oportunidad perfecta cuando se acercaron a un carruaje lleno de gente.

La mujer esperó rodeada por una pequeña multitud de habitantes de los campos mientras una caravana de carruajes pasaba de largo. Sancia avanzó furtiva, se acercó a ella y, con un gesto rápido y ágil con el que parecía que tan solo estaba espantando a una mosca, tiró el dispositivo de seguimiento en el bolso de la mujer.

La caravana de carruajes se perdió en la distancia, y la mujer, quien puede que hubiese sentido algo, se giró para echar un vistazo a su alrededor, pero Sancia ya se había alejado de ella.

Metió la mano en el bolsillo, tomó el dispositivo hermanado que también le había dado Berenice y lo partió por la mitad, señal de que había colocado el rastreador. Después sacó la otra parte del dispositivo de seguimiento, una pequeña clavija de madera con un cable atado a ella, y un botón inscrito en el extremo del cable. El cable apuntaba directo hacia la mujer.

<Listo>, dijo Sancia.

Siguió a la mujer hasta las puertas meridionales y vio un carruaje sin distintivo alguno aparcado a unos seis metros de distancia de las puertas, con una sola silueta en la parte delantera. Sancia se acercó sin apartar la vista mientras la mujer atravesaba las puertas en dirección al Ejido.

Berenice la saludó con la cabeza desde la ventilla delantera del carruaje. No llevaba maquillaje, pero, para su frustración, seguía siendo muy guapa.

—Es ella —dijo Sancia—. Vamos.

—No vamos a cruzar esa puerta —dijo Berenice—. Iremos por la oriental y daremos un rodeo.

—¿Qué? ¿Por qué íbamos a hacer algo así? ¡No queremos perderla!

—El dispositivo que le plantaste debería funcionar hasta un kilómetro de distancia —dijo Berenice—. Damos por hecho que el que contrató a esa mujer es el mismo que contrató a esos asesinos voladores, ¿no? Bueno, pues si es tan valiosa como diría que es, lo más seguro es que tenga más de un ángel de la guarda vigilándola. Y esos ángeles de la guarda estarán muy pendientes de si alguien sale por las puertas justo después que ella.

<Bien visto —dijo Clef—. Y una cosa, niña. Tu amiga está cargada hasta las trancas.>

<¿Cómo que hasta las trancas?>

<Quiero decir que está hasta arriba de objetos inscritos. ¿Acaso no los oyes?>

<Llevo demasiado tiempo en los campos. Ahora mismo me cuesta oír algo específico. A menos que sea muy potente. —Miró a Berenice—. ¿De verdad tiene tantos?>

<Sí. Ha venido preparada, aunque no sé muy bien para qué. Ten cuidado.>

—Sube, rápido —dijo Berenice—. Cámbiate de ropa y deja de perder el tiempo.

Sancia obedeció y se subió a la parte de atrás. Allí encontró una muda de ropa más adecuada para el Ejido. Suspiró, ya que odiaba cambiarse de ropa, pero terminó por agacharse y empezar a ponérsela.

El carruaje aceleró y se dirigió a la pared oriental del campo.

—Agárrate —dijo Berenice mientras daba un volantazo justo al cruzarla. Después giró con brusquedad a la derecha y puso rumbo hacia el exterior de las puertas meridionales.

—¡Podrías ir más despacio, por todos los beques! —gritó Sancia, que no dejaba de rebotar en la parte trasera mientras intentaba ponerse una chaqueta ligera.

—No —dijo Berenice. Sostenía en alto el dispositivo de seguimiento, que se había quedado inerte, por desgracia. Pero, un instante después, el botón se alzó de repente y apuntó hacia el Ejido—. Allí está. Ya estamos dentro del alcance. —Hizo derrapar al carruaje hasta detenerlo, tomó una mochila que había dejado en el suelo del vehículo y salió al exterior—. Venga, toma la ropa. Iremos a pie. Un carruaje llamaría mucho la atención.

Sancia se afanaba con los pantalones.

—¡Dame un segundo, mierda!

Se terminó de poner la ropa, se la abotonó y salió del carruaje de un salto.

Las dos se dirigieron hacia el Ejido.

—Guarda el dispositivo de seguimiento en el bolsillo del pecho —dijo Berenice en voz baja—. Sentirás hacia qué dirección tira sin tener que mirarlo. —Echó un vistazo por las calles y las ventanas—. Supongo que sabrás distinguir a los que quieran atacarnos.

—Sí. Busca a alguien grande y feo con una daga —dijo Sancia.

Avanzaron muy juntas y encontraron a una mujer sentada en una taberna que había en el extremo de Vieja Zanja. Tenía una jarra de vino de caña, pero no bebía de ella.

Sancia comprobó las calles que rodeaban la taberna.

—Va a entregarlo. La persona que lo recoja lo llevará el resto del camino.

—¿Por qué estás tan segura?

—Bueno, no estoy segura del todo —aseguró Sancia. Después lo vio: era un hombre que se encontraba de pie en la esquina del edificio, vestido como un habitante cualquiera del Ejido. No dejaba de mirar a la mujer de la bolsa, con gesto ansioso y precavido—. Pero este tipo de allí no me parece mal candidato. ¿Qué opinas?

El tipo echó un vistazo por la calle durante un rato antes de moverse, entró en la taberna y se acercó a la barra. Pidió algo y, mientras esperaba, la mujer se puso en pie y se marchó sin decir nada. Dejó la bolsa en la mesa. Cuando le trajeron la bebida al tipo, se acercó a la mesa donde antes estaba la mujer, se sentó y se bebió la jarra de cinco tragos sin dejar de mirar la calle con gesto nervioso. Después tomó la bolsa y se marchó.

Giró hacia el este, rápido y con la bolsa sobre el hombro. Sancia sintió que el dispositivo de seguimiento se agitaba en el bolsillo mientras se movía, y también se percató de que, a medida que avanzaba, eran más las personas que caminaban con él. Salían de puertas y de callejuelas, y le seguían el paso. Todos eran grandes y, aunque vestían como habitantes del Ejido, tenían cierto aire profesional del que no podían librarse.

—Mantengamos las distancias —dijo Berenice en voz baja.

—Sí —dijo Sancia—. Lo máximo que podamos.

El grupo de hombres continuó avanzando hacia el este, a través de Vieja Zanja. Luego por Entremuros, hasta que llegaron a los muros del campo de los Michiel.

—¿Los Michiel? —dijo Berenice, sorprendida—. ¿En serio? No pensaba que tuviesen las agallas. Son más bien artesanos que se centran en el calor, la luz, el vidrio y...

—No van a entrar —indicó Sancia—. Han pasado de largo. Deja de especular.

Los siguieron, retrasándose un poco para darles espacio. Sancia dejó que el dispositivo de seguimiento se le retorciese en el bolsillo mientras se movían. Y, ahora que estaban lejos de los campos, era capaz de oír la multitud de murmullos que emanaban de Berenice. Murmullos que parecían muy poderosos.

Sancia la miró de reojo y carraspeó.

—¿Y qué relación tienes con Orso?

—¿Nuestra relación? —preguntó Berenice—. ¿Quieres hablar del tema ahora?

—Una conversación con naturalidad nos ayudará a pasar desapercibidas.

—Supongo que tienes razón. Soy su fab.

Sancia no tenía ni idea de lo que era eso.

—Ah... ¿y eso significa que sois...? Ya sabes...

Berenice la miró asqueada.

—¿Qué? ¡No! Dios, ¿por qué todo el mundo cree que 'fab' es algo sexual? ¡Muchos hombres son fab y a nadie le da esa impresión! —Suspiró—. Fab es el diminutivo de 'fabricador'.

—Sigo sin entenderlo.

Volvió a suspirar, hondo en esta ocasión.

—Sabes que los sigilos dependen de las definiciones, ¿verdad? Discos con miles y miles de sigilos que definen el significado de uno nuevo.

—Más o menos.

—Un fabricador es la persona que crea esas definiciones. Los mejores escribas tienen uno o varios. Es una relación parecida a la de los arquitectos y los alarifes... el arquitecto se dedica a imaginarse unos planos enormes y vastos, pero después necesita a un ingeniero que dé forma a sus ideas.

—Suena complicado. ¿Cómo te dio por un oficio así?

—Se me da bien recordar cosas. Mi padre solía aprovecharse de mi don para ganar dinero. Soy capaz de memorizar cientos o miles de movimientos de scivoli, ese juego del tablero a cuadros con piezas. Me llevaba por toda la ciudad y apostaba contra mis oponentes. El scivoli es el juego favorito de los fabricadores, y se lo tomaron como una competición. Todos querían vencerme. Pero, como siempre jugaban entre ellos, usaban movimientos muy parecidos y me resultó muy fácil memorizar sus partidas. Ganaba siempre.

—¿Cómo empezaste a trabajar para Orso?

—Pues el hypatus descubrió que su fabricador había sido vencido por una joven de diecisiete años —dijo Berenice—. Y me mandó llamar. Me miró. Y luego despidió a su fabricador y me contrató al instante.

Sancia silbó.

—Menuda manera de llegar a lo más alto. Qué suerte.

—Pues tuve suerte dos veces —dijo ella—. No solo por convertirme en escriba, sino también por hacerlo siendo mujer. No se nos suele admitir en las academias hoy en día. Después de las guerras se ha convertido en un oficio mucho más masculino.

—¿Qué le pasó a tu padre?

—Él... tuvo mucha menos suerte. No dejaba de venir al despacho para pedir más dinero. El hypatus envió a unos hombres para que hablasen con él, y nunca volvió después de eso. —Sus palabras tenían una ligereza impostada, como si estuviese describiendo un sueño que no recordase muy bien—. Siempre que vengo al Ejido me pregunto si lo volveré a ver, pero nunca me he vuelto a topar con él.

Los hombres empezaron a dirigirse hacia el noreste. Después doblaron una esquina, y Berenice contuvo el aliento.

—Ohhh. ¡Carajo!

—¿Qué pasa? —preguntó Sancia.

—Creo... creo que sé adónde van —dijo.

—¿Adónde?

Después lo vio: a unas cinco manzanas, por la avenida llena de barro donde estaban, se encontraba el muro de uno de los campos, iluminado por unas antorchas titilantes. En el arco de piedra negra que había sobre la puerta se destacaba un logotipo familiar: el martillo y el cincel cruzados frente a una roca. Los hombres parecían ir directos hacia allí.

—Los Candiano —dijo Berenice. Suspiró mientras los tipos entraban por la puerta. Los guardias de la casa de los Candiano los saludaron con un cabeceo—. Lo sabía... —dijo Berenice en voz baja—. Por eso habló con ella. Porque ya lo sospechaba.

—¿Qué? —preguntó Sancia—. ¿De qué hablas?

—Da igual —dijo Berenice—. Dijiste que podías conseguir que entrásemos, ¿verdad?

—Sí. Vamos. —Sancia trotó en dirección al campo de los Candiano, hasta que llegaron a una pequeña puerta de acero que parecía inscrita.

—Es una puerta de seguridad —dijo Berenice—. Es la que usan los guardias cuando quieren infiltrarse en el Ejido. ¿De verdad tienes la llave?

Sancia la mandó a callar.

<Clef, ¿puedes abrirla sin hacer que le estallen los goznes?>

<Ehh. Pues sí. No creo que sea complicado. Escúchala...>

Oyó susurros hasta que consiguió distinguir las palabras:

<...fuerte y firme y resistente y verdadera. Espero... espero la llave, la llave de luz y de cristal, cuyas estrellas brillen en mis profundidades...>

<¿Qué mierda dice?>, preguntó Sancia.

<Es bastante ingenioso —dijo Clef—. La cerradura espera una llave que se cuele en su interior e ilumine unos lugares concretos. Se abrirá al hacerlo.>

<¿Y cómo vas a crear luz?>

<No voy a crear luz. Solo voy a engañar a la puerta para que crea que la luz se ha proyectado en esos lugares concretos. O puede que haga que la puerta se olvide de cuáles son esos lugares... o hacerla creer que el lugar que hay que iluminar es la parte exterior que tenemos delante. Sí, eso será más fácil.>

<Lo que sea. ¿No hará saltar las alarmas ni necesitaremos los sachés?>

<Puedo hacer que la puerta se olvide de lo que siente cuando la cruzan los humanos, por lo que no hará saltar ninguna alarma. Pero solo durará unos segundos.>

<Bien. Tú hazlo rápido.>

Miró a Berenice.

—Estate atenta. No pueden vernos mientras lo hacemos.

—¿Qué vas a hacer?

—Usar una llave robada —respondió Sancia.

Se acercó a la puerta y se aseguró de que Clef no quedaba a la vista y que Berenice estaba de espaldas antes de meterlo en la cerradura.

Esperaba una conversación parecida a la de la otra vez: bramidos y decenas de preguntas, pero no fue así. Fue un diálogo mucho más... rápido. Como cuando Clef había abierto aquella cerradura Miranda Brass en un periquete, pero en esta ocasión sí que notó un intercambio de información entre Clef y la puerta.

"Sí que se está haciendo más fuerte".

Pensar en ello la hizo sentir mucho miedo.

Sancia abrió la puerta.

—Vamos —dijo a Berenice—. ¡Deprisa!

Una vez dentro se volvieron a cambiar de ropa. En esta ocasión se pusieron los colores de los Candiano, negro y esmeralda. Mientras se vestían, Sancia miró de reojo a Berenice y vio un hombro pálido lleno de pecas, y un cabello castaño y húmedo que le caía por el cuello esbelto que tenía.

Apartó la mirada.

"No —pensó—. Hoy no".

Berenice se puso un abrigo.

—Tus contactos son muy buenos —dijo—. Conseguir una llave de seguridad no es moco de pavo.

Sancia pensó en una excusa lo más rápido que fue capaz.

—Está pasando algo en el campo de los Candiano —dijo—. Al parecer los procedimientos de seguridad están un tanto descontrolados. Han cambiado todos los sachés, y los cambios siempre crean oportunidades. —Después tuvo una idea, porque todo lo que acababa de decir era cierto—. ¿Crees que eso podría estar relacionado con todo lo que está ocurriendo?

Berenice lo sopesó, con los ojos grises e impertérritos fijos en la Montaña de los Candiano que se alzaba en la distancia.

—Es posible —dijo.

Sancia miró las casas, las calles y las tiendas, fabricadas con una arcilla más oscura a la que estaba acostumbrada del resto de campos que había visto. Y ninguna le resultó familiar.

—Nunca... nunca he trabajado antes aquí —dijo.

—¿Qué? —preguntó Berenice.

—He trabajado en otros campos —dijo—. Robado cosas por aquí y por allá. Pero... nunca el campo de los Candiano.

—Normal. ¿Sabías que la Compañía Candiano estuvo a punto de desaparecer hace diez años?

—No. Apenas llevo tres años en Tevanne y me he centrado en sobrevivir, no en averiguar cotilleos de las casas.

—Tribuno Candiano era como un dios en esta ciudad —explicó Berenice—. Se lo consideraba uno de los mejores escribas de nuestra era. Pero luego descubrieron que había empezado a manipular la economía de la casa, a gastar una fortuna en excavaciones arqueológicas y artefactos que supuestamente habían pertenecido a los hierofantes. Después la compañía se fue al traste. Perdieron a muchos trabajadores talentosos. Y también a su hypatus.

—Puedes llamarlo Orso.

—Gracias. Lo sé. Sea como fuere, la familia Ziani lo compró casi todo, pero no se quedó tanta gente a bordo como para asegurar que la casa se mantuviese a flote. El éxodo significó una época de bonanza para el resto de casas de los mercaderes, y la Compañía Candiano nunca llegó a recuperarse del todo.

Sancia echó un vistazo a su alrededor. En aquel lugar no había tanta luz. No había faroles flotantes y los carruajes inscritos brillaban por su ausencia. Lo más impresionante que consiguió ver fue la Montaña de los Candiano, que se erigía en la distancia como una ballena enorme que separase los mares.

—Pues no veas.

Berenice vio al grupo de hombres merodeando por las calles del campo. Parecían dedicarse a seguir el muro exterior.

—¿Por qué no se adentran? Si están en una misión tan secreta como parece, ¿por qué no van directos a la montaña?

—La mejor manera de esconder secretos es hacerlo muy cerca de tu corazón o a simple vista —dijo Sancia—. Tienen que ir a un lugar cercano, de lo contrario ya habrían tomado un carruaje.

Los siguieron por la pared del campo. La noche cada vez estaba más cerca, y la niebla se volvió más densa mientras se retiraba el sol. Las luces brillantes del campo de los Candiano eran de un blanco intenso, no del rosado o el amarillo agradable del resto de campos. Relucían espectrales y extrañas en la niebla.

Una constelación de luces resplandeció delante de ellas, una construcción alta y enorme que Sancia no consiguió ver bien del todo.

—¿Eso es una...?

—Una fundición, sí —dijo Berenice en voz baja.

Los hombres llegaron al fin a la puerta de la fundición. Sancia leyó el cartel de piedra que había sobre la entrada: "Fundición Cattaneo". A diferencia del resto de fundiciones que había visto a lo largo de su vida, aquella no parecía estar activa. No vio columnas de humo ni oyó el rugido de las máquinas. Tampoco conversaciones o gritos en los patios que había tras la puerta.

Vieron entrar a los tipos en el lugar. Los guardias que había en la entrada estaban fuertemente armados y muy protegidos, pero también parecían ser las únicas personas que había por allí.

—La fundición Cattaneo... —dijo Berenice—. Pensaba que la habían cerrado cuando la casa quedó en bancarrota. ¿Qué demonios pasa?

Sancia miró el edificio alto que había junto a los muros de la fundición.

—Iré a echar un vistazo.

—Que vas a... ¡espera! —dijo Berenice.

Sancia trotó hacia el lugar, se quitó los guantes y empezó a escalar despacio por la pared. Mientras lo hacía, oyó que Berenice murmuraba desesperada debajo de ella:

—Dios... Dios...

Sancia subió con agilidad al tejado de pizarra. Desde allí fue capaz de ver todos los patios de la fundición, que estaban vacíos. Solo había barro y piedra, sin nada más. Era una visión muy extraña. No obstante, vio al grupo al que seguían en la distancia entrando en las instalaciones de la fundición: una estructura enorme de piedra negra y con aspecto de fortaleza, ventanas pequeñas, un tejado de cobre y decenas de chimeneas. Solo una de esas chimeneas parecía estar encendida, una pequeña que había en la parte occidental y de la que brotaba un pequeño hilillo de humo gris.

"La pregunta es: ¿qué están fabricando aquí?", pensó Sancia.

Miró las paredes y los patios de la fundición y comprobó que, aunque parecía vacía, no lo estaba. Había un grupo de hombres de pie a lo largo de los muros o en las almenas y, aunque era complicado verlo desde esa distancia, distinguió el brillo de las armaduras inscritas en sus hombros.

<Este lugar me da mucho miedo>, dijo Clef.

<A mí también me lo da —dijo Sancia. Contó las defensas. El número de guardias, su posición, las puertas y las verjas que había por todas las instalaciones. Después miró el edificio principal y vio varias ventanas con la luz encendida, en una de las esquinas del tercer piso en la zona noroeste—. Pero creo que tenemos que entrar.>

Clef suspiró.

<Me temía que ibas a decir algo así.>

Sancia volvió a descender con cuidado hacia la calle, donde Berenice aún estaba enfadada.

—La próxima vez pregunta antes de hacer algo así, al menos.

—No está cerrada —dijo Sancia.

—¿Qué?

—La fundición. No está cerrada. Hay un hilo de humo o de vapor que sale de unas de las chimeneas. Están fabricando algo. ¿Tienes idea de qué puede ser?

—Qué va, pero es posible que el hypatus sí la tenga. Podríamos volver y consultarle, y puede que también preparemos un plan para...

—No —dijo Sancia—. Esta noche hay doce guardias patrullando los muros de la fundición. Si ese cabrón escucha las conversaciones grabadas en el taller, es posible que se asuste y mañana haya cincuenta. O que se larguen de aquí.

—¿Y qué? Un momento... —Berenice la miró—. No estarás proponiendo lo que creo que acabas de proponer, ¿verdad?

—Podríamos sorprenderlos desprevenidos —explicó Sancia—. Si no aprovechamos esta oportunidad, puede que no la volvamos a tener.

—¿Quieres allanar una fundición? ¿Ahora? ¡Ni siquiera sabemos si ocurre algo ahí dentro!

—Claro que está ocurriendo algo. En el tercer piso. La parte noroeste.

Berenice entrecerró los ojos.

—El tercer piso... ¿las oficinas de administración?

—Bien. Entonces parece que sabes algo sobre las fundiciones. ¿También sabes cómo entrar?

—Bueno, lo cierto es que hacen falta una cantidad ingente de sachés —explicó Berenice—. Pero hay muy pocas entradas, tan pocas que hasta un pequeño grupo de guardias es suficiente para vigilarlas. A menos que...

Se quedó en silencio, con la mirada perdida.

—¿A menos que...?

Berenice parecía enfadada, como si hubiese pensado en algo a lo que no quería dedicarle ni un segundo de su tiempo.

—¿Tiene algo que ver con los objetos inscritos que llevas encima? —preguntó Sancia.

Berenice se quedó con la boca abierta.

—¿Cómo lo has sabido? —Después puso gesto avergonzado—. Ah, sí. Es verdad. Puedes oírlos. Lo que iba a decir es que unos pocos guardias son suficientes a menos que puedas crear tu propia puerta.

—¿Tú puedes hacer algo así?

Volvió a parecer avergonzada.

—Yo... pues... bueno. Es algo muy... experimental. Y también depende de encontrar el lugar adecuado en el muro de piedra.

Capítulo Diecinueve

Berenice guio a Sancia por el canal que discurría junto a la fundición, hasta que llegaron a un grupo de túneles y cañerías que había en una de las paredes del canal.

—Entrada —murmuró Berenice mientras los revisaba—. Salida... entrada, entrada, entrada... y salida.

—Parecen de metal —dijo Sancia—. No de piedra.

—Sí, gracias. Eso lo tenía claro. —Señaló uno, una cañería enorme de metal con una rejilla en el extremo—. Es esta. La cañería de salida metalúrgica.

—¿Qué vas a hacer con la rejilla?

—Atravesarla —respondió. Se acercó al túnel más cercano e intentó escalar, pero se resbaló por un lado con torpeza a pesar de su altura.

—¿Una ayudita?

Sancia negó con la cabeza y la ayudó a impulsarse.

—Supongo que los fab y los escribas no salen mucho al exterior —murmuró.

Se arrastraron juntas por la parte superior del túnel hasta la enorme cañería de salida. Berenice se sentó y sacó una caja que parecía contener una docena de componentes de inscripción, y también muchas placas pequeñas cubiertas de sigilos muy complicados. Eligió uno de dichos componentes, una varita de metal estrecha que tenía una punta protuberante y redondeada que parecía de vidrio fundido, y la miró.

—¿Qué es eso? —preguntó Sancia.

—Quería que fuese un pequeño foco, pero está claro que ahora necesitamos algo más que eso. Mmm. —Revisó los componentes, eligió un mango pequeño y redondeado con un pomo de bronce en un extremo y deslizó el extremo de la varita en el interior hasta que se oyó un chasquido. Después tomó una placa estrecha y alargada que encajó a un lado del mango—. Listo. Esto debería servir.

—¿Servir para qué?

—Para la rejilla. Voy a quitarla de ahí.

Sancia ayudó a bajar a Berenice hasta dejarla con mucho cuidado en el borde de la cañería. Después Berenice acercó la varita a uno de los grandes remaches que mantenían la rejilla en su sitio y movió el pomo que había encajado en ella y...

<¡Mierda! —dijo Clef—. Cierra los ojos, niña.>

<¿Por qué?>

La punta de la varita relució a causa del calor, como una estrella fugaz que hubiese caído en picado para aterrizar en la maldita cañería. Sancia hizo un mohín y apartó la mirada, con ojos llorosos. Se oyó un siseo vehemente y estruendoso. Volvió a mirar cuando dejó de oírse, y vio que el remache se había convertido en un amasijo de metal fundido y humeante.

Berenice tosió y agitó la mano delante de la cara.

—Tengo que repetirlo por los lados y en la parte de arriba. Después dejaré uno sin tocar en la de abajo. Cuando lo haga me ayudarás a subir y colocaré un ancla en la parte de arriba, como la que el capitán usó para retenerte. Con eso debería bastar para abrir la rejilla lo bastante como para entrar.

—Mierda —dijo Sancia—. ¿Y para qué has traído tantas cosas?

Berenice tocó otro remache con la varita.

—Me dispararon el otro día. Mucho. He venido preparada para evitar que vuelva a ocurrir. Me he traído muchos componentes que puedo usar para todo tipo de cosas si se combinan de la manera adecuada.

La varita volvió a brillar.

Berenice terminó su parte, y Sancia la ayudó a volver a subir. Después sacó el ancla, una pequeña pelota de bronce cubierta de sigilos de metal reluciente que contaba con un pequeño pasador a un lado, y la unió a la parte superior de la rejilla. Deslizó el pasador, lo que dejó al descubierto un botón de madera que tocó. La rejilla empezó a chirriar y a crujir de repente, hasta que se abrió lentamente, como un puente levadizo.

—Vamos dentro —dijo Berenice—. Rápido.

Se dejaron caer hacia el extremo de la cañería y corrieron por el interior hacia la oscuridad. Sancia estuvo a punto de tocar la pared con una mano para ver qué tenían delante, pero en ese momento oyó un chasquido y la varita de Berenice empezó a brillar otra vez. Parecía haber quitado el componente que fundía el metal, ya que ahora solo servía para alumbrar.

—Fíjate por si ves alguna piedra —dijo. Luego ajustó la luz para reducir un poco la intensidad.

—¿Dónde narices dices que estamos?

—Estamos en una cañería de salida metalúrgica de la fundición. Hace falta mucha agua para procesar tanto metal, acero, latón, plomo. Y el agua se ensucia y se vuelve inservible después de usarse para forjar, por lo que la vierten en los canales. Esta es una cañería enorme que recorre gran parte del interior de la fundición. Puedo conseguir hacerte entrar en el edificio cuando encontremos algún ladrillo de piedra.

—¿Cómo?

—Te lo diré cuando llegue el momento.

Siguieron caminando y caminando hasta que Sancia lo vio al fin.

—Allí. A un lado.

Señaló. Las paredes de metal de la cañería desaparecieron a unos tres metros para dejar paso a unas paredes de piedra y ladrillos, como las de una antigua alcantarilla.

Berenice examinó la pared de piedra y echó la vista atrás, hacia la salida del túnel.

—Mmm. Esto podría funcionar. Creo que estamos junto a los almacenes, pero no estoy segura y preferiría estarlo.

—¿Por qué?

—Bueno, porque podríamos estar junto a los tanques de agua, lo que haría que el túnel se inundase y nos ahogásemos.

—Mierda, un momento.

Sancia se quitó un guante, apoyó la mano en los ladrillos y cerró los ojos.

La pared casi llegaba al metro de grosor. Dejó que siguiese brotando en su mente y diciéndole lo que sentía o, al menos, lo que había al otro lado...

Abrió los ojos.

—Solo es una pared —dijo—. No hay nada al otro lado.

—¿Es gruesa?

—Sí. Medio metro mínimo.

Berenice hizo un mohín.

—Bueno. Puede que aún funcione...

—¿Cómo que puede que aún funcione?

Berenice no respondió. Se metió la mano en el bolsillo y sacó lo que parecían cuatro pequeñas esferas de bronce con tornillos afilados de metal en el borde. Examinó la pared, se humedeció los dientes y empezó a clavar las esferas a los ladrillos formando un cuadrado. Una de esas pelotas en cada una de las esquinas.

—¿Podrías decirme que son? —preguntó Sancia, impaciente.

—Sabes de inscripciones de construcción, ¿verdad? —dijo Berenice mientras ajustaba las esferas de bronce.

—Sí. Sirven para unir los ladrillos haciéndoles pensar que son una única cosa en lugar de cosas independientes.

—Así es. Pues muchas fundiciones usan el mismo tipo de piedra, o muy parecido, por lo que resulta muy fácil hermanarla.

—¿Hermanarla con... qué? —preguntó Sancia.

—Con una sección del muro de piedra que está en mi despacho —dijo Berenice al tiempo que se ponía en pie—. Uno que tiene un gran agujero en el medio.

Sancia se quedó mirando la pared y luego giró la cabeza hacia Berenice.

—¿Qué? ¿En serio?

—Sí —respondió ella. Arrugó la nariz mientras revisaba las esferas—. Si funciona, convencerá a esa parte de la pared que se trata de la misma que está en mi despacho. Eso servirá para debilitar todas las inscripciones de construcción de los Candiano y, básicamente, creará un agujero por el que podrás pasar. Pero... pero nunca lo he probado fuera de mi despacho. Y mucho menos en un muro así de grueso.

—¿Y si no funciona?

—Francamente, no tengo ni idea de qué puede pasar si algo sale mal. —Miró a Sancia—. ¿No quieres descubrirlo?

—La verdad es que ya he hecho bastantes estupideces durante los últimos días.

Berenice respiró hondo y giró la parte superior de las cuatro esferas de metal, una detrás de otra. Después dio un paso atrás y se apartó despacio, como si se estuviese preparando para correr.

No ocurrió nada durante unos instantes. Después, el color de los ladrillos empezó a cambiar, solo un poco, se volvió ligeramente más oscuro. Luego oyó un crujido. Los ladrillos se estremecieron y se agitaron hasta que, de repente, la pared se fracturó hasta formar un círculo perfecto, como si alguien la hubiese cortado con una sierra.

—Ha funcionado —dijo Berenice—. ¡Ha funcionado!

—Genial —dijo Sancia—. Ahora, ¿cómo narices quitamos de ahí ese gigantesco tapón de piedra?

—Ah, sí. —Berenice sacó otra baratija de sus bolsillos: era un pequeño mango de metal con un botón a un lado—. Es una inscripción de construcción. La colocaré en el centro del tapón.

La colocó, confirmó que estaba bien aferrada a la piedra y tiró con mucha fuerza.

No ocurrió nada. Volvió a tirar hasta que la cara se le puso roja, y luego se detuvo y empezó a jadear.

—Bueno —dijo—. Esto sí que no me lo esperaba.

—Déjame a mí —dijo Sancia.

Se arrodilló, agarró el mango, apoyó un pie en la pared y tiró con fuerza.

La pequeña columna de piedra se deslizó unos centímetros fuera de la pared, despacio y con un chirrido grave. Sancia respiró hondo y volvió a tirar hasta que cayó en el suelo del túnel con un estruendo y dejó un agujero de unos sesenta centímetros abierto en la pared.

—Bien —comentó Berenice, ofendida—. Bien hecho. ¿Cabes por ahí?

—No alces la voz. Sí, sí que quepo. —Se agachó y miró por el agujero. La estancia que había al otro lado estaba a oscuras—. ¿Sabes qué hay ahí dentro? —susurró.

Berenice alzó la luz inscrita y la metió por el agujero. Vieron una habitación amplia con una pasarela de metal que recorría los extremos y una pila enorme de metales retorcidos en el centro.

—Se podría decir que es la basura. El lugar donde tiran los pedazos inservibles de metal, que más tarde funden para reutilizarlos.

—Pero ya estaríamos dentro de la fundición, ¿verdad?

—¿Sí?

Sancia negó con la cabeza.

—Dios. No me puedo creer que nos hayamos colado en una fundición con unos cachivaches cualquiera que traías en los bolsillos.

—Me lo tomaré como un cumplido. Pero esto no ha terminado. Estamos en el sótano. Las oficinas administrativas se encuentran en la tercera planta. Tendrás que llegar hasta allí si quieres descubrir qué es lo que ha pasado aquí.

—¿Algún consejo de cómo llegar?

—No. No tengo ni idea de qué puertas estarán cerradas ni qué pasillos bloqueados o protegidos por guardias. Estarás sola ahí dentro. Supongo... supongo que no querrás que entre contigo, ¿verdad?

—Dos allanadores solo servirían para que nos capturasen antes —dijo Sancia—. Será mejor que te quedes vigilando por aquí.

—A mí me parece bien. Puedo volver a salir a la calle y, si veo algo, intentaré encontrar la manera de advertirte.

Sancia metió los pies por el agujero.

—No podrías dejarme algunos de esos objetos inscritos tan útiles que has traído, ¿verdad?

—Podría. Pero son muy destructivos, y las fundiciones son delicadas. Si cortas o rompes algo equivocado, podrías morir y hacer que muriese mucha más gente.

—Genial. Espero que esto valga la pena —dijo Sancia mientras se colaba al interior.

—Yo también —convino Berenice—. Buena suerte.

Después empezó a correr para salir del túnel.

Sancia se deslizó por el agujero en la pared, se puso en pie e intentó orientarse. La oscuridad era total, y se mostraba reacia a usar sus talentos solo para cruzar una estancia.

<Hay una cerradura inscrita en la puerta a tu izquierda —dijo Clef—. Subiendo unas escaleras. La siento. Todas las cañerías y las paredes están cubiertas de sigilos. Se podría decir que todo el lugar es un dispositivo que sirve para crear otros dispositivos... guau.>

<Y me duele la cabeza solo de estar en el interior>, dijo Sancia mientras se tambaleaba en dirección a la puerta. Buscó la cerradura a tiendas, metió a Clef en el interior y la abrió. Sintió alivio al comprobar una luz débil que se filtraba por el pasillo frente a ella.

Sancia usó a Clef para abrir puerta tras puerta mientras se adentraba en las profundidades de la fundición. Se quedó muy sorprendida por la complejidad del interior, por todos los pasadizos que llevaban hasta estancias de procesado enormes y complicadas, llenas de dispositivos gigantescos o grúas que colgaban sobre mesas, o tornos que parecían arañas tejiendo capullos sobre sus víctimas. En el interior de la fundición hacía un calor inmenso, pero había una brisa constante en todos los pasillos y habitaciones que llevaba el aire caliente... a alguna parte, supuso. Era como estar atrapada en las entrañas de una criatura gigante y mecánica.

La mayor parte del lugar estaba vacío, lo que resultaba lógico teniendo en cuenta que solo se estaban usando una parte de las instalaciones. Pero entonces...

<Hay tres guardias ahí delante —dijo Clef—. Muy bien armados.>

Sancia miró frente a ella. El pasadizo terminaba en una puerta de madera cerrada. Al parecer había una especie de pasillo bien protegido al otro lado.

<¿En qué piso estamos?>, preguntó.

<Creo que todavía estamos en la planta baja.>

<Ugh.>

Se quitó un guante y palpó la pared. Después, hizo lo propio con el techo. La fundición estaba tan llena de inscripciones que aquello fue como encontrarse debajo de una catarata estruendosa. La presión repentina estuvo a punto de tirarla al suelo. Pero consiguió aguantar y avanzó pegada a la pared mientras rozaba la piedra y el metal con los dedos, hasta que sintió una cavidad estrecha, alargada y vertical delante de ella...

"Una trampilla. Un hueco".

Apartó la mano, se sacudió y luego continuó por el pasillo hasta que encontró una puerta pequeña. Tenía un cartel que rezaba: "Acceso de mantenimiento al glosario". Y una cerradura imponente.

Sacó a Clef y lo metió en ella. Sintió una andanada de información, y Clef consiguió deshacerse de las defensas de la cerradura como si de una pared de paja se tratara.

<Eso ha sido muy fácil>, dijo ella mientras abría la puerta.

El hueco del interior era estrecho y perfectamente vertical, con una escalerilla frente a ella. Estaba oscuro, por lo que no fue capaz de ver qué había encima o debajo.

<Sí que lo ha sido, pero...>

<Pero ¿qué?>

<Hay... Hay algo ahí abajo.>

<Sí. El glosario.>

Extendió la mano y empezó a subir.

<Cierto. Pero me resulta... familiar.>

<¿A qué te refieres?>

<No sé. Es como si... es como si oliese el perfume de alguien a quien no has olido desde hace muchísimo tiempo. Es raro. No tengo claro por qué.>

Sancia ascendió hasta la tercera planta. Después se dio la vuelta hasta que se encontró frente a la puerta, y encontró el pomo a ciegas.

<¿Hay alguien ahí fuera?>

<Vaya si lo hay. El lugar está hasta arriba de hombres armados. Sube un piso más. Está vacío.>

Obedeció a Clef, subió al cuarto piso y abrió la trampilla. A diferencia de los demás, el cuarto tenía ventanas. Unos haces de luz de luna se proyectaban por el suelo de piedra vacío. Daba la impresión de que el lugar era un almacén, lleno de cajas y poco más.

Echó un vistazo por la ventana que tenía más cerca para orientarse y buscó las oficinas administrativas.

<Supongo que no hay ningún otro camino sin guardias que lleve hasta nuestro objetivo, ¿no?>

<Así es.>

<Genial. ¿Las ventanas son seguras?>

<Bueno... están inscritas para ser irrompibles y que nadie dispare a la fundición para romperlas. Pero creo que son abatibles y se abren por arriba para dejar salir el humo. —Se hizo una pausa—. Antes de que preguntes, es probable que sí que se abran lo suficiente para que quepas por ellas.>

Sancia sonrió.

<Excelente.>

Berenice se encontraba acurrucada en el umbral de una puerta, en la parte exterior de los muros de la fundición. Miraba con ojos entrecerrados a través de un catalejo que apuntaba hacia las ventanas. Le costaba concentrarse. A pesar de sus incursiones ocasionales en las intrigas de los campos, no estaba nada acostumbrada a estas situaciones de alto riesgo. No esperaba que nadie tuviese que escalar un edificio aquella noche, y mucho menos allanar una maldita fundición.

Aun así, parecía que Sancia tenía razón. Algo estaba ocurriendo allí dentro, en el tercer piso. Vio a un grupo de personas en el interior, pero todas parecían estar centradas en las oficinas administrativas.

"Es una mala noticia. ¿Cómo conseguirá Sancia...?", pensó. Pero se detuvo.

¿Eso que acababa de ver era una ventana abriéndose? ¿En el cuarto piso?

Miró con la boca abierta, y vio a una silueta pequeña y ataviada de negro salir por la ventana del cuarto piso y quedarse colgando en la esquina del edificio.

—Dios mío —dijo Berenice.

Sancia se aferró a la esquina de la fundición, con los dedos bien clavados en los huecos estrechos que había entre las piedras. Se había agarrado a lugares más complicados. No muchos, eso sí.

Descendió centímetro a centímetro hasta el piso inferior.

Encontró una ventana a oscuras, lo que significaba que no habría nadie en el interior, con suerte. Calzó las botas en la piedra, extendió la mano hacia el estilete para tomarlo y luego insertó la punta en la parte superior de la ventana cerrada. Tiró con suavidad del mango del arma hasta que la ventana empezó a abrirse. Cuando había conseguido abrirla unos centímetros, tiró de ella con la mano hasta que consiguió abrirla lo suficiente. Después bajó y se coló por el agujero.

Clef dijo:

<Eso ha sido...>

<¿Increíble?>

Se había quedado colgando del borde de la ventana en el interior del edificio y se sintió aliviada porque fuesen irrompibles. Luego se dejó caer y aterrizó sobre un escritorio.

<Sí, increíblemente estúpido. Ahora, cuidado. Hay guardias por todas partes a tu alrededor, en la gran estancia que se encuentra al otro lado de la puerta.>

Sancia se bajó del escritorio y volvió a orientarse. Parecía encontrarse en una sala de reuniones grande y vacía, una que no se había usado en mucho tiempo. Se acercó a la puerta que se encontraba frente a la ventana y entrecerró los ojos para mirar por la cerradura. Al otro lado había otra estancia amplia, con cuatro guardias de los Candiano bien armados desperdigados por ella, con aspecto de estar cansados y aburridos.

—Uf —dijo Sancia en voz baja. Dio un paso atrás y echó un vistazo a su alrededor. Había otras dos puertas, a la izquierda y a la derecha, que supuso que llevarían a sendas oficinas.

Se acercó a la de la derecha y tiró del pomo. Estaba abierta. Tiró de ella en silencio y echó un vistazo en el interior. Otra oficina. Vacía y a oscuras.

La cerró y se dirigió a la última de las puertas. Pero mientras se acercaba...

Se detuvo.

<¿Eso que acabo de oír es un gemido?>, preguntó.

<Sí —dijo Clef—. Y... me ha sonado como un gemido de los divertidos.>

Sancia se acercó a la puerta, se arrodilló y apoyó una mano en el suelo. Dejó que brotase en su mente, algo complicado, ya que había muchas inscripciones que no hacían sino dejarla agotada. Pero no tardó en sentir...

Un pie descalzo. Solo uno, la parte delantera presionada contra el suelo. Y se movía arriba y abajo.

<Sí —repitió Clef—. Eso es. Justo lo que pensaba.>

Sancia echó un vistazo por la cerradura. La oficina era amplia y había faroles inscritos en el interior, así como un escritorio alargado y cubierto de documentos antiguos y arrugados. También una serie de cajas de madera. Al fondo y en un rincón también había una cama, junto a la que se encontraban dos personas, un hombre y una mujer, bastante desnudos y fornicando. El hombre apoyaba un pie en el suelo y la rodilla de la otra pierna en la cama.

Sancia no tenía mucha idea del sexo debido a sus problemas, pero sí que le dio la impresión de que aquel no parecía uno particularmente bueno. La mujer era muy joven, de su edad más o menos, y terriblemente guapa. En su gesto había sin duda una expresión de placer, pero también había en ella algo ansioso y artificial, como si temiese disgustar al hombre más que disfrutar de la experiencia. El tipo le daba la espalda blanca y delgada a Sancia, pero ella se percató de que había algo mecánico y determinado en sus movimientos, como si se hubiese propuesto cumplir con una tarea y se dedicase a hacerla contra viento y marea.

Sancia se quedó mirando y se preguntó qué podía hacer. No se veía capaz de pasar desapercibida para tomar los documentos que había sobre el escritorio. La joven no dejaba de mirar de un lado a otro, nerviosa y aburrida, como si prefiriese mirar cualquier cosa antes que al hombre que tenía encima.

Después se oyó un golpe que venía de otra parte de la estancia, como si hubiese otra puerta que también llevaba a esa habitación.

—¡Un minuto! —gritó el hombre, un tanto enfadado. Empezó a moverse el doble de rápido. La joven se encogió de miedo.

Otro golpe en la puerta.

—¿Señor? —dijo una voz ahogada—. ¿Señor Ziani? Está hecho.

El tipo siguió a lo suyo.

—Ordenó que lo notificásemos de inmediato —dijo la voz.

El hombre se detuvo y bajó la cabeza a causa de la frustración. La joven lo miró con cautela.

<Ese es... ¿Tomas Ziani? —preguntó Sancia—. ¿El tipo que compró toda la Compañía Candiano?>

<Supongo que sí>, dijo Clef.

—¡Un momento! —volvió a gritar, más alto en esta ocasión. Después se dio la vuelta y empezó a rebuscar en el suelo para tomar la ropa.

Sancia abrió los ojos como platos. La habitación no estaba demasiado iluminada, pero reconoció esa cara, los rizos, la barba descuidada, las mejillas enjutas.

Era su cliente. El hombre que había encendido el imperiat aquella noche en los Glaucos y causado los apagones. Y sin duda también se trataba del hombre que había matado a Sark.

Lo miró e intentó no moverse.

<¡Madre mía! —dijo Clef—. Es... Es aquel tipo, ¿verdad?>

<Sí. Es aquel tipo. —dijo Sancia—. Verlo la hizo sentir una intensa mezcla de terror, rabia y confusión. Pensó durante unos instantes en abalanzarse hacia él y clavarle el estilete en las entrañas. Parecía una forma adecuada de morir para alguien así, desnudo, confuso y frustrado sexualmente. Pero luego Sancia recordó que los guardias se encontraban a unos escasos metros y se contuvo.>

<Bueno... Entonces, ¿ese tal Ziani es quien está detrás de todo esto?>, preguntó Clef.

<Calla. Vamos a escuchar, Clef.>

Ziani se puso los calcetines. Después suspiró y ladró un:

—¡Entra!

Se abrió una puerta en algún lugar del despacho, y una luz intensa se proyectó en el interior. La joven desnuda de la cama tiró de las sábanas para cubrirse y los miró con gesto malhumorado.

—Ignórala —dijo Ziani—. Puedes entrar.

Un hombre entró en la habitación y cerró la puerta. Parecía ser un trabajador de alguna clase. Iba ataviado con los colores de los Candiano y llevaba una pequeña caja de madera.

—De haber tenido un éxito, estarías mucho más contento —dijo Ziani mientras se sentaba en el escritorio.

—¿Esperaba tener éxito, señor? —comentó el trabajador, sorprendido.

Ziani agitó una mano con impaciencia.

—Tráela.

El trabajador se acercó y extendió los brazos. Ziani tomó la caja, lo fulminó con la mirada y la abrió.

Sancia estuvo a punto de soltar un grito ahogado. Dentro de la caja había otro imperiat, pero aquel parecía estar hecho de bronce, no del oro reluciente que había visto antes.

<¿Qué narices?>, dijo Clef.

Ziani lo examinó.

—Esto es una mierda —dijo—. Una mierda es lo que es. ¿Qué ha ocurrido?

—Lo... lo mismo de siempre, señor —dijo el trabajador. Se le veía muy incómodo por tener esa conversación en la misma habitación que una joven desnuda—. Forjamos el dispositivo con sus especificaciones. Después intentamos llevar a cabo el intercambio y... bueno. No ocurrió nada. El dispositivo se quedó tal y como lo ve ahora.

Ziani suspiró y rebuscó entre las notas que había sobre el escritorio. Sacó un pergamino amarillento y arrugado, y lo examinó.

—A lo mejor... —dijo el trabajador. Después se quedó en silencio.

—¿Qué? —preguntó Ziani.

—Señor, ya que Tribuno ha sido de tanta ayuda con otros dispositivos... A lo mejor, también podría preguntarle por esas notas. ¿No cree?

Ziani tiró con rabia el pergamino sobre el escritorio. Sancia lo vio caer.

"¿Son las notas de Tribuno Candiano? ¿Notas sobre qué?".

—Tribuno sigue loco como una cabra —dijo Ziani—. Y tampoco creas que ha sido muy útil. Más o menos una vez al mes encontramos algún garabato en su celda que nos resulta útil, es cierto, como las cadenas de sigilos de las placas de gravedad, pero no es algo que podamos controlar. Y ha escrito muchas tonterías sobre los hierofantes.

Se hizo el silencio. Tanto la chica como el trabajador miraron a

Ziani con nerviosismo, preguntándose que les obligaría a hacer a continuación.

—El problema está en la carcasa —dijo Ziani sin dejar de mirar el imperiat de bronce—. No en el ritual. Hemos seguido las instrucciones del ritual al pie de la letra. Tiene que haber algún sigilo que hayamos pasado por alto... un componente original que no tenemos o que no hemos usado como es debido.

—¿Cree que tenemos que volver a analizar los otros artefactos, señor?

—Claro que no. Ya nos costó mucho trabajo sacar el tesoro de la Montaña. No quiero darle pista alguna a ese Ignacio o a cualquier otro de esos cabrones poco fiables solo por hacer otra revisión. —Tocó el imperiat de bronce que tenía delante—. Estamos haciendo algo mal. Hay algo en estas cosas que no va como tiene que ir...

—Y... ¿qué sugiere que hagamos, señor?

—Experimentar. —Ziani se puso en pie y empezó a vestirse—. Quiero que se hagan cien carcasas antes de mañana por la mañana y que se envíen a la Montaña —dijo—. Las suficientes para que experimentemos y las ajustemos, para compararlas con el original.

El trabajador lo miró.

—¿Cien? ¿Antes de mañana por la mañana? Pero... señor, el glosario de Cattaneo se ha visto reducido. Para fabricar tantos tendríamos que forzarlo de manera muy brusca.

—¿Y?

—Y... que puede que el glosario produzca un pico de energía. Como mínimo, nos haría sentir náuseas a todos.

Ziani se quedó muy quieto.

—¿Crees que soy imbécil? —preguntó.

La tensión se mascaba en el ambiente. La joven se acurrucó debajo de las sábanas.

—C-claro que no, señor —dijo el trabajador.

—Pues es lo que parece —aseguró Ziani. Se giró para mirarlo—. Parece que crees que lo soy porque no soy escriba, porque no tengo tantas certificaciones como tendrás tú. ¿Crees que no conozco las consecuencias de mis órdenes?

—Señor, yo solo quería...

—Sé que es arriesgado —dijo Ziani—. Pero es un riesgo aceptable. Hazlo. Supervisaré la fabricación. —Señaló a la joven—. Tú quédate ahí. Hacía mucho que no encontraba alguien tan aceptable y tampoco quiero que el trabajo lo retrase más de la cuenta. —Se abotonó la camisa, con el rostro torcido en un leve gesto de arrogancia—. Me niego a levantarle esa falda mohosa a Estelle para conseguir un poco de diversión.

—¿Señor?

—¿Sí? —preguntó Ziani.

—¿Qué quiere que hagamos con el cadáver?

—¿Lo mismo que habéis hecho con los demás? Yo qué sé. Habíamos contratado a alguien para eso, ¿no?

Ziani y el trabajador se marcharon del despacho y cerraron la puerta al salir. La joven cerró los ojos despacio, medio aliviada y medio consternada.

Sancia sacó despacio la cerbatana de bambú y la cargó con un dardo.

<No sé si la noche de esa chica está a punto de mejorar o de empeorar>, dijo Clef.

<Yo diría que mejorar>, comentó Sancia.

Esperó unos minutos para asegurarse de que se había dormido. Después abrió la puerta en silencio, solo una rendija, apuntó al cuello de la joven con la cerbatana y disparó.

Soltó un gritillo muy suave cuando el dardo le impactó en el cuello. Después se puso tensa, se dio un tortazo en el cuello con un ademán abotargado, cayó hacia atrás y se quedó inmóvil.

Sancia se deslizó al interior y se acercó a la otra puerta. Echó un vistazo por la cerradura y confirmó que nadie se acercaba. Después revisó los documentos y las cajas que había en el escritorio.

Luego tomó eso que Ziani había llamado 'carcasa', el imperiat de bronce, ese que al parecer no funcionaba. Descubrió que tenía razón: era poco más que una curiosidad, un pedazo de metal inerte y anodino. Tenía muchos sigilos extraños, pero no era un objeto inscrito de verdad.

<Pues... parece que eso es lo que fabrican aquí —dijo Clef. Sonaba asustado de verdad—. Están... están fabricando más imperiat. O intentándolo, al menos.>

<Sí.>

<Cientos de ellos. Cientos de imperiat... ¿te lo imaginas siquiera? Por todos los beques...>

Sancia intentó imaginárselo y se estremeció.

<Ese tipo podría barrer de un plumazo al resto de casas de los mercaderes —dijo Clef—. ¡Podría destruir todos los ejércitos y todas las flotas del Durazzo!>

<Tengo que concentrarme, Clef. ¿Qué más tenemos por aquí?>.

Sancia revisó los documentos del escritorio y vio que la mayoría estaban amarillentos a causa del paso del tiempo, y escritos con una caligrafía extraña y enmarañada que parecía de alguien anciano, enfermo o ambas cosas.

Miró la parte superior de uno de los documentos:

TEORÍAS SOBRE LOS PROPÓSITOS
DE LAS HERRAMIENTAS HIEROFÁNTICAS

"Son las notas de Tribuno Candiano —pensó Sancia—. El escriba más importante de nuestra era...".

Había muchas, y no entendió casi nada en aquel primer vistazo.

Algunos de los documentos eran diferentes. Parecían moldes de cera de grabados, tablillas o bajorrelieves..., pero las imágenes que representaban le resultaban muy confusas.

En todos aparecía un altar, siempre un altar en mitad de cada uno de esos documentos. Flotando sobre el altar se encontraba la imagen de un cuerpo humano sin sexo y colocado bocarriba. Puede que se tratase de la manera que había tenido el artista de representar a alguien tumbado sobre la superficie del altar. Flotando sobre el cuerpo siempre había una espada o arma blanca de tamaño descomunal, varias veces más grande que el propio altar o la persona. En la hoja del arma se destacaban una serie de sigilos complicados que variaban en cada uno de los documentos. Pero todos tenían tres cosas en común: el cuerpo, el altar y el arma.

Había algo espantosamente cínico en todo aquello. No daba la impresión de tratarse de un ritual religioso, sino más bien...

<Instrucciones. Pero, ¿instrucciones para qué?>

<¿Crees que Orso lo sabrá?>

<Puede. —Tomó los documentos, los dobló y se los metió en el bolsillo—. Creo que ya tenemos lo que veníamos a buscar. Salgamos, rápido...>

Clef gimió, un sonido que era indicativo al mismo tiempo de dolor y de epifanía.

<Aah... San. ¿Has...? ¿Has sentido eso?>

<¿Sentido el qué?>

<Hay... Hay alguien aquí. Hay una mente ahí abajo...>

<¿Eh? ¿Abajo dónde?>

<En el suelo. Está despertando, pensando, apretando... ha empezado a despertar, San>, dijo con voz abstraída.

<¿Te...? ¿Te refieres al glosario?>

<No me había dado cuenta... el glosario es una mente, una muy ingeniosa, una cuyos argumentos son tan convincentes que la mismísima realidad se ve obligada a escuchar. ¿Sabes lo que se siente al...?>

Y, en ese momento, un dolor agudo se apoderó de la mente de Sancia.

Fue como si el mundo empezase a disolverse, como si un meteorito hubiese chocado contra la tierra, como si las paredes se hubiesen convertido en ceniza y carbonilla. Aún seguía en ese despacho, de pie junto a esa joven dormida, pero notó brasas en el cerebro, brasas que lo consumían y que le chamuscaban la cara interna del cráneo. Abrió la boca en silencio a causa del dolor y se sorprendió al comprobar que no le salía humo.

Sancia cayó de rodillas y vomitó.

“Es el pico de energía del glosario —intentó decirse—. Eso es todo... solo eres demasiado sensible...”.

Clef gritó, con dicha:

<¿Lo sientes despertar? ¡No me había percatado de lo maravillosos que eran!>

Sintió un calor que le recorría el rostro y vio gotas de sangre en el suelo frente a ella.

<Yo... ¡recuerdo a alguien así! —dijo Clef—. Recuerdo... lo recuerdo, Sancia...>

Las imágenes se filtraron en su mente. El olor polvoriento del despacho desapareció para dar paso al olor de...

Colinas en el desierto. La brisa en una noche fría.

Después oyó el siseo de la arena y el sonido de millones de alas, y perdió la conciencia.

Berenice miró por el catalejo en busca de Sancia. La joven había caído al suelo de repente y desaparecido de su vista. Le resultó extraño.

"¿Qué hace? ¿Por qué no sale de ahí?".

Empezó a sentir náuseas. Una sensación familiar.

"Han amplificado la energía del glosario —pensó—. Han activado más inscripciones. Y puede que eso haya afectado a Sancia".

Se quedó mirando un momento más y luego apuntó hacia la zona diáfana que se encontraba adyacente al despacho. Vio brillos metálicos, guardias con armadura que deambulaban a paso rápido. No estaban patrullando, sino que buscaban algo en concreto. Y parecían dirigirse directos hacia donde se encontraba Sancia.

—Carajo —susurró. Volvió a mirar hacia la oficina. No vio que Sancia se hubiese levantado—. Oh, carajo.

Sancia ya no se encontraba en el despacho, ya no estaba en la fundición ni en el campo ni siquiera en Tevanne. Se había marchado de ese lugar.

Ahora estaba en pie en lo alto de unas dunas de un amarillo cremoso mientras una luna de un rosado claro brillaba enorme y pesada en el cielo. Y junto a la duna frente a ella había...

Un hombre. O algo con forma de hombre que estaba girado hacia ella.

Iba envuelto en unas telas negras que cubrían cada centímetro de su cuerpo, incluido el cuello, el rostro y los pies. También llevaba una capa negra y corta que le llegaba hasta la mitad de los muslos, y los brazos y las manos se le perdían entre los pliegues de la vestimenta. Junto a esa figura parecida a un hombre había una caja de oro, extraña y ornamentada, de más o menos un metro de alto.

Sabía lo que era. Sabía qué era la caja. Los reconoció a ambos.

"No puedo dejar que me vean", pensó.

Oyó un ruido que venía de alguna parte de las alturas... Era un estruendo como del batir de muchas alas, pequeñas y delicadas, como una numerosa bandada de mariposas.

La cabeza de la figura se movió unos milímetros, como si hubiese oído algo. El ruido del batir de las alas se incrementó.

"No —pensó—. No. No".

Después la figura se alzó, solo un poco, y empezó a flotar sobre las dunas para luego quedar suspendida en la brisa nocturna.

Berenice vio por el catalejo cómo los guardias se acercaban cada vez más. Tenía que hacer algo, advertir a Sancia o despertarla de alguna manera. O distraer a los guardias, al menos.

Echó un vistazo a su alrededor. Llevaba encima algunos dispositivos más, claro. Cuando Berenice Grimaldi se preparaba lo hacía a conciencia, pero nunca se había imaginado que ocurriría algo así.

Después tanteó una posibilidad. Había un globo de luz enorme justo por fuera de la esquina suroeste de la fundición, sobre un poste alto de metal de unos doce metros. Era probable que sirviese para iluminar la entrada principal cuando la fundición estaba activa.

Hizo algunos cálculos. Después sacó la varita de fundir y se dirigió hacia el poste a toda prisa.

"Espero que funcione, por todos los beques".

La figura con forma de hombre se quedó suspendida en el aire sobre las dunas frente a Sancia, silenciosa e inerte. Después las arenas empezaron a agitarse a su alrededor, a ondularse hasta formar anillos, como si sufriesen el azote de una tormenta. Pero no había viento alguno, o al menos no uno tan fuerte.

"No, por favor —pensó Sancia—. Él no. Cualquiera menos él".

La silueta empezó a girarse para encararla. El ruido del batir de las alas se había vuelto ensordecedor, como si el cielo nocturno estuviese cubierto por esas mariposas invisibles.

El terror se apoderó de ella, uno sin palabras, aullante y descontrolado.

"¡No! ¡No puedo! ¡No puedo dejar que me vea! ¡No puedo DEJAR QUE ME VEA!"

La criatura alzó una mano negra y extendió los dedos hacia el cielo. El aire se estremeció y los cielos se agitaron.

Después se oyó un crujido tremendo, y la visión desapareció.

Volvía a estar en el despacho, de rodillas. Sentía náuseas y había vómito en el suelo, pero Sancia volvía a sentir su cuerpo.

"¿Qué ha sido eso?", pensó, aunque ya lo sospechaba.

<Clef... ¿eso ha sido un recuerdo? ¿Un recuerdo de los tuyos?>

No respondió.

—¿Qué pasa ahí dentro? —preguntó una voz al otro lado de la puerta del despacho.

Sancia se quedó de piedra y escuchó.

—¡Se ha caído la maldita farola del exterior! ¡Ha caído sobre el muro y ha acabado dentro del patio!

<¡Clef! —llamó Sancia—. Clef, ¿estás ahí?>

<Sí>, respondió con un hilo de voz.

<¿Qué ocurre? ¿Hay guardias ahí fuera?>

<Sí. Y van directo por ti.>

Sancia se tambaleó hacia delante y atravesó la puerta que daba a la oficina contigua y vacía. Se subió al escritorio y, justo en ese momento, oyó un golpe en la puerta del despacho.

—¿Señorita? —dijo una voz—. ¿Señorita? Tenemos que entrar y tomar algo del escritorio. No se asuste, por favor.

—Mierda —murmuró Sancia.

Saltó, se agarró a la ventana y volvió a colarse por el agujero, ahora para salir. Luego se agarró al borde del edificio y empezó a escalar en dirección al cuarto piso.

Oyó un grito.

—¿Qué? ¡Qué ha pasado aquí! ¡Despierta a la chica! ¡Ya!

Se deslizó por la ventana del cuarto piso y empezó a correr hacia el acceso de mantenimiento. Cuando se encontraba a medio camino, oyó un estruendo de gritos en el piso inferior.

<Han dado la alarma —dijo Clef en voz baja—. Ahora empezarán a buscarte.>

<Sí —dijo ella mientras cruzaba el acceso—. Eso me temía.>

Berenice exhaló aliviada cuando vio a Sancia colarse por la ventana del cuarto piso. La base medio fundida de la farola brillaba de un rojo muy llamativo frente a ella. Nunca había intentado usar la varita para algo así, por lo que se aseguró de acordarse de esa nueva utilidad.

Después oyó gritos por encima de los muros, seguro que de los guardias. Pronto saldrían a ver qué era lo que había ocurrido.

—Carajo —dijo Berenice. Corrió en dirección al canal.

Sancia se dejó caer por el hueco del glosario lo más rápido que fue capaz, saltado de escalón en escalón hasta que llegó a la planta baja. Después se tambaleó por los pasadizos en dirección a esa estancia que hacía las veces de basurero en el sótano, el lugar donde Berenice había hecho el agujero en la pared de forma tan hábil.

Oyó pasos en los pasillos detrás de ella, y también encima, gritos y puertas que se abrían de repente. Corrió lo más rápido que pudo, pero sentía la mente embotada y aletargada. La boca le sabía a sangre y se dio cuenta de que sangraba mucho por la nariz.

"Espero no desangrarme antes de salir de aquí —pensó, agotada—. Después de todo lo que he hecho...".

Luego, oyó una voz detrás de ella.

—¡Detente! ¡Eh, tú! ¡Detente!

Echó un vistazo por encima del hombro y vio a un guardia con armadura al fondo del pasadizo. Distinguió que había empezado a levantar la espingarda y saltó detrás de una esquina, justo cuando un virote inscrito aullaba por el pasillo y chocaba contra la pared.

"Este lugar es horrible para esquivar los tiros", pensó.

Pero no le quedaba elección. Volvió al pasillo y corrió a toda prisa en dirección a la puerta a la que se dirigía.

—¡Está allí! ¡Está allí! —gritó el guardia.

Llegó a la puerta de metal, la abrió de un tirón, saltó a la oscuridad del interior cerró de un portazo. Bajó los escalones negros que daban al agujero en la pared, preocupada por caerse de la pasarela a las pilas de desechos que había debajo. Luego oyó un crac, crac, crac y una luz tenue brilló en la habitación. Echó la vista atrás en dirección a la puerta y vio que ahora tenía tres agujeros enormes que sin duda habían sido provocados por virotes inscritos.

“¡Dios! ¡No van a tardar nada en abrirla!”, pensó.

—Vamos —murmuró una voz en la oscuridad—. ¡Rápido!

Se dio la vuelta y vio una luz en la pared del fondo: la luz inscrita de Berenice, que brillaba detrás del agujero que había hecho. Sancia saltó los escalones y se lanzó por el hueco.

—¡No vamos a llegar muy lejos! —Intentó recuperar el aliento, ya al otro lado—. ¡Los tenía justo detrás!

—Lo sé. —Berenice le daba la espalda y parecía estar trasteando con algo en el techo del túnel—. Listo —dijo al tiempo que se echaba hacia detrás. Sancia vio que era lo mismo que había usado para abrir la rejilla de la cañería, pero ahora lo había enganchado al extremo de una vara que alguien parecía haber clavado en los ladrillos—. Vamos. Ahora tenemos que salir corriendo.

Sancia se puso en pie a duras penas y se tambaleó por el túnel. Se oyó un tenue crujido detrás de ellas.

—No. Más rápido —dice Berenice, nerviosa—. Mucho más rápido.

Se echó el brazo de Sancia por encima del hombro y tiró de ella, justo cuando el crujido empezaba a convertirse en un retumbar.

Sancia echó la vista atrás y vio cómo los ladrillos del túnel empezaban a derrumbarse y levantaban una pared de polvo hacia ellas.

—Por todos los infiernos —dijo.

—No creo que la parte de metal de la cañería llegue a derrumbarse —dijo Berenice mientras se acercaban a la rejilla abierta—. Pero preferiría no tener que comprobarlo. ¡Arriba! ¡Salgamos por arriba! ¡Vamos!

Sancia se enjugó la sangre del rostro, agarró los escalones y empezó a subir.

Capítulo Veinte

—¡Pensaba que os había dicho que os limitaseis a seguirlos! —aulló Orso, horrorizado.

—Bueno, y lo hicimos —dijo Sancia, que volvió a escupir sangre en un cubo—. Pero no dijiste que no hiciésemos nada de lo demás.

—¿Allanar una fundición? —gritó—. Y... ¿derrumbar una cañería de salida metalúrgica? Pensaba que teníais el sentido común suficiente como para no hacer algo así. ¿Era mucho pedir, Berenice?

Fulminó con la mirada a Berenice, que se encontraba sentada en un rincón de su despacho echándole un vistazo a los documentos que había robado Sancia. Gregor miraba por encima de su hombro, revisándolos en silencio y con las manos entrelazadas a la espalda.

—Perdón, señor. Estaba confirmando una de tus sospechas —dijo.

—¿Qué sospecha?

Berenice alzó la vista.

—Que quien está detrás de todo es Tomas Ziani. Esa es la razón por la que hablaste con Estelle en la reunión de ayer, ¿no es así?

Gregor parpadeó y se enderezó.

—¿Estelle Ziani? Un momento... ¿la hija de Tribuno Candiano? ¿Orso habló con ella?

—¡Hay que ver las cosas que te inventas! —gritó Orso a Berenice.

—¿Por qué sospechabas de Ziani, Orso? —preguntó Gregor.

Orso miró a Berenice con el ceño fruncido e intentó encontrar una respuesta satisfactoria.

—Cuando estaba en la reunión del concejo y todos hablaban del apagón, no vi que ninguno de los líderes de las casas actuase de manera sospechosa. A excepción, quizá, de Ziani. Me miró el cuello y luego empezó a hacerme preguntas sobre los hierofantes. Eso me hizo... inquietarme un poco. No era más que una corazonada.

—Una corazonada que dio en el clavo —dijo Sancia. Se sonó la nariz con un trapo—. Yo lo vi. Lo vi todo. Es quien está detrás de esto. De todo lo que ha ocurrido. Y también intenta fabricar docenas o cientos de esos imperiat.

Se hizo el silencio mientras todos sopesaban lo que Sancia acababa de decir.

—Lo que significa que, si Tomas Ziani descubre cómo hacerlo bien, podría hacerse con el control de todo el mundo civilizado —dijo Gregor, en voz baja.

—No... No me puedo creer que sea cosa de Ziani —dijo Orso—. Le pregunté a Estelle si me diría que Ziani iba a por mí en caso de que fuese cierto, y me confirmó que sí.

—¿Crees que la esposa de un hombre llegaría a traicionarlo? —preguntó Gregor.

—Pues... ¿sí? Da la impresión de que Tomas Ziani la tiene encerrada en la Montaña, igual que a su padre. Pero aunque tenga una buena razón para traicionarlo, la verdad es que no sé cuánto sabe sobre lo ocurrido.

—Mm. Yo no sé quién es esa tal Estelle —comentó Sancia—, pero doy por hecho que se trata de alguien a quien se está tirando Orso, ¿no?

Todos la miraron, escandalizados.

—Bien —dijo Sancia—. ¿Alguien a quien te tirabas en el pasado?

El rostro de Orso se empezó a agitar, como si intentase adaptarse a lo ofendido que estaba en realidad.

—Yo... era una conocida. En el pasado. Cuando trabajaba para Tribuno Candiano.

—¿Te tirabas a la hija del jefe? —preguntó Sancia, impresionada—. Guau. Los tienes cuadrados.

—Por muy entretenida que sea la vida de Orso, deberíamos comentar el asunto que nos atañe —dijo Gregor alzando la voz—. ¿Cómo evitar que Tomas Ziani fabrique un arsenal de armas hierofánticas?

—Y también hay que descubrir cómo planea hacerlo —dijo Berenice mientras hojeaba las notas de Tribuno—. Al parecer, no le ha ido demasiado bien por el momento...

—Por favor, Sancia. ¿Qué fue lo que dijo Ziani? —preguntó Orso—. Palabra por palabra.

Sancia lo hizo. Reprodujo todas y cada una de las palabras de la conversación que había oído.

—Bien. Lo llamó carcasa —dijo Orso al terminar—. Y comentó que había algún tipo de... fallo.

—Sí —dijo Sancia—. También mencionó un ritual. Pero no sé por qué lo llamó carcasa. Las carcasas suelen tener algo en su interior.

—Y él pensaba que el problema era la carcasa —dijo Berenice—. Los imperiat que han fabricado no son iguales al original por alguna razón.

—Sí, eso parece.

Se hizo un silencio. Berenice y Orso se miraron, horrorizados.

—El alfabeto Occidental —dijo Berenice—. La 'lingai divina'.

—Sí —convino Orso en voz baja.

—Le... le falta algo. Un sigilo. O más. ¡Tiene que ser eso!

—Sí. —Orso suspiró—. Esa es la razón por la que se ha dedicado a robar artefactos Occidentales. ¡Por eso me robó la llave, por todos los beques! Claro. Quiere completar el alfabeto. O al menos conseguir los sigilos suficientes para fabricar un imperiat funcional.

—No entiendo —dijo Gregor. —¿Alfabeto?

—Nosotros solo conocemos una parte del alfabeto de sigilos Occidental —explicó Berenice—. Alguno que otro. Es el mayor obstáculo de la investigación de los Occidentales. Es como intentar resolver un acertijo en un idioma extranjero del que solo conoces las vocales.

—Ya veo —dijo Gregor—. Pero su intención es robar los suficientes piezas y fragmentos que tengan los sigilos adecuados...

—Para llegar a completar el alfabeto —terminó Orso—. Una vez completado, conocerías lo bastante del idioma como para ordenar a tus herramientas que tengan capacidades hierofánticas. En teoría. Aunque parece que ese cabrón repulsivo cree que sí.

—Pero lo están ayudando —dijo Berenice—. Tribuno Candiano es quien escribe las cadenas de sigilos para crear objetos como las placas de gravedad y el dispositivo de escucha. El problema es que lo hace sin pensar y mecánicamente, a causa de la locura.

—Hay algo que no me cuadra con eso —dijo Orso—. El Tribuno que yo conocí no se dedicaría a crear esos equipos gravitatorios con los que tantos escribas desperdiciaron su tiempo. Sus intereses eran mucho más... grandilocuentes. —Hizo un mohín, como si lo inquietase recordar los intereses de Tribuno—. Algo me dice que es imposible que sea él.

—El Tribuno que conociste estaba cuerdo —dijo Gregor.

—Cierto —admitió Orso—. Sea como fuere, parece que Ziani tiene la colección de objetos Occidentales de Tribuno. Supongo que ese tiene que ser el tesoro que sacó de la Montaña, ¿no?

—Sí —dijo Sancia—. Mencionó algo sobre otros artefactos que había ocultado en alguna parte. Principalmente, para que no te hicieses tú con ellos, Orso.

Orso sonrió con suficiencia.

—Bueno. Al menos hemos conseguido inquietar a ese bequero. Sospecho que ha empezado a robar artefactos Occidentales a todo el mundo y seguro que tiene un buen alijo a estas alturas. Y también hay que tener en cuenta eso que dijo al final, que es lo que me resulta más confuso... ¿tienen un cadáver?

—Sí —dijo Sancia—. Y sonó como si no fuese la primera vez. No parecía importarle de quién era el cadáver. Me dio la impresión de que está relacionado con lo del ritual, pero no entendí nada.

Gregor alzó las manos.

—Nos estamos desviando del tema. Alfabetos, hierofantes, cadáveres... sí, son asuntos inquietantes, pero lo principal es que Tomas Ziani pretende fabricar dispositivos que pueden desconectar las inscripciones a gran escala. De conseguirlo, serían un arma a tener muy en cuenta. Sabemos que dicha estrategia depende de un solo objeto: el imperiat original. Es la clave de su ambición. —Gregor echó un vistazo a su alrededor—. Por lo que, si perdiese dicho imperiat...

—Sería un gran revés para sus planes —dijo Berenice.

—Sí —aseguró Gregor—. Si pierde el original, no tendrá forma de copiarlo.

—Y, si Sancia tiene razón, Tomas dijo claramente dónde lo escondía —continuó Orso, con tono pensativo. Giró la silla para mirar por la ventana.

Sancia miró en la misma dirección. Allí, en el distante paisaje urbano de Tevanne, había una cúpula enorme y abovedada que parecía un tumor liso y negro que había crecido en el centro de la ciudad: la Montaña de los Candiano.

—No me lo puedo creer —suspiró Sancia.

—Es una locura —dijo Sancia, que deambulaba de un lado a otro—. Esa idea es una puta locura.

—Allanar una fundición por las buenas sí que fue una puta locura —dijo Orso—. ¡Pero al parecer no te fue nada mal!

—Los encontramos desprevenidos —dijo Sancia—. Es una fundición abandonada en medio de la nada. Es muy diferente a intentar allanar la Montaña, por todos los beques. Es posible que sea el lugar más protegido de la maldita ciudad. ¡O del mundo! Dudo que Berenice tenga en el bolsillo uno de esos artilugios suyos que nos permita colarnos.

—Sí que es una locura —convino Gregor—. Pero también es nuestra única opción, por desgracia. Dudo que podamos hacer que Ziani salga de allí con el imperiat original. Tenemos que entrar.

—Tengo que entrar, dirás —comentó Sancia—. No creo que unos torpes como vosotros tengan alguna oportunidad ahí dentro.

—No nos precipitemos —dijo Gregor—. Pero admito que no tengo ni idea de cómo vamos a allanar un lugar así. Orso, ¿has vivido en el interior?

—Durante un tiempo —respondió Orso—. Justo después de su construcción. Hace ya mucho, demasiado.

—¿Ah, sí? —preguntó Sancia—. ¿Sabes si los rumores son ciertos? Se dice que está... encantada.

Sancia esperaba que Orso estallase en carcajadas al oírla, pero no lo hizo. En lugar de eso, se reclinó en la silla y dijo:

—Pues la verdad es que no sé qué decir. Es... difícil de describir. Es enorme, de eso no cabe duda. El tamaño de la construcción ya es de por sí una hazaña. El interior es como una ciudad. Pero eso no era lo más extraño. Lo más extraño es que la Montaña era capaz de recordar.

—¿De recordar el qué? —preguntó Sancia.

—De recordar lo que hacías —explicó Orso—. Lo que habías hecho. Quién eras. Si entrabas al baño todos los días a la misma hora, era probable que te lo encontrases preparado y bien caliente la próxima vez. O si recorrías el mismo pasillo en dirección al ascensor a la hora de siempre, te lo encontrabas allí esperándote. Eran cambios sutiles y lentos, ajustes progresivos... pero, poco a poco, la gente se acostumbró a la Montaña gracias a que esta sabía lo que ellos hacían en el interior y se adaptaba en consecuencia. Se acostumbraron a que el lugar... predijese lo que hacían.

—¿Era capaz de aprender? —preguntó Gregor—. ¿Una estructura inscrita que aprendía como si tuviese conciencia?

—No lo sé con seguridad. Tribuno la diseñó en sus últimos años, cuando ya había empezado a degenerar, y nunca compartió conmigo su trabajo. En aquella época ya se había vuelto muy reservado.

—¿Cómo iba la Montaña a saber dónde estaba la gente, señor? —preguntó Berenice.

Orso puso gesto de culpabilidad.

—Bien, sí, es posible que yo tenga algo que ver con eso. ¿Sabes el truco que uso con la puerta del taller?

—Está inscrito para diferenciar tu sangre... un momento. ¿Esa es la forma en la que la Montaña le sigue la pista a los que están en el interior? ¿Diferencia la sangre de todos los habitantes?

—Básicamente —respondió Orso—. Todos los nuevos residentes tienen que entregar una gota de sangre en el núcleo de la Montaña, de lo contrario la estructura no les permite ir adonde necesitan. La sangre es como un saché que te permite entrar y salir. Los visitantes tienen que quedarse en zonas habituadas para ellos o llevar sachés encima.

—Por eso la Montaña es tan segura —dijo Sancia en voz baja—. Sabe en todo momento quién está en su interior.

—¿Cómo es capaz de hacer todo eso? —preguntó Gregor—. ¿Cómo es posible que exista un dispositivo tan potente?

—Pues lo cierto es que no tengo ni idea, pero en una ocasión vi una lista de especificaciones del núcleo de la Montaña, y contaba con espacio para seis glosarios de máxima capacidad.

Berenice se lo quedó mirando.

—¿Seis glosarios? ¿Para un edificio?

—¿Por qué tanto esfuerzo? —preguntó Gregor—. ¿Por qué hacerlo en secreto y no sacar beneficio ni compartirlo con nadie?

—Tribuno tenían grandes ambiciones —dijo Orso—. No creo que quisiese imitar a los hierofantes. Lo que quería era convertirse en uno de ellos. Creció con la obsesión de un mito Occidental muy específico, es probable que el más famoso, el que hablaba del hierofante más conocido. —Se reclinó—. ¿Qué es lo más conocido de Crasedes el Grande, además de su varita mágica?

—Que guardaba un ángel en una caja —dijo Berenice.

—O un genio en una botella —afirmó Gregor.

—Que creó a su propio dios —comentó Sancia.

—Todo eso se refiere a lo mismo, ¿no es así? —dijo Orso—. Una... una entidad creada con poderes nada habituales. Una entidad artificial con una mente artificial.

—Y crees que cuando hizo la Montaña... —empezó a decir Gregor, despacio...

—Creo que no era más que una prueba —afirmó Orso—. Un experimento. ¿Sería capaz Tribuno Candiano de convertir el hogar ancestral de los Candiano en una entidad artificial? ¿Podría convertirlo en un esbozo de ese dios artificial? No es la primera vez que escucho una teoría así. Tribuno creía que los hierofantes no eran más que personas, seres humanos normales y corrientes que luego se habían alterado de maneras poco habituales.

—¿Creía que eran personas? —preguntó Gregor—. ¿Como nosotros?

Era una idea que no tenía sentido alguno para la mayoría de los habitantes de Tevanne. Decir que los hierofantes habían sido personas era lo mismo que decir que el sol había sido una naranja que había madurado en un árbol.

—En el pasado —continuó Orso—. Hace mucho tiempo. Mirad a vuestro alrededor. ¿No veis cómo la inscripción ha cambiado el mundo en tan solo unas décadas? Imaginad ahora que también pudiese cambiar a las personas. Imaginad todo lo que cambiarían con el tiempo. Creo que Tribuno sospechaba que el encumbramiento de los hierofantes se debía a ese ser artificial que habían creado. Las personas crearon a un dios, y ese dios las ayudó a convertirse en hierofantes. Tribuno creía que él sería capaz de conseguir lo mismo.

—Qué miedo —dijo Sancia—. La verdad es que eso no hace que tenga más ganas de entrar ahí. Si es que podemos hacerlo.

Orso se lamió los dientes.

—Parece un lugar infranqueable, pero... siempre hay una manera. Un diseño complicado solo significa que habrá más normas. Y que haya más normas también indica que habrá más lagunas. Ahora, tenemos un problema mucho más inmediato. ¿Cómo de rápida eres últimamente, Berenice?

—¿Cómo de rápida, señor? Unas treinta y cuatro cadenas por minuto de media —dijo.

—¿Con buena articulación?

—Por supuesto.

—¿Cadenas completas o parciales?

—Completas. Hasta nivel cuatro de todos los componentes idiomáticos de los Dandolo.

—Ah —dijo Gregor—. ¿De qué estáis hablando?

—Si allanamos la Montaña, será demasiado trabajo incluso para Berenice. Además, no es una trabajadora de los canales. Necesitamos más escribas. O ladrones. O escribas que sean ladrones. —Orso suspiró—. Y no podemos hacerlo aquí. No solo porque la madre de Gregor terminará por darse cuenta de que tramamos traicionarla en sus mismísimos talleres, sino porque aquí no estaremos a salvo de los asesinos. Necesitamos un equipo completo y un lugar en el que trabajar. Sin eso, nuestro plan no pasará de una mera fantasía.

Sancia negó con la cabeza.

"Me voy a arrepentir de esto".

—Orso, necesito saber algo. ¿Cómo eres de rico?

—¿Cómo soy de rico? ¿Qué quieres, que te diga un número o algo así?

—Me interesa saber si tienes acceso a grandes cantidades de

dinero en efectivo de las que puedas disponer rápidamente sin que nadie sospeche.

—Ah. Sí, claro que sí.

—Bien. Perfecto. —Sancia se puso en pie—. Pues vamos. Nos daremos un paseo.

—¿Adónde? —preguntó Gregor.

—Al Ejido —respondió Sancia—. Y vamos a necesitar pasar desapercibidos.

—¿Porque ahí fuera hay matones que quieren matarnos? —preguntó Berenice.

—Por eso y porque vamos a llevar mucho dinero encima —respondió Sancia.

Cuatro faroles, tres azules y uno rojo, colgaban de la puerta de un almacén. Sancia se acercó en silencio, echó un vistazo alrededor y tocó.

Se abrió una ventanilla y un par de ojos la miraron desde el otro lado. La vieron y se abrieron como platos.

—¡Dios! ¿Tú? ¿Otra vez? Di por hecho que habías muerto.

—Ya te gustaría —dijo Sancia—. Tengo un trato que hacerte.

—¿Qué? ¿No has venido a pedir un favor? —dijo Claudia desde el otro lado de la puerta.

—Bueno. Un trato y un favor.

—Lo sabía —suspiró. Abrió la puerta. Estaba vestida con el delantal de cuero y las gafas de protección de siempre—. Me interesa saber cómo has conseguido los recursos necesarios para ofrecernos un trato.

—Pues porque no son mis recursos.

Le pasó a Claudia una bolsita de cuero. Ella miró en el interior, con desconfianza. Volvió a abrir los ojos.

—¿Duvots en billetes?

—Sí.

—Aquí tiene que haber... ¡unos mil por lo menos!

—Sí.

—¿Para qué son? —preguntó Claudia.

—Ese poco es para que te calmes y me escuches. Tengo un trabajo para ti. Uno grande. Y necesito que prestes atención.

—¿De qué vas ahora? ¿Te crees Sark?

—Sark nunca tuvo algo tan grande entre manos —aseguró Sancia—. Necesito que Gio y tú me ayudéis solo con esto, a tiempo completo, durante varios días. Y también necesito un lugar seguro en el que trabajar, y todo tipo de material de inscripción. Si me lo conseguís, tendréis muchísimo dinero más.

—Eso es mucho pedir. —Claudia retorció la bolsa de dinero entre las manos—. ¿Y qué tenemos que hacer?

—Solo eso.

—¿Y qué favor ibas a pedirnos?

—El favor es que te olvides de todo lo que has oído sobre Clef —dijo Sancia, que la miró fijamente—. Ahora. En este mismo instante. Nunca has oído hablar de él. Y yo solo soy una ladrona que pasa por aquí a comprar herramientas y credenciales para entrar en los campos. Nada más. Si lo haces, conseguirás el dinero.

—¿Por qué?

—Eso da igual. Olvídate de todo. Y que Gio haga lo mismo. Os haré ricos a ambos.

—Esto no me gusta demasiado, San...

—Ahora mismo voy a hacer una señal —explicó Sancia—, y van a venir hasta aquí. No grites cuando lo hagan.

—¿Gritar? ¿Por qué iba a...?

Se quedó de piedra cuando Sancia levantó la mano, momento en el que Berenice, Gregor y Orso salieron de las sombras y se acercaron a la puerta.

Se quedó consternada, sobre todo por la presencia de Orso, que no dejaba de soltar tacos porque acababa de pisar un charco.

—Mierda... —susurró Claudia.

Orso alzó la vista para mirar a Claudia y al almacén. Después arrugó la nariz.

—Dios. ¿Trabajan aquí?

—Será mejor que nos dejes pasar —dijo Sancia.

Orso deambulaba por el taller de los Compiladores como un granjero con intención de comprar pollos en un mercado de mala muerte. Examinó los bloques de inscripciones, las cadenas de sigilos de las paredes, las cacerolas burbujeantes llenas de plomo o bronce, los ventiladores conectados a ruedas de carruajes. Claudia había echado al resto de Compiladores antes de dejarlos entrar a ellos, y ahora Giovanni y ella eran los únicos que miraban con gesto aterrorizado cómo Orso recorría el taller, como una pantera que hubiese allanado su hogar mientras dormían.

Se acercó para mirar los sigilos que había garabateados en una pizarra.

—Estáis... estáis creando un sistema para controlar carruajes por control remoto —dijo, despacio. No era una pregunta.

—Esto... ¡sí! —afirmó Giovanni.

Orso asintió.

—Pero algo falla, ¿verdad, Berenice?

Berenice se puso en pie y se acercó a él.

—La orientación está mal.

—Sí —dijo Orso.

—Las herramientas de calibración son demasiado complicadas —continuó Berenice.

—Sí.

—Es muy probable que el objeto inscrito se confunda y no sepa en qué dirección apunta, por lo que se desconectará después de unos metros.

—Sí. —Orso miró a Giovanni—. ¿No es así?

Gio miró a Claudia, quien se encogió de hombros.

—Pues... sí. Es lo que tenemos por el momento. Más o menos.

Orso volvió a asentir.

—Pero que no funcione no quiere decir que sea malo...

Claudia y Gio parpadearon y después se miraron el uno al otro. Se acababan de dar cuenta de que Orso Ignacio, el legendario hypatus de Firma Dandolo, les acababa de hacer un cumplido.

—Es... Es algo en lo que llevo mucho tiempo trabajando —dijo Gio.

—Sí —dijo Orso, que luego echó otro vistazo por la estancia para regodearse—. Trabajáis con herramientas muy básicas, conocimientos de segunda, diseños incompletos... habéis improvisado soluciones para problemas a los que ningún escriba de los campos ha tenido que enfrentarse jamás. Reinventáis el fuego todos los días. —Miró a Sancia—. Tenías razón.

—Te lo dije —comentó ella.

—¿Razón con qué? —preguntó Claudia.

—Sancia dijo que erais buenos —aseguró Orso—. Y puede que valgáis para lo que tenemos en mente. Puede. ¿Qué os contó sobre el trabajo?

Claudia miró a Sancia, y a Sancia le dio la impresión de que en ella había cierto atisbo de rabia por la que no podía culparla.

—Dijo que nos necesitabais, a nosotros y a nuestro taller. Y también materiales.

—Bien —comentó Orso—. Intentemos no complicar mucho más las cosas.

—Es imposible no complicar más las cosas —dijo Claudia—. Habéis interrumpido todo nuestro trabajo. ¡Tenemos que saber más para aceptar lo que vamos a hacer!

—Bien —dijo Orso—. Pues vamos a allanar la Montaña.

Lo miraron, incrédulos.

—¿La Montaña? —Giovanni miró a Sancia—. San, ¿estás loca?

—Pero... ¿por qué? —preguntó Claudia.

—Eso da igual —dijo Orso—. Solo necesitáis saber que alguien quiere matarnos. También a mí. Y que la única manera de detenerlos es entrar en la Montaña. Si nos ayudáis, os pagaré.

—¿Y cuánto pagarás? —preguntó Claudia.

—Eso depende —dijo Orso—. Al principio iba a pagaros una enorme cantidad de dinero... pero ahora que he visto a qué os dedicáis aquí, puede que haya alternativas. Está claro que trabajáis con ideas muy manidas e irregulares. Puede que os convenza más si os ofrezco cadenas de sigilos de tercer o cuarto nivel sacadas de Firma Dandolo o de la Compañía Candiano.

Sancia no comprendía muy bien qué significaba eso, pero tanto Claudia como Giovanni abrieron los ojos como platos. Se quedaron de piedra, y le dio la impresión de que ambos se habían puesto a hacer cálculos.

—También queremos cadenas de quinto nivel —dijo Claudia.

—Ni hablar —zanjó Orso.

—La mitad de los fundamentos de cuarto nivel de Dandolo están pensados para funcionar junto a cadenas de quinto nivel —dijo Giovanni—. No nos servirían de nada.

Orso estalló en carcajadas.

—¡Esas combinaciones son para los diseños más grandes! ¿Qué queréis hacer, construir un puente que cruce el Durazzo o una escalera hasta la luna?

—No todas son para los diseños más grandes —dijo Giovanni, afectado.

—Bien. Os daré algunas cadenas de quinto nivel —dijo Orso—. Pero ninguna de los Dandolo.

—Todas las cadenas de los Candiano estarán desactualizadas —dijo Claudia—. No has trabajado con ellas desde hace una década.

—Es posible. Pero es lo que os ofrezco —dijo Orso—. Tendréis que elegir entre cadenas de quinto nivel de los Candiano o las cincuenta cadenas más usadas de tercer y cuarto nivel tanto de Dandolo como de Candiano. Así como los derechos de autor de todo lo que consigáis crear durante el proceso de planificación. Y una suma de dinero que acordaremos luego.

Claudia y Giovanni intercambiaron miradas.

—Trato hecho —dijeron al mismo tiempo.

Orso sonrió, un gesto que a Sancia no le resultó nada agradable.

—Excelente. Ahora. ¿Dónde demonios podemos asentarnos?

La mayoría de los canales de Tevanne estaban llenos o cerrados la mayor parte del tiempo. Pero no todos.

Cada cuatro años había un monzón en el Durazzo, cuando las aguas cálidas formaban tormentas monstruosas. A las aguas no les importaba el campo que anegasen, por lo que, a pesar de que Tevanne no tenía una autoridad central, las casas de los mercaderes habían llegado a un acuerdo para hacer algo con ellas.

La solución había sido "el Golfo", una gigantesca presa de piedra que se encontraba en la parte septentrional de la ciudad, capaz de almacenar y verter agua de lluvia en los canales inferiores cuando se necesitase. El Golfo estaba vacío la mayor parte del tiempo, por lo que casi siempre era poco más que un desierto artificial de algo más de un kilómetro rodeado de muros de piedra con desagües. Sancia sabía que era un lugar donde se levantaban chabolas, había vagabundos y también perros callejeros, pero ni ellos estaban tan desesperados o eran tan imbéciles como para habitar algunas de las peores partes del Golfo.

Y ese era el lugar al que los estaban llevando Claudia y Giovanni en aquel mismo momento.

<Hemos estado en lugares horribles, niña —dijo Clef, cuya voz sonó de repente en su oído—. Pero este es el peor de todos.>

Sancia se sorprendió tanto de oírlo que casi se tropieza.

<¡Clef! ¡Vaya! No hablábamos desde que... ¡desde lo de la fundición!>

<Sí. Lo... Lo siento, niña. Creo que estuve a punto de acabar contigo.>

<Sí. ¿Qué fue aquello? ¿Qué era esa figura cubierta de negro? ¿Era...? ¿Era tu creador, Clef?>

Se hizo el silencio.

<Creo... que es posible. Estar tan cerca de ese glosario cuando aumentó su potencia... me hizo recordar lo que se sentía cuando... bueno... cuando estaba cerca de él.>

<¿Quién es?>

<No lo sé. Solo fue un destello, una imagen de él sobre las dunas y nada más. Es todo lo que tengo.>

A Sancia se le puso la piel de gallina.

<Dicen que la manera en la que uno se siente cuando está cerca de un glosario, los dolores de cabeza y las náuseas, son lo mismo que se sentía al estar cerca de un hierofante.>

<¿Ah, sí? —dijo Clef en voz baja—. Después de oír lo que ha comentado Orso... puede que alguien me crease y que luego cambiase tanto que... que terminase por convertirse en algo así. No lo sé.>

Sancia intentó no expresar miedo con el rostro mientras lo oía.

<Dios.>

<Sí. No es nada reconfortante pensar que Tomas Ziani pretende seguir los pasos de alguien así.>

—¡Ahí está! —dijo Giovanni, que trotó por la parte occidental de los muros de piedra inclinados. Señalaba frente a él y, aunque era de noche, vieron que se refería a un túnel largo y húmedo bloqueado con unos barrotes de metal gruesos y entrecruzados.

—Es un desagüe para las tormentas —indicó Gregor.

—Cierto —dijo Gio—. Tiene usted una vista sorprendente, capitán.

—Corrígeme si me equivoco, pero el problema de los drenajes para las tormentas es que, cuando hay tormenta, tienden a llenarse de agua, algo que, al menos yo, no puedo respirar —dijo Gregor.

—¿Acaso he dicho que fuésemos a meternos dentro? —comentó Gio.

Los guio por un sendero de adoquines que llevaba hasta el desagüe y sacó una placa inscrita pequeña y estrecha. Examinó los barrotes, tocó una parte de la placa y tiró con fuerza de los barrotes. Se abrieron por la parte inferior, como si fuese la cancela de un jardín.

—Interesante —dijo Orso mientras examinaba los goznes—. La puerta y la cerradura no son nada del otro mundo, pero no hace falta que lo sean si nadie sabe que están ahí.

—Eso es. —Gio hizo una reverencia y extendió un brazo—. Usted primero, señor. Cuidado con las aguas negras.

Entraron en el desagüe enorme.

—Tengo que admitir que estoy empezando a hartarme de cañerías —dijo Sancia.

—Y yo —aseguró Berenice.

—No estaremos mucho por aquí —comentó Claudia.

Giovanni y ella sacaron varias luces inscritas que proyectaron tonalidades sonrosadas por las paredes. Recorrieron el túnel unos cien metros. Después, los dos Compiladores empezaron a echar un vistazo a su alrededor.

—Vaya —dijo Claudia—. Hacía mucho que no pasaba por aquí... ¿dónde está?

Giovanni se dio un golpe en la frente.

—¡Maldición! Qué tonto soy. Me había olvidado. Un momento. —Sacó una pequeña cuenta de metal inscrito y la retorció o algo así, como si tuviese dos mitades que pudiesen rotar la una sobre la otra. Después la levantó y la soltó. La cuenta salió despedida hacia una de las paredes, como si hubiesen tirado de ella con una cuerda—. ¡Listo!

—Es verdad —dijo Claudia—. Me había olvidado de que habías instalado un distintivo.

Se acercó a la cuenta, que ahora estaba pegada a la pared, y la iluminó. Justo debajo de ella había un pequeño hueco que era prácticamente invisible si no sabías que estaba ahí. Gio volvió a sacar la placa de metal que había usado con los barrotes del desagüe y la metió en el hueco.

Se oyó el chirrido de la piedra contra la piedra. Gio empujó la pared con el hombro y, de repente, un pedazo enorme de pared se deslizó hacia el interior, meciéndose como una puerta de piedra grande y circular.

—¡Ya está!

Sancia y el resto echaron un vistazo al interior por el hueco circular. Había un pasadizo largo, alto y estrecho con paredes de metal ornamentadas cubiertas por lo que parecían ser una especie de nichos, la mayoría vacíos, pero no todos. Sancia vio que en algunos de ellos había urnas y...

—Cráneos —dijo en voz alta—. ¿Esto...? ¿Esto es una cripta?

—Eso es —dijo Giovanni.

—¿Por qué demonios hay una cripta en el Golfo? —preguntó Orso.

—Al parecer, había varias haciendas por aquí antes de que las casas de los mercaderes levantasen el Golfo —explicó Claudia mientras entraba—. Las casas se limitaron a derrumbarlas y construir encima. Nadie se preocupó demasiado por lo que podría haber debajo, hasta que empezaron a encontrar túneles. La mayoría de las criptas y sótanos están anegados, pero este se encuentra en muy buenas condiciones.

Sancia la siguió al interior. La cripta era grande y tenía una estancia central enorme y redonda de la que salían varios pasillos pequeños.

—¿Cómo la encontrasteis?

—En una ocasión alguien nos pagó unos objetos inscritos con joyas—explicó Claudia—. Las joyas eran antiguas y tenían un blasón familiar, y uno de nosotros se dio cuenta de que tenían que haberlas sacado de una cripta. Empezamos a buscar y encontramos esto.

—Solo nos escondemos aquí cuando hemos hecho algo muy malo a una de las casas de los mercaderes —continuó Gio—. Y, al parecer, es justo lo que habéis hecho vosotros. Así que debería servir.

—Bueno... —dijo Berenice sin dejar de mirar a su alrededor—. Parece que vamos a empezar a inscribir... y trabajar... y vivir durante un tiempo en una cripta. Con... huesos.

—Si de verdad vais a intentar allanar la Montaña, es muy probable que acabéis muertos de igual manera —dijo Gio—. Quizá esto sea una forma de empezar a acostumbraros.

Orso encontró un agujero en un techo abovedado.

—¿Eso llega hasta la superficie?

—Sí —respondió Claudia—. Para expulsar el calor en caso de que se forje o se funda algo.

—Excelente. ¡Seguro que aquí estaremos muy bien! —dijo Orso.

Gregor estaba inclinado sobre un gran sarcófago de piedra con la tapa rota. Echó un vistazo a los restos que había en el interior.

—Claro que sí —dijo, sin emoción alguna en la voz.

—Eso es. —Orso se frotó las manos—. ¡A trabajar!

<Odio este lugar>, dijo Clef.

<¿Por qué? No parece que haya nadie con ganas de apuñalarme. Para mí es suficiente.>

<Porque me hace recordar la oscuridad —comentó Clef—. Ese lugar donde estuve tanto tiempo.>

<No es lo mismo.>

<Sí que lo es —dijo Clef—. Este lugar es antiguo y está lleno de fantasmas atrapados, niña. Créeme. Yo solía ser uno de ellos. Puede que aún lo sea.>

Después de que se pusiesen cómodos en el lugar, Orso salió al túnel para contemplar el barrio de chabolas que había al otro lado. Fogatas de humo denso y negro que flotaba sobre el Golfo, un humo que hacía que la luz de las estrellas fuese poco más que un borrón opaco.

Berenice salió de la cripta y se unió a él.

—Solicitaré los materiales, señor —dijo—. Tendríamos que estar listos para mudarnos y empezar a trabajar aquí mañana por la noche.

Orso no dijo nada. Se limitó a mirar el Golfo y el Ejido que tenían debajo.

—¿Te pasa algo? —preguntó ella.

—No creía que fuese a llegar a este punto, ¿sabes? —respondió—. Hace veinte o treinta años, cuando empecé a trabajar para Tribuno... todos creíamos de verdad que íbamos a convertir el mundo en un lugar mejor, que acabaríamos con la pobreza, con la esclavitud. Creíamos que acabaríamos con todas las cosas horribles que había hecho la humanidad y que habían frenado el progreso. Y... bueno, ahora estoy aquí. En una alcantarilla, pagándole a un puñado de canallas y renegados para allanar el lugar donde vivía.

—¿Te puedo hacer una pregunta? —dijo Berenice—. ¿Qué es lo que cambiarías si pudieses?

—Pues no lo sé. Supongo que, si tuviese la oportunidad, empezaría mi propia casa de los mercaderes.

—¿En serio?

—Claro. No hay ninguna ley que lo prohíba. Solo tienes que rellenar unos documentos en el concejo de Tevanne. Pero nadie quiere hacerlo. Todo el mundo sabe que las cuatro casas principales te aplastarán al momento si lo intentas. Cuando yo era joven, había decenas. Ahora solo quedan cuatro, y parece que así será hasta el fin de los días. —Suspiró—. Volveré mañana por la noche, Berenice. Si sigo vivo. Buenas noches.

Miró cómo Orso se perdía por el túnel y salía por la puerta de los barrotes. Las palabras resonaron un poco a causa del eco.

—Buenas noches, señor.

—Esto es una locura —susurró Claudia en la oscuridad—. Una locura. ¡Estás como una cabra, Sancia!

—Es lucrativo —dijo ella—. Y no grites.

Claudia echó un vistazo hacia la cripta laberíntica para confirmar que estaban solas.

—Lo tenías encima, ¿verdad? —preguntó—. ¿Verdad?

—Te dije que te olvidases de él —dijo Sancia.

Claudia se frotó la cara con gesto abatido.

—¿Cómo puedes confiar en esa gente?

—No confío en ellos —explicó Sancia—. En Orso no, al menos. Berenice es... normal, pero está a las órdenes de Orso. Y Gregor... Gregor parece... —Intentó encontrar la palabra adecuada. No estaba acostumbrada a dedicar cumplidos a los hombres de la ley—. Decente.

—¿Decente? ¿Decente? ¿Es que acaso no sabes quién es? ¡Y no me refiero a que sea el hijo de Ofelia!

—¿A qué te refieres entonces?

Claudia suspiró.

—Había una ciudad fortificada en Daulo que se llamaba Dantua. Hace cinco años, la capturó un ejército de mercenarios de la casa Dandolo. Fue una gran victoria para toda la región. Pero algo fue mal y les fallaron los objetos inscritos. Se quedaron indefensos, atrapados dentro de la fortaleza. Después hubo un asedio mientras los Dandolo se encontraban en el interior. La cosa fue empeorando, hambruna, incendios y enfermedades. Los Morsini se lanzaron a la mar para rescatarlos, pero solo encontraron a una persona al llegar. Un único superviviente. Gregor Dandolo.

Sancia la miraba fijamente mientras hablaba.

—No... No te creo.

—Es cierto. Te juro por Dios que es cierto.

—¿Cómo? ¿Cómo sobrevivió?

—Nadie lo sabe. Pero ahí está. Lo llaman el Renacido de Dantua. Y para ti es un tipo decente. Te has rodeado de lunáticos, Sancia. Espero que sepas lo que haces. Sobre todo porque nos has inmiscuido.

Capítulo Veintiuno

La noche siguiente se encontraban mirando un mapa del campo de los Candiano e intentando que se les ocurriese alguna idea.

—Vosotros solo tenéis que preocuparos de conseguir que Sancia entre y salga de la Montaña —dijo Orso—. Yo ya tengo cierta idea de cómo ayudarla a desplazarse por el interior.

—Pues siempre hay tres formas. Se puede entrar por encima, por abajo o atravesarla.

—Por encima no es una opción —dijo Giovanni—. No puede volar hacia la Montaña. Para hacerlo tendría que plantar allí un ancla o un dispositivo inscrito de construcción que tirase de ella. Y para hacerlo hay que entrar.

—Atravesarla también está descartado —dijo Gregor. Se acercó al mapa del campo de los Candiano y trazó el camino de la carretera principal que llevaba hasta la cúpula enorme—. Hay once puertas desde el muro exterior hasta el interior de la Montaña. Las dos últimas siempre están protegidas y necesitas toda clase de documentos y credenciales inscritas para cruzarlas.

Todos se quedaron mirando el mapa en silencio.

—¿Eso qué es? —preguntó Sancia mientras señalaba una mancha azul y alargada que serpenteaba desde el canal hasta la Montaña.

—Es el canal de reparto —dijo Orso—. Lo usan para transportar barcazas llenas de vino y, bueno, lo que sea que necesiten dentro de la Montaña. Tiene el mismo problema que los caminos: las dos últimas puertas están muy vigiladas. Detienen todas las entregas y las revisan muy bien antes de permitir el paso.

Sancia sopesó las posibilidades.

—¿Podría colgarme de un costado de la barcaza, justo por debajo de la superficie? Y vosotros podríais crear algo para ayudarme a respirar.

Todos se miraron sorprendidos por la idea.

—Las puertas del canal revisan los sachés, al igual que el resto de muros —dijo Orso, despacio—. Pero... creo que solo revisan las cosas que están en la superficie. Si pasaras por debajo del agua... podría funcionar.

—Apuesto lo que sea a que también se revisará la parte inferior de la barcaza —comentó Claudia—. Pero si Sancia caminase por el fondo del canal...

—Eh —dijo Sacia—. Yo no he dicho eso.

—¿Cómo de profundos son los canales? —preguntó Gregor.

—Doce o quince metros —respondió Gio—. Los muros no revisarán nada a tanta profundidad, eso está claro.

—Eso no es lo que sugería yo —dijo Sancia, sobresaltada.

—No podemos hacer que un ser humano respire agua —comentó Orso—. Eso es imposible.

Sancia suspiró de alivio, ya que todo indicaba que iban a dejar de seguir hablando del tema.

—Pero... —Orso echó un vistazo alrededor y posó una mano sobre un sarcófago—. Hay otras opciones.

Claudia frunció el ceño mientras miraba el sarcófago durante unos instantes. Después se quedó con la boca abierta.

—Un contenedor. ¡Un ataúd!

—Sí —dijo Orso—. Uno sumergible y pequeño, pero en el que quepa una persona. Colocaremos un ancla ligera en una de las barcazas y esta arrastrará el ataúd por el lecho del canal. ¡Qué fácil!

—¿Y...? ¿Y yo estaré dentro? —preguntó Sancia en voz baja—. ¿Estás diciendo que yo tendré que ir dentro de ese ataúd? ¿Y que me arrastrará por el lecho del canal? ¿Debajo del agua?

Orso hizo un gesto de desdén.

—Bueno, no te preocupes. Conseguiremos que sea seguro. O eso espero.

—Al menos será más seguro que evitar los guardias a hurtadillas —dijo Claudia—. La barcaza te arrastrará por todo el canal y no te arriesgarás a que te claven un virote en la cara.

—No —dijo Sancia—. Solo me arriesgaré a que el ataúd se golpee contra una roca demasiado fuerte y termine por ahogarme.

—¡Te he dicho que conseguiremos que sea seguro! —insistió Orso—. ¡O eso espero!

—Dios —dijo Sancia antes de enterrar la cara entre las manos.

—¿Se os ocurre alguna otra manera de conseguir que Sancia entre en la Montaña? —preguntó Gregor.

Se hizo un largo silencio.

—Bueno —continuó—, parece que es nuestra única alternativa por el momento.

Sancia suspiró.

—¿Podríamos no llamarlo 'ataúd', por lo menos?

—Ahora solo nos queda el problema de la Montaña en sí —dijo Gregor—. Conseguir que Sancia llegue hasta el despacho de Ziani.

—Estoy buscando la manera de conseguirlo —dijo Orso—. Pero eso no quita que vaya a haber obstáculos. Llevo una década sin ver el interior de la Montaña. No tengo ni idea de qué cosas pueden haber cambiado. Y tampoco entiendo demasiado bien el funcionamiento del lugar.

Gregor se giró hacia Berenice.

—¿Las notas de Tribuno no dicen nada al respecto? —preguntó Giovanni—. Tengo mucha curiosidad por echarle un vistazo a los escritos de uno de nuestros genios y locos más famosos.

—Bueno —empezó a decir Berenice con reticencia—, hay algunas ilustraciones acerca de lo que parecen sacrificios humanos: un cuerpo en un altar con una daga sobre él, pero las notas de Tribuno en sí... —Carraspeó y empezó a leer en voz alta—: "Hoy vuelvo a analizar la naturaleza de este ritual. El hierofante Seleikos hace referencia a un 'acopio de energía' o una 'concentración de mentes' y también a 'pensamientos capturados'. El gran Pharnakes hace referencia a una 'transacción' o 'liberación' o 'transferencia' que tiene que tener lugar durante 'la hora más nueva del día'. Otras veces afirmaba que tenía que tener lugar durante 'la hora más oscura' o durante 'el minuto olvidado'. ¿Se refiere a la medianoche? ¿El solsticio de invierno? ¿Otra cosa?".

Giovanni se la quedó mirando, con gesto impertérrito.

—¿Eso qué significa?

—Es Tribuno intentando dilucidar el origen de la naturaleza de los hierofantes —respondió Orso—. En otras palabras, un problema mucho mayor que el que intentamos resolver aquí.

—No es tan útil como esperaba —comentó Berenice—. No deja de hablar sobre esa transacción, sobre "llenar los cántaros", aunque queda claro que ni el mismísimo Tribuno sabe muy bien de qué habla.

—Pero está claro que las notas le han sido muy útiles a Tomas Ziani —dijo Gregor.

—O cree que le han sido muy útiles —comentó Orso—. A lo mejor simplemente está desperdiciando sangre y tesoros en tonterías.

Gregor se quedó de piedra al oírlo.

—Ahh —dijo en voz baja.

—¿"Ahh" qué? —preguntó Sancia.

Gregor se quedó con la mirada perdida.

—Sangre —continuó entre susurros mientras ponía cara de haber tenido una revelación terrible—. Dime, Orso. ¿Estelle Ziani ve a su padre alguna vez?

—¿Estelle? ¿Por qué? —preguntó Orso, con tono de sospecha.

—Él está enfermo, ¿no? —Miró a Orso y entrecerró los ojos—. Seguro que es ella quien supervisa su atención médica, ¿no es así?

Orso se quedó muy quieto.

—Ah. Pues...

—La Montaña comprueba la sangre de las personas para asegurarse de su identidad —explicó Gregor—. Tienes que encontrar la manera de registrar tu sangre en la Montaña para que te deje entrar. —Dio un paso en dirección a Orso—. Pero... ¿y si tuvieses acceso a la sangre de un residente? Como Estelle Ziani o, mejor aún, su padre. El creador de la mismísima Montaña. Es lo que pretendes conseguir,

¿no es así, Orso? Usar la sangre de Tribuno Candiano para que Sancia pueda entrar.

Orso lo fulminó con la mirada.

—Vaya, vaya. Eres un cabrón muy listo, capitán.

—Un momento —dijo Sancia—. ¿Vas a robar la sangre de Tribuno Candiano? ¿En serio?

Todos se quedaron mirando a Orso, hasta que suspiró al fin.

—Nunca he dicho que fuese a robarla —comentó con tono huraño—. La donará voluntariamente. Había pensado... pedírsela a Estelle.

—No puedes decirlo en serio —dijo Claudia.

—¿Por qué no? —dijo él—. ¡Es una oportunidad que no podemos dejar pasar! ¡Con su sangre, esa maldita cosa se abrirá como las piernas de una colegiala! ¡La Montaña es un reino lleno de guardias inscritos, y ningún guardia sería capaz de no rendirse ante su rey!

—¿Y qué hago? ¿Me embadurno con su sangre o qué? —preguntó Sancia. Hizo un mohín—. Eso no es pasar desapercibida, precisamente.

—¡Estoy seguro de que podríamos fabricar un contenedor para que la lleves encima! —aseguró Orso, desesperado.

—Aunque Estelle acepte —dijo Berenice—, lo normal sería que los Candiano hubiesen rescrito todos los permisos para que Tribuno no pueda acceder a ellos, ¿no es así?

—Eso querría decir que en el campo de los Candiano hay un escriba mejor que Tribuno, lo que considero poco probable —explicó Orso—. Si yo inscribiese mi casa, pondría todo tipo de permisos y beneficios solo para mí.

—Y está claro que Ziani no es un escriba —dijo Gio—. Pero el plan se basa en que nuestro amigo aquí presente consiga la sangre de Tribuno.

—¿De verdad crees que Estelle haría eso por ti, Orso? —preguntó Sancia.

—Puede que lo haga si le digo que viste a su marido acaramelado con una joven en una fundición abandonada —comentó Orso—. O puede que ni siquiera me haga falta usar esa carta. Todo el mundo sabe que Ziani es un privilegiado con mala intención que prácticamente la mantiene encadenada en la Montaña. Sospecho que no rechazará la oportunidad de clavarle una daga en las costillas.

—Cierto —dijo Berenice—. Quizá aceptar no le cueste tanto como creemos. En cierto sentido, es como si le ofreciéramos la libertad. Y la gente es capaz de arriesgar muchas cosas por ella.

Después ocurrió algo muy extraño: una mirada de profunda culpabilidad cruzó el gesto de Gregor, giró hacia Sancia y abrió la boca como si fuese a decir algo. Luego pareció que se lo pensaba mejor, cerró la boca y se quedó en silencio el resto de la noche.

Se durmieron mucho más tarde. Y los sueños de Sancia estuvieron llenos de viejos recuerdos.

Nunca había conocido a sus padres. Los habían vendido a ellos o la habían vendido a ella antes de conocerlos siquiera. Al igual que muchos niños esclavos, se había convertido en una responsabilidad comunal del grupo heterogéneo y cambiante de mujeres que se hacinaban en las habitaciones de la plantación. Se podría decir que Sancia no había tenido una madre, sino treinta. Y todas poco importantes.

Menos una. Ardita, una mujer de Gothian. Ahora no era más que un fantasma para Sancia, y todo lo que recordaba de ella eran retazos de sus ojos negros, las arrugas de su piel olivácea en las manos llenas de cicatrices, los rizos negro azabache de su pelo y esa sonrisa en la que se entreveían los dientes de atrás de su boca amplia.

"Aquí hay muchos peligros, niña —le había dicho en una ocasión—. Muchos. Cosas horribles que vas a tener que hacer. Te pondrán a prueba. Y vas a tener que pensar: ¿Qué hago para ganar? Y la respuesta será que, mientras estés viva irás ganando. La única esperanza que podrás permitirte será llegar a despertar al día siguiente. Y al siguiente. Oirás susurros de libertad por aquí, pero no puedes ser libre si no estás viva".

Luego Ardita desapareció de un plumazo. No se comentó nada entre la gente, quizá porque era algo común y olvidable, o quizá porque no hacía falta comentar nada.

Un tiempo después llevaron a Sancia y al resto de niños a un campo nuevo en el que trabajar, y pasaron junto a un árbol lleno de cadáveres colgando de cuerdas, esclavos que habían sido ejecutados por sus crímenes. El supervisor había dicho: "¡Miradlos bien, pequeños! Miradlos bien, porque así acabará todo aquel que desobedezca las órdenes". Y Sancia había mirado a la copa del árbol y visto a una mujer suspendida entre las ramas, con los pies y las manos amputados. Le había parecido ver que tenía rizos de un negro azabache sobre los hombros, y también una boca amplia y llena de dientes.

Sancia despertó en la oscuridad de la cripta. Oyó los ronquidos y silbidos suaves de los demás. Miró el techo de piedra oscura y pensó en lo que esa gente esperaba que hiciese, en lo arriesgado que era lo que le estaban pidiendo.

"¿Esto es supervivencia? ¿Esto es libertad?".

<Estoy harto, niña>, dijo Clef en voz baja y con tono triste.

Capítulo Veintidós

Orso se encontraba frente a la taberna cerrada y hacía todo lo posible por no sudar. Tenía muchas razones para hacerlo: la primera era que llevaba mucha ropa, en un intento algo torpe de pasar desapercibido. La segunda era que estaba en el campo de los Candiano y había usado un saché falso que le habían proporcionado Claudia y Giovanni. Y la tercera era que había muchas posibilidades de que aquello no saliese bien. Puede que ella no viniese, lo que significaría que había desperdiciado otro día.

Se dio la vuelta y miró hacia la taberna. Era antigua y se encontraba semiderruida; la arcilla mohosa estaba resquebrajada y las ventanas, rotas o sin cristales. El canal al que daba no era el arroyo hermoso y pintoresco que recordaba, sino un lodazal fétido y hediondo. Ya no tenía casi ningún balcón, ya que al parecer casi todos se habían derrumbado. Solo quedaba en pie uno de ellos.

Orso miró hacia él. Recordó el aspecto que tenía hacía veinte años, cómo las luces brillaban intensas y maravillosas a su alrededor, el olor del vino y de las flores. Y también recordaba lo hermosa que había estado ella esa noche, hasta que él le había confesado sus sentimientos.

“Eso no es cierto —pensó—. Siguió igual de guapa después de hacerlo”.

Suspiró y se apoyó en la valla.

"No va a venir —pensó—. ¿Por qué iba a rememorar algo tan doloroso? ¿Por qué he venido yo?".

Después oyó pasos en la callejuela que tenía detrás.

Se dio la vuelta y vio que se acercaba una mujer con ropa de sirvienta, ataviada con un vestido de colores terrosos y una toca sencilla y anodina que le cubría la mayor parte de la cara. Iba directo hacia él, con la mirada fija e inalterable.

—La teatralidad de la juventud resulta impropia para gente de nuestra edad —dijo.

—Yo soy mucho mayor que tú —dijo él—. Creo que tengo más derecho a opinar sobre lo que considero impropio y lo que no. Me sorprende que hayas venido. No me puedo creer que aún lo tengas. ¡Ni que funcione!

—Conservo el arpa por muchas razones, Orso —dijo Estelle—. Algunas de ellas sentimentales, pero también porque fui yo quien la fabricó y porque creo que hice un buen trabajo.

Se refería a los instrumentos hermanados que había inscrito, cuando Orso y ella eran jóvenes e intentaban llevar su relación en secreto. Era la manera que tenían de comunicarse: tocaban una serie de cuerdas y la otra arpa emitía los mismos sonidos. Cada nota era un código que indicaba dónde y cuándo tenían que reunirse, y aquella taberna había sido uno de sus lugares preferidos.

Orso siempre había conservado el arpa, puede que porque le hubiese tomado cariño. No tenía ni idea de que iba a volver a necesitarla, y mucho menos para algo así.

Estelle miró la taberna.

—Hay tantas cosas que se han marchitado y desaparecido en el campo que me resulta raro sentir pena por la pérdida de una simple taberna —dijo ella en voz baja—. Pero la siento.

—De haber podido enviarte un mensaje para reunirnos en otro lugar, lo habría hecho.

—¿Entramos?

—¿En serio? Da la impresión de que podría derrumbarse en cualquier momento —comentó Orso.

—Tú eres el responsable de haber avivado mis recuerdos cuando tocaste el arpa, Orso. Me gustaría continuar.

Subieron por los escalones y atravesaron las puertas rotas. El techo abovedado seguía intacto, así como el suelo de baldosas, pero eso era lo único. Las mesas habían desaparecido, la barra estaba destrozada y las paredes, cubiertas de enredaderas.

—Doy por hecho que no has venido hasta aquí para escapar conmigo y hacerme tuya —dijo Estelle en voz baja mientras caminaba por las ruinas.

—No —comentó Orso—. Tengo que pedirte algo.

—Claro. Una herramienta sentimental, un lugar sentimental..., todo con fines nada sentimentales.

—Necesito que me hagas un favor, Estelle. Una insensatez.

—¿Cómo de insensata? ¿Y por qué?

Solo le dijo lo que necesitaba saber. Ella escuchó con atención.

—Bien —dijo ella—. Crees... crees que mi padre estaba muy cerca de descubrir cómo los hierofantes creaban sus herramientas. Y también crees que mi marido intenta imitarlo y ha matado a mucha gente en el proceso.

—Sí.

Estelle miró por las ventanas del único balcón que quedaba en pie.

—Y necesitas la sangre de mi padre. Para entrar en la Montaña y robarle a Tomas un dispositivo para dar al traste con sus planes.

—Sí. ¿Podrás ayudarnos?

Ella parpadeó despacio.

—Ese era el lugar, ¿verdad? —susurró.

Él miró y vio que se refería al balcón que tenían delante.

—Sí —respondió—. Lo era.

—Quiero verlo.

—No parece muy seguro.

—He dicho verlo, no ponerme encima. —Se acercó a las puertas y extendió la mano, pero hizo un mohín y se agarró un costado—. Au. Lo siento. Orso, ¿podrías...?

—Claro —dijo él. Se acercó a las puertas y se las abrió.

—Gracias —replicó ella.

Miró al balcón y al paisaje deprimente del canal que había debajo. Suspiró, como si la afligiese verlo.

—¿Estás herida, Estelle? —preguntó Orso.

—Me temo que me caí hace poco y me hice daño en el codo.

—¿Te caíste?

—Sí. Mientras subía por unas escaleras.

La miró durante un rato, de arriba abajo. ¿Eran imaginaciones suyas o la veía un poco... encorvada, como si también le doliese una rodilla?

—No te caíste, ¿verdad? —dijo él.

Ella no respondió.

—Fue Tomas. Te lo hizo él, ¿no es así?

Estelle se quedó quieta durante un buen rato.

—¿Por qué te marchaste, Orso? ¿Por qué abandonaste la casa? ¿Por qué me dejaste sola con mi padre?

Orso se quedó en silencio como si no supiera qué responder.

—Yo... te pedí que te casaras conmigo —dijo.

—Sí.

—En este balcón.

—Sí.

—Y... me respondiste que no. Porque, según las leyes de patrimonio del campo, todas tus propiedades pasarían a ser mías. Dijiste que querías demostrarle a tu padre que podrías ser tan buena como él, que podías ser una escriba, una líder, alguien capaz de liderar la casa. Pensaste que quizá él cambiase las normas por ti. Pero... yo sabía que él jamás haría algo así. Tribuno era un hombre adelantado a su tiempo en muchos sentidos, pero también terriblemente... tradicional.

—Tradicional —repitió Estelle—. Una palabra insulsa, pero tan ponzoñosa a veces.

—Me lo dijo en una ocasión. Me preguntó que por qué no nos habíamos prometido aún. Yo le dije que tú estabas considerando tus opciones. Y él dijo: “Podría obligarla si quieres, Orso”, como si yo quisiese algo así. Como si tenerte por la fuerza fuese lo mismo que estar contigo de mutuo acuerdo. Y así estaba yo, dividido entre dos personas con las que cada vez me sentía más incómodo y más... dolorido.

—Ya veo —dijo ella en voz baja.

—Lo... lo siento —comentó Orso—. Lo siento por todo lo que te ha ocurrido. De haber sabido que las cosas iban a acabar así, de haber sabido lo grande que era la deuda de Tribuno...

—¿Qué? ¿Qué habrías hecho?

—Habría intentado robarte, supongo. Escapar de la ciudad. Ir a un lugar diferente y dejar atrás todo esto.

Ella rio con disimulo.

—Ah, Orso... sabía que aún eras un romántico, a pesar de todo. ¿Es que no te das cuenta? Yo jamás me habría marchado. Me habría quedado y luchado por lo que consideraba que me correspondía. —Puso tono solemne—. Te ayudaré.

—¿Lo... harás?

—Sí. Mi padre sangra a menudo a causa de su enfermedad. Y conozco una manera de entrar en la Montaña. Un camino diseñado solo para él, uno que Tomas desconoce.

—¿En serio? —preguntó Orso, atónito.

—Sí. Mi padre se volvió más reservado con el paso de los años, como bien sabrás. Cuando se puso a comprar toda esa basura de anticuario y a gastarse miles de duvots al día. Quería moverse con libertad y sin que nadie se enterase.

Estelle le dijo cuándo y dónde le iba a entregar la sangre de Tribuno, y también el lugar en el que se encontraba la entrada secreta.

—Se abrirá para todo aquel que lleve su sangre —dijo—. Aunque tendrás que mantenerla fría, si se estropea demasiado se volverá inservible. Eso significa que tendrás un corto espacio de tiempo para llevar a cabo lo que quiera que vayas a hacer. Tendrás tres noches, básicamente.

—¿Tres días para prepararlo todo? —preguntó—. Dios...

—Pues tengo más malas noticias —dijo ella—. Porque es posible que la Montaña termine por descubrir que la persona que has enviado al interior no es mi padre. Dudo que pueda marcharse por el mismo lugar por el que entró.

Orso pensó al respecto.

—Puede que podamos sacarla volando. Usar un ancla en algún lugar de la ciudad y atraerla hacia ella. Ya ha hecho antes cosas así.

—Será un vuelo peligroso, pero puede que sea vuestra única opción.

Orso la miró fijamente.

—Si lo conseguimos, ¿qué será de ti, Estelle?

Ella le dedicó una leve sonrisa y se encogió de hombros.

—¿Quién sabe? Puede que me dejen tomar las riendas. Puede que consiga unos instantes de libertad antes de que pongan al mando a otro mercader despiadado. O puede que sospechen de mí de inmediato y acaben conmigo.

Orso tragó saliva.

—Cuídate, Estelle. Por favor.

—No te preocupes, Orso. Siempre lo hago.

Capítulo Veintitrés

Trabajaron durante los dos días siguientes.

Sancia había visto inscribir y alterar dispositivos a los Compiladores con anterioridad, pero eso no había sido nada comparado con lo que vio ahora. Berenice consiguió lingotes de hierro, y usaron cacerolas y herramientas para empezar a fabricar la cápsula de acero, placa a placa y pieza a pieza. Al final del primer día ya había empezado a parecerse a un tegumento enorme de metal, de un metro ochenta de largo y casi un metro de diámetro, con una pequeña escotilla en el centro. Pero Sancia no se sentía segura, a pesar de que ver cómo Berenice, Claudia y Giovanni lo fabricaban era realmente impresionante.

—No parece que vaya a poder respirar ahí dentro —dijo.

—Podrás —aseguró Berenice—. Y también será seguro. La cápsula entera estará llena de sigilos de refuerzo y de durabilidad, así como de otros impermeabilizantes.

—¿Cómo narices se va a mover esa cosa? —preguntó Sancia.

—Bueno. Eso será complicado, pero a tus amigos se les ha ocurrido una idea muy ingeniosa que es posible que funcione.

—Faroles flotantes —dijo Gio, con tono animado.

—¿Eso que tiene que ver con todo esto? —preguntó Sancia.

—Los faroles flotantes están inscritos para que crean que tienen un globo enorme sobre ellos —explicó Claudia—. Y luego, en los campos, siguen rutas predeterminadas por marcadores en el suelo.

—Y este marcador estará en la barcaza —dijo Gio—. Te mantendrá a una distancia concreta por debajo del agua.

—Entonces... ¿cómo conseguiré salir del agua?

—Pulsando este interruptor de aquí —dijo Berenice, que señaló al interior de la cápsula—. Eso hará que la cápsula empiece a flotar hacia la superficie.

—Entonces solo tendrás que salir, cerrar la escotilla y pulsar este botón de aquí —dijo mientras señalaba uno que había por fuera—. Se volverá a hundir. Y listo. Esa parte, claro. Después ya tocará lo de la Montaña.

—Orso es quien prepara esa parte —dijo Berenice, malhumorada.

—Esperemos que sí —dijo Gio.

Sancia se quedó mirando la cápsula. Se imaginó embutida en el interior de esa cosa tan pequeña.

—Dios. Casi hubiese preferido que Gregor me encerrase en una celda.

—Hablando del tema, ¿sabes dónde está el capitán? —dijo Claudia mientras echaba un vistazo a su alrededor.

—Dijo que tenía asuntos que atender —respondió Berenice—. En el campo.

—¿Qué asuntos podrían ser más importantes que esto? —preguntó Claudia.

Berenice se encogió de hombros.

—Dijo que iba a zanjar algo de una vez por todas, algo que no dejaba de inquietarlo. No le volví a preguntar cuando vi la cara que había puesto. —Garabateó rápidamente una cadena de sigilos—. Venga. Vamos a asegurarnos de que esto es impermeable de verdad.

A Gregor Dandolo se le daba bien esperar. Era lo que había hecho durante la mayor parte de su vida militar: esperar órdenes, esperar suministros, esperar a que cambiase el clima o, simplemente, esperar a que el adversario se precipitase y diese un paso en falso.

Pero ahora Gregor llevaba tres horas esperando delante de la fundición Vienzi de Firma Dandolo. Y eso era muy arriesgado, si tenía en cuenta que los matones de Tomas Ziani podrían intentar matarlo y también que tenía cosas mucho mejores que hacer aquel día.

Echó la vista atrás, hacia las puertas principales de la fundición. Le habían dicho que era el lugar donde se encontraba su madre, algo que no lo sorprendió: la de Vienzi era una de las fundiciones más recientes de los Dandolo, construida para fabricar algunos de los experimentos más complicados de la compañía. Sabía que no eran muchos los que tenían permitido entrar, pero había dado por hecho que, siendo el hijo de Ofelia Dandolo, él sería una de esas personas. Aun así, le habían dicho que esperase fuera.

"Me pregunto qué porcentaje de mi vida me habré pasado esperando a que mi madre me hiciera caso —pensó—. ¿Un cinco por ciento? ¿Un diez? ¿Más?".

Terminó por oírse un chasquido en una de las enormes puertas de la fundición, y empezó a abrirse la enorme plancha de madera de roble.

Ofelia Dandolo no esperó a que la puerta se abriese del todo. Se deslizó por el hueco, pequeña, blanca y frágil junto a ese portón enorme. Y luego empezó a dirigirse hacia él con mucha calma.

—Buenos días, Gregor —saludó—. Es un placer volver a verte tan pronto. ¿Qué tal va la investigación? ¿Has encontrado al responsable?

—Lo único que he encontrado son... ¿cómo decirlo? Más preguntas —respondió Gregor—. Y llevo demasiado tiempo ignorando algunas de ellas. He pensado que ya era hora de hablar contigo sobre cierto tema en concreto. Personalmente.

—Cierto tema —repitió Ofelia—. Qué manera tan insulsa de amenazarme. ¿De qué quieres hablar?

Gregor respiró hondo.

—Quería preguntarte... quería preguntarte por la plantación de la isla Silicio, madre.

Ofelia Dandolo arqueó una ceja despacio.

—¿Sabías...? ¿Sabías algo al respecto, madre? —preguntó Gregor—. ¿Sabías lo que era? ¿Lo que hacían allí?

—Lo único que sé es que he oído rumores que te vinculan con los altercados relacionados con el apagón en Entremuros, Gregor —dijo su madre—. Bandas armadas enfrentándose en las calles. Carruajes chocando contra las paredes. Y mi hijo ahí en medio. ¿Es cierto, Gregor?

—No cambies de tema, por favor.

—He oído rumores de que se te ha visto con una mocosa callejera —continuó Ofelia—. Y de que os dispararon un grupo de asesinos. Seguro que son habladurías, ¿no es así?

—Respóndeme.

—¿Por qué me preguntas eso? ¿Quién te ha estado envenenando con sus comentarios, Gregor?

—Intentaré que la pregunta sea lo más clara posible —dijo Gregor, con contundencia—. ¿Firma Dandolo, la compañía de mi abuelo, de mi padre y luego tuya, está inmiscuida en la práctica repugnante de intentar inscribir el cuerpo y el alma de los seres humanos?

Ella lo miró, impertérrita.

—No, no lo está.

Gregor asintió.

—Segunda pregunta. ¿Lo ha estado en alguna ocasión?

Se oyó un leve siseo cuando Ofelia exhaló a través de la nariz.

—Sí —dijo en voz baja.

Él la miró.

—Lo estuvo. ¿Lo estuvo?

—Sí —repitió ella a regañadientes—. Una vez.

Gregor intentó pensar, pero se dio cuenta de que era incapaz. Orso ya se lo había advertido, y el comentario había atravesado el cerebro de Gregor como una aguja candente. No lo creía.

—¿Cómo has...? ¿Cómo has podido...?

—Yo no sabía nada —dijo ella, con un estremecimiento—. Hasta que murió tu padre. Hasta después de tu accidente, Gregor. Cuando me hice con el control de la compañía.

—¿Estás diciendo que mi padre era uno de los responsables? ¿Fue idea suya?

—Era otra época, Gregor —respondió Ofelia—. Las Guerras Iluminadas acababan de empezar. No entendíamos lo que estábamos haciendo, ni como gobernantes del Durazzo ni como escribas. Además, todos nuestros competidores estaban haciendo lo mismo. La empresa hubiese desaparecido de no habernos centrado en ello.

—Esas excusas no sirven de nada —dijo Gregor—. Provocasteis aflicción y muchas muertes.

—¡Lo detuve desde que quedé a cargo de la empresa! —dijo con rabia—. Cancelé el proyecto. Estaba mal. ¡Y ya no lo necesitábamos!

—¿Por qué no?

Hizo una pausa, como si se arrepintiese de lo que acababa de decir.

—P-porque la inscripción había cambiado mucho para entonces. Nuestra tecnología de glosarios nos había dado una posición inexpugnable. Ya no merecía la pena investigar la inscripción corporal. Además, era algo imposible.

Como era de esperar, Gregor no le dijo que él había conocido a un espécimen de laboratorio que había sobrevivido, algo que echaba por tierra sus suposiciones.

—Me... me gustaría que en Tevanne tuviésemos algo bueno —dijo—. Algo bueno de verdad que no hubiese nacido de un acontecimiento atroz.

—Mira, ahórrate tu rectitud —dijo ella—. Tu padre hizo lo que consideró necesario. Cumplió con su deber. ¡Y, desde lo de Dantua, tú te has limitado a escapar de eso como una rata que huye de un incendio!

Gregor la fulminó con la mirada, escandalizado.

—¿Qué...? ¿Cómo puedes decir algo así? ¿Cómo puedes siquiera...?

—Cierra esa boca —dijo ella—. Y acompáñame.

Se dio la vuelta y enfiló hacia la fundición Vienzi.

Gregor se quedó inmóvil unos momentos, sin dejar de mirarla con gesto rabioso, y luego obedeció.

Los guardias y operarios lo contemplaban sorprendidos mientras entraba por las puertas, pero se calmaban al ver a Ofelia, de cuya mirada y mandíbula solo emanaba rabia. Gregor vio que la fundición era mucho más avanzada que cualquiera en la que hubiese estado con anterioridad. Cañerías llenas de fórmulas, agua o componentes sobresalían de los cimientos de piedra por todas partes y se enmarañaban entre ellas antes de volver a perderse en el interior de los muros. Unas cacerolas y crisoles enormes relucían con una luz roja, frenética y animada, a rebosar de bronce, estaño o cobre fundidos. Pero Ofelia lo ignoró todo y guio a Gregor a un almacén que había en el fondo del patio.

El almacén estaba muy protegido. Unos guardias de Dandolo con armadura inscrita se encontraban apostados junto a las puertas. Miraron fijamente a Gregor, pero no dijeron nada.

Él entró mientras se preguntaba qué habría allí que necesitase tanta protección. Y luego lo vio.

O creyó verlo.

En mitad del almacén había una sombra, una circunferencia de una oscuridad casi sólida. Atisbó una silueta en dicha oscuridad, pero... no lo tenía muy claro. Unas polillas aleteaban mientras entraban y salían de la oscuridad, y cuando cruzaban la línea difusa que separaba la luz de las sombras era como si desapareciesen.

—¿Qué...? ¿Qué es eso? —preguntó Gregor.

Ofelia no respondió. Atravesó el almacén hasta llegar a un panel lleno de diales e interruptores de bronce que había en la pared. Pulsó uno, y el círculo de sombras desapareció.

Una silueta de madera con la forma de una persona se encontraba en medio del lugar donde antes estaba la circunferencia de sombras, y de ella colgaba una armadura inscrita.

Pero era una armadura inscrita extraña. Tenía un arma de asta negra y brillante integrada en una de las mangas, mitad hacha enorme y mitad lanza gigantesca. En la otra había un escudo grande y redondo y, detrás de él, un lanzavirotes. Pero lo más raro de todo era la placa negra e insólita que cubría la parte delantera de la coraza.

—¿Eso es una... lorica? —preguntó Gregor.

—No —dijo Ofelia—. Una lorica es un equipamiento bélico grande, ruidoso y horrible, una armadura inscrita cuyo único propósito es la masacre. Y también es ilegal, ya que aumenta la gravedad de una manera que infringe nuestras normas tácitas. Pero esto... esto es diferente. —Tocó la placa frontal negra con un dedo—. Es un equipamiento rápido, elegante y difícil de detectar. Absorbe la luz hasta límites insospechados, por lo que resulta casi imposible distinguirlo a simple vista. Lo diseñó Orso.

—¿Orso ha fabricado esto?

—Sí, el sistema. Pero es un sistema muy importante para la supervivencia de nuestra casa.

Gregor frunció el ceño mientras miraba el traje y empezaba a comprender algo que le resultaba muy molesto.

—Es... es un objeto propio de asesinos —dijo.

—Habrás oído los mismos rumores que yo —dijo Ofelia—. Hombres voladores con espingardas que saltan sobre los muros de los campos. Asedios y derramamientos de sangre en el Ejido. Estamos a las puertas de una era muy peligrosa, Gregor, una de recrudecimiento y promesas rotas. Las casas se han vuelto muy autocomplacientes, y los hombres ambiciosos han conseguido puestos de poder. Es inevitable que, un día, un joven muy listo diga: "Se nos da muy bien la guerra fuera de nuestras fronteras, ¿por qué no la hacemos también dentro de ellas?". Y, cuando eso ocurra, tenemos que estar preparados para reaccionar.

Lo supiese su madre o no, Gregor sabía que esa era una descripción que casaba a la perfección con Tomas Ziani. Empezó a sentir cómo el pavor se extendía por todo su ser.

—¿Reaccionar cómo?

Ella se armó de valor, con el rostro serio. Una polilla revoloteó alrededor de su cabeza en una órbita abierta antes de alejarse.

—Dejándolos sin líder e incapaces de contratacar. Con un ataque único y diligente.

—No puedes estar diciéndolo en serio.

—Si crees que los Morsini, los Michiel o incluso los Candiano no harán lo mismo, estás siendo un imbécil, Gregor —dijo ella—. Ya lo están haciendo. He visto informes de inteligencia. Y, cuando ocurra..., quiero que seas tú quien lidere nuestro ejército.

Gregor se quedó con la boca abierta.

—¿Qué?

—Tienes más experiencia al respecto que cualquier habitante de Tevanne con vida —dijo ella—. Has llevado una existencia dedicada a la guerra, porque te lo pedía tu ciudad. Una guerra que fue más complicada para ti que para los demás, algo de lo que me arrepiento. Pero ahora, te estoy pidiendo esto como... como tu madre, Gregor. Por favor. Por favor, abandona todas esas distracciones tuyas y ayúdame.

Gregor tragó saliva. Miró a su madre, la armadura de sombras y lo sopesó durante un rato.

—No recuerdo a Domenico —dijo él, de repente—. ¿Lo sabías?

Ella parpadeó, sorprendida.

—¿Q-qué?

—No recuerdo a mi hermano. Recuerdo cuando murió, pero eso es todo. Tampoco recuerdo a mi padre. Nada. Ambos han desaparecido de mi mente desde el accidente. —Le dio la espalda a Ofelia—. Me gustaría echarlos de menos, pero no sé cómo, porque nunca los conocí de verdad. Para mí no son más que criaturas en ese cuadro que cuelga por fuera de tu despacho. Fantasmas de nobles que nunca llegaré a igualar. ¿Tú los echas de menos? ¿Te afectó su pérdida, madre?

—Gregor...

—Perdiste a Domenico y a padre —dijo él, con voz temblorosa—. Y también me perdiste a mí. Estuve a punto de morir en Dantua. ¿Volverías a arriesgarme? ¿Otra vez? ¿Eso es lo que soy para ti? ¿Algo prescindible?

—No te perdí en Dantua —dijo ella, con rabia—. Sobreviviste. Y sabía que lo harías, porque siempre sobrevives.

—¿Por qué? ¿Por qué tanta certeza?

Pero su madre no pudo responder. A Gregor le dio la impresión de que, por primera vez, le había hecho daño de verdad. Y lo raro es que no sintió remordimiento alguno.

—He vivido rodeado de guerra —le dijo Gregor—. Volví a Tevanne para regresar a la civilización, pero no era un lugar tan civilizado como creía, por lo que me centraré en solucionarlo. Me centraré en eso y en nada más.

Luego se dio la vuelta y se marchó.

Capítulo Veinticuatro

Terminaron los preparativos el tercer día, después de haber diseñado y fabricado con prisa todas las herramientas. Orso supervisó el trabajo mientras no dejaba de deambular de un lado a otro alrededor de la cápsula, revisando las pizarras y las inscripciones, repasando con cuidado cada una de las cadenas de sigilos. Se retorció, gruñó y bufó. Sabía que los diseños no estaban a la altura de sus estándares, pero creía que serían lo bastante buenos a pesar de todo.

La puerta de piedra chirrió al abrirse, y Gregor entró en la estancia.

—¡Un momento ideal para pasarte por aquí! —dijo Orso—. Tenemos unos cambios de última hora que han convertido esto en un maldito caos. ¡Nos vas a venir muy bien!

—Tengo que hablar contigo, Orso —dijo. Después lo llevó a un lado de la habitación.

—¿Qué mierda pasa, capitán? —preguntó Orso.

Gregor se inclinó hacia él.

—¿Desarrollaste algún objeto capaz de absorber la luz para mi madre?

—¡Qué! ¿Cómo lo sabes?

Gregor le contó lo ocurrido en la reunión con su madre. Orso se quedó estupefacto.

—¿Qué está...? ¿Está creando una lorica para asesinos?

—Básicamente.

—Pero... Dios mío. ¡Nunca me dio la impresión de que Ofelia Dandolo fuese del tipo de persona que se rinde a conspiraciones, golpes de estado y revoluciones!

—¿Entonces no sabías nada? —preguntó Gregor.

—Nada de nada.

Gregor asintió, con rostro adusto.

—Tampoco es que ahora mismo pueda hacer mucho al respecto. Y, siendo franco, tampoco sé qué podría hacer. Pero sí que hace que me pregunte...

—¿Que te preguntes qué?

—Si el hypatus de su casa no tenía ni idea de lo que tramaba... ¿qué más secretos estará ocultando?

—¿Qué es eso? —preguntó Sancia a voz en grito mientras señalaba un objeto inscrito que había sobre una mesa apartada.

Orso miró por encima del hombro.

—Ah, eso. Ya os contaré.

—Parece un equipo de planeo —dijo Sancia.

—Ya os contaré.

—Y no habías dicho nada de un equipo de planeo.

—¡Que ya os contaré!

Le dieron los últimos retoques al equipo y luego se reagruparon alrededor del mapa. Orso empezó a repasar el plan paso a paso.

—Primero, llevaremos la cápsula a esta parte del Ejido —dijo. Señaló un tramo de canal en el mapa—. El canal de reparto pasa por aquí. Sancia entrará en la cápsula, se sumergirá y, cuando pase la barcaza, Berenice plantará el marcador. ¿Entendido?

—Sí, señor —dijo Berenice.

—Entonces, la barcaza empezará a tirar de Sancia. —Siguió el canal con el dedo—. Hasta el embarcadero de la Montaña. Es bastante grande y está bien protegido, razón por la que el marcador mantendrá una distancia de treinta metros entre la cápsula y la barcaza. Eso debería darle a Sancia el tiempo suficiente para salir a la superficie y escabullirse sin que nadie la vea. ¿No es así?

Sancia no dijo nada.

—Y entonces, Sancia irá hasta aquí. —Señaló un punto por fuera de la Montaña—. El jardín de esculturas. Es el lugar donde se encuentra la entrada secreta de Tribuno. Al parecer, está bien escondida debajo de un pequeño puente de piedra, invisible a menos que tengas esto. —Señaló una pequeña caja de bronce que se encontraba sobre la mesa. El metal liso estaba cubierto de condensación—. Es un cofre enfriador y en el interior hay un vial con la sangre de Tribuno. Que nos ha dado su hija.

Todos se quedaron mirando la caja de bronce. Gregor arrugó la nariz.

—La entrada secreta reaccionará a la sangre de Tribuno y se abrirá para Sancia —dijo Orso—. Luego entrará y atravesará el pasadizo, que llevará a la Montaña.

Sancia carraspeó y dijo:

—¿Y a qué parte de la Montaña, exactamente?

—Al cuarto piso —respondió Orso.

—¿A qué parte del cuarto piso?

—Eso ya lo desconozco.

—Lo desconoces.

—Así es. Pero tendrás que subir hasta el piso treinta y cinco. Es el lugar donde se encuentra la oficina de Ziani. Y donde es muy probable que esté el imperiat.

—¿Cómo llegó al piso treinta y cinco? —preguntó Sancia.

Orso sopesó la respuesta.

—No lo sabes —aventuró Sancia.

—No —dijo él, sincero—. No lo sé. Pero la sangre de Tribuno te permitirá superar cualquier obstáculo con el que te encuentres. Será como una vela en la oscuridad, niña.

Sancia respiró hondo.

—Y cuando consiga el imperiat..., salgo y ya está, ¿verdad?

Orso titubeó. Claudia, Berenice y Gio se pusieron tensos de repente.

—Bueno... Ahí hay un ligero cambio de planes.

—Un cambio de planes —repitió Sancia.

—Sí. Cabe la posibilidad de que la Montaña termine por descubrir que no eres Tribuno, lo que conllevará que salir será mucho más complicado que entrar. Y ahí es donde entra en juego el equipo de planeo.

Sancia se los quedó mirando.

—¿Queréis...? ¿Queréis que me tire por uno de los lados de la Montaña?

—El despacho de Tribuno tiene un balcón —dijo Orso—. Tendrás que tomar el imperiat, saltar al exterior y tirar de esta anilla de bronce de aquí. —La señaló en el objeto—. Y listo. Se activará el paracaídas y caerás hacia un lugar seguro. En el equipo de planeo encontrarás un cofre blindado donde podrás guardar el imperiat, para asegurarte de que no sufre ningún daño.

—¿Y no podrías crear un cofre blindado para meterme yo dentro?

—Ah. Eso. Pues no. Pesaría demasiado. Y tampoco podremos fabricar un ancla con el alcance suficiente para que caigas fuera del campo, pero... haremos que alguien entre en el campo de los Candiano y prepare una zona de aterrizaje que se encuentre cerca de una de las puertas. —Miró a Gregor—. ¿Te ves capacitado para ello, Gregor?

Gregor se lo pensó.

—A ver... Tendría que entrar con el ancla en el campo, plantarla en un lugar que esté al alcance y tomar a Sancia cuando aterrice, ¿verdad?

—Básicamente. Después, ambos tendréis que salir a toda prisa del campo hasta alcanzar la seguridad del Ejido.

Sancia volvió a carraspear.

—Bien. Repasemos el plan —dijo, despacio—. Me dirijo al canal...

—Sí —convino Orso.

—Me sumerjo dentro de una cápsula que fabricasteis en tres días...

—Ajá.

—Y uso la sangre de Tribuno para entrar en la Montaña...

—Así es.

—Y luego supero una cantidad desconocida de obstáculos para llegar hasta el piso treinta y cinco, donde se supone que robo el imperiat...

—Sí.

—Y después me lanzó de la Montaña y planeo hasta llegar al lugar donde está Gregor. Porque es posible que la Montaña descubra que algo va mal e intente atraparme.

—Bien.

—Y, cuando aterrice, salimos del campo a toda prisa mientras seguro que nos persiguen varios tipos armados que me habrán visto volar por el cielo como un pájaro.

—Ah. Seguramente. Sí.

—Y posteriormente te doy el imperiat. Y tú...

—Y yo acabo con Tomas —dijo Orso. Tosió—. Y es posible que lo utilice para reinventar la naturaleza de la inscripción tal y como la conocemos.

—Bien. Entiendo. —Sancia respiró hondo, asintió y se levantó del asiento—. Paso.

Orso parpadeó.

—¿Cómo? ¿Cómo que pasas?

—Sí. No contéis conmigo. —Se enderezó—. Esto se vuelve cada vez más ridículo. Y nadie me ha preguntado ni una sola vez si estoy de acuerdo con el plan. No pienso hacer esas locuras. Paso.

Empezó a marcharse.

Se hizo un silencio largo e incómodo.

Orso echó un vistazo alrededor para mirarlos a todos, atónito.

—¿Acaba...? ¿Acaba de decir que pasa?

—Eso ha dicho —comentó Claudia.

—¿Eso...? ¿Eso es que no va a hacerlo?

—Eso es lo que suele significar, sí —dijo Gio.

—Pero... pero no puede... no puede... ¡hija de puta! —Persiguió a Sancia y llegó a su lado justo cuando estaba saliendo al túnel—. ¡Oye! ¡Vuelve aquí!

—No —dijo Sancia.

—¡Hemos trabajado mucho para ti! —replicó Orso—. ¡Nos hemos dejado el lomo para prepararlo todo! ¡No puedes dejarlo ahora!

—Pues eso es lo que estoy haciendo —dijo Sancia.

—Pero... pero ¡es nuestra única oportunidad! Si no robamos el imperiat ahora, Tomas Ziani podría crear un ejército y...

—¿Y qué? —preguntó Sancia, que empezó a acercarse a él—. ¿Hacerle a Tevanne lo que Tevanne le ha hecho al resto del mundo?

—¡No sabes de lo que hablas!

—El problema es que sí que lo sé. Tú no eres el que va a estar en esa cápsula. Ni en la Montaña. ¡No eres quien va a arriesgar su puto pellejo! ¿Sabes qué es esto? ¿Sabes lo que es en realidad?

—¿Qué? —preguntó Orso, enfurecido.

—Es la pugna de un rico —dijo Sancia—. El juego de un rico. Y aquí el resto no somos más que peones en el tablero para ti. Crees que eres diferente, pero ¡eres igual que el resto! —Le puso un dedo en la cara—. Mi vida no ha sido mucho mejor desde que escapé de la plantación. Sigo pasando mucha hambre y me siguen dando palizas de vez en cuando. Pero ahora al menos puedo decir que no cuando quiero. Y eso es lo que acabo de hacer.

Se dio la vuelta y se marchó.

Capítulo Veinticinco

Sancia se encontraba sentada en la cima que había junto al Golfo y contemplaba la desvencijada ciudad de tiendas, inconexa y gris a la luz acuosa de bien entrada la mañana. Se había sentido sola muchas veces desde que había encontrado a Clef, pero aquella era la primera vez que se sentía también abandonada, agobiada por los secretos y rodeada por personas que o bien querían matarla, o bien ponerla en peligro.

<Estamos bien entre nosotros, ¿verdad, niña?>, preguntó Clef.

<Sí. No tengo ni idea de qué hacer, Clef. Quiero escapar, pero no tengo ningún lugar al que ir.>

Sancia vio cómo un grupo de niños jugaba en el Golfo, corriendo de un lado a otro con palos. Escuálidos, desnutridos y sucios. Su infancia había sido muy parecida.

"Los niños pasan hambre todos los días, incluso en la mayor de las ciudades que existen", pensó.

<Creo que yo podría encargarme de lo de la Montaña —dijo Clef—. Olvídate de Orso. Tú y yo, niña. Podemos hacerlo.>

<No quiero hablar del tema, Clef.>

<Puedo hacerlo. Sería... sería interesante. Una hazaña. Una experiencia.>

<¡Es un puto cementerio para los ladrones! Los que trabajan en los campos, como hacía Sark, siempre hablaban del lugar entre

susurros, como si esa Montaña los oyese desde el otro extremo de la ciudad.>

<Quiero sacarte de esta. Estás así por mi culpa. Y no creo que me quede mucho tiempo, Sancia. Quiero hacer algo. No sé... algo grandioso.>

Sancia enterró el rostro entre las manos.

—Mierda —susurró—. Me cago en todo...

<Viene el capitán —dijo Clef—. Ha traído esa porra y empieza a subir por la colina.>

"Genial. Otra conversación que no quiero tener", pensó Sancia.

Vio cómo la silueta torpe del capitán brotaba de entre los tallos más altos de las plantas. No la miró. Se limitó a acercarse hasta sentarse junto a ella, a unos tres metros de distancia.

—Es peligroso salir a plena luz del día —dijo.

—También es peligroso estar aquí —dijo Sancia—. Los tuyos quieren verme muerta.

—Yo no quiero verte muerta, Sancia.

—Me dijiste una vez que no tenías miedo a morir. Lo decías en serio, ¿verdad?

Él sopesó la respuesta y asintió.

—Sí. Es muy probable que alguien que no tiene miedo a morir no se vea muy afectado cuando matan a los demás —dijo Sancia—. Puede que no te guste, pero es una responsabilidad que estás dispuesto a aceptar, ¿no es así?

—Responsabilidad... —repitió él—. ¿Sabes? Ayer hablé con mi madre.

—¿Por eso te escaqueaste? ¿Para hablar con tu madre?

—Sí. Le pregunté sobre Silicio. Y admitió que Firma Dandolo había intentado inscribir a seres humanos en el pasado. Inscribir a esclavos, quiero decir.

Sancia lo miró. Tenía una expresión de perplejidad grabada en sus facciones.

—¿En serio?

—Sí —respondió él, tranquilo—. Es raro descubrir que tu familia es cómplice de una monstruosidad así. Pero, como bien dijiste, hay otras muchas tragedias y monstruosidades. Esta en particular no es poco habitual. Por eso no dejo de darle vueltas al tema de la responsabilidad. —Miró en dirección hacia el paisaje urbano de Tevanne—. No va cambiar sola, ¿verdad?

—¿El qué? ¿La ciudad?

—Sí. Esperaba convertirla en un lugar más civilizado. Mostrarle el camino. Pero he dejado de creer que cambiará por su cuenta. Hay que forzar ese cambio.

—¿Vas a volver a sacar el tema de la justicia? —preguntó Sancia.

—Claro. La justicia es mi responsabilidad.

—¿Y por qué tú, capitán?

—Por lo que he visto.

—¿Y qué has visto?

Él se reclinó.

—Sabes... sabes que me llaman el Renacido de Dantua, ¿no?

Sancia asintió.

—La gente me llama así, pero no sabe qué significa. Dantua... Dantua era una ciudad de los daulos que tomamos. Está al norte del Durazzo, pero los daulos de la ciudad tenían montañas de pólvora —dijo—. No tengo ni idea de dónde la habían conseguido. Pero, un día, un chico que tendría unos diez años se coló en nuestro campamento con una caja llena de ella en la espalda. Corrió hacia nuestro glosario y la hizo explotar. Se suicidó. Prendió fuego al campamento. Y, peor aún, dañó el glosario. Todos nuestros objetos empezaron a fallar, por lo que nos quedamos rodeados por los ejércitos de los daulo. No fueron capaces de entrar en la fortaleza, ni siquiera en nuestro estado, pero se limitaron a dejarnos morir de hambre.

”Y nos morimos de hambre. Durante días. Semanas. Sabíamos que iban a matarnos si nos rendíamos, por lo que nos morimos de hambre con la esperanza de que alguien viniese en nuestra ayuda. Comimos ratas, mazorcas de maíz hervidas y arroz mezclado con tierra. Yo me limité a sentarme y a contemplar cómo ocurría todo. Era su comandante, pero no podía hacer nada. Los vi morir. De hambre. Suicidarse. Vi a esos hombres orgullosos convertidos en esqueletos angustiados, y los enterré en la escasa tierra del lugar.

”Y luego, un día..., unos de los nuestros consiguieron carne. Los encontré cocinándola en los campamentos, asándola en sartenes.

No... no tardé mucho en darme cuenta de qué tipo de carne era. Había muchos cadáveres en Dantua, al fin y al cabo. Quise detenerlo, pero sabía que si lo intentaba se iban a amotinar. —Cerró los ojos—. Después empezaron a ponerse enfermos. Puede que fuese consecuencia de lo que estaban haciendo, que consumir carne en mal estado los hiciese enfermar. Se les hincharon las axilas y los cuellos. La enfermedad se extendió muy rápido. Empezamos a quedarnos sin lugares en los que enterrar a los cadáveres. Como era de esperar, yo también terminé por tener la enfermedad. Recuerdo... recuerdo la fiebre, la tos, el sabor a sangre en la boca. Recuerdo a mis hombres mirándome mientras yo yacía tumbado en la cama respirando con dificultad. Todo se volvió oscuro en ese momento. Y cuando desperté... me encontraba en una tumba bajo tierra.

—Un momento. ¿Sobreviviste? ¿Te enterraron y te despertaste dentro de la tumba?

—Sí —respondió en voz baja—. No era muy común, pero unas pocas personas sobrevivieron a la enfermedad. Me desperté en la oscuridad. Tenía... tenía cosas sobre mí. Sangre y tierra y la boca llena de inmundicia. No veía nada. Casi no era capaz de respirar. Tuve que... tuve que excavar para salir de allí. Atravesé cuerpos y toda esa tierra. Atravesé podredumbre, meados, sangre y... —Se quedó en silencio—. No sé cómo lo hice, pero lo hice. Excavé hasta que me rompí las uñas y los dedos, hasta quedar con las manos ensangrentadas. Y luego lo vi, vi la luz titilando a través de los huecos que había entre los cadáveres que tenía encima. Y salí. Salí y vi el fuego. Los Morsini se habían apoderado de Dantua. La habían atacado. Los daulos habían entrado en la ciudad, presa de la desesperación y le habían prendido fuego a la ciudad de alguna manera. Un sargento de los Morsini me vio salir de la fosa común, cubierto de sangre, barro y entre gritos... pensó que era un monstruo. Y puede que ya me hubiese convertido en uno. El Renacido de Dantua.

Se quedaron en silencio. La hierba alta se agitaba con la brisa a su alrededor.

—He visto mucha muerte, Sancia —dijo—. Mi padre y mi hermano murieron en un accidente de carruaje cuando era joven. Y yo también estuve a punto de morir con ellos. Me uní al ejército para honrar sus nombres, pero lo único que conseguí fue que matasen a muchos jóvenes. Y, de nuevo, yo fui el único superviviente. Y sigo sobreviviendo, al parecer. Eso me ha enseñado muchas cosas. Después de Dantua... fue como si un hechizo mágico se hubiese disipado para permitirme ver la verdad. Nosotros también cometemos esas atrocidades. Nos las estamos haciendo a nosotros mismos. Tenemos que cambiar. Debemos cambiar.

—La gente es así —aseguró Sancia—. Somos animales. Solo nos interesa la supervivencia.

—Pero, ¿no te das cuenta? —dijo él—. ¿No te das cuenta de que no son más que unas ataduras que te han impuesto? ¿Por qué trabajaste en los campos como una esclava? ¿Por qué duermes en aposentos miserables y sufres en silencio? Porque si no, acabarían matándote. Sancia... no te librarás de esas cadenas mientras sigas pensando únicamente en la supervivencia, mientras solo vivas para sobrevivir un día más. Así no serás libre. Siempre serás una escla...

—¡Cierra la boca! —gritó ella.

—No pienso hacerlo.

—¿Crees que lo entiendes, solo porque tú también has sufrido? ¿Crees que sabes lo que es vivir con miedo?

—Creo que sé lo que es morir —respondió Gregor—. Las cosas cambian mucho cuando dejas de preocuparte por la supervivencia. Si esa gente tiene éxito, si esos imbéciles ricos y vanidosos cumplen sus deseos, esclavizarán al mundo entero. Todos los hombres y mujeres, todas las generaciones venideras, vivirán presa del miedo, igual que has vivido tú. Me gustaría luchar y morir para liberarlos. ¿A ti?

—¿Cómo puedes decir algo así? —preguntó Sancia—. Eres un Dandolo. Sabes mejor que nadie que eso es lo que hacen todas las casas de los mercaderes.

Él se puso en pie, rabioso.

—¡Pues ayúdame a derrocarlas! —aulló.

Sancia se lo quedó mirando.

—¿Quieres...? ¿Quieres derrocar a las casas de los mercaderes? —preguntó—. ¿También a la tuya?

—A veces hace falta una pequeña revolución para alcanzar un bien mayor. ¡Mira este lugar! —Hizo un ademán en dirección al

Golfo—. ¿Cómo va a poder esa gente arreglar el mundo si no pueden solucionar los problemas de su ciudad? —Inclinó la cabeza—. Y míranos a nosotros. Mira en qué nos han convertido —dijo en voz más baja.

—¿De verdad morirías por algo así?

—Sí, daría todo lo que considero valioso. Todo. Lo daría todo si estuviese seguro de que nadie va a tener que volver a pasar nunca más por lo que he pasado yo.

Sancia se miró las muñecas, las cicatrices que tenía en ellas, las que le habían atado antes de darle latigazos.

<¿Estás seguro de que quieres hacer algo importante, Clef?>, preguntó Sancia.

<Estoy seguro.>

Sancia inclinó la cabeza, asintió y se puso en pie.

—Bien. Vamos.

Bajó por la colina en dirección al túnel de drenaje y entró en la cripta mientras Gregor la seguía. Todos se quedaron en silencio cuando la vieron entrar.

Sancia se colocó delante de uno de los sarcófagos del lugar mientras el corazón le latía desbocado. Se quedó allí, inmóvil.

<¿Qué vas a hacer, niña?>, preguntó Clef.

<Voy a intentar ayudar. Y voy a sacrificar todo lo que valoro para conseguirlo>. Tragó saliva. <Lo siento, Clef.>

Extendió la mano, agarró el cordel que tenía al cuello, arrancó a Clef de él y lo dejó sobre el sarcófago.

—Este es Clef —dijo en voz alta—. Es mi amigo y me ha estado ayudando. Puede que ahora pueda ayudaros a vosotros.

Todos se quedaron mirando.

Orso dio un paso al frente, despacio y con la boca abierta.

—Vaya, vaya, por todos los beques de la mar salada —susurró—. Qué hija de puta. Qué hija de puta.

PARTE III

LA MONTAÑA

Toda innovación, ya sea tecnológica, sociológica o en cualquier otra disciplina, empieza como una cruzada, se organiza a sí misma hasta convertirse en algo práctico y, luego, con el tiempo, se degrada hasta pasar a ser poco menos que una explotación. No es más que el ciclo de la vida de cómo la ingenuidad humana se manifiesta en el mundo material.

Pero suele olvidarse que aquellos que toman partido en este sistema experimentan una transformación similar: empiezan como camaradas y vecinos hasta convertirse en recursos y activos, y más tarde su utilidad cambia o se degrada, se transmuta en responsabilidades que deben ser gestionadas de forma adecuada.

Es algo que forma parte de la naturaleza, igual que las mareas y los vientos. El flujo de energía y materia es un sistema, con sus leyes y patrones de desarrollo. No deberías sentir culpa alguna por acatar dichas leyes, ni siquiera cuando requieren algo de inhumanidad.

—Carta de Tribuno Candiano, primer oficial de la Compañía Candiano, a la Asamblea.

Capítulo Veintiséis

—¿Me has...? ¡Me has mentido! —gritó Orso—. ¡Me has mentido desde el principio!

—Pues sí —dijo Sancia—. Yo te he oído decirle a Gregor que tire mi cuerpo inconsciente en una fosa. No es que eso inspire demasiada confianza.

—¡Eso no tiene nada que ver! —dijo Orso—. ¡Tus mentiras lo han puesto todo en peligro!

—No recuerdo que te hayas jugado el pellejo allanando una fundición —comentó Sancia—. Ni aceptando meterte en un ataúd submarino. Así que yo diría que los riesgos no se han repartido equitativamente.

<¿No podrías limitarte a contarle para qué sirvo? —preguntó Clef—. Eso lo distraerá.>

Y Sancia lo hizo. Y Clef tenía razón: cada una de las cosas que había dado por normales en su vida cotidiana durante los últimos días, hicieron que Orso y Berenice se alejasen de la pared en la que estaban apoyados a causa de la conmoción.

—¿Siente otros dispositivos inscritos? —preguntó Orso, atónito—. ¿Ve lo que son y lo que hacen a distancia?

—¿Y puede cambiarlos? —preguntó Berenice—. ¿Puede cambiar las inscripciones?

—No cambiarlas —explicó Sancia—. Solo... solo obliga a los objetos a reinterpretar sus instrucciones. O algo así.

—¡Y eso en qué se diferencia de cambiar! —dijo Orso.

—Todavía no sé por qué lo tratas con pronombres masculinos —dijo Gregor—. Es una llave, ¿no? ¿La llave se considera masculino? ¿En serio?

—¿Podemos obviar las estupideces, por favor? —dijo Sancia.

Siguió respondiendo preguntas lo mejor que pudo, pero resultó ser complicado, porque básicamente era hacer las veces de mediadora en una conversación entre seis personas. No dejó de pedirles a todos que se calmasen, que se tranquilizasen, pero ellos repetían una y otra vez: "¿Para quién ha sido esa respuesta?" o "¿Qué? ¿Podrías repetir lo que acabas de decir?".

<Bueno, niña —dijo Clef—. No estoy seguro de que esto vaya a servir para solucionar tus problemas.>

<Sí, no esperaba que se pusiesen así.>

<Mira. Deja a ver si puedo hacer algo. Pero... me gustaría que me dieses permiso. Pedir permiso antes de hacer algo es muy importante, ¿sabes? ¿Lo sabías? ¿Eh?>

<¡Ya te he dicho que lo siento! ¡Tenía que hablarles de ti! ¡Si Gregor iba en serio con lo de avivar una puñetera revolución, iba a necesitar toda la ayuda posible! ¿Qué quieres que haga?>

<¿Recuerdas lo de que mis pensamientos habían empezado a filtrarse en tu mente? ¿Recuerdas que estaba...?>

<¿Abrumándome?>

<Sí. Podría llamarse así, pero es algo más... profundo. Pues es posible que pueda hablar a través de tus labios, siendo franco. Si me dejas.>

<¿En serio?>

<En serio.>

Echó un vistazo a su alrededor. Orso seguía gritándole preguntas, y a Sancia le dio la impresión de que se había perdido dos o tres en los últimos segundos.

<Si sirve para que esto vaya más rápido, adelante.>

<De acuerdo. Déjamelo a mí.>

Sintió una calidez en un lado de la cabeza, un dolor leve y luego, de repente, notó cómo su cuerpo se alejaba, como si no fuese algo en lo que había vivido cada segundo de su vida, sino una extensión extraña que no llegaba a controlar del todo.

Empezó a movérsele la mandíbula y una tos le brotó del interior del pecho. Luego dijo:

—Bien. ¿Me oís, chicos?

Era su voz. Pero no sus palabras.

Todos parpadearon, confusos. Sancia no se sintió menos confusa que ellos. Era una experiencia muy desorientadora, como verte a ti mismo hacer cosas en un sueño, incapaz de controlarte.

—¡Qué! —dijo Orso—. ¡Claro que te oímos! ¡No seas ridícula!

—Bien —dijo la voz de Sancia—. Guau. Qué raro es esto. —Carraspeó otra vez—. Muy raro.

—¿Por qué es raro? —preguntó Claudia—. ¿El qué es raro?

—No soy Sancia —dijo la voz—. Soy la llave. Clef. Hablo a través de ella.

Se miraron entre ellos.

—Esta pobre chica se ha vuelto loca —dijo Gio—. Loca como una cabra.

—Demuéstralo —exigió Orso.

—Mmm —dijo su voz—. Veamos. Ahora mismo, Orso lleva dos luces inscritas y... lo que creo que es una especie de glosario. Es una varita que, cuando toca ciertas inscripciones, las hace entrar en un bucle; las pausa, lo que permite extraer la placa y volver a insertarla luego con otros comandos, comandos que tienen que tener potestad sobre las mismas transiciones metalúrgicas, porque esa varita parece ser muy sensible al bronce y otras aleaciones, sobre todo al estaño cuando está presente en una proporción de doce a...

—Cierto —dijo Claudia—. Esa no es Sancia.

—¿Cómo lo haces? —preguntó Berenice, sorprendida—. ¿Cómo es que eres... Clef? ¿Cómo hablas a través de ella?

—La chica tiene una placa en la cabeza que le permite... no sé qué palabra usar. Le aporta lo que se podría llamar empatía con los objetos —explicó Clef—. No creo que sea algo intencionado, sino que hubo algún error cuando se la implantaron. Sea como fuere, es un punto de conexión entre objetos, pero la mayoría de dichos objetos no tienen conciencia. Yo sí. Y podría decirse que... funciona en ambas direcciones. —Clef tosió con el cuerpo de Sancia—. ¿Cómo os puedo ayudar, chicos? ¿Qué queréis saber?

—¿Qué eres? —preguntó Orso.

—¿Quién te creo? —dijo Berenice.

—¿Robar el imperiat servirá de verdad para detener a Tomas Ziani? —preguntó Gregor.

—¿Qué es lo que intenta Ziani? —dijo Claudia.

—Madre mía. Está claro que queréis saberlo todo —suspiró Clef—. Bueno, voy a intentar resumir lo que Sancia y yo llevamos días discutiendo, así que... limitaos a sentaros y quedaros en silencio durante un rato, ¿de acuerdo?

Y Clef lo contó todo.

Mientras hablaba, Sancia empezó a... podría decirse que era como un mareo, pero más bien empezó a notar cómo se alejaba de sí misma. Era como estar sentada a lomos de un caballo abrazada a la persona que sostenía las riendas y quedarse dormida poco a poco a causa de los movimientos del animal. Pero en este caso el animal era ella, su cuerpo, su voz, su garganta, moviéndose palabra a palabra y pensamiento a pensamiento.

Se dejó llevar.

Sancia recuperó la conciencia poco a poco.

Orso deambulaba por la cripta como si se hubiese bebido todo el café del Durazzo, y gritaba:

—¡Eso quiere decir que el teorema de Marduri es cierto! Las inscripciones, por muy pequeñas que sean, no son más que transgresiones de la realidad, como una carrera en una media. El tejido de la realidad se acumula y empieza a enmarañarse. ¡Son como carreras en las medias, pero carreras que se usan para lograr algo muy específico!

—Sí, eso —dijo Clef—. Supongo que es una forma de verlo.

—¡Eso es lo que percibes! —gritó Orso—. ¡Lo que sientes! ¡Esas...! ¡Esas transgresiones de la realidad! Y, cuando las alteras, lo único que estás haciendo... ¡lo único que estás haciendo es trastear con esa maraña!

—Yo diría que más bien son errores —dijo Clef—. Errores intencionados con efectos intencionados.

—Lo importante sería saber de qué está hecho ese tejido —dijo Berenice—. Marduri creía que había una realidad y un mundo debajo, algo que hace que la realidad funcione como tal. ¿Podrían las inscripciones ser una maraña de...?

Y Sancia volvió a perder la conciencia.

Volvió a despertarse.

—Supongo que no he entendido la pregunta —decía Clef.

Orso seguía deambulando por la cripta. Berenice, Claudia y Giovanni se encontraban sentados alrededor de Sancia y la miraban con los ojos abiertos, como si fuese la adivina de una aldea.

—Digo que te encuentras en una posición poco habitual. Puedes revisar todas las inscripciones de Tevanne y ver cómo funcionan. Lo bien que funcionan.

—¿Y?

—Pues que puedes conocer nuestros puntos débiles. Nuestros puntos fuertes. ¿Dirías...? ¿Dirías que se nos da bien?

—Ah —dijo Clef—. Supongo que no he pensado mucho al respecto. Creo que el problema es diferenciar entre lo complicado y lo interesante. La mayoría de las inscripciones que he visto en Tevanne son más complicadas que interesantes.

Orso dejó de caminar. Parecía alicaído.

—¿E-en serio?

—No es culpa tuya —dijo Clef—. Sois como una tribu que acaba de inventar el pincel. Ahora mismo os limitáis a pintarlo todo sin ton ni son. Aunque una de las cosas más innovadoras que he visto es eso del hermanamiento.

—¿El hermanamiento? —preguntó Berenice—. ¿En serio?

—¡Sí! ¡Se podría decir que, en esencia, estáis duplicando un elemento físico de la realidad! —explicó Clef—. Podríais duplicar todo tipo de cosas si os lo propusierais.

—¿Cómo qué? —preguntó Orso.

—Pues como un glosario —dijo Clef.

Los escribas se quedaron con la boca abierta al oírlo.

—¿Se podría hermanar un glosario? —preguntó Orso.

—¿Por qué no? —dijo Clef.

—¡Porque...! ¡Porque es muy complicado! —dijo Giovanni.

—¿Entonces por qué no intentáis hermanar un glosario más

simple? —preguntó Clef—. Imaginad un grupo de glosarios pequeños, todos hermanados y capaces de proyectar inscripciones. Bueno, sea como...

Gregor tosió.

—Esta teoría de los escribas es muy interesante, pero ¿podríamos centrarnos en los asuntos más letales que tenemos entre manos? Intentamos sabotear a Tomas Ziani, pero aún no hemos llegado a comprender bien qué es lo que está haciendo. ¿Robar el imperiat frustraría sus planes?

—Bien —dijo Berenice, aunque sonó un tanto decepcionada—. Volvamos a echarle un vistazo a las notas de Tribuno y comprobemos si el señor Clef tiene algo que decir al...

Todo volvió a quedarse en negro.

El mundo regresó a su alrededor. Sancia se encontraba sentada delante de un sarcófago que estaba cubierto con las notas de Tribuno. Frente a ella había moldes de cera de bajorrelieves.

—Yo creo que eso es un sacrificio humano —dijo Gregor. Señalaba hacia los grabados de los cuerpos sobre el altar y las armas blancas sobre ellos—. Y si Tomas Ziani se dedica a manipular cadáveres, está claro que ha llevado a cabo sacrificios humanos.

—Pero eso no es lo que dicen las notas de Tribuno Candiano. No tiene nada que ver —dijo Berenice. Tomó una hoja de papel y leyó—: "El hierofante Seleikos hace referencia a una 'acopio de energía' o una 'concentración de mentes' y también a 'pensamientos capturados'". Eso indicaría que el ritual no tiene por qué estar relacionado con la muerte, el asesinato o el sacrificio, que solo sería algo que recolectar o acumular. Los hierofantes describían un acto del que simplemente nos falta algo de contexto para comprender. Y parece que al señor Clef, aquí presente, también le falta la perspectiva necesaria.

—Como he dicho antes, ¿podrías no llamarme así? —dijo Clef.

—¿Creéis que podríamos reunir el contexto necesario del resto de las notas? —preguntó Orso. Señaló un párrafo en particular—: "El hierofante Pharnakes nunca los llamaba herramientas o dispositivos u objetos. Usaba nombres específicos como 'urnas', 'vasijas' o 'urceos', que son una especie de 'jarras', como para el agua". Está claro que tiene una relación con lo que Tomas Ziani llamó carcasa cuando se refirió al imperiat estropeado, ¿no?

—Cierto —dijo Berenice—. Y Pharnakes sigue describiendo el ritual. Hace referencia a una transacción, liberación o transferencia que tiene que tener lugar durante "el minuto olvidado" o "la hora más nueva del día". Pero no tengo ni idea de a qué se refiere con eso.

—Yo creo que eso sí está claro —dijo Orso—. Los hierofantes creían que el mundo era una enorme máquina creada por Dios. A medianoche, se podría decir que el mundo cambiaba, como si fuese un reloj enorme. Creían que había un "minuto olvidado" durante el que las normas habituales quedaban suspendidas. Al parecer, ese era el momento en el que los hierofantes tenían que forjar sus herramientas, cuando el universo les daba la espalda, se podría decir.

—Y en ese momento, algo llenaba esa jarra —dijo Giovanni—. La carcasa.

—¿Eso qué significa? —preguntó Clef, frustrado.

Silencio.

—No estoy seguro de que estemos haciendo progresos —dijo Clef.

—¿Qué más dice en esas malditas notas? —preguntó Orso. Empezó a hojear las páginas con desesperación.

—Aquí hay otro párrafo. También de Pharnakes —dijo Berenice—. "Los mortales no pueden usar la 'lingai divina'. Debido a la naturaleza de la obra del Hacedor, es inaccesible a aquellos que han nacido y que morirán, a aquellos que no son capaces de dar vida ni de quitarla, como el Hacedor". Supongo que con Hacedor se refiere a Dios.

—Pero ¿qué ocurre exactamente? —exigió saber Clef—. Esto es muy divertido, ¿eh? Me encanta leer estos extractos tan crípticos de notas, pero ¿a qué se supone que se refieren con esa maldita transacción? ¿Y qué tiene que ver la daga con la urna, la carcasa o con el idioma de ese Hacedor? Parece que están ejecutando a alguien, sí, pero ¿eso que tiene que ver con las herramientas inscritas o ese minuto olvidado?

—¿Tú no deberías saberlo? —preguntó Orso, desesperado—. ¡Tú eres uno!

—¿Tú recuerdas tu nacimiento, acaso? —preguntó Clef—. Porque estoy segurísimo de que no.

Y luego Sancia lo comprendió todo.

Comprendió cómo funcionaba el ritual, cómo los hierofantes habían fabricado sus herramientas, por qué no necesitaban glosarios para funcionar y también por qué nunca las llamaban 'herramientas'.

<Pero Clef —le dijo—. Sí que recuerdas tu nacimiento, ¿verdad?>

<¿Eh?>

<Ese recuerdo de cuando te crearon. Lo compartiste conmigo. Estabas tumbado bocarriba, en una superficie de piedra y mirabas hacia el cielo...>

Clef se quedó en silencio.

Orso fulminó a Berenice con la mirada.

—¿Por qué no dice nada? ¿Qué pasa?

—Tienes... tienes razón —dijo Clef, en voz baja—. Recuerdo cómo me crearon.

—¿Lo recuerdas? —preguntó Berenice.

—Sí —respondió Clef—. Estaba tumbado bocarriba... y luego sentí un dolor que me atravesaba de arriba abajo... y luego... me... me convertí en la llave. La llené. Me moví con ella. Colmé sus grietas y resquebrajaduras... y...

Se quedó en silencio.

—¿Y? —preguntó Orso.

Un pavor frío recorrió el cuerpo de Sancia. Sospechaba que se debía al miedo de Clef, no al suyo.

<Una carcasa —dijo ella—. Una urna. La daga. Y una liberación...>

—¿A qué te refieres? —preguntó Claudia.

—Me refiero a que no fue un sacrificio humano —dijo Clef, aún en voz baja—. No del todo.

—¿Qué? —preguntó Orso—. ¿Entonces qué fue?

—R-recuerdo el sabor del vino —susurró Clef—. Recuerdo la sensación del viento en mi espalda, el rumor de la brisa al soplar contra el trigo y también el roce de una mujer. Recuerdo todas esas sensaciones, pero ¿cómo iba a hacerlo si solo soy una llave?

Todos se lo quedaron mirando. Entonces, la boca de Berenice se abrió a causa del terror.

—A menos... a menos que no siempre hayas sido una llave.

—Sí —dijo Clef.

—¿A qué te refieres? —preguntó Gregor.

—Creo que... antes era una persona —explicó Clef—. Antes estaba vivo como vosotros..., pero luego, durante el minuto olvidado, me... me metieron aquí dentro. Me sacaron de mí mismo... y me metieron... aquí. Dentro de este artilugio. —Los dedos de Sancia se retorcieron alrededor de la llave dorada, con tanta fuerza que los nudillos se le quedaron blancos—. Las historias no dicen que los hierofantes hayan matado a nadie..., porque no lo hicieron. Arrancaban las mentes con vida de la carne y del hueso y, durante ese minuto olvidado en los confines de la noche..., las alojaban en una carcasa. En una vasija.

—Una colección de pensamientos —dijo Berenice.

Orso hundió el rostro entre las manos.

—Oh, Dios... es uno de esos vacíos legales, ¿verdad? ¡Un maldito vacío legal, por todos los beques!

—¿Un vacío legal? —preguntó Claudia.

—¡Sí! —dijo Orso—. Los sigilos Occidentales, los sigilos del mismísimo Dios, no pueden ser usados por nada que haya nacido y que vaya a morir. ¿Qué podríamos hacer, entonces? Pues tomas a una persona y la conviertes en algo inmortal, algo que no se puede decir que haya nacido y que no morirá. Hay que hacerlo durante ese momento olvidado, cuando no hay reglas impuestas. ¡Eso da acceso a unos permisos y privilegios sin parangón! ¡La realidad seguirá sin problema las instrucciones que le hayas dado a la herramienta creada, porque en cierto sentido cree de verdad que la herramienta es el Mismísimo Dios!

—Llevo atrapado aquí dentro desde hace... una eternidad —dijo Clef, en voz cada vez más baja—. He vivido más que la gente que me creó, he pasado mucho tiempo en la oscuridad..., todo porque necesitaban una herramienta para usarla. Esto no es un sacrificio humano. Es peor aún.

Y, para sorpresa de nadie, Clef rompió a llorar.

Berenice intentó reconfortarlo mientras el resto miraba, abrazó el cuerpo de Sancia mientras era Clef el que lloraba.

—No me lo puedo creer —dijo Orso—. No me puedo creer que el

descubrimiento que llevo buscando durante tanto tiempo sea... sea esta espantosa mutilación del cuerpo y alma humanos...

—Yo no me puedo creer lo que harían otras cosas si consiguiesen descubrirlo —dijo Gregor—. Se podría decir que, en cierta manera, el sufrimiento humano ya es el combustible del que se aprovecha Tevanne, pero si empezamos a usar estos métodos... no me quiero ni imaginar el coste en términos de humanidad. —Negó con la cabeza—. Los hierofantes no eran ángeles. Eran demonios.

—¿Por qué no recuerdas más sobre ti mismo? —preguntó Giovanni a Clef—. Si eras una persona, ¿por qué sigues pensando y actuando... como una llave?

—¿Por qué el bronce no es como el cobre, el estaño, el aluminio o cualquier otro de sus componentes? —preguntó Clef, entre sollozos—. Porque se ha rehecho para cumplir con otro propósito. A vosotros la llave os parece un objeto más, pero en el interior... hace cosas. Redirige mi mente, mi alma, para actuar de una forma concreta. Y ahora he empezado a recordar más cosas de mí mismo, porque... porque ha empezado a romperse.

—Y eso es lo que intenta Tomas Ziani —dijo Gregor. —Intenta rehacer a lo grande el alma humana, pero no lo ha conseguido después de muchos intentos. Y quiere fracasar más, para lo que usará cientos de personas. —Miró a Sancia—. Ahora sabemos de verdad lo que está en juego. ¿Intentarás detenerlo esta noche, Sancia? ¿Entrarás a robar en la Montaña?

Sancia volvió a recuperar el control de su cuerpo, una sensación parecida a la de una mano al meterse en un guante.

<Para evitar que algo como yo vuelva a ocurrir...>, dijo Clef en voz baja.

Sancia cerró los ojos y asintió.

Capítulo Veintisiete

Ya de noche, Berenice, Sancia y Gregor merodeaban por la parte del Ejido que se encontraba al sur del muro del campo de los Candiano. La sangre de Sancia le hervía y bullía en las venas. Solía ponerse nerviosa antes de un golpe muy importante, pero esa noche era diferente. Intentó dejar de mirar a la Montaña que se alzaba en la distancia, para no acordarse de lo diferente que era.

—Despacio —susurró Berenice detrás de ella—. ¡Tenemos tiempo antes de que llegue la barcaza!

Sancia miró y esperó. Berenice caminaba por el canal, con una caña extendida con la que arrastraba una pequeña pelota de madera por las aguas con una cuerda. Sancia veía la cápsula que se deslizaba bajo ella, pero solo un poco. Parecía estar flotando sin problema ahí abajo, lo que ya de por sí era un alivio.

—Necesito tiempo para estar segura de que eso funciona, mierda —dijo Sancia—. No me gusta nada como ataúd.

—Eso me ofende —comentó Berenice—. No te burles de mi destreza artesanal.

—No es momento para precipitarnos —comentó Gregor, que caminaba con torpeza detrás de Berenice—. Los descuidos han cavado muchas tumbas.

Llevaba una bufanda grande y un sombrero de ala ancha para ocultar su rostro lo máximo posible.

Llegaron al fin a la bifurcación del canal, donde la ruta de mercancías se desviaba del camino principal. Sancia la miró de arriba abajo y vio el lugar por donde atravesaba el muro de los Candiano para llegar al otro lado.

—La barcaza llevará una entrega de mangos, razón por la que he traído esto —dijo Berenice. Después alzó un mango pequeño y verde al que le dio la vuelta para revelar un pequeño agujero con un interruptor—. Esta es el ancla que servirá para arrastrar la cápsula.

—Muy astuto —señaló Gregor.

—Eso espero. Ojalá pase desapercibido. Lo tiraré a bordo cuando pase la barcaza.

—Bien —dijo Gregor. Después echó un vistazo a su alrededor—. Iré ahora al campo de los Candiano y prepararé el ancla para el equipo de planeo.

—Asegúrate de estar dentro del alcance —dijo Sancia—. De lo contrario, saltaré de la Montaña y me estamparé contra el suelo.

—Orso me dio la dirección exacta del cruce donde tengo que colocarla —aseguró—. Seguro que está dentro del alcance. Buena suerte a las dos.

Después se perdió en la noche.

Berenice miró por encima del hombro la circunferencia rosada de la torre del reloj de los Michiel que se alzaba en la distancia.

—Quedan unos diez minutos. Hora de prepararse.

Tomó la pelota de madera, ajustó algo en ella y la volvió a lanzar a las aguas chapoteantes, como quien intenta persuadir a un cocodrilo para que pique.

El agua que tenían a sus pies empezó a burbujear y agitarse, y luego las placas de metal negro de la cápsula brotaron despacio a la superficie.

—Mierda —susurró Sancia. Se calmó, se arrodilló y abrió la escotilla.

—Te ayudaré a entrar —dijo Berenice.

Extendió una mano y ayudó a Sancia mientras subía con torpeza a la cápsula, que de repente le parecía demasiado pequeña.

—Dios —dijo—. Si sobrevivo, voy a...

—¿Vas a qué?

—No lo sé. A hacer algo muy divertido y muy estúpido.

—Ajá —dijo Berenice—. Bueno, si quieres podríamos ir a tomarnos unas copas.

Sancia, ya sentada en la cápsula, parpadeó.

—Eh... ¿qué?

—Una copa. Ya sabes. Esas cosas llenas de un fluido que te metes en la boca y te tragas.

Se quedó mirando a Berenice, con la boca abierta y sin tener muy claro qué decir. Berenice le dedicó una leve sonrisa.

—He visto cómo me mirabas cuando íbamos del Ejido al campo. Ya sabes.

Sancia cerró la boca con fuerza.

—Ah. Sí.

—Sí. Di por hecho que lo mejor sería mantener la profesionalidad en aquel momento, pero digamos que ahora no estamos en una situación muy profesional —dijo Berenice, que miró hacia el canal sucio y apestoso que las rodeaba.

—¿Por qué? —preguntó Sancia, sorprendida de verdad.

—¿Por qué pedírtelo?

—Sí. Nadie me lo había pedido antes.

—Bueno, se podría decir que te encuentro... agradablemente rebelde.

—¿Agradablemente rebelde? —preguntó Sancia. No sabía muy bien cómo tomarse esa descripción.

—Deja que te lo explique —dijo Berenice, que empezaba a ruborizarse—. Soy una persona que pasa todo el día dentro de unas pocas habitaciones. No salgo de ellas. No salgo del edificio, de la manzana, del enclave, del campo. Así que, se podría decir que para mí eres... muy diferente. E interesante.

—¿Porque soy agradablemente rebelde?

—Pues sí.

—Sabes que la única razón por la que voy a todos esos lugares es para robar y poder comprar comida, ¿no? —dijo Sancia.

—Sí.

—Y sabes que tú, en cambio, eres capaz de albergar suficiente potencia de fuego en los bolsillos como para romper un muro, ¿no?

—Sí —dijo Berenice—, pero nunca había hecho algo así hasta que me topé contigo. —Alzó la vista—. Ahí viene la barcaza.

Sancia se tumbó en la cápsula, sacó una luz inscrita y la encendió.

—Me pensaré lo de la copa. Si sobrevivo.

—Sobrevive —dijo Berenice. La sonrisa le desapareció del gesto—. Voy a sumergir la cápsula y luego plantaré el ancla. Agárrate.

—Muy bien —dijo Sancia, que luego cerró la escotilla.

<Bueno —dijo Clef mientras ella se sentaba sola en la cápsula—. Eso no ha ido como esperaba.>

<Sí, no veas. Yo...>

No le dio tiempo a terminar de pensar, ya que sintió que el estómago le daba un vuelco cuando la cápsula empezó a descender de repente y a hundirse hacia el fondo del canal.

—¡Mierda! —susurró. Oyó cómo el agua burbujeaba y bullía a su alrededor, sonidos amplificados en esa pequeña cápsula. Demasiado pequeña—. ¡Mierda, mierda, mierda!

<No te preocupes —dijo Clef—. Esta cosa está muy bien construida. Estás a salvo. Limítate a respirar con normalidad.>

<¿Eso me relajará?>

<Pues sí. Y también te ayudará a no quedarte sin aire tan pronto.>

Sancia cerró los ojos e intentó respirar con normalidad.

<¿Estás lista, niña? —preguntó Clef, emocionado—. ¡Esta noche vamos a abrir la mayor caja fuerte del mundo! ¡Mayor que una manzana de la puñetera ciudad!>

<Pareces muy emocionado para estar muerto.>

<Oye. Técnicamente no estoy muerto, solo me estoy muriendo. Tengo que aprovechar las oportunidades para divertirme.>

Sancia suspiró mientras oía cómo la barcaza surcaba las aguas sobre ellos.

<Atrapada en un ataúd debajo del agua, con un hombre muerto metido dentro de una llave. ¿Cómo narices me las apaño para meterme en estos líos?>

Sintió un leve tirón, y la cápsula empezó a avanzar despacio mientras arañaba el lecho del canal.

<Ahí vamos>, dijo Sancia.

Se quedó allí tumbada, oyendo el ruido de la cápsula al rasguñar por el barro y la piedra. Esperó.

Pasó una hora, puede que dos. Se preguntó, ociosa, si aquello sería lo que se siente al estar muerto.

"Si se empieza a filtrar el agua aquí dentro y muero, ¿llegaré a darme cuenta?".

La cápsula se detuvo al fin. Y Sancia dijo:

<Clef, ¿notas algo ahí arriba?>

<Hay objetos inscritos a bordo de la barcaza. Y supongo que la barcaza en sí también lo es. Creo que han empezado a descargar la mercancía.>

<Eso es que ya hemos llegado. Esperemos que no haya nadie pescando cuando salga al exterior.>

Pulsó el interruptor que había en la escotilla de la cápsula. El contenedor de metal empezó a flotar despacio y con torpeza en dirección a la superficie.

Sancia abrió la escotilla y echó un vistazo rápido al exterior. Se encontraban flotando junto a una pasarela de piedra que recorría el canal y estaba al sur del embarcadero de la Montaña. Salió a la pasarela de piedra, cerró la puerta detrás de ella y pulsó un interruptor que había por fuera. La cápsula se hundió en silencio hasta el fondo.

Echó un vistazo alrededor. Nadie gritaba ni había dado la alarma. Estaba vestida con los colores de los Candiano, por lo que no llamaba la atención, y los únicos que se encontraban a su alrededor era la tripulación de la barcaza, dedicada a descargar la mercancía.

Y entonces vio la montaña.

—Oh... Dios mío —susurró.

La Montaña se erigía en el cielo nocturno frente a ella; se alzaba en la noche como el humo del incendio de un bosque. Brillaba más que una antorcha de magnesio, y unos focos iluminaban la superficie de piedra negra en la que destacaban unas pequeñas ventanas circulares que parecían las portillas de un barco. La impresión hizo que el estómago le diese un vuelco.

"El piso treinta y cinco tiene que estar en algún lugar ahí dentro —pensó—. El lugar al que tengo que llegar. Y el lugar desde el que saltaré. Dentro de poco".

<El jardín —dijo Clef—. La puerta. Rápido.>

Sancia avanzó por la calle hasta que vio la entrada del jardín, un enorme arco de piedra blanca que sobresalía por encima de una pared de setos un tanto descuidada. Unos faroles flotantes también blancos flotaban lánguidos y formando círculos sobre el lugar. Echó un vistazo alrededor antes de entrar.

El jardín rodeaba las paredes de la parte inferior de la montaña, lo que hacía que pareciese un patio bastante pintoresco construido al pie de un acantilado. Los setos recortados, las estatuas y los edificios llamativos tenían un aspecto extraño e inquietante entre esos jardines verdes y escalonados, iluminados por las oleadas de luz blanca y quebradiza de los faroles.

<Aquí hay guardias —dijo Clef—. Tres de ellos. Caminan entre los setos. Ten cuidado.>

En teoría, cualquier habitante del lugar podía usar el jardín, pero Sancia prefería no arriesgarse. Siguió las instrucciones de Clef y evitó las patrullas lentas de los guardias hasta que encontró el puente de piedra, que se arqueaba sobre un arroyo pequeño y burbujeante. Tocó la placa de metal frío que llevaba en el bolsillo. Aquella iba a ser la primera vez que ponía a prueba la sangre que les había dado Estelle Candiano.

Esperó hasta que el camino estuvo despejado y luego recorrió la orilla del arroyo hasta llegar al puente. A medida que se acercaba, empezó a formarse una línea de una redondez perfecta en la superficie de piedra lisa. Y, sin hacer ruido alguno, aquel tapón de piedra redondo se separó del puente y rodó a un lado.

<Guau —dijo Clef—. ¡Eso ha sido impresionante! El escriba que haya hecho esto es magistral, niña.>

<Eso no me tranquiliza, Clef.>

<Oye, hay que reconocer un trabajo bien hecho.>

Sancia se deslizó a través del hueco redondo, que volvió a cerrarse en silencio una vez lo había cruzado. Se encontraba en lo alto de un tramo de escaleras que bajaba hasta llegar a un túnel recto de piedra lisa y gris por cuyas paredes destacaban unas luces blancas y relucientes que se perdían en la distancia.

Descendió por los escalones y empezó a recorrer el pasillo.

<Este es mucho mejor que la mayoría de los túneles que he tenido que atravesar.>

<Sí. No hay ni mierda ni ratas ni serpientes, ¿verdad?>

<Verdad. —Sancia siguió caminando. El final del túnel no parecía estar cerca—. Pero la verdad es que prefiero los otros. —Miró las paredes lisas de piedra gris—. Esto me da miedo. ¿Queda mucho para cruzarlo?>

<No te sabría decir, por lo que supongo que sí que queda mucho.>

Sancia siguió caminando. Y caminando. Le daba la impresión de avanzar en la nada.

Después Clef alzó la voz:

<Guaaaaaau...>

<¿Qué? ¿Qué pasa ahora?>

<¿No lo has sentido?>

<¿No? ¿Sentir el qué?

<Acabamos de cruzar una... una barrera de algún tipo.>

Sancia miró por encima del hombro, y no vio marca ni barrera alguna en la piedra lisa y gris.

<No veo nada.>

<Bueno, tú confía en mí. La hemos cruzado. Estamos en un... lugar. Creo.>

<¿En la Montaña?>

<No tengo ni idea, niña.>

Después de unos diez minutos más, llegó al fin al pie de otro tramo de escaleras que ascendía, aunque estas eran en espiral en lugar de rectas. Subió y subió hasta que llegó a lo alto, donde terminaban en una pared vacía.

Un susurro incontenible se apoderó de su mente a medida que llegaba a la parte superior. Vio un pomo que había en un lado de la pared, pero hizo una pausa antes de girarlo.

<¿Hay alguien al otro lado de la pared, Clef?>

<Eh... no.>

<¿Qué hay al otro lado, Clef?>

<Muchísimas cosas. Ya verás.>

Sancia giró el pomo. En ese momento volvió a aparecer en la piedra una línea, que luego se transformó en un tapón que rodó a un lado para dejarla pasar. Pero detrás de él no había nada... o eso es lo que le pareció al principio, al menos. Le dio la impresión de estar viendo un pedazo de tela. Después recordó: "escondió la entrada detrás de una especie de tapiz". Lo empujó a un lado y cruzó la abertura.

Salió a un pasillo de piedra fastuosa de una tonalidad verde oscuro, alto y adornado con molduras de oro que recorrían la parte superior. Unas puertas de madera blanca punteaban el pasillo a ambos lados, todas perfectamente circulares y con pomo de acero negro en el centro. Sin duda se trataba del ala residencial de la Montaña, y había una especie de luz muy brillante al fondo del pasillo.

Sancia se dirigió hacia ella. Después vio lo que había al otro lado y soltó un grito ahogado.

Se dio cuenta de que la montaña era una carcasa gigante. Y que estar dentro de ella era lo mismo que estar dentro de algo vaciado...

Sí. Dentro de una montaña vaciada.

Vio los pisos y más pisos que había al otro lado, todos dorados, verdes y relucientes, cubiertos de ventanas donde la gente del interior vivía, trabajaba y se esforzaba. Ella se encontraba cuatro pisos por encima del principal, que era indescriptiblemente vasto y estaba iluminado por unos faroles flotantes enormes esculpidos en vidrio y cristal. Unas columnas grandes de bronce se alzaban en formación escalonada a través del suelo de mármol, y algunas parecían moverse, deslizarse arriba y abajo. Sancia tardó un momento en darse cuenta de que las columnas en realidad estaban huecas y tenían unos pequeños habitáculos en el interior que subían o bajaban para llevar a las personas a los pisos superiores.

"Esos tienen que ser los ascensores que mencionó Orso", pensó.

Unas banderolas muy grandes colgaban entre los pisos, con el logotipo dorado de los Candiano brillando al resplandor de las luces inscritas de debajo. Todo conformaba una pared circular de iluminación, color y movimiento.

Era otro mundo, tal y como había dicho Orso. Y todo era posible gracias a...

Notó un calor muy intenso en un lado de la cabeza y empezaron a llorarle los ojos. Apretó los dientes a medida que percibía el sonido de todas esas inscripciones, sonido que la taladraba y que le carcomía la cabeza.

<Bien. Aguanta>, dijo Clef.

<Es... ¡es demasiado, Clef! —gritó—. ¡Demasiado, demasiado! ¡No lo soporto! ¡No lo soporto!>

<¡Aguanta! ¡Aguanta! —dijo Clef—. Tus talentos conforman una conexión bidireccional. Puedo compartir tu mente, igual que puedo mostrarte mis pensamientos. Veamos si puedo aligerarte un poco el dolor...>

La erupción de murmullos resonó para luego empezar a reducirse muy rápido, hasta que alcanzó un nivel soportable, sin llegar a desvanecerse del todo.

Sancia suspiró, aliviada.

<¿Qué has hecho, Clef?>

<Es parecido a los canales —explicó él—. Cuando uno se llena demasiado, vierte el agua en otro. Pues ahora todo ese ruido ha recaído en mí. Dios... sabía que era duro, pero no tanto, niña.>

<¿Estás bien? ¿Puedes soportarlo?>

<Por el momento.>

<¿Te hará más daño?>

<Todo me hará más daño. Vamos. Dejemos de perder el tiempo y vamos.>

Sancia se puso en pie, respiró hondo y empezó a recorrer la Montaña.

Gregor atravesó con cuidado los caminos exteriores del campo de los Candiano. Se limitó a recorrer los extremos de las calles, oculto entre las sombras. Era una experiencia un tanto extraña, porque nunca había pasado demasiado tiempo en otros campos.

Vio frente a él los cruces que había descrito Orso. Se dirigió hacia ellos a través de una pequeña plaza, pero después hizo una breve pausa.

Giró a la derecha de repente y se alejó de los cruces. Se acercó a una pequeña callejuela, llegó hasta el umbral de una puerta y se detuvo para mirar la plaza y las calles que lo rodeaban.

No había nadie. Pero sintió la sensación abrumadora de que

alguien lo estaba siguiendo. Notó movimiento en algún lugar, por el rabillo del ojo.

Esperó sin moverse.

"Puede que sean imaginaciones mías —pensó. Esperó un poco más—. Tengo que darme prisa. Si no, Sancia saltará de la Montaña sin tener un lugar donde caer".

Se dirigió de nuevo hacia los cruces y empezó a instalar el ancla entre los adoquines.

Lo que más impresionó a Sancia de la Montaña no era solo lo enorme que era, sino también lo vacía que estaba. Atravesó salas de banquetes con techos abovedados grandes y vacías, jardines interiores con faroles rosados que flotaban en círculos, oficinas inmensas llenas de filas y filas de escritorios; y la mayoría estaban vacíos, ocupados tan solo por una o dos personas. Había oído rumores de que la Montaña estaba encantada, pero quizá solo diese esa impresión porque estaba casi abandonada.

<Sí que es verdad que los Candiano están en las últimas.>

<Ya te digo.>

Sabía que tenía que encontrar un ascensor y que tenía que usarlo sin llamar la atención. Terminó por encontrar una zona más poblada de la Montaña, llena de residentes y empleados. Pasaban junto a ella a toda velocidad e iban de un lado a otro en sus quehaceres diarios, ignorándola. Pero era normal si tenía en cuenta que Orso le había dado la ropa de una funcionaria de rango medio.

Vio unos jóvenes de apariencia importante y empezó a seguirlos hasta que llegaron a un ascensor. Se quedaron por el lugar, a la espera de que llegase el pequeño habitáculo y mientras hablaban con tono aburrido. Las puertas de bronce y redondeadas se abrieron al fin, seguro que después de que comprobasen su sangre y confirmaran que era la adecuada. Entraron sin dejar de hablar ni de gesticular. Después se cerraron las puertas y el ascensor se dirigió a los pisos superiores.

<Tomaré el siguiente>, dijo Sancia.

<Este lugar es... extraño>, dijo Clef.

<Sí. Ya te digo.>

<No, lo digo en serio. Siento una presión, como si nos encontrásemos en un lugar con demasiado aire. Es difícil de explicar y ni siquiera estoy seguro de llegar a comprenderlo.>

Las puertas del ascensor volvieron a abrirse y Sancia entró en él. Vio un panel de bronce junto a la puerta con un dial redondo en medio. El dial tenía números que iban del uno al quince, y estaba colocado señalando el tres.

<No llega hasta arriba del todo.>

<Pues supongo que lo mejor será subir lo máximo posible.>

Sancia giró el dial hasta el quince, momento en el que se cerraron las puertas y el ascensor empezó a subir.

<Pues solo tenemos que seguir tomando ascensores hasta que lleguemos al treinta y cinco —dijo Clef—. Fácil. O eso espero.>

Ascendieron en silencio.

Después Sancia oyó una voz. Sonaba a como cuando oía la de Clef, pero estaba segura de que no era la suya. Era la voz de un anciano arrogante, cuyas palabras resonaban en su cabeza mientras decía:

<Siento una presencia. Pero... desconocida.>

Sancia estuvo a punto de perder el equilibrio a causa de la sorpresa. Echó un vistazo alrededor y confirmó que estaba sola en el ascensor.

<¿Clef? —preguntó—. ¿Qué narices ha sido eso? ¡Qué narices ha sido eso!>

<¿También la has oído? —dijo él. Sonaba igual de sorprendido que ella—. ¿La voz?>

<¡Sí! ¿Sabes si...? ¿Sabes si ha pasado algo así alguna...?>

<Palabras... oigo palabras... —estalló la voz del anciano—. He encontrado una presencia... la he ubicado. Un ascensor. ¿Subiendo?>

<Oh, oh>, dijo Clef.

Las puertas del ascensor se abrieron. Sancia salió en el piso quince, que parecía ser más industrial que residencial. Todo era de una piedra gris y lisa, con puertas de acero y cañerías. Un cartel en la parte superior decía "Área de inscripción 13".

Pero Sancia no tenía ni idea de lo que estaba ocurriendo. Alguien les hablaba a ella y a Clef. Alguien los había oído, al parecer, como si fuesen dos personas en una taberna. Era una locura.

<¿Destino? —preguntó la voz del anciano. Hablaba con un tono severo y entrecortado, como un loro que hubiese aprendido a imitar las palabras—. ¿Propósito? ¿Por qué estáis dentro de mis fronteras?>

<¿Cómo es posible, Clef?>, preguntó Sancia.

<No lo sé —dijo él—. Normalmente, tengo que tocar objetos inscritos para oírlos hablar...>

<¿Eso es lo que crees que es? ¿Un objeto inscrito?>

<Bueno, pues...>

<No eres... No eres Tribuno Candiano —dijo la voz del anciano—. No podía verter palabras en mí directamente. Solo pronunciarlas... sí. Así no.>

<Mierda —dijo Sancia—. ¡Mierda!>

Dobló una esquina y siguió a un grupo de escribas que se dirigían a otro ascensor. Miró en el interior y vio que ese se dirigía a los pisos inferiores. Siguió caminando.

<Pero la presencia lleva la marca de Tribuno —dijo el anciano—. Su señal. ¿Cómo es posible?>

Sancia recorrió un pasillo largo, empujó una puerta, cuya cerradura se abrió al momento para ella, y se encontró de repente en lo que parecía una especie de fiesta, llena de escribas bebiendo ron de jarras mientras un grupo de mujeres, la mayoría con poca ropa, tocaba flautas e instrumentos de viento.

<Confirmación —dijo el anciano—. Se ha localizado una presencia secundaria en los aposentos de Tribuno Candiano. ¿Quién es esa otra presencia?>

Los escribas ignoraron a Sancia gracias a su ropa. Pasó junto a ellos, salió por la puerta que había en el otro extremo de la estancia y empezó a buscar un ascensor a la desesperada.

Se encontraba en un pasillo corto que tenía una puerta abierta en el otro extremo.

<No>, estalló la voz del anciano.

La puerta del fondo se cerró de repente. Sancia se quedó mirándola, y luego se dio la vuelta para intentar volver a abrir la misma por la que acababa de salir. Pero estaba cerrada.

<Indicar identidad —exigió la voz del anciano—. Y naturaleza—. Y enseguida, aunque la frase anterior tenía una sintaxis extraña y

vulgar, la pregunta que se oyó a continuación sonó genuina y hasta apasionada—. ¿Eres...? ¿Eres una de ellos?>

<Úsame en la puerta del fondo —dijo Clef—. ¡Rápido!>

Sancia corrió hacia la puerta cerrada y rozó a Clef contra el pomo, ya que la puerta no tenía cerradura, al igual que muchas de las que había en la Montaña.

<Es... Es raro —dijo Clef—. No tengo que hacer nada porque la puerta no puede resistirse a ti. Cree de verdad que eres Tribuno, pero la han puesto en espera. Aguarda diez segundos y prueba con el pomo.>

Sancia lo hizo. La puerta se abrió, y al otro lado había un tramo de escaleras que subían. Corrió por ellas a toda prisa, subiendo los escalones de tres en tres.

<Extraño —dijo el anciano—. Anómalo.>

Sancia siguió corriendo por las escaleras.

<Nunca había tenido en mi interior una presencia así —dijo la voz—. ¿Dos mentes en una? ¿Cómo es posible?>

<¿Clef?>, dijo Sancia.

<¿Sí?>

<¿Me estoy volviendo loca o la que habla es la puta Montaña?>

Clef suspiró cuando llegaron a la parte superior de las escaleras.

<Sí, sí. Creo que es la Montaña.>

Sancia echó un vistazo alrededor para ver hacia dónde dirigirse.

<¿Qué hacemos ahora?>

<No lo sé. Pero creo que esto es mucho más que un edificio>, dijo Clef.

<¿Crees que puede hacerme daño?>

<No estoy seguro. No lo creo. Y tampoco estoy seguro de que quiera hacerlo.>

<¿Cuál es la naturaleza de esta presencia? —preguntó la voz, la Montaña, supuso Sancia—. Nadie me ha hablado nunca directamente. ¿Será la presencia un... hierofante? Hay que confirmar.>

<¿Hierofante? —dijo Sancia—. Pero ¿qué está pasando?>

Sancia eligió un pasillo al azar y empezó a atravesarlo. Berenice y Orso le habían dicho que era posible que la Montaña notase su presencia en algún momento, pero no creía que fuese a ocurrir tan rápido.

<Di el destino, al menos>, dijo la Montaña, resignada en cierta manera.

<Queremos subir>, dijo Clef.

<¡Clef!>, gritó Sancia, estupefacta.

<¿Qué? Nos oye y sabe dónde estás. ¡Terminará por darse cuenta!>

<Si el destino es arriba, avanza por la tercera a la derecha. El camino llevará a la presencia a los pisos superiores>, dijo la Montaña.

Sancia dobló por la tercera a la derecha y vio un pasillo enorme que terminaba en un ascensor.

<Continúa>, dijo la Montaña.

<¿Cómo sé que no nos llevas a una trampa?>, preguntó Sancia.

<No podría —respondió la Montaña—. Llevas la señal de Tribuno Candiano, lo que restringe mis acciones. No puedo alertar a nadie de la ubicación de Tribuno y tengo que protegerlo a toda costa. Fueron sus órdenes cuando me creó.>

Sancia empezó a caminar hacia el ascensor.

<¿Tribuno te creó? ¿Fabricó...? ¿Fabricó tu mente?>

<Crear, no. Iniciar, sí.>

La puerta del ascensor se abrió para ella. El habitáculo empezó a ascender, antes siquiera de que hubiese tenido la oportunidad de indicar a qué piso quería ir.

<¿Tu naturaleza es la de los Antiguos? —susurró la Montaña—. Tienes que decirme. Tienes... es una de mis reglas. Saberlo es mi propósito.>

Ignoraron la voz mientras ascendían.

<No es justo —dijo la Montaña en voz baja—. No es justo que siga estando tan cerca de cumplir mi propósito. Pero me elude...>

Se abrieron las puertas del ascensor, pero no apareció frente a Sancia ni un pasillo, ni una estancia ni un balcón. Lo que apareció frente a ella fue una llanura amplia y llena de arena con un cielo negro moteado de pequeñas estrellas blancas. En el centro de la llanura había un obelisco alto y de piedra negra cubierto por unos grabados muy extraños.

—¿Qué cojones? —susurró Sancia.

<No es real —dijo Clef—. Es como el fondo de un escenario.

Un techo pintado de negro con luces inscritas integradas, muy pequeñas. Sospecho que la arena también es importada. Como un jardín.>

<Cierto —dijo la Montaña—. Pero el obelisco es real, traído de los desiertos de Gothian, donde los Antiguos rehicieron el mundo.>

Sancia echó un vistazo nervioso por la llanura de arena y empezó a caminar. El susurro de sus pasos resonaba estruendoso en la estancia vacía.

<Hay una puerta al otro lado —susurró Clef—. Te ayudaré a encontrarla.>

<Él solía vivir aquí —dijo la Montaña—. Hace mucho tiempo. ¿Lo sabía la presencia?>

Sancia negó con la cabeza, estupefacta mientras cruzaba aquella extraña llanura de arena. Le daba la impresión de que la Montaña no era hostil con ellos, sino que parecía estar muy sola y tener muchas ganas de hablar con alguien. También sospechaba que la había traído a aquel lugar tan extraño y falso por una razón. Era como un anfitrión de una fiesta que enseña un cuadro a uno de sus invitados. Quería hablar sobre el lugar.

<¿Tribuno? —preguntó—. ¿Venía aquí?>

<Sí. Creó este lugar. Venía y se colocaba frente al obelisco para... reflexionar —dijo la Montaña—. Pensar. Y hablar. Yo escuchaba. Escuchaba todo lo que decía. Y aprendí a imitar sus palabras.>

<¿Por qué te creó Tribuno Candiano?>, preguntó Sancia.

<Para atraer a un hierofante>, respondió la Montaña.

<¡Qué! —dijo Clef—. ¡Eso es una locura! ¡Los hierofantes están todos muertos!>

<Falso —dijo la Montaña—. Los hierofantes no pueden alcanzar ese estado. Es algo que Tribuno descubrió con sus investigaciones. Mirad el obelisco. Hacedlo.>

Sancia hizo lo que le pedía la Montaña. Al principio no había nada en él que le resultase familiar, pero...

En uno de los lados había un rostro esculpido. El de un anciano, adusto y de pómulos marcados, y debajo de él había una sola mano que aferraba una vara corta, una varita quizá. Debajo de la imagen se destacaba un símbolo que a Sancia le resultaba familiar: la mariposa o la polilla. Lo había visto en la cabeza de la llave que era Clef, y también en el grabado de los hierofantes del taller de Orso.

—Crasedes el Grande —dijo Sancia.

<Sí —convino la Montaña—. Se cambió a sí mismo. Se alteró con sus investigaciones para convertirse en alguien incapaz de morir. Magnus no puede morir. Él y los suyos no pueden alcanzar el estado de la muerte. Sobreviven de otra manera, deambulando por el mundo. Tribuno me creó para atraerlos, como polillas a la luz...>

Sancia encontró la puerta y la abrió. Empezó a salir, pero de inmediato gritó y trastabilló hacia detrás.

La puerta daba a un pequeño balcón con barandilla que se encontraba en lo alto del enorme espacio vacío que había visto al principio. Estaba a decenas de metros sobre el suelo. De haber corrido, podría haberse tropezado por encima de la barandilla y caído directa a su muerte.

—¡Podrías haber dicho lo que había detrás de la puerta! —dijo en voz alta.

<No hubiese permitido tu muerte>, dijo la Montaña, con cierto tono de disculpa.

Sancia volvió al balcón y vio que había una pequeña pasarela que rodeaba la pared curvada y recorría esa estancia enorme y vacía. Había una puerta en el otro extremo, y Sancia empezó a dirigirse hacia ella.

<Dios. Este lugar es enorme>, dijo.

<Sí —dijo la Montaña—. Soy vasto. Me construyó así. Necesitaba ser así para conseguir mi propósito.>

<¿Te construyó para ser un dios?>, preguntó Sancia.

<¿Un dios? ¿Cómo el que forjó Crasedes Magnus? —El tono de voz indicaba que la Montaña se estaba divirtiendo—. No. Pero sí una mente. Pero... ¿cómo crear una mente? ¿Para crear pensamientos? ¿Cómo crear el habla? Difícil. Se necesitan ejemplos. Muchos, muchos, muchos, muchos, muchos ejemplos. Miles. Millones. Miles de millones. Por lo que él... amplió mi propósito.>

<¿A qué te refieres? —preguntó Sancia—. ¿Cómo que amplió tu propósito?>

<Muchos creen que no soy más que paredes —explicó la Montaña—. Y suelos. Y ascensores y puertas. Pero Tribuno entrelazó sigilos en mis fronteras, en mis huesos... y, al terminar, me convertí en algo... diferente.>

<¡Ah! —gritó Clef, de repente—. ¡C-Creo que lo sé! ¡Creo que sé lo que eres! Dios... es difícil de creer...>

—¿A qué te refieres, Clef? —preguntó Sancia.

<Te dije que había sentido que cruzábamos una especie de barrera en el túnel, ¿verdad? —dijo Clef—. Y que sentí la presencia de este lugar, como si me encontrase a mucha profundidad debajo del mar... y que solo puedo conversar con un objeto cuando me está tocando, ¿no? Pero... ¿y si lo estuvieses tocando mientras te encuentras en cualquier lugar dentro de los límites de la Montaña?>

<Te refieres a que...>

<Sí. La Montaña no es el edificio. Es el edificio y todo lo que hay en su interior. ¡Se podría decir que Tribuno inscribió una parte de la realidad para que actuase como un dispositivo!>

<¡Qué! ¡Eso es imposible, por todos los beques! —dijo Sancia—. ¡No se puede inscribir la realidad igual que lo haría con un botón o una placa!>

<Claro que puedes —aseguró Clef—. Las inscripciones cambian la realidad de los objetos, ¿no es así? Entonces... ¿por qué no hacer un objeto muy grande, como una burbuja enorme o una cúpula? Después solo tienes que diseñarlo para que sea sensible a todos los cambios y transacciones y fluctuaciones que tienen lugar en su interior. Puedes enseñarle a percibir los cambios, registrarlos, y luego, poco a poco, enseñarle a aprender.>

<¡Pero esas cosas no se pueden hacer con la inscripción! —dijo Sancia—. La inscripción puede cambiar la realidad física, pero... ¡pero no puede crear una mente!>

<Pero puede que haga algo muy parecido —dijo Clef—. Con unos diseños lo bastante poderosos. Y Tribuno estuvo cerca, ¿no? Con seis glosarios, todos diseñados específicamente por Candiano para conseguir dicho propósito.>

<Sí —dijo la Montaña—. Yo soy este lugar. Todo lo que hay en el interior está dentro de mí. Pero no ejerzo un control total. Igual

que la gente no tiene un control total sobre su corazón o sus huesos. Puedo... desviarlos un poco. Redirigirlos. Retrasarlos. Aplicar presión, como has dicho. Y también escucho. Veo. Aprendo. Un niño mira a los adultos para aprender lo que es estar vivo. Yo he visto dicho fenómeno. He visto a los niños nacer, crecer o morir en mi interior, miles y miles de veces. Y también he sido como un niño. He aprendido. Me he creado de la nada.>

Sancia miró los anillos y anillos de pisos que tenía debajo.

<Quería... quería probarlo, ¿verdad? —preguntó—. Tribuno quería probar que los hierofantes aún estaban vivos y vigilaban el mundo. Quería llamar su atención, demostrarles que podía hacer las mismas cosas que ellos, crear una mente artificial. Y es posible que así ellos quisiesen hablar con él.>

<Sí.>

<Como... como un ave tejedora que prepara el nido para atraer a su pareja>, dijo Clef.

Sancia siguió caminando por la pasarela hasta llegar a la puerta. La atravesó y se encontró en una especie de pasillo de mantenimiento.

<Pero no funcionó —dijo Sancia—. Dijiste que no habías cumplido con tu propósito. No vino ningún hierofante.>

<No>, dijo la Montaña.

Sancia atravesó el pasillo y encontró otra puerta, que abrió para llegar a otro corredor de mármol.

<Pero a lo mejor sí>, susurró la Montaña.

Sancia se detuvo.

<¿A qué te refieres con eso de "a lo mejor sí"?>, preguntó.

<¿Quieres decir que estuviste cerca de un hierofante?>, preguntó Clef.

<Es... es posible>, dijo la Montaña.

Sancia continuó hasta que encontró un ascensor que subía hasta el piso cuarenta. Respiró hondo, aliviada, y giró el dial para marcar el treinta y cinco.

<¿No sabes con seguridad si conociste o no a un hierofante?>, preguntó Clef.

<En una ocasión, hubo... algo en mi interior —dijo la Montaña—. Lo trajeron unos hombres... Ese hombre nuevo.>

<¿Tomas Ziani?>

<Sí, él —. A la Montaña no parecía gustarle mucho, por la manera en la que sonaban sus palabras—. Era extraño... sentí una mente. De un tamaño imposible, enorme y poderosa. Pero... pero no se dignó a hablar conmigo. Por mucho que le supliqué. Después se la llevaron. Ahora desconozco su ubicación.>

Se abrieron las puertas del ascensor. Sancia salió al piso treinta y cinco. Era uno lleno de oficinas, diferentes de las que había visto hasta ahora. Eran enormes, de casi dos pisos de altura. También tenían un empapelado suntuoso y complicado, unas puertas enormes de piedra y metal y zonas de espera muy lujosas.

<¿Esa cosa era un artefacto?>, preguntó Clef.

<Uno de los Antiguos... quizá>, respondió la Montaña.

<Otro artefacto... Uno capaz de hablar, como yo... —pensó Clef—. Dios. Me encantaría verlo.>

<¿Cómo tú? —preguntó la Montaña—. ¿También...? ¿También eres un artefacto?>

<Sí —respondió Clef—. Y no. Ahora soy diferente. Creo que tú y yo somos muy parecidos... dos instrumentos que han perdido a su creador y han alcanzado un estado diferente que no se esperaba de ellos.>

<¿Por dónde se va a la oficina de Ziani?>, preguntó Sancia.

<Recto —dijo la Montaña, aunque ahora sonaba distraída e impaciente—. Ahora a la izquierda. Me gustaría confirmar. ¿Eres un objeto?>

<Sí>, respondió Clef.

<¿De los hierofantes?>

<Sí...>

<Y me ha parecido sentir que... ¿eres una llave?>

<Eso mismo.>

Sancia continuó avanzando hasta que la encontró: una puerta enorme y negra con un marco de piedra. Y, junto al marco, una placa que rezaba: "Tomas Ziani. Presidente y primer oficial".

Intentó abrirla. No tuvo problema alguno, y supuso que se debía a la sangre que llevaba con ella. Entró.

Se detuvo y empezó a mirar. La oficina de Ziani era... inusual. Todo estaba fabricado con una piedra oscura y pesada, imponente, intimidatoria y amenazadora, hasta el escritorio. No vio ninguno de los diseños ingeniosos ni los materiales coloridos de las otras estancias. En aquel lugar no había nada convencional, a excepción de la puerta lateral que daba al balcón.

Pero Sancia se dio cuenta de que le resultaba familiar. ¿No había visto antes un lugar así?

Sí que lo había visto. La estancia tenía casi el mismo aspecto que la sala dibujada en el grabado de Crasedes el Grande, aquel que había visto en el taller de Orso, donde los hierofantes se encontraban frente a un ataúd del que surgía la forma de... algo.

—La sala del centro del mundo —susurró. Era la única explicación para que hubiese esos enormes pedestales de piedra y unas ventanas gigantescas y arqueadas...

Después recordó:

"Este solía ser el despacho de Tribuno".

<¿Eres de Crasedes? —susurró la Montaña—. ¿Eres su herramienta?>

<S-supongo que no lo sé>, respondió Clef.

Sancia echó un vistazo a su alrededor y se preguntó dónde habría escondido Ziani el imperiat. No había muchas estanterías, solo ese escritorio de piedra enorme en el centro. Se acercó a él y empezó a rebuscar en los cajones. Todos estaban llenos de cosas del todo normales, como papeles, plumas y tinteros.

—Vamos, vamos —susurró.

<¿Eres su llave? —susurró la Montaña—. ¿O... su varita?>

<¿Su qué?>, preguntó Clef.

<La varita de Crasedes. ¿La conoces?>

<Sí, claro —dijo Clef—. He oído mencionarla.>

<Pues es una traducción errónea —explicó la Montaña—. Suele pasar.>

<¿De qué hablas? —preguntó Clef—. ¿Cómo que una traducción errónea?>

<Tienes que haber oído las historias de Crasedes el Mago, que usaba su varita para alterar el mundo —explicó la Montaña—. Pues son incorrectas. Aún persisten muchos errores, traídos del gothiano antiguo al traducirlo al gothiano actual. En el idioma antiguo, la

palabra que se usaba para 'varita' solo tiene una letra diferente a la que se usaba para 'llave'.>

Sancia se quedó quieta.

—¿Qué? —gritó en voz alta.

<¿Qué?>, preguntó Clef, con voz ahogada.

<Sí —dijo la Montaña—. Tribuno no pensaba que Crasedes hubiese usado una varita, sino una llave. Una llave dorada. Y la usaba igual que un relojero usa la suya, para dar cuerda y desatornillar la gran máquina de la creación. Por ello, tengo que preguntártelo. ¿Eres la llave de Crasedes Magnus?>

Sancia se quedó en pie en el despacho, estupefacta.

—Clef... —susurró—. ¿De qué habla?

Clef se quedó en silencio durante muchísimo tiempo.

<No lo sé —dijo al fin en voz baja—. No lo recuerdo>.

<Crasedes dijo que su llave podría atravesar cualquier barrera y abrir cualquier cerradura —continuó la Montaña—. Y que, cuando la tenía en la mano, podía desenredar la mismísima creación.>

Sancia empezó a marearse. Se sentó despacio en el suelo.

—Clef... ¿eres...?

<No lo sé>, dijo con voz frustrada.

—Pero... Podrías ser...

<¡He dicho que no lo sé! ¡NO LO SÉ! ¡NO LO SÉ!>

Se quedó allí sentada y desconcertada. Había oído muchas historias sobre cómo Crasedes el Grande había tocado una piedra con su varita para obligarla a bailar. O tocado los mares con la punta y dividido las aguas. Y ahora cabía la posibilidad de que no lo hubiese conseguido con ese absurdo palito mágico, sino con su amigo, la persona que la había salvado una y otra vez...

<¡Ya basta de especular, carajo! —dijo Clef. Parecía enfadado—. ¿Dónde está el imperiat?>

<¿Imperiat? —dijo la Montaña, que parecía sorprendida—. ¿Era eso lo que buscabais? ¿El otro artefacto?>

—¡Sí! —dijo Sancia.

<El imperiat suele guardarse en una trampilla que hay detrás del escritorio>, dijo la Montaña.

—¡Una trampilla! —dijo Sancia—. ¡Claro!

Se puso en pie de un salto y corrió hacia la mesa de piedra.

<Pero el imperiat no está aquí ahora>, dijo la Montaña.

Sancia se detuvo.

—¿Qué? ¿Dónde está?

<Ziani se lo ha llevado.>

El estómago le dio un vuelco.

—¿S-se lo ha llevado al campo? ¿No está? ¿Hemos hecho todo esto para nada?

<No. El imperiat no está en el campo —aseguró la Montaña—. Ziani lo tiene aquí, en mis profundidades.>

<¿Dónde está Ziani?>, preguntó Clef.

<Al principio, lo tenía en un despacho dos pisos debajo de este —explicó la Montaña—. Pero cuando entraste en su despacho, sentí... sentí que lo había traído a este piso.>

Sancia se quedó de piedra mientras lo escuchaba.

—¿Que hizo qué?

<Tomas Ziani tiene el imperiat en este piso —dijo la Montaña—. A unos once despachos de este por el pasillo.>

<Y... ¿sabes si hay alguien vigilándolo?>, preguntó Clef.

<Sí>, respondió la Montaña.

Sancia tragó saliva.

—¿Cuántos? —gruñó—. ¿Están armados?

<Catorce. Y sí. Y ahora..., vienen de camino hacia aquí.>

Sintió que todo a su alrededor se volvía distante y vago.

—Oh, Dios —susurró Sancia—. Dios mío. Dios mío... es... es una trampa. Era una trampa. ¡Todo era una trampa!

<¿Podrías ayudarla a salir? —preguntó Clef al instante—. ¿Podrías detenerlos?>

<No —dijo la Montaña—. Ziani tiene los mismos permisos que Tribuno.>

<Sancia, ¡Sal de aquí! ¡Sal ya!>, dijo Clef.

Sancia corrió hacia el balcón e intentó abrirla.

—¡Está cerrada! —gritó—. ¿Por qué no se abre?

<Ziani usó una atadura en esta salida —explicó la Montaña—. Esta mañana. La puerta está cerrada.>

—¡Ábrela! —gritó Sancia—. ¡Ábrela ahora!

<No se me permite>, dijo la Montaña.

<¡Tócala conmigo!>, dijo Clef.

Sancia lo tomó y lo hizo, pero la puerta no se abrió como esperaba. Se movió, pero solo un poco.

<Os lo he dicho —dijo la Montaña—. No se me permite abrir la puerta. Tiene que estar cerrada. Esas son mis instrucciones.>

<Vamos>, dijo Clef, que gruñó como si intentase empujar un carro colina arriba. Al parecer, la Montaña era un oponente formidable.

<No lo puedo permitir —dijo la Montaña—. No está permitido.>

Se imaginó la fuerza de todo el lugar apoyada contra la puerta, todos los ladrillos y todas las columnas.

<Vamos, vamos, vamos, por favor, por favor...>, dijo Clef.

La puerta se abrió unos centímetros más. Y luego un poco más...

<¡Están cerca! —dijo Clef—. L-los siento en el pasillo. Los siento ahí fuera, Sancia—. La puerta se había abierto unos diez centímetros—. ¡No estoy seguro de poder conseguirlo! ¡No creo que pueda abrirla a tiempo!>

Sancia intentó que se le ocurriese algo, cualquier cosa. No podían capturarla ahí, y menos aún con Clef, con lo que Tomas Ziani necesitaba para completar su imperiat. Y menos ahora que ella sabía que era posible que fuese la varita del mismísimo Crasedes.

Sancia miró la puerta y pensó.

Solo había una rendija abierta, pero puede que fuese suficiente.

Sacó el frasco de la sangre de Tribuno Candiano y lo calzó en la puerta para mantenerla abierta. Después sacó el cofre blindado que estaba unido al equipo de planeo y lo abrió.

<¡Qué haces! —gritó Clef—. ¿Por qué me has separado?>

<Porque lo principal es mantenerte a salvo>, dijo ella.

<¿Qué? ¡Sancia, no! ¡No! ¡No...!>

<Lo siento, Clef. Nos vemos.>

Lo metió en el cofre blindado, y sacó el cofre blindado y el equipo de planeo al balcón por la rendija que había quedado abierta en la puerta. Después tiró de la anilla de bronce.

El equipo de planeo se activó con un chasquido. Salió despedido de sus manos, y Sancia vio cómo el paracaídas negro flotaba por encima del campo de los Candiano, a toda velocidad hacia lo que esperaba que fuese un lugar seguro.

Después notó un dolor intenso en un lado de la cabeza.

Le dieron ganas de gritar. Tenía que gritar. El dolor era muy intenso. Era terrible. Pero no fue capaz de hacerlo. No porque el dolor fuese apabullante, sino porque de repente no podía moverse. No podía ni parpadear ni respirar siquiera. Sintió que el cuerpo empezaba a quedársele sin oxígeno a toda velocidad.

Algo había empezado a cambiar en su mente. Notaba la placa de su cráneo como si fuese ácido que sisease en los huesos y cómo algo la invadía y se apoderaba de sus pensamientos. Era como cuando Clef usó su cuerpo para hablar con Orso..., pero mucho peor.

Respiró hondo, pero no fue un gesto voluntario. Era como si su cuerpo se hubiese convertido en una marioneta y el titiritero se hubiese dado cuenta de repente de sus necesidades y metiese en sus pulmones todo el oxígeno posible. Sancia ya no era capaz de controlar sus órganos.

Vio indefensa cómo se daba la vuelta. Y después empezó a andar, de manera extraña y erguida, en dirección a la puerta que daba al pasillo. Levantó una mano, agarró el pomo, la abrió y se tambaleó al exterior con torpeza.

Una decena de guardias de los Candiano se encontraba desperdigada por el pasillo, armados, con armadura y listos para atacarla si era necesario. Detrás de ellos había un joven, alto y de hombros encorvados, con el pelo rizado y una barba descuidada: Tomas Ziani. Sostenía un dispositivo extraño entre las manos. Parecía un reloj de bolsillo demasiado grande, estaba hecho de oro y chirriaba un poco mientras los manipulaba...

—¡Funciona! —dijo, extasiado—. No las tenía todas conmigo. Empezó a chirriar en mi bolsillo en el instante en el que entraste en el despacho, igual que ocurrió en los Glaucos.

Sancia no dijo nada, como era de esperar. Estaba quieta como una estatua. Pero en su interior, en su mente, gritaba y escupía y vociferaba a causa de la rabia. Solo quería abalanzarse hacia ese joven y hacerlo pedazos, clavarle las uñas y morderlo, pero lo único que podía hacer era quedarse quieta.

Tomas Ziani recuperó la compostura. Atravesó el grupo de soldados y la miró.

—Vaya... —Examinó el cinto de Sancia—. Ah. Eso es lo que buscaba. Nuestros informantes dijeron que los tendrías...

Sancia era incapaz de ver lo que estaba haciendo, pero sintió cómo le arrebataba uno de los dardos tormentoespina.

—Creo que esto servirá... —dijo Ziani.

Después Sancia sintió un dolor en el brazo y perdió el conocimiento.

Gregor Dandolo se encontraba acurrucado entre las sombras, contemplando las calles. Después dio un respingo al oír el golpe metálico.

Miró la placa de anclaje. La había asegurado muy bien en las calles del campo, o eso creía él, porque la vio salir despedida por los aires.

"Puede que ya haya encendido el equipo de planeo", pensó. Dirigió la vista hacia el cielo nocturno y la Montaña.

Después lo vio. Un punto negro que se acercaba a toda velocidad.

—Gracias a Dios —dijo.

Vio cómo el equipo de planeo se acercaba volando y luego hacía dos piruetas en el aire mientras descendía. Notó que algo no iba bien.

Sancia no estaba dirigiendo el equipo. Solo le pareció ver el paracaídas.

Lo siguió con la vista mientras caía. Lo tomó en el aire y vio que había algo unido a él: el cofre blindado para el imperiat.

En el interior estaba su llave de oro, Clef. No vio el imperiat ni tampoco mensaje alguno.

Gregor miró la llave y volvió a mirar en dirección a la Montaña.

—Sancia... —susurró—. Oh, no...

Esperó un instante más, con la esperanza imposible de que quizá fuese a aparecer de un momento a otro. Pero no fue así.

"Tengo que hablar con Orso. Tengo que decirle que todo ha ido mal".

Se metió la llave en el bolsillo, se dio la vuelta y atravesó a toda prisa las puertas meridionales que daban al Ejido. Intentó mantener la compostura y no llamar la atención, pero fue incapaz de no arrastrar los pies, aturdido, mientras avanzaba. ¿La habrían capturado? ¿Estaría muerta? Era imposible saberlo.

La mente no dejaba de darle vueltas, pero oyó una vocecilla en su interior que le decía:

"¿Acabas de ver algo moverse? Allí, por el rabillo del ojo. ¿Te sigue alguien?".

Gregor la ignoró. Necesitaba escapar. Salir de allí.

Dobló una esquina en dirección a los puentes del canal y se chocó contra alguien. Consiguió ver de quién se trataba: una mujer ataviada con ropas elegantes, frente a él, como si lo estuviese esperando. Después sintió una punzada de dolor muy intensa en el estómago.

Gregor se quedó de piedra, soltó un grito ahogado y bajó la vista. La mujer tenía una daga en la mano y había metido la hoja casi por completo en el estómago de Gregor.

Él se quedó mirándola.

—¿Qué...? —murmuró. Alzó la vista. La mujer lo miraba a la cara con gesto impertérrito—. ¿Q-quién?

Ella dio un paso al frente y clavó la daga aún más. Gregor se atragantó, tembló e intentó apartarse en dirección al puente del canal, pero las rodillas le fallaron de repente. Se derrumbó mientras la sangre se le derramaba por la herida del estómago.

La mujer lo rodeó, se inclinó hacia él, le metió la mano en el bolsillo del abrigo y sacó la llave dorada. La examinó con minuciosidad y soltó un breve:

—Mm.

Gregor extendió una mano para intentar recuperarla y quedó estupefacto al comprobar que la tenía cubierta de sangre.

Se oyeron pasos en el camino de detrás. Había más de una persona.

"Una trampa. T-tengo que escapar. Tengo que salir de aquí".

Empezó a intentar arrastrarse.

Oyó la voz de un hombre que decía:

—¿Ocurre algo, señora?

—Nada —dijo la mujer. Miró la llave dorada—. Pero no esperaba esto. Esperaba el imperiat, sí. No esto... ¿no ha caído nadie de la Montaña?

—No, señora. Eso era lo único que había en el equipo de planeo.

—Ya veo —dijo ella, con gesto pensativo—. Seguro que Tomas la ha capturado. Pero no importa. Por eso nos preparamos para cualquier imprevisto.

—Sí, señora Ziani.

Gregor dejó de intentar arrastrarse. Tragó saliva y miró por encima del hombro.

"¿Señora Ziani? ¿Se refiere a... Estelle? ¿Es la misma Estelle con la que habló Orso?".

—¿Qué hacemos con este, señora? —preguntó el tipo de antes.

Miró a Gregor con frialdad y cabeceó en dirección al canal.

—Sí, señora.

El tipo se acercó y agarró a Gregor por la espalda del abrigo. Gregor intentó zafarse, pero descubrió que no tenía la fuerza suficiente. Notaba los brazos y las piernas fríos y distantes, dormidos. No fue capaz de gritar siquiera mientras lo arrastraban hacia el agua. Y luego solo notó remolinos oscuros y burbujeantes mientras el mundo se desvanecía a su alrededor.

Capítulo Veintiocho

Sancia se despertó y no tardó en arrepentirse.

Tenía la mente llena de clavos y espinas y zarzas, y la boca tan seca que le dolía. Abrió un ojo, solo un poco, y aunque la estancia en la que se encontraba estaba a oscuras, el más mínimo atisbo de luz se le clavaba en el cerebro de forma dolorosa.

"Veneno de tormentoespina —pensó, con un gruñido—. Así que esto en lo que se siente...".

Se examinó de cabeza hacia abajo. No parecía que le hubieran hecho daño, aunque todo su equipo había desaparecido. Se encontraba en una especie de celda. Cuatro paredes de piedra lisa con una puerta de metal en el otro extremo. Solo había una pequeña hendidura que hacía las veces de ventana en la parte alta de una pared, desde la que se proyectaba un haz de luz pálida y tenue. Eso era lo único que había.

Empezó a incorporarse entre gemidos e insultos. No era la primera vez que la habían capturado, y estaba muy acostumbrada a entrar y salir de sitios bien custodiados, incluso de lugares hostiles como aquel. Con suerte, no tardaría en hallar la manera de salir de allí y reunirse con Orso.

Después vio que no estaba sola.

Había una mujer en la misma estancia. Una mujer hecha de oro.

Sancia la miró. La mujer se encontraba de pie en el rincón de la celda oscura, alta y tan quieta que le resultaba muy extraño. Sancia no tenía ni idea de dónde podría haber salido aquella mujer, ya que al despertar había echado un vistazo a su alrededor y estaba segura de no haber visto a nadie. Pero ahí estaba.

"¿Qué narices? —pensó—. Menuda nochecita de cosas extrañas...".

La mujer estaba desnuda, pero por alguna razón cada centímetro de su piel estaba hecho de oro, incluso sus ojos, de mirada perdida e inertes como piedras dentro de su cráneo, mirándola. En cualquier otra circunstancia, Sancia habría pensado que la mujer no era una persona sino una estatua, pero ahora era incapaz de dejar de sentir una inteligencia extraordinaria e intensa que brotaba de esos ojos dorados e inexpresivos, una mente que la miraba con una indiferencia inquietante, como si ella no fuese más que una gota que se derramase por el cristal de una ventana...

Dio un paso al frente y bajó la vista para mirarla. Sancia notó cómo empezaba a calentársele la placa de la cabeza.

Luego dijo:

—Cuando estés despierta, haz que se marchen. Después te diré cómo salvarte.

Hablaba de una manera apasionadamente extraña, como si conociese las palabras, pero nunca hubiese oído a nadie pronunciarlas en voz alta.

Sancia, que seguía tumbada en el suelo de piedra, alzó la vista para mirar a la mujer, confundida. Intentó decir:

—Pero si estoy despierta.

Y, en ese momento y por alguna razón, se dio cuenta de que no lo estaba.

Sancia se despertó sobresaltada, resoplando y con la mano extendida. Echó un vistazo a su alrededor.

No... no parecía haberse movido ni un ápice. Aún estaba sola, en esa celda oscura que tenía el mismo aspecto, tumbada bocarriba en la misma posición. Pero la mujer de oro había desaparecido.

Sancia miró detenidamente los rincones sombríos, inquieta.

"¿Había sido un sueño? ¿Qué me está pasando? ¿Qué le está pasando a mi cerebro?".

Se frotó el lado de la cabeza, que le dolía muchísimo. Puede que se estuviese volviendo loca. Se estremeció mientras pensaba en lo que había ocurrido en el despacho de Ziani. Al parecer, el imperiat no solo era capaz de desconectar los dispositivos inscritos, como había hecho en los Glaucos, sino que también podía usarse para controlarlos. Eso significaba que, como Sancia tenía un dispositivo inscrito en el cráneo, también podían controlarla a ella.

Era algo que Sancia encontraba sumamente espeluznante. Había crecido en el lugar en el que no podía tomar decisiones, y que ahora encima alguien fuese capaz de arrebatarle la voluntad era...

"Tengo que salir de aquí. Ya".

Se puso en pie, se acercó a una pared y palpó la piedra lisa. Sus talentos aún le funcionaban, al parecer. La piedra le contó cosas sobre sí misma, sobre las estancias contiguas, sobre telarañas, carbonilla y polvo...

"Estoy en una fundición", pensó. Pero nunca había oído hablar de una fundición en la que hubiese tan poco ruido.

Tiene que ser una antigua. ¿Una que ya no se use?

Apartó la mano.

"Sigo en el campo de los Candiano, ¿verdad? Es el único campo donde habría una fundición del todo vacía".

Se preguntó si estaría en la Cattaneo, pero lo dudaba. La Cattaneo era más moderna.

Después volvió a notar el dolor en la cabeza, tanto que le dio la impresión de oír el siseo de la carne al chamuscarse. Antes de que fuese capaz de gritar, notó cómo sus pensamientos se desvanecían y volvió a perder el control de su cuerpo.

Se vio ponerse en pie, dar tres pasos al frente arrastrando los pies y, luego, girarse para esperar frente a la puerta de metal.

Oyó pasos en el exterior, un tintineo y un ruido metálico, y la puerta se abrió para dar paso a Tomas Ziani, que estaba en pie bajo el marco con el imperiat en la mano, titilando en la oscuridad.

—¡Ah! —dijo al verla—. Bien. Estás viva y en condiciones. —Arrugó la nariz—. Eres una personita muy fea, la verdad. Pero...

Ajustó un dial del imperiat y lo levantó frente a Sancia, despacio, mientras lo agitaba en el aire, hasta que lo colocó junto al lado derecho de su cráneo. El imperiat empezó a chirriar con suavidad.

—Interesante —dijo en voz baja—. ¡Sorprendente! Todos esos escribas que creían que nunca llegaría a haber un ser humano inscrito. ¡Y he sido yo quien lo he encontrado! Vamos a echarte un vistazo. Ven.

Se afanó con el imperiat, hizo un ademán con el brazo y Sancia se vio obligada a seguirlo al exterior de la celda.

Atravesaron los pasadizos oscuros y ruinosos de la fundición. Era un lugar lúgubre y sombrío, silencioso a excepción de un goteo de agua distante y ocasional. Llegaron al fin a una estancia abierta y amplia, iluminada por luces inscritas colocadas por el suelo. En la pared del otro lado había cuatro guardias de los Candiano que parecían veteranos. Había cierta carencia de vida en su mirada, y a Sancia se le puso la carne de gallina cuando la miraron.

Además de esos matones había una mesa baja y alargada. Sobre ella se habían dispuesto muchos libros, documentos y grabados en piedra, así como una caja de metal enorme, resquebrajada, oxidada y antigua que le dio la impresión de que se parecía al glosario de prueba que había visto en el taller de Orso.

Sancia intentó mirar durante más tiempo todo lo que había sobre la mesa, pero no tenía el control sobre sus ojos, por lo que solo fue capaz de dedicarle una mirada somera. Aun así, consiguió pensar:

"Es la colección de Tribuno, ¿verdad? El tesoro de objetos Occidentales que mencionó Ziani...".

Después vio lo que había en mitad de la estancia, a la espera, y sintió unas ganas tremendas de gritar, aunque no fuese capaz de moverse.

Era una mesa de operaciones, con correas para atar las muñecas y los tobillos del paciente.

Tomas Ziani tocó algo en el imperiat, y Sancia dejó de moverse. Después vio horrorizada cómo dos guardias de los Candiano la levantaban, la tumbaban sobre la mesa y la amarraban.

"No, no, no —pensó—. Cualquier cosa menos esto...".

Giraron una pequeña llave de metal en ambos lados para hacerle algo a las correas. Empezó a oír susurros y voces.

"Están inscritas —pensó—. Las correas están inscritas".

Los guardias se marcharon.

"No voy a salir de aquí, ¿verdad?".

Tomas se acercó, con el imperiat aún en las manos.

—Veamos... —murmuró—. Si lo que dice Enrico es correcto, esto debería...

Ajustó algo en el dispositivo.

Sancia sintió que recuperaba la voluntad, que recuperaba el control de su cuerpo.

Salió despedida hacia delante y chasqueó los dientes para intentar con todas sus fuerzas morder a Tomas. Estuvo a punto de conseguirlo, pero él se tambaleó hacia atrás, sorprendido.

—Hija de puta —gritó.

Sancia le gruñó mientras empezaba a forcejear y a agitarse en las correas. Pero estaban inscritas para tener más resistencia, por lo que no se movieron lo más mínimo.

—Pequeña y sucia... —gruñó Tomas.

Hizo un amago de darle un golpe, pero se contuvo al ver que Sancia no se encogía de miedo, preocupado lo más seguro porque le mordiese la mano.

—¿Quiere que la dejemos inconsciente? —preguntó un guardia.

—¿Acaso te he pedido algo? —dijo Tomas.

El guardia apartó la mirada. Tomas se dirigió al extremo de la mesa y giró una manivela. Las correas inscritas de sus muñecas y tobillos se extendieron poco a poco a lo largo de la superficie de la mesa hasta dejarla con los brazos y piernas en cruz, incapaz de moverse. Después la rodeó, levantó un puño bien alto y lo bajó con todas sus fuerzas para darle un golpe en el estómago que la dejó sin aire.

Sancia se agitó y tosió mientras intentaba recuperar el aliento.

—¿Ves? —dijo él, con rabia—. Así son las cosas. O haces lo que te digo o seré yo quien te haga lo que me dé la gana. ¿Entendido?

Sancia parpadeó para limpiarse las lágrimas de los ojos y lo fulminó con la mirada. Él la miraba con gesto sádico en el rostro.

—Ahora voy a hacerte unas preguntas —dijo.

—¿Por qué mataste a Sark? —jadeó Sancia.

—He dicho que seré yo quien te haga las preguntas.

—No significaba nada para ti. No podía traicionarte. Ni siquiera sabía quién eras.

—Calla —gritó Tomas.

—¿Qué hiciste con su cuerpo?

—Dios, mira que eres habladora.

Suspiró, giró una rueda en el imperiat y Sancia volvió a perder el control sobre sí misma, como si la hubiese sumergido en un mar de aguas frías.

—Mejor —dijo Tomas—. Lo prefiero así. Ojalá hubiese más personas inscritas a las que poder apagar y encender cuando me plazca...

Sancia yació inerte y flácida sobre la mesa de operaciones. De nuevo atrapada en su cuerpo, gritando y despotricando en silencio, hasta que se dio cuenta de que su cabeza parecía estar inclinada hacia la pared que había en el otro extremo de la estancia, donde se encontraban los tesoros Occidentales.

Le resultaba difícil mirar sin tener control de sus ojos, pero hizo todo lo que pudo. No sabía lo que eran muchas de las cosas: había muchos documentos y muchos libros, pero esa caja parecida a un glosario que había en uno de los extremos... le resultaba interesante. No era un glosario exactamente, ya que no medía decenas de metros ni estaba muy caliente, pero sí que tenía lo que parecían ser varios discos inscritos por la parte superior, discos que, por otra parte, estaban oxidados y parecían ser terriblemente antiguos.

Lo cierto era que la caja estaba hecha pedazos en su mayor parte, excepto por algo muy notable: había una unión que recorría la parte central. En la cara frontal, encajado en dicha unión, había un artilugio dorado, grande y enrevesado con una ranura en el centro...

“Reconozco una cerradura cuando la veo —pensó Sancia mientras miraba el dispositivo dorado—. Y esa parece una muy importante. Alguien no quería que nadie abriese esa cosa, sea lo que sea”.

Lo que, como era de esperar, le hizo preguntarse qué sería lo que había dentro. ¿Qué podría ser tan valioso para que los Occidentales creasen un dispositivo solo para mantenerlo protegido con llave?

Y, ahora que lo pensaba, ¿por qué le resultaba familiar?

Después sintió las manos de Ziani. Una en la rodilla, deslizándose despacio hacia la cara interna del muslo y subiendo a la entrepierna. Mientras la otra le agarraba la muñeca, con dedos que se le clavaban en la carne y el hueso.

—Una mano suave —le susurró—. Y la otra firme. Es la sabiduría de los reyes, ¿verdad?

Sancia se puso furiosa a causa de la repulsión, se agitó contra las correas invisibles que parecían contener su mente.

—Sé que tienes la llave —dijo Tomas Ziani en voz baja. Siguió masajeándole el muslo y apretándole la muñeca—. Abriste la caja que robaste y miraste en el interior. Te hiciste con la llave y la has usado para evitarme. Estoy seguro de que la tiraste por el balcón antes de que te atrapásemos... la pregunta es: ¿Hacia dónde?

Sancia sintió frío al escucharlo. Ziani lo sabía casi todo, pero al menos desconocía dónde se encontraba Clef.

—Voy a volver a ponerte en pie —le susurró Ziani en el oído, y notó un aliento caliente en la mejilla. Le soltó la muñeca y le dio unas palmaditas en el muslo—. Como intentes morderme otra vez, me divertiré mucho contigo. ¿Entendido?

Se hizo una pausa, y Sancia sintió que recuperaba poco a poco la voluntad. Tomas le dedicó una mirada fría y ansiosa.

—¿Y bien? —preguntó.

Sancia consideró sus opciones. Estaba claro que él era del tipo de persona que disfrutaría de matarla, igual que un niño que tortura a un ratón. Pero Sancia no quería contarle nada de lo que sabía. Esperaba que todo hubiese salido bien y que Gregor ya tuviese a Clef en su poder en el campo, lo que significaría que a lo mejor ya se lo había llevado a Orso y estaban planeando una manera de rescatarla a estas alturas. Ojalá.

Pero ¿por qué Tomas sabía que Sancia estaba inscrita? ¿Cómo podía el imperiat detectar la placa de su cabeza? Y peor aún, ¿cómo había sabido que Sancia iba a estar en el despacho de Tribuno? ¿La había detectado el imperiat o los habían traicionado?

—El equipo de planeo descendió hasta el campo de los Dandolo —dijo Sancia.

—Incorrecto —dijo Tomas—. Sabemos que aterrizó en el de los Candiano.

—Pues algo ha ido mal. No era lo que teníamos planeado. Da igual, Ofelia Dandolo te aplastará como a un mal bicho.

Ziani bostezó.

—¿Ah, sí?

—Sí. Sabe que estás detrás de todo esto. Sabe que fuiste tú quien atacó a Orso y a su maldito hijo.

—¿Y entonces por qué no está aquí para defenderte? —preguntó—. ¿Por qué estás sola? —Sonrió al ver que Sancia no respondía—. No se te dan muy bien las mentiras, ¿verdad? Pero no te preocupes. Encontraremos al que se hizo con tu paquete. Hice que cerrasen las puertas del campo desde que entraste en la Montaña. Quienquiera que te estuviese ayudando, también estará atrapado aquí. Y lo harán pedazos si intenta escapar. Eso si no lo han matado ya, claro.

"Mierda —pensó Sancia—. Dios. Espero que Gregor haya conseguido escapar...".

—Ahora, dime —continuó Tomas—. Y puede que te deje vivir. Un tiempo.

—El resto de casas no van a dejar que te salgas con la tuya —aseguró Sancia.

—Claro que lo harán.

—Se alzarán contra ti.

—No lo harán. —Tomas rio—. ¿Quieres saber por qué? Porque son viejas. Las otras casas se criaron con tradiciones, normas, reglas y modales. "En el Durazzo puedes hacer lo que quieras, pero en Tevanne hay que comportarse con respeto", decían sus tatarabuelos. Sí, se espían por aquí y por allá, pero siempre de una manera muy educada y ordenada. Se han vuelto viejos, gordos, lentos y complacientes. —Se reclinó en el asiento y suspiró con tono pensativo—. Puede que sea cosa de las inscripciones, con las que siempre hay que estar inventando normas... pero la victoria pertenece a aquellos que actúan con la mayor presteza posible, los que rompen todas las normas que necesitan romper. A mí las tradiciones no me importan. Yo soy sincero y me considero un hombre de negocios. Si voy a hacer una inversión, lo único que me importa es sacar el mayor beneficio posible.

—No tienes ni idea de nada —dijo Sancia.

—Claro. Una putita de Entremuros va a darme clases de filosofía económica, ¿no? —Volvió a reír—. Gracias por entretenerme.

—No, imbécil. Soy de las puñeteras plantaciones —dijo ella, que le sonrió—. He visto más torturas y cosas horrorosas de las que tu cabecita embotada podría soportar. ¿Crees que vas a conseguir someterme? ¿Con esos bracitos y esas muñecas tan delicadas que tienes? Lo dudo, por todos los beques.

Ziani hizo un ademán de volver a golpear a Sancia, pero ella volvió a aguantar sin encogerse de miedo. La fulminó con la mirada por unos instantes, y luego suspiró y dijo:

—Si él no creyera que fueses valiosa... —Después se giró hacia uno de sus guardias—. Ve a buscar a Enrico. Supongo que vamos a tener que darnos prisa con esto.

El guardia se marchó. Tomas se acercó a un armario, abrió una botella de ron burbuja y bebió de ella, malhumorado. A Sancia le recordó a un niño al que acabasen de robarle su juguete favorito.

—Tienes suerte, ¿sabes? —dijo Ziani—. Enrico cree que eres un recurso que puede llegar a ser muy valioso. Es probable que sea porque es escriba, y la mayoría de los escribas parecen ser unos idiotas, gente fea e insignificante que prefiere cadenas de sigilos al tacto de la carne caliente... dijo que quería echarte un vistazo antes de que yo me divirtiese contigo.

—Genial —murmuró Sancia. Desvió la vista a la mesa de tesoros Occidentales.

—Es ridículo, ¿verdad? —continuó Ziani—. Toda esa basura vieja. Pagué una fortuna para robarle esta caja a Orso. —Dio unas palmaditas a esa cosa resquebrajada que parecía un glosario—. Tuve que contratar a un grupo de piratas para interceptarla. Y ahora no podemos abrirla. Los escribas parecen conocerlo todo, a excepción del valor del dinero.

Sancia echó un vistazo a la caja durante un buen rato. Empezaba a darse cuenta de por qué le resultaba familiar.

“La he visto antes —pensó—. En la visión de Clef, en Cattaneo... esa figura estaba ahí, envuelta en negro y entre las dunas. Y junto a ella había una caja...”.

Se oyó el eco de unos pasos. Después un trabajador pálido, arrugado y de ojos hinchados ataviado con los colores de los Candiano entró desde el pasillo. Sancia lo reconoció. Era el mismo que había visto en la fundición Cattaneo, el mismo con el que había hablado Ziani en esa estancia con la joven desnuda. Tenía el rostro blando y rechoncho, como un niño que hubiese crecido demasiado.

—¿S-sí, s-señor? —Después vio a Sancia—. Ah. ¿Es de vuestras... acompañantes?

—No me insultes, Enrico —dijo Ziani. Cabeceó en dirección al imperiat—. Tenías razón. Lo encendí y me dijo dónde estaba.

—¿L-lo hizo? —preguntó, sorprendido—. ¿Es ella? —Rio y corrió en dirección al imperiat—. ¡Q-qué maravilla! —Hizo lo mismo que Ziani había hecho antes, agitarlo junto a la cabeza de Sancia y escuchar cómo rechinaba—. Dios mío. Dios mío... ¡un ser humano inscrito!

—Enrico es el escriba más talentoso del campo —dijo Ziani con tono malhumorado, como si le ofendiese que así fuera—. Lleva años estudiando a fondo los objetos de Tribuno. Probablemente esté más empalmado ahora que cuando encontró a su madre bañándose.

Enrico se ruborizó, de un rosa brillante, y luego bajó el imperiat hasta que el chirrido se volvió tenue.

—Una humana inscrita... ¿sabe dónde está la llave?

—Aún no ha confesado —dijo Ziani—. Pero he sido bueno con ella. Quería dejar que la vieses antes de empezar a cortarle los dedos de los pies y hacerle las preguntas difíciles.

Sancia sintió un escalofrío por todo el cuerpo.

"Tengo que escapar de este sádico de mierda".

—Está inscrita, entonces —dijo Ziani—. ¿Y eso qué significa? ¿En qué la hace diferente? ¿Cómo nos ayudará a crear imperiat?

—Bueno, lo cierto es que no sé si nos ayudará —explicó Enrico—. Pero es una adquisición muy interesante.

—¿Por qué? —exigió saber Ziani—. Dijiste que necesitábamos objetos Occidentales para completar el alfabeto, que sería entonces cuando podríamos empezar a crear nuestros propios imperiat. ¿Cómo puede ayudarnos a hacerlo esta zorra mugrienta?

—Sí, señor, sí. Pero... bueno. Veamos. —Enrico la miró, con cierto gesto avergonzado, como si la hubiese visto desnuda—. ¿En qué...? ¿en qué plantación se llevó a cabo el procedimiento?

Sancia entrecerró los ojos. Estaba segura de que le daba miedo.

—Respóndele —dijo Ziani.

—Silicio —respondió Sancia, a regañadientes.

—Eso pensaba —continuó Enrico—. ¡Justo como pensaba! ¡Fue una de las plantaciones personales de Tribuno! Él mismo iba mucho allí, al principio de todo. Él se encargaba de organizar los experimentos que se llevaban a cabo en aquel lugar.

—¿Y? —preguntó Ziani, impaciente.

—Bueno... hemos llegado a la conclusión de que el imperiat era un arma hierofántica. Una herramienta que se usó contra otros hierofantes u otros escribas durante una especie de guerra civil Occidental, para detectar, controlar y contener otros objetos.

—¿Y? —insistió Ziani.

—Sospecho que el imperiat no detecta inscripciones normales —continuó Enrico—. De lo contrario, se habría puesto como loco desde el momento en el que entró en Tevanne. Solo identifica las inscripciones que pueden ser una amenaza. En otras palabras... solo identifica las inscripciones Occidentales. ¿Ve?

Tomas lo miró y luego giró la cabeza hacia Sancia.

—Un momento. Eso quiere decir que...

—Sí, señor. —Enrico se enjugó el sudor de la frente—. Creo que es una anomalía en dos sentidos, y tienen que estar relacionados. Es la única humana inscrita que hemos visto jamás, y las inscripciones que hay en su cuerpo..., lo que le da energía y la hace funcionar, son sigilos Occidentales, el idioma de los hierofantes.

—¿Qué? —dijo Ziani.

—¿Eh? —preguntó Sancia.

Enrico retiró el imperiat.

—Bueno. Esas son mis sospechas después de leer las notas de Tribuno.

—¡Eso no tiene sentido, carajo! —gritó Ziani—. ¡Nadie..., y espero que mi frustración sea suficiente para dejarte claro que eso nos incluye a nosotros, nadie ha conseguido jamás duplicar nada de lo que crearon los hierofantes! ¿Por qué iba a funcionar en ella, una maldita humana? ¿Por qué consiguieron no solo una, sino dos cosas increíblemente improbables?

—Bueno —dijo Enrico—, sabemos que los hierofantes eran capaces de crear dispositivos usando la... transferencia espiritual.

—El sacrificio humano —dijo Sancia.

—¡Silencio! —gritó Ziani—. Continúa.

—Es un intercambio total —explicó Enrico—. Se transfiere el espíritu completo al recipiente. Pero, al parecer, en esta persona que tenemos delante ha tenido lugar una relación simbiótica. Las inscripciones no debilitan por completo al anfitrión, sino que se aprovechan de su espíritu, lo alteran y se convierten en parte de él.

—Pero yo creía que solo las cosas inertes podían usar los sigilos de los Occidentales —dijo Ziani—. Las cosas que nunca han nacido y nunca morirán.

—También pueden usarlos las que quitan y dan vida —dijo Enrico—. La placa que tiene en la cabeza es simbiótica, pero también parasitaria. Le absorbe la vida despacio y puede que de forma dolorosa. Puede que un día llegue a consumirla y quede reducida a una carcasa similar al resto que usan los Occidentales. Mi teoría es que el efecto es mucho más débil del que conseguían los hierofantes, por eso está... bien y se podría considerar un dispositivo funcional.

—¿Y has averiguado todo eso solo porque el imperiat empezó a resonar como una puta campana cuando la perseguimos por los Glaucos? —preguntó Ziani.

Enrico volvió a ruborizarse.

—En aquel momento, solo sabíamos que el imperiat era un arma. No habíamos descubierto todas las capacidades del dispositivo...

—No me extraña —dijo Sancia—. Porque derrumbasteis la mitad de las casas de Entremuros y a saber a cuántas personas matasteis, imbéciles.

Ziani volvió a darle un puñetazo en el estómago, y Sancia volvió a agitarse en las correas mientras intentaba recuperar el aliento.

—¿Y cómo cojones consiguieron hacer algo así un puñado de escribas de una puñetera plantación?

—No creo que lo consiguiesen ellos —dijo Enrico—. En mi

opinión, no fue más que... suerte. Tribuno ya no estaba bien de la cabeza en esa época. Puede que les enviase el alfabeto hierofántico que había recopilado hasta el momento y les dijese que probasen todas las combinaciones posibles, siempre a medianoche. Lo más seguro es que hubiese... muchas muertes.

—Eso es algo con lo que nosotros también estamos muy familiarizados —dijo Tomas—. Pero ellos consiguieron un milagro occidental. Esta chica.

—Sí. Y sospecho que ella estará relacionada con el incendio que hubo en esa plantación.

Ziani suspiró y cerró los ojos.

—Y justo cuando intentábamos robar dispositivos hierofánticos, vamos y contratamos a una ladrona que tiene la cabeza llena de sigilos Occidentales.

Enrico tosió.

—La contratamos porque se decía que era la mejor. Sospecho que su exitosa carrera se debe en parte a sus alteraciones.

—¿En serio? —preguntó Ziani. Recorrió el cuerpo de Sancia con la mirada—. Pero el problema es que, si los escribas de la plantación estaban siguiendo las instrucciones de Tribuno, los sigilos que usaron son los que ya tenemos, porque tenemos en nuestro poder las notas de Tribuno.

—Es posible —dijo Enrico—. Pero, como he dicho, Tribuno ya no estaba bien de la cabeza. Se volvió cada vez más hermético. Puede que no haya escrito todos sus descubrimientos en un único lugar.

—¿Entonces crees que merece la pena que lo comprobemos? —dijo Ziani, con tono impertérrito—. ¿Tú crees?

—Pues... sí. Supongo que sí.

Ziani sacó un estilete.

—¿Y por qué no lo habíamos dicho antes, por todos los beques?

—¿Señor? Señor, ¿qué va a hacer? —dijo Enrico, asustado—. Necesitamos un galeno y alguien que tenga conocimientos sobre...

—¡Cierra la boca, Enrico!

Ziani agarró a Sancia por un mechón de pelo, y ella empezó a gritar y a forcejear, pero él le golpeó la cabeza contra la superficie de la mesa y la giró a un lado para dejar la cicatriz mirando hacia el techo.

—Yo no soy galeno —dijo Ziani con voz ronca mientras se colocaba a horcajadas sobre ella para evitar que se moviese—, pero tampoco es necesario conocer la anatomía al detalle. —Bajó el estilete y empezó a presionar la punta afilada contra la cicatriz—. Al menos no para algo así...

Sancia sintió que el estilete empezaba a atravesarle el cuero cabelludo. Se estremeció.

Y, mientras se estremecía, le dio la impresión de que el sonido... se amplificaba.

Un aullido ensordecedor y estruendoso abarcó toda la estancia. Pero no venía de ella, y lo sabía a pesar de que la daga de Ziani había empezado a clavársele en la cabeza. Venía del imperiat.

Ziani soltó el estilete, se llevó las manos a los oídos y cayó a un lado de encima de Sancia. Enrico y los guardias cayeron al suelo.

Una voz se extendió por su mente, enorme y atronadora:

<HAZ QUE SE MARCHEN. DESPUÉS TE DIRÉ CÓMO SALVARTE.>

Sancia se estremeció y se ahogó mientras las palabras recorrían sus entrañas. Era una voz de un volumen imposible, pero aun así fue capaz de reconocerla.

“Es la mujer dorada de la celda”.

El aullido espantoso del imperiat se atenuó. Se quedó tumbada sobre la mesa, jadeando y mirando hacia el techo oscuro.

Ziani, Enrico y los guardias empezaron a ponerse en pie poco a poco, entre gruñidos y parpadeos.

—¿Qué ha sido eso? —gruñó Ziani—. ¿Qué carajo ha sido eso?

—Ha sido... el imperiat —respondió Enrico. Tomó el dispositivo y empezó a mirarlo, estupefacto.

—¿Qué le ha pasado a ese maldito cachivache? —preguntó Ziani—. ¿Está roto?

Sancia giró la cabeza despacio para mirar aquel glosario antiguo con la cerradura dorada.

—H-ha sido como si activase la alarma —dijo Enrico. Parpadeó, asustado—. Algo tiene que haberla activado... curioso.

—¿Qué? —preguntó Ziani—. ¿A qué te refieres? ¿Ha sido ella?

—¡No! —dijo Enrico, que miró a Sancia—. ¡Ella no! No puede haber...

Se quedó en silencio, mirando a Sancia.

Pero ella no le prestó atención. No había dejado de mirar ese glosario antiguo.

"No es un glosario —pensó, distraída—. ¿Verdad? Es un sarcófago, igual que los que hay en la cripta. Pero ahí dentro hay alguien... alguien vivo".

—Dios mío —dijo Enrico en voz baja—. Mírala.

Ziani se acercó. Se quedó con la boca abierta, horrorizado.

—Dios. Sus orejas... sus ojos. ¡Están sangrando!

Sancia parpadeó y se dio cuenta de que tenían razón: notó sangre acumulándose en los párpados y en las orejas, al igual que le había ocurrido en la casa de Orso. Pero no le dio más vueltas. Solo era capaz de pensar en las palabras que aún le reverberaban en los oídos.

"¿Cómo hago que se marchen?".

Se dio cuenta de que solo tenía una opción, algo que podía darles para hacer que se marchasen. Sería una mentira muy descarada, pero era posible que la creyesen.

—La cápsula —dijo, de repente.

—¿Qué? —preguntó Ziani—. ¿Qué dices de una cápsula?

—Entré en el campo gracias a ella —explicó. Tosió y tragó sangre—. Me acerqué a la Montaña gracias a ella. Uno de los hombres de Orso me ayudó. Me metieron en una gran cápsula de metal y me sumergieron en el canal. Y él es quien se supone que tenía que tomar el equipo de planeo al caer. Si ha tenido que esconderse, seguro que ha vuelto a la cápsula. Es un lugar en el que nunca se os ocurriría mirar.

Enrico y Ziani intercambiaron una mirada.

—¿Dónde está esa...? ¿Dónde está la cápsula? —preguntó Ziani.

—La dejé en los canales. En los embarcaderos que hay al sur de la Montaña —dijo ella, en voz baja—. Es posible que el hombre de Orso se haya escondido en el fondo del canal, o puede que ya esté de camino al campo de los Dandolo con la llave.

—¿Ahora? —preguntó Ziani—. ¿En estos momentos?

—Era una de mis rutas de escape —dijo ella, que se inventaba la mentira sobre la marcha—. Pero la cápsula no avanza nada rápido.

—No... No hemos buscado en ninguno de los canales del campo, señor —dijo Enrico.

Ziani se mordió el labio durante un rato.

—Prepara a un equipo. De inmediato. Vamos a revisar las aguas. Y toma esa cosa.

Cabeceó en dirección al imperiat.

—¿El dispositivo? —preguntó Enrico—. ¿Está seguro, señor?

—Sí. Hablamos de Orso Ignacio. Yo sé las armas que les doy a mis hombres, pero solo Dios sabe las que él les da a los suyos.

Capítulo Veintinueve

Sancia yacía en la mesa de operaciones con la vista alzada al techo. Enrico y Tomas se habían marchado y dejado tras de sí a dos guardias, que tenían aspecto de estar cansados y aburridos. Ella se sentía un poco mejor: aún le dolía la cabeza, y ahora tenía la cara crujiente y pegajosa a causa de la sangre.

Pero lo que más sentía era inquietud. Habían pasado casi diez minutos desde que Enrico y Tomas se habían marchado, pero la voz en su cabeza no había vuelto a decirle nada. Se suponía que iba a ayudarla a escapar, pero hasta el momento se había quedado en silencio.

Y, aunque hablase de nuevo... ¿qué iba a decir? ¿Quién era en realidad? ¿Era como la Montaña? Sancia solo había sido capaz de oír lo que decía la Montaña porque estaba tocando a Clef, igual que le ocurría con el resto de dispositivos inscritos, y ahora no lo tenía, claro. ¿Cómo iba a oírla?

Sospechaba que la voz provenía de lo que quiera que hubiese en esa caja que se encontraba sobre la mesa..., pero era probable que la caja fuese obra de los hierofantes. De hecho, si ella tenía razón, se parecía a la caja que había visto en la visión de Clef. Y eso significaba que...

Bueno. Lo cierto era que no sabía qué significaba. Pero la inquietaba mucho.

Uno de los guardias bostezó. El otro se rascó la nariz. Sancia sorbió los mocos e intentó que se le cayese una de las costras de sangre de las fosas nasales.

Después empezó a sentir un calor en uno de los lados de la cabeza, poco a poco.

Una voz se coló en sus pensamientos:

<Infórmame si este nivel de proyección es demasiado intenso.>

Sancia se envaró. Uno de los guardias la miró. El otro la ignoró. Se quedó allí quieta mientras se preguntaba cómo responder.

La voz volvió a hablar:

<¿Me recibes? —Una pausa. Después le ardió la cabeza. Y la voz habló tan alto que le dolió—: ¿ME RECIBES?>

Sancia se estremeció.

<¡Te oí la primera vez!>

La calidez de su cabeza se atenuó un poco.

<¿Y por qué no respondiste?>

<¡Pues a lo mejor porque no sé cómo responder a una voz incorpórea, por todos los beques!>

<Ya... veo>, dijo la voz.

La voz era extraña. Clef sonaba bastante humano, y hasta la Montaña había tenido ciertos artificios propios de los humanos, pero esa voz no los tenía. A Sancia le daba la impresión de que la voz se esforzaba por pronunciar las palabras, que pretendía formar sentimientos e ideas a partir de... algo diferente. Le recordaba a un espectáculo callejero que había visto en una ocasión, en la que un intérprete tocaba unos tambores metálicos con tanta habilidad que sonaba como el trino de un pájaro. Pues era algo parecido, pero con palabras y pensamientos.

No obstante, sabía que la voz era femenina. No tenía clara la razón, pero había llegado a esa conclusión.

<¿Quién eres? —preguntó Sancia—. ¿Qué eres?>

<Ni quién ni qué —dijo la voz—. Soy algo muy alejado de ambas cosas. Soy una agente de ensamblaje. Una editora.>

<¿Eres...? ¿Eres una editora?>

<Afirmativo.>

Sancia esperó a que hablase más. Y, al ver que no lo hacía, dijo:

<¿Eso...? ¿Eso qué significa, lo de ser editora?>

<Editora. Complicado. Mm... —La voz parecía frustrada—. Soy un proceso que crearon los Hacedores para ayudar a analizar, contextualizar y ensamblar los comandos de bajo nivel. Pensaba por ellos>.

<¿Los Hacedores?>

<Afirmativo.>

<¿Afirmativo? ¿Eso significa que sí?>

<Afirmativo.>

Sancia empezó a abrir la boca poco a poco. Se giró para mirar la caja maltrecha con la cerradura dorada.

<Bien... Dios. ¿Entonces eres un dispositivo? ¿Un objeto inscrito?>

<Básicamente.>

Le resultaba casi imposible creer algo así. La Montaña había tenido conciencia hasta cierto punto, pero era una creación enorme que funcionaba gracias a seis glosarios avanzados. Pero aquella entidad solo ocupaba una caja moderadamente grande. Era como oír que alguien llevaba un volcán guardado en el bolsillo.

Recordó lo que le había dicho la Montaña: "En una ocasión hubo algo en mi interior. Sentí una mente. De un tamaño imposible, enorme y poderoso. Pero... pero no se dignó a hablar conmigo...".

<¿Habías estado en la Montaña? ¿En la cúpula?>, preguntó.

<¿El edificio? Afirmativo.>

<¿Intentó comunicarse contigo?>

<Comunicarse... en cierta manera. El edificio era pasivo, algo que vigila y observa. No era activo, no era un editor y no podía ayudarme. Además, no había mucho que comunicar. —Un suave chasquido—. No tenía nombre. Yo sí. Me llamaban Valeria. Me parecía a... —Otra serie de chasquidos—. ¿Una trabajadora? ¿Ese término es apropiado?>

<Sí, claro, supongo. ¿Cómo llegaste aquí?>

<De la misma manera que llegó aquí el imperiat. Nos encontraron en las profundidades de la tierra. Una antigua fortaleza de los Hacedores que se encontraba en una isla, al norte de aquí.>

<Vialto —dijo Sancia—. ¿Eres de Vialto?>

<Ese es el nombre que se le da en la actualidad. Ha tenido muchos nombres.>

<T-Te vi con forma de mujer. Hace poco. ¿Verdad?>

<Afirmativo. Cuando tu mente sueña, hay otros muchos métodos de proyección disponibles para mí. Requería tu atención. Manifestarme como humana me pareció una manera adecuada de conseguir el mayor éxito posible. ¿Fue la proyección adecuada?>

<Eh, pues sí. —Sancia tenía que admitir que manifestarse como una mujer de oro desnuda había llamado su atención—. ¿C-cómo es que te oigo?>

<Tienes comandos dentro de tu cuerpo. Unos vulgares, pero que no dejan de ser comandos. Dichos comandos te dan acceso al mundo, pero también le dan al mundo acceso a ti.>

<Ya... veo —dijo Sancia, aunque estaba claro que algo así la inquietaba—. Pero no tengo que tocarte. Siempre he tenido que tocar las cosas para hablar con ellas, para oírlas.>

<Los Hacedores... Los hierofantes, como tú los llamas, influían en la realidad. De manera directa e instantánea, no con los métodos indirectos que los tuyos usan ahora. —Un chasquido—. Yo influyo en la realidad, la proyecto de alguna manera. No tanto como un Hacedor, pero lo suficiente para comunicarme contigo.>

Las palabras no hicieron que Sancia se sintiese más tranquila.

<Dijiste que podías ayudarme a salir de aquí, ¿verdad?>

<Afirmativo>, dijo Valeria.

<¿Cómo? ¿Y por qué quieres ayudarme?>

<Para evitar un desastre —aseguró Valeria—. Los hombres que estaban aquí hablaron del método de liberación de espíritus, de transferir el alma a un dispositivo. Dicen que carecen del alfabeto necesario para reproducirlo, pero no se dan cuenta de lo cerca que están de completarlo. Solo necesitan unos pocos sigilos. Nada más. Unos muy importantes, unos de los que no hablaré aquí. Pero son pocos.>

<¿T-Tengo esos sigilos en mi interior?>, dijo Sancia.

<No. —Un chasquido—. Pero te matarán encantados para confirmarlo.>

<Genial. ¿Cómo puedo detenerlos? ¿Puedes liberarme de estas ataduras? Así después yo podría... ¿Qué? ¿Degollarlos?>

<Esa sería una solución... temporal. Sus herramientas seguirían estando disponibles, y el mundo está lleno de imbéciles dispuestos a usarlas mal.>

<¿Entonces qué hacemos?>

<Soy una editora —repitió Valeria—. Si consigues la llave que buscan y la usas en esta estancia en la que me encuentro, podría editar sus materiales para que no puedan volver a usarse para dicho cometido.>

Sancia miró la caja, examinó con detenimiento la cerradura dorada que tenía en el centro.

<¿Q-quieres que use la llave para abrirte?>, dijo.

Resonaron una serie de chasquidos en su mente, chasquidos que a Sancia le sonaron un tanto inquietos, como una bandada de murciélagos que escapasen de un haz de luz.

<Afirmativo>, dijo Valeria.

Sancia miró la caja. No podía evitar pensar en ella como un sarcófago. La idea de abrir aquel ataúd antiguo la incomodaba mucho.

"¿Tendría que creer a esa voz de mi cabeza? ¿Algo creado por los mismísimos Occidentales?".

<¿Cómo funciona el ritual? —preguntó Sancia—. Sé que hace falta una daga...>

<Tiene que hacerse cuando se reinicie el mundo —dijo Valeria—. A medianoche, cuando el firmamento del mundo está ciego y no ve. La transferencia espiritual solo puede llevarse a cabo en ese momento. La daga es solo una parte del método. Hay que marcar el cuerpo que alberga el espíritu y luego marcar el lugar al que quieres transferirlo. La daga, la muerte... es como encender un detonador, accionar la reacción. Pero ellos no deben intentarlo. Su reacción sería interminable.>

Sancia la escuchó con atención. Era lo que Clef y Orso habían dicho, pero aún le costaba confiar en una voz que brotaba así en su mente.

<¿Qué hacías tú para los Hacedores? —preguntó—. ¿Y qué hacían los Hacedores?>

<¿Yo? Yo hacía... —Muchos chasquidos—. Poca cosa. Era una trabajadora. Era... —Un chasquido—. Una más.>

Sancia no dijo nada.

<Los Hacedores... hacían —siguió Valeria—. Era lo que querían. Hacer. Rehacer el mundo. Conquistaron hasta que se quedaron sin lugares que conquistar. Y luego, descontentos, usaron sus procesos, sus herramientas, para descubrir el... el mundo que había detrás del mundo. —Un chasquido—. La vasta maquinaria que hace funcionar la creación.>

Sancia recordó el grabado del taller de Orso, la estancia en el centro del mundo.

<Y luego quisieron dejar a su dios a cargo de él, ¿verdad?>

Valeria se quedó en silencio.

<¿Verdad?>, insistió Sancia.

<Afirmativo>, dijo Valeria en voz baja.

<¿Y qué ocurrió?>

Otro largo silencio.

<La creación de una inteligencia así... no es fácil. Cuando uno crea una mente, siempre es producto de la mente que la crea. Había demasiado de sí mismos en todo lo que hacían. Empezó una guerra, entre el creador y lo que había creado. Una especie de guerra que no puedo describir. No hay palabras, no hay términos para describirlo. Las civilizaciones se vinieron abajo, murieron y ahora solo quedan ruinas.>

Sancia se estremeció al recordar la visión del hombre en el desierto apagando las estrellas.

<Dios...>

<Tienes que saber que podría ocurriros lo mismo —dijo Valeria—. Si esos imbéciles intentan duplicar el proceso detallado por los Hacedores, crear juguetes a partir de los huesos de la creación es una práctica demente y peligrosa.>

<¿Entonces quieres que traiga la llave para asegurarnos de que no vuelve a ocurrir?>

<Afirmativo.>

<¿Cómo narices voy a hacer algo así? ¡Ni siquiera puedo salir de aquí!>

<Soy editora.>

<Sí, eso ya lo has dejado muy claro.>

<Soy capaz de editar la realidad. Me diseñaron específicamente para la formulación y edición de inscripciones.>

<¿Q-qué? Ah. —A Sancia le dio un vuelco el estómago—. ¡E-entonces puedes editar las inscripciones de estas correas!>

<Es posible —dijo Valeria—. Pero me dejará exhausta. Seré incapaz de ayudarte de ninguna otra manera. Mi propuesta es ayudarte a editar algo que haga que el éxito sea mucho más probable.>

<¿El qué?>

<A ti.>

Se hizo un largo silencio.

<¿Eh?>, preguntó Sancia.

<Los comandos que hay en tu placa están... mal forjados —dijo Valeria—. Son confusos y no están nada claros. No saben muy bien a qué remitirse ni cómo crear una relación entre referencias. Puedo arreglarlos y convertirte... en una editora. O en algo parecido. Y así podrás liberarte tú misma y encontrar la llave.>

Sancia se quedó inmóvil, estupefacta.

<¿Q-qué? ¿Quieres editar la placa que tengo en la cabeza?>

<Daba por hecho que era algo que querías hacer. Tus comandos... siempre están activos. ¿Qué sentido tiene eso?>

<¿Siempre están activos?>

<Sí. El acceso nunca se bloquea. No puedes... desconectar.>

Sancia se dio cuenta de a qué se refería. Empezó a sentir cómo se le diluían las entrañas y a notar una emoción que era incapaz de procesar.

<¿Quieres decir que...? —Tragó saliva—. ¿Quieres decir que podrías hacerme capaz de apagarlo? ¿De apagarlo todo?>

<Afirmativo —respondió Valeria—. Conectar. Desconectar. Eso y mucho más.>

Sancia cerró los ojos y las lágrimas empezaron a caerle por la cara.

<¿Aflicción? —dijo Valeria—. ¿Por qué?>

<Yo... Yo no estoy triste. Es solo que... ¡Es lo que he querido siempre! Llevo esperándolo tanto tiempo. Y ahora me dices que puedes hacerlo sin problema. ¿Ahora mismo?>

<Afirmativo. —Varios chasquidos—. Claro... —Más chasquidos—.

Entiendo que sea algo que te alegre. Las inscripciones... pueden llegar a ser muy confusas.>

<¿A qué te refieres?>

<Las inscripciones que te integraron ansiaban convertirte en un objeto. Un... dispositivo. Algo a lo que dar órdenes. Una sirviente. —Más chasquidos, bruscos en este caso—. Como... Valeria.>

<¿Una esclava?>

<Afirmativo. Una criatura sin mente. Una esclava que no tuviese conciencia de sí misma para que no pudiese estar en contra de ser una esclava. Escribieron esos comandos en tu interior. "¡Eres una cosa!". Pero no entendían dichos comandos. No definieron 'cosa' de forma adecuada. ¿Qué cosa? Como es de esperar, las inscripciones siempre eligen la interpretación más sencilla. 'Cosa', en este caso, significaba el objeto que estuviese más cerca. Cualquier objeto que tocases. ¿Tiene sentido?>

Sancia empezó a sentir repugnancia.

<Querían convertirme en un objeto pasivo, una herramienta. Una sirviente sin voluntad. Pero lo escribieron mal, por lo que puedo... puedo sentir objetos y...>

<Y fundirte con ellos. Convertirte en ellos. Conocerlos. Como he dicho, escribieron mal los comandos. Algo así tendría que haber acabado contigo. —Una serie de chasquidos, tan rápidos que eran casi indistinguibles—. Suposición. Sobreviviste por la misma razón por la que el imperiat puede controlarte.>

<¿Eh?>

Una sucesión muy rápida de chasquidos.

<El imperiat no se creó para controlar mentes humanas. Las mentes son... complicadas. Complicadas de una manera imposible. Los Hacedores nunca imaginaron un uso así. El imperiat se creó para controlar armas. Objetos. Dispositivos. Y eso es lo que tú crees que eres. —Un chasquido—. El imperiat funciona contigo porque tú aún te defines como un objeto. Esa es la única razón por la que te puede controlar.>

Sancia escuchó mientras la rabia no dejaba de acumularse en su interior.

<¿A qué mierda te refieres con que soy un objeto?>

Un chasquido.

<¿No he sido clara?>

<¿Crees que soy solo un objeto?>

<Negativo. Creo que tú crees que lo eres.>

<Yo... ¡No soy un maldito objeto! ¡No soy una cosa! No soy... —Se afanó por encontrar las palabras—. ¡No soy algo que puede poseerse, por todos los beques!>

<Negativo. Crees que eres un objeto. Una... esclava.>

<¡Calla! —le gritó Sancia. Cerró los ojos—. ¡Calla, calla, calla! No... ¡No soy una maldita cosa! ¡Soy una persona! ¡Una persona libre!>

<¿Te sientes libre? —preguntó Valeria—. ¿O puede que sientas que te has robado a ti misma?>

Las lágrimas siguieron cayéndole por las mejillas. Los guardias la miraron con curiosidad.

<Para —dijo Sancia—. ¡Deja de hablar!>

Valeria se quedó en silencio. Sancia se quedó allí, llorando.

<Robar algo no es lo mismo que liberar algo —dijo Valeria. Después habló con un tono más bajo y algo más funesto—. Es algo que sé muy bien. Una de las cosas que tengo más claras.>

Sancia tragó saliva e intentó parpadear para enjugarse las lágrimas.

<Basta. ¡Basta ya!>

Valeria no dijo nada.

<Bien. Editas la placa de mi cabeza —continuó Sancia—. ¿E-eso me permitirá conectar y desconectar las inscripciones? ¿Y también podré abrir los grilletes que me retienen?>

Un chasquido.

<Afirmativo. Serás una editora. Más o menos. Podrás influir en los grilletes solo con el tacto. Tocándolos.>

<¿Y qué sentiré al convertirme en editora?>

<La conversión no será... indolora —explicó Valeria—. Editar las inscripciones será lo mismo que editar la realidad, convencer a la placa de tu interior que, cuando la crearon, la crearon de una manera y no de otra. No es algo fácil. La realidad puede llegar a ser muy terca.>

Sancia no estaba segura de que quisiese oír más. Cuanto más se enteraba de las cosas que podía hacer Valeria, más aterrorizada se sentía.

<Va a doler mucho, ¿no? ¿Verdad?>

<¿Cómo te sentiste cuando te lo hicieron la primera vez?>

El estómago le dio un vuelco.

<Mierda... ¿va a doler tanto?>

<Sí. Pero lo hicieron con brusquedad. Yo lo haré de manera mucho más... elegante.>

Sancia empezó a jadear. Sabía que necesitaba toda la ventaja que pudiese, pero también quería preguntarle más cosas. Quería preguntarle a Valeria qué era lo que podía hacer, que la habían obligado a hacer a ella y también cómo la habían creado los Hacedores.

Pero Valeria dijo:

<Tenemos que hacerlo ya. Llevará tiempo, y tus enemigos podrían regresar en cualquier momento.>

Sancia apretó los dientes.

<Bien. Pues hazlo. Y rápido.>

<Sentirás algo. Tienes que dejarme entrar. Después empezaré a editar. ¿Confirmado?>

<Confirmado.>

<Y, cuando lo haga, no te olvides de la llave. Tienes que abrir mi carcasa. ¿Confirmado?>

<¡Sí, sí! ¡Confirmado!>

<Bien.>

No sintió nada durante un segundo. Pero luego lo oyó.

Fue casi exactamente como aquella vez en la casa de Orso con Clef: se oyó un tap-tap tap-tap rítmico y tenue, un latido que reverberaba a través de su mente.

Lo escuchó otra vez. Extendió la mano. Lo agarró. Y luego...

El ritmo se desplegó, se expandió y la envolvió. La llenó de pensamientos. Y después quedó llena de dolor.

Se sintió gritar. Sintió que le ardía el cráneo. Caliente como el fuego. Sintió cada centímetro de su calavera siseando, y los guardias se acercaron a ella entre gritos para intentar sostenerla, pero...

Cayó.

Sancia empezó a caer, a caer en la oscuridad, una negrura infinita y ondeante.

Oyó un susurro y se dio cuenta, poco a poco: la oscuridad estaba llena de pensamientos, impulsos y anhelos.

No atravesaba una nada. Era una mente. Caía en una mente. Pero la mente de algo enorme, algo incomprensiblemente vasto y ajeno..., pero también fragmentado. Roto.

"Valeria —pensó—. Me has mentido. No eras una trabajadora, ¿verdad?".

La oscuridad se apoderó de ella.

Capítulo Treinta

Un bote pequeño y blanco se deslizaba por los canales neblinosos del Ejido a medida que transcurría la noche. En el bote había tres personas sentadas: dos barqueros que llevaban unas ropas negras y sin distintivo alguno, y una mujer alta que llevaba una capa oscura y pesada.

Pasaron junto a una barcaza, negra y voluminosa, y giraron en uno de los meandros del canal. Los dos hombres redujeron la velocidad y miraron a la mujer.

—Más lejos —dijo Ofelia Dandolo.

La proa hendió las aguas sucias y oscuras a medida que el bote continuaba su camino. Los canales del Ejido estaban sucios hasta decir basta, tenían una capa de suciedad, podredumbre y lodo. Pero Ofelia Dandolo miraba a través de las aguas como una adivina que analizase las hojas en el fondo de una taza.

—Más aún —susurró.

El bote continuó su camino hasta que al fin llegaron a un meandro muy marcado que había en una de las esquinas del canal. Una pequeña bandada de polillas blancas y pálidas bailoteaba y daba vueltas alrededor de una zona concreta del camino, sobre algo que flotaba en el agua.

Señaló.

—Allí.

El bote aceleró en dirección a esa cosa flotante, y los dos hombres sacaron unos garfios de madera para acercarse.

Un cuerpo flotaba bocabajo en el agua, inerte y rígido. Los barqueros lo subieron al bote y lo tumbaron en el fondo.

Ofelia Dandolo lo examinó, con un gesto que bien podría haber sido de aflicción, frustración o consternación.

—Cariño —suspiró. Después miró la bandada de polillas y dio la impresión de que cabeceaba hacia ellas—. Tenías razón.

Las polillas se dispersaron y salieron volando hacia la ciudad.

Ofelia se reclinó e hizo un gesto a los barqueros.

—Vámonos.

El bote dio la vuelta.

Capítulo Treinta y Uno

Sancia consiguió rehacerse poco a poco por segunda vez en su vida, sola y en la oscuridad.

Era una experiencia atroz e inconsciente, tan infinita y dolorosa como un polluelo que se afana contra los confines de su huevo. Empezó a sentir el mundo a su alrededor, poco a poco, despacio. Sintió el mundo tal y como lo veía la mesa de operaciones, se sintió a sí misma tumbada sobre ella... Y luego, de alguna manera, sintió más.

O, mejor aún, oyó más.

Oyó una voz:

<Estar unidos, ser uno, acogernos, unirnos, el regocijo de estar unido, de ser uno, de estar juntos, de ser amado...>

Sancia cerró los ojos mientras sentía un latido en la cabeza. Frunció el ceño.

"¿Qué narices? ¿Quién está hablando?".

La voz continuó en su oído, un cántico gorjeante y obsesivo:

<Cuánto desearía reunirme y aferrarme a ti, un círculo completo, un corazón completo... qué maravilla, maravilla, maravilla. Nunca me separaría de ti. Jamás...>

Sancia abrió lo mínimo el ojo izquierdo y vio a los dos guardias de los Candiano sobre ella. Parecían preocupados.

—¿Crees que está muerta? —dijo uno.

—Respira —dijo el otro—. Creo...

—Dios. Estaba sangrando por los ojos. ¿Qué fue lo que le pasó?

—No lo sé. Pero Ziani dijo que no le hiciésemos daño. Se suponía que tenía que estar de una pieza.

Los dos compartieron una mirada nerviosa.

—¿Qué hacemos? —preguntó el primero.

—Tenemos que avisar a Ziani —respondió el otro—. Y asegurarnos de decirle exactamente lo mismo.

Los dos se retiraron a la puerta y empezaron a hablar en voz baja.

Y la otra voz, la nerviosa, continuó murmurando:

<Nunca te dejaré marchar. Nunca volveré a separarme de ti. A menos que no me quede elección. Qué doloroso es estar sin ti...>

Sancia abrió más el ojo izquierdo y echó un vistazo a su alrededor sin mover la cabeza. No vio a nadie hablando.

<¿Valeria? —preguntó—. ¿Eres tú?>

Pero Valeria estaba en silencio. Puede que hubiese quedado agotada, como dijo que ocurriría.

<Agárrame fuerte. Más fuerte. Por favor. Sí, por favor...>

Sancia abrió el ojo derecho, bajó la vista y...

Se quedó mirando.

—Dios —susurró.

En ese momento, las vio. Vio las inscripciones de los grilletes que tenía en las muñecas y en los pies, aunque 'ver' no era la palabra adecuada.

No era que viese los sigilos, como instrucciones alfabéticas escritas en los objetos, sino se podría decir que más bien vio... la lógica detrás de los dispositivos, entremezclada con la materia que los componía. Las inscripciones tenían el aspecto de unas pequeñas marañas de luz argéntea que parecían manojos calientes de estrellas en una constelación distante. Con la mirada era capaz de distinguir el color, el movimiento, la forma y también de comprender lo que hacían o lo que querían hacer.

Analizó entre parpadeos lo que veía. Cada uno de los grilletes estaba formado por dos semicírculos de acero que estaban inscritos para ansiar quedarse unidos entre ellos, para abrazarse y no soltarse nunca. Temían estar separados, lo temían y era una idea que detestaban. La única manera de desacoplarlos era satisfacer esa ansia intensa y fervorosa de estar unidos, y la única manera de hacerlo era tocarlos con la llave adecuada. La llave calmaría las inscripciones en cierta manera, aplacaría la necesidad igual que un sorbo de té de opio aplacaría la sed de un marinero.

Era como cuando Clef le había permitido oír una inscripción, pero en esta ocasión lo estaba haciendo por su cuenta. Y ahora sentía muchas más cosas, más matices y significados detrás de esa obsesión. Toda la información se vertía en su mente de manera instantánea, como una gota de sangre que se extendiese a lo largo de un vaso de agua.

También se dio cuenta de que, aunque ahora podía interactuar con las inscripciones, tampoco es que pudiese oír mucho más: no sentía lo que sentía la mesa ni conocía de inmediato todas sus grietas, hendiduras y matices. Le daba la impresión de que Valeria había mermado su "empatía con los objetos", que era como lo había llamado Clef, y la había reemplazado por... esto. Fuera lo que fuese.

"¿Veo las cosas tal y como las veía Clef? ¿M-me ha convertido en algo parecido a él?".

Sancia echó un vistazo por la estancia con disimulo y quedó sorprendida. Veía todas las inscripciones, todos los aumentos, todos los comandos y argumentos breves y plateados entretejidos en los objetos que la rodeaban, exigiendo a esas cosas que fuesen diferentes, que desafiaran las leyes de la física y la realidad de maneras específicas. Algunas inscripciones eran maravillosas y delicadas; otras eran horrendas y estridentes, y otras anodinas y monótonas. Comprendía la naturaleza general de esas cosas a simple vista: lo que las hacía iluminar, dar calor o lo que las volvía duras o blandas...

Todo estaba allí, justo allí, escrito en las piedras y en la madera y en los intersticios del mundo. En una ocasión había conocido a un estibador que decía que ciertos sonidos lo hacían ver colores y oler cosas, y que nunca había llegado a comprenderlo. Ahora Sancia sí que lo comprendía.

Pero no lo veía todo. No veía todas las inscripciones de Tevanne, sino tan solo los sigilos que había en aquella estancia y puede que en la contigua, a través de las paredes, al parecer. Le dio la impresión de que, fueran cuales fuesen esas capacidades extrasensoriales que le había dado Valeria, estaban más o menos limitadas a la vista y al oído.

Se quedó demasiado indispuesta como para pensar. Después recordó lo que había dicho Valeria: que sería capaz de apagar la capacidad y también de comunicarse directamente con las inscripciones, de discutir con ellas como hacía Clef.

Sancia se lamió los dientes y se preguntó cómo iba a hacer ambas cosas.

Parpadeó con fuerza, pero las inscripciones no desaparecieron. Al parecer, su segunda visión (un término estúpido, aunque no se le ocurría otro por el momento) no se activaba o desactivaba con un movimiento físico.

Después se dio cuenta de que notaba una tirantez en un lado de la cabeza, un desagrado extraño y tenue similar a lo que se siente cuando alguien mantiene un dedo muy cerca de tu oreja. Se centró e intentó suavizarlo, como si relajase unos de esos músculos olvidados de la espalda...

Las inscripciones se desvanecieron y el mundo quedó totalmente en silencio. Al fin.

Sancia estuvo a punto de estallar en carcajadas.

"¡Puedo hacerlo! ¡Puedo desconectarlo! ¡Al fin! ¡Al fin puedo desconectarlo!"

Era maravilloso, claro, pero aún seguía atrapada.

Se concentró y tensó ese músculo extraño de su mente. La maraña argéntea de las inscripciones volvió a aparecer, y Sancia oyó cómo la voz le susurraba al oído:

<Te aferraré con fuerza, con fuerza, amor mío, amor mío, amor mío...>

Sancia se centró en los grilletes. Miró las inscripciones con atención, lo mejor que pudo, ya que aún seguía atada a la mesa. No tenía ni idea de cómo interactuar con las inscripciones. Puede que fuese igual que hablar con Clef.

Les dijo a los grilletes:

<¿Os abriríais por mí?>

Los grilletes respondieron de inmediato, con un fervor sorprendente:

<¡NO! ¡NO, NO, NO! NUNCA NOS SEPARAREMOS. NUNCA. NUNCA LO DEJARÉ MARCHAR. NOS ROMPERÍA EL CORAZÓN. SÍ, ESO HARÍA...>

Sancia sintió náuseas a causa de la potencia de la respuesta. Era como oír una habitación llena de niños que empezasen de repente a gritar con frustración al decirles que no quedaba nada para el momento de ir a la cama.

<¡Bien, bien! —dijo Sancia—. ¡Dios! ¡No os separaré!>

<¡Bien! Bien, bien, bien. No podemos separarnos. Nunca. No podemos estar el uno sin el otro...>

Sancia arrugó la nariz. Era como estar sentada junto a dos amantes que se besaran con mucha intensidad.

Intentó centrarse y calmarse, y luego miró los grilletes y dejó que sus pensamientos se vertieran en ellos. No sabía describir lo que estaba haciendo, pero se limitó a examinar sus argumentos, lo que hacían y por qué lo hacían. Y se centró en la parte de dicho argumento que hablaba sobre cómo calmarlos, cómo quedaban satisfechos con el roce de la llave antes de separarse.

<¿Cómo puedo hacer que os sintáis...? —Sancia hizo una pausa mientras buscaba las palabras adecuadas en el argumento—. ¿Cómo puedo hacer que os sintáis llave-calmados?>

<Con una llave>, dijeron los grilletes de inmediato.

<Sí, pero ¿qué tiene que ver la llave con lo que os hace estar llave-calmados?>

<La llave imparte llave-calma.>

<¿Qué os hace esa llave-calma?>

<La llave-calma nos provoca eso mismo: llave-calma. Un estado de llave-calma.>

“Mierda —pensó Sancia—. Esto es más difícil de lo que pensaba”.

Pensó rápidamente y preguntó:

<¿Hay alguna otra cosa que sirva para haceros sentir llave-calma, sin ser la llave?>

Una breve pausa. Y luego:

<Sí.>

<¿Qué cosa?>

<¿Que cosa qué?>

<¿Qué cosa os hace sentir llave-calma?>

<La llave nos provoca llave-calma. —Una pausa—. Y el secreto.>

Sancia parpadeó.

<¿El secreto?>

<¿Cómo que secreto?>, preguntaron los grilletes.

<¿Qué secreto os provoca llave-calma?>

<El secreto es secreto.>

<Sí. Pero ¿qué es?>

<¿Qué es el qué?>

Sancia respiró hondo. Era muy frustrante cuando menos. Ahora entendía lo que le había enseñado Clef hace mucho tiempo, al abrir la puerta de los Candiano: que las inscripciones eran como mentes, pero no mentes inteligentes. Y a Clef se le daba mucho mejor engañarlas que a ella. Pero también se había estropeado más a medida que se volvía más poderoso.

Sancia preguntó:

<¿El secreto es una llave?>

<No. La llave es la llave.>

<¿El secreto es otra inscripción?>

<No.>

Eso le resultaba sorprendente. Si no era una inscripción lo que activaba o desactivaba el comando de otra inscripción, ¿qué podía ser?

<¿El secreto es algo duro?>, preguntó Sancia.

<¿Duro? Incierto.>

Intentó pensar en una forma mejor de describirlo.

<¿El secreto está hecho de metal?>

<No.>

<¿De madera?>

<¿De madera qué?>

Sancia rechinó los dientes. Se dio cuenta de que necesitaba formular cada pregunta de manera completa y a la perfección.

<¿El secreto está hecho de madera?>

<No.>

Sancia miró a los guardias. Aún debatían sobre algo, con rabia. No se habían dado cuenta de los ligeros movimientos que había hecho ella durante los últimos minutos, pero sabía que no tenía todo el tiempo del mundo.

<¿E-el secreto es la sangre de alguien?>

<No.>

<¿El secreto es el roce de alguien?>

<No.>

<¿El secreto es el aliento de alguien?>, insistió.

Los grilletes respondieron al fin:

<Incierto.>

<¿Por qué es incierto?>

<¿El qué es incierto?>

<¿Por qué es incierto que el secreto sea el aliento de alguien?>

Otra pausa. Después los grilletes dijeron:

<El secreto es aliento, pero el aliento no es la esencia del secreto.>

<¿Cómo es que el secreto no es aliento?>

Silencio. Los grilletes no eran capaces de responder a eso.

Bueno. ¿Qué era un aliento que en realidad no era aliento? O no solo aliento, al menos. Si lo descubría, podría escapar.

Pero antes de tener tiempo de darle más vueltas, en la distancia se oyó un grito que luego se convirtió en un aullido y luego la puerta se abrió de repente. Tomas Ziani entró en la estancia.

—¡Inútil! —gritó—. ¡Ha sido inútil, por todos los beques! Hemos encontrado la puta cápsula, pero solo era eso, una cápsula. ¡Nada más! ¡O nos mintió o es tan inepta como sospechaba!

Sancia los miró con cautela a través de la rendija de sus ojos entreabiertos. Descubrió que veía los aumentos de sus armas blancas, de sus escudos y de su ropa. Y había una inscripción en Tomas que brillaba con una luz extraña e incómoda, como un haz de luz del sol que se filtrase a través de un agua llena de sangre...

“El imperiat —pensó Sancia—. Lo veo... Dios, es horrible...”.

Tomas se giró para mirar a Sancia.

—¿Y ahora qué cojones le ha pasado?

—Pues... empezó a gritar hace unas dos horas —dijo uno de los guardias—. Después se desmayó. Empezó a sangrar por... bueno. Parece ser que por todas partes. Nunca he visto algo parecido.

—¿Otra vez? —dijo Tomas—. ¿Empezó a sangrar otra vez? —Miró a Enrico, que corrió a colocarse detrás de él—. ¿Qué le está pasando? ¡Al parecer, no deja de sangrar por esa maldita cara!

Sancia con los ojos cerrados, se centró en los grilletes y preguntó: <¿Por qué el aliento secreto no es un aliento?>

Los grilletes se quedaron en silencio. No lo habían entendido.

<¿Por qué el aliento secreto provoca llave-calma?>, preguntó a la desesperada.

<El aliento no provoca llave-calma>, respondieron los grilletes.

<Pero el secreto es aliento, ¿verdad?>

<Incierto. Solo una parte.>

<¿Y qué es el resto, la parte que no es aliento?>

<Un secreto.>

—¿Está muerta? —preguntó Tomas.

—Respira —dijo Enrico.

—¿Y eso es normal cuando eres una persona inscrita?

—Pues... lo cierto es que solo he podido relacionarme unos diez minutos con una persona inscrita, señor. Es difícil de decir.

Sancia oyó que Tomas se acercaba.

—Bueno. Si se ha desmayado..., es posible que nos haya hecho un favor. Quizá sea buen momento para quitarle esa maldita placa del cráneo sin que monte un numerito.

<¿Cómo se te comunica el secreto junto con el aliento?>, preguntó Sancia, que empezaba a entrar en pánico.

<¿Por la boca?>, respondieron los grilletes, desconcertados.

<¿La saliva es un componente del secreto?>, preguntó Sancia.

<No>, dijeron los grilletes.

—Señor..., no creo que actuar de manera impulsiva sea lo más adecuado —dijo la voz de Enrico.

—¿Por qué no? Una matona de Orso ha llegado hasta aquí con la llave. ¡Creo que tenemos excusa más que suficiente como para actuar con impulsividad!

—Casi ni la hemos interrogado, señor. Es la única persona de todo Tevanne que ha tocado la llave. ¡Es muy valiosa!

—Es posible que esa placa de su cabeza haga que la llave sea irrelevante —dijo Tomas—. O eso es lo que dijiste tú, al menos.

—"Es posible" son las palabras clave de lo que acaba de decir —dijo Enrico. Después siguió hablando con un tono suplicante que resultaba muy perturbador—. ¡Y tampoco sabemos cómo extraer la placa! ¡Hacerlo sin cautela podría dañar lo que intentamos recuperar!

Sancia, que aún no se había movido ni un ápice, intentaba encontrar otra pregunta para hacerle a los grilletes. Pero luego vio algo.

Unas inscripciones que acababan de aparecer. Nuevas y brillantes, lo que indicaba que eran muy potentes. Increíblemente potentes.

Y se movían.

Abrió el ojo solo un poco y vio que las inscripciones se encontraban al otro lado de la pared y se acercaban a la puerta.

Alguien venía de camino. Alguien se acercaba despacio y en silencio, con una gran cantidad de juguetitos muy poderosos.

"Oh, oh", pensó Sancia.

—¡Malditos escribas! —gritó Tomas—. ¿Es que no os dais cuenta de que ya no sois hombres de acción? ¿Es que no tenéis nada entre las piernas? ¿Es que acaso se os ha podrido y caído ese churrito que tenéis por mirar vuestros sigilos?

El grupo de inscripciones relucientes se acercó más a la puerta.

—Señor, sé que intenta salvar el proyecto —dijo Enrico. Empezaba a tener la voz quebrada—. Pero... ¿acaso no ve que es valiosa?

—Lo único que veo es que es una zorra inepta y mugrienta de Entremuros. ¡Y que ella y su amo, Orso Ignacio, han arruinado todo lo que he intentado hacer! ¡Casi tantas veces como los tarugos y supuestos expertos que me has recomendado tú! Enrico, lo único que quiero esta noche es ver morir a alguien, y más te vale que así sea. Lo digo por tu propio bien.

Las inscripciones brillantes llegaron a la puerta. Sancia vio cómo el pomo empezaba a girarse.

"Algo me dice que Tomas va a ver su deseo cumplido muy pronto", pensó.

La puerta se abrió con un chirrido. Todos se quedaron de piedra y se dieron la vuelta. Uno de los guardias consiguió sacar una daga, pero luego se quedó paralizado cuando vio que entraba una mujer en la habitación.

—¿Estelle?

Capítulo Treinta y Dos

Sancia abrió más un ojo para ver mejor. La mujer echó un vistazo a su alrededor, con la boca abierta y mirada anodina. Tenía el maquillaje un poco emborronado y se le habían descolocado partes de su peinado muy elaborado. Respiró hondo y arrastró las palabras:

—T-Tomas..., cariño. ¿Qué pasa aquí? ¿Q-qué te ha ocurrido?

—¿Estelle? —repitió Tomas—. ¿Qué mierda haces tú aquí?

No hablaba como un marido que saludase a su esposa, sino como un chico que hablase a una hermana mayor que le hubiese arruinado una fiesta nocturna.

"¿Estelle Ziani? —pensó Sancia—. ¿Es...? ¿Es la antigua novia de Orso, la que nos dio la sangre de su padre?".

—E-es que oí unos r-ruidos... —No dejaba de tartamudear—. Unos ruidos en la puerta del campo. ¿Han cerrado todos los muros?

No hablaba como Sancia había esperado, con voz noble, culta, de mujer rica y de escriba brillante, tal y como la había descrito Orso. Hablaba de forma extraña, como si le faltase el aliento. Con voz aguda. Hablaba justo como un rico querría que hablase su mujer.

—Dios —dijo Tomas—. ¿Estás borracha? ¿Otra vez?

—Esto... Fundadora —dijo Enrico, nervioso. Miró a Sancia—. Puede que no sea el momento más...

Estelle miró a Enrico y se tambaleó un poco. No daba la impresión de que lo hubiese visto antes. Para una persona normal con una vista normal, la mujer tendría el aspecto de una fundadora borracha cualquiera. Pero Sancia no era una persona normal y ya no tenía una vista normal, por lo que vio esos dispositivos increíblemente poderosos ocultos entre las mangas de Estelle, como estrellitas.

"¿A qué juega?".

—¡Enrico! —gritó Estelle, sorprendida—. ¡El único escriba bueno que nos queda! Qué maravilloso verte por...

—Ah —dijo Enrico—. G-gracias, fundadora.

Pero Sancia vio que, cuando Estelle tocó a Enrico, le dejó un pequeño punto brillante en el hombro, y no le dio la impresión de que él se diese cuenta.

"Es un dispositivo inscrito —pensó Sancia—. Pero es pequeño... Y también muy potente".

Intentó descifrar la naturaleza del objeto desde donde se encontraba, pero era mucho más difícil de lo que había pensado. Al parecer, sus nuevos talentos requerían proximidad y contacto. Esa cosa tan pequeña parecía...

Hambrienta. Hambrienta de una manera extraña y muy intensa.

—¿Qué haces aquí? —exigió saber Tomas—. ¿Cómo has entrado?

Estelle se encogió de hombros. El pequeño movimiento consiguió desequilibrarla e hizo que se tambalease a un lado.

—E-es que cuando te marchaste de la Montaña parecías muy enfadado y tenías tanta prisa... hice que mi sirvienta te siguiese hasta aquí, para sorprender...

—¿Que hiciste qué? —preguntó Tomas—. ¿Tu sirvienta sabe dónde está este lugar? ¿Quién más lo sabe?

—¿Qué? —preguntó ella, sorprendida—. Nadie más.

—¿Nadie? —exigió saber Tomas—. ¿Estás segura?

—Y-yo solo quería ayudarte, amor mío —dijo—. Quería ser la esposa obediente que siempre has esperado que...

—Dios. —Se pellizcó el puente de la nariz—. Quieres ayudarme, ¿no es así? Otra vez. Querías ser una escriba. Otra vez. Te lo dije la vez anterior, Estelle. Te dije que no iba a tolerar otra intrusión...

Estelle parecía abatida.

—Lo siento —susurró.

—Pues me alegro de que lo sientas —dijo Tomas—. ¡Eso ayudará! ¡No me puedo creer que haya encontrado la manera de empeorar aún más esta situación!

—¡Te prometo que no haré nada más! —dijo ella—. Solo seremos Enrico, tú y yo... y estos dos sirvientes leales.

Tocó a los guardias en el hombro, y ellos intercambiaron miradas. Pero Sancia vio que también les acababa de dejar dos pequeños objetos inscritos en la ropa.

Tomas empezó a temblar de pura rabia.

—Te dije que te dejases de estos caprichos absurdos tuyos, que se habían acabado los jueguecitos tontos sobre inscripción y finanzas. ¡Sois...! ¡Sois débiles, insignificantes y... académicos! —Pronunció la última palabra como si fuese el peor insulto que se le hubiese ocurrido jamás—. ¡He pasado una década de mi vida intentando modernizar este maldito lugar! Y justo cuando empiezo a conseguir resultados, tu sirvienta y tú aparecéis por la puerta con la intención de desbaratar la última oportunidad que me queda.

Estelle bajó la vista.

—Solo quería ser una esposa obediente...

—¡No quiero una esposa! —gritó Tomas—. ¡Quiero una empresa!

Estelle se quedó quieta y con la cabeza ladeada. Sancia no veía su expresión porque el rostro se le había quedado ensombrecido, perdido entre la oscuridad. Pero, cuando habló, su voz había dejado de tener ese tono agudo, susurrante y ebrio que había usado hasta el momento. Ahora habló con el tono firme, frío y brusco de una mujer tajante.

—Entonces, ¿si pudieses poner punto y final a nuestra relación lo harías? —preguntó Estelle.

—¡Claro que sí! —gritó Tomas.

Estelle asintió despacio.

—Bien. ¿Por qué no lo habías dicho antes?

Sacó una pequeña vara de algún tipo, con extremos iluminados a causa de los sigilos. Y Sancia vio cómo la partía como si fuese un mondadientes.

Cuando lo hizo, los gritos se apoderaron de la estancia.

Los gritos empezaron justo al mismo tiempo, por lo que era

difícil concretar qué había ocurrido exactamente o quién era el que gritaba.

Enrico y los guardias de los Candiano aullaban de dolor, estremeciéndose y agitándose como si tuviesen una fiebre horrible. Se clavaban las uñas en el cuerpo, en los brazos, en el pecho, en el cuello y en los costados, como si un bicho hubiese saltado de repente hacia sus ropas.

Y Sancia vio que así era y que de verdad había algo que les recorría el cuerpo. Se trataba de esas piezas inscritas, pequeñas y relucientes, que Estelle les había dejado en la ropa. Se habían metido en sus cuerpos de alguna manera, debajo de la piel, y se abrían paso poco a poco por sus torsos. Se dio cuenta de que todos los bichos (no podía evitar llamarlos así) quemaban las entrañas de los tipos, ya que unas pequeñas volutas de humo les brotaban por los hombros, los brazos y las espaldas. Desde el lugar exacto donde Estelle había colocado esos puntitos inscritos.

Tomas miró a su alrededor, asustado.

—¿Qué...? ¿Esto qué es? —gritó—. ¡Qué está pasando!

—Esto es el principio de nuestro divorcio, Tomas —dijo Estelle, con voz tranquila.

Tomas corrió para arrodillarse junto a Enrico, que se encontraba tumbado en el suelo, presa de unos temblores horribles, dolorido y con los ojos abiertos. Enrico abrió la boca para gritar, pero solo salió de entre sus labios una pequeña voluta de humo.

—¿Qué les está pasando? —dijo Tomas, asustado—. ¿Qué les has hecho?

—Es un dispositivo que he creado —explicó Estelle, con naturalidad y contemplando a los guardias moribundos de los Candiano—. Es como un borrador. Pero lo diseñé para que borrase algo muy concreto: el tejido que rodea el corazón humano.

Los gritos de la estancia pasaron a convertirse en gimoteos y terminaron como unos gorjeos leves y espantosos. Enrico se ahogó y empezó a asfixiarse. No dejaba de salirle humo por la garganta.

Tomas miró a Estelle, estupefacto y horrorizado.

—¿Que has qué? ¿Has creado un dispositivo? ¿Un dispositivo inscrito?

—Fue complicado —admitió Estelle—. Tuve que calibrar las inscripciones para que afectasen solo a ese tejido en concreto. Usé muchos corazones de cerdo. ¿Sabías que el tejido de un corazón de cerdo es muy parecido al de los humanos, Tomas?

—Mientes... ¡Mientes! —Volvió a mirar a Enrico—. ¡No lo has hecho tú! ¡Es imposible que hayas creado un dispositivo! No eres más que... ¡No eres más que una mujercita inú...!

Se giró justo a tiempo para ver cómo el pie de Estelle salía despedido hacia su cara.

La patada le dio de lleno en la barbilla y lo tiró al suelo. Gruñó para intentar incorporarse, pero Estelle se arrodilló junto a él, le metió la mano debajo de la túnica y sacó el imperiat.

—¡M-me has pegado! —dijo Tomas.

—Eso he hecho —convino Estelle, calmada mientras volvía a ponerse en pie.

Tomas se tocó la barbilla, como si aún no se lo creyera. Después vio el imperiat en manos de Estelle.

—¡Oye! ¡Devuélvemelo!

—No —dijo Estelle.

—¡T-te lo ordeno! —dijo Tomas—. ¡Estelle, devuélvemelo o esta vez sí que te romperé el brazo! ¡Te romperé los brazos y mucho más!

Estelle se limitó a mirarlo, con rostro sereno y despreocupado.

—¿Cómo...? —Tomas se puso en pie y se abalanzó hacia ella—. ¡Cómo te atreves! Cómo te atreves a desafiar mi...

Nunca llegó a pronunciar la última palabra. Cuando se acercó a Estelle, ella extendió el brazo y coloco una pequeña placa en el pecho de Tomas. Cuando la placa lo tocó, se quedó paralizado en mitad del aire, del todo inerte, como una estatua suspendida por cuerdas que colgaban del techo.

—Así —dijo ella en voz baja—. Mucho mejor.

Sancia examinó a hurtadillas la placa que ahora se encontraba en el pecho de Tomas. Vio al instante que se trataba de una placa de gravedad, parecida a las que habían usado los asesinos para atacarlos a Gregor y a ella.

Pero esa era más pequeña. Mejor. Más pulcra y elegante.

La miró durante un segundo y se dio cuenta de que, aunque había dejado paralizado a Tomas, ese no era su único cometido. Le estaba haciendo algo más...

Estelle rodeó a ese Tomas paralizado y ladeó la cabeza con placer y fascinación.

—¿Esto es lo que se siente? —preguntó en voz baja—. ¿Esto es lo que se siente al ser tú, marido mío? ¿Lo que se siente al ser un hombre poderoso? ¿Al detener una vida por capricho y silenciar a voluntad a los que desprecias?

Tomas no respondió, pero a Sancia le dio la impresión de que había movido los ojos.

—Estás sudando —dijo Estelle.

Sancia se quedó muy quieta, sin tener muy claro a qué se refería. Tomas no parecía estar sudando.

—Tú. La de la mesa —dijo Estelle, en voz más alta—. Estás sudando.

"Mierda", pensó Sancia, que siguió sin moverse.

Estelle suspiró.

—Déjalo ya. Sé que estás despierta.

Sancia soltó el aire y abrió los ojos de par en par. Estelle se giró hacia ella y la examinó, con el gesto fijo en una expresión de dignidad regia y glacial.

—Supongo que tengo que darte las gracias, niña —dijo.

—¿Por qué? —preguntó Sancia

—Cuando Orso acudió a mí y dijo que necesitaba una manera de colar una ladrona en la Montaña, me di cuenta de que, si Tomas capturaba a esa ladrona, lo más probable era que la llevase a un lugar seguro. Y el lugar más seguro también sería el lugar donde escondería la colección de objetos de mi padre. —Se giró hacia la mesa llena de artefactos—. Un lugar que llevo buscando desde hace mucho tiempo. Parece que están todos aquí.

—Tú... tú fuiste quien nos traicionó —dijo Sancia—. Tú avisaste a Tomas de que estaba aquí.

—Se lo dije a una persona, que se lo dijo a otra quien se lo comentó a alguien cercano a Tomas —comentó Estelle—. No fue nada personal. Seguro que me entiendes. Pero una criatura como tú tiene que estar acostumbrada a que sus superiores la usen como si fuese una herramienta. Esperaba que Tomas te diese una muerte rápida, eso sí. —Suspiró, un poco incómoda—. Ahora tendré que decidir qué hacer contigo.

Al oír que se hacía referencia a su muerte, Sancia se volvió a centrar en los grilletes y dijo:

<Oye, ¿el secreto está limitado por el tiempo?>

<No.>

<¿Es...?>

—Se tenía en demasiada buena estima, ¿sabes? —continuó Estelle, que miraba a Tomas—. Creía que los escribas eran imbéciles, débiles y pálidos. Odiaba lo mucho que dependía de ellos. Ansiaba formar parte de un mundo lleno de conquistas y conflictos, uno salvaje en el que se sustituyese el oro por la sangre. —Chasqueó la lengua—. Nunca ha sido un tipo meditativo. Y cuando empezó a encontrar diseños tan valiosos en las estancias de Tribuno, cadenas de sigilos que aparecían misteriosamente de la noche a la mañana, se alegró mucho... pero nunca se detuvo a pensar de dónde salían.

—¿T-tú creaste las placas de gravedad? —preguntó Sancia, sorprendida.

—Yo lo hice todo —dijo Estelle, con la mirada fija en Tomas—. Lo hice todo para él, gracias a pistas y empujoncillos a lo largo de los años. Lo guie hasta la colección de objetos Occidentales de mi padre. Usé a mi padre para darle a Tomas todas mis innovaciones en materia de inscripción: dispositivos de escucha, placas de gravedad y muchísimo más. Conseguí que hiciese todo lo que yo no había conseguido, todo lo que no se me había permitido hacer. —Se inclinó hacia el rostro inerte de Tomas—. He hecho mucho por ti, muchísimo por ti, a pesar de que solo has servido para ponerme la zancadilla, para reprenderme, ignorarme, retenerme y... y...

Hizo una pausa y tragó saliva.

Sancia la comprendía bien.

—Creía que eras su propiedad —dijo.

—Una reliquia familiar un tanto inapropiada, todo sea dicho —dijo Estelle con tono calmado—. Pero da igual. Lo acepté y lo aproveché lo mejor que pude. No suelo ser una persona orgullosa, por lo que quizá me molestó mucho menos de lo que debería.

Sancia miró a Tomas y vio que su cuerpo estaba retorcido de manera extraña en algunos lugares. Era como un bidón de metal abollado y arrugado después de muchos años de uso continuado.

—¿Q-qué narices le estás haciendo? —preguntó Sancia.

—Lo someto a lo mismo que mi padre y él me sometieron a mí —explicó Estelle—. Presión.

Sancia hizo un mohín mientras veía cómo Tomas parecía... replegarse. Solo un poco.

—Su gravedad...

—Su gravedad incrementa una décima parte cada treinta segundos —explicó Estelle—. Acelera poco a poco. Sin parar...

—Y él aún lo siente...

—Lo siente todo —terminó Estelle, en voz baja.

—Dios mío —comentó Sancia, consternada.

—¿Por qué te horrorizas tanto? ¿Acaso no quieres que muera por lo que te hizo? ¿Por capturarte, por golpearte y por abrirte la cabeza?

—Claro que quiero —dijo Sancia—. Es una persona horrible. Pero eso no significa que tú seas una buena persona. Aunque puede que empatice contigo, eso no quiere decir que vayas a dejarme marchar, ¿verdad? Arruinaría tu oportunidad para conseguir todo ese dinero.

—¿Dinero? —preguntó Estelle—. Niña... esto no lo hago por dinero.

—¿Por qué ibas a hacerlo si no, aparte de por dinero y por matar a Tomas? ¿O es por ser Candiano, porque crees que eres capaz de crear herramientas Occidentales? ¿Crees que conseguirás lo que tu padre no consiguió?

Estelle le dedicó una sonrisa impasible.

—Olvídate de las herramientas de los Occidentales. Nadie sabe quiénes eran los hierofantes. ¿Cómo llegaron a ser lo que eran? Mi padre tuvo la respuesta a esa pregunta delante de las narices, todo el tiempo. Y yo la respondí hace años. Nunca me hizo caso. Y sabía que Tomas tampoco me haría caso. Aun así, necesitaba los recursos para probarlo. —Estelle volvió a caminar alrededor de Tomas—. Un cúmulo de energía. Pensamientos capturados en un único ser. Y el gran privilegio de la *lingai divina*. Son elementos reservados para aquellos que no mueren, para aquellos que dan y quitan la vida. —Sonrió y miró a Sancia—. ¿Es que no te das cuenta? ¿No lo comprendes?

A Sancia se le puso la carne de gallina.

—T-te refieres a...

—Los hierofantes se crearon a sí mismos, igual que crearon sus dispositivos —explicó Estelle—. Tomaron las mentes y las almas de otras personas y las introdujeron en sus cuerpos.

Sancia miró asqueada cómo la silueta de Tomas empezaba a estremecerse, como si lo estuviesen licuando. Los ojos empezaron a llenárseles de sangre.

—Dios...

—¡Una única forma humana y perfecta! —gritó Estelle—. Pero, en su interior, decenas, cientos o miles de mentes y pensamientos... una persona rebosante de vitalidad, con un cometido, con poder, capaz de retorcer la realidad, capaz no solo de transformarla temporalmente sino de moldearla a sus caprichos...

El cuerpo de Tomas se dobló hacia dentro, se desmoronó sobre sí mismo. Los brazos y el pecho le estallaron en un reguero de sangre por haber desafiado de esa manera a la física, se le encajaron en el cuerpo, obligados por esa gravedad antinatural.

—¡Estás loca, por todos los beques! —dijo Sancia.

—¡No! —rio Estelle—. Solo sé muchas cosas. He esperado mucho tiempo a que Tomas reuniera las herramientas y los recursos que yo necesitaba, todos esos sigilos antiguos. He sido muy paciente. Y luego el viejo Orso me ofreció una oportunidad maravillosa. Y las ocasiones hay que aprovecharlas...

Metió las manos en la túnica y sacó algo brillante y dorado, una llave alargada y de dientes extraños.

Sancia se la quedó mirando.

—Clef...

—¿Clef? —preguntó Estelle—. ¿Tiene nombre? Qué patético...

—¡P-pedazo de zorra bequera! —gritó Sancia, con rabia—. ¿Cómo te has hecho con él? ¿Cómo has...? —Se quedó en silencio—. ¿Dónde...? ¿Dónde está Gregor?

Estelle se giró para mirar a su marido.

—¿Qué le has hecho? —exigió saber Sancia— ¿Qué le has hecho a Gregor? ¿Qué has hecho con él?

—Hice lo que era necesario —dijo Estelle—. Lo necesario para conseguir mi libertad. ¿Tú no lo harías?

Sancia vio, asqueada y aterrorizada, cómo el cuerpo de Tomas perdía la forma poco a poco y se convertía en una pelota burbujeante de sangre y vísceras, que empezó a encogerse más y más y más...

—Como le hagas daño... —amenazó Sancia—. Como le hagas daño, te voy a...

—Podría haber sido peor. —Estelle señaló la cosa monstruosa que tenía frente a ella—. Podría haberle hecho algo así.

El cuerpo de Tomas había pasado a ser del tamaño de una bala de cañón pequeña. Se estremecía un poco, como si no fuese capaz de mantener tanta presión.

Estelle se irguió y, a pesar de su cabello alborotado y de lo emborronado de su maquillaje, Sancia comprendió de repente por qué la gente veía a Tribuno Candiano como un rey.

—Mañana conseguiré aquello con lo que mi padre siempre había soñado y nunca había sido capaz de lograr. Y, al mismo tiempo, acabaré con todo lo que él y tú valorabais, marido mío. Me convertiré en la mismísima Compañía Candiano. ¡Y conseguiré aquello que siempre se me ha negado!

Y luego, la pelota roja y pequeña que había sido Tomas Ziani explotó, sin más.

Se oyó un ruido extraño, como de una tos, y la estancia quedó llena de repente de una niebla roja, ligera y arremolinada. Sancia cerró los ojos y apartó la cabeza mientras sentía gotas que se le pegaban al rostro y al cuello.

Oyó que Estelle tosía y escupía en algún lugar a su alrededor.

—Agh. ¡Agh! Supongo que no había pensado en algo así... todo diseño tiene sus límites.

Sancia intentó no sentirse agitada. Intentó no pensar que Estelle tenía a Clef ni en lo que podría haberle hecho al pobre Gregor.

“Céntrate. ¿Qué hago ahora? ¿Cómo salgo de esta?”

Estelle escupió más, tosió y luego gritó:

—¡Al fin!

La niebla roja siguió asentándose a su alrededor. Se oyeron unos pasos en el pasillo al otro lado de la puerta. Entraron dos soldados de los Candiano. No parecían sorprendidos de ver tanto cadáver ni la estancia cubierta por una pátina de sangre.

—¿Los quemamos, tal y como habíamos dicho, señora? —preguntó uno de ellos.

—Sí, capitán —dijo Estelle. Estaba cubierta de rojo de la cabeza a los pies, y tenía el imperiat y a Clef en las manos, como si fuesen sus dos hijos—. Tengo muchas ganas de juguetear al fin con estas cosas... ¿ha habido algún movimiento por parte de los Dandolo?

—Aún no, señora.

—Bien. Prepara mi escolta hasta la Montaña y moviliza a nuestro ejército —dijo Estelle—. Tenemos que cerrar todo el campo de los Candiano, con patrullas desde ahora mismo hasta medianoche. Informa que Tomas ha desaparecido y que sospechamos que alguna casa nos la ha jugado.

—Sí, señora.

Sancia escuchó con atención las órdenes. Y el verbo 'ordenar' le dio una idea de repente.

Respiró hondo y volvió a centrarse en los grilletes. Se dio cuenta de que se había equivocado con ellos.

Se había centrado en los grilletes, en las bandas de acero y en lo que dichas bandas esperaban o querían, pero no se había dado cuenta de que era posible que hubiese más elementos.

"¿Qué es un aliento que no es aliento?"

Estaba atada por las muñecas y los tobillos, sí, pero ahora que los analizaba bien comprobó que los grilletes esperaban con ansia una señal de otro elemento del equipo, uno que había olvidado por completo y que se encontraba en un extremo de la mesa de operaciones.

Bajó la vista y vio que el componente era pequeño y que estaba en el extremo de la superficie de piedra. Revisó sus comandos y vio que estaba construido de forma parecida a la manera en la que Orso había descrito el dispositivo de transmisión auditiva: una aguja estrecha y delicada metida en una caja, que se movía con las vibraciones de los sonidos... solo hacía falta que Sancia la moviese de una manera muy concreta.

“Claro —pensó—. ¡Claro!”.

<¿E-el secreto es una palabra? —preguntó al momento a los grilletes—. ¿Una orden? ¿Una contraseña?>

<Sí>, se limitaron a decir los grilletes.

Estuvo a punto de suspirar a causa de la sensación de triunfo. Tenía que tratarse de una palabra de seguridad. Alguien tenía que pronunciar la frase adecuada en voz alta y la aguja empezaría a moverse de la manera esperada, momento en el que los grilletes se abrirían sin más...

<¿Cuál es la palabra?>, preguntó Sancia.

<Es secreta>, respondieron los grilletes. Sonaban muy entretenidos.

<Dime la palabra secreta>, exigió Sancia.

<No puedo compartir la palabra. Es secreta. Tan secreta que ni yo la sé.>

<¿Entonces cómo sabes cuándo la pronuncian?>

<Porque la aguja se mueve de la manera adecuada.>

Era frustrante. Se preguntó qué habría hecho Clef en su lugar. Siempre parafraseaba las preguntas y las ideas hasta que conseguía que no infringiesen las normas. Pero ¿cómo hacerlo en este caso?

Tuvo una idea.

<El secreto —dijo—. Si digo ‘p’, ¿la aguja se movería de la manera adecuada, como si fuese el principio de la palabra secreta?>

Una pausa muy larga. Después los grilletes respondieron:

<No.>

<¿Y habrías dicho que sí en caso de que hubiese acertado?>

<¿Sí?>

Sancia tragó saliva, aliviada.

“Claro —pensó—. Preguntar sobre fonética en lugar de sobre palabras no infringe las normas”.

<Si digo ‘t’, ¿la aguja se movería como si fuese el principio de la palabra secreta?>

<No.>

<Si digo ‘s’, ¿la aguja se movería como si fuese el principio de la palabra secreta?>

<No.>

<Si digo 'm', ¿la aguja se movería como si fuese el principio de la palabra secreta?>

<Sí...>, dijeron los grilletes.

Sancia respiró hondo.

"Bien, la contraseña empieza por 'm'. Ahora solo tengo que seguir averiguando el resto. Lo más rápido que pueda".

—¿Y la chica? —dijo el guardia.

—Encargaros de ella —dijo Estelle—. Hacedle lo que queráis. No es importante.

—Sí, señora.

Le hizo un saludo militar cuando Estelle se giró y se marchó de la estancia. Lo dejó solo allí con Sancia.

"¡Mierda!", pensó ella. Empezó a adivinar la palabra, más y más rápido. Y, de pronto, se dio cuenta de que podía comunicarse a más velocidad con los dispositivos que con las personas. Era como aquella vez en la que había oído un repentino e impenetrable estallido de mensajes entre Clef y un objeto. Se concentró y le hizo decenas o cientos de preguntas a la vez.

Su mente se convirtió en un coro de noes y algún que otro sí ocasional. Y, sin prisa pero sin pausa, consiguió reunir la contraseña en su mente.

El guardia se acercó a ella y bajó la vista para mirarla. Tenía los ojos pequeños, acuosos y hundidos. La miró como si fuese un hombre que examina una comida y luego arrugó la nariz.

—Mm. La verdad es que no es mi tipo...

—Ajá —dijo Sancia. Cerró los ojos, lo ignoró y se centró en los grilletes.

—¿Está rezando, niña?

—No —respondió Sancia. Luego, abrió los ojos.

—¿Vas a hacer ruido? —preguntó. Después se agarró sin pensar la tela de los pantalones, muy cerca de la entrepierna, y empezó a moverla arriba y abajo—. La verdad es que no me importaría, pero sería un pequeño problema. Hay compañeros en el pasillo...

—El único ruido que voy a hacer es este —dijo Sancia—: Mango.

—¿Cómo has...?

Los grilletes emitieron un "¡pop!", y Sancia quedó libre.

El guardia se quedó de piedra y dijo:

—Pero ¿qué...?

Sancia se incorporó, le agarró la mano y le metió la muñeca en uno de los grilletes, que después cerró.

Desconcertado, el guardia se miró la mano y tiró de ella, pero no se movió.

—Tú... tú...

Después Sancia se bajó de la mesa y destrozó la aguja de escucha que estaba en la caja.

—Listo. Ahora será mejor que te estés quieto.

—¡Clemente! —gritó el guardia—. ¡Se ha soltado! ¡Se ha soltado! ¡Llama a todo el mundo! ¡A todos!

Sancia le dio un puñetazo al guardia en un lado de la cabeza, con toda la fuerza que fue capaz. El tipo se tambaleó y se resbaló, con la mano aún dentro del grillete. Antes de que pudiese reaccionar, Sancia se arrodilló junto a él y desenvainó el estoque inscrito que el guardia llevaba a la cintura.

Miró la hoja, iluminada a causa de los sigilos. Vio que servían para amplificar la gravedad, para hacer creer al arma que la había lanzado por los aires con una fuerza inhumana.

Después se oyeron pasos en el pasillo, muchos. Sancia analizó la situación. El pasillo era la única salida y había empezado a llenarse de guardias, al parecer. Ella solo tenía la espada, algo que le daba una ventaja considerable si tenía en cuenta sus nuevos talentos. Pero probablemente no sería suficiente para acabar con una docena de hombres armados con espingardas y cosas del estilo.

Sancia echó un vistazo por la estancia. La pared más alejada estaba hecha de piedra y, gracias a sus poderes, vio los comandos que había al otro lado. Eran más tenues y más difíciles de leer, seguro que por la distancia, pero vio algo inscrito para ser antinaturalmente denso y casi irrompible, una placa estrecha y rectangular integrada a la perfección en la pared...

"La ventana de una fundición", pensó. Había tenido una experiencia reciente con otra igual.

Habló con el estoque:

<P-puedes amplificar la gravedad, ¿verdad?>

<CUANDO ALCANZO LA VELOCIDAD ADECUADA, MI DENSIDAD SE AMPLIFICA Y LA GRAVEDAD LLEGA A TRIPLICARSE>, aulló la espada en respuesta de inmediato.

<¿Cuánto se amplifica tu densidad?>

<SE VUELVE VEINTE VECES MÁS ROBUSTA>, respondió la espada.

<¿Y cuánto pesas?>

<AH… NO PUEDO DAR UNA RESPUESTA TAN CONCRETA A ESO. DIGAMOS QUE… ¿PESO LO QUE PESO?>

<Oh, no, no, no. Eso está mal. En realidad, tendrías que pesar esto…>

Los guardias estaban cerca. Sancia dejó la espada en el suelo y se colocó sobre ella con ambos pies. Después la tomó, se separó de la pared más alejada y levantó el arma blanca.

Apuntó con cuidado. Después lanzó la espada hacia delante, se abalanzó hacia el suelo detrás de la mesa y se cubrió la cabeza.

Le había costado muy poco hacerlo. La espada no tenía un peso definido, por lo que ella se subió encima y le dijo que aquel nuevo peso que notaba sobre ella era lo que pesaba en realidad.

Pero era una definición que solo importaba cuando sus inscripciones estaban activas, cuando se lanzaba a la velocidad adecuada, para ser más concretos. Y para eso había que lanzarla.

Cuando se activaron las inscripciones de la espada, no pensó en sí misma como una espada de once kilos, sino como una de cien. Y, luego, amplificó su gravedad, lo que consiguió un efecto mucho más exagerado.

El estoque golpeó la pared de piedra más alejada, y lo hizo con la fuerza de una roca enorme que cayese por la ladera de una montaña. Se oyó un estruendo ensordecedor, y rocas y escombros salieron despedidos por la habitación. El aire se llenó de polvo.

Sancia se encontraba tumbada en el suelo y se cubría la cabeza y el cuello con las manos mientras rocas y guijarros llovían sobre ella. Después se puso en pie y corrió a través del agujero en la pared, en dirección a la ventana que había en el otro extremo de la habitación recién abierta.

Casi ni tuvo tiempo de mirar hacia el exterior. Se encontraba a unos veinte metros de altura sobre el campo de los Candiano. La zona estaba desierta, al igual que muchas en dicho campo, pero había un canal justo debajo del muro. Saltó para abrir la ventana, se deslizó por ella y se quedó colgando del otro lado mientras sopesaba sus posibilidades para descender.

Oyó gritos en el interior y, cuando volvió a mirar por la ventana, vio siete soldados de los Candiano entrando a través de la pared rota. La miraron allí colgando y alzaron las espingardas.

Sancia no supo qué hacer durante unos instantes. Sabía que la ventana estaba inscrita para ser antinaturalmente resistente. Pero distinguió a simple vista que las espingardas de los soldados eran muy avanzadas.

"A la mierda", pensó. Se dio la vuelta y salto hacia el canal de debajo con los brazos extendidos.

Se giró para caer de cabeza mientras oía una explosión sobre ella. Después abrió los ojos y lo vio.

Estuvo a punto de gritar "¡Dios mío!", pero no por miedo ni por consternación, sino por asombro.

Aún veía las inscripciones a su alrededor. Y, mientras caía, hizo algo más, algo que no tenía ni idea de que podía hacer. Era como si hubiese una presa en su mente, y el miedo, el asombro o el instinto la hubiesen abierto al mismo tiempo que abrió los ojos...

Sancia vio el paisaje urbano nocturno de Tevanne bajo ella, las marañas titilantes e inquietas de inscripciones plateadas, miles y miles y miles de ellas, como un paisaje montañoso a oscuras cubierto por velas pequeñas. Vio maravillada como los virotes inscritos siseaban por los aires sobre ella, reluciendo como estrellas fugaces mientras se perdían en dirección a la ciudad, una ciudad abarrotada de mentes y pensamientos y anhelos, como un bosque lleno de luciérnagas.

"Es como el cielo nocturno —pensó mientras caía—. Es más bonito incluso...".

Las aguas del canal se abalanzaron hacia ella y las atravesó.

Sancia nadó a través de una basura indescriptible, de podredumbre, restos flotantes, mugre y residuos industriales. Nadó hasta que su cuerpo quedó tan agotado como su mente, hasta que los hombros le ardían como el fuego y las piernas le pesaban como el plomo, para arrastrarse al fin por la orilla cubierta de barro del canal que había debajo de los muros blancos de los Dandolo, agotada y entre temblores.

Se puso en pie despacio. Después, sucia, apestosa y sangrienta, se giró para encarar el paisaje humeante, neblinoso e iluminado de Tevanne, que se extendía bajo los cielos.

Sancia se concentró y abrió esa presa dentro de ella. Vio Tevanne iluminada con pensamientos y palabras y comandos, tenues y titilantes, como velas espectrales bajo los cielos púrpuras de la mañana.

Después, mientras jadeaba, cerró los puños y gritó. Soltó un grito largo y ronco de desafío, de rabia y de victoria. Y, mientras lo hacía, ocurrió algo extraño en las manzanas del campo que la rodeaban.

Las luces inscritas titilaron con incertidumbre. Los faroles flotantes descendieron unos pocos metros de repente, como si hubiesen oído noticias desalentadoras. Los carruajes redujeron la velocidad de manera abrupta, solo durante una manzana, más o menos. Las puertas que estaban inscritas para permanecer cerradas, chirriaron de repente para abrirse. Las armas y el armamento que tenían órdenes de ser más ligeros, se volvieron un poco más pesados durante unos instantes.

Era como si todas las máquinas y dispositivos que hacían funcionar al mundo acabasen de experimentar un instante de baja autoestima. Y luego todos susurraron:

"¿Qué ha sido eso? ¿Lo has oído?".

Sancia no tenía ni idea de qué acababa de hacer, pero sí que comprendió una cosa sin que se lo explicasen con palabras. Comprendió que la Sancia que estaba allí ahora bañada por la luz de las estrellas era un poco menos humana que la que existía la noche anterior.

Capítulo Treinta y Tres

—Es un plan cobarde, señor —dijo Berenice.

—¡Han pasado siete horas y no sabemos nada de nada de Sancia ni de Gregor! —dijo Orso—. No nos han enviado mensajes ni se han puesto en contacto con nosotros. ¡Nada! ¡Y el campo de los Candiano se ha apagado de repente! Algo ha ido mal. Y no me interesa quedarme por aquí para descubrir el qué.

—Pero... ¡pero no podemos abandonar Tevanne! —dijo Berenice, que deambulaba de un lado a otro de la cripta.

—Yo sí podría —comentó Gio.

Los dos Compiladores estaban aterrorizados. Eran mucho más vulnerables que los dos escribas del campo.

—En lugar de pagarnos con dinero, podrían pagarnos sacándonos de la ciudad.

—¡No podemos abandonar a Sancia y a Gregor! —gritó Berenice—. ¡No podemos dejar el imperiat en manos de Tomas Ziani! Un hombre así... ¡pensad en todo el daño que haría!

—Ya lo estoy pensando —dijo Orso—. ¡No puedo dejar de pensar en ello! ¡Por eso quiero salir de aquí muy rápido! Sancia y Gregor...

Berenice se quedó quieta y lo fulminó con la mirada.

—¿Sí?

Orso hizo un mohín.

—Sancia y Gregor tomaron una decisión. Conocían los riesgos.

Todos los conocemos. Algunos tienen suerte y otros no. Nosotros somos supervivientes, Berenice. Lo mejor que podemos hacer es seguir sobreviviendo.

La joven soltó un gran suspiro.

—Es que nos veo metiéndonos en un barco para marcharnos en mitad de la noche y me dan ganas de...

—¿Y qué vamos a hacer si no? —preguntó Orso—. ¡Solo somos escribas, niña! ¡No podemos diseñar una manera de escapar de esto! ¡Es absurdo! Sea como fuere, Sancia y Gregor son listos y puede que encuentren la forma de...

Se quedaron paralizados cuando oyeron la puerta de piedra deslizarse en el pasadizo de la cripta. Era un problema, ya que solo Gio tenía la llave. Y la llave se encontraba en su bolsillo en ese momento.

Se miraron, alarmados. Orso se llevó un dedo a los labios. Se puso en pie, tomó unas tenazas y se acercó con cautela a la boca del pasadizo. Hizo una pausa. Oyó unos pasos lentos que se acercaban.

Tragó saliva, respiró hondo, gritó y se abalanzó por el pasadizo con la herramienta alzada sobre la cabeza.

Luego derrapó hasta detenerse. Frente a él, mugrienta y con cara impasible, se encontraba una Sancia Grado mojada, sucia y llena de sangre.

—Mierda —dijo Orso.

—¡Sancia! —gritó Berenice. Corrió hacia ella, pero se detuvo a unos pocos metros—. D-dios. ¿Qué te ha pasado?

Sancia aún no parecía haberlos visto y tenía la mirada perdida. Pero, cuando oyó a Berenice, empezó a parpadear despacio y la miró a los ojos.

—¿Qué? —dijo, con voz tenue.

Ambos se quedaron mirándola. Tenía una herida en la cabeza, cortes en los antebrazos, un moretón en la mejilla y coágulos de sangre seca por la cara y el cuello... pero lo peor eran sus ojos. Uno estaba igual, del blanco habitual con el iris marrón oscuro, pero el otro, el derecho, estaba cubierto de rojo. Era como si le hubiesen dado un golpe muy fuerte en un lado de la cabeza, uno que hubiese estado a punto de matarla.

Sancia exhaló y luego dijo, con voz ronca:

—Me alegró muchísimo de verte, Berenice.

Berenice se ruborizó lo indecible y pasó a tener la piel de un rojo escarlata.

—¿Qué carajo ha pasado? —exigió saber Orso—. ¿Dónde has estado? —Miró la puerta abierta de la cripta—. ¿Y cómo mierda has conseguido entrar?

—Tengo que sentarme —dijo Sancia en voz baja—. Y necesito beber algo.

Berenice la ayudó a ocupar una silla mientras Gio abría una botella de vino de caña.

—No quiero vaso —susurró Sancia.

Gio la abrió, se la pasó y ella dio un trago muy largo.

—Pareces aquel pastor que escaló la montaña y vio el rostro de Dios en los cielos, niña —dijo Gio.

—Pues... pues no andas muy desencaminado —dijo ella, con tono sombrío.

—¿Qué te ha ocurrido, Sancia? —preguntó Orso—. ¿Qué has visto?

Y Sancia empezó a hablar.

Llegó un momento en el que no tuvo nada más que decir. Se hizo un silencio muy largo. Berenice, Gio y Claudia estaban pálidos y agitados, pero Orso parecía estar a punto de vomitar.

Carraspeó con mucha cautela.

—Entonces... ¿u-una hierofante?

—Sí —dijo Sancia.

Él asintió, temblando.

—Estelle Candiano —dijo—. Que ya no usa el apellido Ziani...

—Sí —repitió Sancia.

—Fue quien, en cierta manera, estuvo detrás de todo esto desde el principio...

—Sí.

—Y ahora ha asesinado a su marido...

—Sí.

—Para intentar convertirse... en uno de los antiguos.

Orso pronunciaba las palabras en voz alta como si eso fuese a hacer que tuviesen más sentido.

—Supongo que, si lo consigue, dejarán de ser 'antiguos' —dijo Sancia—, pero sí. Es un buen resumen. —Ladeó la cabeza—. Y Gregor... Creo que Gregor ha muerto. Y Estelle tiene a Clef. Lo tiene todo. El imperiat, a Clef y esa caja que habla... todo.

Orso parpadeó y miró la pared. Después alzó una mano y susurró:

—Dame esa maldita botella.

Sancia se la dio. Él le dio un gran trago y se sentó en el suelo mientras le temblaban las piernas.

—No creía que esos diseños fueran cosa de Tribuno, así que supongo que tenía razón, ¿no? —dijo en voz baja.

—La pregunta que yo me hago es: ¿puede lograrlo? —dijo Claudia—. Digamos que se convierte en hierofante. Lo único que he oído al respecto son cuentos de niños. ¡Pensaba que eran gigantes, por todos los beques! ¿Qué sabes exactamente sobre las cosas que son capaces de hacer?

Sancia recordó la visión de Clef: esa silueta envuelta en negro, de pie sobre las dunas.

—Eran unos puñeteros monstruos —dijo con voz ronca—. Eran demonios. Esa cosa de la caja me lo confirmó. Me dijo que fueron los que iniciaron la guerra que redujo el mundo a cenizas y arena. Ahora podría ocurrir lo mismo.

—Es cierto —dijo Orso, temblando—. C-Creo que mi plan tiene más sentido incluso ahora. Cruzaremos el océano en un barco. Y luego, pues no sé, viviremos durante un tiempo más. ¿Qué os parece?

—No estabas escuchando —dijo Sancia, despacio—. Te lo he dicho. Dije que Estelle quiere convertirse en la mismísima Compañía Candiano.

—¿Y eso qué significa? —gritó Orso—. No es que parezca mucho más importante que el resto de locuras que llevas diciendo desde hace media hora.

—Piensa. Esa máquina, la voz en la caja...

—Esa tal Valeria que comentaste... —dijo Orso.

—Eso es.

Sancia titubeó. Sabía que esa parte de la historia era la más inexplicable y también la más inquietante.

—M-me crees, ¿verdad? —preguntó—. Crees lo que he dicho, lo que me hizo. Sé que parece una locura...

Orso se quedó quieto durante un rato, pensando.

—Tengo... mis teorías al respecto. Pero te creo. Continúa, por favor.

—Bien. Valeria me contó la manera en la que los hierofantes llevaban a cabo el ritual —explicó Sancia—. Primero hay que marcar el cuerpo que alberga el espíritu y luego marcar el lugar al que quieres transferirlo.

—Debo decir que últimamente nos hemos metido en tantos proyectos místicos que me cuesta distinguirlos entre ellos.

—Gio tiene razón —dijo Claudia—. ¿Puedes explicárnoslo mejor?

—Recordáis que, cuando acepté el trabajo de Clef, la Compañía Candiano cambió todos los sachés, ¿verdad? —preguntó Sancia.

—Sí —dijo Gio—. Tuvimos que crear nuevos para la mitad de las prostitutas de todo Tevanne.

—Bien. Fue un gran cambio. Nadie sabía por qué los cambiaron. No le di muchas vueltas en aquel momento, pero después de oír lo que dijo Estelle... creo que esos nuevos sachés son algo más que sachés.

Berenice se quedó con la boca abierta, horrorizada.

—¿Crees que los sachés... que los pequeños botones que llevan todos los empleados de los Candiano...?

Sancia asintió con gesto funesto.

—Estelle los creó o los falsificó después, antes de entregarlos. Creo que sirven para lo mismo que los marcadores que usaban los hierofantes.

—E-entonces, cuando Estelle empiece el ritual, todas las personas que lleven encima esos sachés con los marcadores... —dijo Orso.

—Morirán —replicó Sancia—. Puede que aquellos que no los lleven encima tengan suerte, pero piensa acabar con todos y cada uno de los integrantes de la Compañía Candiano. Todas sus almas y sus mentes pasarán a formar parte de Estelle, quien se convertirá en una hierofante. —Sancia miró a Orso—. Si nos marchamos y Estelle se hace con la suya y consigue las almas de todos tus antiguos compañeros de trabajo y del resto de miles de personas que trabajan en la Compañía Candiano, hasta de los sirvientes, todos sufrirán una muerte horripilante.

Se quedaron sentados en silencio unos instantes.

—Por lo que tenemos que detenerla —dijo Sancia—. Valeria, la voz de la caja dijo que era capaz de editar todas las herramientas para que dejasen de funcionar, pero para hacerlo necesitamos a Clef. Y ahora está en manos de Estelle, porque... porque ha matado a Gregor. —Agitó la cabeza—. Lo siento mucho, Orso, pero parece que vamos a tener que encontrar la manera de matar a tu antigua novia. Y tenemos hasta medianoche para conseguirlo.

Orso y Berenice parecían aterrorizados.

—¿Asesinar a Estelle Candiano? —dijo Orso, en voz baja—. ¿En el campo de los Candiano?

—Ya he estado ahí antes —dijo Sancia—. Puedo volver a entrar.

—Lo cierto es que haber estado antes hace que volver sea más difícil. Habrán cerrado las puertas y sabrán que nos colamos por los canales. No podremos usar las rutas más evidentes. Estarán al acecho.

—Pero ahora soy algo más que una simple ladrona —susurró Sancia con la mirada perdida—. Ahora puedo hacer muchas más cosas que antes. —Miró a su alrededor sin centrar la mirada, como si viese cosas invisibles—. Y creo que pronto aprenderé a hacer muchas más...

—Puede que hayas cambiado —dijo Orso—. Y también puede que hayas escapado de Estelle. Pero no podrás hacer mucho contra varios pelotones de soldados disparándote, Sancia. Una persona no es capaz de enfrentarse a un ejército, por muy amplificada que esté.

—Y ni siquiera sabemos dónde atacar —dijo Giovanni.

—Sí que lo sabemos —aseguró Sancia. Miró a Orso—. Y tú también lo sabes. Estelle necesita empezar el ritual con la muerte de una persona, solo una. Odiaba a Tomas, pero hay algo que odia aún más. Alguien que aún sigue vivo. Y creo que sé cuál es el lugar que habrá elegido para su transformación.

Orso frunció el ceño por unos instantes. Luego se quedó pálido y dijo:

—Dios mío...

—¿Lo quiere aquí, señora? —preguntó el ayudante.

Estelle Candiano miró el despacho de su padre. Era tal y como lo recordaba, de piedra gris y desalentadora, con paredes que tenían demasiadas esquinas. Había una ventana enorme en la más alejada, una que daba a Tevanne, y otra circular y más pequeña que apuntaba hacia el cielo, los únicos recordatorios de que aquella estancia enorme ocupaba un lugar en la realidad.

Recordó estar ahí una vez, cuando era pequeña y su padre acababa de construirlo. Estaba jugando delante de su escritorio, dibujando en el suelo de piedra con tiza. Era una niña, pero cuando creció y se convirtió en una mujer dejaron de invitarla a esos lugares en los que hombres poderosos tomaban decisiones importantes. Le dieron a entender que las mujeres no estaban hechas para esos lugares.

—¿Señora? —insistió el ayudante.

—¿Mm? —dijo Estelle—. ¿Qué?

—¿Lo quiere aquí? —repitió—. ¿Junto a la pared?

—Sí, sí. Así mismo.

—Muy bien. Lo traerán dentro de poco.

—Bien. Y el resto de mis cosas de la fundición abandonada también están de camino, ¿verdad?

—Eso creo, señora.

—Bien.

Estelle volvió a echar un vistazo por el despacho.

"Mi taller —pensó—. Mío. Y pronto tendré aquí las herramientas necesarias para crear maravillas que el mundo es incapaz de imaginar...".

Se miró la mano izquierda. Dentro de unas horas, esa piel, así como la de la muñeca, el brazo, el hombro y el pecho quedará marcada con unos sigilos escritos con delicadeza, una cadena que empezará en la palma, la misma en la que sostendrá la daga, y le llegará al corazón. Sigilos antiguos de contención, de transferencia, capaces de dirigir ingentes cantidades de energía hacia su cuerpo. Hacia su alma.

Se oyó el sonido chirriante de unas ruedas en el pasillo del exterior.

Estelle Candiano sabía que era prácticamente la única persona con vida que conocía esos sigilos antiguos y cómo usarlos.

El sonido chirriante se acercó cada vez más.

La única a excepción de la persona que traían en camilla en ese instante.

Se giró para mirar hacia la puerta mientras los dos ayudantes dirigían la cama hacia el despacho. Contempló la figura encogida y frágil que se acurrucaba entre las sábanas, con el rostro cubierto de moretones, los ojos pequeños y adormilados, rojos y con mirada perdida.

Sonrió.

—Hola, padre.

Capítulo Treinta y Cuatro

—¿Es posible un ataque directo? —preguntó Claudia—. Si lo que decís sobre ese imperiat es cierto, ¿acaso Estelle no podría rechazar cualquier ataque?

—El imperiat no es todopoderoso —explicó Sancia—. Tiene un alcance limitado, y no creo que sea fácil de usar. Si Estelle lo usa mal, podría inutilizar todas las inscripciones de la Montaña, lo que pondría el lugar patas arriba. Creo que lo sabe. Tendrá cuidado.

—Un golpe rápido —dijo Gio—. Rápido antes de que pueda prepararse.

—Eso es. Pero es un problema conseguir que sea rápido —dijo Sancia—. No sé cómo vamos a conseguir entrar en la Montaña sin un enfrentamiento. Hay cientos de soldados entre nosotros y ellos.

—Una confrontación directa... —dijo Claudia—. Nunca es buena idea.

—Como dijimos la otra vez, tienes tres opciones: por encima, por debajo y atravesarla. No hay túneles por los que entrar. Tampoco hay manera de cruzar a través con todos esos mercenarios. Y por encima dudo que podamos ir. Tendrías que plantar un ancla allí para llegar con un equipo de planeo, y eso significaría entrar en la Montaña, que viene a ser nuestro problema principal.

—Sé que suena raro, pero ¿no podríamos diseñar un equipo de vuelo con el que no haga falta un ancla? —preguntó Claudia.

Berenice, Orso y Sancia se quedaron de piedra. Después se miraron despacio los unos a los otros.

—¿Qué pasa? —preguntó Claudia.

—Hemos visto a gente volar —dijo Berenice.

—¡Y lo hacían muy bien, por todos los beques! —dijo Orso—. ¡Gran idea!

Claudia se los quedó mirando.

—¿Habéis visto gente volando?

Berenice se puso en pie de un salto y corrió hacia un arcón enorme que había en un rincón. Lo abrió, sacó algo y lo llevó hasta la mesa.

Parecían dos placas de metal unidas con cuerdas estrechas y resistentes, y con un dial de bronce en el centro. Y todo parecía estar cubierto de sangre seca.

—¿Eso es...? —preguntó Claudia.

—Son las placas gravitatorias —dijo Berenice, emocionada—. ¡Las que hizo Estelle Candiano! ¡Los asesinos saltaban sobre los edificios y los muros con ellas!

—Y más que eso. ¡También volaban! —explicó Sancia.

—Bien —dijo Claudia—. Madre mía.

—¡Qué fácil! —dijo Giovanni—. Solo tenéis que usar esas placas para volar y entrar en la Montaña. O saltar hacia ella.

Sancia miró las placas gravitatorias. Tensó el músculo de su mente, abrió la presa y miró...

Esperaba que las placas brillasen con intensidad, al igual que el resto de objetos inscritos poderosos. Pero no lo hicieron. En lugar de eso, parecían un entramado argénteo que brillaba en algunos lugares y no en otros.

Agitó la cabeza.

—No. No funcionan bien —dijo—. Algunos de los comandos de las inscripciones funcionan, pero no todos. El equipo está estropeado.

—¿Y lo sabes con solo mirarlo? —dijo Orso, sobrecogido.

—Sí. Y también puedo hablar con él —explicó Sancia.

—¿Que puedes hablar con...?

—Silencio. A ver qué consigo sacarle...

Sancia cerró los ojos, colocó las manos desnudas sobre las placas y escuchó.

<... ubicación... ¿ubicación de la MASA? —dijeron las placas. —No puedo... compilación incompleta... MASA, MASA, MASA. Falta direccionalidad... ¿MASA? ¿Necesito densidad de la MASA? Ubicación de la MASA. MASA... la orientación es crucial para activar la secuencia de... de...>

Sancia agitó la cabeza.

—Es... raro. Es como escuchar los murmullos adormilados de alguien con una herida en la cabeza. Lo que dice no tiene sentido. —Abrió los ojos—. Es como si estuviese roto.

Claudia chasqueó la lengua.

—¿Dijiste que lo había hecho Estelle Candiano?

—¿Sí? —respondió Sancia—. ¿Por qué?

—Bueno, si yo fuese ella y supiese que cabe la posibilidad de que mis enemigos roben mis juguetitos... me limitaría a apagar las definiciones de las inscripciones en mi glosario. Las inutilizaría o quedarían inservibles, como le ocurre a este objeto inscrito.

—¡Claro! —dijo Orso—. ¡Esa es la razón por la que las placas no pueden hablar! Estelle les ha arrebatado una parte central de su lógica, por lo que ahora son inservibles.

—Eso significa que no funcionan —dijo Claudia—. Por lo que estamos jodidos, por todos los beques.

—Doy por hecho que no podemos crear nuestras propias placas de definiciones para hacerlo funcionar, ¿no? —suspiró Gio.

—Se podría decir que Estelle ha conseguido lo imposible con este objeto —explicó Orso—. Nadie ha conseguido un control tan perfecto sobre la gravedad, uno parecido al de los hierofantes. Recrear lo imposible en un día queda descartado para nosotros.

Se hizo un silencio mientras todos reflexionaban sobre sus palabras. Berenice se inclinó hacia delante.

—Pero... pero no tenemos por qué recrearlo del todo —dijo.

—¿Ah, no? —dijo Sancia.

—¡No! Es posible que Estelle solo haya desactivado unas pocas inscripciones cruciales, pero el resto aún funciona. Si tienes un agujero en una pared, no tienes por qué derrumbarla para luego levantar una pared desde cero, puedes limitarte a cortar un pedazo de piedra que tenga la forma del agujero y encaje.

—Un momento —dijo Orso—. ¿Dices...? ¿dices que podríamos recrear por nuestra cuenta las inscripciones que faltan?

—Nosotros no —explicó Berenice—. Yo. Soy más rápida que tú.

Orso parpadeó, sorprendido. Después recuperó la compostura.

—Bien. ¡Pero menuda metáfora de mierda! ¡Esto no tiene nada que ver con tapar un agujero en una pared! ¡Es una inscripción muy complicada, niña! ¡Por todos los beques!

—Y tenemos la suerte de contar con alguien capaz de hablar con los objetos —dijo Berenice. Se colocó en un asiento frente a Sancia y sacó una hoja de papel y una pluma—. Vamos. Dime todo lo que dicen las placas.

—¡Pero son tonterías! —protestó Sancia.

—¡Pues empieza a decirme todas esas tonterías!

Sancia empezó a hablar.

Le describió cómo la placa no dejaba de lamentar y preguntar por la ubicación de esa 'masa', cómo suplicaba para que alguien le dijese dónde estaba y cuál era su densidad, una y otra y otra vez. Tenía la esperanza de que Berenice le dijese que parase, pero no ocurrió. Siguió escribiendo todo lo que decía Sancia hasta que, al fin, levantó un dedo.

Berenice se reclinó despacio en la silla mientras contemplaba el papel que tenía frente a ella. La mitad estaba cubierta de notas. La otra mitad lo estaba de sigilos y cadenas de símbolos. Se giró para mirar a Orso.

—Yo... empiezo a creer que todos hemos intentado inscribir la gravedad de forma equivocada, señor. Y Estelle Candiano ha sido la única capaz de hacerlo como es debido.

Orso se inclinó hacia delante y examinó lo que había escrito Berenice.

—Es una locura... pero creo que tienes razón. Sigue hablando.

—¿Eso de ahí tiene sentido para vosotros? —preguntó Sancia.

—No del todo —dijo Berenice—, pero sí que hay algo. Eso de la masa y que el dispositivo intente descubrir dónde se encuentra y que tamaño tiene.

—¿Y? ¿Eso que tiene que ver con volar y flotar? —preguntó Sancia.

—Bueno —dijo Berenice—. No estoy segura de si tengo razón... pero todos los escribas anteriores han dado por hecho que la gravedad solo funcionaba en un sentido, hacia abajo, hacia el suelo. Pero los diseños de Estelle parecen sugerir que... que todo tiene una gravedad. Todo arrastra a todas las cosas, solo que algunas lo hacen con mucha fuerza y otras con muy poca.

—¡Qué! —dijo Giovanni—. ¡No puede ser!

—Parece una locura, pero así es como funciona este objeto. Los diseños de Estelle no desafían a la gravedad. El equipo convence a todo lo que lo toca de que hay todo un mundo encima con una gravedad igual a la de la Tierra, por lo que gravedad de la Tierra queda cancelada y esa cosa consigue... flotar. Los diseños se limitan a reorientar la gravedad, compensarla casi a la perfección.

—¿Eso es posible? —preguntó Sancia.

—¡Qué más da lo que es posible y lo que no! —dijo Orso—. ¿Podrías averiguar lo que le falta? ¿Podrías crear las definiciones para hacer que funcione esa maldita cosa, Berenice?

—Podría si tuviese un mes —dijo—. Pero no creo que lo necesitemos todo. No necesitamos todas las calibraciones principales ni todas las cadenas de control.

—¿Ah, no? —preguntó Sancia, nerviosa.

—No. —Berenice la miró—. No las necesitaremos si es que es cierto que puedes hablar con esta cosa. Lo único que necesito crear son algunas definiciones que le den al equipo cierta idea sobre la ubicación y la densidad de la masa. Y tendrá que casar bien con los sigilos que ya están inscritos, claro.

Orso se humedeció los labios.

—¿Cuántas definiciones?

Berenice hizo unos cálculos en una esquina de la hoja de papel.

—Creo que... cuatro serán suficientes.

Orso la fulminó con la mirada.

—¿Crees que puedes crear cuatro definiciones? ¿En unas pocas horas? ¡A la mayoría de los fabricadores les costaría crear una en una semana entera!

—Me he puesto a estudiar a fondo la teoría de los Candiano durante los últimos días —dijo Berenice—. He revisado todas las cadenas y los diseños, la metodología. C-creo que puedo hacer que funcione. Pero hay otro problema: aún necesitaríamos almacenar dichas definiciones en un glosario. No podemos entrar como si nada a una de las fundiciones de los Dandolo y colarlas ahí. Los guardias no te dejarían hacer eso, señor.

—¿Podríamos ponerlas en un glosario de combate? —preguntó Claudia—. ¿De esos portátiles que usaban en las guerras?

—Son muy limitados a la hora de proporcionar energía a las armas —explicó Berenice—. Y también es muy complicado hacerse con uno, igual que con cualquier objeto relacionado con la guerra.

—Y el glosario de prueba que tengo en mi taller no tiene tanto alcance —dijo Orso—. Solo cubre unos dos kilómetros de distancia, lo que no es suficiente para conseguir que Sancia vuele hasta la Montaña.

—Y tampoco podemos trasladarlo —explicó Berenice—. Está encajado en los raíles del taller y pesa casi media tonelada.

—Bien —dijo Orso—. ¡Mierda!

Se quedó en silencio con la vista fija en la pared.

—Entonces... estamos jodidos, ¿no? —preguntó Sancia.

—Eso parece, sí —dijo Gio.

—¡No! —Orso levantó un dedo con una mirada salvaje e histérica. Miró a Claudia y a Giovanni, y los dos Compiladores se apartaron un poco—. Vosotros... hacéis muchos objetos hermanados, ¿verdad?

Claudia se encogió de hombros.

—Bueno... Los mismos que cualquier escriba, ¿no?

—Eso servirá —dijo Orso—. Todos arriba. Vamos a mi taller. Berenice necesitará mucho espacio y las herramientas adecuadas. Y también será el lugar donde nosotros nos pongamos manos a la obra —dijo, al tiempo que cabeceaba en dirección de Claudia y Gio.

—¿Manos a la obra para hacer qué? —preguntó Claudia.

—¡Lo pensaré por el camino! —dijo.

Salieron por el túnel hasta llegar al Golfo, donde empezaron a subir por la colina. Avanzaban rápido y recorrieron el Ejido como si fuesen refugiados o fugitivos. Orso parecía albergar una energía descontrolada y murmuraba para sí, emocionado, pero no fue hasta que llegaron a los muros de los Dandolo que Sancia lo miró bien a la cara y vio que tenía las mejillas cubiertas de lágrimas.

—¿Orso? —llamó Sancia en voz baja—. ¿E-estás bien?

—Estoy bien —aseguró él. Se enjugó las lágrimas—. Estoy bien. Es solo que... Dios. ¡Qué desperdicio!

—¿Desperdicio?

—Estelle —explicó—. Esa mujer consiguió desentrañar el funcionamiento de la gravedad. Consiguió crear un equipo de escucha. ¡Y todo mientras se encontraba atrapada en un agujero de esa Montaña! —Hizo una pausa, como si se hubiese quedado sin palabras—. ¡Imagina qué maravillas podría haber creado para todos si hubiese tenido la oportunidad! Y ahora es demasiado peligrosa como para ser libre. Qué desperdicio. ¡Qué desperdicio, por todos los beques!

Cuando llegaron al taller, Sancia se sentó en una mesa con las manos sobre las placas mientras Berenice preparaba los bloques de inscripciones, los pergaminos, decenas de placas de definición, bronce fundido y varas de inscripción, todo lo necesario para la fabricación. Orso llevó a Claudia y a Giovanni a la parte trasera del taller, donde se encontraba el glosario de prueba sobre las vías, esas que penetraban en una estancia parecida a un horno que había en la pared, tras una puerta de acero muy gruesa.

—Dios —dijo Gio mientras la miraba—. Cómo me hubiese gustado tener uno de estos... ¡Algo que me permitiese ponerme en serio con las definiciones!

Claudia examinó la puerta de acero y la estancia.

—Hay unos comandos muy potentes de resistencia al calor —dijo—. Es un glosario pequeño, pero seguro que alcanza temperaturas muy altas. Si quieres que creemos un glosario de prueba que podamos transportar, no será nada fácil.

—No quiero que creéis un glosario —dijo Orso—. Solo quiero fabricar una caja. Una caja con esa forma, para ser más exactos —dijo mientras señalaba en dirección al horno.

—¿Eh? —preguntó Claudia—. ¿Quieres fabricar un horno?

—Sí. Quiero que dupliquéis ese que tengo en la pared y que lo hermanéis, pero necesitaremos un interruptor para activar y desactivar los sigilos de hermanamiento. ¿Entendido?

Los Compiladores intercambiaron miradas.

—Supongo que sí... —dijo Claudia.

—Bien —dijo Orso—. Pues manos a la obra.

Era una tarea a la que los Compiladores estaban acostumbrados, y Orso sabía que se les daba bien y que allí en su taller tenían herramientas mucho mejores de las que usaban en la cripta. Consiguieron tener lista la estructura básica en menos de tres horas, y después empezaron a inscribir los sigilos de hermanamiento en ella.

Claudia miró a Orso, quien tenía la mitad del cuerpo dentro del horno de la pared mientras hacía sus cosas.

—¿Qué es lo que vamos a meter en la caja? —le preguntó.

—¿Técnicamente? Nada —respondió.

—¿Y por qué vamos a fabricar una caja que no servirá para guardar nada? —preguntó Gio.

—Porque lo importante será lo que cree la caja que tiene en su interior —explicó Orso.

—¿No podrías explicarte un poco mejor? Creo que no tenemos tiempo para estar con acertijos —dijo Claudia.

—Tuve la idea cuando hablamos con la llave de Sancia. Clef o como se llame —dijo Orso. Salió del horno y se acercó a una pizarra cubierta de sigilos, donde hizo unos pocos ajustes—. Comentó lo impresionante que era el hermanamiento y luego me di cuenta de que Tribuno Candiano había desarrollado una forma de inscribir la realidad. ¡La Montaña en sí misma es una caja enorme que percibe todos los cambios que tienen lugar en su interior! Es consciente de su contenido, en otras palabras. Es algo con lo que Tribuno y yo trasteábamos en el pasado, pero requería mucho esfuerzo. Ahora... ¿y si pudieses crear una caja que de alguna manera fuese consciente de sus contenidos y después hermanas esa caja? ¡Si pusieses algo en una caja, la otra creería que hay lo mismo en su interior!

Claudia se lo quedó mirando, con la boca abierta mientras lo entendía todo.

—E-entonces tu idea es duplicar este horno del taller. Hermanarlo y luego llevarnos el doble vacío al interior del campo de los Candiano.

—Eso es —dijo Orso, con tono alegre.

—Y como la primera tendrá un glosario en su interior, el doble hermanado creerá que también lo tiene..., por lo que la caja vacía proyectará las definiciones suficientes para el funcionamiento del equipo de Sancia. ¿No es así?

—¡Esa es la teoría! —dijo Orso. Sonrió lo suficiente como para que se le viesen todos los dientes—. ¡Se podría decir que vamos a hermanar un pedazo de realidad! Pero ese pedazo en particular tiene un pequeño glosario cargado con las definiciones que necesitamos para hacer lo que vamos a hacer. ¿Entendéis?

—B-bueno. La verdad es que es un poco confuso —dijo Gio, en voz baja—. En otras palabras, ¿vas a inscribir algo para hacerle creer que está inscrito?

—Básicamente —dijo Orso—. Pero la inscripción es eso. La realidad da igual. Si puedes hacer creer a algo cualquier cosa, hará lo que le has dicho sin importar la realidad.

—¿Y cómo se supone que vamos a hacerlo? —preguntó Claudia.

—Lo cierto es que vosotros dos no tenéis que hacer nada —dijo Orso—. Yo soy el que hará lo complicado, el que tiene que hacer consciente al horno de lo que tiene dentro. Vosotros solo tenéis que usar vuestras inscripciones básicas de hermanamiento. Venga, dejemos de hablar y pongámonos a trabajar.

Trabajaron durante unas horas más. Los Compiladores y Orso corrieron de un lado a otro y se arrastraron dentro y fuera del horno para colocar los sigilos y las cadenas donde correspondía. Los Compiladores fueron los primeros en terminar, y se quedaron sentados mirando cómo las piernas de Orso sobresalían del horno mientras terminaba con su parte.

Se deslizó al exterior al fin.

—C-creo que he terminado —dijo en voz baja mientras se enjugaba el sudor de la frente.

—¿Cómo lo probamos? —preguntó Claudia.

—Buena pregunta. Veamos... —Orso se acercó a sus estanterías y sacó algo que parecía una pequeña lata de metal—. Un dispositivo de calentamiento —dijo—. Lo usábamos para asegurarnos de que las estancias del glosario estaban bien aisladas. —Pulsó un interruptor que tenía a un lado, tiró la lata en el horno y cerró bien la puerta—. Tendría que alcanzar temperaturas muy altas dentro de poco.

—¿Y ahora qué...? —preguntó Gio.

Orso echó un vistazo a su alrededor, tomó una caja de madera de la mesa, gruñó y la colocó con mucho cuidado en el suelo. Después cerraron bien las grandes puertas de metal y activaron las inscripciones de hermanamiento girando un dial de bronce en un lado.

La caja chasqueó de repente, como si la hubiesen llenado con algo muy pesado.

—Buena señal —dijo Orso—. Los glosarios de prueba son pesados como un demonio. Si cree que tiene uno en el interior, tendría que pesar muchísimo.

Esperaron un momento. Después Orso dijo:

—Muy bien. Apágalo.

Gio volvió a girar el dial. Orso desatrancó la puerta y abrió el horno.

Una nube inmensa de humo negro y caliente salió del interior. Tosieron y agitaron las manos para alejar el humo de sus caras, y luego miraron en el interior. A medida que se disipaba el humo apareció la forma pequeña y consumida de una caja quemada.

Orso rio a carcajadas y con deleite.

—¡Diría que funciona, por todos los beques! ¡El doble ha creído que tenía el mismo dispositivo de calentamiento en el interior!

—¿Funciona? —preguntó Gio en voz baja—. No me puedo creer que funcione de verdad...

—¡Sí! ¡Ahora solo tenemos que transportar esa caja y es como si tuviésemos un glosario ligero y portátil! Más o menos.

Terminaron montando el horno en un carruaje de madera y asegurándose de que todo estaba bien seguro. Después se sentaron, maravillados por lo que acababan de crear.

—No es muy impresionante a simple vista —dijo Gio.

—Le vendría bien una manita de pintura, sí —dijo Orso.

—Pero estoy seguro de que es lo mejor que he creado jamás —dijo Gio.

—Orso... —llamó Claudia—. ¿Te das cuenta de lo que has hecho? Las inscripciones siempre han estado restringidas por el espacio. Hay que estar cerca de un equipo caro y enorme para que funcionen. ¡Pero ahora se te ha ocurrido una forma barata y sencilla de cubrir toda una región sin tener que crear cuarenta glosarios!

Orso parpadeó, sorprendido.

—¿Eso he hecho? Bueno… siguen estando restringidas. Pero supongo que tienes razón.

—Si sobrevivimos a esto, será una técnica de un valor incalculable —comentó Claudia.

—Hablando de sobrevivir a esto —dijo Gio—, ¿cómo se supone que vamos a sobrevivir después? Vamos a atacar el centro de una casa de los mercaderes y matar a su heredera.

Orso se quedó mirando el horno que se encontraba sobre el carro y ladeó la cabeza poco a poco.

—Claudia —dijo en voz baja—, ¿cuántos Compiladores hay en total?

—¿Cuántos? Pues no lo sé. Cincuenta o así.

—¿Y cuántos te asegurarían su lealtad? ¿Doce, al menos?

—Sí. Más o menos. ¿Por qué?

Orso le dedicó una sonrisa demente y se tocó un lado de la cabeza.

—No sé si por el miedo a una muerte inminente, pero no dejan de ocurrírseme buenas ideas. Vamos a necesitar rellenar mucho papeleo. Y puede que también haga falta comprar alguna propiedad.

Los Compiladores intercambiaron una mirada.

—Madre mía —dijo Gio en voz baja.

Sancia se encontraba sentada frente a Berenice y veía cómo la joven iba de la pizarra a los pergaminos y luego a las piezas de inscripción, escribiendo cadenas de sigilos en cualquier superficie que encontrase con una gracilidad hipnótica. Ya había terminado dos placas de definición. Las placas tenían medio metro de diámetro, estaban hechas de acerco y cubiertas de espirales intrincadas de unos sigilos de bronce imposiblemente sutiles, todos escritos con la vara de inscripción.

Berenice alzó la vista de su trabajo, y un mechón de pelo le quedó colgando de la frente sudorosa. Parecía estar rebosante de felicidad, y Sancia fue incapaz de apartar la mirada.

—Pregunta si dice algo sobre elevación —dijo Berenice, en voz baja.

Sancia parpadeó, sorprendida.

—¿Eh? ¿Qué?

—¡Pregúntale al objeto si necesita algo sobre elevación!

—Ya te he dicho que no responde a mis pre...

—¡Hazlo!

Sancia lo hizo. Cerró los ojos, los abrió y dijo:

—Parece que no sabe siquiera lo que es la elevación.

—¡Perfecto! —gritó Berenice.

—¿Ah, sí? —preguntó Sancia.

—Un problema menos para nosotras —dijo Berenice mientras garabateaba.

Orso se acercó y miró por encima del hombro de Sancia.

—Ya hemos terminado nuestra parte. ¿Cómo va la cosa por aquí?

Berenice miró la tercera placa a través de una enorme lente de aumento. Escribió la última cadena, apartó la placa y tomó la cuarta, que estaba vacía. Después dijo:

—Van tres. Queda una.

—Bien —dijo Orso—. Las cargaré en el glosario de prueba.

Se llevó las placas con las definiciones. Sancia mantuvo la vista y las manos sobre el equipo gravitatorio, pero a medida que Orso se alejaba entre traqueteos y tintineos, el objeto empezó a brillar de repente. Cada vez más... y luego empezó a hablarle.

<¡La ubicación de la MASA en estos momentos es NULA! —dijo el objeto, con un ánimo descontrolado—. ¿La DENSIDAD de la MASA? Defina DENSIDAD de la MASA para poder ejecutar los efectos, por favor. Niveles de... de... mmm. Incapaz de definir los niveles de DENSIDAD de la MASA.>

—Dios —dijo en voz baja—. Funciona.

—Excelente —dijo Berenice—. ¿Qué pide ahora?

—Creo que quiere saber la densidad de la masa. En otras palabras, quiere saber cuánta fuerza aplicar en el objeto que toca las placas. —Sancia tragó saliva—. Y ese objeto será mi cuerpo.

Berenice hizo una pausa y se reclinó.

—Ah..., sí. Pues tengo una pregunta para ti.

—¿Sí?

—No tenemos tiempo para crear unos controles muy precisos, por lo que vas a tener que decirles a las placas la densidad de esa masa, que básicamente será como decirle la velocidad a la que quieres ir —explicó Berenice—. Imagina que le dices que hay seis Tierras en el cielo. Eso hará que asciendas a una velocidad de seis veces la gravedad de la Tierra, a la que tendrás que restarle los efectos gravitatorios de la Tierra en la que estamos. ¿Entiendes?

Sancia frunció el ceño.

—Entonces... me estás diciendo que habrá un margen de error bastante grande, ¿no?

—Inimaginablemente grande.

—¿Y cuál era la pregunta que querías hacerme? —dijo Sancia.

—No tenía ninguna. Solo quería contarte todo esto sin que entraras en pánico.

Después volvió al trabajo.

—Genial —dijo Sancia en voz baja.

Pasó otra hora. Y luego otra.

Orso no dejaba de mirar la torre del reloj de los Michael por la ventana.

—Las seis —dijo con nerviosismo.

—Ya casi he terminado —dijo Berenice.

—Siempre dices lo mismo. Lo dijiste hace una hora.

—Esta vez va en serio.

—Eso también lo dijiste hace una hora.

—Orso, ¡cierra la boca y déjala trabajar! —gritó Sancia.

Otro sigilo. Otro pergamino enorme. Otra docena de varas de inscripción arruinadas, otra docena de tinteros y cuencos de metal fundido. Pero a las ocho en punto... Berenice hizo una pausa y miró a través de la lente con ojos entrecerrados. Después se reclinó y suspiró. Parecía agotada.

—C-creo que he terminado.

Orso tomó la placa sin mediar palabra, corrió al glosario de prueba, la colocó en el interior y lo encendió.

—¡Sancia! —gritó—. ¿Cómo lo ves?

El equipo le brillaba con intensidad en las manos, pero no era una luz fija. No era un objeto inscrito completo, en otras palabras. Era uno casi completo. Pero, si lo que había dicho Berenice era cierto, no lo necesitarían terminado.

<¡Defina UBICACIÓN y DENSIDAD de la MASA para poder ejecutar los efectos!>, dijo el objeto con una felicidad propia de un maniaco.

Sancia sintió que el estómago le daba un vuelco a causa de los nervios. Quería asegurarse de que entendía bien cómo funcionaba esa cosa antes de que decirle qué hacer.

<Dime como hago que funciones.>

<¡Primero tenemos que decidir la UBICACIÓN de la MASA!>, aullaron las placas.

<¿Qué es la masa?>

<La MASA es LO MÁS GRANDE. Casi todo el FLUJO se dirige hacia LO MÁS GRANDE.>

<Bien. Un...>

<Después hay que definir la FUERZA del FLUJO de LO MÁS GRANDE. Toda la materia CAE hacia LO MÁS GRANDE en dirección del FLUJO.>

Sancia empezaba a entender.

<La ubicación es arriba>, dijo.

<¡Genial! —dijeron las placas—. ¡Poco convencional! ¿Y la DENSIDAD?>

—La densidad es..., la mitad de la densidad normal de la Tierra. ¿Funcionará así?

<¡Claro! ¿Quiere que ejecute los EFECTOS ahora?>

<Pues... Sí.>

<¡Hecho!>

El estómago de Sancia se empezó a agitar al instante, como si tuviese un ratón corriéndole por los intestinos. Algo había... cambiado. Sentía la cabeza pesada, como si la sangre le cayese hacia el cráneo.

—¿Y bien? —preguntó Orso con impaciencia.

Sancia respiró hondo y se puso en pie.

Pero... no se paró ahí.

Echó un vistazo a su alrededor, aterrorizada, mientras su cuerpo se elevaba hacia el techo a un ritmo regular. No era rápido, pero sentía como si lo fuese, probablemente porque había entrado en pánico.

—¡Dios mío! —dijo—. ¡Mierda! ¡Que alguien me agarre!

No la agarraron. Se quedaron mirando.

—Parece que funciona, sí —dijo Gio.

Para su alivio, empezó a bajar otra vez, pero ahora caía en dirección a una pila enorme de cuencos de metal vacíos que había en una mesa cercana.

—¡Mierda! —dijo—. ¡Carajo, carajo!

Pataleó con impotencia y todos vieron como chocaba, despacio y de manera inevitable, contra la pila de cuencos, que empezó a resonar por todo el taller.

<¡Detén los efectos!>, gritó Sancia al objeto.

<¡Hecho!>

La ligereza desapareció de su interior al momento, chocó contra la mesa y cayó al suelo.

Berenice se puso en pie, encantada y dio un puñetazo en el aire.

—Sí. ¡Sí! ¡Sí! Lo he conseguido. Lo he conseguido. ¡Lo he conseguido!

Sancia gruñó y alzó la vista al techo.

—¿Eso es lo que va a hacer para detener a Estelle? —dijo Gio—. ¿Eso?

—Considerémoslo un éxito limitado —respondió Orso.

Una hora después, se encontraban revisando el plan.

—Tenemos lo que necesitamos —dijo Orso—. Pero... aún nos hace falta colocar la caja vacía a unos dos kilómetros y medio de la Montaña. Es la distancia máxima a la que funcionará el equipo gravitatorio.

—¿Entonces tenemos que encontrar la manera de cruzar los muros? —preguntó Claudia—. ¿Para entrar en el campo?

—Sí. Pero solo un poco —dijo Orso—. Solo tendremos que entrar medio kilómetro.

Claudia suspiró.

—Supongo que Sancia no podía usar ese objeto para saltar sobre los muros y abrir las puertas desde el interior.

—No sin que la hagan papilla —dijo Gio—. Si el campo está cerrado, los guardias de las puertas dispararán a todo el que se acerque.

Sancia tenía las placas de gravedad en las manos, les susurraba y, luego, escuchaba lo que le decían. Después se enderezó.

—Podría conseguir que cruzásemos el muro —dijo en voz baja—. O que lo atravesásemos, para ser más exactos.

—¿Cómo? —preguntó Berenice.

—Una verja no es más que una puerta, y Clef me enseñó mucho sobre puertas. Solo tengo que acercarme. —Se incorporó en el asiento y echó un vistazo por el taller. Vio algo que había visto la última vez que había estado allí, cuando lo examinaba en busca del dispositivo de escucha—. Esa hilera de cubos negros de allí, los que parecen absorber la luz. ¿Son estables?

Orso miró a su alrededor, sorprendido.

—¿Esos? Sí. Están cargados en uno de los glosarios principales de los Dandolo, por lo que puedes llevarlos a casi cualquier parte sin que dejen de funcionar.

—¿Podrías unirlos a una coraza o a algo que me pueda poner? —preguntó—. Sería muy útil convertirme en un borrón de sombras.

—Claro —dijo Orso—. Pero... ¿por qué?

—Voy a necesitar colarme en el muro oriental de los Candiano —dijo Sancia—. Después daremos el pistoletazo de salida. Orso, Berenice, tenéis que colocar vuestra caja mágica en un carruaje y tenerla lista junto a la puerta del suroeste. ¿De acuerdo?

—¿Vas a recorrer el muro de los Candiano de un lado a otro? —preguntó Claudia.

—La mayor parte, sí —dijo Sancia en voz baja—. Vamos a necesitar una distracción. Y yo puedo daros una muy buena.

Gio analizó los cubos negros.

—¿Para qué se usan, Orso? Nunca había visto una luz inscrita como esta.

—Los creé para Ofelia Dandolo —explicó Orso—. Un proyecto secreto. Gregor mencionó que había hecho una lorica para asesinos... una máquina de matar que no ves venir.

Gio silbó por lo bajo.

—Sería muy útil tener una de esas esta noche.

Sancia se hundió en la silla.

—Yo preferiría ir a la guerra con el único de nosotros que tenía experiencia en ella, pero nos lo han arrebatado —dijo. Después suspiró con tristeza—. Así que tendremos que apañárnoslas con lo que tenemos.

Capítulo Treinta y Cinco

La oscuridad revoloteaba a su alrededor. Se oyó el crujido de la madera, el restallido del vidrio y, en algún lugar, una tos y un gimoteo.

—Gregor.

El hedor a putrefacción, a pus, a tripas perforadas y calientes, a tierra húmeda.

—¿Gregor?

Un remolino de agua, el ruido de muchos pasos, el de alguien ahogándose.

—Gregor...

Sintió algo en el pecho, algo que temblaba y que se retorcía. Había algo en su interior, algo vivo, algo que intentaba moverse.

Al principio se quedó horrorizado. No podía pensar, pero ¿cómo iba a hacerlo, aunque pudiese, si estaba perdido en la oscuridad? Empezó a comprender.

La cosa que se le movía en el pecho era el corazón. Empezaba a latir, al principio despacio y ansioso, como un potrillo que diese sus primeros pasos. Después los latidos se volvieron más intensos, más seguros.

Los pulmones suplicaban por aire. Gregor Dandolo respiró hondo. El agua burbujeó y espumeó en incontables pasadizos de su interior, y tosió y se ahogó.

Rodó a un lado. Se encontraba tumbado en algo, una especie de losa de piedra, y vomitó. Lo que salió de su interior fue agua de canal, que distinguió por el sabor, mucha.

Después se dio cuenta: su estómago. Le había dolido mucho, hacía muy poco... pero ahora no le dolía nada.

—Aquí estamos, querido —dijo la voz de su madre desde algún lugar cercano—. Aquí estamos...

—¿M-madre? —balbuceó. Intentó ver, pero le ocurría algo extraño en los ojos. Solo consiguió distinguir sombras y manchas—. ¿D-dónde estás?

—Estoy aquí. —Algo se movió en las sombras. Le dio la impresión de haber visto una silueta humana, con túnica y que cargaba con una vela, pero le costaba verla—. Estoy aquí, a tu lado, amor mío.

—¿Qué...? ¿Qué me ha pasado? —susurró. Su voz era un rechinar chasqueante—. ¿Dónde estoy? ¿Qué les ha pasado a mis ojos?

—Nada —dijo ella, con voz tranquilizadora. Sintió que algo le rozaba la frente. El roce de la palma suave y cálida de la mano de su madre en la piel—. Mejorarán pronto. Llevas un tiempo sin usarlos.

Gregor parpadeó. Se dio cuenta de que sentía los ojos fríos dentro de las cuencas. Intentó tocarse la cara y descubrió que era incapaz de controlar las manos o de agitar los dedos siquiera.

—Shh —dijo su madre—. Calma. Tranquilo.

Tragó saliva y también sintió la lengua fría.

—¿Qué está pasando?

—Te he salvado —dijo su madre—. Te hemos salvado.

—¿Hemos?

Volvió a parpadear y consiguió ver mejor la estancia. Vio que se encontraba en una especie de sótano bajo y alargado de techo abovedado. También que había algunas personas desperdigadas por el lugar, gente con túnicas grises y con velas pequeñas y titilantes.

Pero las paredes de la habitación tenían algo raro y, ahora que lo veía bien, también el techo. Todo parecía moverse. Ondular.

"Tengo que estar soñando —pensó Gregor—. Tengo que estar soñando...".

—¿Qué me ha pasado? —preguntó.

Su madre suspiró despacio.

—Lo mismo que te suele pasar a menudo, querido.

—No entiendo —susurró Gregor.

—Te he perdido —dijo ella—. Pero has vuelto. Otra vez.

Gregor estaba tumbado en la losa de piedra y respiraba a duras penas. Y luego empezó a recordar, poco a poco.

Aquella mujer. Estelle Candiano. La daga en su estómago. Los remolinos de aguas oscuras...

—Yo... caí —susurró—. Me apuñaló. Estelle Candiano me apuñaló.

—Lo sé —dijo su madre—. Ya nos lo habías dicho, Gregor.

—Ella... no me apuñaló de verdad, ¿verdad, Madre?

Consiguió mover la mano e incorporarse hasta quedar sentado.

—No, no —lo reprendió su madre—. Vuelve a tumbarte, amor mío. Túmbate y quédate quieto...

—Yo... no morí, ¿verdad, madre? —preguntó. Sentía la mente espesa dentro del cráneo, pero se dio cuenta de que ahora era capaz de pensar. Solo un poco—. Eso sería una locura. No puedo haber muerto y... estar aquí... haber vuelto a la vi...

—Basta —dijo su madre. Extendió la mano y le tocó el lado derecho de la cabeza con dos dedos.

Gregor se quedó quieto al momento. Notó cómo el cuerpo se le entumecía a su alrededor. No podía moverse. No podía parpadear. Estaba atrapado dentro de sí mismo.

—No te muevas, Gregor —dijo su madre—. Quédate quieto...

Después empezó a notar cómo se le calentaba el cráneo..., justo en el lugar en el que lo habían tocado los dedos de su madre. El dolor era pasable al principio, pero luego empeoró, cada vez más. Sintió cómo si empezaran a sisearle los sesos en el lado derecho.

Y, aunque no recordaba que le hubiese pasado algo así jamás..., sí que recordó a alguien describiendo una sensación muy parecida.

Sancia, con Orso y Berenice en la biblioteca. Había dicho:

"Y, cuando las inscripciones de mi cráneo se sobrecargan, queman, como si tuviese plomo caliente en los huesos...".

"¿Qué pasa? —pensó Gregor, desesperado—. ¿Qué me está pasando?"

—Quieto, Gregor —dijo su madre—. No te muevas...

Gregor intentó moverse, rabioso por su cuerpo inerte y distante, pero descubrió que era incapaz. El calor de su cráneo era insoportable, como si los dedos de su madre fuesen hierros al rojo vivo.

Pero ya veía el rostro de la mujer, iluminado tenuemente por la llama de una vela. Tenía la mirada triste, pero no parecía sorprendida o enfadada o angustiada por lo que estaba ocurriendo. Más bien parecía como si aquella situación tan extraña fuese un deber desafortunado que le resultaba muy familiar.

—Lo que te ha pasado me ha afectado mucho, amor mío —dijo en voz baja—. Pero gracias por venir a buscarnos ahora que es cuando más te necesitamos.

El corazón de Gregor le latió desbocado en el pecho.

"No, no —pensó—. No. Me estoy volviendo loco. Solo es un sueño. Esto es solo un sueño...".

Otro recuerdo de la misma noche en la biblioteca. Orso encogiéndose de hombros y diciendo:

"Ah. Es probable que no fuese cosa solo de una casa de los mercaderes. Si había una intentando inscribir a los humanos, estoy seguro de que todas lo han intentado. De hecho, puede que aún sigan intentándolo".

"No —pensó Gregor—. No, no, no".

Se recordó a sí mismo, diciendo en voz alta: "Podrían incluso inscribir la mente de un soldado... obligarlos a hacer cosas terribles y hacer que olviden lo que han hecho...".

"¡No! —pensó Gregor—. ¡No puede ser! ¡No puede ser!"

Y luego recordó a Berenice susurrando: "Podrían crear una inscripción para burlar a la mismísima muerte...".

Y, finalmente, recordó sus palabras, las que le había dicho a Sancia junto al Golfo, con las que había descrito lo que sintió después de Dantua:

"Fue como si un hechizo mágico se hubiese disipado para permitirme ver la verdad...".

Su madre lo miró, con ojos tristes.

—Empiezas a recordar, ¿verdad? —dijo—. Es más o menos cuando sueles hacerlo.

Recordó a su madre en la fundición Vienzi, enfadada y diciendo: "Cancelé el proyecto. Estaba mal. ¡Y ya no lo necesitábamos!".

Y eso le hizo preguntarse por qué iba uno a dejar de inscribir humanos. ¿Por qué había dicho que ya no lo necesitaba?

"Porque ya había descubierto cómo hacerlo", pensó Gregor.

Y luego recordó ese mismo día en Vienzi, recordó a su madre llorando y diciéndole: "No te perdí en Dantua. Sobreviviste. Y sabía que lo harías, porque siempre sobrevives...".

"¿Cómo sobreviví en Dantua? —pensó Gregor, aterrorizado—. ¿Sobreviví en Dantua? ¿O...? ¿O morí allí?"

—Perdí a tu padre —dijo su madre—. Perdí a tu hermano. Y también podría haberte perdido a ti en el accidente, amor mío. Pero luego llegó él..., llegó y me enseñó cómo salvarte, cómo arreglarte. Y lo hice. Pero... tuve que prometerle algunas cosas a cambio.

Gregor recuperó más sentidos. Ahora veía, veía la multitud de siluetas con túnica gris que llevaban velas, y aquel extraño ondular de las paredes en la oscuridad. Y también oyó un susurro. Al principio pensó que eran los de las túnicas susurrando, pero no... era como el rumor de las hojas sedosas en un bosque. Sus oídos no le encontraban sentido.

Su madre se agitó y carraspeó.

—Basta. Basta de sentimientos. Escúchame, Gregor. —Su voz sonaba muy alta en sus oídos, tanto que ahogaba sus pensamientos—. Escúchame. ¿Me oyes?

El miedo y la rabia desparecieron de la mente de Gregor. Apartó los dedos. Sintió como si una colcha fría y húmeda empezase a cubrirle los pensamientos.

Se oyó a sí mismo decir en voz baja:

—Sí, te escucho.

—Has muerto —dijo—. Te hemos salvado. Otra vez. Pero tienes que hacer algo por nosotros. ¿Entiendes?

Sus labios volvieron a moverse, y las palabras brotaron de su boca:

—Sí, entiendo.

—Has confirmado algo que sospechábamos desde hace mucho tiempo —dijo su madre—. Estelle Candiano es la persona detrás de todo este embrollo. Pronuncia su nombre. Ahora.

—Estelle Candiano —dijo su voz, palabras balbuceadas y casi ininteligibles.

—Estelle Candiano va a intentar hacer algo muy estúpido esta noche —explicó su madre—. Algo que podría ponernos en peligro a todos. Hemos intentado mantener en secreto nuestras acciones, intentado actuar siempre ocultos, pero ahora nos ha obligado a lo contrario. Tenemos que responder, y hacerlo de manera directa. Aunque también es necesario que seamos muy cuidadosos. Esa mujer tiene en su poder algo que no entiende. ¿Me has oído?

—Sí —dijo él, sin poder evitarlo—. Te he oído.

Su madre se acercó.

—Es una caja. Con una cerradura.

—Una caja —repitió Gregor—. Con una cerradura.

—La hemos buscado desde hace mucho tiempo, Gregor —explicó—. Sospechábamos que la tenían los Candiano, pero habíamos sido incapaces de averiguar dónde la ocultaba. Ahora lo sabemos. Gracias a ti, creemos que Estelle Candiano la guarda en la Montaña. Dilo.

—En la Montaña —dijo, despacio.

—Escúchame, Gregor —susurró su madre—. Escúchame con atención. Hay un diablo en esa caja. Dilo.

Gregor parpadeó, despacio, y luego susurró:

—Hay un diablo en esa caja.

—Sí. Lo hay —continuó su madre—. No podemos permitir que Estelle la abra. Y podrá hacerlo si hace lo que piensa hacer esta noche, si se eleva a sí misma, se convierte en una Hacedora y está en posesión de la llave. No podemos permitirle que deje suelto lo que duerme dentro de esa caja. No podemos. —Ofelia tragó saliva y, de haber tenido la posibilidad de sentirlo, Gregor se hubiese dado cuenta de que sin duda estaba aterrorizada—. En el pasado provocó una guerra... una guerra que terminó con todas las guerras. No podemos arriesgarnos a que vuelva a ocurrir lo mismo. Tenemos que dejar a ese diablo dentro de la caja. Dilo.

—Tenemos que dejar a ese diablo dentro de la caja.

Ofelia se inclinó hacia él y apoyó la frente en la sien de Gregor.

—Estoy muy orgullosa de ti, amor mío —susurró—. No sé si era lo que pretendías o si ha sido el destino lo que te ha traído hasta aquí... pero, Gregor, yo... solo quiero que sepas que, a pesar de todo, te... te quiero.

Gregor parpadeó despacio y repitió, sin pensar:

—Te quiero...

Ofelia se enderezó, con el gesto retorcido en una mueca de vergüenza y repugnancia, como si las palabras inexpresivas de Gregor le hubiesen afectado.

—Basta. Cuando te hayas recuperado del todo, tendrás que abrirte paso hasta la Montaña. Una vez allí encontrarás a Estelle Candiano. La matarás. Y luego te harás con la llave y la caja. Eliminarás a cualquiera que intente detenerte. Hemos creado unas herramientas fantásticas y poderosas para ayudarte en tu tarea. Tendrás que usarlas para lo que mejor se te da, para hacer aquello para lo que te hemos creado. Tienes que luchar.

Señaló por encima del hombro de Gregor, y él se dio la vuelta.

Pero, mientras miraba, se dio cuenta de dos cosas:

La primera era que había comprendido de repente por qué las paredes de la habitación parecían ondular, por qué sentía esos susurros y ese agitar en los oídos...

La estancia estaba llena de polillas.

Las polillas revoloteaban, bailoteaban y aleteaban por las paredes y por el techo, un mar de polillas blancas que fluía a su alrededor, por encima y por debajo, con alas que parecían huesos titilantes.

Lo segundo de lo que se dio cuenta fue que había alguien de pie detrás de él, y lo vio por el rabillo del ojo justo cuando se dio la vuelta, un atisbo.

Era un hombre. Puede. Una figura humana, alta y delgada, envuelta en tiras de tela negra como si fuese un cadáver momificado, con una capa corta y negra.

Y lo miraba.

Gregor se giró para mirar, pero la figura desapareció en un abrir y cerrar de ojos. En su lugar apareció una columna de polillas, una tormenta de ellas, un vórtice revoloteante de alas blancas y suaves.

Gregor miró las polillas. Descubrió que había algo en el interior de esa columna, que batían sus alas alrededor de algo, que danzaban alrededor de ello, de algo blanco.

La columna de polillas se levantó poco a poco, como un telón, y luego lo vio.

Un perchero de madera sobre el que descansaba una armadura inscrita y negra. Tenía un arma de asta negra y reluciente integrada en una de las mangas, mitad hacha enorme y mitad lanza gigantesca. En la otra manga tenía integrado un escudo grande y redondo y, detrás de él, un lanzavirotes. Y, en mitad de la coraza, una placa negra y extraña.

Oyó la voz de su madre en el oído:

—¿Estás listo, amor mío? ¿Estás listo para salvarnos a todos?

Gregor miró la lorica. Había visto cosas así antes, y sabía para qué se usaban: para la guerra y los asesinatos.

Susurró:

—Estoy listo.

Capítulo Treinta y Seis

Al otro lado de la ciudad, en lo alto de la Montaña, Estelle Candiano se miraba al espejo y respiraba.

Eran respiraciones lentas y hondas, inhalar, exhalar, inhalar, exhalar, que llenaban de arriba abajo sus pulmones. Hacía algo muy delicado, y las respiraciones la ayudaban a que no le temblasen las manos. Si cometía un error, si uno de los trazos salía mal, podía llegar a dar al traste con todo.

Hundió la vara de inscripción en la tinta, llena de partículas de oro, estaño y cobre, miró el espejo y siguió delineando símbolos en su pecho desnudo.

Escribir al revés le resultaba muy difícil, pero Estelle había practicado. Había tenido todo el tiempo del mundo para hacerlo, sola e ignorada en las estancias traseras de la Montaña durante casi una década.

"Los sigilos normales son el idioma de la creación —pensó mientras trabajaba—. Pero los Occidentales son el idioma con el que Dios hablaba con dicha creación. —Volvió hundir la vara en la tinta y empezó un nuevo renglón—. Y con estos comandos, con estas órdenes, podré alterar la realidad si así lo deseo. Siempre que tenga cuidado".

Un trazo más. Luego otro para terminar los sigilos... ya tenía la mano izquierda cubierta de ellos, así como el antebrazo, la parte superior del brazo y el hombro; un entramado enrevesado y brillante de símbolos negros que le ascendían por el brazo para arremolinarse alrededor de su corazón.

Se oyó una tos y un gorjeo. Miró por encima del hombro de su reflejo a la figura que yacía en la cama detrás de ella. Un hombre pequeño, meado y de ojos saltones que hacía todo lo posible por respirar.

—Quédate quieto, por favor, padre —dijo ella en voz baja—. Y aguanta.

Después miró el reloj que había en la pared. Las diez y veinte.

Desvió su atención a la ventana. El paisaje nocturno de Tevanne se extendía bajo la Montaña, y todo parecía tranquilo y apacible.

—¡Capitán Riggo! —gritó.

Pasos, y luego se abrió la puerta del despacho. El capitán Riggo entró y le dedicó un saludo militar. No miró a Tribuno Candiano, que yacía con respiración sibilante entre sábanas manchadas. Tampoco pareció afectarle ver a Estelle con los pechos al descubierto, con esos símbolos pintados sobre la piel. El capitán Riggo tenía una virtud que Tevanne valoraba por encima de todas las demás: la capacidad de ignorar lo que estaba frente a sus ojos a cambio de una gran suma de dinero.

—Sí, señora.

—¿No están en el campo?

—No, señora.

—¿Ni en el Ejido?

—No que sepamos, señora.

—¿Y nuestros efectivos?

—Ya están preparados y podríamos desplegarlos con solo una orden, señora.

Estelle entrecerró los ojos

—Mi orden.

—Claro, señora.

Ella sopesó la situación.

—Puedes marcharte —dijo—. Avísame cuando oigas algo. Cualquier cosa.

—Sí, señora.

El guardia se giró con presteza, salió y cerró la puerta.

Estelle continuó pintando los símbolos en su cuerpo. Su padre tosió, se humedeció los labios y se quedó en silencio.

Un trazo, otro trazo...

Después se quedó de piedra.

Estelle parpadeó unos instantes, luego se enderezó y echó un vistazo por la estancia.

Vacía. Vacía a excepción de ella y de su padre, sí. También estaban por allí todas las antigüedades de Tomas, en un gigantesco escritorio de piedra.

—Mm —dijo, atribulada.

Tuvo una sensación muy extraña e intensa de repente y por unos instantes: la impresión de que había alguien más en la habitación con ellos, una tercera persona en pie detrás de ella, vigilándola de cerca.

Respiró hondo y echó un vistazo a su alrededor. Luego se fijó en esa caja vieja y rara que Tomas había robado antes de que Orso Ignacio pudiese hacerse con ella, la resquebrajada, antigua y con aspecto de glosario que tenía una cerradura dorada.

Estelle Candiano miró la caja y la cerradura, el ojo de esa cerradura. Se le ocurrió una idea, una locura indómita.

"El ojo de la cerradura es un ojo de verdad. Vigila todos tus movimientos".

—Eso es una locura —dijo en voz baja.

Después lo dijo en voz más alta y con más convicción, como si esperase que la caja la oyese:

—Eso es una locura.

Como era de esperar, la caja no hizo nada para indicarle que había oído el comentario. Estelle la miró un instante más y luego se dio la vuelta para continuar trazando los sigilos en sus pechos.

"Después de mi elevación —pensó—, puede que le encuentre sentido a todas estas herramientas antiguas que encontró mi padre. Puede que consiga abrir esa caja y ver los tesoros que esconde".

Después fijó la mirada en un objeto que se encontraba junto a la caja: la llave alargada y de dientes extraños que le había robado al hombre de Orso, esa con la cabeza en forma de mariposa. Le había servido para conseguir los últimos sigilos que necesitaba para completar el ritual, pero aún no conocía su verdadera naturaleza.

"No, quizá no necesite abrir la caja —pensó—. Veremos".

Capítulo Treinta y Siete

En las calles del Ejido, al este de los muros del campo de los Candiano, Sancia avanzaba junto a los Compiladores.

—Ojalá pudieses apagar esas malditas sombras —dijo Giovanni, que jadeaba mientras corrían por las callejuelas—. Es como tener un punto ciego literal corriendo a mi lado.

—Cierra la boca y corre, Gio —dijo Sancia.

Aunque, a decir verdad, a ella también le resultaba extraño. Orso había unido algunos materiales sombríos a la coraza de cuero, una solución chapucera y chabacana, pero ahora Sancia estaba cubierta por las sombras de manera permanente y le costaba ver lo que hacía con las manos o con los pies.

Llegaron al fin a las puertas orientales del campo de los Candiano. Bajaron el ritmo y se deslizaron por un lateral de un edificio tambaleante para mirar al otro lado. Sancia vio el relucir de los yelmos en las torres de la puerta, apiñados junto a las ventanas. Puede que una docena de hombres, todos con espingardas mejoradas que podrían abrir un agujero lo bastante grande en su cuerpo como para que cupiese un melón.

—¿Listos? —susurró Claudia.

—Supongo que sí —respondió Sancia.

—Nosotros iremos por esta callejuela —dijo Claudia mientras señalaba hacia atrás—. Haremos que se fijen en nosotros para distraerlos. Después esperaremos dos minutos y dispararemos. Cuando lo veas, corre.

—Entendido —dijo Sancia.

—Bien. Buena suerte.

Sacia corrió junto al edificio y encaró el camión que daba a la puerta de los Candiano. Después apoyó la espalda en la madera y esperó, contando los segundos.

Cuando llegó a dos minutos, se agachó.

“En cualquier momento...”.

Después oyó un siseo sobre el hombro. Algo voló hacia los cielos sobre los tejados de los edificios, y luego las alturas estallaron con luces.

Sancia corrió hacia delante, impulsándose con los brazos y las piernas con toda la fuerza que fue capaz. Era consciente de que la bomba aturdidora de los Compiladores, que había acoplado de forma muy inteligente a un virote inscrito, solo retrasaría a los guardias unos pocos segundos. Ella no era más que un borrón de sombras, pero eso no significaba que la distracción le diese una gran seguridad.

Las luces se apagaron detrás de ella, y enseguida se oyó un ¡pop! terrorífico.

Los muros se encontraban a unos seis metros. Los últimos pasos se alargaron hasta lo indecible, pero lo consiguió y derrapó hasta detenerse junto a la enorme pared de piedra.

Oyó una voz sobre ella, en la torre de los guardias:

—¿Qué ha sido eso?

Sancia esperó. Oyó murmullos, pero poco más.

“Ayuda, Dios”, pensó. Después se arrastró con cautela y mucho cuidado por el muro en dirección a las puertas.

Se acercó a ella y flexionó ese extraño músculo de su mente. Las enormes puertas de bronce se iluminaron con intensidad en su mente, dos hojas enormes de una luminiscencia blanca que colgaban en el espacio.

Las miró detenidamente. Vio un indicio de los comandos que había en ellas, su naturaleza, sus restricciones.

“Espero estar en lo cierto, por todos los beques”.

Respiró hondo y apoyó una mano desnuda sobre la puerta.

<... ALTAS Y FUERTES Y DETERMINADAS. ESTAMOS VIGILANTES Y OJO AVIZOR, A LA ESPERA DE LOS MENSAJES, A LA ESPERA DE LAS SEÑALES, A LA ESPERA DE LA LLAMADA, PARA EMPEZAR A PIVOTAR DEL TODO HACIA EL INTERIOR, CON NUESTRA PIEL DURA Y DENSA COMO EL ACERO FRÍO...>

Sancia se estremeció por la intensidad de la voz. Las puertas del campo eran sin duda el objeto más grande al que había intentado engañar. Eso no la afectó, y preguntó:

<¿Entonces no se te permite abrirte a menos que recibas las señales?>

<PRIMERO LA SEÑAL DEL TENIENTE, EL GIRO DEL CRISTAL —aullaron las puertas—. LUEGO LA FRICCIÓN CAUSADA POR LA CUERDA QUE LLEVA EL SARGENTO QUE ESTÉ DE GUARDIA. Y LUEGO TODOS LOS GUARDIAS PRESENTES DEBEN PULSAR SUS INTERRUPTORES DE SEGURIDAD. DESPUÉS, EL SARGENTO DE GUARDIA TIENE QUE DESBLOQUEAR Y GIRAR...>

<Bien. Una pregunta —dijo Sancia a las puertas—. ¿Puedes pivotar hacia fuera?>

Se hizo un largo silencio.

<¿PIVOTAR HACIA AFUERA?>, preguntaron las puertas.

<Sí.>.

<NO HAY INDICACIONES DE QUE ALGO ASÍ NO SEA... POSIBLE>, respondieron.

<¿Y eso contaría como abrirte? ¿Pivotar hacia afuera requeriría de alguna de tus medidas de seguridad?>

<COMPROBANDO... MM. TODAS LAS MEDIDAS DE SEGURIDAD Y COMPROBACIONES ESTÁN RELACIONADAS DE FORMA ESPECÍFICA CON LA APERTURA, EL PROCESO DE ABRIRSE HACIA ADENTRO.>

<¿Te importaría intentar abrirte hacia fuera?>

<NO... NO PARECE HABER NADA QUE LO IMPIDA.>

<Bien. Pues esto es lo que vamos a hacer...>

Sancia le dijo lo que iban a hacer. La puerta escuchó y estuvo de acuerdo. Y luego Sancia se deslizó y se alejó en dirección a otras de las puertas del muro.

Y a otras. Y a otras.

Giovanni y Claudia se encontraban agachados en la callejuela y veían cómo el pequeño punto de sombras se deslizaba en silencio por la base del muro de los Candiano.

—¿H-ha hecho algo? —preguntó Giovanni, desconcertado—. No veo nada.

Claudia sacó un catalejo y miró hacia las puertas.

—Yo no veo nada.

—¿Acabamos de arriesgar el pellejo para que esa maldita chica no haga nada? ¡Voy a enfadarme mucho como ese sea el caso!

—No hemos arriesgado el pellejo, Gio. Solo hemos tirado fuegos artificiales. Sancia es la que está corriendo bajo las torres de guardia. —Miró al muro y vio que Sancia se detenía junto a otras de las puertas, hacía una pausa y luego continuaba—. Aunque la verdad es que no tengo ni idea de lo que está haciendo.

Gio suspiró.

—Y pensar en todas las locuras que hemos tenido que hacer para llegar hasta aquí. ¡Podríamos habernos marchado de Tevanne hace mucho tiempo, Claudia! ¡Ahora mismo podríamos estar a bordo de un barco en dirección a una remota isla paradisiaca! Un barco lleno de marineros. ¡Marineros, Claudia! Marineros jóvenes y morenos con hombros fuertes y llenos de protuberancias que tirasen todo el día de cuer...

Se oyó un grito agudo y gorjeante.

Claudia se apartó el catalejo de la cara.

—¿Qué ha sido eso? —Echó un vistazo a su alrededor y no vio nada—. ¿Gio, tú has vis...?

Otro grito, uno de un terror puro y sin concesiones. Los gritos parecían venir de las puertas de los Candiano que tenían frente a ellos.

—¿E-esto es parte del plan de Sancia? —preguntó Gio. Se inclinó hacia delante—. ¡Un momento! Dios mío... hay alguien ahí arriba, Claudia.

Levantó el catalejo y miró hacia las puertas de los Candiano.

Se quedó con la boca abierta.

—Mierda.

Había un hombre encima de las torres de la puerta, con las botas sobre el borde del muro. Llevaba una especie de artilugio, una armadura negra, a excepción de un brazo que estaba modificado y donde había un escudo grande y redondo. El otro brazo también estaba modificado y en él parecía haber un arma de asta grande y retráctil. Aun así, costaba verlo con claridad, ya que cada movimiento que hacía quedaba sumido en las tinieblas. La única razón por la que lo veían era porque había una luz inscrita muy reluciente colgando en el muro justo encima de él.

Claudia tardó un momento en darse cuenta de qué era lo que miraba. Solo sabía de cosas así por los registros, un arma que había conseguido unos resultados espectaculares y se había usado mucho en las guerras.

—¿Una lorica? —dijo en voz alta, estupefacta.

—¿Quién mierda es ese? —preguntó Gio—. ¿Es de los nuestros?

Claudia miró al tipo, enorme y reluciente dentro de ese artilugio de metal oscuro. Después vio que había un cadáver en el muro frente a él, mutilado de manera horrible. Lo más probable es que fuese la persona que había gritado, ya que ahora que lo veía bien estaba claro que no le faltaban razones para hacerlo.

“No puede ser —pensó—. ¿Qué mierda está pasando?”.

Vio cómo el tipo saltaba hacia delante y volaba dos, tres, cinco metros.

“Está claro que es una lorica de verdad”, pensó Claudia.

Y después caía y sacaba el arma de asta, que relucía como un látigo negro.

Claudia ni se había dado cuenta de que había guardias junto a él en las torres de la puerta. Después vio un caudaloso reguero de sangre y supuso que el de la lorica había usado el arma para cortar por la mitad al guardia de los Candiano que corría hacia él, estoque en mano.

Salieron tres guardias más de la torre para interponerse en el camino frente al atacante, con las espingardas alzadas. El de la lorica levantó el escudo justo a tiempo para detener la andanada de proyectiles, y luego empezó a avanzar, ovillado a la perfección detrás del escudo, avanzando centímetro a centímetro hacia los tres hombres que le disparaban virotes.

Se detuvo cuando supuso que los atacantes necesitaban recargar. Después extendió el brazo del escudo y ocurrió... algo.

A Claudia le costó verlo. Fue como un estallido de metal reluciente en el aire. Los guardias de los Candiano se estremecieron como si hubiesen recibido el impacto de un relámpago. Y cayeron. Pero Claudia vio que sus cuerpos estaban agujereados y desgarrados de forma extraña...

Se centró en el hombre de la lorica mientras se levantaba, y vio que el escudo no era solo un escudo: lo habían modificado para que la parte de atrás también fuese un lanzavirotes inscrito. Era probable que no fuese muy certero a largas distancias, pero estaba claro que de cerca era devastador.

Giovanni lo miró, horrorizado.

—¿Ahora qué hacemos?

Claudia pensó al respecto y vio cómo el tipo saltaba por encima de la puerta de los Candiano para entrar en el campo.

—A la mierda —dijo—. ¡No es nuestro problema! ¡Así que supongo que nos quedaremos aquí sentados y quietecitos!

Berenice y Orso estaban acurrucados en el interior del carruaje inscrito y miraban la inmensidad de las puertas de los Candiano que tenían delante. Las calles que los rodeaban estaban vacías, como si hubiese un toque de queda.

—Todo está muy... silencioso —dijo Berenice.

—Sí —convino Orso—. Silencioso de cojones, por todos los beques.

—Sí, señor —dijo Berenice en voz baja. Extendió la cabeza hacia delante para mirar los muros.

—Espero que Sancia esté bien.

—Claro que lo está —dijo Orso—. Quizá.

Berenice no dijo nada.

Orso la miró por el rabillo del ojo.

—Parece que te llevas muy bien con ella.

—Ah. Gracias, señor.

—Habéis hecho cosas geniales juntas —continuó Orso—. Entrar en la fundición Cattaneo. Fabricar muchas definiciones de inscripciones nuevas en pocas horas. Eso... eso es grandioso.

Berenice titubeó.

—Gracias, señor.

Orso olisqueó y echó un vistazo alrededor.

—Esto es una tontería —dijo—. No dejo de pensar que podríamos habérnoslo ahorrado. Podría haberlo detenido si le hubiese dicho a Tribuno lo que pensaba sobre sus estupideces. Si... si hubiese sido más diligente con Estelle. Me dejé llevar por mi orgullo herido y ella me rechazó. Orgullo... siempre es una excusa para ser débil. —Tosió y dijo—: Sea como fuere... si una joven me dijera que la aconsejase sobre temas... personales, le diría que no se quede ahí quieta a la espera de una oportunidad. Eso es lo que le diría... a una joven que me pidiese consejo sobre temas... personales.

Se hizo un largo silencio.

—Ya veo, señor —dijo Berenice—. Pero... no todas las jóvenes son tan pasivas como crees.

—¿Ah, no? —dijo Orso—. Bien. Muy bi...

—¡Allí! —dijo Berenice—. ¡Mira!

Señaló en dirección al muro. Un pequeño borrón de sombras se deslizó por la parte inferior de las paredes blancas, en dirección a esas puertas enormes.

—¿Esa es... ella? —preguntó Orso mientras entrecerraba los ojos.

El borrón de sombras se quedó en la base de las puertas durante unos instantes para luego seguir su camino y desaparecer detrás de un edificio muy alto.

—No lo sé —dijo Berenice—. Eso pensaba.

Esperaron y esperaron.

—¿Debería pasar algo? —preguntó Orso.

Ambos se sorprendieron, asustados, cuando una pared de sombras saltó hacia ellos desde una de las callejuelas.

—¡Mierda! —dijo la voz de Sancia, que brotó desde la oscuridad—. ¡Soy yo! ¡Calmaos! —Jadeaba mucho—. Maldición... había mucho muro y muchas puertas.

Subió al interior, o eso creyó Orso, ya que estaba tan oscuro que era difícil asegurarlo. Después se derrumbó en la parte trasera del carruaje.

—¿Lo has conseguido? —preguntó él.

—Sí —dijo Sancia, a duras penas.

—¿Y cuándo empieza tu plan maestro?

—Fácil —respondió Sancia—. Cuando oigas las explosiones.

Claudia y Giovanni se agazapaban en las tinieblas de la calle y contemplaban las puertas de los Candiano. Después oyeron un ruido, un traqueteo metálico.

—¿Qué es eso? —preguntó Gio.

Claudia señaló, estupefacta.

—Las puertas, Gio.

Miraron hacia las enormes puertas... temblando. Se estremecieron, como el parche de cuero de un tambor que acabase de recibir un golpe muy fuerte. Después empezaron a notar una vibración, tenue al principio, pero que luego se volvió muchísimo más estruendosa, hasta que les dolieron los oídos incluso desde la distancia a la que se encontraban.

—Sancia —dijo Claudia—. ¿Qué has hecho?

Y las puertas se rompieron.

Las dos mitades se abrieron de repente, impulsadas hacia afuera con la fuerza de un río desbocado que destrozó todas las cerraduras que tenía en medio. Giraron ciento ochenta grados hasta chocar contra los muros del campo y las torres de guardia que había a cada lado, y golpearon la piedra con tanta fuerza como para resquebrajarla y que empezase a desmoronarse, una hazaña sorprendente si se tenía en cuenta que los muros del campo estaban inscritos para ser sobrenaturalmente resistentes. Las dos mitades de la puerta permanecieron allí durante unos momentos, encajadas en los muros, antes de que aquel impulso vibrante hiciese que empezasen a caer hacia delante muy poco a poco, llevándose consigo gran parte de los muros. Cayeron al suelo con tanta fuerza que levantaron tanto barro y polvo que alcanzó gran parte de la manzana.

Claudia y Giovanni tosieron y se cubrieron la cara. El Ejido estalló en gritos y aullidos, que no fueron suficientes para ahogar un nuevo sonido: el traqueteo y el repiqueteo de las puertas más cercanas, al sur de las que acababan de caer.

—Carajo —dijo Gio—. Le ha hecho lo mismo a todas, ¿verdad?

Orso y Berenice se incorporaron, sorprendidos, mientras el inmenso chasquido resonaba por el cielo nocturno.

—Les dije que abrir las puertas hacia afuera no contaba como 'abrirse' —dijo Sancia desde el asiento trasero—. La parte difícil fue conseguir que esperasen. —Sorbió los mocos—. Va a caer una puerta cada minuto durante un rato.

En la Montaña, Estelle Candiano oyó el estallido y alzó la vista.

—¿Qué demonios? —dijo en voz alta.

Bajó la vista hacia su cuerpo. Había terminado de cubrirse el brazo y el pecho con los sigilos adecuados y no quería emborronar ninguno.

Aun así... merecía la pena investigar lo que acababa de ocurrir.

Se acercó a las ventanas y echó un vistazo hacia la extensión oscura de Tevanne. Vio de inmediato lo que había ocurrido: una de las puertas de la parte noreste parecía haberse derrumbado. Algo que... era imposible. Esas puertas habían sido diseñadas por su padre. Estaban preparadas para resistir un maldito monzón.

—Pero ¿qué...?

Mientras miraba se oyó un chasquido ensordecedor y la puerta que se encontraba más al sur estalló hacia fuera de repente. Las paredes que la rodeaban se resquebrajaron y empezaron a derrumbarse.

La boca se le torció en un gesto de rabia.

—Orso —espetó—. Has sido tú, ¿verdad? ¿Qué demonios intentas hacer?

Los estruendosos estallidos resonaron por el Ejido con un ritmo extrañamente regular, como una tormenta eléctrica cuyos rayos cayesen cada minuto. Orso se estremeció cada una de las veces. El cielo de la parte oriental del campo no tardó en quedar cubierto por una pátina de polvo, y los gritos de pánico reverberaron por el Ejido.

—Sancia —dijo Orso en voz baja—. ¿Has abierto las puertas de todos los muros orientales?

—Deberían quedar abiertas cuando acabe esto, sí —respondió ella—. Eso hará que los soldados tengan muchos flancos que defender, muy lejos de aquí. Es una buena distracción.

—Una... ¿Una distracción? —gritó él—. Niña... niña... ¡Acabas de sentenciar el campo de los Candiano, por todos los beques! ¡Has acabado con mi antigua casa en una sola noche!

—Oye, que solo he abierto para que les dé un poco el aire.

Estelle Candiano se puso una camisa blanca mientras el capitán Riggo abría la puerta y entraba a toda prisa.

—¿Qué demonios está pasando ahí fuera, capitán? —exigió saber.

—No lo sé, señora —respondió—, pero he venido a preguntarle si podríamos movilizar nuestras tropas de reserva para investigar y dar una respuesta adecuada.

Se oyó otro chasquido agudo y el retumbar de los muros al caer. El capitán Riggo se estremeció un poco.

—Pero... pero, ¿qué crees que está pasando, capitán?

—¿Quiere mi opinión profesional? —Se lo pensó un poco—. Diría que es un asedio. Han destruido muchas puertas para que tengamos que separar a nuestros efectivos.

—No me lo puedo creer —dijo ella. Miró el reloj. Quedaban unos treinta minutos hasta la medianoche.

"Estoy tan cerca —pensó—. ¡Tan cerca, mierda!"

—¿Señora? —llamó el capitán Riggo—. ¿Las tropas de reserva?

—¡Sí, sí! —gritó con rabia—. ¡Usa contra ellos todo lo que tengamos! ¡Pase lo pase, quiero que pare! ¡Ya!

El capitán le hizo una reverencia.

—Sí, señora.

Después se dio la vuelta y se marchó al trote, cerrando la puerta.

Estelle se acercó otra vez a las ventanas y contempló el desastre. La mitad noreste del campo estaba cubierta por una nube de humo. Se imaginó los gritos en la oscuridad.

"No sé qué es lo que está pasando —pensó—, pero solo necesito treinta minutos. Después de eso todo lo demás dará igual".

Los dos Compiladores vieron cómo se derrumbaban las paredes del campo de los Candiano, poco a poco.

—Bueno —dijo Claudia—, creo que ya hemos terminado por aquí, ¿no?

—Yo diría que sí. —Giovanni arrugó la nariz—. Ahora vamos a rellenar todo el papeleo de Orso, ¿sí?

Claudia suspiró.

—Sí. Y a comprar su propiedad. De plan inconcebible en plan inconcebible.

—¿Sabes qué? Podríamos tomar el dinero que nos ha dado y escapar —dijo Giovanni, con naturalidad.

—Cierto —aseguró Claudia—. Pero entonces morirían todos los demás.

—Bien. Sí. Y supongo que no querremos que pase algo así.

Se perdieron juntos en la oscuridad.

Capítulo Treinta y Ocho

Sancia se inclinó hacia delante mientras las puertas empezaban a temblar.

—Bien —dijo—. A estas les dije que tenían que ser las últimas. Cuando se abran, tendremos vía libre. Acelerad lo máximo que podáis, ¿sí?

—Carajo —dijo Orso.

Una gota de sudor le bajó por la sien mientras agarraba el volante del conductor.

—No vayas demasiado rápido —advirtió Sancia—. El suelo estará lleno de escombros.

—No... no me estás dando ánimo ninguno —dijo Orso.

—Tú acelera cuando yo lo diga.

Miraron las puertas retumbar, temblar y estremecerse. Y luego, al igual que las otras, se abrieron de repente y resquebrajaron los muros que había a ambos lados.

Un tsunami gigantesco de polvo se abalanzó hacia ellos. Sancia se cubrió los ojos con una mano. No veía nada por la tierra, pero aún le quedaba su visión inscrita.

Esperó un momento. Después dijo:

—Vamos. Acelera. Ya.

—¡Pero si no veo nada! —gritó Orso, mientras escupía tierra.

—¡Orso! ¡Que aceleres, por todos los beques! ¡Vamos!

Orso tiró hacia delante de la palanca de aceleración, y el carruaje empezó a avanzar a través del polvo. Sancia entrecerró los ojos para mirar lo que tenían delante, leyendo las inscripciones de los edificios a ambos lados de la calle y contemplando aquella enorme y ondeante extensión de diseños y sigilos grabados en todas las cosas.

—El camino se curva un poco hacia la izquierda más adelante —avisó Sancia—. No mucho. Ahora. Así. Bien.

Terminaron por salir de la nube de polvo. Orso exhaló con alivio.

—Ah, gracias a Dios...

—No hay soldados a la vista —dijo Berenice—. Las calles están despejadas.

—Todos se encuentran en el muro oriental —dijo Sancia—. Tal y como pensaba.

—Y ya casi hemos llegado. —Orso miró por la ventana los nombres de las calles—. Solo un poco más... ¡aquí! ¡Este es el sitio! —Clavó los frenos—. ¡A dos kilómetros exactos de la Montaña!

Miraron hacia delante, a la enorme cúpula que se alzaba entre las torres. Después se arrastraron fuera del carruaje. Sancia empezó a colocarse el equipo de gravedad en el cuerpo, y Orso comprobó el horno hermanado.

—Todo parece estar bien por aquí —dijo.

—Enciéndelo —ordenó Sancia.

—Lo encenderé cuando estés lista —dijo—. Solo por asegurarnos.

Ella hizo una pausa para fulminarlo con la mirada, pero siguió ajustándose el equipo de gravedad.

—Mierda, espero haberme puesto bien este trasto —murmuró.

—Deja que lo compruebe —dijo Berenice. Revisó las correas y se afanó por aquí y por allá para ajustarlas—. Creo que estás lista. Bueno, te falta esta de aquí.

Ajustó una hebilla en el hombro de Sancia, que extendió el brazo y le tomó la mano sin pensar. Tocó los dedos de Berenice con la palma desnuda.

Berenice se quedó quieta. Las dos se miraron.

Sancia tragó saliva. Pensó en qué decir y en cómo decirlo, cómo articular lo imposible que le había resultado tocar a un ser humano durante tanto tiempo, aquel roce real y genuino. También pensó en cómo hacerle saber que, a partir de esa noche, solo quería tocarla así a ella, lo mucho que anhelaba el resplandor entusiasta de su personalidad, cuánto deseaba robarle parte de ese entusiasmo para quedárselo, como una semidiosa que roba el fuego de lo alto de una montaña.

Pero antes de que empezara a farfullar las palabras, Berenice se limitó a decir:

—Vuelve con vida.

Sancia asintió.

—Lo intentaré —dijo, con voz ronca.

—No lo intentes. —Se inclinó hacia ella y la besó, sin previo aviso. Con intensidad—. Hazlo. ¿De acuerdo?

Sancia se quedó quieta un momento, aturdida.

—De acuerdo.

Orso carraspeó.

—Mirad... no quiero interrumpir, pero hay un apocalipsis ahí fuera. O algo muy parecido.

—Sí, sí —dijo Sancia. Se apartó de Berenice y empezó a revisar el equipo que llevaba encima: bombas aturdidoras, dardos y un tramo largo y estrecho de cuerda. Respiró hondo—. Estoy lista.

Orso giró el dial de bronce que había a un lado del horno.

El equipo de gravedad empezó a brillar en el pecho de Sancia.

—Mierda —dijo—. Madre mía.

—Funciona, ¿verdad? —preguntó Orso, nervioso.

—<¡Por favor, defina UBICACIÓN y DENSIDAD de la MASA!>, trinó el objeto inscrito.

—Sí —dijo Sancia—. Funciona a la perfección.

—¡Pues venga! ¡Vamos, vamos, vamos!

Sancia volvió a respirar hondo y le dijo al objeto:

<La ubicación de la masa es arriba. La densidad es seis planetas Tierra.>

<¡Genial! —dijo el objeto—. ¿Quiere que ejecute los efectos ahora?>

<No. Ejecuta los efectos justo en el momento en el que separe los pies del suelo>.

<¡Claro!>

Colocó bien los pies y flexionó las piernas para agacharse.

Mientras lo hacía, la gravedad... cambió a su alrededor.

Las cosas empezaron a flotar: cascotes, granos de arena, trozos de vegetación...

—¿Berenice? —preguntó Orso, nervioso.

—Eh... creo que es la fuerza de flotación —explicó—. Como cuando entras en una bañera y sube el nivel del agua. No tuve tiempo de ajustarlo.

—Mierda —dijo Sancia—. Allá voy.

Después se agachó aún más y saltó.

Y voló.

Orso vio cómo Sancia quedaba cubierta por una niebla muy fina. Después se dio cuenta de que dicha niebla estaba formada por motas de polvo y arena que colgaban suspendidas en el aire a su alrededor, desafiando a la realidad con entusiasmo.

Después Sancia flexionó las piernas, y a Orso le dio la impresión de que todo... explotaba.

Era como si algo enorme e invisible hubiese caído cerca de ellos y causado una racha de viento intensa y un remolino de arena potente. Pero no había nada de eso, claro, al menos que Orso viese. Le costó confirmarlo, porque lo siguiente que sintió fue salir despedido cabeza abajo por la calle junto con Berenice.

Chocó contra los adoquines, tosiendo, y luego se incorporó.

—¡Mierda! —dijo. Después intentó echar un vistazo. Le dio la impresión de ver un puntito que se perdía en la distancia por el cielo nocturno, en dirección a la Montaña—. ¿Ha funcionado? ¿Ha funcionado de verdad?

—Yo diría que sí —dijo Berenice, con tono agotado mientras se incorporaba en el otro extremo de la calle. Se puso en pie entre gruñidos y luego cojeó en dirección al horno vacío de Orso—. Está muy caliente... Sé que las inscripciones desafían a la realidad, pero algo me dice que esta noche has desafiado más realidad de lo normal. ¿Qué hacemos ahora?

—¿Ahora? —preguntó Orso—. Ahora salimos de aquí por patas.

—¿Escapamos? ¿Por qué?

—Creí que te lo había dicho... —comentó Orso—. O puede que se lo dijese a los Compiladores. Lo he olvidado. Bueno, inscribir un poco de realidad es muy complicado. Tribuno y yo lo descubrimos hace mucho tiempo. Aunque eso esté estable por el momento... —Tocó un costado del carruaje—. No durará mucho así.

Berenice lo miró, horrorizada.

—¿A qué te refieres?

—Me refiero a que en unos diez minutos esta cosa de aquí va a explotar o a implosionar. La verdad es que no tengo ni idea de cuál de las dos. Pero sí que sé que no deberíamos estar cerca cuando ocurra.

—¡Qué! —gritó Berenice—. Entonces... ¡qué va a hacer Sancia!

—Bueno, si sigue volando... pues dejará de volar —respondió Orso. Vio la mirada cargada de rabia de Berenice—. A ver, ¡está claro que va a llegar allí antes de diez minutos! ¡Mírala! ¡Pero si va a gran velocidad! Había que arriesgarse.

—¡Pero podrías habérnoslo dicho, por todos los beques! —gritó Berenice.

—¿Y eso de qué habría servido? —preguntó Orso—. Seguro que solo me hubiese llevado más gritos, como bien me acabas de demostrar. ¡Vamos, Berenice!

Se giró y empezó a correr por la calle, de vuelta a las puertas.

Capítulo Treinta y Nueve

—¡Capitán Riggo! —gritó Estelle.

Otra vez los pasos, la puerta y el saludo militar.

—¿Sí, señora?

—¿Hemos encontrado algo en el campo? —preguntó.

—Aún no sé nada, señora —respondió—. Pero desde mi posición no he visto todavía conflicto de ningún tipo.

Ella negó con la cabeza.

—Es una distracción. Una maldita distracción. ¡Van a entrar! ¡A entrar! Lo noto. ¿Cuántos soldados tenemos en la Montaña, Riggo?

—Al menos cuatro docenas, señora.

—Pues quiero que tres docenas suban aquí —dijo Estelle—. Que dos se aposten en los pasillos y una en esta estancia, conmigo. Soy el objetivo. Yo o las antigüedades. —Señaló el escritorio en el que se encontraba la caja, el imperiat, la llave y una gran cantidad de libros y otros artefactos—. Y ahora no podemos sacarlos de aquí. Tenemos que estar listos.

—Entiendo, señora —dijo Riggo—. Llevaré a cabo sus órdenes de inmediato.

En las alturas del campo, Sancia gritó.

Y gritar era lo único que podía hacer, a decir verdad. Muchas de sus capas de pensamientos habían quedado borradas de un plumazo a causa de la aceleración repentina, la presión intensa del viento y el hedor del humo, por lo que solo fue capaz de reaccionar a la situación de la manera más estúpida e instintiva posible: gritando.

Se alzó a mucha velocidad. Rapidísimo. Parpadeó para quitarse las lágrimas de los ojos y vio que ya estaba muy por encima de la ciudad. A demasiada altura. Y no se estaba acercando a la Montaña.

"Si no detengo esta cosa —pensó—, voy a volar más alto que las malditas nubes".

Sancia colocó ambas manos en la placa e intentó decirle que frenase.

<¡Hola! —aulló el equipo—. Estoy manteniendo la posición del FLUJO y de la MASA tal y como se me indi...>

<¡Ubicación adicional para la MASA!>, —gritó Sancia.

<¡Excelente! ¡Maravilloso! Indique ubicación adicional para la MASA.>

<¡La nueva ubicación es allí!>, dirigió al equipo mentalmente hacia la Montaña.

<¡Genial! —dijeron las placas—. ¿Y la DENSIDAD y la FUERZA del FLUJO?>

<¡La que sea, pero quiero llegar poco a poco!>, dijo Sancia.

<¡Necesito que especifique la FUERZA DEL FLUJO!>

<Oohh... mierda. Entonces... ¿el doble de la gravedad normal de la Tierra?>

<¡Entendido!>

Empezó a ascender más despacio, pero no mucho.

<Incrementa la FUERZA del FLUJO en un veinte por ciento>, dijo Sancia.

<¡Bien!>

El ascenso disminuyó aún más de velocidad.

<Otro veinte por ciento>, dijo.

<¡Claro!>

El ascenso paró... y Sancia empezó a enfilar en dirección a la Montaña, planeando despacio hacia la cúpula negra y enorme.

Sabía que aún le quedaba hacer algún que otro ajuste para llegar, pero ya empezaba a entender el truco. El equipo de gravedad era incomprensiblemente potente, seguro que más que la versión de

Estelle, ya que Berenice había eliminado todos los controles de calibración. Si Sancia se equivocaba de dirección o de potencia, aquel objeto podía llegar a convertirse en un arma devastadora.

Y era algo con lo que había contado.

Continuó planeando en silencio en dirección a la Montaña.

—¡Señora! —gritó un soldado—. ¡Viene algo!

Estelle Candiano estaba rodeaba por una docena de soldados y miraba por las ventanas del despacho a través de los huecos que dejaban entre sus hombros.

—¿Algo? —preguntó.

—¡Sí, señora! C-creo que he visto algo volar por los cielos...

Estelle miró el reloj de la pared. Quedaban veinte minutos. Solo necesitaba un minuto para hacerlo, cuando llegase el momento. El minuto perdido entre un día y el siguiente. Eso era lo que le había indicado su investigación, que podías convertirte en alguien poderoso cuando el mundo te daba la espalda.

—Puede que sean ellos —dijo—. Preparaos.

Los soldados se prepararon, comprobaron las armas y desenvainaron las espadas. Estelle miró a su padre, tumbado en la cama junto a ella, mientras aferraba la daga dorada con una mano y el sudor le corría por las sienes. Estaba tan cerca de conseguirlo. Dentro de poco, el cuchillo atravesaría el pecho de aquel miserable y desconsiderado, lo que daría paso a una reacción en cadena que...

Hizo un mohín. Sabía lo que iba a ocurrir, que mataría a la mayoría de los habitantes del campo de los Candiano. Todos los escribas, todos los mercaderes, todos los trabajadores que trabajaban para Tomas y antes para el padre de Estelle...

"Podrían haber parado esto —pensó, rabiosa—. Sabían lo que era Tomas. Lo que era mi padre. Sabían lo que esos hombres me habían hecho, a mí y al mundo. Y aun así no hicieron nada".

Alzó la vista para mirar por la ventana redonda del techo del despacho de su padre, y luego lo vio: un pequeño punto negro que planeaba por delante de la luna.

—¡Ahí está! —gritó—. ¡Ahí está! ¡No tengo ni idea de lo que es, pero tienen que ser ellos!

Los soldados alzaron la vista y se posicionaron a su alrededor.

—Bien —dijo Estelle, sin dejar de mirar—. ¡Ven! Estamos listos, Orso. Estamos lis...

Después, las puertas del despacho estallaron detrás de ellos y se desató el infierno.

Al principio, Estelle no entendió qué era lo que estaba pasando. Solo oyó un grito y unas gotas de algo caliente llovieron sobre ella. Parpadeó, se miró el cuerpo y descubrió que estaba cubierta de sangre, sangre que al parecer pertenecía a alguien que se encontraba en el otro extremo de la habitación.

Se dio la vuelta con torpeza y vio que algo había allanado la oficina... o eso creía. Le costaba verlo a causa de la oscuridad, que parecía aferrarse a esa cosa como el moho a las ramas de un árbol. Pero le dio la impresión de ver la silueta de un hombre, y tuvo claro que también distinguía un arma de asta enorme y negra que brotó de las profundidades de esa oscuridad y asestó un tajo a uno de los soldados desde el hombro hasta el pecho, lo que hizo que la salpicase otro chorro de sangre.

Los soldados gritaron de rabia y cargaron contra el hombre sombra. El hombre sombra saltó hacia ellos con una velocidad y una gracilidad endiabladas. Estelle vio los pasillos detrás de él. Vio que estaban cubiertos de sangre y también vio el cadáver sin cabeza del capitán Riggo, destrozado y mutilado en el suelo.

—Maldición —dijo Estelle.

Se dejó caer al suelo y empezó a arrastrarse en dirección al escritorio donde descansaban los artefactos.

Gregor Dandolo no pensaba. No podía pensar. No necesitaba pensar. Solo se movía.

Se movía dentro de la lorica, dirigía el impulso y la gravedad, lo que le permitía precipitarse por aquel despacho gigantesco. Extendió el brazo derecho, y el arma de asta telescópica hizo lo propio con una gracilidad líquida, como si fuese la lengua de una rana que se estira para cazar a una libélula en pleno vuelo. La hoja gigantesca y gruesa cortó cl brazo levantado y la parte superior de la cabeza de un soldado como si estuviesen hechos de hierba. El tipo cayó al suelo.

"Ve a la Montaña —decían las palabras en la mente de Gregor—. Mata a la mujer. Toma la caja. Toma la llave. Destruye cualquier cosa que intente detenerte".

Las palabras resonaban una y otra vez dentro de él, hasta que se convirtieron en él y conformaron la totalidad de su alma.

Gregor seguía volando por los aires, por lo que retorció el cuerpo y extendió la pierna para rozar el suelo con la punta de una de sus botas. Consiguió detenerse con gracilidad, y se quedó de pie en mitad del despacho, rodeado de soldados. Permaneció dentro de esa enorme máquina de guerra, jadeando y sintiendo cómo los virotes inscritos rebotaban y chasqueaban sin remedio contra la armadura. Sabía que la mayor amenaza para un soldado dentro de una lorica era la propia lorica: si la usabas mal podía llegar a destruirte, a partirte por la mitad literalmente. Bien usada, eras tú el que sería capaz de destruir casi cualquier cosa.

Golpeó a un soldado con el escudo y asestó un tajo hacia delante con el arma de asta.

"He hecho esto antes —siguió pensando, una y otra vez. Era uno de los pocos pensamientos que podía procesar su mente—. He hecho esto antes. Muchísimas veces".

Se retorció, esquivó, se agachó y atacó a los soldados, con una cadencia propia de un bailarín.

"He nacido para esto. He nacido para la guerra. Siempre, siempre y siempre. Nacido para la guerra".

Era algo inscrito en su ser, indiscutible como el peso de las piedras o el brillo del sol. Lo sabía. Sabía que formaba parte de su identidad, que era así y que era lo que tenía que hacer en este mundo.

Pero, aunque Gregor Dandolo no era capaz de pensar de verdad, aunque no era capaz de procesar algo parecido a un pensamiento genuino, se vio obligado a preguntarse, ausente y como en un sueño...

¿Había nacido de verdad para la guerra? ¿Por qué tenía las mejillas calientes y húmedas a causa de las lágrimas? ¿Y por qué le dolía tantísimo un lado de la cabeza?

Se detuvo y echó un vistazo a la situación. Ignoró los gemidos del anciano que se encontraba en la cama, que no era una amenaza, pero mientras luchaba buscó a la mujer, la mujer siempre la mujer. Quedaban dos soldados.

Uno alzó una espingarda en su dirección, pero Gregor saltó hacia delante y golpeó al tipo con el escudo, lo que lo envió directo contra una pared. El arma de asta brilló para luego destriparlo antes siquiera de caer al suelo. El segundo soldado gritó y corrió hacia la espalda expuesta de Gregor, pero él extendió el brazo del escudo, lo apuntó con el lanzavirotes y descargó una ráfaga de proyectiles inscritos en el rostro del tipo, que cayó al suelo.

Gregor replegó el arma de asta. Después echó un vistazo por el despacho. No vio a nadie más, solo al anciano gimoteante sobre la cama.

"Ve a la Montaña —pensó—. Mata a la mujer. Toma la caja. Toma la llave. Destruye cualquier cosa que intente detenerte".

Vio la caja y la llave sobre el escritorio.

Se acercó, se quitó el guante que contenía el arma de asta y dejó que el arma cayese al suelo. Después tomó la llave enorme y dorada.

Al hacerlo, oyó un chasquido que venía de detrás del escritorio.

Gregor se inclinó hacia delante y vio que la mujer se encontraba ahí: Estelle Candiano. Estaba sentada y acurrucada contra el suelo, ajustando un dispositivo que parecía una especie de reloj de bolsillo dorado y grande.

Gregor levantó el brazo del escudo y le apuntó con el lanzavirotes.

—Allá vamos —dijo ella. Pulsó un interruptor que había en un costado del reloj.

Gregor intentó disparar el lanzavirotes, pero descubrió que no podía. La lorica se había quedado paralizada. Era como si llevase puesta una estatua en lugar de una armadura, y la sombra que la cubría había desaparecido de repente.

Estelle soltó un largo suspiro de alivio.

—¡Vaya! —dijo al tiempo que se ponía en pie—. Eso ha estado cerca. —Echó un vistazo a su alrededor—. Muy interesante ese artilugio que llevas... ¿vienes de parte de Orso? Siempre le gustó juguetear con la luz.

Gregor no había dejado de intentar disparar con el lanzavirotes, flexionando cada uno de los músculos de su cuerpo dentro de la armadura, pero resultó inútil. La mujer parecía haber desconectado la lorica de alguna manera.

Estelle miró el reloj de bolsillo enorme y dorado, frunció el ceño, lo levantó y lo acercó a Gregor, para luego empezar a moverlo a su alrededor como si fuese la varita de un zahorí que buscase agua. El reloj de bolsillo soltó un aullido estruendoso y agudo cuando paso por el yelmo de Gregor.

—Vaya —dijo Estelle—. No vienes de parte de Orso. No puede ser el caso si tienes una herramienta de los Occidentales en la cabeza.

Le colocó la mano sobre la armadura, gruñó y lo empujó al suelo. La lorica resonó y traqueteó al golpear contra las rocas.

Estelle se acercó a uno de los soldados muertos, le quitó una daga y se sentó a horcajadas sobre Gregor.

—Bueno. Veamos quién eres —dijo.

Cortó las correas que sostenían el casco de Gregor al resto de piezas y se lo quitó.

Después se lo quedó mirando.

—¿Qué demonios? ¿Qué haces tú aquí? —preguntó.

Gregor no dijo nada. Tenía el rostro sosegado, inexpresivo y vacío. Lo único que hacía era tensar y tensar y tensar los músculos contra la armadura, intentando por todos los medios golpear a la mujer, llenarla de virotes o rajarla en dos. Pero la lorica no se movía.

—Dime —continuó Estelle—. ¿Cómo has llegado hasta aquí? Dime cómo sobreviviste. ¿Para quién trabajas?

Él siguió sin decir nada.

Estelle levantó la daga y se inclinó sobre él.

—Dime —repitió, en voz baja—. Quedan diez minutos hasta la medianoche. Diez minutos para descubrirlo. Encontró un hueco en la armadura y clavó la hoja, a mucha profundidad en su bíceps izquierdo. Gregor sintió el dolor, pero su mente lo obligó a ignorarlo—. No te preocupes, valiente soldado. Encontraré la manera de hacerte gri…

Después se quedó en silencio. Probablemente porque parecía que alguien ya gritaba de verdad. Y el sonido venía de las alturas.

Estelle alzó la vista y miró a través de la ventana redonda del techo.

Vio un punto negro frente a la luna, uno que cada vez parecía hacerse más... grande.

Se quedó mirando, sorprendida, y vio una joven sucia, polvorienta y gritona vestida de negro que caía desde los cielos y aterrizaba justo en la claraboya.

—¡... aaaaaAAAAAAHUF! —dijo la joven, que chocó contra la ventana con un golpe seco.

Estelle se quedó con la boca abierta. Luego susurró:

—Pero ¿qué...?

La joven se levantó, se sacudió y los miró a través de la ventana. Y aunque la mente de Gregor estaba dominada por los comandos “mata a la mujer, toma la llave, toma la caja”, la reconoció.

“Conozco a esta chica... Pero ¿acabo de verla volar? ¿Caer del cielo?”.

Sancia contempló la imagen irreal que había bajo sus pies. El despacho de Tribuno Candiano parecía estar lleno de cadáveres descuartizados. Uno de los cuerpos era el de Gregor Dandolo, que estaba tendido en el suelo con mirada perdida y vacía, ataviado con una armadura negra. Estelle Candiano se encontraba sentada sobre su pecho y sostenía una daga mientras alzaba la vista para mirar a Sancia, sorprendida. Junto a ellos se encontraba el escritorio de Tribuno, sobre el que descansaba la caja de Valeria y, aunque no veía a Clef ni al imperiat, sabía que también estaban por allí.

Le dieron ganas de bajar para salvar a Clef, que había sido su aliado de confianza y su amigo más cercano durante mucho tiempo. Le dolía el corazón solo de pensar en perderlo o en que sufriese después de todo por lo que había pasado, pero Sancia sabía que había en juego cosas más importantes. Solo iba a tener una oportunidad de acabar con alguien como Estelle.

“Algún día viviré una vida que no me obligue a tomar decisiones que requieran tanta sangre fría —pensó—. Pero ese día no será hoy”.

Tocó la cúpula de la Montaña con un dedo.

<¡Ah, eres tú! —dijo la voz de la Montaña en su mente—. Lo siento, pero... no te puedo permitir entrar. Tu muestra no está registrada.>

<Tranquilo. Lo entiendo —dijo Sancia—. Solo quería decirte que lo siento.>

<¿Lo sientes? ¿Por qué acción?>

<Sí. Por esta, para ser más exactos.>

Apartó la mano, se quitó las placas de gravedad y cerró los ojos.

<Nueva dirección para la MASA.>

<¡Hurra! —dijeron las placas—. Introduzca nueva dirección para la MASA.>

<La nueva dirección eres tú.>

Se hizo el silencio.

<¿Yo? —preguntaron las placas—. ¿Yo soy la nueva dirección para la MASA?>

<Sí. Y la FUERZA del FLUJO es la máxima.>

<¿FUERZA de FLUJO máxima?>

<Sí.>

<¿Estás SEGURA?>

<Sí.

<Ohhh —dijeron las placas—. Bueno... ¡entendido!>

<Bien.>

Sancia abrió los ojos y las placas empezaron a vibrar poco a poco. Después golpeó el cristal de la ventana con ellas.

Miró a los ojos a Estelle Candiano, sonrió y se despidió con un gesto de la mano. Luego sacó el tramo de cuerda que había traído, lo ató al cuello de una gárgola y empezó a bajar deslizándose por la superficie de la Montaña.

Estelle alzó la vista hacia el dispositivo que estaba justo encima de ella, al otro lado de la ventana. Y lo reconoció de inmediato, claro. Al fin y al cabo, era ella la que había persuadido a Tomas para diseñar esa maldita cosa a lo largo de los años.

Vio cómo las placas de gravedad empezaban a vibrar cada vez más rápido, como unos timbales que golpeasen una y otra vez... y enseguida empezaron a emitir una luz tenue y azul.

El edificio comenzó a gruñir a su alrededor. Unas nubes de polvo cayeron desde el techo abovedado mientras temblaba y chirriaba.

—Carajo —dijo Estelle. Se apartó con torpeza del pecho del tipo con la armadura y fue a por el imperiat. No tenía demasiado tiempo para familiarizarse con el dispositivo, pero tenía que hacer algo y rápido.

En las calles del campo de los Candiano, Orso y Berenice miraban por turnos hacia la Montaña a través del catalejo. Les pareció que alguien había encendido una luz nueva, que brillaba en la superficie: una azul que titilaba de forma extraña.

Orso la miró.

—¿Qué mierda es...?

Se quedó en silencio, porque en ese momento se oyó un estallido incluso desde el lugar en el que se encontraban. Unas grietas enormes se abrieron por la cúpula de los Candiano... y luego empezaron a extenderse. Muy rápido.

Berenice se dio cuenta de que las grietas formaron un patrón muy extraño, una forma como de telaraña en espiral, con grietas y líneas que giraban alrededor de esa estrella azul.

Después, los fragmentos y cascotes de la cúpula empezaron a verse atraídos hacia dicha estrella.

—Dios mío —dijo Berenice.

La superficie del edificio estalló, tembló, se estremeció.

Orso esperaba que empezase a derrumbarse, pero no, eso no describiría bien lo que ocurrió. El interior de la cúpula se hacía añicos, implosionaba despacio y de forma continuada, y casi una quinta parte de la gigantesca estructura de piedra formaba ondículas y caía en dirección a la estrella de resplandor azul que había a un lado.

—Maldición —dijo Orso, asombrado.

Saltaron cuando se oyó otro chasquido enorme, y uno de los lados de la cúpula, que se encontraba junto a la estrella azul, empezó a derrumbarse más y más.

Orso tragó saliva.

—Bien —dijo—. No sabíamos que Sancia iba a hacer algo así.

Sancia gritaba mientras la cuerda no dejaba de deslizarse entre sus manos y ella bajaba a toda velocidad por uno de los costados de la Montaña, a medida que la estructura gigantesca caía sobre ella. Se dio cuenta de que cada vez descendía más despacio, poco a poco, lo que la inquietaba mucho.

"Aún no he salido del alcance del objeto —pensó—. ¡Va a succionarme y a convertirme en un pequeño ladrillo, igual que está haciendo con el resto de la cúpula!".

Se redujo más y más la velocidad, hasta que comenzó a sentir que se deslizaba hacia arriba, hacia la cúpula que seguía derrumbándose.

—¡Que me estrinquen! —gritó.

Soltó la cuerda, se agarró a un lado de la cúpula y empezó a saltar lejos de aquella vorágine de gravedad que se encontraba encima de ella, a toda velocidad por la pared del edificio. Puede que fuese el momento más absurdo de la noche, o de su vida, pero no tenía tiempo para reflexionar al respecto, porque las rocas y el resto de escombros volaban sin parar junto a ella para unirse al resto de esa cúpula cada vez más desmoronada.

Pero, llegado un momento, consiguió al fin alejarse lo suficiente del equipo de gravedad como para no verse afectada por él. Y luego dejó de correr y empezó a caer por uno de los lados de la cúpula.

Gritó aterrorizada y vio cómo piedras angulares y otros elementos arquitectónicos pasaban a toda velocidad junto a ella.

Vio que se dirigía a toda velocidad hacia un balcón de piedra y extendió las manos...

Sintió un dolor muy intenso en los hombros y la espalda cuando los dedos hicieron contacto con la barandilla y la agarró con todas sus fuerzas. Después se dejó caer y el torso chocó contra el suelo del balcón y la dejó sin aliento.

Empezó a jadear, alzó la vista y vio la destrucción que había provocado.

—Mierda —dijo.

Una gran sección de la parte superior de la cúpula había desaparecido, implosionado en dirección a las placas de gravedad y formado lo que parecía ser una pelota de auténtica negrura que parecía cubierta por todos sus materiales: piedra, madera y lo más seguro que personas, que ahora no tenían color alguno. No alcanzaba a ver cuánto de la cúpula había desaparecido a estas alturas, ya que las placas de gravedad habían creado una esfera gigante de polvo y escombros que no dejaba de girar, alrededor de esa pelota de oscuridad.

La pelota creció y creció, una esfera perfecta de una densidad imposible...

Se oyó una explosión suave que venía de algún lugar del campo.

"Eso ha sonado como si la cajita mágica de Orso acabase de quedar destruida", pensó Sancia.

Después todo se quedó inerte de repente.

La cúpula dejó de derrumbarse.

La pelota negra y enorme se quedó colgando en el aire, y luego... cayó y dio en el suelo con un golpe seco muy denso y capaz de hacer estremecer los huesos. Y siguió cayendo, atravesando el suelo de camino hacia la tierra.

El estruendo y los chasquidos terminaron al fin. O esa pelota negra había dejado de caer o había caído tan lejos que ya no se oía.

Sancia soltó un resoplido y miró por el balcón. Se quedó allí recuperando el aliento durante unos instantes y luego alzó la vista hacia las ruinas de la Montaña.

Se quedó de piedra.

—No —susurró.

Un buen pedazo de la cúpula había desaparecido sin más, como si alguien hubiese usado una cuchara gigante y escarbado con ella la parte superior de un cuenco con budín, sin llegar a comérselo todo.

Vio una pequeña isla de piedra y azulejos que colgaba en el aire, suspendida por unos pilares y soportes, en el punto exacto donde se encontraba el centro de la devastación, un lugar que tendría que haberse derrumbado el primero y quedado del todo destruido.

Y en mitad de la plataforma, sosteniendo algo que parecía un reloj de bolsillo de oro y muy elaborado, se encontraba Estelle Candiano.

—¡Mierda! —gritó Sancia, que empezó a escalar.

Estelle Candiano temblaba con todas las fibras de su ser. Nunca había estado en una guerra, nunca había visto morir a nadie y nunca había sido testigo de una catástrofe o desastre en toda su vida, por lo que no estaba preparada para esa vorágine de destrucción y polvo que se había desatado unos metros por encima de ella.

No sabía a ciencia cierta que fuese a funcionar. Había hecho sus investigaciones, y sabía que un imperiat de los hierofantes también servía para elegir un efecto inscrito específico y luego controlarlo o anularlo en un lugar determinado. Estelle había conseguido anular las inscripciones de la lorica de ese asesino, pero hacer lo mismo contra un equipo de gravedad completo que parecía estar mal ajustado era harina de otro costal.

Abrió un ojo poco a poco y vio que la pared que se encontraba junto a ella había desaparecido por completo, vio que su padre moribundo y el resto de cadáveres mutilados se encontraban sobre una pequeña superficie de edificio que flotaba en una nada casi absoluta. Se dio cuenta de que se había salido con la suya de la mejor manera posible.

Echó un vistazo a su alrededor, incrédula. Unos remolinos de polvo le soplaron en la cara y vio sin problema una de las torres de los Candiano en la distancia. Vio también personas que se asomaban a los balcones para mirarla con la boca abierta.

Respiró hondo.

—S-sabía que lo conseguiría —dijo con sangre fría. Miró a su padre—. Siempre te lo he dicho. Soy capaz de cualquier cosa. De lo que sea. Si me hubieses dado una oportunidad...

Miró la circunferencia rosada de la torre del reloj de los Michiel. Quedaban cuatro minutos.

Se inclinó, tomó la daga dorada que se encontraba en el suelo del despacho cubierto de sangre y contempló la ciudad de Tevanne que se extendía frente a ella.

—Destrozada —articuló—. Humeante. Accidental. ¡Corrupta! —dijo a la ciudad—. Jamás te perdonaré lo que me has hecho. Te destrozaré con un simple gesto de mi mano. Y, aunque acabes ahogada en dolor y sufrimiento, el mundo terminará por darme las...

Se oyó un golpe muy agudo. Estelle se sorprendió, como si alguien se hubiese chocado contra ella. Después se tambaleó un poco a un lado y miró hacia abajo.

Vio que había un agujero irregular a un lado de su vientre, justo encima de la cadera izquierda. La sangre empezaba a derramarse por él y a caerle por la pierna.

Se tambaleó, sorprendida, y vio que el tipo de la armadura que se encontraba en el suelo tenía el lanzavirotes apuntado hacia ella.

El rostro de Estelle se retorció a causa de la rabia.

—Tú... ¡estúpido hijo de puta!

Cayó de rodillas con un gesto de dolor, y se llevó las manos al agujero del vientre infructuosamente.

—Tú... ¡hombre estúpido!

<Creo que no tendría que ayudarte>, dijo la Montaña con voz angustiada.

<¿Por qué? ¿Porque casi te hago saltar por los aires?>, preguntó Sancia mientras corría por los pasillos del lugar.

<Bueno. Sí, claro —respondió la Montaña—. Has destrozado casi una quinta parte de mi superficie. Pero lo peor es que aún no la tengo registrada.>

Sancia entró en un ascensor.

<¿No tienes alguna directiva para salvar la vida de Tribuno Candiano?>

<¿Sí?>

<Pues eso es lo que intento hacer. Su hija intenta matarlo con una daga dorada. Llévame a su despacho. Ya.>

El ascensor empezó a moverse, y aceleró de repente, cada vez más. Después se abrieron las puertas, y la Montaña dijo:

<Si lo que acaba de decir es cierto, dese prisa.>

Sancia corrió por el pasillo, que vio que estaba lleno de cadáveres mutilados, y se dirigió a toda prisa hacia el despacho de Tribuno, sin tener muy claro con qué se iba a encontrar en el interior.

Derrapó para detenerse y lo vio.

Gregor Dandolo yacía tumbado en el suelo, sangrando por un brazo e intentando incorporarse, pero la armadura parecía ser demasiado pesada para él. Estelle se encontraba de rodillas a unos metros de él y de su padre, con una daga dorada en la mano. Tenía una herida horrible en un costado, y la sangre que se le derramaba por el vientre había empezado a formar un charco en el suelo.

Sancia entró despacio en el despacho. Ni Gregor ni Estelle se movieron, y ella miró a Gregor con incredulidad.

—Dios —dijo—. Gregor... ¿cómo es que estás vivo? Dijeron que...

Gregor se envaró como el resorte de una trampa al oír su voz. Después le apuntó con ese brazo mitad escudo y mitad lanzavirotes.

Sancia levantó los brazos.

—¡Eh! ¿Pero qué haces, por Dios?

Gregor tenía la mirada perdida y distante. Vio que agarraba a Clef con la otra mano.

—¿Gregor? —llamó Sancia—. ¿Qué pasa aquí? ¿Qué haces con Clef?

Él no dijo nada. La siguió apuntando con el arma.

Sancia flexionó el músculo de su mente y lo miró. Descubrió que el imperiat le había hecho algo a la armadura, ya que los brazos y piernas se habían desajustado de alguna manera. Pero lo más inquietante fue el brillo reluciente y espantoso que vio dentro de la cabeza de Gregor, el mismo rojo oscuro que veía en Clef y en el imperiat.

—Dios mío —dijo, horrorizada—. ¿Qué es eso? ¿Qué te han hecho?

Él no le dijo nada.

Sancia llegó a la conclusión de que no podía ser algo reciente, ya que cuando se la habían implantado a ella habían tenido que llevar a cabo una cirugía mayor.

—Gregor... ¿siempre has tenido eso ahí? ¿Todo este tiempo?

La sangre se derramaba por el brazo de Gregor, pero el lanzavirotes no se movió ni un ápice.

—E-eso quiere decir que yo no fui la primera humana inscrita, ¿verdad? —preguntó.

Él siguió sin decir nada. Mantenía el rostro inerte, en un gesto inhumano.

Sancia tragó saliva.

—¿Quién te envía? ¿Quién te ha hecho esto? ¿Qué te obligan a hacer? —Echó un vistazo a su alrededor—. Dios... ¿has matado tú a todos estos guardias?

Algo titiló en los ojos de Gregor cuando Sancia pronunció esas palabras, pero el lanzavirotes siguió sin moverse.

—Gregor..., dame a Clef, por favor —susurró. Extendió una mano—. Dámelo, por favor. Te lo suplico.

Él levantó el lanzavirotes aún más alto y apuntó directo a la cabeza de Sancia.

—N-no harías algo así, ¿verdad? —preguntó—. ¿Verdad? No es propio de ti. No...

Siguió sin decir nada.

Algo se agrió en el interior de Sancia.

—Bien. A la mierda. Voy... voy a acercarme a ti ahora mismo —dijo en voz baja—. Y si quieres dispararme, pues lo haces y ya está. Supongo que el otro día en el Golfo me estarías engañando. ¿Recuerdas? —dijo en voz más alta—. ¿Recuerdas cuando hablaste sin parar sobre tu pequeña revolución y de que no querías que lo que nos habían hecho a nosotros lo sufriese nadie nunca más? Fuiste lo bastante imbécil para decirlo, y yo para creerlo. Así que ahora voy a acercarme a ti, ayudar a mi amigo y sacarte de aquí lo más rápido que pueda. Y si me mandas a la tumba, pues que así sea. Pero yo voy a cumplir con mi palabra, a diferencia de ti. Y si me ocurre algo será culpa tuya.

Sancia dio cuatro pasos hacia Gregor antes de que le flaquease la voluntad, con los brazos en alto, hasta que el lanzavirotes se quedó a unos escasos centímetros de ella.

Él no disparó. La miró, con ojos abiertos como platos, cautelosos y asustados.

—Gregor —dijo Sancia—. Baja el arma.

El rostro de Gregor no dejaba de temblar, como si le estuviese dando un ataque. Y luego consiguió pronunciar unas palabras a duras penas.

—Yo... yo no quería ser así, Sancia.

—Lo sé —susurró ella. Después posó la mano en el lanzavirotes sin dejar de mirarlo a los ojos.

—Me... me hicieron así —tartamudeó—. Dijeron que era así, pero... no quiero serlo más.

—Lo sé. Lo sé —dijo ella. Apartó el arma a un lado. El brazo de Gregor no opuso resistencia, y el arma cayó al suelo.

Sancia lo vio enfrentarse a algo en su interior.

—Lo siento mucho —gimoteó—. Lo siento muchísimo. —Después levantó el otro brazo y le ofreció a Clef—. Dile a todos que... lo siento —susurró—. No quería. De verdad que no quería.

—Lo haré —dijo Sancia. Extendió la mano para tomar a Clef, muy despacio, por si acaso Gregor volvía a cambiar—. Se lo diré a todo el mundo.

Siguió acercando la mano hacia la cabeza de Clef, sin apartar la mirada de Gregor. Era muy consciente de que aquel hombre podía matarla en un abrir y cerrar de ojos, y no se atrevió a respirar siquiera.

Al fin consiguió tocar a Clef con un dedo.

Y, justo cuando lo hizo, la voz de la llave brotó en su mente.

<... ÑA NIÑA NIÑA DETRÁS DE TI DETRÁS DE TI DETRÁS DE TI.>

Sancia se dio la vuelta y vio un reguero de sangre por el suelo, un rastro que había dejado Estelle Candiano mientras se arrastraba hacia su padre con la daga dorada en una mano y el imperiat en la otra.

La torre del reloj de los Michiel empezó a dar las campanadas de medianoche.

—Al fin —susurró Estelle—. Al fin...

Clavó la daga dorada en el pecho de su padre.

Sancia, que seguía flexionando ese músculo de su mente, miró hacia el campo de los Candiano y vio miles de estrellas relucientes de color rojo sangre, que ahora titilaban en la oscuridad. Y sabía que cada una de esas estrellas era alguien que moría justo en ese mismo momento.

La gente se derrumbó por todas partes en el campo de los Candiano.

Se derrumbaron en sus casas, en las calles, en los callejones..., cayeron al suelo de repente, entre espasmos y gritando de dolor.

Todo aquel que estuviese cerca y no se hubiese visto afectado hizo todo lo posible por ayudarlos, pero nadie comprendía qué les acababa de pasar. ¿Un golpe en la cabeza? ¿Agua en mal estado?

Como era de esperar, nadie sospechaba que tuviese algo que ver con los sachés de los Candiano que llevaban encima, en los bolsillos, en las carteras o colgando de un cordel al cuello. Nadie comprendía lo que acababa de pasar, ya que era algo que no había pasado desde hacía miles de años.

Sancia contempló horrorizada cómo Estelle clavaba la daga

dorada cada vez a más profundidad en el pecho de su padre. El anciano se agitaba, aullaba y tosía de dolor, y sus ojos y su boca relucían con un resplandor escarlata horrible, como si alguien hubiese encendido un fuego en el interior de su pecho y lo quemase desde dentro...

Y Sancia sabía que eso era más o menos lo que estaba pasando. Estaba quemándose desde dentro, igual que la mitad de las personas que habitaban el campo.

—Me lo merezco —dijo Estelle con voz impasible—. Me lo merezco. Y tú eres la persona más indicada para dármelo, padre.

Sancia echó un vistazo a su alrededor y se fijó en el escritorio de Tribuno. Sobre él, se encontraba la caja grande y resquebrajada con la cerradura dorada, esa en cuyo interior estaba Valeria. Puede que fuese lo único capaz de detener a Estelle en aquel momento.

Sancia se abalanzó en dirección a la caja, pero justo antes de que diese siquiera un paso, Estelle levantó un brazo.

Sancia la miró y vio que tenía el imperiat en la mano.

—Quieta —dijo Estelle.

Y, en ese mismo momento, la mente de Sancia se quedó en blanco.

Capítulo Cuarenta

Quietud. Silencio. Inconsciencia. Paciencia. Eran lo que ella conocía, lo que hacía, las tareas que llevaba a cabo.

Pero no había 'ella', claro. Que lo hubiese daba a entender que era algo que no era, algo que nunca había sido. Lo sabía. Sabía que era un objeto, una cosa que esperaba a que la usasen.

Le habían dicho que se detuviese, con mucha claridad, aunque no recordaba bien ni cuándo ni por qué. Se había detenido y ahora esperaba.

Esperaba, sin moverse y en silencio, porque era lo que podía hacer. En pie, con la mirada perdida y viendo lo que había al frente, a la mujer con la daga, el hombre moribundo, el paisaje urbano humeante detrás de ellos, pero era una vista que no llegaba a comprender.

Por lo que esperaba. Y esperaba. Y esperaba. Igual que la guadaña espera en el cobertizo a que su dueño venga a recogerla, inconsciente y perfecta.

Pero entonces pensó en algo:

"Esto... esto no está bien".

Intentó entender qué era lo que iba mal, pero fue incapaz. Había un sentimiento que bloqueaba todos sus esfuerzos y todos sus pensamientos:

"Eres una herramienta. Eres algo que usar y nada más".

Estaba de acuerdo. Claro que estaba de acuerdo. Porque recordaba el chasquido húmedo del látigo y el olor de la sangre.

"Me crearon. Me forjaron".

Recordó la mordedura y los cortes con las hojas de la caña de azúcar, el hedor de esas casas asfixiantes donde preparaban melaza, el miedo que sentía todos los días sabiendo que podía morir en cualquier momento si se le antojaba a alguien.

"Tenía un propósito. Tenía una tarea".

El crujido de las cabañas de madera, el restallido y el romper de la paja en los catres.

"Tenía un lugar donde quedarme".

Y luego el fuego, y los gritos y el agitar del humo.

"Y alguien... alguien me robó. ¿Verdad?".

Había una fuerza en su mente, una silenciosa pero de un poder terrible que no dejaba de insistirle en que sí, que todo eso era cierto y que tenía que aceptar esos pensamientos y esperar la llamada de su dueño.

Pero luego recordó a un hombre, alto y delgado, de pie en un taller y diciendo:

"La realidad no importa. Si cambias lo suficiente la mente de algo, creerá la realidad que tu elijas".

Le recordó a otra cosa: a la imagen de un hombre con una armadura, llorando y cubierto de sangre, que decía:

"Dijeron que era así, pero... no quiero serlo más".

Y entonces volvió a sentir la presión en su mente, una mente que decía:

"No. No. Eres un objeto, una cosa. Tienes que hacer lo que se te ordena, porque de lo contrario se te descartará. Cumplirás el destino de todas las cosas rotas".

Sabía que era cierto, o que lo había sido durante gran parte de su vida. Durante tanto tiempo que vivía con miedo. Tanto tiempo que le preocupaba la supervivencia. Tanto tiempo que le preocupaba el riesgo, la pérdida, la muerte. Tanto tiempo que había evitado o evadido o escapado de cualquier amenaza, que solo había ansiado sobrevivir para ver el sol al día siguiente.

Pero ahora recordó otra cosa..., algo diferente.

Recordó estar de pie en una cripta y sacar una llave, contarle todos sus secretos y prometerle arriesgar su vida.

Recordó abrir haciendo palanca la puerta de un balcón y elegir salvar a su amigo en lugar de salvar su pellejo.

Y luego recordó besar a una joven bajo un cielo nocturno, y sentir una corriente eléctrica por el cuerpo, sentir vida, vida de verdad por primera vez.

Sancia parpadeó y respiró hondo, dolorida. El movimiento fue parecido a levantar un peso indecible, suficiente para que los comandos de su mente insistiesen en que no tenía permitido hacer ese tipo de cosas.

Después dio un paso hacia la cosa sobre la mesa, muy despacio.

—¡No! —aulló la mujer con la daga—. ¡No, no! ¿Qué haces, niñita mugrienta!

Las piernas de Sancia se resistían a los movimientos y le ardían de dolor las rodillas y los tobillos, pero ella dio otro paso al frente.

—Lo... lo peor de este lugar no es que trate a las personas como esclavos —dijo entre susurros, como si le costase pronunciar las palabras.

—¡Quieta! —gritó la mujer—. ¡Te lo ordeno! ¡Te lo exijo!

Pero Sancia dio otro paso.

—Lo peor... —susurró, entre jadeos—. Lo peor es que te engaña. —Le costaba moverse, pero apretó los dientes y los ojos se le anegaron de lágrimas. Dio otro paso—. Te hace pensar que eres una cosa. Te hace olvidarte de ti mismo y convertirte en un objeto. Lo hace con tanto cuidado que la gente... la gente no se da cuenta de que se están convirtiendo en cosas. ¡Y cuando eres libre, no sabes cómo serlo! ¡Cambia tu realidad, y no sabes cómo recuperar la anterior!

Otro paso.

—Es un sistema —dijo—. Un... dispositivo. Tevanne y el mundo que creó para nosotros... es una máquina.

La caja estaba cerca, y Clef seguía entre sus dedos, aunque a Sancia le pesaba una tonelada. Levantó la mano entre gritos, extendió los dedos y levantó la llave dorada hacia la cerradura de la caja. Clef le decía algo, pero ella no lo oía porque su mente estaba centrada en resistir los efectos del imperiat.

—¿Qué haces? —aulló Estelle—. ¿Por qué tienes que arruinarlo todo? ¿Acaso no me lo merezco? ¿Acaso no me lo merezco después de todo lo que me han hecho sufrir mi padre y mi marido?

Clef casi había llegado a la cerradura.

—Te daré exactamente lo que te mereces —jadeó Sancia.

Metió a Clef en la cerradura dorada y giró la llave.

Estaba segura de que iba a funcionar. Tanto que estuvo a punto de sentirse victoriosa.

Pero Clef empezó a gritar.

Todo ocurrió en un abrir y cerrar de ojos.

Sancia giró la llave y oyó una voz que gritaba:

<Niña... no sé si voy a poder con esto. No sé SI VOY A PODER SOPORTARLO.>

Después la voz se convirtió en aullidos mecánicos y sin palabras, gritos de dolor y de pavor.

Sancia lo comprendió de inmediato. Clef le había advertido al respecto. Le había dicho que se estropearía y dejaría de funcionar, que cada vez que lo usaba empeoraba un poco más.

Y seguro que abrir la caja de Valeria lo privaría de las últimas fuerzas que le quedaban.

Sancia gritó de desesperación y terror, y lo que hizo a continuación lo hizo por puro instinto: intentó alterar a Clef, lo mismo que había intentado con muchas herramientas inscritas. Requería concentración, y lo cierto es que nunca se había concentrado en él. Clef siempre había estado ahí, como una presencia en su interior, una voz en los confines de su mente. Pero cuando tocó esa presencia, cuando se comunicó con ella, ahora en ese momento tan delicado, se abrió, brotó y...

El mundo se emborronó.

Capítulo Cuarenta y Uno

Sancia se encontraba de pie en la oscuridad, mirando hacia delante y respirando con dificultad. No comprendía lo que acababa de ocurrir. Estaba en la Montaña hacía unos pocos segundos. Estelle estaba a punto de terminar el ritual... y ahora Sancia estaba en lo que parecía ser una caverna enorme mirando una pared de piedra lisa.

Echó un vistazo a su alrededor. La pared de la caverna estaba detrás de ella, y delante había una de piedra, negra y reluciente. Una luz blanca y acuosa brillaba desde las alturas, como si hubiese alguna abertura en el techo.

—¿Qué demonios? —dijo en voz baja.

Una voz resonó por el lugar, la voz de Clef:

—Supongo que esto es consecuencia del lazo que nos une —dijo.

Sancia echó un vistazo a su alrededor, sorprendida. La enorme caverna parecía vacía y abandonada.

—¿Clef? —llamó.

La voz de Clef volvió a resonar:

—Ven y encuéntrame. Puede que tengas que caminar un poco. Estoy en el centro.

Sancia empezó a caminar junto a la pared. Le pareció lisa y sólida durante un buen rato, pero al fin terminó por llegar a un agujero. La piedra de aquella parte parecía tener mucho más tiempo y estar resquebrajada, y Sancia fue capaz de cruzarla. Al otro lado había un pequeño agujero que llevaba a otra pared.

Caminó también junto a esa, por esa superficie lisa e interminable, hasta que llegó a otro agujero antiguo y resquebrajado. La piedra allí era blanda y desmigajada, tanto como la de la pared anterior. Fue capaz de atravesarla con facilidad, y al otro lado se encontró con otra pared, como era de esperar.

Y al otro lado de esa, otra. Y otra. Y otra.

Hasta que llegó al centro.

Se arrastró por otro agujero y vio que en el centro había una máquina. Una máquina enorme. Una de una complejidad imposible, una variedad sorprendente de ruedas y engranajes y cadenas y radios dispuestos en forma de torre. Todo estaba inerte, quieto y en silencio, pero Sancia sabía que lo estaría por poco tiempo, que pronto empezaría a girar, a repiquetear y a rechinar otra vez.

Después se oyó una tos y vio que había un hueco debajo del dispositivo.

Sancia se arrodilló, miró en el interior y soltó un grito ahogado.

Había un hombre atrapado ahí dentro, tumbado bocarriba debajo de la máquina, mutilado de una manera que desafiaba toda descripción. Tenía el torso, las piernas y los brazos atravesados con astas y varas, y la caja torácica cubierta de cadenas y dientes metálicos. Los pies estaban retorcidos y destrozados a causa de las cadenas y los muelles.

Estaba vivo a pesar de todo. Respiraba con dificultad y tosía. Cuando oyó el grito ahogado de Sancia, alzó la vista para mirar y, para sorpresa de la joven, sonrió.

—Ah —dijo con un hilo de voz—. Sancia. Al fin puedo hablar contigo en persona. —Echó un vistazo a su alrededor—. Más o menos, claro.

Sancia lo miró. No le sonaba de nada, era de mediana edad pero parecía entrado en años, de piel pálida y con el pelo blanco. Lo que sí reconocía era la voz. Hablaba con la voz de Clef.

—¿Quién...? —empezó a decir Sancia—. ¿Quién eres...?

—No soy la llave —dijo el hombre, que suspiró—. Igual que el viento no es el molino. No soy Clef. Solo soy lo que da energía al dispositivo. —Miró las ruedas y los dientes que lo rodeaban—. ¿No lo ves?

Sancia creyó comprenderlo.

—Eres... eres el hombre al que mataron para crear a Clef —dijo—. Te arrancaron de tu cuerpo para meterte en la llave. —Vio la gigantesca amalgama de ruedas y pistones que los rodeaban—. Y... ¿Esto...? ¿esto es la llave? ¿Esto es Clef?

Él volvió a sonreír.

—Es una... representación. Estás haciendo lo que la gente siempre hace con mucho talento: reinterpretar lo que tienes frente a ti en términos comprensibles.

—Bien... entonces ahora mismo estamos dentro de Clef.

—En cierta manera, sí. Te ofrecería vino y pasteles, pero... —Bajó la vista hacia sí mismo—. Me temo que no va a poder ser.

—¿Cómo? —preguntó—. ¿Cómo está ocurriendo algo así?

—Es fácil. Te han cambiado. Ahora eres capaz de hacer muchas de las cosas que hacía yo, niña —dijo el hombre—. He vivido en tus pensamientos durante mucho tiempo. He estado dentro de tu mente. Y, ahora que tienes las herramientas necesarias, te resulta perfectamente posible entrar en la mía.

Sancia lo miró y notó que había algo que no le estaba diciendo. Volvió a mirar el agujero que había en la pared detrás de ella y pensó.

—Es porque te estás estropeando, ¿verdad? —dijo—. He podido entrar aquí porque las paredes han empezado a derrumbarse. Porque te estás muriendo.

La sonrisa desapareció de su rostro.

—La llave se está rompiendo, sí. La caja... enfrentarse a algo así ha destruido toda la energía que quedase dentro de la llave.

—¿Entonces no podemos abrirla? —preguntó Sancia en voz baja.

—Así no —dijo él—. No.

—Pero... ¡tenemos que hacer algo! —gritó Sancia—. ¿Podemos hacer algo?

—Tenemos tiempo —aseguró el hombre—. El tiempo aquí dentro no transcurre igual que ahí fuera. Lo sé porque llevo encerrado dentro de esta máquina desde tiempos inmemoriales.

—¿Valeria podría detener el ritual? —preguntó Sancia—. ¿Aunque ya esté en marcha?

—¿Valeria? ¿Te dijo que se llamaba así? —preguntó él—. Interesante.

Ha tenido otros muchos nombres a lo largo de los años. Y ese... —Su rostro reflejó un pavor muy extraño—. Espero que solo sea una coincidencia —dijo con suavidad.

—Dijo que podía detener esta locura —comentó Sancia—. ¿Puede?

—Puede —confirmó el hombre de la máquina, aún perturbado—. Puede detener muchas cosas. Lo sé porque yo fui uno de los que la creó.

Sancia se lo quedó mirando. Se dio cuenta de que había una pregunta muy obvia que todavía no le había hecho.

—¿Cómo te llamas? —preguntó—. No te llamas Clef, ¿verdad?

—Yo... me llamaba Claviedes en otra época —dijo, con una sonrisa apesadumbrada—. Pero puedes llamarme Clef si quieres. Es un antiguo apodo. En el pasado fabricaba muchas cosas. Hice la caja que quieres abrir, por ejemplo, así como lo que hay en el interior. Hace muchísimo tiempo.

—¿Eres un Occidental? —preguntó Sancia—. ¿Un hierofante?

—Eso no son más que palabras —dijo él—. Palabras que se alejan de la verdad de un pasado distante. Ahora no soy nada. Solo un fantasma dentro de esta máquina. No te compadezcas por mí, Sancia. A veces creo que merezco un destino peor que el que me ha tocado vivir. Mira. Quieres abrir la caja y liberar lo que hay en el interior, ¿verdad?

—Sí. Si eso sirve para detener a Estelle y salvar vidas. La mía incluida.

—Servirá —dijo él, que soltó un largo suspiro—. Por el momento.

—¿Por el momento?

—Sí. Niña, tienes que comprender que has empezado a vadear las profundidades de una guerra que lleva librándose más tiempo del que la memoria es capaz de abarcar, una guerra entre creadores y creados, entre los que poseen y los poseídos. Ya has sido testigo de lo que son capaces de hacer los poderosos, la manera en la que convierten a las personas en esclavos, en herramientas y en dispositivos. Pero, si abres la caja, liberarás lo que hay en su interior y harás que comience un nuevo capítulo de esta guerra.

—No entiendo nada —dijo Sancia—. ¿Quién es Valeria en realidad?

—Ya sabes lo que es —aseguró él—. ¿No te das cuenta? Se mostró ante ti, te permitió ver un atisbo de ello cuando te cambió, ¿no es así?

Sancia se quedó un rato en silencio, pensando. Después dijo:

—Una vez vi un grabado en madera, uno extraño. En él había un grupo de hombres que se encontraban de pie en una habitación extraña, decía que se trataba de una sala en el centro del mundo. Frente a ellos había una caja; los hombres la abrían y de ella salía... algo. Puede que un dios. Un ángel en una caja... un dios en un cesto o un espíritu en un dedal... ella es todo eso, ¿verdad? Las historias son ciertas y la describen a ella, el dios sintético en la caja, creado por Crasedes con metales y maquinaria...

—Mmm —dijo Claviedes—. No se puede decir que sea un dios. Valeria es más bien un comando complicado en la realidad, uno que la misma realidad tiene que cambiar. Aún está en proceso de cumplir todos los requerimientos de dicho comando o lo intenta, al menos. No es un dios. Se podría decir que es un proceso, una secuencia. Pero no funcionó como se esperaba.

—Y luchasteis contra ella, ¿verdad? —preguntó Sancia—. No mentía cuando me lo dijo. Os enfrentasteis a ella en una guerra...

—Yo no luché de ninguna manera, pero... —Se quedó en silencio durante un tiempo—. Todos los siervos terminan por dudar de sus amos —dijo en voz baja—. Igual que tú te has aprovechado de los errores en tus inscripciones, Valeria encontró la manera de aprovecharse de los errores de sus comandos. No ha dejado de obedecerlos... pero lo hace de una manera poco habitual.

Sancia se reclinó, aturdida. No era capaz de procesar tanta información.

—Entonces... podríamos liberar a un dios sintético de esa caja, uno contra el que una vez libraste una guerra catastrófica. O podríamos dejar que Estelle se convirtiese en un monstruo. Esas son mis dos opciones.

—Por desgracia. Aunque dudo que Valeria sea capaz de detener el ritual de Estelle. Lo que haga después ya es un misterio.

—No tengo elección.

—Pues no. Pero mira, Sancia —dijo—. Escucha con atención. Ahora tienes pocas elecciones, pero en el futuro te verás obligada a tomar muchas. Has cambiado. Ahora tienes poderes, herramientas y habilidades que no has empezado a imaginar siquiera.

—¿Te refieres a que puedo alterar las inscripciones?

—Pronto aprenderás a hacer muchas cosas. Y te verás obligada a hacerlo, porque la guerra es inminente. Ya os ha encontrado a ti y al resto de la ciudad. Y, cuando decidas cómo enfrentarte a ella, recuerda que los primeros pasos que des serán los que determinen el resto.

—¿A qué te refieres?

—Piensa en las plantaciones. En la esclavitud. Iban a ser una solución a corto plazo para un problema a corto plazo, pero empezaron a depender demasiado de ellas. Se convirtió en parte integral de su forma de vida. Y luego, sin que se diesen cuenta siquiera, no fueron capaces de encontrar la manera de detenerlo. Las elecciones que hagas cambiarán con el tiempo, Sancia. Asegúrate de que no te conviertan en algo irreconocible, o puede que termines como yo.

Le dedicó una breve sonrisa.

—¿Qué hago para liberarla? —preguntó Sancia—. ¿Qué puedo hacer?

—¿Tú? —preguntó él—. No harás nada. Eso es cosa mía. Mi carga. Solo mía.

—¿A qué te refieres? Creía que la llave se estaba deteriorando, que había empezado a romperse.

—Es cierto, pero cuantas más paredes caigan, más control tendré yo. Puede que no tenga la fuerza suficiente para abrir la caja de Valeria, pero sí que la tengo para restaurar la llave a su estado original. Y así podría abrir la caja.

Sancia se quedó pensando.

—Pero... si restauras la llave a su estado original... ¿seguiríamos hablando? ¿Podríamos comunicarnos? ¿Podríamos seguir siendo... amigos?

Él le sonrió con tristeza.

—No.

Sancia volvió a reclinarse.

—Pero... eso no es justo.

—No. No lo es.

—No... no quiero que mueras, por todos los beques. ¡Clef! ¡Sé que no es una muerte de verdad, pero hay pocas cosas más parecidas!

—Bueno. Me temo que la elección no está en tus manos. Es mía. Pero me ha gustado mucho hablar contigo, y me gustaría advertirte de lo que te espera antes de que nos separemos.

—¿E-esto es una despedida?

—Sí —aseguró él en voz baja—. Lo es. —Se oyó un golpe metálico estruendoso sobre ella. La máquina empezó a girar—. Recuerda. Piensa bien las cosas y da libertad a los demás. Si lo haces, es difícil que te equivoques en algún momento. Ahora lo sé. Ojalá lo hubiese sabido en vida.

Algo traqueteó y repiqueteó, y una rueda enorme empezó a moverse sobre ellos.

—Adiós, Sancia —susurró él.

Después se oyó el chirrido de una maquinaria, el zumbido de los engranajes, y todo se quedó en blanco.

Sancia abrió los ojos.

Aún seguía en la Montaña, de pie en esa pequeña extensión de suelo con Estelle y Tribuno, y la caja estaba frente a ella, inerte y al rojo vivo...

Pero Clef se movía. Lo sentía girar en su mano, como si una parte de la cerradura que se le hubiese resistido hasta ese momento hubiese cedido al fin.

Se oyó un ruido metálico grave y resonante que venía del interior de la caja. Sonaba como si reverberase en un espacio de una extensión imposible, uno muchísimo mayor que la propia caja.

—¿Qué has hecho? —gritó Estelle—. Pero ¿qué has...?

Después, la tapa de la caja hizo un ruido sordo y se abrió.

Una luz reluciente y cegadora brotó del interior, como si el sol estuviese dentro de esa caja de piedra. Se oyó un chirrido agudo y ensordecedor, como si unas ruedas de metal enormes frenasen a lo largo de unas vías inconmensurables en el cielo. Sancia gritó y se cubrió los ojos con un brazo, mientras en la otra mano sostenía a Clef e intentaba apartar la mirada. Pero la luz parecía estar en todas partes, lo cubría todo, la quemaba en su interior. Y oyó el ruido de miles de relojes repicando en una estancia distante...

Después el resplandor cesó, el chirrido y el repique dejaron de sonar y, de repente, la caja volvió a ser solo una caja, resquebrajada, vieja y vacía.

Sancia parpadeó y echó un vistazo a su alrededor. Seguía en el mismo lugar, pero... todo parecía diferente. Los colores estaban apagados y extraños, como si le hubiesen arrebatado un poco de luz a todas las cosas.

Después oyó el chasquido, tenue y regular, como el de las ruedas y los muelles de un reloj enorme. Y la vio.

Al borde del suelo destrozado y mirando hacia el paisaje urbano de Tevanne: una mujer hecha de oro.

Pero no era la figura insignificante y esbelta que Sancia había visto en la celda de Tomas. Esta era enorme: de dos metros o dos metros y medio, no lo tenía muy claro. Tenía los hombros anchos, los brazos fuertes y no era como una escultura y tampoco como una humana forjada en oro, era como si llevase una armadura de placas doradas, una tras cuyas grietas se atisbaba... algo.

Algo que chasqueaba, que chirriaba y que se retorcía.

Una voz resonó en los oídos de Sancia, cercana y distante al mismo tiempo:

—Conozco estos cielos —dijo con suavidad la voz de Valeria. La mujer dorada y enorme alzó la mano para señalar—. Ahí había estrellas en el pasado. Cuatro. Las hice bajar de los cielos y las lancé contra las cabezas de mis enemigos mientras ellos me atacaban... en vano. Por el momento. —Movió los pies—. Después encontraron una manera de apagar las estrellas y me privaron de una de mis armas favoritas. Pero hubo estrellas en el pasado ahí arriba.

Sancia echó un vistazo alrededor, o al menos lo intentó, pero se dio cuenta de que no se podía mover, de repente. Era como si estuviese paralizada. Miró por el rabillo del ojo y vio a Estelle y a Tribuno..., pero ellos también parecían paralizados. Era como si la llegada de Valeria hubiese paralizado a todo el mundo.

La figura enorme empezó a girarse, despacio. El chasquido incrementó su intensidad, como el ruido de los insectos durante una calurosa tarde de verano. Sancia vio que el rostro de Valeria era una máscara, dorada, inexpresiva y tranquila, sin aperturas para los ojos o la boca. El cabello estaba formado por bucles de oro esculpidos que le caían por los anchos hombros.

—Y tú, pajarito —dijo.

Se acercó a Sancia, que seguía paralizada, y con cada paso parecía crecer y crecer, hasta que se convirtió en una estatua enorme que la miraba con unos ojos dorados desde las alturas.

"Dios —pensó Sancia, aterrorizada—. ¿Qué he liberado?".

—Tú —repitió Valeria—. Me has liberado. —Se arrodilló, un proceso largo y lento, y se quedó mirando a Sancia a la cara con ese gesto inexpresivo y esos ojos esculpidos—. Te debo una. ¿No es así?

Sancia no se podía mover, pero miró en dirección a Estelle y Tribuno. Valeria se giró para mirarlos.

—Ah. Sí. La elevación. ¿Quieres que intervenga? Lo iba a hacer de igual manera. No puedo permitir que haya otro Hacedor.

El aire se estremeció, y Valeria desapareció de repente. Después Sancia miró por el rabillo del ojo y vio que se había inclinado sobre Tribuno y Estelle, y que hacía..., que le hacía algo a la daga dorada que Estelle tenía en la mano.

El repiqueteo incrementó su intensidad y se volvió ensordecedor, tanto que parecía un enjambre de cigarras recelosas y aterrorizadas.

—Ya está —dijo la voz de Valeria—. Solo ha hecho falta un pequeño arreglo...

El aire volvió a agitarse, y una sombra cubrió a Sancia de repente. Supo que Valeria se encontraba detrás de ella y, por el tamaño de su sombra, también llegó a la conclusión de que había crecido de alguna manera, mucho...

—Aún tengo una deuda pendiente contigo —dijo Valeria—. Un día decidiremos cómo pagártela como es debido. Por el momento, ten cuidado, pajarito. Un antiguo monstruo se ha estado oculto en tu ciudad, y esta noche has hecho que se convierta en tu enemigo. No te perdonará por lo que has hecho. Hazme caso. Ten cuidado.

El aire tembló. El repiqueteo se convirtió en un aullido, y enseguida todo quedó en silencio. La sombra desapareció, y luego...

Sancia cayó al suelo entre gruñidos. Se quedó allí tumbada unos instantes, con el cuerpo dolorido por todas partes, y al cabo de un momento se desperezó y echó un vistazo a su alrededor.

Valeria había desaparecido. La caja estaba abierta, pero ya no parecía albergar nada en su interior.

"¿Eso ha ocurrido de verdad? ¿O me lo he imaginado?".

Después Sancia vio a Estelle y a Tribuno. El anciano estaba muerto sin lugar a dudas, pero Estelle no había dejado de sostener la daga.

—¿Qué? ¿Qué ha ocurrido? —preguntó, con voz tenue—. ¿Por qué ya no funciona?

Sancia miró la daga. Ya no era de oro, sino que parecía del más común de los metales. Y no había en ella sigilo alguno.

—¿Por qué no soy inmortal? —preguntó Estelle—. ¿Por qué...? ¿Por qué no soy una hierofante?

Se oyó un tenue repicar a medida que las gotas de sangre de Estelle caían al suelo. Después perdió todas sus fuerzas y cayó sobre la cama mientras pataleaba inútilmente.

Sancia se acercó y la miró desde arriba.

—No es justo —susurró Estelle. Estaba pálida como la arena blanca—. Iba... iba a vivir para siempre... iba a hacer cosas maravillosas... —Parpadeó y tragó saliva—. Lo hice todo bien. ¡Lo hice todo bien!

—No, no lo hiciste todo bien —aseguró Sancia—. Mírate. ¿Cómo puedes creer algo así?

Los ojos de Estelle recorrieron los cielos, asustados.

—Esto no tendría que haber pasado. ¡Esto no tendría que haber pasado!

Después se quedó quieta.

Sancia se la quedó mirando un rato, y después se giró hacia Gregor.

Yacía allí tumbado, atrapado dentro de la lorica y mirándola con ojos tristes e inexpresivos mientras la sangre se acumulaba en el suelo junto a él. Sancia se acercó y dijo:

—Venga. Vamos a sacarte de esa cosa. —Cortó las correas y vio que Estelle le había hecho una herida muy grave en el brazo. Se lo vendó con lo que pudo y luego lo ayudó a incorporarse—. Ya está. Mucho mejor. ¿Puedes hablar?

Gregor no se movió. Ni habló.

—Tenemos que salir de aquí cuanto antes, Gregor. Ya. ¿Sí?

Sancia echó un vistazo alrededor y tomó el imperiat. Después hizo una pausa y tomó la caja.

Clef seguía metido en la cerradura. Se acercó despacio a él, titubeó un segundo y extendió la mano para sacarlo.

<¿Clef?>, preguntó.

Nada. Solo silencio, como esperaba. La llave reposaba en su mano, inerte.

—E-encontraré la manera de arreglarte —dijo, mientras sorbía los mocos y se frotaba los ojos—. Te lo prometo. Te...

Dirigió la vista hacia la ciudad, con gesto atribulado. Desde allí se veía gran parte del campo de los Candiano, y le dio la impresión de que las tropas habían empezado a salir por las puertas.

Volvió a acercarse a Gregor.

—Vamos. Levántate. Es hora de irnos.

—¿Ha funcionado? —preguntó Berenice—. ¿Lo hemos conseguido?

Orso miraba por el catalejo hacia la cúpula rota de la Montaña.

—¡No veo nada! ¿Cómo quieres que lo sepa?

—Ah... Creo que deberías darte la vuelta.

Orso bajó el catalejo y miró hacia el Ejido. Unos soldados con armadura empezaban a recorrer las calles, con espadas y espingardas. Todos llevaban los colores blancos y amarillos de los Dandolo.

—¿Crees que esto está... bien? —preguntó Berenice.

Orsó miró sus caras. Parecían tener gesto funesto y serio, expresiones de hombres que tenían permiso para hacer cosas horribles.

—No —respondió—. No. No está nada bien. Sal de aquí, Berenice.

—¿Qué? —preguntó, sorprendida.

—Qué te marches a alguna parte. Por esa calle, o por esa otra. —Señaló—. Yo los retendré. Creo que han venido a por mí. Vuelve a la cripta si puedes. Intentaré encontrarte.

—Pero, señor...

—¡Ya! —gritó.

Berenice dio un paso atrás, sin dejar de mirar a Orso, se dio la vuelta y empezó a correr por una callejuela en dirección al Ejido.

Orso respiró hondo, hinchó de aire los pulmones y se acercó a los soldados.

—¡Buenas noches, chicos! ¿Cómo va el servicio? Por cierto, me llamo Orso Ignacio y...

—¡Orso Ignacio! —gritó uno de los soldados—. ¡Hypatus de Firma Dandolo! ¡Se le ordena que ponga las manos en alto y se tumbe en el suelo de inmediato!

—Claro. Claro. Lo entiendo. —Se tumbó en el suelo y suspiró—. Dios. Menuda nochecita.

PARTE IV

ENTREMUROS

Cualquier innovación que sirva para empoderar a un individuo, inevitablemente terminará por empoderar muchísimo más a los más privilegiados.

—Carta de Tribuno Candiano primer oficial de la Compañía Candiano, a la Asamblea.

Capítulo Cuarenta y Dos

—La naturaleza del caso ha quedado bien clara —dijo Ofelia Dandolo, con una voz ronca e insensible que resonó por las estancias del concejo. Los miembros del comité asintieron, con gesto reticente y adusto—. Detrás de todas las estupideces que hemos oído sobre los Occidentales..., detrás de rituales, misterios antiguos, asesinatos, traición... detrás de todas esas sandeces improbables, hay un hombre. Un hombre que inventó un dispositivo ilegal e increíblemente peligroso que luego activó en su glosario de prueba. Un hombre que usó dicho dispositivo para invadir y declarar la guerra en el campo de los Candiano. Y, finalmente, un hombre que ayudó a una segunda conspiradora, que aún no hemos capturado, a allanar la Montaña de los Candiano y luego usar ese mismo dispositivo para destruirla casi por completo. —Ofelia miró por encima del atril—. Ha muerto gente. Mucha gente. Ha sido una declaración de guerra, por lo que el Comité Judicial del Concejo Tevanní de las Casas de los Mercaderes se ha visto obligado a pagar con la misma moneda.

Orso se encontraba sentado en una celda alta y estrecha que colgaba del techo de las estancias judiciales, con las piernas largas colgándole a través de los agujeros de la parte inferior y la barbilla apoyada en una mano. Bostezó sin preocuparse por disimular el ruido.

—Como presidenta del comité judicial, hago la siguiente pregunta: ¿tiene la defensa algo que añadir? —preguntó Ofelia Dandolo.

Orso levantó la mano.

Ofelia echó un vistazo a su alrededor.

—¿Alguien más?

—¡Eh! —dijo Orso, que agitó la mano sin bajarla.

—¿No?

Ofelia resopló, sorprendida, y tomó el mazo de cerámica para dar por terminado el juicio.

Orso se puso en pie de un salto.

—¿Y los testigos? ¿Qué hay de la gente que vio lo que ocurrió en la Montaña? ¿Qué hay de la gente que estuvo a punto de morir a causa de los ataques misteriosos en el puñetero campo de los Candiano?

Ofelia levantó el mazo, con mirada impertérrita. Los miembros del comité que la acompañaban miraban los atriles que tenían delante.

—El comité es quien decide lo que es pertinente en cada caso y qué testigos pueden aportar pruebas —explicó—. Y ya ha dejado clara su decisión al respecto de los asuntos de los que hablas. Son asuntos zanjados, y que no aportan nada a la defensa. —Golpeó el atril con el mazo—. El juicio ha finalizado. Ahora debatiré con el comité para dictar sentencia.

Se reclinó en la silla y susurró con el resto de integrantes. Todos parecieron asentir con solemnidad.

Ofelia se puso en pie.

—El comité judicial —empezó a decir—, te sentencia a...

—Deja que lo adivine —dijo Orso en voz alta—. Estrincamiento.

—A muerte por estrincamiento —dijo ella, irritada—. ¿Tiene algo que añadir el acusado?

Orso levantó la mano.

Ofelia exhaló con suavidad a través de las fosas nasales.

—¿Sí?

—Solo para asegurarme —dijo Orso—. El comité judicial tiene que tener consentimiento unánime de todas las casas de los mercaderes activas cuando dicta sentencia de muerte contra alguien por conflictos entre casas, ¿no es así?

Ofelia frunció un poco el ceño.

—Sí...

—Bien. Entonces no podéis sentenciarme a muerte.

Los miembros del comité intercambiaron una mirada incómoda.

—¿Por qué no? —exigió saber Ofelia.

—Porque necesitaríais a los representantes de todas las casas de los mercaderes activas —explicó Orso—, y no los tenéis.

—¿Qué? ¡Sí que los tenemos! —dijo ella—. Sin los Candiano, quedarían los Dandolo, los Morsini y los Michiel. ¡Está más que claro!

—¿Ah, sí? —preguntó Orso—. ¿Cuándo fue la última vez que comprobaste los registros?

Ofelia se quedó de piedra. Echó la vista atrás, hacia sus compañeros del comité, pero ellos se limitaron a encogerse de hombros.

—¿Q-qué? —preguntó.

—No me preguntes. Comprueba los registros.

Ofelia llamó a un ayudante, le dio una orden y todos se sentaron, a la espera.

—Sin duda no es más que un intento de retrasar el juicio... —aseguró Ofelia.

Unos minutos después el ayudante regresó, pálido y temblando. Se acercó al atril y le dio un pequeño pergamino. Ella lo desenrolló, lo leyó y se quedó con la boca abierta.

—¿Qué? ¿Qué es "Entremuros Sociedad Limitada"? —bramó.

—No lo sé —dijo Orso, con inocencia—. ¿Qué dice ahí que es?

—Tú... tú... —Fulminó con la mirada a Orso, y la cara se le puso del color de un melocotón maduro—. ¿Has fundado tu puñetera casa de los mercaderes?

Él se encogió de hombros y sonrió.

—Hacerlo es más fácil de lo que crees. Nadie lo intenta, porque saben que las demás la aplastarían sin piedad.

—¡Pero tienes que tener al menos diez empleados para fundar una casa de los mercaderes! —dijo ella.

Él asintió.

—Los tengo.

—¿Los tienes?

—Sí.

—¡También tienes que tener una sede operativa!

—Eso también lo tengo —dijo—. Las propiedades son muy baratas en Entremuros.

Ofelia se puso en pie.

—Orso Ignacio, tú... tú...

—Ajá —dijo él, con tono animado. Después levantó un dedo—. Creo que ahora deberías dirigirte a mí como 'fundador', ¿no crees?

Un silencio sepulcral se extendió por la sala.

Orso se inclinó hacia delante y sonrió a través de los barrotes.

—Bueno, ahora que Entremuros Sociedad Limitada es una casa de los mercaderes en toda regla, y como no tenemos representante en el comité judicial, creo que condenarme sería una infracción. Y ya no hablemos de ejecutarme.

Ofelia tragó saliva, con los puños cerrados a los costados. Echó la vista atrás para mirar al resto de miembros del comité, que parecían asustados e inseguros.

—¡Una táctica brillante! —dijo ella, con sarcasmo.

—Gracias —dijo Orso.

—¿Sabes por qué nunca se había puesto antes en práctica, fundador Ignacio?

—Ah. Pues no.

—Porque la gente tiene razón. Las casas de los mercaderes con más antigüedad siempre aplastan sin piedad a las nuevas. Y sospecho que una casa que acaba de usar la ley para evitar una condena por asesinato y sabotaje será objeto de muchísima más hostilidad por parte de las casas establecidas... lo cierto es que no creo que una casa así duré más de un mes, o una semana. Sé con certeza que yo no trabajaría para ella. —Ofelia lo miró con fijeza, con ojos que relucían serios—. Y tus crímenes no prescriben. Una vez derroquen tu casa, volverás a esa celda, sin nada que pueda protegerte del estrincamiento.

Orso asintió.

—Eso me temo, fundadora Dandolo. Pero se olvida de algo.

—Dios. ¿De qué me olvido ahora?

Orso se inclinó hacia delante, con una sonrisa maliciosa.

—Acabamos con la casa de los mercaderes más antigua de Tevanne en una noche —dijo—. Si yo perteneciese a una casa de los mercaderes... y esto lo digo a título personal, claro... no iría por ahí importunando a Entremuros Sociedad Limitada.

Sancia subió despacio por las escaleras de madera, mientras se preguntaba hacia dónde demonios se dirigía.

Habían sido unos dos días muy caóticos llevando a Gregor de sitio en sitio, viviendo en zanjas como fugitivos e intentando como locos hablar con sus antiguos contactos. La cripta estaba casi del todo vacía y la mayoría de sus contactos ya no estaban por la ciudad, pero todos los que quedaban le habían asegurado lo mismo:

"Si quieres encontrar a los Compiladores, ve a Entremuros, a la barriada Diestro. Aunque ahora ya no se llama así".

"¿Y cómo narices se llama ahora?", había preguntado ella.

"Entremuros Sociedad Limitada —le habían respondido—. ¿No lo sabías? Es la nueva casa de los mercaderes".

Era algo insólito, pero cierto. Había atravesado la puerta de Diestro, y no solo se había encontrado a Claudia y a Giovanni trabajando sin descanso, sino a docenas de artesanos y trabajadores que habían empezado a renovar el edificio entero para convertirlo en algo que pareciese...

Bueno, una casa de los mercaderes. Una pequeña y sucia, pero una casa de los mercaderes.

Ni Claudia ni Giovanni habían respondido a ninguna de sus preguntas. Se habían limitado a señalar en dirección a las escaleras y luego habían dicho:

"Quiere hablar contigo primero. Antes de que lo haga cualquiera de nosotros".

Y allí estaba ahora. Subiendo por las escaleras, sin tener nada claro lo que la esperaba.

Las escaleras terminaban una habitación amplia que estaba casi vacía, a excepción de un escritorio al fondo. Orso Ignacio se encontraba detrás de él y revisaba algunos esquemas de lo que parecía ser un glosario. Alzó la vista cuando Sancia se acercó.

—Ah. Al fin —dijo, con una sonrisa—. Sancia, querida. Siéntate. —Se dio cuenta de que no había más sillas—. Bueno, supongo que vas a tener que encontrar la manera de ponerte cómoda de pie.

—Orso —dijo ella—. ¿Qué está pasando aquí? ¿Qué es este lugar? ¿Dónde has estado?

—La última pregunta es fácil —aseguró, despreocupado—. Acabo de salir de un juicio en el que todos querían matarme. Las otras preguntas sí que son... un poco más complicadas.

—Pero... Orso, ¿has fundado una puñetera casa de los mercaderes?

—Eso he hecho —dijo él mientras asentía.

Sancia se lo quedó mirando.

—¿En serio?

—En serio.

—Y... ¿has comprado este edificio?

—Así es. Bueno, Claudia lo compró en mi nombre, con mi dinero. Pero sí. Se necesita una propiedad y una buena cantidad de empleados para fundar una casa de los mercaderes, y Claudia tenía ambas cosas. Me encanta Claudia. Gracias por presentarnos, por cierto.

—¿Has hecho un trato con los Compiladores? ¿Con todos? ¿Y qué sacan de todo esto? ¿Serán empleados de una especie de casa de los mercaderes de verdad?

—No serán solo empleados —respondió Orso—. Serán propietarios. Todos serán fundadores. Yo he aportado el capital y ellos aportarán la mano de obra y los recursos, por lo que todos compartiremos una parte de los beneficios. No es tan descabellado como parece. —Lo pensó mejor—. Bueno, sí que es un poco descabellado, pero me pareció lo adecuado. Firma Candiano llevaba mucho tiempo en las últimas, y la última locura de Estelle y Tomas fue la gota que colmó el vaso para muchos empleados, y clientes. Clientes que aún tienen necesidades, claro. Hay muchos que han empezado a abandonar Firma Candiano, otra vez. ¿A qué casa de los mercaderes crees que van a acudir ahora esos clientes?

—A la que esté liderada por el antiguo teniente de Tribuno Candiano —respondió Sancia.

Él le dedicó una sonrisilla maliciosa.

—Exacto. Soy quien más sabe de los procesos de los Candiano. Ya tengo tres contratos en la recámara. Y también se nos han ocurrido varios planes astutos y lucrativos durante la desesperación de estos días. Así que, mientras consigamos mantenernos a flote y solventes, todos evitaremos que nos estrinquen. Eso sí, vamos a tener problemas con el resto de casas, y seguro que no tardarán en empezar. —Respiró hondo—. Bueno. Y ahí es donde entras tú, porque aunque me guste pensar que voy a ser capaz de hacer todo esto por mi cuenta, sé que no puedo hacerlo.

Sancia lo miró.

—Un momento. Orso... ¿me estás ofreciendo un trabajo?

—No —dijo él—. No te estoy ofreciendo un trabajo. Lo que digo es que, si quieres un puesto en la noble y honrada casa de Entremuros Sociedad Limitada, es tuyo. De hecho, en estos momentos, te convertirías en fundadora, Sancia.

—¿Yo? ¿Una fundadora?

—Sí, en el sentido más literal de la palabra —respondió Orso—. Alguien que ha fundado algo, aunque nadie tenga ni idea de cómo va a terminar todo esto. Podría salir muy mal. Pero, si quieres librarte de Tevanne, también podrías marcharte... y vivir tu vida... Puedes hacerlo. Te lo mereces. Quiero que te sientas libre para hacer lo que desees, porque como bien sabrás soy muy comprensivo, por todos los beques.

Orso la miró. Ella lo miró.

—No solo depende de mí —dijo Sancia.

—¿De quién más iba a depender? —preguntó él.

—De Gregor —dijo Sancia—. Está vivo. Y está conmigo.

Orso parecía estupefacto.

—¿Que está qué? ¿Gregor Dandolo está vivo?

—Sí. Y... bueno. Parece que es como yo. Un humano inscrito. Siempre estuvo inscrito, pero no sé quién lo habrá hecho.

Sancia le explicó lo ocurrido mientras Orso se limitaba a escuchar, sorprendido.

—¿Alguien inscribió a Gregor Dandolo, a ese soso e insoportable Dandolo, para convertirlo en una puñetera máquina de matar? —preguntó.

—Básicamente, pero él intentó sobreponerse. Podría haberme arrancado la cabeza, pero... lo evitó, de alguna manera. He intentado cuidar de él. Ahora lo tengo escondido en la cripta y se está recuperando, pero está muy raro. Lo ha perdido todo. Y necesita nuestra ayuda. Se la merece, después de todo lo que hizo por nosotros.

Orso se reclinó, aturdido.

—Carajo. Bien. Me encantaría contar con él, claro, si conseguimos que vuelva a estar bien... sería un jefe de seguridad excelente cuando esté recuperado. —Miró a Sancia—. Y tú... ¿estarías dispuesta a ocupar un lugar en la casa?

—Una cosa más.

Orso suspiró.

—Claro. Siempre hay una cosa más.

Sancia sacó a Clef y lo lanzó por el escritorio en dirección a Orso. Él miró la llave con la boca abierta.

—¿En serio?

—No te pongas tan contento. Es un problema, no un regalo. Ya... ya no funciona ni habla. Tenemos que arreglarlo. Hay que hacerlo, ya que es el único que puede decirnos lo que ocurrió de verdad. Y lo que está pasando de verdad.

Orso se rascó la cabeza.

—Normalmente, cuando uno habla de las condiciones de su empleo se centra en el dinero y en las dietas, no en enigmas místicos demenciales.

—Si quieres que trabaje para ti, tendrás que aceptar todos mis problemas. Ahora tengo muchos más que antes.

—¿Eso es que aceptas?

—¿Berenice está por aquí? —preguntó Sancia.

—Sí. Se encarga de supervisar la construcción.

Sancia se lo pensó.

—¿Qué ha dicho ella?

—Ha dicho que esperaría a oír tu decisión.

Sancia sonrió.

—Claro.

Capítulo Cuarenta y Tres

Ofelia Dandolo recorrió el campo de los Dandolo en dirección a su puerta principal, cruzó el patio y entró en su mansión. Avanzó por el pasillo principal y luego atravesó una serie de puertas. Bajó las escaleras al sótano y se dirigió a la estancia más alejada, hacia una puerta de armario anodina.

Abrió la puerta. Detrás de ella había una habitación pequeña y vacía. Ofelia cerró los ojos, apoyó la mano en la pared del fondo y esperó.

La pared se disipó como si estuviese hecha de humo. Al otro lado había una escalera de caracol pequeña y estrecha que descendía aún más.

Encendió una luz inscrita y bajó por las escaleras. Tardó un buen rato, porque había muchísimos escalones.

Terminó por llegar a una puerta de madera pequeña. Esperó otro ato, respiró hondo y luego la abrió.

Al otro lado había un gigantesco sótano de piedra y techo abo-edado, con muchísimas columnas. No estaba iluminado pero no necesitaba, en aquel lugar la luz no servía de nada ya que estaba no de polillas.

Ofelia atravesó con cautela la tormenta batiente y aleteante de sectos. Llegó a un pequeño asiento de piedra que había en mitad la habitación. Se sentó y esperó. Esperó durante mucho tiempo.

Al fin lo vio, lo percibió, un atisbo de su forma, perdido entre el ajetreo de las alas.

Tragó saliva y respiró hondo.

—Supongo que... supongo que sois consciente de cómo han ido las cosas, profeta mío —dijo en voz baja.

Él no se movió ni habló. Se quedó allí quieto, una silueta oculta en ese ajetreo.

—No... no sé lo que le ha pasado a mi hijo —dijo ella—. Pasamos mucho tiempo preparando a Gregor... hizo tanto en las guerras, cumplió tantos de vuestros designios. Pero que fracase ahora...

Él siguió sin decir nada.

—El constructo ha quedado liberado —continuó Ofelia—.¿Es posible resistir algo así? En mi opinión, es lo peor que podría haber pasado.

Se hizo un largo silencio. Después habló al fin, como siempre, en su mente y con voz estruendosa y nítida:

<NO.>

—¿N-no?

<NO. LA GUERRA NO ESTÁ PERDIDA ANTES DE EMPEZAR. ESTO ES SOLO EL PRINCIPIO. ELLA VOLVERÁ A INICIAR EL PROCESO QUE COMENZÓ HACE TANTO TIEMPO, Y TENEMOS QUE ACTUAR RÁPIDO PARA DETENERLA.>

—¿Qué podemos hacer, profeta mío?

Otro largo silencio.

<CREO QUE ES HORA DE DEJAR DE ESCONDERSE.>

Agradecimientos

Esta es una de las obras que más han cambiado durante su desarrollo. Gracias a mi editor, Julian Pavia, y a mi agente, Cameron McClure, por ayudarme a lo largo del proceso. Y gracias también a ti, Ashlee, por tolerar tantas noches en las que me quedaba sentado en la cama escribiendo durante horas, ajeno a casi todo lo que me rodeaba. Y gracias también por permitirme hacer una chapuza con la colada mientras le daba vueltas a mis ideas.

Nuestros autores y libros en Gamon

Fantasía Urbana

Luke Arnold: Serie Los archivos de Fetch Phillips

La última sonrisa en Sunder City (2021)

Hombre muerto en una zanja (2022)

Fantasía de Aventuras

Christopher Buehlman: Serie El ladrón de lengua negra

El ladrón de lengua negra (2022)

Fantasía de Aventuras

Nicholas Eames: Serie La Banda (Historias independientes)

Reyes de la Tierra Salvaje (2021)

Rosa La Sanguinaria (2021)

Fantasía Oscura

Gareth Hanrahan: Trilogía El legado del hierro negro

La plegaria de la calle (2021)

Los santos de sombra (2022)

El dios caído (2024)

Fantasía Épica

Brian McClellan: Trilogía Los magos de la pólvora

Promesa de sangre (2021)

La campaña Escarlata (2022)

La república de otoño (2023)

Fantasía Romance

Constance Sayers: Autoconclusivo

Una bruja en el tiempo (2021)

Fantasía épica

Richard Swan: Trilogía Imperio del lobo

La justicia de los reyes (2022)

La tiranía de la fe (2024)

Imperio del lobo (2025)

Gamon+

Fantasía Steampunk
Robert Jackson Bennett: Trilogía Los fundadores
Entremuros (2022)
Shorefall (2024)
Lockland (2025)

Fantasía épica
Andrea Stewart: Trilogía El imperio hundido
La hija de los huesos (2022)
La emperatriz de los huesos (2023)
El imperio hundido (2024)

Fantasía épica
Tasha Suri: Trilogía Reinos en llamas
El trono de jazmín (2022)
La espada Oleander (2023)
Reinos en llamas (2025)